Hilary Mantel
Reizklima

Hilary Mantel

R e i z k l i m a

Roman

Aus dem Englischen
von Silvia Morawetz

Wolfgang Krüger Verlag

Die englische Originalausgabe erschien 1994 unter dem Titel
A Change of Climate im Verlag Viking Penguin, London

Deutsche Ausgabe:

Satz: Wagner GmbH, Nördlingen
Druck und Einband: Clausen & Bosse, Leck
Printed in Germany 1995
ISBN 3-8105-1245-1

Gedruckt auf chlor- und säurefreiem Papier

Für Jenny Naipaul

Charles Darwin, *Die Abstammung des Menschen*, 1871
Aber wir haben es hier nicht mit Furcht und Hoffnung zu tun, sondern allein mit der Wahrheit, soweit wir fähig sind, sie zu entdecken; und ich habe meine Beweise gegeben, so gut ich eben kann.

Hiob 4:7
Bedenke doch: Wo ist ein Unschuldiger umgekommen? Oder wo wurden die Gerechten je vertilgt?

Alle Figuren in diesem Buch sind frei erfunden, mit Ausnahme der des Erzbischofs von Kapstadt, die auf seinem Gegenpart im wirklichen Leben, Geoffrey Clayton, beruht. Ich habe einige seiner Worte verwendet, entnommen aus Schriften und Predigten.

Die Siedlung Mosadinyana ist erfunden. Die Township Elim ist ebenfalls eine Erfindung, doch ich bin den Memoiren von Hannah Stanton verpflichtet, die in der Township von Lady Selborne tätig war.

Fälle, die Ähnlichkeiten mit dem der Eldreds haben, sind in den Entscheidungen der Gerichte von Botswana zu finden.

1970
Traurige Fälle, Gute Seelen

Eines Tages, als Kit zehn Jahre alt war, schnitt sich eine Frau, die bei ihnen zu Gast war, in der Küche die Pulsadern auf. Sie nahm diese kalte, schwierige Art zu sterben gerade in Angriff, als Kit hereinkam, um sich ein Glas Milch zu holen.

Die Frau, Joan, war sechzig Jahre alt und trug ein Polyesterkleid aus einem Wohlfahrtsladen. Als hausfraulicher Typ hatte sie es so eingerichtet, daß ihr Blut in den Ausguß tropfte. Als Kit sie am Ellbogen berührte, warf die Frau das Messer in den Ausguß und versuchte Kit die gute Hand vor die Augen zu legen.

In dieser Phase ihres Lebens war Kit durch nichts mehr sonderlich zu überraschen. Als sie unter dem Arm der Frau hindurchschlüpfte, dachte sie, das ist unser Brotmesser, *falls* es Ihnen nichts ausmacht, sagte aber: »Das sollten Sie nicht tun, Joan, warum kommen Sie nicht von dem Ausguß weg, warum setzen Sie sich nicht auf diesen Stuhl, und ich hol den Erste-Hilfe-Kasten?«

Die Frau ließ sich zu einem Stuhl am Küchentisch führen. Kit zog ein sauberes Geschirrtuch aus einer Schublade und band es Joan ums Handgelenk. Das Geschirrtuch war kariert, rot und weiß; Joans widerwilliges Blut sickerte schwarz in das Tuch hinein. Ihre Schnitte waren leicht, früh, unentschlossen: Übungsschnitte. »Wackeln Sie mal mit den Fingern«, sagte Kit, »nur zur Probe, ob Sie sich keinen Schaden zugezogen haben.« Die Frau schaute mit vor Entsetzen trockenen Augen auf ihre Hand hinunter, während das Kind auf einen Schemel kletterte und eine Schachtel von einem Schrank holte.

»Zum Glück sind gerade Trimesterferien«, sagte Kit und packte die Binden und die Schere mit den abgerundeten Spitzen aus. »Sonst wäre ich gar nicht dagewesen. Ich war oben. Ich hab ein Buch gelesen. Es heißt *Children of the New Forest.* Kennen Sie es? Es handelt von einer Familie wie unserer, zwei Jungen und zwei Mädchen, aber sie haben vor langer Zeit gelebt, früher.«

Ich bestehe nur aus Fingern und Daumen, dachte sie. Sie hörte, wie ihre Stimme weitersprach. Erste Hilfe lernte sie in der Schule. Dort brachte man ihnen bei: ›Beruhige den Patienten.‹ »Sie wohnen ganz allein im Wald.« Joan nickte; wieder ihr dumpfes, benommenes Nicken. »Sie sind Royalisten und müssen sich vor ihren Feinden verstecken.«

Kit hatte Angst, Joan könne ohnmächtig werden und wie ein furchtbar schweres Gewicht auf den gefliesten Fußboden fallen. »Ich bringe Ihnen ein Glas Wasser«, sagte sie. »Ich glaube, Sie könnten einen heißen süßen Tee vertragen.«

Arme Joan, dachte sie. Vielleicht ist es ja das, was sie will: totsein. Es ist genauso, wie Dad immer sagt: Wenn man eins braucht, findet man kein scharfes Messer.

Als sie dort stand und den Kessel füllte, hörte sie das Auto ihrer Mutter. Sie erkannte sein Knirschen und Kratzen und Fauchen, als es die Auffahrt heraufgeruckelt kam. Erleichterung strömte durch ihren Körper, ihre Beine wurden wie Wasser. Sie stellte den Kessel auf die Kochplatte und wischte den Ausguß mit Desinfektionsmittel aus, als ihre Mutter hereinkam.

Anna stellte ihre Taschen auf dem Tisch ab. Sie sah, mehr bekümmert als überrascht, Joans über den Tisch gesunkene Gestalt. »Für mich auch einen Tee, Kit«, sagte sie.

In jener Nacht schnappte Kit das Ende eines geflüsterten Gesprächs auf. »Du hast nicht *gesagt*, Ralph, daß bei ihr Selbstmordgefahr besteht.«

»Ich habe es nicht gesagt, weil ich es nicht *wußte*.« Kit machte ihre Schlafzimmertür zu; sie wollte die privaten Gedanken ihrer Eltern nicht mithören.

Drei Tage später kam sie in die Küche und sah, wie ihre Mutter auf Händen und Knien die Fliesen unter dem Ausguß scheuerte. »Das Blut ist weg«, sagte Kit verwirrt. »Ich habe es abgewischt.«

Anna antwortete ihr nicht, stand aber vom Boden auf, hob den Eimer hoch und schüttete das Seifenwasser in den Ausguß.

Zu dieser Zeit war Joan bereits gegangen, hatte alles, was sie besaß, in die beiden Tragetüten gepackt, mit denen sie angekommen war. Plötzliche Abgänge waren bei ihren Gästen keine Seltenheit; sie waren nicht wie die Gäste anderer Familien. Ralph hatte bei der Polizei, bei der Heilsarmee und beim Amt für Gesundheit und Sozialversicherung nachgefragt, doch er hatte kein Glück. Als Anna den Erste-Hilfe-Kasten überprüfen wollte – ihn aufzufüllen war eine ihrer Pflichten –, bemerkte sie, daß Joan eine Ersatzbinde mitgenommen hatte. Sie betrachteten das als gutes Zeichen.

In jenen Jahren, als die Kinder heranwuchsen, war das Haus voller Leute wie Joan. Ralph brachte einige von ihnen aus dem Heim in London mit, das von der karitativen Stiftung, für die er arbeitete, unterhalten wurde. Andere nahm er auf, wenn die Sozialdienste nicht wußten, was sie mit ihnen anfangen sollten oder wenn im psychiatrischen Krankenhaus der Stadt kein Bett frei war. Manchmal tauchten sie von alleine auf, stellten sich in einem der Nebengebäude vor dem Wind unter, bis er nach Hause kam. »Soundso ist ein trauriger Fall«, sagte er, und dies wurde mit den Jahren der Begriff, mit dem die Familie sie bezeichnete: Traurige Fälle. Andere Menschen nannte er Gute Seelen. »Eure Tante Emmy nimmt soundso mit dem Auto in ihre Drogenklinik in Norwich mit – sie ist eine gute Seele.«

Und so war die Welt eingeteilt, als Kit größer wurde – in Gute Seelen und Traurige Fälle. Böses gab es nicht in ihr.

. . . 1 . . .

Am Tag von Felix Palmers Beerdigung traf seine Frau, Ginny, seine Geliebte, Emma. Sie waren einander natürlich schon früher begegnet. Der County Norfolk ist nicht so bevölkerungsreich, daß sie einander hätten ausweichen können. Ihr Benehmen bei diesen Zusammentreffen war durch Ginnys hochmütiges und bewußtes Ignorieren der Situation, durch Emmas Kaltblütigkeit, durch Felix' natürliches Bedürfnis, ein für ihn vorteilhaftes Arrangement aufrechtzuerhalten, geprägt gewesen.

Über die Jahre waren sie einander immer wieder zufällig begegnet: in zugigen Gemeindesälen, in den Räumen von Wohltätigkeitskomitees und bei Zusammenkünften lokaler Gruppen, die sich um den Schutz dessen kümmerten, was in dem gerade beginnenden Jahrzehnt als »Umwelt« bekannt werden sollte. Sie waren in Norwich beim Einkaufen im Kaufhaus Jarrold's aufeinandergetroffen; sie hatten bei Handwerksausstellungen ein paar Worte miteinander gewechselt und hatten nebeneinanderliegende Plätze im Theater abonniert.

Einmal hatten sie bei einer Fahrt nach London festgestellt, daß sie die einzigen Reisenden in einem Abteil der ersten Klasse waren. Eine halbe Stunde lang hatten sie genügend gefunden, was wohltuend zum Verstreichen der Zeit beitrug. Dann versenkte Ginny, sich mit einem Lächeln entschuldigend, die Hand tief in ihre Tasche, holte ein dickes Taschenbuch heraus und zog sich dahinter zurück. Emma nahm das Deckblatt unter die Lupe. Eine vornehme Dame, mit einer kleinen, auf ihrem Schleier thronenden Krone, stand vor einem Herrenhaus mit anachronistischen Schornsteinen. Der Titel war in protzender Goldschrift: *Wyfe to Crookback*. Emma schaute aus dem Fenster. Die

Landschaft war ein trauriges Ostengland-Grün; Krähen kreisten über den Feldern. Als sie sich vom Rande Englands auf sein Herz zubewegten, nahm Emma ihrerseits ein Buch heraus.

An der rußigen Liverpool Street schieden sie mit einem Nicken und einem Lächeln voneinander. London verlangte ihnen keine Vortäuschung falscher Tatsachen ab, Norfolk hingegen schon. Eine Handvoll Farmer- und Mittelschichtsfamilien lud sie beide ein. Bei zahlreichen Hochzeiten und Taufen hatten sie höfliche, ja sogar herzliche Gespräche geführt. Auf einem Dutzend Silvesterpartys hatten sie einander viel Glück und Erfolg gewünscht und dies manchmal sogar beinahe ernst gemeint.

Heute, an diesem Februarmorgen, war Ginny von einem Knäuel von Trauernden umringt. Freunde und Geschäftspartner waren zu dem Anlaß erschienen; Felix war in dieser Gegend beliebt gewesen. Die Kirche stand auf einer Anhöhe, und ein heftiger Wind blähte Mäntel, schnappte nach wollenen Kopftüchern und verlieh schmerzenden Gesichtern einen rosigen Ton. Die Trauergäste spürten die Anwesenheit des Meeres, ihren Blicken entzogen durch einen Kieferngürtel.

Einige von ihnen waren noch in der Vorhalle der Kirche geblieben, lasen den Anschlag mit der Einteilung zur Blumenpflege, zum Staubwischen und Messingpolieren; andere standen zwischen Grabsteinen und sahen deprimiert aus. Sie hatten auf der freien Fläche vor dem Kirchentor in doppelter Reihe geparkt und mußten, um wegzukommen, aufeinander warten. Ginny ging, auf den Arm ihres Sohnes gestützt, von Gruppe zu Gruppe und sprach ein paar taktvolle Worte zur Besänftigung ihrer Gefühle; sie wußte, daß der Tod verlegen macht.

Ihre eigene Familie – ihr Sohn Daniel, der Architekt war, ihre Tochter Claire, die Einkäuferin bei Harrod's war – hatte so sanft und behutsam auf ihre Gefühle Rücksicht genommen, wie man es sich nur wünschen konnte. Aber Ginny spürte – auch wenn sie den Augenblick hinauszögerte –, daß es Emma war, mit der sie zu sprechen wünschte, mit der sie naturgemäß sprechen sollte. Ihrem Sohn den Arm tätschelnd, zu ihm auflächelnd und ihn wegschickend, schritt sie mit kurzen, gleichmäßig gesetzten Schritten über das Gras, und ihre hohen Absätze bohrten sich in den Boden wie eine primitive Sämaschine.

Ginny Palmer war eine schroffe, adrette Frau des Wallis-Simpson-Typs, der Schwarz zusätzlich Kontur verlieh. Als sie auf Emma zuging, zog sie ein frisches Spitzentaschentuch aus der Tasche, faltete es sehr klein zusammen und tupfte sich damit leicht die Nasenspitze: eine Geste, die ganz unnötig war, irgendwie aber von dem Anlaß aus ihr hervorgeholt wurde. Du siehst mich, die Witwe: heikel, aber verzweifelt.

Emma Eldred behielt die Hände in den Taschen; sie hatte ihre Handschuhe vergessen. Sie trug den Mantel, den sie schon seit Jahren trug, wenn sie als Ärztin ihre Runden machte, wenn sie einkaufen ging, wenn sie spazierenging und wenn sie Felix traf. Sie hielt einen anderen Mantel für unnötig, weder in ihrem Alltagsleben noch an einem Tag wie diesem; er war dunkel, er entsprach dem Anlaß, und – sie spürte es vage – er war etwas, das Felix wiedererkennen würde.

Emma Eldred war nicht groß, wirkte jedoch so: achtundvierzig Jahre alt, das Gesicht von Kosmetik unberührt, die breiten Füße in abgewetzte Schuhe versenkt, deren schmückende Lederquasten irgendwie nichts hermachten. Emma hatte Ginnys Mann seit ihrer Kindheit gekannt. Sie hätte ihn heiraten können; aber Felix war nicht das, was Emma für einen ernsthaften Mann hielt. Ihre Beziehung war, das spürte sie, von soviel Gewicht gewesen, wie möglich gewesen war. Als Ginny auf sie zukam, sank Emma in sich zusammen, innerlich, nicht äußerlich. Ein Fremder, der nur teilweise in die Umstände eingeweiht war, hätte Ginny für die flotte kleine Geliebte und Emma für die unbedarfte alte Ehefrau gehalten.

Die Frauen standen für einen Moment schweigend beieinander, dann machte Ginny, als der Wind sie bis auf die Knochen durchfuhr, einen halben Schritt auf Emma zu und stand da und hielt den Pelzkragen vor dem Hals fest. »Also, Ginny«, sagte Emma einen Augenblick später, »ich bin nicht hier, um als Windfang zu dienen.« Sie zog die rechte Hand aus der Tasche und klopfte Ginny auf die Schulter.

Es war eine schroffe Geste, weniger des Trostes als vielmehr der Aufmunterung, wie man es bei einem müden Gaul tun würde, der sich den nächsten Hindernissen gegenübersieht.

Ginny wandte das Gesicht ab. Tränen schossen ihr in die Augen. Sie zog wieder das kleine Taschentuch hervor. »Warum, Emma?« sagte sie. Sie klang gereizt, aber so, als könne ihre Gereiztheit in Wut umschlagen. »Sag mir, warum. Du bist doch Ärztin.«

»Aber nicht seine Ärztin.«

»Er war nicht krank. Er ist nie auch nur einen Tag krank gewesen.«

Emma heftete den Blick auf die Quasten ihrer Schuhe. Sie stellte sich vor, direkt durch ihren toten Liebhaber hindurchzuschauen; durch das Tweedjackett, das er gewöhnlich trug, durch seinen Lammwollpullover, das gestreifte Hemd, durch die Haut und durch das Fleisch hindurch bis in die Arterien, durch die langsam Felix' Blut strömte, ein dunkler, untergründiger Strom mit verschlammten Ufern. »Niemand konnte das voraussehen«, sagte sie. »Niemand hätte dir diesen Schock ersparen können, Ginny. Kommst du zurecht, meine Liebe?«

»Ich bekomme viel von der Versicherung«, sagte Ginny. »Und ich hab das Haus. Ich werde natürlich umziehen. Aber jetzt noch nicht.«

»Überstürze nichts«, sagte Emma. Sie hatte ihre Frage im weitesten Sinne gestellt, nicht als Erkundigung nach Ginnys finanziellen Verhältnissen. Sie hob den Kopf und sah, daß man sie beobachtete. Sie zogen die Blicke der anderen Trauergäste auf sich, ganz gleich, wie sehr sich die Trauernden bemühten, wegzuschauen. Was sie wohl alle denken, fragte sich Emma: daß es eine peinliche Szene geben würde? Kaum anzunehmen. Nicht zu diesem Zeitpunkt. Nicht an diesem Ort. Nicht inmitten von Menschen wie wir selbst, die im Dienste des großen Gottes zu Selbstbeherrschung erzogen wurden. »Ginny«, sagte sie, »du brauchst hier nicht herumzustehen. Laß dich von Daniel nach Hause fahren.«

»Ein paar Leute kommen noch mit zurück«, sagte Ginny. Sie schaute Emma leicht überrascht an, als sei es nur natürlich, daß diese von den getroffenen Vorbereitungen wisse. »Du solltest auch mitkommen. Einen Whisky bei mir trinken. An einem so frostigen Tag wie heute ... Trotzdem, immer noch besser als Regen. Claire bleibt übers Wochenende hier.« Ginny hob die Hand und zog ihren Kragen noch einmal fester. »Emma, ich hätte dich gern bei mir. Möchte, daß du zu mir nach Hause kommst ... Mrs. Gleave macht Königinpasteten ...« Sie wurde immer leiser und verstummte ganz.

Emmas Bruder, Ralph Eldred, ragte entschlossen hinter ihnen auf: eine massive Gestalt, die Hände tief in die Taschen seines dunklen wollenen Mantels vergraben. Ginny schaute hoch. Ralphs Anblick schien sie wieder zurückzubringen. »Ralph, danke, daß du gekommen bist«, sagte sie. »Komm noch mit zu uns und trink ein wenig Whisky.«

»Ich sollte mich auf den Weg machen«, sagte Ralph. »Ich muß heute nachmittag nach Norwich zu einer Besprechung. Aber wenn du natürlich willst, Ginny, daß ich ... wenn ich dir helfen kann ...« Er wägte das Für und Wider ab, wie er es immer tat; seine Anwesenheit wurde überall verlangt, und es ging einfach darum, wo er am meisten gebraucht wurde.

»Nein, nein«, sagte Ginny. »Ich wollte höflich sein, Ralph. Fahr nur.«

Sie schaffte es zu lächeln. Es war die Unterbeschäftigung ihres Mannes, die ihm über lange Jahre hinweg die Freiheit zur Untreue gegeben hatte; Ralphs Tage jedoch waren ausgefüllt, und jeder wußte das. Es hatte Vorteile, das sah sie ein, mit einem Mann verheiratet zu sein, der nur an die Arbeit, an Gott und die Familie dachte, obwohl die Eldred-Kinder so heruntergekommen aussahen und so sonderbar erzogen waren und obwohl sogar Ralphs Frau ein Schatten ihrer selbst geworden war, weil sie nur für seine Belange schuftete.

Ralphs Frau Anna trug eine hübsche schwarze Pagenkappe. Der Hut sah sehr schick aus, obwohl er nicht gerade modern war. Sich im Hintergrund haltend, nickte sie Ginny erkennend und mitfühlend zu. Es war ein Anna-Eldred-Nicken, voller Ich-mische-mich-nicht-ein. Ginny erwiderte es, dann nahm Ralph seine Frau am Arm und eskortierte sie in scharfem Tempo zu ihrem geparkten Wagen.

Ginny sah ihnen nach. »Man fragt sich doch, was die Ehe ist«, sagte sie plötzlich. »Sind die Ehen alle verschieden, oder sind sie alle gleich?«

Emma zuckte mit den Schultern, die in ihrem alten Mantel steif geworden waren. »Mich brauchst du das nicht zu fragen, Ginny.«

Im Auto sagte Ralph: »Das gehört sich einfach nicht, weißt du. Es gehört sich nicht. Daß Emma es so erfahren hat. Mehr oder weniger durch Zufall. Und erst, als alles vorbei war.«

»Es ging sehr schnell vorbei«, sagte Anna. »Nach allem, was ich weiß.«

»Ja, aber es nicht als erste gesagt zu bekommen...«

»Ich nehme an, du meinst, Ginny hätte sie aus dem Krankenhaus anrufen sollen, ja? Gleich aus der Intensivstation bei ihr anläuten sollen?«

»... kein Recht darauf zu haben, es zu erfahren. Das ärgert mich so maßlos. Es ist unmenschlich. Und nun bekommt Ginny alles Mitgefühl, alle Aufmerksamkeit. Aber Emma bekommt gar nichts, nicht ein Wort. Nur diese öffentliche Demütigung.«

»Ich verstehe – du denkst, daß Emma als *maîtresse en titre* eine eigene Show hätte veranstalten dürfen?« Anna seufzte. »Ich bin sicher, Felix hat ihr ein paar schöne Diamanten und ein Chateau als Alterssitz vermacht.«

Ein Lastwagen hielt vor dem Auto der Eldreds und trug zusätzlich zu dem Gedränge auf der Straße bei; in der Kirche wurden Restaurierungsarbeiten durchgeführt. Zwei Arbeiter stiegen aus und banden eine Leiter vom Dachträger ab. Ein Mann von weniger als Ralphs Format mit dessen Terminplan würde sich über die Verzögerung erregt haben. Ralph jedoch gab seine Ungeduld nur dadurch zu erkennen, daß er mit dem Zeigefinger leicht auf das Lenkrad tippte. Eine Schule befand sich in der Nähe, und die Stimmen der Kinder schallten vom Spielplatz herüber, vom Wind wie Möwenschreie weitergetragen.

Das Paar, das ihnen den Weg versperrte, fuhr davon, nickte und hob mit steifen Fingern die Hände. Der Arbeiter setzte den Lastwagen in Bewegung. Ralph scherte auf die Straße aus. Anna sah, wie die Kinder hinter dem Zaun hin und her sausten, einander schubsten und umhertrudelten: Geschosse, gehüllt in Dufflecoats, die Gesichter unter Kapuzen versteckt.

Der Weg nach Hause führte landeinwärts, über enge Straßen zwischen Farmen hindurch: ebene, luftige Felder, auf denen Traktoren zur letzten Ruhe abgestellt waren. Ralph hielt an, um eine Ente, die von einem Bauernhof nach irgendwo unterwegs war, über die Straße watscheln zu lassen. »Weißt du«, sagte er, »weißt du, was das schlimmste dabei ist? Emma hat nichts bekommen. Sie hat Felix zwanzig Jahre gegeben, und nun ist sie ganz auf sich gestellt.«

»Etwas hat Emma schon gegeben, das ja«, sagte Anna. »Aber zu behaupten, daß sie zwanzig Jahre gegeben hat, ist melodramatisch.«

»Wie kommt es nur«, sagte Ralph, »daß Frauen es schaffen, in solchen Situationen so kühl zu bleiben? Wozu ist dieses Haltung bewahren denn gut? Warum glauben sie, daß sie das müssen? Ich hörte, wie Ginny von *Versicherungspolicen* sprach – meine Güte.«

»Ich meine ja nur, daß Emma ihr Leben recht war. Sie hatte, was sie wollte – einen Mann auf Zeit. Felix hat sie nicht benutzt. Im Gegenteil, glaube ich. Sie hätte heiraten können. Wenn sie sich dafür entschieden hätte. Sie hätte nicht auf Felix zu warten brauchen.«

»Heiraten? Emma?« Ralph drehte den Kopf zur Seite.

»Schau nach vorn«, sagte Anna mit durch Erfahrung erworbener Trägheit. Ralph trat auf die Bremse; ein Bauernwagen zog langsam sein Hinterteil aus einer schlammigen und halb verdeckten Einfahrt.

»Tut mir leid«, sagte Ralph. »Sie hätte heiraten können? Wen denn?«

»Ach, Ralph, ich meine doch keine bestimmte Person, nicht diesen besonderen Mann oder jenen besonderen Mann ... ich meine nur, daß sie, wenn sie hätte heiraten wollen, wenn es das gewesen wäre, was sie lieber gehabt hätte, es auch hätte tun können. Aber zur Ehe gehören nun mal bestimmte Dinge, beispielsweise zu lernen, wie man Eier kocht. Dinge, die Emma fernliegen.«

»Ich kann nicht sehen, daß Männer sich den Weg zu ihrer Tür freikämpfen.« Ralph steuerte den Wagen mühsam die Straße hinab, manövrierte ihn an dem Bauernwagen vorbei, der steckengeblieben war. »Nicht Emma. So hübsch ist sie nicht.«

»Felix hat sie gefallen.«

»Felix war ein Gewohnheitstier.«

»Das sind die meisten Männer.«

Ralph verstummte. Er mochte seine Schwester sehr gern; niemand sollte sie in anderem Lichte sehen. Emma war liebenswürdig, klug, gescheit ... und vermutlich einsam: eine kleine menschliche Gestalt, von der man an einem Flußufer einen kurzen Blick erhaschte, während das Ausflugsboot vorüberschoß. Diese Vorstellung von ihr als Manipulierende, von Felix als kleinem Fisch, den sie wie am Angelhaken zappeln ließ ... Kommt mir unwahrscheinlich vor, dachte er. Aber was weiß ich schon?

Die Fahrt dauerte eine halbe Stunde und führte über Seitenstraßen und Wege, durch lang hingestreckte Dörfer mit Cottages aus rotem Ziegel oder Flintstein, deren einziger Komfort ein Briefkasten war, zwischen den Feldern eines Agrarkomplexes, weit geöffnet gegen einen hohen grauen Himmel, hindurch. Ralph hielt mit einem Ruck am Tor ihres Hauses an. Anna wurde nach vorn geschleudert, die eine Hand am Armaturenbrett, die andere an ihrem Hut. »Kann ich dich hier rauslassen? Ich bin spät dran.«

Während sie sich aus dem Sicherheitsgurt wand, drehte sich Ralph zu ihr und schaute sie an. »Diese Leute bei der Beerdigung, all diese Freunde von Felix, wie viele davon haben von ihm und Emma gewußt, was meinst du?«

Anna nahm ihren Hausschlüssel aus der Handtasche. »Jeder einzelne von ihnen.«

»Wie hat Ginny das ertragen?«

»Leicht. Zumindest behaupten das alle.« Anna stieß ihre Tür auf und schwang die Beine hinaus, stellte die Schuhe mit den hohen Absätzen anmutig in den Schlamm. »Wann bist du wieder da?«

»Um sieben. Vielleicht um acht.«

Also dann um neun, dachte Anna. »Außer dir haben es alle gewußt«, sagte sie. »Du kommst dir wahrscheinlich wie ein Narr vor.«

»Vermutlich ja.« Ralph langte herüber, um die Beifahrertür zu schließen. »Trotzdem sehe ich immer noch nicht ein, warum ich es hätte wissen sollen. Schließlich war ihr Verhältnis keins von dieser extravaganten Sorte. Es war nicht besonders...«, er suchte nach dem richtigen Wort, »... ungestüm.«

Ungestüm, dachte Anna. Sie sah ihm nach, während er wegfuhr. Interessant, wie unser Vokabular reagiert, wie es uns mit Wörtern versorgt, die wir nie zuvor verwendet haben, mit Wörtern, die für uns zurückgelegt waren, hübsch eingefaltet in unseren Kopf und da, wenn wir sie brauchen: wie der für das ganze Leben einer Braut reichende Wäschevorrat oder eine herzogliche Truhe voller monogrammverziertem Porzellan. Der Tod wird über uns kommen, ehe auch nur ein Bruchteil dieser Wörter verwendet worden ist.

. . . 2 . . .

Als Ralph außer Sichtweite war, nahm Anna die Nachmittagspost aus dem Holzbriefkasten neben dem Tor und stakste vorsichtig über den matschigen Boden zur Eingangstür. Die Einfahrt glich mehr einem Weg auf einem Bauernhof als etwas anderem, oft sah sie aus, als sei eine Herde wilder Tiere darübergetrampelt. Der Briefkasten war etwas Neues. Julian, ihr ältester Sohn, hatte ihn gebaut. Nun konnte der Postbote die Beine schonen, nur leider die Familie nicht.

Das Rote Haus war ein Farmhaus, dem seine Farm abhanden gekommen war; ein halber Morgen Land war ihm noch geblieben, und darauf wuchsen die verschiedensten Fahrradschuppen, ein Hundezwinger und ein drahtumzäunter Hundeauslauf mit kaputtem Draht, mehrere mit den Überbleibseln von Familienleben angefüllte schiefstehende Holzhütten und eine unerklärliche Pferdetränke, die sehr alt und von Flechten überzogen war. Neuerdings, seit Julian zu Hause war, waren die Hecken zurückgeschnitten und ein Teil des Geländes entrümpelt, und die Rudimente eines Gemüsegartens tauchten auf. Das Haus und seine hinfällige Umgebung bildeten ein nicht unstimmiges organisches Ganzes; Julians Versuche mit dem Landbau wirkten wie eine Zumutung für den natürlichen Zustand der Dinge, als seien die Fahrradschuppen das Werk der Natur und die Kartoffeln das Werk des Menschen.

Das Haus selber war aus roten Ziegeln errichtet und stand seitlich zur Straße. Es hatte ein schräges, steil ansteigendes Dach; im Sommer flogen die Schädlingsbekämpfungsmittel versprühenden Flugzeuge dicht neben den Schornsteinen vorbei und erschwerten das Anbringen von Antennen. Unterhalb der Dachrinnen gab es mehrere kleine Fenster, und diese verliehen dem Haus ein Aussehen von Ruhelosigkeit: als wolle es demnächst die Straße entlang weiterwandern und seine Grundmauern auf einem anderen Feld errichten.

Zwei Jahre zuvor, als es den Anschein hatte, daß die älteren Kinder bald auf eigenen Füßen stehen würden, hatte Anna vorgeschlagen, daß sie sich nach einem kleineren Haus umsehen sollten. Ein solches wäre in der Unterhaltung billiger, hatte sie gesagt, wissend, welche Begründung Eindruck auf Ralph machen würde. Mit seiner Erlaubnis hatte sie Felix Palmers Firma angerufen, um zu besprechen, ob sie das Haus zum Verkauf anbieten sollten. »Das kann doch nicht dein Ernst sein«, hatte Felix gesagt. »Ausziehen, Anna? Nach all den Jahren? Ich hoffe doch sehr, daß ihr nicht weit weg zieht?«

»Felix«, hatte Anna erwidert, »weißt du noch, daß du Immobilienmakler bist? Solltest du nicht die Leute dazu animieren, ihre Häuser zu verkaufen?«

»Ja, aber doch nicht meine Freunde. Ich wäre ja ein armseliger Wicht, wenn ich versuchte, meine Freunde zu entwurzeln.«

»Soll ich es also anderweitig probieren?«

»Oh, nein, nicht nötig... Wenn du sicher bist...«

»Ich bin alles andere als sicher«, sagte Anna. »Doch du könntest jemanden zum Ansehen herschicken. Es taxieren lassen.«

Felix kam natürlich selbst. Er brachte ein Meßband mit und machte während seines Rundgangs Notizen in einem kleinen, ledergebundenen Buch. Im zweiten Stockwerk begann es ihn zu langweilen. »Anna, liebes Mädchen, laß es uns einfach so sagen... eine Fülle der verschiedensten zusätzlichen Unterbringungsmöglichkeiten... Dachboden und so weiter... jede Menge Stauraum. Belassen wir es dabei, ja? Käufer wollen nämlich nicht ihr Hirn anstrengen, weißt du.« Am Fuße der Treppe zum Dachboden seufzte er. »Ich erinnere mich noch an den Tag, an dem ich euch, Ralph und dich, hierhergebracht habe, um euch dazu zu überreden...« Seine Blicke glitten über sie hinweg, schätzten das Werk der Zeit ab. »Ihr wart damals gerade aus Afrika zurückgekommen.«

An dem Tag war ich müde, mir war kalt, dachte sie, mir war kalt, ich war müde und schwanger, hab mir in dem zugigen Loch von Wohnzimmer die Frostbeulen gerieben; das Rote Haus roch nach

Mäusen und Schimmel, und oben schlugen Türen auf und zu, Fensterscheiben waren kaputt, und es gab Spinnweben. Um seiner nächsten Bemerkung zuvorzukommen, legte sie ihm die Hand auf den Arm. »Ja, Felix. Ja, das ist lange her.«

Felix nickte. »Ich weiß noch, daß ich zu euch sagte – es ist die Sorte Haus, mit der ihr, wenn ihr euch daran gewöhnt habt, gut zurechtkommen werdet.«

»Und das sind wir nie.« Sie lächelte.

»Ihr habt es mit Kindern gefüllt. Das ist die Hauptsache.«

»Ja. Und wenn die Tatsache, daß sie da sind, das Haus verbessert hat, hätten wir auch noch Pferde in den Stall stellen können. Also, Felix – wie lautet das Urteil?«

»Es könnte Interessenten finden«, sagte er vorsichtig. »Leute aus London vielleicht.«

»Aha – Phantasiepreise«, sagte Anna.

»Aber, überleg doch, Anna, wollt ihr wirklich einen so drastischen Schritt machen?«

Felix klappte das Notizbuch zu und steckte es wieder in die Tasche. Sie gingen die Treppe hinunter und tranken ein Glas Sherry. Felix ließ düster den Blick über den Garten schweifen. Allmählich schienen ihm die Konventionen seines Berufs wieder bewußt zu werden. »Nützliche Palette von Nebengebäuden«, murmelte er und notierte sich die Bemerkung in seinem Buch.

An jenem Abend hatte Felix Ralph angerufen. »Warum haltet ihr nicht noch eine Weile durch?« hatte er gesagt. »In ganz Ostengland steigen die Preise. In einem Jahr könntet ihr einen Riesengewinn machen. Sag Anna, ich riete euch zu bleiben, wo ihr seid.«

»Mach ich.« Ralph war erleichtert. »Ich verstehe natürlich, worum es ihr geht – Kit und Julian schon weg, Robin wird in einem Jahr oder so auch nicht mehr da sein, und dann werden nur noch wir zwei und Becky herumgeistern. Aber es kommt natürlich nicht oft vor, daß nur wir als Familie da sind. Wir haben oft Besuch.«

»Ja, ziemlich oft.«

»Und wir brauchen Platz, wo wir ihn unterbringen können.«

Zwei Tage später, als Ralph und Anna immer noch über die Angelegenheit diskutierten, tauchte ihr Sohn Julian mit seinem Koffer auf. Er würde nicht an die Universität zurückkehren, sagte er. Damit habe er abgeschlossen. Er ließ den Koffer in seinem alten Zimmer unter dem Dach, gleich neben dem Robins, zu Boden fallen; sie hatten die Jungen vor Jahren dort untergebracht, damit sie Lärm machen konnten. Julian wartete von sich aus nicht mit einer Erklärung auf, nur mit der, daß er nicht gern von zu Hause fort war, sich Sorgen um die Familie gemacht und sich ständig gefragt habe, wie es ihnen ginge. Dann war es schön, ihn dazuhaben; er machte sich im Haus und in der Umgebung nützlich und zeigte keinerlei Neigung, auszuziehen, wegzuziehen, überhaupt irgendwohin zu gehen.

Danach schrieb Kit aus London; sie rief ihre Eltern jede Woche an, doch manchmal läßt sich etwas in einem Brief leichter sagen.

Ich bin mir noch nicht sicher, was ich nach dem Examen machen soll. Ich habe noch ein Semester vor mir, und ich habe verschiedene Ideen, doch mir fällt immer wieder etwas anderes ein. Es ist nicht so, daß ich herumsitzen und Zeit vertrödeln will, aber ich würde gerne für ein paar Wochen nach Hause kommen, um mir alles gründlich zu überlegen. Dad, ich weiß, Du hast mir gegenüber einmal erwähnt, daß ich ein Jahr lang für den Trust arbeiten könnte, doch die Wahrheit ist, daß ich von London genug habe – jedenfalls im Augenblick. Ich hab mich gefragt, ob es nicht in Norwich etwas gäbe, was ich tun könnte.

»Tja«, sagte Ralph, als er den Brief zum zweiten Mal las. »Das kommt unerwartet. Aber sie muß natürlich nach Hause kommen, wenn sie das möchte.«

»Natürlich«, sagte Anna.

Ihre Perspektive wandelte sich. Sie hatte das Gefühl, daß sie sich damit abfinden müßten, den Forderungen ihres Hauses nachzugeben, vielleicht so lange, bis sie eine alte Frau geworden war.

Nachdem Anna am Nachmittag der Beerdigung in den breiten quadratischen Flur eingetreten war, streifte sie langsam die Handschuhe ab und legte sie auf den Garderobenschrank, ein wuchtiges und überflüssiges Möbelstück, das Ralph in einem Antiquitätengeschäft in Great Yarmouth aufgetrieben hatte. »Im ganzen County gibt es keine andere Familie«, hatte sie damals gesagt, »die sich einbildet, einen solchen Gegenstand zu benötigen.« Mit erneuter Verwunderung und Abneigung betrachtete sie die gedrechselten Säulenbeine, die vielen kleinen Schubfächer und die vielen kleinen Leisten, auf denen sich der Staub sammelte, die Messinghaken, an denen Herren ihre Hüte aufhängen sollten, und sie sah ihr Gesicht in dem trüben, fleckigen Oval des Spiegels und strich sich das Haar aus der Stirn, zog dann ihren Mantel aus und warf ihn über das Treppengeländer.

Das Klima in Norfolk ließ Anna blutleer aussehen, tönte ihre dünnen Hände mit einem Anflug von Violett. Jeden Winter dachte sie an Afrika; Tage, an denen sie, wenn sie im heißen frühen Morgengrauen aus dem Bett aufgestanden war, das Gefühl gehabt hatte, ihre Glieder hätten sich verflüssigt, die Poren in ihrem Gesicht hätten sich geöffnet wie Blütenblätter, und ihre Rippen, der gewohnten Enge entkommen, hätten sich geweitet und ihr erlaubt, tief und lustvoll einzuatmen. In England empfand sie diese Zuversicht nie, nicht einmal im sengenden Juli. Das Thermometer mochte zwar Hitze anzeigen, doch ihr Körper war skeptisch. Die englische Hitze ist launenhaft; Wolken ziehen vor der Sonne vorüber.

Anna ging in die Küche. Julian hatte sie hereinkommen gehört und stellte Teetassen hin.

»Wie ist es gegangen?«

»Ganz gut, nehme ich an«, sagte Anna. »Wir haben ihn begraben. Das Hauptziel wurde erreicht. Wie sollen Beerdigungen denn gehen?«

»Wie hat es Mrs. Palmer verkraftet?«

»Ginny war sehr sie selbst. Ein paar von ihnen sind noch mit zu ihr nach Hause gefahren, es sollte Königinpasteten geben, von Mrs. Gleave gemacht.« Anna verzog das Gesicht. »Und Whisky. Der Whisky schien ihr ziemlich wichtig. Wenn man nach Gin gefragt hätte – keine Ahnung, was dann passiert wäre!«

Julian griff nach den Teetassen. »Niemand würde doch bei einer Beerdigung Gin anbieten.«

»Nein, das wäre ungehörig«, sagte Anna. Mutters Untergang, dachte sie. Das Getränk der Abtreiberin. Der Lieblingsschnaps der Geliebten. Rosige Wangen und aufgeknöpfte Nachmittage.

»Und wie ging es Emma?«

»Emma hat sich gut gehalten. Sie war ein Fels in der Brandung. Übrigens ist sie in dem alten Mantel aufgetaucht.«

»Du hast doch nicht etwa erwartet, daß sie sich einen neuen kauft.«

»Ach, ich weiß es nicht. Eine Frau von geringerem Format hätte sich für den Tag vielleicht einen Zobel geliehen. Und so getan, als hätte Felix ihn ihr geschenkt.« Anna lächelte. Ihre Hände streichelten die Teetasse. »Dein alter Dad und ich haben uns auf dem Rückweg unterhalten. Darüber, daß er so lange nichts von Felix und Emma gewußt hat.«

»Trottel«, sagte Julian.

Ungefähr drei Jahre zuvor, im Jahr bevor Kit an die Universität gegangen war, hatte Ralph Eldred am Nachmittag in Holt zu tun gehabt. Es war ein Mittwoch gewesen, gegen Ende des Jahres; in der Gresham's School hatten Jungen mit schon blauen Knien Hockey gespielt. Die Straßen der kleinen Stadt waren leergefegt von Touristen; der Himmel hatte die Farbe von Zinn.

Ralph hatte beschlossen – und es war ein Vergnügen, das nicht zu seinen Gewohnheiten gehörte –, Tee trinken zu gehen. Das Mädchen hinter dem Ladentisch schickte ihn nach oben; umhüllt von Bäckereigerüchen erklomm er eine steile Treppe mit einem wackeligen Handlauf und befand sich in einem Raum, dessen Decke kaum mehr als zwei Meter hoch war und in dem ein halbes Dutzend Tische mit rosafarbenen Decken und weißem Porzellan eingedeckt waren. Am oberen Ende der Treppe zog Ralph, der ein Mann von einsachtzig war, den Kopf ein, um unter einem Balken hindurchzugehen; als er sich wieder aufrichtete und den Kopf umwandte, schaute er direkt Felix Palmer in die Augen, der im Begriff war, seiner Schwester Emma eine zweite Tasse Darjeeling einzuschenken.

Die zwanzig Minuten, die darauf folgten, waren sehr sonderbar.

Nicht, daß etwas von dem, was Emma tat, ihn befremdet hätte, denn sie sah einfach hoch und grüßte ihn und sagte: »Hol dir doch den Stuhl da drüben und setz dich zu uns. Möchtest du vielleicht einen getoasteten Teekuchen oder lieber ein Rosinenbrötchen oder vielleicht sogar beides?« Felix hingegen ließ einfach den Harris Tweed-Ellbogen sinken, stellte die Teekanne auf den Untersetzer und sagte: »Na, Ralph, Alter, hast du dich wieder mal abgeseilt?«

Ralph setzte sich; er sah aschgrau aus. Als die Kellnerin ihm eine Tasse brachte, zitterte seine Hand. Die unschuldige Szene, auf die sein Blick gefallen war, als er diese Treppe heraufkam, hatte plötzlich und auf schockierende Weise ihre wahre Bedeutung enthüllt; und was Ralph überwältigte, war nicht, daß seine Schwester eine Affäre hatte, sondern die plötzliche Erkenntnis, daß diese Affäre Teil der Weltordnung war, eine Gegebenheit, die von der Allgemeinheit hingenommen wurde, und daß nur er, Ralph – dumm, blind und emotional begriffsstutzig –, die Tatsachen übersehen hatte: er und seine Frau Anna, zu der er nach Hause fahren und der er alles erzählen mußte.

Fragte man ihn, woher er es gewußt hatte, in dem Augenblick, als er unter dem Balken den Kopf drehte und dem ausdruckslosen Blick aus den blauen Augen von Felix begegnete, fragte man ihn, woher er es gewußt hatte – er hätte es nicht sagen können. Das Wissen drang einfach bis in sein Knochenmark vor. Als der getoastete Teekuchen gebracht wurde, biß er einen Happen ab, legte das Stück zurück auf den Teller und stellte fest, daß das, was er abgebissen hatte, in seinem Mund zu einem Kieselstein wurde und er es nicht herunterschlucken konnte. Felix zog eine braune Papiertüte aus der Tasche und sagte: »Schau, Emma, ich habe die Wolle bekommen, die Ginny für ihren verdammten Gobelin gewollt hat, der Laden hatte sie seit drei Monaten bestellt, ich bin nur für den unwahrscheinlichen Fall reingegangen, und sie sagten, heute morgen ist sie gekommen.« Er breitete den Strang auf dem Tischtuch aus; die Farbe war die von abgestorbenem Farnkraut. »Ich hoffe bloß, es ist der richtige Farbton«, sagte er. »Ginny liegt mir ständig mit Farbpartien in den Ohren.«

Emma machte eine nichtssagende Bemerkung; Felix begann bald

vom Umbau einer Kirche in Fakenham zu erzählen, die in der gleichen Woche in die Bücher der Firma gekommen war. Danach hatten sie über das Gehalt des Organisten in der Kirchengemeinde der Palmers geredet, danach über den Benzinpreis. Ralph konnte überhaupt nicht Konversation machen. Der Strang braune Wolle war auf dem Tisch liegengeblieben. Er starrte darauf, als sei er eine Schlange.

Ralph kam an jenem Abend allein nach Hause – was Anna überraschte. Keine Freunde aus alten Tagen, kein Troß von Leuten, keine dicke Aktenmappe in der Hand; auch kein eiliges Laufen zum Telefon, kein über die Schulter zugerufener Gruß, keine besorgten Fragen nach diesem oder jenem und wer angerufen hatte und etwas ausrichten ließ. Er hatte sich in die Küche gesetzt, und als Anna hereingekommen war und nachschauen wollte, warum er so bedrückt war, schaukelte er auf den hinteren Beinen seines Stuhls hin und her und starrte die Wand an. »Weißt du, Anna«, sagte er, »ich glaube, ich würde gern etwas trinken. Ich habe einen Schock gehabt.«

Alkohol war für Ralph ausschließlich eine medizinische Substanz. Brandy konnte man bei einer Kolik einnehmen, wenn andere Arzneien nicht geholfen hatten. Heißer Whisky mit Zitrone war gut bei Erkältung, denn Ralph erkannte an, daß erkältete Menschen Aufmunterung brauchten, und für Aufmunterung war er ganz und gar. Aber zur Besiegelung von Geselligkeit zu trinken war etwas, das nie Teil seines Lebens geworden war. Seine Eltern tranken nicht, und er hatte sich nie von seinen Eltern befreit. Natürlich hatte er nichts dagegen, wenn andere tranken; sie waren gut bevorratet, er war ein gastfreundlicher Mensch. Wenn diejenigen, die keinen Ton herausbrachten, und diejenigen, die sich verkühlt hatten, nach ihm riefen, stand Ralph mit Gläsern und Eiskübeln bereit. Sein Auge war ungeübt und sein Wesen großzügig, so daß die Gläser, die er einschenkte, mehr als das Vierfache des normalen Maßes enthielten. Ein Mitglied des Stadtrats ihres Orts war, als er das Rote Haus verlassen hatte, von der Polizei in East Dereham aufgefordert worden, ins Röhrchen zu blasen, wobei ein dreimal höherer Alkoholspiegel als gesetzlich erlaubt festgestellt worden war. Ein andermal war einer Sozialarbeiterin aus Norwich auf der Treppe schlecht geworden. Wenn derlei Dinge passierten, sagte Ralph: »Mein Onkel, der Heilige James, hatte wohl recht. Totale Abstinenz ist das beste. Die Dinge geraten so schnell außer Kontrolle, nicht?«

Daher hielt er es, als Anna ihm nun ein normal großes Glas Whisky einschenkte, für gemein und klein. Er schaute bestürzt auf das Glas, sagte aber nichts. Nach einer Weile, noch immer mit dem Stuhl kippelnd, sagte er: »Emma hat ein Verhältnis mit Felix Palmer. Ich hab sie heute gesehen.«

»Was, *in flagranti*?«, fragte Anna.

»Nein. Beim Teetrinken in Holt.«

Anna sagte eine Zeitlang nichts, dann: »Ralph, darf ich dir etwas erklären?« Sie setzte sich an den Tisch und verschränkte die Hände auf dem weißgescheuerten Holz. Es war, als wolle sie laut beten, wisse jedoch nicht, wofür sie beten sollte. »Du darfst nicht vergessen, daß Emma und Felix, als sie jung waren, immer gemeinsam unterwegs waren. Das weißt du doch, oder nicht?«

»Ja«, sagte Ralph. Er hörte auf zu kippeln. Die Vorderbeine seines Stuhls setzten mit dumpfem Geräusch auf. »Aber das ist doch so lange her – das reicht zurück in die fünfziger Jahre, vor ihrer Ausbildung, als sie in London war und manchmal am Wochenende hierher kam. Das war, bevor wir ins Ausland gingen. Und dann hat er Ginny geheiratet. Gott«, sagte er. »Du meinst, das geht schon seit Jahren so?«

»Ja. Jahre- und jahrelang.«

»Auch ... zum Beispiel ... als wir aus Afrika zurückkamen?«

Anna nickte. »O ja. Es sind schon so viele Jahre, verstehst du, daß die Leute keine Lust mehr haben, darüber zu reden.«

»Und du hast es gewußt. Warum habe ich es nicht gewußt?«

»Vielleicht, weil du nicht auf Menschen achtest.«

»Aber Menschen sind mein ganzes Leben«, sagte Ralph. »Gott steh mir bei. Bei allem, was ich tue, geht es um Menschen. Worüber denke ich denn sonst nach?«

»Vielleicht denkst du nicht ganz in der richtigen Weise über sie nach. Vielleicht ist da eine – Lücke – in der Art und Weise, wie du über sie nachdenkst.«

»Irgend etwas fehlt«, sagte Ralph. »Muß ja wohl, oder? Wenn das der Fall ist, muß ich mich hinsetzen und mit mir selber reden und versuchen, es zu ergründen, was immer es ist, dieser Mangel, nicht? Andernfalls ist es offensichtlich, daß man mich nicht frei herumlaufen lassen darf.« Er schüttelte den Kopf. »Ich sag dir, was mir trotzdem ein Rätsel ist. Da ist Emma, in ihrem Häuschen direkt an der Hauptstraße in Foulsham, und dort drüben in Blakeney ist Felix, und wir kennen unzählige Leute, die dazwischen sind, und trotzdem –«

»Ja, wir kennen Leute. Aber wie ich dir schon sagte, sie reden gar nicht mehr darüber.«

»Aber warum hat es denn mir niemand gesagt?«

»Warum sollten sie? Wie hätten sie das Thema denn anschneiden sollen?«

»Warum hast *du* es mir nicht gesagt?«

»Was hättest du denn mit der Information angefangen?«

Ralph schüttelte immer noch den Kopf. Er konnte das nicht begreifen – daß seine Entdeckung, so aufregend für ihn, für alle anderen ein alter Hut war und sie langweilte. »Was mir nicht in den Kopf will, ist, wie sie in einer solchen Gegend etwas hinbekamen, was einem doch so ins Auge springen muß – ich meine das Kommen und Gehen, denn sie kann ja wohl nicht nach Blakeney gehen, also muß er nach Foulsham kommen, er muß sein Auto dort parken, die ganze Nacht über –«

Anna lächelte.

»Nein«, sagte Ralph. »So ist es wohl nicht, oder? Sie gehen wohl ziemlich oft in Teestuben. Es ist wohl mehr eine – geistige Kameradschaft, nicht?«

»Zum großen Teil sicher ja. Aber Menschen wie Felix und Emma kommen mit einer Menge davon, weißt du. Sie haben alles gut unter Kontrolle.«

»Es hat ihrem Ansehen nie geschadet«, sagte Ralph. »Ich meine, ihrem Ansehen in der Stadt. Wissen es die Kinder?«

»Kit weiß es. Die Jungen wissen es vermutlich auch, aber sie erwähnen es nie. Es ist für sie nicht von Interesse.«

»Was sagt Kit dazu?«

»Du weißt doch, daß sie ihre Tante immer bewundert.«

»Ich hoffe, ihr Leben wird nicht so«, sagte Ralph. »Mein Gott, das hoffe ich wirklich. Ich möchte nicht, daß aus Kit eine einfache Frau wird, die in einem Tweedmantel durch die Gegend fährt, um gemeinsam mit einem alten Langweiler eine Tasse Tee zu trinken. Ich hoffe, daß einer kommt, der etwas hermacht und reich ist und der sie davonführt und ihr Diamanten schenkt. Ich hab nichts dagegen, wenn sie nicht fest bei einem Mann bleibt. Ich möchte, daß Kit sich amüsiert.«

»Wie altmodisch du bist!« Anna lachte. »Du redest von ihr, als ob sie eine Revuetänzerin wäre. Kit wird sich ihre eigenen Diamanten kaufen, wenn es ihr in den Sinn kommt, welche haben zu wollen.« Anna schaute hinunter auf den winzigen Solitär, der seit fünfundzwanzig Jahren über ihrem Ehering funkelte. »Und, Ralph, es gibt keinen Grund, Felix zu beleidigen. Du magst ihn, hast ihn immer gemocht, wir alle mögen ihn.«

»Ja. Ich weiß. Aber jetzt sieht alles anders aus.«

Er stellte sein leeres Glas auf den Tisch. Dies ist mehr als eine Wissenslücke, dachte er, dies ist fehlende Selbsterkenntnis. Anna schenkte ihm noch einen Whisky ein. Er ließ ihn stehen, darum trank sie ihn selbst.

Am Küchentisch sitzend, sagte Julian: »Ich dachte, Kit würde zur Beerdigung nach Hause kommen.«

»Es war hauptsächlich unsere Generation«, sagte Anna. »Es waren viele Leute da. Ich finde, drei Eldreds waren genug.«

»Ein elegantes Genügen«, sagte Julian.

Seine Mutter lachte. »Wo hast du denn den Ausdruck her?«

»Ich hab gehört, wie Kit das gesagt hat. Aber meinst du nicht, sie hätte vielleicht dabeisein wollen? Wo sie neuerdings so mit Daniel Palmer befreundet ist?«

Felix' Sohn, der Architekt, hatte eine Wohnung über seinem Büro in Holt. Er interessierte sich für Kit; er hatte sie ins Theater und zum Essen ausgeführt, und er hatte sie eingeladen, mit dem Boot rauszufahren, das er in Blakeney liegen hatte. Anna sagte: »Ich glaube, Kit betrachtet Daniel als jemanden, der sie einlädt. Eine Beerdigung ist nichts, was man spendiert.«

»Wann kommt sie nun nach Hause?«

»Nicht vor Ostern. Sie hat in ein paar Wochen ihre Prüfungen hinter sich, weißt du.«

»Ja, das weiß ich schon. Du brauchst solche Dinge, Semester, Prüfungen, nicht dauernd zu erwähnen.«

»Wir müssen über dich sprechen, Julian. Aber vielleicht nicht heute nachmittag.« Sie schaute über den Rand ihrer Tasse. »Was hast du heute gemacht?«

»Ich hab angefangen, die Pfosten für den hinteren Zaun zu setzen.«

»Und hast du dich mit deiner Freundin getroffen?«

Die leichte Vulgarität und Kindlichkeit des Ausdrucks fiel Julian auf. Es war, als habe seine Mutter Tee auf der Tischplatte verschüttet oder mit den Fingern in die Zuckerdose gegriffen.

»Ich fahre morgen hin. Ich wollte nur mit dem Zaun anfangen, solange es nicht regnet. Ich wünschte, Kit würde bald nach Hause kommen. Ich möchte, daß sie Sandras Mutter kennenlernt. Ich möchte wissen, was sie von ihr hält.«

Sandra wird uns also noch einen Sommer länger erhalten bleiben, dachte Anna. Julian mußte man das eine oder andere aus der Nase ziehen.

Ein paar Tage nach der Beerdigung fuhr Emma zu dem Schrein in Walsingham. Sie wußte nicht genau, warum; ihr Glaube, sollte er noch dasein, war nichts, was sie öffentlich zur Schau stellte. Doch wenn man von Trauer überwältigt wird, sagte sie sich, kann man Schlimmeres tun, als den Formen Genüge zu leisten, die anderen Menschen geholfen haben, mit ihr fertig zu werden. Bei Felix' Beerdigung hatte der Priester gesagt, sogar im tiefsten Kummer könnten die vertrauten Formen des Gebets das Herz mit christlicher Freude erfüllen. Na schön, dachte Emma grimmig, versuchen wir's mal. Irgend etwas braucht man. Ginny hatte die Bestattungsunternehmer.

Es ging um die Frage des Erbscheins. Es ging darum, Mrs. Gleave und die Königinpasteten zu organisieren. Aber ich habe nichts. Leere. Mangel an Beschäftigung. Es ist, als hätte ich von einem Tod gehört, der sich in einem fernen Land ereignet hat. Es ist, als hätte ich keinen Anspruch auf Mitgefühl, weil ich vom Tode eines Menschen erfahren habe, den meine Freunde nicht kennen. Es gibt keinen Körper. Es gibt keine Leiche. Nur diese Abwesenheit, dieses Gefühl von etwas Unabgeschlossenem.

Fakenham umrundend, sich dem Schrein und dem Meer auf den abgelegenen Straßen nähernd, stellte sie fest, daß nur ihr Auto diese Straße befuhr. Auf der anderen Seite der flachen Felder stießen Turmspitzen in den mit Schnee aufgeladenen Himmel, die Wolken waren von Kälte schwer und gebeugt; Norfolk ist ein Land der Kirchen, einige gegen den Himmel geöffnet, die Kanzeln von Nesseln, die Mittelschiffe von Schwarzdorn- und Brombeersträuchern okkupiert. In denen, die noch nicht überflüssig sind, sinkt die Zahl der Gottesdienstbesucher; die Anschläge der Samariter, in die in den Vorhallen der Wind fährt, künden von der Eigenart und Häufigkeit ländlicher Verzweiflung.

Der Parkplatz von Walsingham war leer. In den Straßen waren keine Touristen und Pilger unterwegs, und die alten Gebäude – Fachwerk und Ziegel und Stein, Steildächer und holländische Giebel – schienen dichter zusammengerückt zu sein, als lege sich die Stadt für den Winter zur Ruhe. Beim Anglikanischen Schrein schauten Gipsheilige aus den Ladenschaufenstern, auch gewebte Heilige mit gestickten Augen. Ein Hauch von Gold funkelte hier und da auf einem Heiligenschein aus Pappe; Postkarten wurden angeboten und Gebete, die in simulierter Fraktur auf simulierten Schriftrollen gedruckt waren. Es gab Kerzen zu kaufen, die auch zu säkularen Zwecken Verwendung finden konnten; in anderen Schaufenstern waren Schallplatten mit Aufnahmen von Canti firmi, Honig in Töpfen aus Steingut und Kartons mit Norfolker Lavendelseife ausgestellt. Geschirrtücher aus Walsingham wurden angeboten, Gläser mit Chutney, Dosen mit Butterkeksen, Earl-Grey-Teebeutel, verpackt in Form viktorianischer Taschen; und es gab Kräuterkissen, Altenglische Pfefferminzbrocken, Duftsträußchen und Plüschtiere, Wandplaketten, Briefbeschwerer und duftendes Schrankpapier – alles Beiwerk, das man an einer alten Pilgerstätte erwarten würde. Der Umsatz war bescheiden. Die einzige Bewohnerin, die man sah, war eine Frau mit einem Einkaufskorb am Arm und einem Mops an der Leine. Sie nickte Emma zu und ging weiter, in den Schatten der Mauer der Abtei geschmiegt.

Emma ging den Pfad zur Kirche hinauf. Es war ein in den dreißiger Jahren errichtetes Bauwerk, und sein Äußeres, enttäuschend schlicht, ließ nichts von seinem düsteren päpstlichen Inneren ahnen: den flakkernden geweihten Kerzen, den in goldenen Rahmen schmollenden Jungfrauen mit den traurigen Augen. Was hätte mein Vater gesagt, fragte sich Emma, was hätte mein Vater zu einem solchen Trödelladen gesagt? Matthew Eldred schien sehr weit weg, sehr alt, tot und begraben zu sein. Nicht so Felix. Allein in ihrem Häuschen in Foulsham, horchte sie immer noch auf das Geräusch seines Schlüssels im Schloß.

Emma drückte sich im hinteren Teil der Kirche herum, fern vom Altar. Schließlich setzte sie sich auf einen Stuhl am Ende einer Reihe. Sie erteilte sich die Erlaubnis zu weinen, doch die Tränen kamen nicht. Wie ihre Schwägerin Anna hatte sie sich das Weinen abgewöhnt. Der Gedanke an Felix lag ihr wie ein Stein auf der Brust.

Draußen schienen irgendwelche Bauarbeiten im Gange zu sein; sie hörte das monotone Schlagen von Hämmern und das Kreischen von Bohrern. In meiner Familie, dachte sie, üben wir Zurückhaltung und bewahren Geheimnisse, und die Gedanken, denen wir Achtung entgegenbringen, bleiben unausgesprochen; sogar Felix, ein offenes Geheimnis, war irgendwie doch ein Geheimnis. Aber unsere Geheimnisse bewahren uns nicht. Sie zürnen uns; sie fressen uns auf, von innen her.

An der rückwärtigen Wand hingen Holzplaketten mit Namen und Daten: Danksagungen, Vorsätze. *Danke dafür, daß ich bei einem Autounfall 1932 überlebte. Für die Wiedervereinigung von Mann und Frau, nach einem Gebet am Schrein, 1934. Erfolg bei einer Prüfung, Danke, 1935.* Was für kleine Belange es doch sind, deren Berücksichtigung wir von Gott erwarten, dachte Emma. *Danke für einen glücklichen Tod, für den im Heiligen Haus gebetet wurde.* Wer hat diese Plakette hier angebracht, und woher wußte derjenige, daß es ein glücklicher Tod war? Einige Plaketten gaben nichts preis. Bei diesen konnte der Besucher seine Vorstellungskraft benutzen: *Die Gebete wurden erhört.*

In der Nähe dieser Plaketten stand in Eimern Wasser aus der Heiligen Quelle bereit. Die Pilger konnten sich selbst bedienen, indem sie mit verschiedenen Gefäßen schöpften; auf einem Tisch, auf dem sich Gebetbücher stapelten, lagen auch der zurückgelassene Verschluß einer Thermoskanne, ein paar Papiertassen, wie sie von Teeautomaten ausgestoßen werden, und ein paar Becher aus Hartplastik, jeder einzelne davon am Rand eingekerbt, als habe jemand darauf herumgekaut. Emma hielt diese Kombination für unhygienisch. Sie ging hinaus, die Handschuhe in der Hand.

In der Vorhalle lag ein riesiges Buch, die mit Linealstrichen in Spalten eingeteilten Seiten stark abgegriffen. Eine Aufschrift verhieß: FÜR ALLE, DEREN NAMEN IN DIESEM BUCH VERZEICHNET SIND, WIRD AN DIESEM SCHREIN GEBETET.

Emma nahm ihren Füllhalter aus der Tasche, schlug eine leere Seite auf und trug das Datum ein. Sie setzte den Namen von Felix nicht in das Buch, weil sie glaubte, daß die Kraft sich auf die Lebenden konzentrieren sollte, nicht auf die Toten. Sie setzte auch ihren eigenen Namen nicht hinein, weil sie glaubte, sie würde auch so zurechtkommen. Doch sie schrieb die Namen ihres Bruders und seiner Frau auf:

RALPH ELDRED

ANNA ELDRED

Darunter schrieb sie:

KATHERINE ELDRED

zögerte dann und ließ eine Zeile frei vor

JULIAN ELDRED

ROBERT ELDRED

REBECCA ELDRED

Es dämmerte schon, als Emma aus der Vorhalle trat. Zwischen der Kirche und der Straße gab es keinen gepflasterten Weg; sie stieg neben der hohen Mauer langsam hügelaufwärts, nur durch den gütigen Himmel vor den Autos hinter ihr bewahrt. Schneeregen fuhr wirbelnd in Nischen aus Stein und Flint, schlug an Fensterglas und schmolz unter den Schuhen. In einem fast leeren Café sitzend, die Hände um einen Becher heiße Schokolade gelegt, dachte sie an jenen anderen eisigkalten Nachmittag, als Ralphs krauser Schopf auf der Treppe in der Teestube in Holt aufgetaucht war, sich unter dem Dachbalken geduckt hatte, herumgefahren war und mit starrem Blick...

Wenn Ralph ihnen an jenem Tag nicht auf die Schliche gekommen wäre, seine Sinne durch die Kälte geschärft, hätte er weiter in seiner hartnäckigen, für ihn typischen Unwissenheit verharrt, und als Felix starb, hätten sie wie zwei alte Freunde der Familie an seinem Grab stehen können, und Ralph hätte ihr nur das Mitgefühl ausgesprochen, das sich zwischen anständigen Menschen gehörte, wenn ein Zeitgenosse von der Bildfläche verschwunden war. Und das, so dachte sie, hätte mir genügt.

Gedichtzeilen gingen Emma durch den Kopf. Auden, dachte sie. Es freute sie, daß sie sie identifizieren konnte, war sie doch keine literarisch gebildete Frau. Es waren eindringliche Zeilen, die eine unverhüllte Drohung enthielten:

Der Gletscher poltert im Kasten,
Im Bett die Wüste ächzt,
Bis die Straße ins Land der Toten
Aus dem Sprung in der Teetasse wächst.

Emma teilte sich das Café mit einem Geistlichen im Talar, der den *Daily Telegraph* las. Ein Ölofen knackte und zischte hinter ihrem Rücken. Sie dachte noch einmal daran zu weinen, doch sie fürchtete, der Mann könnte seine Zeitung niederlegen und versuchen, sie zu trösten. Statt dessen knöpfte sie sich den Mantel zu und wappnete sich für das Zwielicht und die Kälte, die Heimfahrt nach Foulsham.

Ich weiß kaum noch, was ich bin, dachte sie: eine Gute Seele oder ein Trauriger Fall.

O schau, schau in den Spiegel,
Schau deinen Kummer an;
Dir auch ist Leben ein Segen,
Dir, der nicht segnen kann.

...3...

Kit schläft, eingehüllt in Hitze. Sie läßt sich auf den Rücken rollen. Ihre Lippen bewegen sich. Was sagt sie? Mama, Mama; Milch, Milch. Das Handgelenk schiebt ihr das Haar aus der Stirn. Sie dreht sich noch einmal. Das Laken knittert unter ihr, feucht von ihrem Körper. Eine Internatsdecke gleitet zu Boden.

Kits Hand ballt sich zur Faust, öffnet sich wieder – pummelige Babyfaust. Die Luft ist zu heiß zum Atmen. Bald wird Felicia kommen, mit ihrem blauen Halstuch, und sie aus dem Dunstschleier der Moskitonetze heben.

Ihre Augen öffnen sich zu einer weißen Wandfläche. Sie läßt den Blick wandern und sieht den polierten Boden und die hinuntergefallene Tagesdecke und ihren eigenen bloßen Arm, der von den Laken herabhängt wie der Körperteil von jemand anderem. Es ist 7 Uhr 30, ein schmutziger Londoner Morgen, der Verkehr nimmt zu. Ein Hauch von Frühling liegt in der Luft.

In ihrem Traum ist sie in Afrika gewesen.

Sie setzt sich langsam auf, zieht sich das oberste Laken über die Brust, als sei jemand ins Zimmer gekommen. Sie ist in dem Zimmer, das sie während der Semestermonate bewohnt, in einem Wohnheim für Studentinnen. Ihre kleine Golduhr tickt auf einem Stapel von Lehrbüchern vor sich hin. Ihre Jeans und ihr warmes kariertes Hemd liegen zusammengefaltet auf einem Stuhl. Draußen im Korridor gehen ihre Kommilitoninnen in Bademänteln in Badezimmern ein und aus, die Haare in verschiedenen Arrangements von Turbanen und Nadeln. Sie bleiben stehen und wechseln ein paar Worte, sagen, daß die Zentralheizung lächerlich sei, daß es ist, als sei man in den Tropen, daß man sich unbedingt beschweren müsse. Toilettenspülungen rauschen. Aus dem Erdgeschoß weht das Aroma der kochenden Frühstücksmahlzeiten herauf, bläßliche Speckstreifchen, schwarz verbrannte Pilze. Toast wird in den Ständern hart.

In Norfolk, im Roten Haus, träumt ihre Mutter Anna von einer Zelle. An ihrem bloßen Bein spürt sie das Scheuern einer Gefängnisdecke und unter ihrer Hand das Metall einer Gefängnispritsche. Eine Frauenstimme sagt zu ihr: »Der Colonel hat Ihre Bitte um einen Spiegel abgelehnt.« Anna erwacht.

Im Zimmer ist es kalt. Ralph hat sich die Decken über den Kopf gezogen. Sie setzt sich auf, massiert sich mit den Fingerspitzen die Schläfen. Mit kleinen kreisenden Bewegungen, als sei es einziehende Creme, reibt sie den Traum fort. Sie vergißt ihn. Vergessen ist eine Kunst wie andere Künste. Sie bedarf der Hingabe und der Übung.

Was Kit anbetrifft – sie wäscht sich, zieht sich an und geht die große, mit Schnitzereien verzierte Treppe hinunter, den Korridor entlang, in dem es nach Pastinaken und Bohnerwachs riecht. Auf dem Weg vom Frühstück zieht sie einen Brief aus dem mit ›E‹ gekennzeichneten Fach.

Der Brief ist von ihrem Vater. Ralph ist ein guter Briefschreiber – wohingegen in anderen Familien, wie sie weiß, Väter nie den Stift aufs Papier setzen. Sie schiebt den Brief in die Tasche ihrer Jeans, um ihn mittags bei einem Brötchen mit Salat und Joghurt zu lesen, läuft hinaus über die gefleckte Feuchtigkeit des Russell Square in Richtung U-Bahn und Themse und einen stickigen Hörsaal.

Ihr Traum zuckelt hinter ihr her, kontaminiert ihren Tag.

Julian, der keinen Grund hat aufzuwachen, schläft bis halb neun. Helle Buchstaben schweben aus einem Sommerhimmel heran und fügen sich zu Nonsens-Wörtern. Das ist sein gewohnter Traum; des Schreckens, den er einst vermittelte, ledig, enthält er immer noch eine Beimischung von Frustration.

Emma träumt nicht. Schlaflosigkeit hat sie überkommen; sie wandert in den frühen Morgenstunden, den Stunden tiefer dörflicher Stille, durch die Räume ihres Häuschens. Sie zieht die Vorhänge nicht zu;

vor ihrem Haus brennt eine Straßenlaterne, die ihre ordentlich in den Regalen aufgereihten medizinischen Bücher und den Abwasch, den sie in der Spüle stehengelassen hat, bescheint.

Ralph träumt von seinem Vater.

Dies ist die Stadt, der Zeitpunkt, der Ort, wohin sein Traum ihn zurückträgt: Ralph geht auf Kopfsteinpflaster, sein Handgelenk fest umspannt von der Hand seines Großvaters, sein Blick nach oben gerichtet, um ihn über die Säule des Körpers des Großvaters wandern zu lassen. Wind rauscht durch die Straßen und um die hohen Steinhäuser und ihre Schornsteine. Ralph ist drei Jahre alt. Sein Großvater hebt ihn hoch, hält ihn in den Armen und wickelt den Mantel fester um ihn, um die Kälte draußen zu halten.

»Zu meiner Zeit, Ralphie«, sagt er, »hatten wir Eselrennen auf dem Marktplatz. Und zur Zeit meines Großvaters hatten sie Treibjagden mit Schweinen, und Schornsteinfeger tauchten in Mehlbecken nach Pennies. Und hinterher gab es Feuerwerk, und sie haben den Boney verbrannt.«

Sein Onkel James sagt: »Armer Ralphie! Er weiß nicht, wer Boney ist.«

Ralph dreht den Kopf gegen seines Großvaters wollene Schulter. Er hebt das Kinn und zappelt, versucht sich in Großvaters Armen zu drehen. Einen Schritt hinter ihm geht sein Vater, Matthew Eldred. Doch die Schulter versperrt ihm die Sicht; vielleicht ist es auch Onkel James, der zwischen ihm und Matthew steht. Sein Vater ist da, das weiß er, aber Ralph kann sein Gesicht nicht sehen.

Dies ist Ralphs erste Erinnerung: das Kopfsteinpflaster, das tiefe Stöhnen des Winds, der dicke Mantel seines Großvaters, der ihn an der Wange kratzt.

Die Familie Eldred stammte aus jenem Landstrich, der Brecklands genannt wird; es ist ein von Kalkstein und Torf begrenztes, jedoch von einer wandernden Sandschicht bedecktes Land. Seine weiten Felder sind mit Flintstein übersät oder ersticken unter Adlerfarn; sie werden von Tannen gesäumt, die zu phantastischen Formen verbogen sind. Es ist das Land der Flintknapper und Kaninchenhüter, neuerdings der Archäologen und des militärischen Personals. Es gibt Hügelgräber und Wälle, Tumuli und alte Spuren; es gibt Eichen und Ulmen. Die Römer haben ihre Münzen, ihre Skelette und Teile von Terrakottagefäßen zurückgelassen; die Militärs haben ihre Baracken und Drahtzäune inmitten der Ruinen von Klöstern und Schlössern errichtet. Überall spürt man das Vorhandensein von stehendem Wasser, von Wattvögeln, von Erlen und Weiden und von Schwänen, die in den Himmel aufsteigen.

Dies ist das Land der Begegnungshäuser, das Land der Kapellen; die Kirchen sind verfallen oder schlecht wiederaufgebaut, und der Sinn für die Vergangenheit ist stark und düster und durchdringt alles. Gemeindehallen und Kirchen sind zerstört, Feuer vernichtete Reet, Luft vernichtete Stein; Gebäude werden der Landschaft zurückgegeben, ihre Mauern zu über die Felder verstreutem Flintstein und Geröll reduziert. Ein Gegenstand, den du heute abend fallen läßt, kann am Morgen schon verschwunden sein, doch der Pflug befördert auch Schätze nach oben. In diesem Land scheint das Werk des Menschen kurzlebig, sein Einfluß flüchtig zu sein. Der Sommer versengt die Heide. Der Winter bringt ein fahles, feuchtes Licht. Der Himmel ist taubenfarbig; die Sonne bricht mit breiten funkelnden Strahlen durch ihn hindurch, jenen Strahlen ähnlich, die in päpstlichen Druckerzeugnissen das Walten des Heiligen Geistes anzeigen.

Matthew Eldred, Ralphs Vater, wurde im Jahre 1890 in der Nähe der Marktstadt Swaffham geboren. Seine Familie waren Drucker, Laienpriester. Sein Großvater hatte Abhandlungen und Traktate gedruckt. Sein Vater hatte Handzettel und Auktionskataloge und Warenlisten und die privat finanzierten Memoiren von Geistlichen und Schulvorstehern gedruckt. Ihre Häuser und die Häuser ihrer Freunde waren Tempel der Rechtschaffenheit, der tintenschwarzen Gelehrsamkeit, der dumpfen Befolgung des Sabbatgebots; ihre Religion war eine Religion der Tatkraft, der Bekehrung, der Rastlosigkeit und der praktischen Vernunft. Sie empfanden kein Bedürfnis danach, Gottes Wesen zu ergründen, sie näherten sich ihm durch frühes Aufstehen, Bibelstudium und ernsthafte, vergebliche Versuche, demütig zu sein. Die Eldreds waren in der Nächstenliebe so umsichtig wie bei ihren Geschäften – sie streuten ihr Brot auf dem Wasser aus und rieben sich die Hände in Vorfreude auf die milchigen Laibe, die zurückkommen und die Regale ihrer Familie und Freunde füllen würden.

Matthew Eldreds Bruder James, der vier Jahre jünger war, wurde gleich nach Ende des Ersten Weltkrieges in der Kirche von England zum Priester geweiht. Fast unmittelbar danach reiste er zu den Missionen in Afrika ab, und dadurch versäumte er Matthews Hochzeit. Matthew heiratete ein grauäugiges Mädchen namens Dorcas Carey, deren Vater ein in der Stadt ansässiger Holzhändler war und dessen Verbindungen über die Grenzen des County hinaus – ihre ältere Schwester hatte einen Mann aus Yorkshire geheiratet – geprüft und anschließend verziehen worden waren.

James tauchte ein Jahrzehnt später – dünner, fröhlich, ein wenig zynisch – anläßlich der Taufe des ersten Kindes seines Bruders, Ralph, wieder auf. Dorcas sah verwirrt aus: nach zehn Jahren hatte sie einmal etwas richtig gemacht. Ein zweites Kind, eine Tochter, folgte zwei Jahre später. James war immer noch, wie er es bezeichnete, im Urlaub, doch er war nicht müßig; er arbeitete im Londoner East End in einem Haus für Obdachlose und Trinker. Als Ralph vier Jahre alt war, öffnete sich Afrika und verschluckte Onkel James aufs neue. Nur Briefe kamen, auf Papier so dünn wie Seide, und Fotografien von nackten Eingeborenenkindern und runden Strohhütten, von namenlosen Geistlichen und Helferinnen mit großen Zähnen und weißen Sonnenhüten, von Konfirmanden mit weißen Handschuhen und weißen Schürzenkleidern.

Ralph besitzt diese Fotografien immer noch. Er bewahrt sie in braunen Umschlägen auf, die Abgelichteten auf der Rückseite (wenn das Gedächtnis von Onkel James zu Diensten war) in Ralphs großer, energischer Handschrift namentlich benannt. Auch datiert? Manchmal. Onkel James starrt auf eine verblichene, von der afrikanischen Sonne gegerbte Jungfer, auf ein zappelndes schwarzes Kind, das nur eine Perlenschnur am Leib trägt. »Wie soll ich das wissen? 1930?« Ralph notiert auf der Rückseite jedes Fotos den Vermerk, schreibt mit weichem Bleistift, falls Onkel James es sich noch einmal anders überlegen sollte. Er hat Respekt vor Daten; die Vergangenheit ist ihm nicht gleichgültig. Er bewahrt die Umschläge in den Schubladen seines Schreibtischs auf. Eines Tages, denkt er, wird er vielleicht die Geschichte seiner Familie aufschreiben. Doch dann scheuen seine Gedanken, und er denkt an das, was ausgelassen werden müßte.

Sein Vater und seine Mutter stehen in Zinnrahmen auf seinem Sekretär und beobachten ihn bei seiner Arbeit. Matthew Eldred ist füllig geworden; die Uhrkette spannt über seinem Bauch. Selbstbewußt vor dem Fotografen stehend, hat er die Finger an das Revers gelegt. In mittleren Jahren hat Dorcas das Gesicht eines Voortrekkers oder einer Prärieamerikanerin, ein durchscheinendes Gesicht, das darauf wartete, daß Gott sein Schlimmstes tut.

Als Ralph acht Jahre alt war und seine Schwester Emma sechs, verpflanzte Matthew seine Familie und sein Geschäft von Swaffham nach Norwich. Er begann Bezugsscheinbücher zu drucken und endete als reicher Mann.

Der Krieg kam. »Wärst du gerne«, wollte Emma von Ralph wissen, »so groß, daß du kämpfen könntest?« Emma ballte die Faust und trommelte so lange auf das Wohnzimmersofa ein, bis die Faust zu ihr zurückkatapultiert wurde und Staub aufwirbelte und ihre Mutter aus der Küche kam und ihr eine Ohrfeige gab.

Ungefähr ein Jahr später hörten sie ein Gespräch hinter einer geschlossenen Tür. »Die Grammar School von Yarmouth ist in die Midlands umgezogen ... Lowestoft wurde gestern evakuiert ...« Sie hatten einen Ausflug ans Meer gemacht – eine sinnlose Exkursion, wie die Kinder meinten, denn die Strände waren vermint – und die erste Welle der aus London Evakuierten gesehen, die von Ausflugsdampfern schwappten und mit ihren Gasmasken in Küstendörfern an Land gingen. Sie standen an der Straße und schauten, diese stoppelhaarigen und abgeschirmten Kinder. Jetzt zogen die Kinder noch einmal um, noch tiefer nach England hinein.

Emma wandte Ralph den Blick zu. »Wie ist das, evakuiert werden?« zischte sie.

Er schüttelte den Kopf. »Uns wird das nicht passieren, ich glaub's nicht. Die von der Küste, die gehen.«

»Ich meine«, sagte Emma, »wie macht man das?«

Er legte den Finger auf die Lippen. Er dachte nicht, weder damals noch später, daß seine Eltern grausam waren, nur gesetzt, älter, phantasielos.

Als der Krieg zu Ende war, gab es noch mehr geflüsterte Gespräche. Seine Eltern debattierten darüber, ein Waisenkind aufzunehmen – vielleicht das Kind eines Mädchens aus dem Ort, das sich mit einem Flieger eingelassen hatte. Oder ein älteres Kind, einen Kameraden für Ralph ... Durch eine Verbindung in der Kirche hatten sie von einem sehr unglücklichen Fall in Lowestoft gehört, einem Jungen, der genau in Ralphs Alter war und dessen Vater, ein Arbeiter bei den Gaswerken, getötet worden war, als die Bombe auf die Lorne Park Road fiel, und dessen Mutter umgekommen war, als eine Bombe direkt in Waller's Restaurant eingeschlagen hatte. »Was hat sie in einem Restaurant zu suchen gehabt, das möchte ich wissen?« sagte Mrs. Eldred. Es gab Andeutungen, daß das Kind vor seinem Verlust ein heiteres Leben gehabt hätte. Das Vorhaben wurde aufgegeben; Ralphs Kamerad entschwand ins Reich des Hätte-sein-können.

Denn wenn man das Ausmaß – sagte sein Vater – wenn man das Ausmaß des Mangels auf dieser Welt erkannte, wenn man die menschliche Sorglosigkeit und Dummheit, die ein Faß ohne Boden war, ins Auge faßte, wurde einem klar, daß Wohltätigkeit, wenn es welche geben sollte, systematisch geübt werden mußte.

Eine ganze Weile später endete die Lebensmittelrationierung. Im Haushalt der Eldreds wurde sie fortgesetzt. »Sparsamkeit kann nicht schaden«, sagte seine Mutter. Wenn man etwas Gutes essen wollte, mußte man es außerhalb des Hauses tun.

Als Ralph fünfzehn Jahre alt war, zog er zu seiner Tante in Yorkshire. In die Synode von Whitby, wie sein Onkel James die Verwandten in Yorkshire stets nannte; sie waren zu mürrisch, zu beschränkt und zu engstirnig für den anglikanischen Geschmack von James. Die Reise nach Norden hatte ursprünglich ein Urlaub sein sollen, vermutete

Ralph; inzwischen war er seiner Familie gegenüber kritisch geworden, und es schien zu allem anderem in seinem Leben zu passen, daß ein Urlaub und eine Strafe einander so sehr ähnelten.

Die Synode bewohnte ein dunkles Haus, und darin gab es braune Schatten. Es enthielt eine unvernünftige Anzahl geradlehniger Stühle mit Sitzen aus rutschig-glattem, glänzendem braunen Leder; es war, als seien ständig Vorbereitungen für eine Versammlung, eine Zusammenkunft der Kapelle im Gange. Die im Speisezimmer stehenden Stühle hatten hohe Lehnen und waren unnachgiebig, von besonders diensteifriger Art. Kleine Mahlzeiten wurden durch langwierige Tischgebete geheiligt. Die Bücherschränke hatten Glastüren und waren verschlossen; auf der Anrichte standen Vasen aus dunklem Glas, wie Tassen voller Blut.

Seine Cousins gingen auf pantoffelbewehrten Füßen umher; Uhren tickten. Sein Onkel saß am Schreibtisch und führte die Bücher; seine Tante ließ ihre Strickarbeit über das Kissen ihres Stuhles hinunterhängen. Sie saß da und schaute ihn fest an, eine blutlose Frau, die das Ebenbild seiner Mutter war; ihre blassen Lippen bewegten sich. »Du solltest ein bißchen rausgehen. Steig in den Bus. Fahr ein Stück die Küste hinauf. Ein Junge muß an die frische Luft.«

Ralph verließ das Haus. Er nahm den ersten Bus, den er stadtauswärts fahren sah. Es war ein normaler, feindseliger Ostküstentag; niemand sonst war auf einem Ausflug unterwegs. Es gab Stellen, an denen die Straße sich an die Küste drückte; ein paar vereinzelte Häuser fielen ab in Richtung auf ein Meer, das man weniger sah als vielmehr spürte, in Richtung auf eine Ahnung von absackendem Fels, von Kohlebooten und Fischerbooten, von Salz und Kühle.

Er stieg aus dem Bus. Die Stelle war nichts, was er kannte. Es war nun bedeckt, aber stürmisch; hier und da zeigten sich schmale Streifen blauen Himmels wie Risse in einem dicken weißen Waschbecken. Er zog den Mantel fester um sich, wozu seine Tante, hätte sie ihn gesehen, ihn ermahnt hätte, und wickelte sich den verachteten dicken Schal um den Hals. Er stieg einen steilen Abhang hinunter und sah das kalte Rund einer Bucht vor sich.

Die Flut ging zurück. Ein einsamer Spaziergänger hatte einen Weg an den Klippen entlang gefunden. Etwas weiter entfernt bewegten sich noch andere Gestalten mit Rucksäcken und Stiefeln; sie hielten die Köpfe gesenkt, ihre Blicke suchten den Sand ab. Ralph schaute ebenfalls; schaute auf seine Schuhe und bahnte sich einen Weg durch das Seegras und die Pfützen im Fels.

Ralph war zwanzig Meter in Richtung Ozean gegangen. Dessen Klang war gedämpft, passend zum Himmel, ein Rauschen, kein Tosen. Ralph bückte sich und hob aus dem Sand zu seinen Füßen etwas auf, was er für einen schlammbeschmierten Stein hielt. Eine heiß in ihm aufschießende Freude ergriff Besitz von ihm, eine Empfindung, die für einen Augenblick von Furcht nicht zu unterscheiden war. Er hatte ein Fossil aufgehoben, einen gerillten, graugrünen Kringel, glatt und feucht wie eine hereinbrechende Welle. Es lag in seiner Hand, fünf Zentimeter im Durchmesser, vier Zentimeter in seiner höchsten Erhebung.

Er stand still, betrachtete es, drehte es um. Im Inneren war eine leichte Aushöhlung; er sah, daß es eine Art Schale war, Glätte war unter Splitt und Schlick verborgen. Er schaute hoch und sah über den Strand. Die melancholischen, vom Winde zerzausten Gestalten kamen auf ihn zugewatet und waren in Rufweite angelangt. Sie umringten ihn mit ihren gerippten Strümpfen und ihren vom kalten Wetter geröteten Gesichtern.

Unter ihnen war eine Frau, die spitze Nase scharlachrot über einem Gewirr von Halstüchern. Sie betrachtete das Fossil in seiner Hand; sie zog die Handschuhe aus, hielt sie mit den Zähnen fest und wand die Hände heraus. Er ließ das Fossil in ihre Hand fallen. Sie drehte es auf den Rücken und dann wieder nach vorn, fuhr mit dem Zeigefinger an der gesprenkelten Rundung entlang, befühlte die Furchen. Sie drückte es an ihr Gesicht, schmeckte es mit ihrer Zunge. »*Gryphaea*«, sagte sie. »Kennst du es nicht?«

Er schüttelte den Kopf, stand vor ihr wie ein dummer, verstockter Heide. »Es ist eine zweiklappige Muschel – wie eine Auster, weißt du.«

»Ach ja.« Er war enttäuscht; also doch etwas so Gewöhnliches.

Sie sagte: »Sie ist einhundertfünfzig Millionen Jahre alt.« Er starrte sie an. »Weißt du, wie eine Auster in ihrer Schale lebt? Dies ist der Vorfahr einer Auster.« Er nickte. »Er lebte hier, als das Meer warm war – falls du dir das vorstellen kannst. Hier war sein weicher Körper, im Innern dieser Schale, mit dem Herzen, den Blutgefäßen und den Kiemen. Als er starb, verrotteten all diese weichen Teile, und der Sand füllte die Höhlung aus. Und dann verfestigte sich der Sand und wurde zu Stein.«

Um sie herum stand ein Kreis von Menschen; ihr Atem wurde von der Luft getragen, alle hatten die Blicke auf ihre Hand gerichtet, sie schauten begehrlich auf das, was er gefunden hatte, als sei es ein Juwel. »Das Meer zog weiter«, sagte ein Mann. Sein Gesicht war ein roher Schinken unter einer Bommelmütze. »Ich will damit sagen, was einst Meer gewesen ist, verlandete. Aber nun wäscht das Meer das Land wieder aus – überall an dieser Ostküste«, er schwenkte den Arm und zeigte in Richtung auf The Wash – »kannst du sehen, wie sich das während deiner Lebenszeit vollzieht.«

Ein Mann mit einer Balaclava-Mütze – grün, aus Armeebeständen – sagte: »Ich hab mit einem Burschen aus Suffolk gedient, dessen Großvater ein kleines Stück Land hatte, und das ist jetzt von Meer überspült. Ganze Kirchhöfe sind die Klippen hinuntergestürzt. Ganze Friedhöfe, und die Knochen wurden herausgewaschen.«

Die Frau sagte: »Du hast dieses kleine Tierchen aufgehalten, mein Lieber. Auf seinem Weg zurück ins Meer, wo es herkam.«

»Als es lebendig war –«

»Ja?«

»Was hat es da gefressen?«

»Es hat sich an den Meeresboden geheftet und Wasser eingesaugt. Daraus bekam es seine Nahrung, von den Larven im Wasser, verstehst du. Es hatte einen Magen, Nieren, Därme, alles was du auch hast.«

»Konnte es denken?«

»Na, kann eine Auster heute denken? Worüber sollte eine Auster nachzudenken haben?«

Er errötete. Dumme Frage. Er hatte sagen wollen, seid ihr sicher, daß es lebendig war. Könnt ihr mir schwören, daß es wirklich lebte? »Sind sie selten?« wollte er wissen.

»Nicht, wenn du auch eine zerbrochene nimmst. Nicht, wenn du dich mit Teilen zufriedengibst.«

Die Frau hielt seinen Fund einen Augenblick lang fest, drückte und versteckte ihn in ihrer Faust, legte ihn dann zurück in seine ausgestreckte Hand und streifte sich mühsam wieder die Handschuhe über die Finger. Sie wollte das Fossil so sehr, daß er es ihr beinahe gegeben hätte, aber er wollte es ja auch. Bommelmütze sagte: »Ich bin als Erwachsener und als Kind hier gewesen und habe nie etwas so Schönes wie das gefunden. Bloß Armfüßer, von denen man einen Penny für zwei kriegt, mehr nicht. Manchmal glaube ich, wir schauen so verkrampft, daß wir gar nichts sehen.«

»Anfängerglück«, sagte der Balaclava. Er stupste den begehrten Gegenstand mit einem wollenen Finger an. »Weißt du, wie die genannt werden? Teufelsklauen.« Er gluckste. »Ich schätze, du siehst, warum.«

Ralph schaute auf das Fossil hinunter und hätte es beinahe fallen lassen. Sah die dicke, gefurchte, menschenfresserische Rundung, den grünlichen, düsteren Glanz... Die ganze Heimfahrt im Bus über zwang er sich, den Gegenstand in der Hand zu halten, seine Gefühle schwankten zwischen Faszination und Abscheu; er fragte sich, wieso er ihn gefunden hatte, denn er hatte doch überhaupt nicht gesucht.

Als er im Haus ankam, war ihm sehr kalt und ein wenig übel. Er lächelte den Cousin an, der ihm aufmachte, und sagte, er wolle lieber gleich nach oben gehen und sich die Hände waschen. »Hat es dir Spaß gemacht, Schatz?« fragte seine Tante; er antwortete einsilbig, mit einem höflichen Murmeln, dem man nichts entnehmen konnte. Das Ticken der Uhr im Wohnzimmer war bedrückend, aufdringlich; er konnte sich vorstellen, daß sie in der Erde vergraben war und noch einhundertfünfzig Millionen Jahre so weitertickte. Er setzte sich auf den ihm zugewiesenen Lederstuhl und fragte sich, welchen Tierrükken das Leder geschmückt haben mochte: was für Haut, was für Haar, was für Blut durch lebendige Adern? Seine Tante hatte etwas daran auszusetzen, wie der Tisch gedeckt war, und schob die Fischmesser mit dem Zeigefinger hin und her. Geräucherter Schellfisch kam, dazu dünn geschnittenes Brot und Butter, ein blasser Saft rann über den Teller. Er aß ein Stückchen oder zwei und legte die Gabel weg. Seine Tante sagte: »Keinen Appetit?« Er dachte an die Knochen, die über die Klippe nach unten gestürzt waren in das salzige Wispern der Gezeiten, dachte an *Gryphaea*, die ihre Nahrung einsaugten, an die vorbeiziehenden Äonen, den Teufel, der umging.

Seine Mutter hatte dem Satan die Züge eines Schulvorstehers aus dem Distrikt verliehen. »Der Teufel findet Beschäftigung für müßige Hände.«

Die Klaue war oben, weggesperrt in seinem Koffer.

Als Ralph aus Yorkshire nach Hause kam, spielten er und Emma ihre Bibelspiele. Die spielten sie immer, wenn sie eine Entscheidung treffen mußten. Nun sagte Emma: »Ich möchte herausfinden, ob ich, wenn ich groß bin, Ärztin oder Rechtsanwältin werde oder einfach eine gluckende Henne, die zu Hause bleibt wie meine Mama.«

Die Spielregel lautete, daß man auf gut Glück einen Vers aufschlug, und dieser würde einem weiterhelfen, doch man brauchte schon eine gute Vorstellungskraft, um irgend etwas aus den entdeckten Versen herauszulesen. »Probier mal den hier«, sagte Emma. »›Und du sollst auch das Becken und sein Gestell salben und weihen.‹ Zweites Buch Mose 40:11. Sehr hilfreich, da bin ich ganz sicher.« Sie begann ein selbstkomponiertes Lied zu singen: »Wie blöde klingt der Name Jesus...«

Ralph holte das Fossil aus seiner Manteltasche, wo er es fürs erste aufbewahrte. »Schau dir das an«, sagte er. »Das ist die Teufelsklaue.«

Emma stieß einen verblüfften Schrei aus. »Es ist gräßlich. Ganz egal, was es ist.«

Er erzählte es ihr. Ihr Gesicht hellte sich auf. »Gib's mir.« Er ließ es in ihre hohle Hand fallen. »Kann ich es in die Schule mitnehmen und die Mädchen damit erschrecken?«

»Nein, ganz bestimmt nicht. Es ist wertvoll. Es gehört mir.«

»Ich bin Atheistin«, sagte Emma.

»Aber vor einer Minute warst du noch keine Atheistin, oder?«

Dies waren die Bücher auf ihren Regalen, alt, zerbröselnd: *The Christian's Secret of a Happy Life.* Und eingestaubt, braun: *Christ is All*, von H. C. G. Moule, London 1892. Von einer Schleimspur bedeckt, moderig: F. R. Havergal, 1880: *Kept for the Master's Use.* Voller Eselsohren, vergilbend: *Hymns of Faith and Hope*. Und *A Basket of Fragments*, von R. M. McCheyne, veröffentlicht in Aberdeen, ohne Jahr, die Seiten nicht aufgeschnitten.

Ein Jahr später ging Ralph nach Yorkshire zurück. Seine Bitte überraschte seine Familie und verschaffte der Synode eine schale Genugtuung, die in ihm einen ruhigen Jungen gesehen hatte, der niemanden kränkte, und die froh darüber war, daß irgend jemand in der Familie sie zu mögen schien. Er verbrachte seine Tage an den Stränden und im Museum der Stadt. Von seinen Entdeckungen sprach er zu Hause nicht, doch er fand einen Schuldirektor, der ihn ermutigte – einen Mann, den er, wie ihm später, als der Streit begann, klarwurde, auf seine Seite hätte ziehen sollen. Nach der Schule lernte er allein, ließ sich von seinem Taschengeld Bücher schicken und grübelte über geologischen Karten; er streifte durch Felder, über Hügel, Küstenpfade, untersuchte Bäche und Straßengräben. Wenn er müde und entmutigt war und wenn er Dinge fand, die er nicht verstand, dachte er an die Frau auf dem Strand in Yorkshire, die ihre purpurrote Zunge herausgestreckt hatte und das Fossil, seinen Splitt und Schlick, seine Kälte und sein Alter geschmeckt hatte.

Es gab einen Trick, den er üben mußte: eine Landschaft zu betrachten und die Wirkung des Menschen abzuziehen. England verwandelt sich unter dem Blick des Geologen: Die Schafe werden in die Zukunft getrieben, und in einem Torfmoor wächst ein Wald, jeder Baum von der Vorstellung angepflanzt. Wo andere das Land liegen sahen, sah Ralph den Weg des Gletschers; er sah die Wüste unter dem Gestrüpp und dem Bach und die Herrlichkeiten Europas, die unter einem warmen, klaren, flachen Meer brodelten.

Heute befindet sich seine Fossiliensammlung in Pappkartons in einer der Dachkammern des Hauses. Rebecca, sein jüngstes Kind, hatte Alpträume davon, als sie fünf oder sechs war. Er gab sich selbst die Schuld daran, weil er es ihr nicht richtig erklärt hatte; es war Kit, die ihr gesagt hatte, daß es steinerne Tiere seien, steinernes Leben, primitive Geschöpfe, die einmal geschwommen und gekrochen waren. Das kleine Kind sah sie an seiner Schlafzimmertür wieder schwimmen und kriechen, Schlamm saugen und atmen.

Aber damals, als er ein Junge war, bewahrte Ralph seine Funde in seinem Schlafzimmer auf, auf dem Bücherschrank und auf dem bemalten Kaminsims über dem leeren Kamin aufgereiht. Norfolk hatte nicht viel für seine Sammlung zu bieten. Er durchkämmte die Strände von Weymouth und Cromer nach Ammonshörnern und Seeigeln, doch sein Glück war vorbei; er mußte bis zum Sommer warten, bis zu seinem Exil auf den glatten Stühlen. Er ertrug alles: die Demütigungen seines Onkels, das Klavierüben seiner Cousinen. Seine Mutter staubte die Fossilien zweimal in der Woche ab, begriff jedoch nicht, worum es sich dabei handelte. »Das ist Ralphs Hobby«, sagte sie zu den Leuten. »Alte Stücke von Stein und Keramik, Dinge aus der Natur, kleine Scherben, die er aus seinen Ferien mitbringt.« Geologie und Archäologie gingen in ihrem Kopf gründlich durcheinander. »Ralph ist ein Sammler«, sagte sie immer. »Er mag alles, was alt ist. Emma dagegen, Emma ist viel mehr ein modernes Fräulein.«

»Ralph«, sagte Emma zu ihrem Bruder, »wie kannst du so beiläufig über fünfhundert Millionen Jahre reden? Die meisten von uns haben doch schon Schwierigkeiten mit ... na, zum Beispiel Weihnachten. Jedes Jahr im Dezember versetzt es die Leute in Panik, als sei es ohne Vorwarnung auf sie zugekommen. Nur sehr außergewöhnliche Menschen können sich im Juli Weihnachten vorstellen.«

Ralph sagte: »Du mußt dir vorstellen, wie du selber durch die Zeit gehst. Um bis zum Anfang der geologischen Zeit zurückzugehen, ganz zurück, müßte man die Welt sechsundvierzigmal umrunden. Mal angenommen, du willst in die letzte Eiszeit zurückgehen. Das ist noch nicht lange her, so wie wir es uns vorstellen. Es wäre wie eine Fahrt über den Kanal. Von London nach Paris.«

»Gegen eine Fahrt nach Paris hätte ich nichts einzuwenden«, sagte Emma. »Glaubst du, es würde etwas nützen, wenn ich fragen würde?«

»Und wenn man in die Zeit unserer Dinosaurier kommen will, müßte man die Welt einmal umrunden.«

»Ich fühle mich gefesselt«, sagte Emma. »Ans Hier und Jetzt.« Sie saß da und drehte an einem ihrer Zöpfe, zog daran, löste ihn schließlich und fuhr sich mit den Fingern durch das schwere braune Haar. Sie betrachtete sich neuerdings heimlich im Spiegel. »Gänse mausern sich zu Schwänen«, sagte ihre Mutter; sie meinte es gut, aber es war kaum wissenschaftlich.

Ein Fries der Evolution zog vor Ralphs innerem Auge vorüber. Jede Lebensform hat ihre Zeit und ihren Platz: Nabelschnecke und Seelilie, Wasserskorpion und Lungenfisch, Farnbaum und Koralle. Haie und fleischfressende Reptilien, Seeigel und Brontosaurus, Pterodaktylus und Magnolienbaum, Tintenfisch und Auster. Dann der flugunfähige Riesenvogel, das Opossum auf seinem Baum, der Elefant in seinem Sumpf; es stand ihm so deutlich vor Augen, wie es in einem Bilderbuch für Kinder oder auf einem Plakat an der Wand eines Kindergartens stehen könnte. Die Säbelzahnkatze, das kleine, einen Meter große Pferdchen, der irische Elch, die wolligen Mammuts, dann der Mensch, gebeugt, behaart, mit zerfurchter Stirn. Es ist eine Erfolgsgeschichte.

Mit siebzehn konnte man Ralph für einen Mann halten, aber keinen so primitiven wie aus dem Lehrbuch. Er war groß, kräftig, mit heller Haut und hellen Augen, wie ein Held in einem kitschigen Roman. Manchmal schauten ihn Frauen auf der Straße interessiert an: mit abstraktem Mitgefühl, als fürchteten sie, andere Frauen könnten ihn ausbeuten.

Ralph fuhr in jenen Jahren nach dem Krieg immer wieder in die Brecklands, schlängelte sich auf dem Fahrrad durch die engen Straßen, zwischen betonierten Geschützstellungen hindurch und über Feldwege, die von schweren Fahrzeugen aufgewühlt waren. Was er sah, war der Sieg: zerbrochene Zäune, gefällte Obstgärten, verstümmelte Alleen. Tore hingen an einem Scharnier, Plakate schlugen klatschend an Mauern. Überall stieß man auf kleine Wellblechhütten, die nun vor sich hin rosteten und keine Türen hatten. Farmarbeiter fuhren in schrottreifen Jeeps herum, die sie erbeutet hatten. Müllhaufen schwärten zwischen den Kiefern. Der Wind war wie immer, sein leises Säuseln drang durch die steifen Zweige. Die fadenförmigen Stümpfe der Birken, die man hinter grasbewachsenen Feldern sah, waren wie immer; Reiher stiegen flügelschlagend aus Weihern auf.

Das Verteidigungsministerium hatte nicht die Absicht, seinen Zugriff auf den Distrikt zu lockern. Seine Zäune und BETRETEN VERBOTEN-Schilder zerschnitten die Felder. Ralph zog sein Fahrrad auf die Grasnarbe, wenn ein Konvoi vorüberrumpelte. Einmal stand er, die Lenkstange haltend, in kniehohem feuchtem Gras und bückte sich nach etwas, worauf sein Blick gefallen war; es war eine Pfeilspitze aus Flintstein. Er drehte sie auf der Hand herum und steckte sie dann in die Tasche. Der Augenblick fiel ihm ein, als er das Fossil gefunden hatte; hier war ein weiteres Geheimnis, vergrabenes Leben. Er brauchte es nicht in einem Museum abzuliefern; so selten sind diese Dinge nicht. Er nahm die Pfeilspitze mit nach Hause und legte sie auf den Kaminsims, wollte sie aufheben, bis sein Onkel James sie sich anschauen konnte, wenn er das nächste Mal nach England kam. »Ah, ein Elfenpfeil«, sagte seine Mutter und lächelte.

»Du magst dieses alte Land, Ralph«, sagte sein Vater; der Gedanke mißfiel ihm nicht. Matthew hatte ebenfalls Freunde in dieser Gegend, Kirchenleute, andere Geschäftsleute mit karitativen, gesellschaftlich bedeutsamen Anliegen. Es war die Zeit der in Begegnungsräumen ausbrechenden Hysterie und der plötzlichen Bekehrung; man tauchte Leute in Flüsse und nannte dies Taufe. Amerikanische Prediger waren zu den Basen gekommen, um der ungeschlachten Spiritualität ihrer Landsleute aufzuhelfen, und fanden in den armen, kalten Städten eine bereitwillige Zuhörerschaft. »Es braucht nur einen schlichten Taufstein«, sagte Matthew. »Mehr nicht.« Er haßte Zurschaustellung: die römisch-katholische Zurschaustellung oder die der Evangelisten, die Zurschaustellung von Gefühlen. Es braucht nur ein schlichtes Gemüt: mehr nicht. Emma sagte, sie wolle Ärztin werden. Ihr Vater sagte: »Gut, wenn du möchtest, Emma.«

Alles, so kam es Ralph vor, wurde ihr erlaubt. Sie war ein entschlossenes Mädchen, herrisch, voller deutlich ausgepägter Ansichten, die sie auch deutlich kundtat. Wenn Emmas Ansichten sich nicht mit denen ihrer Eltern deckten, sahen diese darin Widerspruchsgeist, eine Beschädigung des Charakters. Sie versuchten daher, ihren Charakter zu ändern; es schien ihnen nicht wichtig zu sein, ihre Überzeugungen zu ändern, denn Emma war eine Frau, und welchen Einfluß konnten die Ansichten einer Frau auf die wirkliche Welt ausüben? Ihr selbst konnten ihre Ansichten schaden, und dann würde sie sie revidieren – doch der gesellschaftlichen Ordnung würden sie keinen Schaden zufügen. Zumindest war das, wie Ralph es sah, ihre Meinung. Denn wenn es um seine Ansichten ging, um seine Wünsche, so verhielt es sich damit ganz anders.

»Du willst also nicht in das Geschäft eintreten, Ralphie?«

Auf diese Weise eröffnete sein Vater die Schlacht: indirekt, von der Flanke. Er erweckte den Anschein, als ginge es nur um simple Belange, um einen Wandel in den Erwartungen der Familie. Doch schon bald wurden schwerere Geschütze in Stellung gebracht. Die Belange betrafen mehr als nur die Familie. Sie wurden größer, als Ralph erwartet hatte. Sie wurden universell.

Als erstes sagte sein Vater: »Ralph, du hast mir nie Kummer bereitet. Ich dachte, du glaubst an die Religion, in der du erzogen wurdest.«

»Das tue ich ja auch«, sagte Ralph.

»Aber jetzt kehrst du dich von ihr ab.«

»Nein.«

»So muß es aber sein, Ralph. Wir glauben, daß Gott die Welt erschaffen hat, wie es in der Bibel geschrieben steht. Ich glaube daran. Deine Mutter glaubt daran.«

»Onkel James glaubt nicht daran.«

»James ist nicht hier«, sagte sein Vater platt. Das war unwiderlegbar; James befand sich in der Diözese von Sansibar.

»Ich glaube daran wie an eine Metapher«, sagte Ralph. »Aber ich glaube auch an die Evolution.«

»Dann bist du ein junger Mann mit sehr verworrenen Ideen«, erwiderte sein Vater. »Wie kannst du gleichzeitig zwei gegensätzlichen Überzeugungen anhängen?«

»Aber sie sind doch gar nicht gegensätzlich, Vater, die meisten Leute haben das doch seit der Jahrhundertwende begriffen. Niemand denkt mehr so, wie du denkst. Niemand denkt mehr, Gott stehe auf der einen Seite und Darwin stehe auf der anderen.«

»Als ich ein junger Mann war«, sagte Matthew, »besuchte ich einmal eine Vorlesung. Sie wurde von einem Professor gehalten, er war ein hervorragender Gelehrter, er war kein Dummkopf und auch kein Schuljunge mit halb ausgegorenen Ideen. Er sagte zu uns: ›Was ist der Darwinismus? Ich will es euch sagen. Darwinismus ist Atheismus.‹ Ich habe diese Worte immer im Gedächtnis behalten. Seitdem habe ich in meinem ganzen Leben nichts gesehen, das mich davon überzeugt hätte, daß er sich irrte.«

»Aber wenn du heute darüber nachdenken würdest«, sagte Ralph, »wenn du noch einmal über alles nachdenken würdest, könntest du begreifen, daß er sich doch geirrt hat.« Irgend etwas brodelte in ihm: intellektuelle Panik? »Was für einen Sinn hat es, einfach etwas zu wiederholen, was man dir gesagt hat, als du ein Kind warst? Du kannst Evolutionist, Darwinist oder etwas anderes sein und trotzdem daran glauben, daß alles, was existiert, von Gott gewollt wurde. Das ist eine alte Diskussion, sie ist überholt, vor allem war sie nie notwendig.«

»Meine eigenen Überzeugungen«, erwiderte sein Vater, »sind niemals den Wechselfällen der Mode unterworfen gewesen.«

Es folgten Tage des Krieges. Des Schweigens. Ralph konnte nichts essen. Das Essen blieb ihm im trockenen Mund stecken; es war, als wolle er Steine schlucken, dachte er. Er haßte Streit, haßte auch das Schweigen, jenes Schweigen, das die Luft im Zimmer dick werden ließ und sie elektrisch auflud.

Matthew rückte näher zu ihm vor, dies tat auch seine Mutter: sie nahmen ihn in die Zange. »Willst du etwa ein paar Steine und Schalen als Beweise hernehmen, das, was du Beweise nennst, und sie dazu benutzen, der Welt Gottes zu widersprechen?«

»Ich habe euch schon gesagt«, sagte Ralph, »daß das kein Widerspruch ist.«

»Aber es gibt Widerspruch von mir«, sagte sein Vater und wechselte die Ebene.

»Mit dir kann man nicht diskutieren.«

»Zweifellos«, entgegnete Matthew. »Schließlich bin ich ja kein Wissenschaftler. Ich bin so rückständig in meinen Ansichten, daß ich mich wundere, daß du dich überhaupt zu einem Gespräch mit mir herabgelassen hast. Ich wundere mich, daß du dich dazu herabgelassen hast, unter meinem Dach zu bleiben. Guter Gott, Junge – schau dich doch um! Schau dir an, wie die Welt eingerichtet ist. Glaubst du, sie wird von einem blinden dummen Mechanismus beherrscht? Glaubst du, wir sind nur aus Zufall hier?«

»Bitte bleib ruhig«, sagte Ralph. Er versuchte tief Luft zu holen, doch auf halbem Wege stockte ihm der Atem. »Es hat keinen Sinn, wenn du vor mir die Arme schwenkst und sagst, schau dir Gottes Schöpfung an. Du mußt mir das nicht mit Gewalt in den Hals stopfen, die Wunder der Natur, den Aufbau des Universums – darüber weiß ich etwas, und mehr, würde ich behaupten, als du.« (Mehr als du, dachte er, der du dein ganzes Leben lang nur auf deine schwarz gewichsten Schuhe geachtet hast.) »Wenn ich an Gott glaube, dann aus freien Stücken. Nicht wegen irgendwelcher Beweise. Aus freien Stücken. Nicht weil ich dazu gezwungen werde.«

»Du glaubst aus *freien Stücken*?« Matthew war empört. »Aus freien Stücken? Wer hat dir denn diesen Floh ins Ohr gesetzt?«

»Das habe ich mir selbst ausgedacht.«

»Dann kannst du wohl an alles glauben, was dir gefällt? Kannst glauben, daß der Mond aus grünem Käse gemacht ist? Gibt es keine Wahrheit, die du anerkennst?«

»Ich weiß es nicht«, erwiderte Ralph ruhig. »Wir sind immer zu Predigten gegangen, in denen gesagt wurde, Wahrheit sei das, was Gott offenbart habe, und daß man die Wahrheit nicht findet, wenn man nach ihr sucht. Zumindest glaube ich, daß es so ausgedrückt wurde. Jedenfalls – um nicht über Gebühr darauf herumzureiten – kann ich nicht mein ganzes Leben mit Warten verbringen. Wenn man mir schon die Fähigkeit des Verstands gegeben hat, kann ich sie auch nutzen, um soviel Wahrheit zu ergründen, wie ich kann.«

»Du bringst mich um, Ralph«, sagte sein Vater. »Dein Stolz und deine Selbstachtung bringen mich um.«

Ralph fürchtete, sein Vater könnte ihn mit einem alten Heiligen fragen: »Was kann ein Geologe dir über den Fels der Ewigkeit, Christus, beibringen?« Er ersparte ihm das, nicht jedoch Anfälle von würgender Wut, die Ralph erschreckten und ihn bedauern ließen, was er da vom Zaun gebrochen hatte.

Seine Mutter nahm ihn beiseite. »Du machst deinen Vater sehr unglücklich«, sagte sie. »Ich habe ihn noch nie bedrückter gesehen. Dabei hat er doch alles für dich getan und würde dir alles geben. Wenn du das tust, wenn du darauf beharrst, wenn du darauf beharrst, daß das dein Lebenswerk sein soll, kann ich unseren Freunden nicht mehr in die Augen schauen. Sie werden sagen, wir hätten dich nicht richtig erzogen.«

»Schau«, sagte Ralph, »ich möchte an die Universität gehen. Ich möchte Geologie studieren. Nur das, das ist alles. Ich hab doch nicht vorgehabt, irgend jemanden aufzuregen. Das wäre mir am allerwenigsten in den Sinn gekommen.«

»Ich weiß, du hast deinen Ehrgeiz«, erwiderte Dorcas mit jenem gereizten Seufzer, den nur Mütter zustande bringen. »Aber deine Fähigkeiten, Ralph, sind nicht zu deiner Freude da – sie sind dir gegeben, damit du sie für die christliche Gemeinschaft nutzt.«

»Jawohl. Richtig. Ich werde sie nutzen.«

»Du hast dein Herz verschlossen«, sagte sie.

Die Verblüffung riß ihn heraus aus seinem Kummer. Er begann zu stammeln. »Ich? Ich habe mein Herz verschlossen?«

»Du hast zu deinem Vater von Verstand gesprochen«, sagte sie. »Du wirst noch feststellen, daß es einen Punkt gibt, wo der Verstand nicht ausreicht.«

»Hör auf, auf mich einzureden«, sagte er. »Laß mich allein.«

Seine Mutter ließ ihn allein. Ihr Mund zog sich zusammen, als äße sie saure Pflaumen. Wenn James hier wäre, wäre es anders, dachte Ralph; er wollte wie ein Kind nach seinem Onkel weinen, von dem er so wenig wußte. James könnte mit ihnen reden, glaubte er, James könnte sie durch Spott von ihrer Vorsicht und ihren Skrupeln und ihrem Aberglauben abbringen. James könnte sie durch Reden ins zwanzigste Jahrhundert befördern. James ist nicht wie sie; das weiß er aus seinen Briefen; James ist liberal, gebildet, hat Mitgefühl. Ralph sah, wie er Boden verlor, wie er niedergewalzt wurde. Alles, woran er glaubte, alles, woran er glauben wollte – den Gang der Ordnung, den Fortschritt –, alles war entwertet durch den festen, abschätzigen Blick seines Vaters und durch den gespitzten Mund seiner Mutter.

Warum hatte er nicht seinen Lehrer dazugeholt, der ihn ermutigt hatte? Warum hatte er sich nicht an seinen Direktor gewandt, der ihn als klugen, fleißigen, ernsthaften Jungen kannte? Warum hatte er nicht einen anderen vernünftigen Erwachsenen gebeten, sein Gewicht zu seinen Gunsten in die Waagschale zu werfen – um wenigstens Schiedsrichter bei dem Streit zu sein, dafür zu sorgen, daß sein Vater die Gesetze des Krieges befolgte?

Weil er sich für die Beschränktheit seines Vaters schämte, weil er sich für den Inhalt des Streits schämte. Weil man in Familien nie auf den Gedanken kommt, sich mit der Bitte um Hilfe an Außenstehende zu wenden; der Streit ist zu eigenartig, zu spezifisch, zu kompliziert. Und weil einem diese vernünftige Lösung erst einfällt, wenn es dafür schon viel zu spät ist.

»Ralph«, sagte sein Vater, »nimm dir an mir ein Beispiel. Du bist noch ein Junge. Ja, ja, das willst du nicht hören, ich weiß. Du hältst dich für sehr erwachsen und sehr schlau. Aber du wirst in den Tagen, die vor dir liegen, noch kommen und mir danken, Ralphie.«

Ralph hatte das Gefühl, bei einer alten Diskussion in der Falle zu sitzen. Dies sind die Dinge, die Söhne zu ihren Vätern sagen: dies sind die Dinge, die Väter zu ihren Söhnen sagen. Dieses Wissen half ihm nicht, und es half ihm auch nicht zu wissen, daß sein Vater sich wie die Karikatur eines viktorianischen Patriarchen aufführte. Seine Familie war immer lähmend altmodisch gewesen; bis zum jetzigen Zeitpunkt hatte er sich das Ausmaß der Deformation nicht klargemacht. Wie sollte er auch, wo doch alle Freunde seiner Familie ganz genauso waren und er sein ganzes Leben damit verbracht hatte, neben ihnen herzuhinken. Sie waren Kirchgänger, keine großen Leser, sie reisten nicht, sondern waren Menschen, die aus Prinzip beschränkten Ideen anhingen und zu Hause blieben. Er sah sie zum ersten Male so, wie die Außenwelt sie sehen mochte – Fossile aus East Anglia.

»Du wirst kein Geld bekommen, Ralphie«, sagte sein Vater. »Und du wirst dich während deines Studiums an der Universität kaum selbst erhalten können. Du kannst es natürlich versuchen.«

»James wird mir helfen«, erwiderte Ralph, ohne davon überzeugt zu sein.

»Dein Onkel James besitzt keinen eigenen Viertelpenny. Und du irrst dich gewaltig, wenn du denkst, er würde sich gegen seinen eigenen Bruder stellen.«

»Natürlich habe ich das kommen sehen«, sagte Emma. »Nachdem all die schönen Theorien und Frömmeleien verkündet worden sind, läuft es darauf hinaus, daß sie über die Finanzen bestimmen. Das ist ihr letztes Argument.«

Ralph sagte: »Es ist nicht Gott, der durch Darwins Theorie verkleinert wird, es ist der Mensch. Der Mensch ist nicht mehr Herr über das Universum. Er ist einfach ein Bestandteil des allgemeinen Systems der Dinge. Aber es gibt ein System der Dinge, und man kann Gott an dessen Spitze stellen, wenn man will.«

»Aber du willst ja nicht«, sagte sein Vater. Noch so eine platte Behauptung. Nun stand nicht mehr die Evolution zur Debatte, sondern der Gehorsam. Selbst wenn sein Vater die letzte Frage für sich entschieden hatte, dachte Ralph, hatte er sich dadurch, daß er sie aufgeworfen hatte, keinen Dienst erwiesen. Wenn der Mensch verkleinert wurde, dann wurde Matthew Eldred verkleinert: Herr über das Universum zu sein war genau das, was er sich wünschte.

»Wenn man will«, sagte Ralph, »und ich will es, kann man immer noch glauben, daß der Mensch einen einzigartigen Platz in der Schöpfung einnimmt. Man kann immer noch glauben, daß er eine ganz besondere Würde hat. Nur der Mensch ist rational. Nur der Mensch ist ein vernunftbegabtes Tier.«

»Hochtrabendes Gerede«, sagte sein Vater. Er schien zufrieden mit dieser Wendung zu sein, als wäre er Arzt und dies seine Diagnose.

Dich nehme ich davon aus, dachte Ralph. Dich würde ich nicht rational nennen, nicht mehr.

Als der Konflikt auf seinem Höhepunkt angelangt war – als die Familie kaum noch miteinander sprach und eine synodengleiche Stille sich in den Räumen breitmachte –, entfernte sich Matthew für einen Abend. Er ging nach King's Lynn, um mit einigen seiner Geschäftsfreunde über die wohltätige Stiftung zu sprechen, die sie einrichten wollten. Es sollte ein ehrgeiziges Unternehmen mit breitgefächerten christlichen Anliegen werden: Geld für die Missionen, Geld für die Obdachlosenunterkunft im East End, zu der James noch Verbindung hielt, vor allem Geld für die notleidenden Armen von Norfolk, für die alten und bedürftigen Farmarbeiter, für jenes treu die Kirche besuchende Landvolk, dem von der landwirtschaftlichen Technik übel mitgespielt worden war oder das unter einer durch andere unglückliche Zufälle ausgelösten Arbeitsunfähigkeit litt.

Die Stiftung sollte St. Walstan Trust heißen; Walstan ist der Schutzheilige der Farmer und Landarbeiter, und seinem Bildnis begegnet man überall im Lande auf Tafeln und Taufsteinen. Die Anregung kam von William Martin, einem Ladenbesitzer aus Dereham; für Matthews Geschmack war sie ein wenig anglikanisch, aber Martin war im allgemeinen vernünftig, sehr vernünftig, und die Verbindung zum County schmeichelte Matthew. Er war nun Lokalpatriot, er saß in Komitees, war Schatzmeister von diesem und Vorsitzender von jenem. Ralph sagte zu Emma: »Ich wünschte, daß die Nächstenliebe zu Hause anfinge.«

An jenem Abend ereignete sich das, was Ralphs festen Willen brach. Seine Mutter kam in sein Schlafzimmer, kam mit geräuschlosen Schritten die Treppe herauf. Sie klopfte an der Tür an und wartete, bis er sie bat einzutreten; diese steife Höflichkeit war seit dem Ausbruch des Streits über die Familie gekommen.

Ralph sah von seinen Büchern hoch, stellte seine Tischlampe so um, daß sie ein wenig Licht in das Zimmer warf. Ihr Lichtkegel fiel auf die in Pantoffeln steckenden Füße seiner Mutter, als sie auf dem

Bett saß. Sie hatte sich ihre Strickjacke um die Schultern gelegt; sie nahm die Aufschläge der leeren Ärmel in die Hand und nestelte beim Sprechen daran herum. Ihr Ehering glänzte, groß und breit wie eine Dichtungsscheibe aus Messing. Sie hatte abgenommen, denn er hing lose auf ihrem Finger, und ihre Knöchel wirkten riesig.

Ralph hörte sich an, was sie zu sagen hatte. Wenn er nicht kapitulierte, sagte sie – doch sie verwendete nicht dieses Wort –, wenn er nicht umschwenkte, einschwenkte auf die Pläne, die sein Vater für ihn entworfen hatte, dann wisse sie nicht, wie sich sein Vater bei Emma verhalten werde. Da Ralph so weit vom Kurs abgewichen sei, dächte er vielleicht, Emma benötige Führung. Möglich, daß er sie zu Hause behalten wolle, unter seiner Aufsicht. Vielleicht würde es ja für Emma kein Medizinstudium geben.

Seine Mutter seufzte, während sie das alles sagte; ihre Ausdrucksweise war vorsichtig, und ihr Blick wanderte über den Flickenteppich und den Bücherschrank und den Schreibtisch, er streifte die Wand und flackerte über das dunkle Fenster, vor dem die Vorhänge noch nicht zugezogen waren. Doch sie hatte keine Angst, und Ralph verstand sie. Sie hatte sich freiwillig, wie er glaubte, für diese schmutzige Sache hergegeben; sie und ihr Mann, sein Vater, hatten es gemeinsam ausgeheckt, damit es kein Geschrei mehr gäbe, keine Szenen, nur noch seine stille Niederlage.

»Vielleicht wird Emma ja gern Krankenschwester«, sagte seine Mutter. »Das zu werden, erlaubt ihr dein Vater vielleicht, aber ich sage nur, vielleicht. Seine Stimmung hängt so sehr von dir ab.«

Ralph sagte: »Du bist eine böse Frau.«

Er wußte nicht, daß sie zu der Zeit schon krank war und daß binnen weniger Monate der erste von vielen Krankenhausaufenthalten auf sie zukommen würde. Trotz ihrer Leiden hatte sie ein langes Leben. Er war sich nie sicher, ob er ihr ganz verziehen hatte. Doch er versuchte es.

Nach seiner Kapitulation trat sein Vater sofort den Rückzug an. »Als Hobby, Ralphie«, sagte er. »Behalte es als Hobby. Aber nicht als das, was du in den Augen der Welt tust. Nicht als dein Lebenswerk.«

»Ich will das Geschäft nicht«, erwiderte er seinem Vater. »Ich möchte mein eigenes Leben. Ich möchte mit alledem nichts zu tun haben.«

»Ganz wie du willst«, sagte sein Vater ruhig. »Ich werde es verkaufen – wenn die Zeit gekommen ist.« Er runzelte die Stirn, als könne man ihn mißverstehen. »Es wird Geld dasein für dich, Ralph. Und es wird Geld dasein für deine Kinder. Ich gebe es in einen Fonds, ich regele alles. Du wirst nicht arm sein.«

»Das ist verfrüht«, sagte Ralph.

»Oh, du wirst schon bald verheiratet sein und Kinder haben, die Jahre vergehen... du könntest Lehrer sein, Ralphie. Du könntest nach Afrika gehen, wie dein Onkel. Dort werden viele Leute gebraucht, weißt du. Ich würde nie versuchen, dich einzusperren. Ich würde dich nie zu einem langweiligen Leben verurteilen.« Er hielt inne und fügte hinzu: »Aber ich hoffe, daß du eines Tages nach Hause nach Norfolk kommst.«

Danach schien Ralph monatelang nicht einmal zu lächeln; so jedenfalls kam es Emma vor. Er beugte beim Gehen die hochgezogenen Schultern nach vorn, als trüge er die Enttäuschung wie einen engen alten Mantel. »Warum hast du ihnen denn nachgegeben?« wollte sie wissen. »Warum hast du denn nicht an deinen Prinzipien festgehalten, warum hast du nicht an dem Leben festgehalten, das du geplant hast?«

Er sprach nicht mit ihr darüber, sondern sagte nur ab und zu, daß die Dinge nicht so waren, wie es den Anschein hatte, daß er eingesehen hatte, daß Menschen verborgene Tiefen hatten.

Sie wußte nicht, wie er geschlagen worden war. Er achtete darauf, es ihr nicht zu sagen.

Ralph mußte seinen Wehrdienst ableisten; als Möglichkeit zur Erweiterung seines Horizonts erwies sich dieser nicht. Er verbrachte ihn an einem Schreibtisch, mit niedrigen Schreibarbeiten beschäftigt, oder auf der Durchreise in Lastwagen oder Zügen. Er begann seinen Charakter zu erkennen, wie er ihm von anderen Menschen gespiegelt wurde. Er sah einen gefestigten, höflichen, stets vernünftigen jungen

Mann, der für die Begriffsstutzigen und Ängstlichen Probleme löste, der niemals die Geduld verlor und der andere weder von oben herab behandelte noch verhöhnte und der sich auch niemals bei seinen Vorgesetzten anbiederte, der keinen Ehrgeiz und keine Ahnung hatte, wie er sich das Leben erleichtern konnte. War er wirklich so? Er wußte es nicht.

Er war nicht übermäßig niedergeschlagen. Es kam ihm so vor, als seien Langeweile, die täglichen Unbequemlichkeiten und Demütigungen, das Fernsein von zu Hause, die Vergeblichkeit seines täglichen Trotts sehr leicht auszuhalten. Was er nicht aushalten konnte, waren die Gedanken in seinem Herzen und die häufigen Träume, in denen er seinen Vater ermordete. Oder vielmehr Träume, in denen er den Mord ersann oder in denen er verhaftet und verurteilt wurde, nachdem der Mord bereits geschehen war. Die blutige Tat selbst ereignete sich jedesmal hinter den Kulissen.

Als er zwanzig Jahre alt war, kehrten diese Träume so beharrlich wieder, daß die Erinnerung an sie sein Tagleben besudelte und in Unordnung brachte. Bei Tage hegte er, wie er meinte, nur wenig Feindseligkeit gegen Matthew. Ihre Auseinandersetzung hatte auf das, was er glaubte, keinen Einfluß gehabt, sie hatte nur seine berufliche Laufbahn beeinflußt, und eines Tages würde Matthew sterben oder senil werden oder in dem Punkt nachgeben, und dann konnte er diese Laufbahn einschlagen. Er müßte, auf lange Sicht gesehen, doch gewinnen, meinte er.

Daher bestürzten ihn diese Träume, dieses innerliche Aufbegehren. Er war gezwungen zuzugeben, daß weite Bereiche seines Lebens seiner Kontrolle entzogen waren.

Bei einem seiner Urlaube fuhr er anstatt nach Hause nach Norwich mit einem Freund nach London. Sie wohnten im Haus der Schwester dieses Freundes; Ralph schlief auf dem Sofa. Tagsüber unternahm er Sightseeing-Touren; er war noch nie zuvor in London gewesen. Eines Abends verlor er in einem Zimmer in der Nähe eines der großen Bahnhöfe gegen Bargeld seine Jungfräulichkeit. Hinterher konnte er sich weder daran erinnern, welcher Bahnhof dies gewesen war, noch wie der Name der Straße gelautet hatte, so daß er später im Leben nie sicher sein konnte, ob er sie entlang ging; und obwohl ihm die Frau gesagt hatte, ihr Name sei Norah, hatte er keinen Grund, ihr zu glauben. Er fühlte hinterher keine Schuld; es war etwas, das man hinter sich bringen mußte. Es hatte ihn nicht in Verlegenheit gebracht; mehr gab es darüber nicht zu sagen.

Bei seinem nächsten Urlaub wurde er Anna Martin vorgestellt, dem einzigen Kind des sehr vernünftigen Ladenbesitzers aus Dereham.

Drei Jahre später unterrichtete Ralph im East End von London. James war nach Hause gekommen und leitete das, was einst die Obdachlosenunterkunft gewesen und nun das St. Walstan Hostel war. Ralph verbrachte die meisten Wochenenden dort. Er schlief auf einem Klappbett im Büro des Leiters und wurde nachts zu Neuankömmlingen gerufen, die an die Tür hämmerten, zu Männern, die krank geworden waren, und zu Bewohnern, die sich unerwartet zuerst Alkohol und danach zerbrochene Flaschen, Messer, Feuerhaken oder Eisenstangen verschafft hatten. Er vermittelte in Auseinandersetzungen über das Eigentum an Zigarettenstummeln, klumpigen Matratzen und beschmutzten Laken und wurde mit den Bräuchen, Ritualen und Gepflogenheiten von Sozialarbeitern und Polizisten vertraut.

Sonntagabends sammelte er die während der Woche angefallene Bettwäsche ein und zeichnete sie für die Wäscherei aus, zählte die mit Erbrochenem und Samen, mit Exkrementen und Kot beschmutzten Laken. Mittwochabends kam er für eine Stunde vorbei und zählte die abgeholte Wäsche noch einmal. Die Laken waren geflickt und gestopft, aber fleckenlos. Sie rochen nach der Wäschereimangel, sie waren steif und makellos weiß. Wie machen sie das, fragte er sich, wie kriegen sie sie so makellos weiß?

Er verlobte sich mit Anna. Sie wollten heiraten, wenn sie ihre Lehrerausbildung abgeschlossen hätte, und direkt nach Daressalam fahren, wo ein guter Freund von James Schuldirektor war und wo ein hübsches Haus auf sie wartete und zwei Arbeitsstellen für Lehrer, die junge Männer in einer Priesterausbildung in Englisch unterrichten sollten. Auf den Londoner Gehwegen versuchte sich Ralph manchmal vorzustellen, wie es sein würde, an diesen fremden Ort verpflanzt zu sein, in die Hitze und Farbigkeit dieses anderen Lebens. Briefe gingen hin und her. Vorkehrungen waren im Gange.

Anna nahm all dies mit Gleichmut auf. Sie machte Pläne für die Hochzeit, eine ruhige Hochzeit. Insgesamt eine stille junge Frau, trug sie Grau, Kohlschwarz, Dunkelblau, schlichte Kleider in einfachen Linien. Ralph dachte, sie wolle sich abheben, kultiviere ein beinahe nonnenhaftes Erscheinungsbild. Sie sprachen nicht über ihre religiösen Überzeugungen; ein bestimmter Teil verstand sich von selbst, wurde verstanden. Sie hatte die Aussicht auf Afrika widerspruchslos akzeptiert.

»Sie hat im Grunde überhaupt nicht viel dazu gesagt«, erzählte Ralph James.

James sagte: »Gut – ich tippe auf Begeisterung.«

Die in diesen Breiten nicht erwünschte Art Mensch, sagte er, sei derjenige, der mit offenen Armen die Romantik der Entbehrungen in Afrika auf sich nehmen wolle. Annas überlegtes Einverständnis sei eine bessere Basis für ihre Zukunft als ständiges Gerede darüber, was diese Zukunft wohl bringen mochte.

Später dachte Ralph: Als wir heirateten, war das ein Sprung ins Dunkel; wir kannten einander ja gar nicht. Aber wenn man so jung ist, begreift man vielleicht noch nicht einmal im Ansatz, was es zu wissen gibt.

Was diese nonnenartigen Kleider anging – als er mehr von der Welt gesehen hatte und mehr daran gewöhnt war, Frauen anzuschauen, begriff er, daß Annas Stil bewußt, geschickt und der durchdachte Ausdruck eines nicht entfalteten künstlerischen Talents war. Sie hatte sich damals ihre Kleider selbst genäht; was sie wollte, konnte sie in Norfolk nicht kaufen, und mit ihren bescheidenen Mitteln hätte sie es nicht gewagt, ein Londoner Geschäft zu betreten. Sie gab, was sie besaß, für Stoffe, Knöpfe und Besatz aus; sie schnitt zu, bügelte und nähte, zwanghaft sorgfältig, peinigend ordentlich. Und so war das, was Anna besaß, einzigartig im Kreise der Menschen, die er kannte – es war nicht Heiligkeit, sondern Chic.

»Freud hat gesagt«, erzählte ihm Emma, »Religion sei eine universelle Zwangsneurose.« Sie schaute ihn über ihre Brille hinweg an. »Jetzt erzähl mal... was ist mit den Dinosauriern passiert, Ralph.«

»Ihr Lebensraum hat sich gewandelt«, sagte er. »Eine Klimaveränderung.« Sie lächelte schief. Er begriff, daß sie keine Antwort erwartet hatte. »Das Problem mit unseren Eltern«, sagte sie, »besteht darin, daß ihr Lebensraum sich nicht verändert. Von einem Ende des County bis zum nächsten ändert sich kaum etwas daran. Gib ihnen eine Kirchenbank, und schon sind sie zu Hause.«

Emma hatte bekommen, was sie sich gewünscht hatte. Sie studierte Medizin und war jetzt zu Ralphs Hochzeit zu Hause, ihr Buch aufgeschlagen auf dem Schoß und die Füße auf dem alten Sofa, auf das sie im Jahre 1939 so heftig eingedroschen hatte. Emma war füllig geworden; das Krankenhausessen, sagte sie, bestehe nur aus Klößen, Teigwaren und Fett, und so wurde sie nun selbst: zu einem Kloß, teigig und fett. Trotzdem hatte sie einen Verehrer, einen klugen jungen Mann aus der Stadt namens Felix, keinen aus ihrer Bibelstunden-Gruppe. Ihre Beziehung zu ihm bestand darin, daß sie ihn die meiste Zeit ignorierte und nicht alle seiner Briefe beantwortete.

Sie hatte sich energisch gegen ein neues Kleid für die Hochzeit gewehrt, obwohl ihr Vater es sogar bezahlt hätte; sie würde es selbst bezahlen, hatte sie gesagt, wenn Matthew gehen und das Ding aussuchen, mit Verkäuferinnen verhandeln und einen dazu passenden Hut auftreiben wollte. Emma widersetzte sich der Aufmerksamkeit von Friseuren. Anna, die Braut in spe, machte sich erbötig, die Sache in die Hand zu nehmen und dafür zu sorgen, daß Emma eine neue Dauerwelle bekäme. Emma fluchte, als sie dies hörte, so kräftig, daß sie selbst überrascht war.

»Also, Ralph«, sagte Emma, »die Neuigkeiten von Freud sind nicht allzu schlecht. ›Frommgläubige‹ – also du und Anna – ›sind in hohem Grade gegen die Gefahr gewisser neurotischer Erkrankungen geschützt: die Annahme der allgemeinen Neurose enthebt sie der Aufgabe, eine persönliche Neurose auszubilden.‹ Mit anderen Worten, eine Form von Wahnsinn ist für jeden ausreichend.«

»Glaubst du denn, Religion ist Wahnsinn?« wollte Ralph wissen. »Wahnsinn und nichts anderes?«

»Ich glaube nicht, daß sie irgendeine reale Grundlage hat, Ralph. Ich denke, der Glauben ist etwas, dem die Menschen nachjagen, einfach deshalb, um ihrem Leben einen Sinn zu geben.«

Sie hatte sehr freundlich gesprochen, dachte er später. »Und hat es denn einen Sinn?« fragte er.

Emma enthielt sich eines Urteils.

An jenem Abend nahm sein Vater ihn beiseite. »Ich möchte mit dir über die getroffenen Vorkehrungen sprechen«, sagte er.

»Es ist alles schon vorbereitet. Alles geregelt. Du brauchst dich um nichts zu kümmern.«

»Ich meine nicht die Vorbereitungen für die Hochzeit. Warum sollte ich mich mit Dingen befassen, für die Frauen zuständig sind.« Sein Vater zog eine Schreibtischschublade heraus, entnahm ihr ein paar Papiere und schaute sie durch, während er sprach; sie waren eine Familie, deren Mitglieder einander nicht lange ansahen. »Ich meine die Vorkehrungen für die Zukunft. Ich habe mich beraten lassen, und ich werde den Verlag verkaufen. Ein Verleger pädagogischer Bücher hat mir ein gutes Angebot gemacht.« Nicht imstande, irgend etwas Interessantes in den Papieren zu entdecken, drehte er sie um und schaute auf ihre Rückseite. »Bildung, weißt du – das hat Zukunft.«

»Das will ich doch hoffen«, erwiderte Ralph. Er fühlte sich hilflos. Er sollte imstande sein, eine Ansicht zu äußern. »Ja, wenn dein Buchhalter –«, setzte er an.

Matthew fiel ihm ins Wort. »Ja, ja, ja. Also, mein Vorschlag ist, eine bestimmte Summe zu investieren, die Zinsen zahlbar an den Walstan Trust.« Es war ihm gelungen, ohne das Wort Sankt auszukommen, fiel Ralph auf. »Ich schlage vor, eine kleinere Summe in einen Familienfonds für dich selbst und für Anna und die Kinder zu stecken. Wenn du von den Missionen zurückkehrst, wirst du im Komitee des Walstan Trusts sitzen, das in fünf Jahren jemanden brauchen wird, der es ganztags leitet. Wenn du dich dazu für geeignet hältst, kannst du diese Position einnehmen.«

»Andere Leute könnten auch Anspruch darauf erheben«, erwiderte Ralph. Das war alles, was er sagen konnte – kleine Einwände. Er hatte keine Vorstellung von sich selbst in fünf Jahren. Er hatte keine Vorstellung davon, was für eine Art Mann er sein würde, und er konnte sich auch diese mitgedachten Kinder nicht vorstellen. Vielleicht sterbe ich in Afrika, dachte er. Es gibt Tropenkrankheiten und alle möglichen seltsamen Unglücksfälle.

»Ja, vielleicht«, sagte sein Vater. »Aber ich kann eigentlich nicht sehen, wer das sein sollte. Dein Onkel James wird sich bis dahin zur Ruhe setzen wollen, und die Kinder meiner Kollegen aus dem Komitee gehen alle ihren eigenen Lebensweg.«

»Es sieht so aus, als sei das zu weit in die Zukunft gedacht«, sagte Ralph.

»Ach, ich dachte, Millennien wären für dich ein Klacks. Im Ernst, weißt du, fünf oder zehn Jahre vorauszuplanen ist gar nichts. Das tun alle Geschäftsleute. Wir tun das, wenn wir Geld investieren – obwohl du davon ja nichts wissen willst.«

»Vermutlich nicht.«

»Mein Ziel, mein Plan – und hier kann ich dir sagen, daß die anderen Stiftungsmitglieder mit mir einer Meinung sind – ist, daß die Stiftung immer von Norfolk aus geleitet werden soll, ganz gleich, wie breit gestreut ihre Interessen einmal sein werden. Es ist hiesiges Geld, das sie hat entstehen lassen – und wir müssen mit beiden Beinen auf der Erde bleiben. Du wirst dich also hier in Norwich einrichten oder irgendwo sonst im County, wenn dir das lieber ist. Wenn du zurückkehrst, werde ich dir ein Haus kaufen, denn du wirst kein Geld verdienen, solange du da draußen in Afrika bist. Das versteht sich von selbst.«

Wenn das so ist, dachte Ralph, warum dann davon sprechen? Laut sagte er: »Schwebt dir ein bestimmtes Haus vor?« Aber er brachte nicht die Entschlossenheit auf, Gehässigkeit in seine Stimme zu legen.

»Ich möchte, daß die Stiftung allen meinen Landsleuten zugute kommt«, sagte Matthew, »nicht nur James' Kollektion von Trunkenbolden und Prassern. Versteh mich nicht falsch – ich habe Achtung vor dem, was James tut –«

»Ja, ich verstehe dich«, sagte Ralph. »Du mußt mit mir nicht reden, als sprächest du vor dem County Council.«

Er dachte, von nun an werde ich das Steuer übernehmen, werde ich mein Leben so einrichten, wie ich es will. Ich gehe nach Afrika, weil ich gehen will, weil Anna es will. Wenn ich zurückkomme, bin ich mein eigener Herr.

Er fühlte sich nicht gedemütigt, als sein Vater als Hochzeitsgeschenk einen Scheck ausschrieb und ihn ihm in die Hand drückte. Entlohnung war nur recht und billig, dachte er, ein Tribut der Vergangenheit an die Zukunft.

Vier Tage vor der Hochzeit rief James aus London an und sagte, es gäbe dort ein wenig Ärger, könne Ralph sich vielleicht gleich in den Zug setzen und herkommen? Er müßte als Zeuge vor einem Gericht erscheinen, einer seiner Schützlinge habe einen Polizisten tätlich angegriffen; sein Mitarbeiter schien einen Nervenzusammenbruch zu haben, und es gab keinen anderen als Ralph, dem für einen Tag lang die Aufsicht im Hostel anvertraut werden könne.

Ralph sagte: »Was wirst du bloß machen, wenn ich nach Dar fahre?«

Sein Onkel erwiderte: »Das ist das zweite – darüber möchte ich mit dir sprechen. Halt dich unterwegs nicht auf – nimm von Liverpool Street ein Taxi. St. Walstan bezahlt.«

Ralph nahm seinen Mantel und seinen Hut und machte sich auf den Weg zum Bahnhof. Er befürchtete das Schlimmste. Sein Onkel würde ihm sagen, daß er hier gebraucht würde, im East End, daß die Tropen warten könnten und daß er und Anna schauen sollten, ob sie nicht in per Bus erreichbarer Entfernung von der Obdachlosenunterkunft ein paar Zimmer mieten könnten. Er fragte sich, ob er einwilligen würde, und vermutete, daß er es tun würde. Anna würde ihre Baumwollkleider wieder auspacken und einmotten und ihr Eheleben als Ehefrau im East End beginnen müssen, die mit einem Korb über dem Arm Straßenmärkte aufsucht. Er übte innerlich ein paar rebellische Sätze: soll James sich doch opfern, James ist Geistlicher, er hat kein eigenes Leben. Er bestellte sich in einem Café nahe Liverpool Street einen Tee. Er dachte daran, zum Bahnhof zurückzugehen und mit dem nächsten Zug nach Norwich zurückzufahren oder, als Alternative, in den nächsten Zug nach sonstwohin zu steigen.

Es war halb sechs, als James vom Gericht zurückkam, und das Heim war an jenem Abend beinahe voll, so daß er, ehe er mit seinem Neffen sprechen konnte, sein Jackett auszog, die Ärmel aufkrempelte und bei der Zubereitung der letzten Tagesmahlzeit half. Es war Stew – irgendein Stew war es fast immer –, aber es mußte noch das ganze Brot aufgeschnitten und mit Margarine bestrichen werden. Die Insassen wollten immer Brot, drei Scheiben pro Person, ganz gleich, woraus die übrige Mahlzeit bestand. Sie murrten, wenn sie es nicht bekamen, als hätte man ihre Rechte beschnitten.

Als die Mahlzeit beendet war und die Männer vom Abwaschdienst identifiziert und zusammengeholt und an die Arbeit gestellt waren, bat James Ralph mit einer Drehung des Kopfes in sein Büro. Sie schlossen die Tür und wuchteten mit dem gleichen Gedanken, ohne ein Wort zu sprechen, einen Aktenschrank davor; aus Erfahrung wußten sie, daß sie nur auf diese Weise einen Augenblick lang ungestört sein würden.

»Geht es um die Stelle?« fragte Ralph. »Gibt es damit ein Problem?«

»Nein, kein Problem.« James setzte sich an seinen Schreibtisch und fand zwischen unbezahlten Rechnungen und Bittbriefen und Gummibändern Platz für seine Ellbogen. »Wofür habe ich eigentlich diese Gummibänder?« fragte er sich. »Wozu sind die? Nein, Ralphie, mit Daressalam gibt es kein Problem, es ist nur so, daß etwas Dringenderes aufgekommen ist, und ich dachte, du solltest Gelegenheit haben, dir das zu überlegen.«

Jetzt kommt es, dachte Ralph: meine Zukunft in der Mile End Road.

James sagte: »Würdest du gern nach Südafrika gehen?«

An den Rändern von Swaffham gibt es heute eine stattliche Zahl anheimelnder Bungalows. Sie haben schmiedeeiserne Tore und Vogelbäder, Pflanzenspaliere, Blumenampeln aus Korb, Jalousien und zwergenhohe Mauern. Sie haben grobes Backsteinmauerwerk und blitzblanke Fenster und scharlachfarbene Floribundarosen in sehr gepflegten Beeten. Ihre Stillampen verströmen das Licht des zwanzigsten Jahrhunderts. Auf dem Marktplatz hört Ralph die breite gedehnte Aussprache, die sein Großvater dem unflätigen heutigen Ton von Mittelengland maßvoll entgegensetzte.

Diese Bungalowbewohner hatten sich neu in den Dörfern der Brecklands angesiedelt, welche verlassen gewesen waren, als Ralph nach Afrika gegangen war. Zwischen den Siedlungen gibt es immer noch Gegenden mit Heide und Stechginster und Schonungen mit Schwarzkiefer: kahl, eintönig, trübselig wie der Inhalt eines osteuropäischen Alptraums. Doch die gebeugten, arthritischen Kiefern, die die Straßen säumen, kriechen bis an die Ränder der kleinen Städtchen heran, schieben sich zwischen die Heimwerkerläden und Tankstellen und Möbelhäuser; sie rotten sich rund um die neuen Wohnsiedlungen zusammen wie Hexen bei einer Taufe.

Nur auf den von Armeezäunen begrenzten Flächen sieht man noch das alte Land. Als »Gefahrenzonen« sind sie auf Landkarten ausgewiesen. Es heißt, daß die Armee hier Modelle baut, wirklichkeitsgetreue Nachbildungen Belfaster Straßen, und daß Heckenschützen und Scharfschützen hinter leeren Fenstern und falschen Mauern herumschleichen. Von den Straßen aus erkennt man Nissenhütten, wie Setzmaschinenzeilen ausgerichtet. Schilder verkünden: UNERLAUBTER ZUTRITT VERBOTEN – EIGENTUM DES VERTEIDIGUNGSMINISTERIUMS. Die Vegetation kriecht wie Schlangen um ihre Metallpfosten. Der Wind bringt sie zur Neigung.

Weiter östlich, wo Ralph und seine Kinder nun im Herzen des Landes wohnen, erstrecken sich die großen Weizenfelder bis zum Horizont, denaturiert, mehr als ertragreich, Feldfabriken. Eine Farm, die fünfundachtzig Männern Arbeit und Brot gab, beschäftigt heute noch sechs; die Nachkommen der anderen neunundsiebzig haben sich vom ländlichen Schmutz, von den Misthaufen und dem verfaulenden Stroh befreit und wohnen in den Bungalows oder in den städtischen Häusern aus rotem Ziegel mit langen Gärten. Im Frühling kämpfen Schlüsselblumen in den Banketten. Im Juni blühen Hundsrosen in so vielen Hecken, wie noch übriggeblieben sind.

Ralph träumt; wieder ist er drei Jahre alt. Irgendwo hinter ihm, nicht zu sehen, geht sein Vater, daneben Onkel James. Er macht sich in Großvaters Mantel ganz klein.

Sie gehen zur Kirche. Sein Großvater wird ihm die Engel im Dach zeigen und den Hausierer von Swaffham, der am Ende einer Kirchenbank eingeschnitzt ist, und den Hund des Hausierers mit den runden Ohren und der langen Kette.

Der Hausierer von Swaffham: John Chapman war sein Name. Er träumte eines Nachts, daß er, wenn er nach London ginge und sich auf die London Bridge stellte, einem Mann begegnen würde, der ihm sagen würde, wie er ein Vermögen machen konnte.

Am Tag nach diesem Traum schnürte Chapman sein Bündel und machte sich mit seinem Hund nach London auf. Er stand auf der London Bridge herum, bis ihn ein Ladenbesitzer fragte, was er hier tue. »Ich bin wegen eines Traumes hier«, sagte der Hausierer.

»Traum?« erwiderte der Ladenbesitzer. »Wenn ich etwas auf Träume geben würde, wäre ich in einem Dorf auf dem Lande namens Swaffham, im Garten eines Bauerntölpels namens Chapman, und würde unter dessen verdammtem Birnbaum graben.« Mit einem höhnischen Grinsen ging der Mann zu seinen Waren zurück.

John Chapman und sein Hund kehrten nach Swaffham zurück und gruben unter dem Birnbaum. Dort fanden sie einen Topf voller Gold. Um den Bauch des Topfes herum verlief eine Aufschrift. Sie lautete: »Unter diesem Topf steckt ein zweiter, zweimal so gut.« Der Hausierer begann wieder zu graben und fand einen zweiten Scherben, und damit war sein Glück gemacht.

John Chapman spendete der Kirche Kerzen und ließ das Nordschiff wieder aufbauen, als es einstürzte, und spendete 120 Pfund für den Kirchturmfonds. Die Bildnisse seiner Frau Cateryne und seines Hunds wurden in Kirchenstühle eingeschnitzt, die Frau mit dem Rosenkranz und der Hund mit der Kette. John Chapman wurde Gemeindevorsteher und trug ein Gewand aus Hermelin.

Und Ralphs Träume? Er hat sie ad acta gelegt, hat seine Fundstücke fortgeräumt und seine Karten und Monographien an einen Platz unter dem Dachvorsprung seines Vaterhauses in Norwich verbannt. Er hat in ein anderes Leben eingewilligt als das, das er selbst für sich bestimmt hat. Das passiert Menschen in Ralphs Alter, mit fünfundzwanzig: Ihnen wird klar, daß sie nicht mehr die Menschen sind, die sie einmal waren, und daß sie nie die Menschen sein werden, die sie sein wollten. Er jedoch denkt, der Lebensunterhalt muß schließlich gesichert sein, eine Reihe muß gehackt werden, und wenigstens bin ich kein Geistlicher. Er dient Gott – ein wenig – und dem Mammon – ein wenig; die Freunde seines Vaters sagen, er ist nicht *mit dem Herzen* dabei, nicht *ganz*, und er weiß, daß er sehr wenig Geld auf der Bank hat. Er tröstet sich damit, daß er etwas vom Wesen des Lebens versteht, vom Wesen verborgener Dinge; wenigstens kann er klassifizieren, was unter der Oberfläche liegt, er verfügt über Kategorien und Begriffe.

Von einem Gallerttropfen bis zum Menschen führt eine Linie, nähert sich die ganze Zeit über weiter dem Höhepunkt des göttlichen Entwurfs. Wie sich die Spezies fortentwickelt hat, so wächst das Kind im Mutterleib, streift seine Kiemen und sein Fell ab und wird Mensch. Und genauso kriecht auch die Gesellschaft vorwärts, von der Wildheit zur Güte, von Kälte und Hunger und Mord zu vier Wänden und Herdsteinen und Künsten und Parlamenten und Heilung von Krankheiten. Mit fünfundzwanzig glaubt Ralph daran; er glaubt auch an die komplizierte Vervollkommnungsfähigkeit des menschlichen Herzens.

...4...

Lucy Moyo nahm einen Schlüsselbund aus ihrer Schürzentasche. Sie war einsachtzig groß, beeindruckend kräftig, wie ein schwarzes Kissen in ihrer bedruckten Kleiderschürze; der Schlüsselbund lag in ihrer Hand wie ein Spielzeug.

»Das ist der Schlüssel zu Ihrem Büro«, sagte sie. Sie hielt ihn hoch. »Die kleinen sind für Ihre Schreibtische und Schränke. Dieser hier ist für den Schrank, in dem wir den Erste-Hilfe-Kasten aufbewahren. Dieser ist für den Kasten selber. Freitag nachts, samstags werden Sie ihn brauchen. Diese Schlüssel sind für die Türen in Ihrem Haus. Dieser ist für die Speisekammer, und die hier sind für die Vorratsschränke in der Speisekammer.«

»Sind die denn wirklich nötig?« fragte Anna. »Jeder einzelne?«

Lucy lächelte vage. »Mrs. Eldred, das werden Sie merken. Dieser Schlüssel ist für den Holzschuppen, in dem das Werkzeug aufbewahrt wird. Der Baas muß dafür sorgen, daß alles, womit man stechen und schneiden kann, alles mit einer scharfen Schneide, verstehen Sie, am Ende des Tages ihm oder Ihnen oder einer guten Person gezeigt wird, nachdem es benutzt wurde, und daß es dann weggeschlossen wird, bis es wieder gebraucht wird.«

Lucy drückte Anna den Schlüsselbund in die Hand und schloß Annas Finger darüber. »Sie müssen alle diese Türen verschlossen halten. Diese Leute sind Diebe.«

Ihre eigenen Leute, dachte Anna. Und wie beiläufig sie das sagt. »Ist Lucy eine Zynikerin?« fragte sie später.

»Wir sollten nicht abfällig über sie urteilen«, sagte Ralph. »Sie hat die Sache hier in Gang gehalten.« Seine Hände strichen über den Schreibtisch, bestürzt, zuckend. »Sie weiß vermutlich, wovon sie redet. Es ist nur die Art, in der sie etwas sagt, ein wenig kurz angebunden.«

Lucy sagte: »Mr. und Mrs. Standish, die vor Ihnen hier waren, haben abends nach dem Essen meistens dagesessen und geweint. Es hat mich traurig gemacht, so alte Leute weinen zu sehen.«

Die Reise nach Kapstadt hatte drei Wochen gedauert. Sie hatte Anna eine Pause zum Nachdenken, eine Gnadenfrist gewährt. Bis zum vergangenen Jahr war in ihrem Leben nie etwas geschehen. Dann geschah alles auf einmal. Als sie dreizehn oder vierzehn war, hatte sie den Entschluß gefaßt, in ein anderes Land zu gehen: am liebsten in ein fernes. Sie hatte sich vorgestellt, daß sie ihren Eltern auf Wiedersehen sagen und ihnen zweimal im Jahr schreiben würde.

Ralph hatte Verständnis für ihre Eltern – und das war gut, denn es sparte ihr Zeit. Es hätte lebenslange Arbeit bedeutet, sie jemandem zu erklären, der auf andere Art und Weise erzogen worden war. In Familien wie deiner und meiner, sagte Ralph, ist es das Mädchen, das es schwerer hat. Anna behielt ihre Meinung für sich. Ihr schien, daß Emma nicht übermäßig von Leiden gezeichnet war.

Die Wahrheit war, daß Emma sie erschreckte; sogar ihre höfliche Konversation klang neugierig, fordernd, sarkastisch. Wortlos, aber mit einem ungeduldigen Drehen des Kopfes hatte sie durchblicken lassen, daß Anna ansehnlich, aber nutzlos war. Zumindest hatte Anna dies so aufgefaßt. Nichts konnte weniger wahr sein. Ihre Hände waren nie müßig gewesen.

Jedenfalls legte sie Tausende von Meilen zwischen sich und Emma. Wenn sie in Norfolk geblieben wäre, hätten die Leute von ihnen erwartet, daß sie sich angefreundet hätten; sie würden ständig sagen, Anna und Emma, Emma und Anna. Es war kein harmonischer Zweiklang – nicht für ihr Ohr. Als Kind, es war wohl wahr, hatte sie sich manchmal eine Schwester gewünscht. Jede Kameradin hatte eine elterliche Prüfung über sich ergehen lassen müssen und einen Abriß über ihr Leben und ihre Vorfahren zu geben. Bis eine künftige Freundin Billigung fand, hatte sich die beiderseitige Anziehung bereits gelegt.

Ihre Mutter und ihr Vater waren Ladenbesitzer und hatten die Gewohnheit der Lebensmittelhändler, alles abzuwiegen: insbesondere ihre Billigung. Man bekommt nichts umsonst; das betonten sie. Gott hat eine Waage, auf der er deine Neigungen gegen dein Handeln, deine Bedürfnisse gegen deine Wünsche abwägt. Für Vergnügen wird mit der Münze des Schmerzes bezahlt. Bezahle mit der Münze des Glaubens, und Gott gibt dir vielleicht eine bestimmte Menge Erbarmen zurück. Vielleicht aber auch nicht.

Als Kind hatte Anna viel gelesen. Ihre Eltern hatten ihr Bilderbücher gegeben, die Geschichten von schwarzen Kindern und Eskimos enthielten und wie diese zu Jesus kamen. Ihr gefielen jedoch Schulgeschichten, in denen die Schüler fern von zu Hause in einer Villa am Meer wohnten und Lacrosse spielten und von Mam'selle Französisch beigebracht bekamen. Ihre Eltern sagten, Bücher seien eine gute Sache, doch wenn sie eines in die Hand nahmen – um es zu erlauben oder nicht –, drückten ihre Gesichter Argwohn und latente Feindseligkeit aus.

Sie scheuten Kino und Theater – sie verboten sie nicht, doch sie wußten, wie sie kundtun konnten, was sie davon hielten. Kein Alkohol kam über ihre Lippen. Frauen, die Make-up trugen – zumindest wenn es mehr als ein Hauch von Puder war –, waren nicht ihr Fall. Mr. Martin schaute die Zeitung durch, deshalb mußte seine Frau sich damit nicht belasten. Sie bekam jeden Tag eine gebrauchte Meinung von ihm, so wie sie ein Hemd bekam, das in die Wäsche mußte, weil es vom Geruch nach geräuchertem Schinken und reifem Käse beschmutzt war.

Später, als sie erwachsen wurde, begriff Anna, daß ihre Eltern nicht einfach von Frömmigkeit, sondern von Snobismus durchdrungen waren. Es schien ihnen schwerzufallen, zwischen beidem zu unterscheiden. Sie schauten auf zu den Kunden mit den großen Häusern, an die sie jede Woche mit Holzwolle gepolsterte Kisten mit kandierten Früchten und kleinen Gläsern mit Hühnerbrust in nahrhaftem Gelee lieferten. Sie schauten auf gewöhnliche Kunden herab, die im Laden nach Tütenzucker und Vierteln Tee anstanden. Erstere bezahlten auf Rechnung, von letzteren verlangten sie natürlich Barzahlung. Sie waren unter den ersten in ihrer Gegend, die sich das raffinierte, zeitsparende, vorgedruckte Hinweisschild zulegten, das ihre Lebensphilosophie so bündig zusammenfaßte:

Bitten Sie nicht um Stundung,
da eine Ablehnung häufig beleidigend ist

Ihre ganze Teenagerzeit hindurch war Anna von diesem Hinweis gepeinigt worden und von dem Gedanken: was, wenn ich mich verliebe, was, wenn ich mich in jemanden verliebe, der *unpassend* ist? Sie wußte, daß die Chancen hierfür groß waren; es gab so viele unpassende Leute in der Welt. Doch als sie nach Hause kam und sagte, daß Ralph Eldred sich mit ihr verloben wolle, suchten die Martins vergeblich nach einem Grund für Widerstand. Es stimmte zwar, daß die Zukunft des Jungen ungesichert war, aber sein Vater war ja immerhin Ratsmitglied im County.

Anna war eine gehorsame Tochter gewesen. Sie hatte versucht, alles zu tun, um ihre Eltern zufriedenzustellen, und dabei gewußt, daß es doch nie genug war: *Bitten Sie nicht um Stundung*... Einige unglückliche Kinder bilden sich ein, sie seien adoptiert worden; Anna wußte immer, daß sie ihr Kind war. Als junges Mädchen gab sie sich Tagträumen hin, die die Menschen um sie herum irritierten und die ihr scharfe Worte von ihrer Mutter eintrugen. Sie träumte davon, ihren Eltern so unähnlich zu werden wie nur möglich. Doch sie wußte nicht, wie sie das bewerkstelligen sollte. Sie zu verachten war das eine, sich von ihnen zu befreien etwas ganz anderes.

Und nun, als das Schiff nach Süden fuhr, fragte sie sich, ob sie von ihnen fort oder zu ihnen hin segelte. Immerhin waren sie doch solche Wohltäter; waren sie nicht auf ihre Weise zu Hause Missionare? Es gab keine Luxusgüter in ihrem Haushalt; das Geld wurde immer für gute Zwecke ausgegeben. Außerdem war es eine Sünde, Luxusgüter zu haben, wenn andere nicht einmal das Notwendigste besaßen: es sei denn, man war natürlich Rechnungskunde.

Und wenn die Wohltaten nicht aus Liebe geschahen, sondern aus einem Gefühl von Pflicht, spielte das eine Rolle? Waren die Auswirkungen nicht dieselben?

Das waren Annas Gedanken. Die Hungernden essen, ganz gleich, welche Motive der Brotgeber hat; vielleicht ziemte es sich für Hungernde nicht, in bezug auf Motive wählerisch zu sein.

Ralph sah die Sache anders. Die Eldreds und die Martins, sagte er, handelten aus dem Wunsch heraus, die Welt bequem zu machen. Der Lebensmittelhändler Martin würde alle Landstreicher gern in den Stand von Rechnungskunden erheben; Betty, die Frau des Lebensmittelhändlers, sähe es gern, wenn sich die kettenrauchenden, unverheirateten Mütter gründlich das Gesicht wuschen und monatlich zur Beichte gingen. Kälte, Armut und Hunger mußten gelindert werden, weil es extreme Zustände sind, die Unordnung, psychische Erschütterung und Demonstrationen der Arbeitslosen hervorrufen. Sie führen zu Sozialismus und machen die Straßen unsicher.

Ralph fällte ein Urteil über seinen Vater und über ihren. Er kannte ein Gedicht; lachte und sagte:

Gott schuf den bösen Kaufmann
Als Mysterium und Wink.
Mensch, meide die gräßlichen Läden!
Ins Wirtshaus geh essen, flink!

Da war es – Ralph haßte nichts mehr als Niedertracht. Ihr kam es so vor, als sei seine Freundlichkeit spontan, unberechenbar. Nicht mehr und nicht weniger suchte sie. Sie schlief mit ihm, schon kurz bevor sie den Verlobungsring am Finger trug.

Sie war es, die ihn gefragt hatte. Als die Zeit kam – das eine Mal seit vielleicht einem Jahr, daß sie das Haus in Dereham für sich hatten –, überkam sie Furcht. Schon die Berührung seiner warmen Hand ließ sie erzittern. Aber er war ein junger Mann mit nur wenig Erfahrung – oder gar keiner, vermutete sie –, so daß ihm der Unterschied zwischen panischer Angst und Leidenschaft nicht so leicht auffiel.

Nachdem die Tat vollbracht war, machte sie sich große Sorgen, daß sie vielleicht schwanger sein könnte. Sie erwog, darum zu beten, daß sie es nicht wäre, glaubte aber nicht, bei Gott Gehör zu finden. Und außerdem hätte die Schande sie in einer Hinsicht befreit. »Ich kümmere mich um dich«, sagte Ralph. »Sollte das passiert sein, heiraten wir einfach früher.« Als ihre Periode kam – vier Tage verspätet, spät genug, um sie in einen Taumel aus Panik und Hoffnung zu stürzen –, lehnte sie sich gegen die eiskalte Wand im Schlafzimmer ihrer Eltern, gegen die feindselige dunkelgrüne Farbe, und weinte über die verpaßte Gelegenheit.

Danach schien sie ihr Gleichgewicht verloren zu haben; sie hatte sich selbst nicht als komplizierten Menschen gesehen, doch nun gingen ihr alle möglichen widerstreitenden Wünsche und Ängste durch den Kopf. Ralph schlug vor, sie sollten die Hochzeit in jedem Falle vorverlegen, sollten heiraten, sobald Anna ihre Lehrerausbildung abgeschlossen hätte, nicht bis zum Ende des Sommers warten. Onkel James suchte ihre Eltern auf und sprach über diesen sehr interessanten Posten, den es in Daressalam zu besetzen gab.

Ihre Mutter wandte ein, daß das Klima vielleicht ungeeignet sein könnte, gab jedoch zu, daß Anna nie auch nur einen Tag krank gewesen war und nicht dazu erzogen worden war, zu kneifen. Betty befürchtete außerdem, daß die Eingeborenen nicht nett sein könnten. Anna jedoch überraschte, wie bereitwillig sie auf James' Vorschlag eingingen, wie rasch sie zustimmten, daß die Hochzeit, obwohl die Verlobungszeit so ungewöhnlich kurz gewesen war, genausogut im Juni stattfinden könne. Zum ersten Mal kam ihr der Gedanke, daß sie vielleicht froh darüber waren, sie los zu sein. Man denke nur an den Gefühlsaufwand, den eine Tochter erforderte! Wenn ihre Tochter heiratete, und dazu noch auf der anderen Seite der Welt lebte, würden sie mehr Kraft für die Angelegenheiten von Fremden haben.

Natürlich hatte die Vorstellung, Missionar in Afrika zu sein, etwas Unglaubwürdiges, sogar Urkomisches an sich. Sie sagte: »Ich werde doch sicher keinen Tropenhelm aufsetzen müssen? Und in einem Topf gekocht werden?«

Ralph sagte: »Glaube ich nicht. Onkel James ist noch nie gekocht worden. Jedenfalls bis jetzt nicht.«

Dann kam Ralph mit einem geänderten Plan zu ihr. Wenn sie einwilligte, würden sie nicht nach Ostafrika gehen. Anderswo wartete eine Aufgabe auf sie, in einer Stadt namens Elim. Sie befand sich in der Nähe von Johannesburg, nördlich von der Stadt – und auch nicht weit von Pretoria entfernt, sagte er, als ob ihr das hülfe, den Ort zu lokalisieren. Er brachte ihr ein gerade herausgekommenes Buch mit, betitelt *Naught for Your Comfort*. Wenn sie das läse, deutete er an, wüßte sie, warum dort Menschen gebraucht wurden und warum sie, wenn es ihnen auf ihre eigene Bequemlichkeit ankäme, nicht hinfahren sollten. Dann könnte Anna die Alternativen gegeneinander abwägen, darüber nachdenken, was das beste für sie beide wäre. »Und das beste für andere, natürlich«, sagte sie. Zu dieser Zeit – im Frühjahr 1956 – konnte sie so etwas ohne jede ironische Absicht aussprechen.

Sie las das Buch in einem Zuge. Es zeichnete das Bild einer hungrigen, blutigen, beinahe unbegreiflichen Welt. Sie fühlte sich bereit, diese zu betreten. Sie wußte zwar nicht, von welchem Nutzen sie sein konnte, Ralph jedoch schien zu denken, daß ihre Aufgabe deutlich vor ihnen stand. Und schließlich war Bequemlichkeit nie eine ihrer Erwartungen gewesen.

Sie hatte von dem Buch auch geträumt, in den letzten beiden Nächten vor ihrer Abreise aus England. Die Träume schienen den Text noch mehr auszuschmücken, ihm aber nicht zu widersprechen. Polizisten patrouillierten mit Maschinengewehren auf den Straßen. Gesetze, die das Parlament verabschiedet hatte, waren in allen Straßen angeschlagen. Die Bewohner waren eingeschüchtert.

Als sie aufwachte, vertrieb sie diese Träume aus ihrem Kopf. Zum einen ähnelten die Traumstraßen von Elim zu sehr den Straßen von East Dereham. Zum anderen machten diese den in ihrer Vorstellung bereits vorhandenen Bildern den Platz streitig: Missionarsgeschichten und Geographietexten aus ihrer Kindheit, verschwommenen Fotografien von gemeinen Ausmaßen; Frauen mit spitzgefeilten Zähnen, Männer, deren Wangen mit Narben übersät waren. Ein anderer Teil Afrikas, kein Zweifel. Eine andere Zeit. Trotzdem sah sie im Geiste Savannen, weite Horizonte, Rondavels, strohgedeckte Rundhütten, die in Krals standen: eine Bevölkerung mit schlichter Religiosität, die Hymnen sang, leicht lenkbar war. Im wirklichen Leben hatte sie bisher fast nie einen Schwarzen gesehen.

Ralph hatte zu Onkel James gesagt: »Ich glaube kaum, daß meine Arbeit im Hostel mich auf Afrika vorbereitet hat.«

Onkel James hatte fröhlich erwidert: »Keine Sorge. Nichts kann dich auf Afrika vorbereiten.«

Ihre Mutter hatte ihr ein Buch mit dem Titel *The Sun-Drenched Veld* gegeben. Sie könne es auf dem Schiff lesen, regte Betty an. »Aus der Reihe *Fenster zur Welt*, Anna. Es hat 9 Schilling 6 Pence gekostet.« Sie nahm es an dem Tag, an dem sie aus Las Palmas abfuhren, in die Hand, blätterte es durch, während sie sich durch Gewässer bewegten, aus denen fliegende Fische herausschnellten.

Es hatte wenig Ähnlichkeit mit dem Text von Pater Huddleston, doch ohne Zweifel war es, auf seine Weise, wahr. »In Beschreibungen der afrikanischen Tierwelt wird das Zebra häufig nur am Rande erwähnt. Und doch ist es ein liebenswertes Geschöpf, ein gedrungenes, robustes kleines Pferd mit einer hübschen Mähne und einem wehenden Schweif. Und nicht zwei von seiner Art haben das gleiche Muster! Wenn Sie die Umrißlinien eines Tiers gezeichnet haben, können Sie die Streifen ganz nach Belieben ausmalen.«

Als die See sie träumerisch machte und sie sich nicht mehr konzentrieren konnte, gab sie es auf mit dem Text, ließ das Buch in ihrem Schoß zuklappen und den Blick auf seinem Einband ruhen. Dieser führte den Leser durch Bögen von sehr kühlem, blassem Pfefferminzgrün hindurch in eine Landschaft, die aussah, als sei sie nicht von dieser Welt – rosa und golden im Vordergrund, grüne Hügel, die sich in der Bildmitte erhoben, und dahinter der fliederfarbene Dunst von Bergen. Sie fragte sich, ob der Illustrator sie mit dem Himmel verwechselt, vielleicht seine Aufträge durcheinandergebracht hatte. Doch dann fiel ihr ein Buch ein, das sie bei Ralph im Regal gesehen hatte – ein Buch aus seinen Jahren als Fossiliensucher. Das Bild auf dem Umschlag sah fast genauso aus – seltsame, unmögliche Farben. Sie hatte innen auf dem Schutzumschlag nachsehen müssen, was es darstellte: *An den Ufern einer Lagune im Jura*, lautete die Bildunterschrift. Inmitten des verblüffenden grünen Leuchtens der Palmen schlugen Archäopteryxe mit den Flügeln und stießen herab, ihre Federn schimmerten in den satten Herbstfarben eines Jagdvogels. Ein kleiner, stählern glänzender Dinosaurier trippelte auf spindeldürren Beinen dahin. Der Himmel war von einem eleganten Eierschalenweiß. Im Hintergrund leuchtete ein dunkleres, wasserblaues Grün – ein großer, primitiver Ozean mit Ufern, die nie vermessen worden waren.

Aber wie klein schien das Meer jetzt zu sein: eine metallene Schüssel, über die sie sich zentimeterweise fortbewegten. Nach Einbruch der Dunkelheit standen die Leute, die nach Hause fuhren, an der Reling und hielten Ausschau nach dem Kreuz des Südens. Und eines Nachts zeigte es sich dann auch, lag in südlicher Richtung unmittelbar über ihnen, genau an der Stelle, wo alle es vorhergesagt hatten. Anna sah vier trübe Lichtpunkte, matt, kaum zu unterscheiden von den ringsum kärglich über den Himmel verstreuten Sternen. Es wäre ihr nicht aufgefallen, dachte sie, wenn man es ihr nicht gezeigt hätte.

Sie kamen im Regen in die Table Bay, in Niesel und Wolken, die sich von einem Augenblick zum nächsten verzogen, dann jedoch wieder herabsenkten. In der Düsternis wurde eine kompakte, dunkle Masse sichtbar. »Der Tafelberg«, sagte jemand zu ihr. Eine pfannkuchenähnliche dunkle Wolke lag über ihm. Die Sonne brach durch, schimmerte, war fort – schickte dann suchend einen zweiten Strahl aus wie einen Arm, der in ein Zelt greift. Sie konnte die Konturen des Berges jetzt sehen – sein Rückgrat aus Fels und die in violette Schatten getauchten Schluchten und Spalten.

Was hatte sie erwartet? Einen Hügel wie in irgendeiner Stadt. »Schauen Sie dort«, sagte ein Mann. »Das ist Devil's Peak.« Die Wolke bewegte sich jetzt, blähte sich, riß auf. Die Sonne kämpfte sich hindurch. Der Fremde nahm Anna am Arm und drehte ihren Körper so, daß sie einen Wolkenfetzen sah, der wie Rauch in den Himmel aufstieg.

Der Erzbischof von Kapstadt sagte: »Sie sind nicht wie Ihr Onkel James. Sie sind eher ein muskulöser Christ.«

»Ach, James«, sagte Ralph. »Nein, kräftig hat er nie ausgesehen.«

»Aber er hat durchgehalten«, erwiderte der Erzbischof. Er schien

Gefallen an diesem Satz zu finden, welcher James' Leben etwas Heroisches verlieh. Was, vermutete Ralph, es wohl wirklich besaß. Aus mehreren Blickwinkeln betrachtet.

Er wünschte, er hätte dieses Vorstellungsgespräch umgehen können. Ein Prälat stand ihnen nicht zu; allein der Empfehlungsbrief von James hatte sie hierher gebracht. Sie hätten gleich mit der Eisenbahn nach Johannesburg und von dort aus nach Elim weiterfahren können. Wenn ihnen ein Untergebener aus der Diözese Pretoria die ersten Instruktionen gegeben hätte, hätte das genügt. Ohne Instruktionen wäre es aber auch gegangen. Offen gestanden hatte Ralph damit gerechnet, sich durchschlagen zu müssen. Das war das übliche.

»Ich wollte James hier bei mir haben«, sagte der Erzbischof. »Vor ungefähr sieben Jahren. Als man mich in diesen – äh – Rang erhob. Wir hatten damals hier alles, was man sich nur wünschen kann. Kirchen, Schulen, Krankenhäuser, Klubs. Wir hatten das Geld und die Leute. Wir hatten die segensreiche Gelegenheit zur Führerschaft. James hat vielleicht vorausgesehen, was daraus werden würde. Von mir kann ich das nicht behaupten.«

Der Erzbischof ging hinkend durch das Zimmer, löste dabei kleine Vibrationen in den Möbeln aus, brachte die Teetassen zum Klirren. Er war ein großer, fülliger Mann, siebzig Jahre alt oder vielleicht noch älter. Ohne fremde Hilfe setzte er sich auf ein Sofa, vor Anstrengung und Schmerzen stöhnend, als er sich darauf niederließ; er drehte sein steifes Bein und bettete es auf Kissen, als sei es eine Prothese oder als gehöre es jemand anderem. Es dauerte einen Augenblick, bis er wieder sprach. »Wir sind mit hohen Idealen angetreten. Das, was wir erreichen wollten, hat sich nicht erfüllt. Na ja, das war uns ja auch nicht versprochen worden.«

Der Erzbischof wirkte schüchtern. Konnte ein Erzbischof schüchtern sein? Er sprach schroff, in kurzen, abgehackten Sätzen; die Sätze waren aber dennoch wohldurchdacht.

»Ein Jahr bevor man mich zum Bischof machte«, sagte er, »haben die Wähler Smuts hinausgeworfen und die Nationalisten hereingeholt. Dann wurden bestimmte Gesetze erlassen, über die Sie, denke ich, schon alles wissen – oder, wenn nicht, bald wissen werden. Sie werden erfahren, was die Theorie ist. Sie werden sehen, was die Praxis ist. Sie werden sehen, daß wir im Grunde ein Polizeistaat geworden sind.« Er hielt inne, wartete auf Ralphs Reaktion. »Oh, seien Sie versichert, ich rede nicht immer so. Ich gab der gewählten Regierung soviel Spielraum, wie ich konnte, denn man versucht ja, den Staatsmann zu spielen. Ich hatte Verständnis für die Wirkungsweise ihrer Gesetze, aber ich wußte nicht, wie sie sie anwenden würden.«

»An Apartheid zu glauben ist schwer«, sagte Ralph. »Ich meine, man muß sie sehen, um sie glauben zu können.«

Der Erzbischof gab ein Knurren von sich. »*Entmischung* nannten sie es früher. Die sprachliche Veränderung, sie ist das Entscheidende – sie bedeutet mehr als nur die Weiterentwicklung eines Begriffs. Doch als Daniel Malan kam, sagte ich mir, das ist doch kein Dummkopf. Er ist ein kultivierter Mann. Er hat einen Doktortitel«, der Erzbischof hörte auf zu sprechen und lachte kurz auf, »den er an der Universität Utrecht mit einer Arbeit über Bischof Berkeley erworben hat. Malan nimmt immer noch gewisse Rücksicht auf die öffentliche Meinung, sagte ich mir. Und dann, siehe da, tritt Malan ab und Strydom an, der einmal, wie Sie vielleicht wissen, eine Straußenfarm betrieb. Erzogen wo? In Stellenbosch und Pretoria. Er ist ein Mann aus dem Transvaal. Sie werden noch begreifen, was das bedeutet. Als J. G. Strydom an die Macht kam, war meine Stunde der Verzweiflung gekommen. Das ist jetzt drei Jahre her.«

Anna machte eine zögernde Bewegung in Richtung auf das Tablett mit dem Tee. Der Erzbischof nickte ihr zu, drehte sich dann zur Seite und sprach Ralph an.

»Sie haben von dem Bantu-Erziehungsgesetz gehört. Man hat Sie in London ins Bild gesetzt, hoffe ich. Sie wissen von unserer überragenden Bedeutung im Bereich Bildung; die Kirchen haben alles getan, die Regierung gar nichts. Wir sind es, die die Schwarzen gebildet haben. Wir wußten, als wir das taten, nicht, daß wir damit die Regierung brüskierten. Alles, was wir erreicht haben, stellt in ihren Augen eine Bedrohung für sie dar. Durch dieses Gesetz wollen sie sich der Bedrohung entledigen.«

»Es fällt mir schwer, das zu begreifen«, sagte Ralph. »Bildung ist doch Fortschritt, möchte man meinen, ist Zivilisation? Ich kann mir nicht vorstellen, daß es sich, bis heute, irgendeine Regierung in der Geschichte der Welt zur Aufgabe gemacht hat, das Rad der Zeit rückwärts zu drehen.«

»Ach, ich weiß nicht«, sagte der Erzbischof. »Einige gibt es schon. Es hat keinen Sinn, zu verallgemeinern. Aber Sie verstehen, warum sie es getan haben, oder? Die Verantwortung für die Erziehung der Nicht-Europäer ist Dr. Verwoerd aus dem Ministerium für Bantu-Angelegenheiten übertragen worden. Die Begründung von Dr. Verwoerd lautet: Warum einem afrikanischen Kind Mathematik beibringen? Ein Arbeiter braucht keine Mathematik. Gib ihm Mathematik, und er wird anfangen darüber nachzudenken, ob er ein bißchen mehr als nur Arbeiter sein könnte. Und Dr. Verwoerd will nicht, daß er diesen Fehler begeht.«

Anna brachte den Tee. Der Erzbischof kostete ihn. »Sehr gut, meine Liebe«, sagte er. »Ein solches Vergnügen, Tee, nicht wahr?« Er sah aus, dachte Anna, als ob er nicht viele Vergnügungen habe. Voller Rührung ging sie zu ihrem Hocker zurück.

»Die Absicht dabei ist, eine neue Form von Bildung einzuführen«, sagte der Erzbischof und schaute in seine Tasse. »Eine Bildung, die Kulis und Hausdiener und Futter für die Minen hervorbringt. Zweieinhalb Stunden am Tag, unterrichtet von kleinen Mädchen, die selber gerade so durch die Prüfung gerutscht sind. Und diese Vorschrift gilt nicht nur für die Kinder der Analphabeten, sie gilt für alle – für die Kinder unserer klügsten Jungen und Mädchen von den Missionen, für die Kinder der Absolventen der Universitäten von Fort Hare. Die Eltern sollen sich in Geduld üben, während sie mitansehen müssen, wie ihre Kinder verkümmern.«

»Damit scheint alle Hoffnung für die Zukunft ausgelöscht«, sagte Ralph. »Andere Gesetze kann man wieder aufheben, aber wie will man die Auswirkungen dieses einen rückgängig machen?«

»So ist es«, sagte der Erzbischof. »In zwanzig Jahren oder in vierzig Jahren, wenn diese Idiotie vorüber ist, wie will man dann Klugheit in Köpfe bringen, denen sie vorenthalten worden ist?«

Die Hand des Erzbischofs zitterte nun ein wenig. Die Teetasse schien zuviel für ihn zu sein, so wie ein feines Porzellan zuviel sein kann für einen Bären. Anna machte einen Satz nach vorn, nahm die Tasse und stellte sie wieder auf das Tablett. Er schien sie nicht wahrzunehmen.

»Wie ist jetzt die Situation der Kirche?« Der alte Mann wandte Ralph den Kopf zu. »Wir sitzen vor der Regierung wie ›das Kaninchen vor der Schlange‹, wie Pater Huddleston es so unvergeßlich ausgedrückt hat.« Seine Stimme war trocken. »Pater Huddleston hat die Gabe der anschaulichen Darstellung, nicht? Einige Leute sagen, wir sollten lieber unsere Schulen schließen, anstatt uns an diesem phantastischen Plan zu beteiligen. Andere sagen, jede Bildung ist besser als gar keine. Pater Huddleston, wenn ich ihn noch einmal zitieren darf, nennt dieses Empfinden ›die Stimme von Vichy‹. Mrs. Eldred«, er drehte noch einmal steif und schmerzhaft den Kopf, »obwohl Sie ausgebildete Lehrerin sind, werden Sie feststellen, daß Sie mehr damit beschäftigt sein werden, die Kinder mit Spielen zu unterhalten, als sie zu unterrichten. Wir müssen versuchen, sie von der Straße zu holen, wo sie nur in Schwierigkeiten geraten. Diese Stadt, wissen Sie, Elim – sie liegt nicht in meinem Gemeindebezirk, aber ich kann Ihnen erzählen, was Sie dort erwartet. Elim ist, was man hier eine freie Township nennt. Seit der Jahrhundertwende sind dort Schwarze angesiedelt worden. Sie haben Häuser gebaut, die sie auch besitzen. Ganze Generationen sind in Elim großgeworden. Dort leben, ich weiß nicht, fünfzigtausend Menschen?«

»Ungefähr soviel, ja«, sagte Ralph.

»Und jetzt gibt es keine Sicherheit mehr, keine Gewähr, was die folgenden Jahre bringen werden. Sie zerschlagen Sophiatown, und Elim kann die nächste Stadt sein.«

»Wohin bringt man die Menschen?« sagte Anna.

»Ja, das ist der Kern der Apartheidpolitik, meine Liebe. Die Regierung möchte sie in ihre Stammesgebiete zurückführen.« Den Kopf wieder drehend, sprach er mit ernster, müder Höflichkeit, so als richte er seine Worte an den Präsidenten selber und zolle ihm die Anerkennung, die er für ein dummes Vorhaben aufbringen könne. »Sie werden die Lage besser begreifen, wenn Sie dort sind. Doch Sie müssen wissen, daß für die Menschen, in deren Mitte Sie leben werden, alles unsicher und unbeständig geworden ist. Sie können kaum noch über ihre Schwelle ins Freie treten, ohne sich zu fragen, ob sie mit einem neuen Gesetz in Konflikt geraten. Und sie haben das Gefühl, daß ihnen ihre Zukunft genommen ist.«

»Ich fühle mich dem kaum gewachsen«, sagte Ralph. »Einer solchen Situation.«

»Warum sind Sie dann hier?«

Er wußte nicht, was er sagen sollte. Er konnte doch nicht sagen, um von meiner Familie wegzukommen. »Ich dachte, es sei meine Pflicht, etwas zu unternehmen. Wir dachten beide, es versuchen zu müssen. Aber wir haben so wenig Erfahrung.«

»Oh, Sie haben Ihre Jugend«, erwiderte der Erzbischof, »und daher haben Sie Spannkraft. Das ist zumindest die fromme Hoffnung. Darf ich Ihnen einen Rat geben? Versuchen Sie bei Ihrer Arbeit, alles im Zusammenhang mit Gott zu sehen. Versuchen Sie den Maßstab der Ewigkeit anzulegen. Verstehen Sie? Sonst werden Sie vor Trivialitäten handlungsunfähig. Die täglichen Frustrationen werden Sie verkrüppeln.«

»Das scheint mir ein sehr guter Rat zu sein«, sagte Ralph. »Ein Rat, der in allen Verhältnissen brauchbar ist. Wenn man ihn befolgen könnte.«

Anna sagte: »Wenn ich in diesem Land ein Schwarzer wäre, wäre ich nicht sicher, ob ich überhaupt an Gott glaubte. Vor allem an Gott.«

Der Erzbischof runzelte die Stirn.

Ralph sagte: »Wenn sie so unterdrückt werden, wenn man ihnen einredet, daß ihr Wesen irgendwie minderwertig ist, wenn sie so viel Mißgeschick erlitten haben, denken die Menschen vielleicht, daß sie für Gott nicht mehr von Bedeutung sind. Es wäre ganz natürlich, wenn sie so dächten.«

Nach diesen Worten ließ der Erzbischof seinen Gefühlen in kurzen, phrasenhaften Ausbrüchen, die sich anhörten wie Gebell, freien Lauf. Er wandte sich gegen einen »verweichlichten säkularen Humanismus« (der, so sein Argwohn, für Ralph eine Versuchung darstellte) und gegen einen christlichen Glauben als »Testat über die Größe des Menschen«. Es war klar, daß dies Wendungen aus einer Predigt waren, an der er gerade schrieb oder die er bereits gehalten hatte. Anna schaute unter ihren Wimpern hindurch zur Seite auf Ralph. Ihr war nicht klar, wie jeder von ihnen sich hatte anmaßen können zu sagen, was sie gesagt hatten. Sie würden doch sicher alles tun, nun, wo sie so weit weg von zu Hause waren.

Als der Erzbischof aufgehört hatte zu bellen, warf sie ein schwaches, versöhnliches Wort ein. Es sei doch nur so, daß sie unerfahren seien, sagte sie. Sie seien ängstlich – hier, in einem neuen Land, an ihren ersten Arbeitsstellen.

»Fühlen Sie sich dem ebenfalls nicht gewachsen?« wollte der Erzbischof wissen.

»Ich bin nicht sicher, wer das könnte.«

Das war eine gute Antwort. »Ja, ich weiß, ich bin es nicht«, sagte der Erzbischof. »Da sind zwei Dinge – nein, drei –, um die ich Sie ganz besonders bitte. Versuchen Sie nicht, Ihre Widersacher verächtlich zu machen; versuchen Sie nicht, sie zu hassen. Das wird Ihnen vermutlich ziemlich schwerfallen, aber für einen Christen ist das Bemühen notwendig. Und versuchen Sie nicht, das Gesetz zu brechen. Man hat Sie nicht hergeschickt, damit Sie in den Zeitungen oder im Gerichtssaal landen. Ich hoffe, Sie können sich das merken.«

»Und das dritte?« fragte Ralph.

»Ach ja. Wenn Sie nach Hause nach England schreiben, bitten Sie Ihre Leute, keine voreiligen Schlüsse zu ziehen. Dies hier ist ein kompliziertes Land. Ich tröste mich selbst damit, daß es wenig wirklich Böses darin gibt. Aber es gibt soviel Furcht, Furcht auf allen Seiten. Furcht lähmt das Mitgefühl und die Kraft des Verstandes. Auf diese Weise wird sie schließlich zu etwas Bösem.« Der Erzbischof sah auf, nickte. Das Gespräch war vorüber. Sie standen auf. Unerwartet lächelte er und tätschelte sich das Bein, das schmerzend und reglos vor ihm lag. »Wissen Sie, was ich letztes Jahr gemacht habe? Ich bin nach Tristan da Cunha gefahren. Ich nehme an, Sie haben nicht gewußt, daß meine Diözese so weit reicht. Sie mußten mich in meinem Stuhl festbinden und mich an Seilen seitlich an der Fregatte hinablassen.

Dann mußte ich mich in einem kleinen Boot mit einem Segeltuch am Boden hinlegen, und sie haben mich an Land gerudert. Ihr Onkel James hätte seinen Augen nicht getraut. Aber wissen Sie, ich glaube nicht, daß ich noch einmal fahre. Das würde ich wohl kaum überstehen, nicht wahr?«

Er erwartete keine Antwort. Eine Sekretärin begleitete sie hinaus. Als sie den Raum verließen, nahm er Papiere und begann zu lesen.

Draußen sagte Anna: »Der war ja das Ebenbild von Winston Churchill. Meinst du, er macht das mit Absicht? Meinst du, er hat mit Hilfe von Aufnahmen geprobt?«

»Ganz sicher.«

»Er hat uns praktisch vorgeworfen, keine Christen zu sein.«

»Wir sind aber trotzdem welche«, sagte Ralph. »Trotz seiner Provokation.«

»Er hat das Herz am rechten Fleck«, sagte Anna.

»Sein Herz ist irrelevant, fürchte ich.«

Am Bahnhof von Kapstadt wiesen Schilder auf *Slegs vir Blankes* hin. Die Wagen für Nicht-Europäer waren wie ein nachträglicher Einfall an den Schluß des Zuges angehängt.

Auf den Bahnhöfen, an denen der Zug hielt, hatten sich Kinder vor den Türen der Wagen versammelt, die Hände nach kleinen Münzen ausgestreckt.

Auf dem Bahnhof von Johannesburg wimmelte es von schwarzen Männern in piekfeinen Anzügen mit Aktenmappen aus Pappkarton und von kerngesund aussehenden weißen Farmern, die in die Stadt gekommen waren. Ihr Haar schien die großen Köpfe kaum bedecken zu können. Ihre Bäuche schienen die Knöpfe ihrer Hemden zum Bersten bringen zu wollen. Kräftige rötlichbraune Knie, die unter Khakishorts hervorsahen, rückten in die Zukunft vor. Unter den Gehsteigen, sagte Ralph, lagen Diamanten und Gold.

Es war kühler, als Anna erwartet hatte, und die Luft schien dünn zu sein. Sie schreckte vor dem Hupen und Kreischen des Verkehrs und dem Mosaik der Gesichter auf den Straßen zurück. Um Mitternacht ließ Lärm sie an das Fenster ihres bescheidenen Hotels treten. Hagelkörner, gefrorene Eisstückchen, drei Zentimeter im Durchmesser, schlugen an das Glas. Das Bombardement dauerte fünf Minuten. Es hörte so unvermittelt auf, wie es angefangen hatte. Eine Stunde lang, in den tiefen Stunden der Nacht, war die Stadt still, als hielte sie den Atem an.

Das Missionshaus stand in der Flower Street. Es war von der Straße zurückgesetzt, umgeben von einem Küchengarten, in dem Mais, Kartoffeln, Kohl, Kürbisse und Karotten wuchsen. Drei Stufen führten hinauf zur Veranda, die mit einem Netz gegen Fliegen geschützt war. Früher hatte das Haus Schatten gehabt, doch die großen Bäume waren gefällt worden. Innen waren die Zimmer klein und heiß.

Alles sei hergerichtet worden, sagte Lucy Moyo, hergerichtet in Erwartung ihrer Ankunft. Das Linoleum auf dem Boden, poliert, bis es glänzte, war stechend grell: unbändig schreiend, mit Zickzackmuster, gräßlich. Man hatte keine Kosten gescheut – das jedenfalls behauptete Lucy –, um für das Wohnzimmer Kissen aus Kunstpelz mit einem Knopf in der Mitte und einen Kaffeetisch anzuschaffen, der wie eine Hündin beim Wasserlassen die Beine spreizte. Mit dem ganzen geliehenen Stolz einer umsichtigen Verwalterin führte Lucy einen Zeitschriftenständer aus gebogenem Golddraht vor und tippte mit dem Kissen ihrer Fingerkuppe an seine kleinen Gummifüße. In der Küche stand ein beißend-gelber Tisch mit einer Chromkante und weißen Röhrenbeinen. Passende Stühle waren auch vorhanden.

Die Stadt lag auf einer Anhöhe; jeden Tag wehte eine Brise. An klaren Tagen sah man die aufstrebenden Vororte von Pretoria – weiße Häuser, die sich auf grünem Rasen räkelten, von Jakarandabäumen gesäumte Alleen. Dort unten: öffentliche Denkmäler, Burenstolz – hier oben: *swart gevaar*, die schwarze Gefahr. Und was bot sich im Zentrum von Elim dem Auge dar, wenn nicht der Anblick von gestutzter, mit kaltem Wasser gegossener Achtbarkeit: breite, rechteckig angeordnete Straßen, wohlumzäunte Spielfelder, hübsche Ziegelhäuser? Die Häuser, wohl wahr, unterschieden sich im Ausmaß ihrer Reparaturbedürftigkeit. Die besten waren frisch gestrichen, und vor ihnen wuchsen, in gleichmäßigen Abständen aufgereiht, Topfpflanzen in alten Farbdosen. Es waren nicht genau Topfpflanzen, nicht im strengen Sinne. Es waren Pflanzen, die in der Erde sowieso, und natürlicher, gewachsen wären. Doch diese Zweige waren zu besonderen Zwecken ausgewählt worden. Sie kündeten von Besitz. Sie waren gezähmte Natur. Sie waren eine Form von bürgerlichem Stolz. Jedermann in Elim schien stolz zu sein. »Wir leben hier als Nachbarn«, erläuterte Lucy. »Nicht als Angehörige eines Stammes. Wir denken alle gleich.« Das entsprach natürlich nicht ganz der Wahrheit. Aber es war eine angenehme Vorstellung, an die man sich eine Zeitlang halten konnte.

In den ersten Tagen wurden sie von Haus zu Haus geführt, wurden in den Familien von Kirchgängern und Kirchenangestellten willkommen geheißen. Man bot ihnen Tee an; es gab Hocker mit Petit-point-Stickerei, gerahmte Fotos, Spitzenvorhänge. Es gab keinen einzigen Schmuckgegenstand, der nicht auf einem kleinen gehäkelten Deckchen stand.

Der Preis für diese penible Arbeitsauffassung war auf einen Blick erkennbar. Wasser wurde in Eimern herbeigeholt, Zementfußböden jeden Tag auf Händen und Knien geschrubbt. Von einem Bediensteten vielleicht; noch der von Armut Geschlagene kann es sich leisten, einen Mittellosen einzustellen. Jeden Morgen wurden in den Höfen hinter den Häusern Kleider in Zinnwannen ausgeschlagen und gewrungen.

An den Rändern von Elim jedoch standen die Behausungen in drangvoller Enge. Es gab Familien, die in Schuppen lebten, die weniger Raum zur Verfügung hatten, als ein Farmer einem Tier zubilligen würde. Lucy erklärte dies alles; die Mieten in den Nachbarorten waren hoch, und wenn Familien diese nicht aufbringen konnten und hinausgeworfen wurden, kamen sie nach Elim. Außerdem kamen ständig Verwandte aus dem Busch, und die konnte man nicht wegschicken, die Leute mußten irgendwo wohnen; vielleicht konnte man irgendwas auftreiben und damit an der Rückseite einen Verschlag anbauen und hoffen, daß er dem Wind und dem Regen standhalten würde und wenn nicht, ihn noch einmal bauen. Sie zeigte auf Behausungen, die aus an eine Mauer gelehnten Blechstreifen errichtet waren. Nackte Kinder – nackt bis auf eine Perlenschnur um die Taille – spielten im Staub. Lucy stand vor ihnen und redete auf sie ein, bis sie ihr antworteten, die Tasche farblich auf ihre Schuhe abgestimmt, der Sonntagshut, der die Form eines Blütenblatts hatte, auf ihrem stark gekräuselten Haar sitzend. Sanitäre Einrichtungen? Besser nicht daran denken. Denn immerhin verfügte auch das Missionshaus nur über Häuschen und Eimer, die jeden Tag von Jakob Malajane, der auch als Gärtner angestellt war, geleert wurden.

Die indischen und die chinesischen Läden hatten volle Lager und seien ordentlich, verkündete Lucy mit Nachdruck. Es gab mehrere, deren Besitzer sie kannte, nicht alle waren schlechte Kerle, manchmal legten sie für einen Waren so lange unter den Ladentisch zurück, bis man bezahlen konnte. Doch genausooft kamen die schlechten Kerle mit den Messern und Knüppeln, ließen den Besitzer blutend zurück und nahmen sich, was sie wollten. »Nicht alle diese Tsotsis sind kleine Jungen, die man noch zur Raison bringen kann«, sagte Lucy. »Manche davon sind erwachsene Männer.« Sie zuckte mit den Schultern; sie wollte die Eldreds warnen, die sie für bedauernswerte Kinder hielt, doch sie wollte sich mit dieser Seite des Lebens nicht zu ausführlich befassen. Es gab auch keinen Grund, Bordelle und Spelunken zu erwähnen. Schließlich waren Mr. und Mrs. Standish auch ausgekommen, ohne daß sie sie erwähnt hatte.

Deshalb eskortierte Lucy sie weiter zu Begegnungen mit den Altistinnen des Kirchenchors, einem Saxophonisten in der Jazzband von Elim, einer farbigen Frau mit hübscher schmaler Taille, die eine Mädchen-Pfadfindergruppe leitete: alles gute Menschen, sagte sie, alles Menschen mit Familiensinn. Ein Stück weiter auf der Straße schritt ein stattlicher, sehr schwarzer Mann in einem Umhang einher, der einen Bischofsstab trug. Seine Frau ging Arm in Arm mit ihm, ihr purpurrotes Kleid schleifte im Staub; sie trug eine Halskette aus Bein. »Oh, Mr. und Mrs. Bischof Kwakwa«, sagte Lucy. »Von der Zionist Mount Carmel Gospel of Africa. Durchaus keine richtige Kirche.«

Der Tag in der Flower Street begann um sechs Uhr morgens, doch sie wachten schon früher auf. Die Schlafzimmervorhänge waren dünn. Ihre Grundfarbe war Hellbraun, mit einem Muster aus purpurroten Sonnenrädern. Sie reichten nicht ganz bis zur Mitte der Fensterscheibe. Jeden Morgen wanderte ein Lichtstrahl, dünn wie die Schneide einer Axt, über ihre Kissen und ihre Augen.

In der Küche herrschte bereits geschäftiges Treiben, der Mais-Porridge blubberte auf dem Kochherd. Jakob hackte Holz und schlenderte dann weiter zu seinen Gartenpflichten. Er war ein Junge vom Lande: sein Gesicht war übel zugerichtet wie das eines Boxers. Er habe, erzählte Lucy ihnen, die Fallsucht. Die Leute aus seinem Dorf hatten ihn mit Steinen beworfen, wenn er von einem Anfall niedergestreckt worden war, um den Teufel auszutreiben. Analphabeten, erklärte Lucy hochmütig.

Nach Matins gingen sie zu Fuß; die Kirche war fünf Minuten entfernt. Pater Alfred schüttelte ihnen die Hände, obwohl er sie an den meisten Tagen vermutlich zweimal vor dem Mittagessen und zweimal nach dem Mittagessen und wann immer er das Bedürfnis verspürte sah. Pater Alfred war ein kleiner, ängstlicher Mann, der ständig lächelte. Die Augen in seinem braunen Gesicht drückten verblaßte Überraschung aus.

Nach Matins war es für Anna Zeit, mit der Köchin, Rosinah, über die täglichen Mahlzeiten zu sprechen. Die Mengen mußten reichlich bemessen sein, sie mußten strecken, um jeden bewirten zu können, der vorbeikommen mochte. Niemand konnte sagen, was ein Tag bringen würde.

Es gab eine große Anzahl von Bediensteten in der Mission, keiner von ihnen überarbeitet. Es waren Menschen mit spektakulären Unglücksgeschichten, und aufgrund dieser, und nicht wegen einer Begabung oder ihrer Tüchtigkeit, waren sie für ihre Arbeit eingestellt worden. Jakob, der die längste Zeit des Tages unter einem Baum schlief, hatte einen Gehilfen, einen kleinen elternlosen Jungen, welcher anscheinend keine Angehörigen hatte, sah man von einigen unbestimmten Verwandten in Durban ab, die nicht aufzufinden waren. Er verbrachte den Tag damit, daß er lustlos den Boden rechte und kunstvolle Reisigbesen band. Er lief ständig in Lumpen herum, eine Schande für die Mission. Wenn Ralph ihm irgendwelche Kleider gab, verkaufte er sie. Offenbar war es sein Ehrgeiz, ein wandelndes Zeichen, ein Symbol des Elends zu sein.

Die Köchin Rosinah hatte ihren Stuhl in einen Winkel in der Nähe des Ofens gezwängt. Die Hintertür war immer offen, so daß ihre Spießgesellen herein- und hinausschlüpfen konnten. In einem nicht abreißen wollenden Zug wälzten sie sich in die Küche und wieder hinaus, hockten sich auf den Boden und tauschten Gerüchte aus. Wenn Anna vorüberging, lächelte sie und grüßte diese Leute, doch sie konnte nicht übersehen, daß sie gewöhnlich etwas aßen. Es beunruhigte sie, daß diejenige Hälfte von Elim, welche behauptete, mit Rosinah verwandt zu sein, besser genährt war als die Hälfte, die das nicht tat.

Rosinah stand im Ruf, mit Angriffswaffen aus der Küche Leute aus dieser Küche hinaus und über den Hof gejagt zu haben: manchmal mit einem noch relativ gutartigen Gegenstand wie einem Holzlöffel, mindestens einmal aber mit einem kleinen Hackebeil. Es schien keinen Grund für diese Ausbrüche zu geben, keinen besonderen Auslöser. Ein paar Tage später waren die Opfer wieder da, hockten nervös auf der Schwelle, angelockt von der Möglichkeit, eine Schüssel Porridge oder einen Brotkanten zu bekommen.

Niemand kannte Rosinahs eigene besondere Unglücksgeschichte. Sie sprach nie über ihre Vergangenheit, aber irgend etwas mußte ihr Gemüt verfinstert haben, irgend etwas, das der gewöhnliche Lauf von Bränden und Krankheit und plötzlichem Tod allein nicht erklären konnte. Das hauptsächliche Opfer ihres Zorns war Tag für Tag ein Mädchen namens Dearie, ihre Gehilfin. Dearie war eine zarte junge Frau mit schwachen Beinen, schwanger und mit einem kranken Säugling, den sie ständig auf dem Rücken trug.

Dearies Kinder starben, wurde Anna berichtet. Dies war schon das dritte oder vielleicht das vierte, und jedes war schwächer als das vorherige. Anna faßte den Entschluß, daß das jetzige Kind nicht auf ihrem Rücken sterben würde: Sie würde das Rätsel ergründen, sie würde Dearie im Auge behalten. Sie schlug den Arzt vor; Dearie schlug mit gesenktem Kopf in ihrer einsilbigen Art vor, daß sie einen Arzt, den sie kannte, aufsuchen würde.

Anna wagte nicht, auf ihrem Vorschlag zu beharren. Sie besorgte Milchpulver und Zwieback, schaute angsterfüllt in das kleine verschrumpelte Gesichtchen. Die Säuglinge schwanden nachts dahin, hauchten ihr letztes Stück Leben aus, wenn alle anderen schliefen. Zumindest gewann sie diesen Eindruck; Rosinah äußerte in ihren Wutanfällen die Vermutung, daß Dearie sie umbrachte. Es gab keinen Ehemann und hatte, wie es schien, auch nie einen gegeben. Lucy Moyo sagte, einen Ausrutscher kann man einem Mädchen verzeihen, aber diese Dearie ist eine wandelnde Beleidigung. Anna sagte, ich dachte, wir sollten siebzigmal siebenmal vergeben. Lucy schaute sie mit aufgerissenen Augen an. Anna dachte, vielleicht habe ich die Heilige Schrift falsch verstanden. Vielleicht ist Gott derjenige, der das tut.

Eine Frau namens Clara machte das Haus sauber und wusch die Kleider. Sie war ein Mädchen von der Mission, hatte ihr Examen in der Sekundarstufe abgelegt. Sie schämte sich, solche Arbeit zu verrichten, und Ralph und Anna sahen, daß sie demütigend für sie war. Jedesmal, wenn Clara sie darum bat, schrieben sie ihr ein glänzendes Zeugnis, empfahlen sie für einen Job in einem Laden oder als Angestellte in einem Postamt oder als Pflegerin in einem Krankenhaus. Doch die Arbeitgeber wiesen sie ab. Mit versteinertem Blick kam sie zurück ins Haus, nahm ihren Besen und fegte die Zimmer aus.

Clara hatte einmal einen Mann gehabt, doch der war verschwunden, hatte sie mit vier kleinen Kindern sitzengelassen. Ihre Erwartungen an diese sanften kleinen Kinder waren unbändig hoch: Schweigen, Fleiß, zu jeder Zeit eine nützliche Beschäftigung. Jeden Abend hielt sie sie dazu an, Bibelverse aufzusagen; wenn sie es nicht konnten, befahl sie ihnen, den Rohrstock zu holen. Ihre kleinen Schreie, wie das Miauen von Katzen, durchbrachen die Abende. Aber wer konnte Clara davon abhalten, dies zu tun? Sie durften nicht sein wie ihr Vater; und Clara war der Überzeugung, nur die Schwielen an ihren Beinen stünden zwischen ihnen und einem Leben in Trunksucht und Elend, das in der Hölle enden würde.

Es war nicht schwer zu verstehen, warum Arbeitgeber Clara abwiesen, doch es war schwer, dies in Worte zu fassen. Sie hatte etwas an sich, das Unbehagen auslöste. Es war kein offen zutage liegender Jähzorn wie bei Rosinah. Es war eine Leere; man machte sich nicht die Mühe, darüber nachzudenken, wie sie ausgefüllt werden konnte.

In der Flower Street ging Ralph jeden Morgen in das winzige Zimmerchen, das er sein Büro nannte, um sich mit Briefen und der Buchführung zu befassen – peinlich genau und gewissenhaft die vergebliche Verwendung kleinster Summen vermerkend. Anna ging in den Kindergarten, um die einheimischen Helferinnen zu beaufsichtigen. Es war keine kleine Einrichtung; hier waren einhundertfünfzig Kinder, die von zwanzig oder dreißig Freiwilligen betreut wurden, welche nach einem verwirrenden Dienstplan erschienen, mit dem sie sich auskannten, Anna jedoch nicht.

Jeden Morgen zogen sie den Kindern kleine blaue Overalls an, Spielhosen, die am Nacken zugeknöpft wurden; dies war die erste Aufgabe des Tages: sich sträubende Arme in Ärmel stecken. Sie hatten zwei Frauen angestellt, die die Overalls am Ende der Woche wuschen, und eine weitere Frau, die den Mais-Porridge zum Mittagessen kochte. Den Kindern mußte der Porridge gefüttert werden; sie mußten zum Mittagsschlaf hingelegt werden, mußten bei den Schaukeln, Rutschen und Klettergerüsten beaufsichtigt werden; sie mußten gewogen und gemessen werden, und es mußten ihnen Geschichten erzählt werden. Es gab eine Warteliste, die weitaus länger war als die derzeit aufgenommene Kinderzahl.

Wenn die Kinder sieben Jahre alt geworden waren, konnten sie sie nicht mehr im Kindergarten behalten. Sie schickten sie in eine gefährliche Welt, zu den zweieinhalb Stunden Bildung, die die neuen Gesetze ihnen zugestanden. War diese Phase vorüber, waren die Kinder den Verhältnissen ausgeliefert. Wenn es ihren Müttern gelang, irgendeine Arbeit zu finden, nahmen sie sie an und ließen die Kinder unter der sporadischen und widerstrebenden Aufsicht von Verwandten, von älteren Brüdern und Schwestern zurück. Wo die Beaufsichtigung mißlang, waren sie auf der Straße.

Für ein paar dieser Heimatlosen hatte die Mission etwas eingerichtet, was sie »Spielgruppe« nannten. Sie gaben den Kindern Suppe und Brot, auch Obst, wenn sie welches auftreiben konnten. Sie gaben ihnen keine Bücher, denn das hätte gegen das Gesetz verstoßen. Sie versuchten, sie mit Spielen und Handarbeiten bei Laune zu halten, und sorgten dafür, daß sie die Füße auf keinen Weg setzten, der irgendwohin führte.

Wurden sie denn eingehalten, diese absurden Gesetze? O ja. »Diese Stadt ist voll von Menschen, die zur Polizei rennen«, sagte Lucy gelassen. »Sie tun es für ein paar Pennies. Das müssen Sie verstehen, Mrs. Eldred.«

Anna erbat nichts für sich selber, doch der Anblick der Kinder verlieh ihr Mut. Sie flehte Ladenbesitzer in den weißen Vororten an, ihnen zu helfen, die täglichen Essensrationen aufzubessern; sie bat in Gemüsegeschäften um angeschlagene Äpfel und Bäcker um das Brot vom Vortag. Sie suchte nach Spendern, die Kinder unterstützten, deren Eltern die kleine monatliche Gebühr nicht aufbringen konnten. Jeden Tag setzte sie sich selbst ein Ziel: soundso viele Unverschämtheiten, soundso viele offene Forderungen. Es war schwierig für sie, sich im Haus zu betätigen, denn ständig kamen Leute von der Veranda hereingelaufen, kamen zu ihr und stellten ihr dumme Fragen oder benutzten das Telefon; eine Stunde konnte verstreichen, ohne daß sie etwas geschafft hätte.

Eines der Kindergartenzimmer hatte einen Vorratsraum – im Grunde war es ein großer Besenschrank. Dort richtete sie sich ein. Sie mußte sich um die auf Böcken stehende Tischplatte, die ihr als Schreibtisch diente, herumzwängen, sich hinter dem Tisch niederlassen, ihren schmalen Körper an die Wand drücken. Sie hackte mit zwei Fingern auf einer rostigen Schreibmaschine herum: hackte ihre Bettelbriefe.

Tatsache ist, sagte Ralph, daß dieser Job uns ganz und gar zu Bittstellern degradiert. Fast nie kann man einfach etwas kaufen, ganz egal, wie dringend man es benötigt. Man muß einen Plan schmieden, um es zu kriegen, darum flehen, organisieren, ob man es nicht ausleihen kann, jemand anderen dazu überreden, es zu bezahlen.

Oben im Haus wurde Ralphs Tür von einem Papierstoß offengehalten. Andere Papiere waren in gefährlich sich neigenden Stapeln auf allen zur Ablage geeigneten Flächen verstreut. »Glaubst du, die Diözese würde mir einen Aktenschrank kaufen?« fragte er Anna. »Ach, nein ... Es gibt dringendere Bedürfnisse.«

Häufig wurden am Ende des Tages Kinder aus dem Kindergarten nicht abgeholt. Sie waren vergessen worden – oder vielmehr waren die komplizierten Übereinkünfte, auf denen das Familienleben beruhte, ins Wanken geraten. Anna holte die weinenden oder vor Entsetzen stummen Kinder zusammen; sie nahm sie mit ins Haus, gab ihnen Kekse, tröstete sie, schickte einen Boten aus, der herausfinden sollte, was zu Hause schiefgegangen war. Eine plötzliche Erkrankung? Eine Verhaftung?

Um diese Zeit des Tages befand Ralph sich gewöhnlich auf der Polizeistation. Jeden Morgen tauchte die Polizei auf den Straßen auf, sammelte ihre Quote von Übertretern der Paßgesetze ein, trieb sie in einer Straßenecke zusammen, paarweise mit Handschellen gefesselt; dann kam ein Wagen, der sie einlud. Schwarze Polizisten führten diese Aufgabe durch. Anfangs dachte Ralph, wie können sie sich nur dafür hergeben? Schon bald wurde ihm klar, daß sie ihren Lebensunterhalt verdienen mußten. Ein weißer Sergeant auf der Polizeistation sagte müde zu ihm: »Mr. Eldred, wir alle müssen unseren Lebensunterhalt verdienen.«

Am Nachmittag kamen die Verwandten derer, die man verhaftet hatte, zur Mission und erzählten ihre Geschichten: Unser Sohn ist nur rausgegangen, um einen Nachbarn zu besuchen, meine Schwester wollte nur einkaufen gehen und hat ihren Paß zu Hause gelassen. Ralph ging zur Polizeistation, um die Leute freizubekommen und ihre Strafen zu bezahlen. »Nächste Woche«, sagte er zu den Verwandten, »müssen Sie mir das Geld zurückzahlen, verstehen Sie?« Er mußte das Geld wieder eintreiben, sonst müßte die Mission das Geld drauflegen und die Ausgaben in einem anderen Bereich gekürzt werden. Doch Ralph konnte die Leute nur dringend dazu auffordern, daran zu denken, ihre Papiere mitzunehmen, wenn sie aus der Tür traten.

Es gefiel ihm nicht, auf diese Art und Weise mit der Regierung zusammenzuarbeiten. Doch man hatte ihn nicht nach Afrika geschickt, damit er Menschen zu Gesetzesübertretungen anstachelte, und die Briefe von James riefen ihm das ins Gedächtnis. Es wurde nicht von ihm verlangt, daß er ein Held oder Märtyrer sein sollte, er sollte nur in den Verhältnissen, die er vorfand, sein Bestes tun.

Die Menschen hungern nicht, schrieb er an James. Noch die Ärmsten können sich gerade so ernähren und kleiden. Doch sie leben am Rande eines Abgrunds. Ein paar Tage Krankheit stoßen sie über die Schwelle: der Verlust von ein paar Pence pro Woche. Frauen kämpfen darum, ihre Kinder sauber und mit guten Manieren großzuziehen, ihnen Bildung zu geben. Sie hoffen, daß es eine Zukunft für sie gibt, doch den Kinderaugen sieht man an, daß sie, was den Lauf der Dinge angeht, klüger sind als ihre Eltern.

Nichts, was dich aufrichten könnte, dachte Anna. Dich tröstet nur eine lange Winzigkeit – noch einen Stich, dann noch eine Reihe, in ein rechteckiges Tuch zu sticken. Als der Winter näherrückte, begannen die Frauen eifrig und entschlossen zu stricken. Mittwochs gab es auch einen Nähkreis, und Anna hatte das Gefühl, daran teilnehmen zu müssen; Lucy Moyo oder eine andere Frau mit kräftiger Stimme lasen aus dem Neuen Testament, während die Finger flogen, und der Glaube stärkte ihnen den Rücken. Vergliche man sie mit diesen Menschen, dann waren die Familien in Norfolk Atheisten, waren die Martins aus East Dereham gottlose Hedonisten und die Eldreds aus Norwich Heiden und verdorben.

Der Donnerstag war der Tag, an dem sich die Frauen in der Kirche trafen. Die Müttervereinigung trug gestärkte weiße Blusen und schwarze Röcke und hatte ihre Erkennungsbrosche an den Blusen angesteckt und schwarze Baumwolltücher auf dem Kopf. Unverheiratete Mütter durften – wenn sie bereuten – die Uniform tragen. Aber nie, niemals die Brosche.

Die Methodistinnen trugen rote Blusen und schwarze Röcke. Die Holländisch-Reformierten trugen schwarze Röcke und weiße Blusen mit breiten schwarzen Kragen. Gegen sie sahen die Methodistinnen kokett aus.

Jeden Sonntag verschwand Dearie für Stunden. Anna war beunruhigt. »Machen Sie sich keine Sorgen, Mrs. Eldred«, sagte Lucy Moyo zu ihr. »Sie geht in Bischof Kwakwas Kirche, singt und tanzt den ganzen Tag. Sie geht hin, weil sie da eine Uniform mit Litze anziehen und weil sie sich austoben und unschicklich aufführen kann. Und der närrische Pastor geht mit einem Eimer voll gesegnetem Wasser herum.«

Nachmittags fanden in der Flower Street Zusammenkünfte verschiedener Wohlfahrtskomitees statt. Wenn diese beendet waren, gingen Anna und Ralph gemeinsam aus, um Kranke zu besuchen, fuhren in dem Auto der Mission holpernd durch die zerfurchten Straßen. Vier Uhr, geschmeidige Schatten verschmolzen mit den Mauern; die großen Jungen, die sich den ganzen Tag im Buschland ausgetobt hatten, waren in die Stadt zurückgekommen.

Bis fünf Uhr hatten sie ihre Posten bezogen, diese Jungen: sie lungerten vor den Cafés herum, ließen manchmal eine Zigarette von Hand zu Hand gehen. Sie strahlten eine mit Händen zu greifende Atmosphäre von Unbehagen aus; sie warteten auf die Dunkelheit. Die Sonne war untergegangen, wenn Ralph und Anna wieder zu Hause ankamen. Als sie über die Straßenkreuzung ratterten, als sie sich der Ecke näherten, von der aus man das Missionshaus sehen konnte, spürte Ralph, wie Anna auf dem Beifahrersitz bleich und still wurde vor Spannung. Im Sommer war sie durchgeschwitzt und eingestaubt, im Winter bis auf die Knochen durchgefroren. Sie wollte sich waschen und ihr Abendessen essen, mehr nicht; doch sie konnte, ehe sie nicht um die Ecke gefahren waren, nicht wissen, was auf sie wartete, um dies zu vereiteln.

Was sie fürchtete, war der Anblick eines halben Dutzends Männer, die sich auf der Veranda eingefunden hatten und mit einem Problem auf sie warteten, das sie nicht würden lösen können. Das einzige, was noch schlimmer war, war der Anblick einer ganzen Familie, die mit einem Problem wartete, das sie nicht würden lösen können. War es eine Gruppe von Männern, dann würden Ralph und Anna möglicherweise wieder ins Auto steigen und zur Polizeistation rattern und dort beschwichtigende Worte finden und eine Geldzahlung leisten müssen; war es jedoch eine Familie, dann würde diese Essen brauchen und, mindestens für eine Nacht, auch eine Unterkunft. Als Anna sah, daß die Veranda besetzt war, daß sie erwartet wurde, spürte sie, wie ihr Puls schneller schlug und ein bitterer Geschmack, wie Galle, ihr in den Mund stieg.

Abends in der Flower Street: Anna hatte kaum Zeit mit Ralph. Sie setzten sich nie allein zu einer Mahlzeit hin; Pater Alfred war da oder eine der Lehrerinnen aus dem Kindergarten oder Leute aus einem der Komitees mit irgendwelchen ungeklärten Angelegenheiten. Zur Schlafenszeit waren sie häufig zu erschöpft, um sich zu lieben, und immer zu erschöpft, um noch miteinander zu reden; manchmal hatten sie keine Gedanken, die sie der Äußerung für wert befanden. Und nachts wurden sie oft gestört. Eine Frau war krank geworden, oder es hatte einen Unfall gegeben, oder ein junger Mann war bei einem Streit zwischen Betrunkenen verletzt worden.

Wenn es Nacht wurde, gab es Schlägereien, Messerstechereien, Raubüberfälle, Vergewaltigungen. Jeder dieser Vorfälle veranlaßte die Männer im Ministerium für Bantu-Angelegenheiten dazu, die Köpfe zu schütteln und von einem »Unruheherd« und dem »Zusammenbruch von Gesetz und Ordnung« zu sprechen. Sie sahen nicht die Müttervereinigung in ihren gestärkten Blusen; sie sahen nur Kandidaten für den Galgen. Die beliebteste Waffe der Gangs war die angespitzte Fahrradspeiche. Sich dem Opfer von hinten nähernd, stießen sie ihm die Speiche in den Schenkel und leerten ihm die Taschen, während es vor Entsetzen und Schmerz wie gelähmt war.

Sie war mühselig, die abendliche Runde, um das Missionshaus abzusperren: Schlüssel, Riegel, Stangen, klappernd von Zimmer zu Zimmer zu gehen. Im Grunde auch umsonst, denn wenn jemand anklopft, muß man ihn einlassen. Man kann zwar, durch die Tür rufend, nach dem Namen fragen, doch wenn der Name einem nichts sagt, ist dies kein Grund, die Person draußen stehenzulassen.

Samstag vormittags verteilten Ralph und Anna an der Hintertür Lebensmittel: Gemüse, Säcke mit Maismehl, Zucker, der aus Säcken in

Tüten abgefüllt wurde, und alle Sorten von Dosennahrung und Kleidung, die von den weißen Wohltätigkeitsvereinen in der vergangenen Woche gespendet worden waren. Sie vertrauten darauf, daß niemand um Nahrungsmittel bat, der sie nicht wirklich benötigte, doch sie wußten, daß dies eine vergebliche Hoffnung war; sie mußten Lucy Moyos ungeduldiges Gegacker ertragen, mußten ertragen, daß sie die Augen nach oben verdrehte zu ihrem Gott. Samstag nachmittags fanden Begräbnisse statt; Hymnensingen, Wehklagen. Nächstenliebe füllte die knurrenden Mägen der Trauernden.

Ralph sagte dann:

Doch hat man je gesehn, daß der Kaufmann
Beim Dienstmädchen mal den Tee nicht kassierte
Oder einer Flasche Sauce den Hals brach
Oder einem Mann einen Käse spendierte?

Samstags bei Sonnenuntergang gingen Begräbnisse und Parties ineinander über. Emaillekrüge mit Hirsebier wurden von Hand zu Hand gereicht, Bier, das wie Erbrochenes von Kleinkindern aussah. Die Gastgeber spielten in dem Garten hinter dem Haus Grammophon. Bis spät in die Nacht wurde getrommelt und getanzt. Wenn die Gäste genug hatten, rollten sie sich in ihren Laken ein und schliefen auf dem Boden.

Sonntag vormittags gab es die Prozessionen zur Kirche, die Frauen in ihren Uniformen, ihre Söhne in Anzügen und mit glänzenden Gesichtern. Später trippelten die kleinen Mädchen zur Sonntagsschule, das Haar in geflochtenen, mit Bändern zusammengehaltenen Zöpfen. Ihre Kittelkleider stammten aus dem indischen Laden und hatten steife Tüllröcke, mit denen sie sich gegenseitig die Schienbeine und die Waden aufkratzten. Sie trugen weiße Handschuhe, und an ihren dünnen Handgelenken baumelten Handtäschchen. In einem Jahr oder in zweien würden sie für Hautaufhellungscreme sparen. Sie würden ihren Eltern in den Ohren liegen, für sie als Geburtstagsgeschenk soviel Geld aufzutreiben, daß sie sie zum Friseur schicken konnten, damit der ihnen das Haar entkrauste. »Wenn du älter bist«, sagten die Eltern. »Warte, bis du fünfzehn bist, dann sehen wir weiter.«

An den Sonntagvormittagen suchten die Männer von Elim nach der Kirche die Barbiere auf, die ihr Handwerk unter den Bäumen verrichteten. Sonntag nachmittags wurde Fußball gespielt. Anna und Ralph luden Pater Alfred zum Tee ein, und die Angestellten der Sonntagsschule ebenfalls. Anna sah es Lucy Moyo im Gesicht an, welche Meinung diese über ihre Backkünste hegte; ihre Scones waren platt und moussierten im Mund, ganz anders als die Scones von Mrs. Standish.

Wenn die Teestunde vorüber war, waren sie für eine kurze Weile allein. Ralph hielt sie in den Armen, während sie vor Müdigkeit taumelte und gegen seine Schultern gelehnt wimmerte. »Ich hätte dich nicht hierherbringen sollen«, flüsterte er ihr zu. »Aber wir können jetzt nicht nach Hause fahren.«

Es waren erst Wochen, Monate vergangen, und sie waren so fest in den bitteren Tagesablauf von Elim verwoben, daß sie sich kein anderes Leben vorstellen konnten.

Anna vergaß manchmal, was unter der Oberfläche lag. Sie sah die ausgedörrte Erde und die roten Zementfußböden, den Ameisenpfad und die Spur der Schaben. Doch Ralph war da, ihr die Wahrheit ins Gedächtnis zurückzurufen: Sie ging auf Diamanten und auf Gold.

Jeden Abend in der Dämmerung zündeten die Frauen im Freien Kohlefeuer an. Der Rauch stieg in den sich verdunkelnden Himmel und lag wie Dunst über der Township: blau und schön wie der Atem kalter Engel. Jeden Abend, wenn die Frauen die Kohlefeuer anzündeten, fiel ein Zweijähriges hinein.

Es gab Krankenhäuser in Elim, doch Verunglückte kamen in die Mission: zu Fuß oder von den Armen ihrer Mütter getragen oder, von zwei Freunden gestützt, humpelnd und eine Blutspur hinterlassend. Mrs. Standish war Krankenschwester gewesen, und die Leute konnten es nicht fassen, daß Anna nicht dieselben Kenntnisse besaß. »Wir müssen unsere Grenzen kennen«, sagte Anna. »Mir wäre wohler, wenn wir einen Arzt in Reichweite hätten.«

Ralph sagte: »Koos ist in Reichweite. Wenn es darauf ankommt.«

Koos hatte seine Praxis in der Victoria Street in einem staubigen, eingeschossigen Haus mit einem Blechdach. Es gab ein Wartezimmer und ein Behandlungszimmer und noch ein drittes, nach hinten gelegenes Zimmer, in dem Koos auf einem Feldbett schlief. Im Hinterhof standen zwei Schuppen; in dem einen wurde gekocht, der andere diente als Laboratorium und manchmal als Katzenhaus für Koos' Apotheker, Luke Mbatha.

Koos konnte dreißig Jahre alt sein, aber auch vierzig. Er hatte strohblondes Haar und ein kummervolles Gesicht; er lächelte selten, obwohl er vermutlich im Grunde gutmütig veranlagt war. Er trug steingraue Shorts; seine Beine waren gesprenkelt und sehnig, seine Kniegelenke groß und ausgemergelt. Sein Gesicht und seine Arme waren rot vom Schrubben mit einer scharfen antiseptischen Seife. Ralph hatte sich einmal bei Koos die Hände gewaschen und das Gefühl gehabt, ihm sei die Haut abgezogen worden.

Koos hatte eine große Anzahl von Patienten. Er behandelte sie für ein paar Kupfermünzen. »Aber bezahlen müssen sie«, sagte er zu Ralph. »Wenn sie nicht für ihre Behandlung bezahlen, glauben sie nicht daran, wissen Sie. Gibt man ihnen einfach die Arznei, dann meinen sie, wenn er es mir *schenkt*, dann kann das Zeug nichts taugen. Sie gehen hinaus und schütten sie auf die Straße.«

Ralph sagte: »Anna versucht unser Küchenmädchen, Dearie, zu überzeugen, daß sie mit dem neuen Baby zu Ihnen kommt. Anna macht sich Sorgen um den Kleinen, sie sagt, er nimmt gar nicht zu. Dearie will nicht zugeben, daß mit ihm irgend etwas nicht stimmt, aber gleichgültig wird es ihr wohl nicht sein, oder? Wir können uns keinen Reim darauf machen, was sie vorhat. Sie hat ihm farbige Stricke um Hand- und Fußgelenke gebunden. Gestern dachte Anna, er sei fallengelassen worden und habe eine große Beule am Kopf, aber es stellte sich heraus, daß es Asche war, mit der sie ihn eingerieben hatte.«

Koos sagte: »Sie hat einen meiner Konkurrenten aufgesucht.«

»Das schadet ja wohl nicht«, sagte Ralph.

»Nur daß es die Sache verzögert«, erwiderte Koss schulterzukkend. »Und vielleicht meint sie ja, es sei eine afrikanische Krankheit, verstehen Sie.«

»Gibt es so etwas denn?«

»In den Köpfen der Leute schon«, sagte Koos. »Sie glauben, daß es Krankheiten gibt, die Weiße nicht verstehen können. Das stimmt, bis zu einem gewissen Punkt. Wenn zu mir eine Frau kommt, die über Herzklopfen klagt, über Ohnmachten, Atemnot, kann ich ihr die Brust abhören und eine Blutprobe wegschicken, aber früher oder später muß ich zu ihr sagen, hören Sie, in welche Kirche gehen Sie denn? Haben Sie in Ihrer Kirche getanzt? Hat ein Geist Besitz von Ihnen ergriffen?«

»Es sind doch keine Barbaren«, sagte Ralph pikiert.

Koos' sandfarbene Augenbrauen fuhren in die Höhe. »Nein? Sie lernen rasch, Mann. Wissen Sie, was ich denke? Ich denke, wir sind alle Barbaren.«

Ralph wollte Koos immer wieder fragen: Warum sind Sie hier? Es war, als begegnete man einem Mann, der nur ein Bein hat: Man möchte unbedingt wissen, was ihm widerfahren ist. Ein Unfall? Krankheit? Man möchte fragen, doch man kann nur hoffen, daß er es einem erzählt.

Sechs Monate in Elim. Ralph schrieb an seinen Onkel James:

Wir kämen besser zurecht, wenn der Tag dreißig Stunden hätte und die Woche neun Tage, und trotzdem frage ich mich, ob wir überhaupt eine nützliche Arbeit verrichten. Wir haben kaum Zeit, einmal innezuhalten und nachzudenken, und ich weiß nicht, ob das gut oder schlecht ist. Aber wir müssen jede Woche eine Entscheidung fällen, bei der es um etwas Prinzipielles und nicht bloß um eine Verfahrensweise geht, und es gibt niemanden, zu dem wir gehen könnten, wenn wir etwas besprechen wollten. Wer für mich einem Freund am nächsten kommt, ist unser Schwarzendoktor, aber obwohl ich ihn für einen guten Mann halte und er viel Erfahrung hat, ist seine Betrachtungsweise der Welt so verschieden von unserer, daß ich ihn nicht um Rat bitten kann, weil ich den Rat, den er mir gäbe, vermutlich nicht verstehen würde.

Die meisten dieser prinzipiellen Fragen nennen wir »Deckenprobleme« – dies ist unsere Abkürzung für alles, was uns in moralischer Hinsicht aus der Bahn wirft. Nun, wo es hier kalt ist, kommen einige der ärmsten Leute Tag für Tag an unsere Tür und bitten um Decken. Wir haben gestrickte Decken oder können welche besorgen, doch es hat den Anschein, daß Mr. und Mrs. Standish, wenn sie welche ausgegeben hatten, die Empfänger zu Hause aufsuchten, um zu überprüfen, daß die Decken wirklich gebraucht wurden und daß sie nicht verkauft worden waren. Anna und ich finden diese Vorstellung entsetzlich. Aber Lucy Moyo sagt, wenn wir das nicht tun, wird man uns überall für Dummköpfe halten.

Was soll ich tun? Ich meine, daß mir, wäre ich in England darauf vorbereitet worden, klargewesen wäre, daß ich mit solchen Gewissenskonflikten konfrontiert werde – oder messe ich ihnen zu große Bedeutung bei, sind es tatsächlich nur Verfahrensprobleme? Ich sage das immer wieder: Ich war nicht darauf vorbereitet, nach Afrika zu kommen. Anna sagt, wozu all diese Mühe? Es gibt nichts, was ein einzelner gegen ein politisches System ausrichten kann, das, so jedenfalls kommt es uns vor, mit jedem Tag in seiner Entwicklung weiter zurückfällt und immer brutaler wird. Ich versuche den Leuten einzuhämmern, nach vorn zu schauen, Initiative zu zeigen, sich selbst zu helfen, aber welchen Sinn hat das, wenn wir wissen, daß unsere Stadt in fünf Jahren nicht mehr existieren wird?

Lucy Moyo klärte sie in ihrer gewöhnlichen ungezwungenen Art über Koos auf: »Der Doktor ist mit einem farbigen Mädchen von der schlechten Sorte gegangen.« Sie lachte. »Das Mädchen dachte, für Bezahlung. Der Doktor dachte, aus Liebe.«

Anna berichtete es Ralph. »Das farbige Mädchen bekam ein Kind. Ein Kleinstadtskandal, weißt du.« Sie hatte inzwischen ein wenig Afrikaans aufgeschnappt, und ihre Stimme hatte die regionale Färbung angenommen, den singenden Tonfall. Wenn sie etwas Hübsches und Hilfloses sah – ein Kind, ein Kätzchen –, sagte sie im Chor mit Lucy und Rosinah: »Aah, so eine Schande!«

»Ja, ich glaube, ich weiß davon«, sagte Ralph. »Und ich nehme an, daß es zu der Zeit passierte, als es nur eine Schande war und noch kein Verbrechen.« Er schüttelte den Kopf. »Was geschah mit der Frau und dem Kind, weiß Lucy das?«

Anna wurde wieder sie selbst, sie kehrte zu ihrem englischen Tonfall zurück: »Lucy würde sich doch nicht dazu herablassen, so etwas zu wissen.«

Er dachte an den Arzt, der sich abschrubbte, sich mit der brennenden Seife die Haut aufscheuerte. Hatte Koos ein Zuhause, ein anderes als das Hinterzimmer mit dem Feldbett? Anscheinend nicht; nicht mehr.

Onkel James schrieb zurück:

Mein lieber Ralph, natürlich warst Du nicht darauf vorbereitet, nach Afrika zu gehen. Du bist gegangen, weil Du selbst es gebraucht hast, nicht weil die Menschen es gebraucht hätten, denen Du dienen solltest. Mach Dir deshalb keine Vorwürfe. Das ist die übliche europäische Handlungsweise. Wenn wir feststellen, daß es uns zu Hause an einem Ziel mangelt, exportieren wir unsere Zweifel; ich habe Leute kennengelernt, die – meiner Meinung nach völlig in die Irre geleitet – nach China gegangen sind, um ihre Ehe zu retten.

Die Probleme unseres eigenen Landes scheinen so kompliziert zu sein, daß sogar intelligente Menschen sich fragen, ob es richtig sein kann, einen bestimmten Standpunkt einzunehmen. Offenbar ist das etwas, wozu nur Berufspolitiker imstande sind – da wir sie bezahlen, können sie die Last auf sich nehmen, von schlichter Denkungsart zu sein. Doch wenn wir an andere Länder denken, bilden wir uns ein, deren Probleme seien leicht zu lösen – sie seien fest umrissen, und wir sind so sicher, genau zu wissen, wo die moralische Grenze verläuft. Warum machen sie ein solches Durcheinander daraus? Was getan werden muß, liegt doch so klar auf der Hand.

Wie klarsichtig wir sind – wie wohlmeinend! Natürlich nur, bis wir ankommen und die Realität sehen. Von den Männern und Frauen, die in der Missionsarbeit tätig sind, wird erwartet, daß sie sich Klarheit über ihre eigenen Wertvorstellungen verschaffen, bevor sie sie anderen überstülpen. Aber meiner Erfahrung nach geraten sie, wenn sie an ihrem Bestimmungsort angekommen sind – gesetzt den Fall, sie taugen überhaupt etwas –, in noch größere Verwirrung als alle anderen um sie herum.

Versuche also, Ralph, Dich nicht mit der Zwangsvorstellung zu belasten, besser sein zu müssen als andere Menschen. Tu einfach Dein Bestes, geht das nicht? Ich bin mir darüber im klaren, daß sich das anhört wie ein Patentrezept aus dem Kindergarten, aber das ist der einzige Rat, den ich Dir geben kann. Du sagst, Du bezweifelst (oder Anna bezweifelt), ob ein einzelner überhaupt etwas ausrichten kann. Was aber, wenn all die einzelnen aufgeben? Dann bleibt den Menschen, denen Du zu dienen versuchst, herzlich wenig. Gott wird es nicht herbeischaffen, das weißt Du. Das brauchst Du Dir nicht einzubilden. Seine Methode ist nie so direkt.

Jeder Tag bringt neue Probleme, die gelöst werden müssen. Manche Leute behaupten vielleicht, daß Du keinen solchen Aufruhr in Dir fühlen würdest, wenn Du im Glauben gefestigt wärest. Ich für mein Teil habe nie an einen gefestigten Glauben geglaubt; Notsituationen, von Gott gesandte oder andere, gibt es immer, die die Sicherheiten, die Du Dir aufgebaut hast, untergraben. Die Vorstellungen Deines Vaters konntest Du ja auch nicht unkritisch übernehmen. Du mußt Deinen eigenen Weg finden. Konflikte sind an sich kein Zeichen für mangelnden Glauben. Sie können – wage ich, das zu sagen? – ein Zeichen von spiritueller Einsicht, von Entwicklung sein. Und – wenn das, womit Du konfrontiert bist, nur ein seelischer Konflikt und ein Problem der Administration ist –, so beweist das immerhin, daß Du darüber hinaus bist, die Welt als einfachen Ort zu sehen, an dem gute Absichten genügen.

Was Dein Problem mit den Decken angeht – natürlich mußt Du die Leute zu Hause aufsuchen! Hast Du schon einmal bedacht, daß die Decken nur ein Vorwand sein könnten? Die Menschen, die Dich darum bitten, benötigen vielleicht viel mehr als nur Decken, haben jedoch Schwierigkeiten, Deine Aufmerksamkeit auf diese Tatsache zu lenken. Und es kann sein, daß nicht alle ihre Bedürfnisse materieller Natur sind.

Ja, dachte Ralph und legte den Brief beiseite, aber wer bin ich, diese Bedürfnisse zu beurteilen?

Anna kam herein. »Störe ich dich?«

»Nein. Ein Brief von James.«

»Ich lese ihn, wenn ich einen Augenblick Zeit habe.« Sie wollte ihm das Neueste erzählen. Die Kinder aus der Spielgruppe würden ein Konzert geben. Eine karitative Frauenorganisation aus Johannesburg hatte eine gebrauchte Nähmaschine gespendet, und Anna würde Kostüme nähen. Sie war schon bei Mr. Ahmed in der Nile Street gewesen und hatte ihn um Stoffreste gebeten.

In der ganzen folgenden Woche zerschnitt das Rattern der Maschine seine Abende. Regen trommelte aufs Dach, und über die Straßen schoß rotbraunes Wasser.

Eine Woche später kam er gerade dazu, als Anna begehrlich mit der Hand über eine Rolle Stoff strich: Es war ein leichtes, weiches Material, ein Paisley-Muster in einem blassen, schlammähnlichen Grünton. »Den hat Mr. Ahmed geschickt«, sagte sie. »Er hat einen großen Webfehler. Aber das würde mir nichts ausmachen – ich könnte wunderbare Vorhänge nähen, wenn ich einen festen Futterstoff auftreiben könnte. Ich meine«, fügte sie hinzu, »wenn ich Mr. Ahmed überreden könnte, mir welchen zu schenken.«

»Warum tust du es nicht? Mit den Kostümen bist du doch fast fertig. Du könntest nach dem Abendessen anfangen, falls du nicht zu müde bist.«

Anna schüttelte den Kopf. »Wir haben doch schon Vorhänge. Lucy Moyo hat sie eigenhändig genäht, diese purpurroten Prachtstücke mit den Sonnenstrahlen. Die Lehrerinnen aus der Sonntagsschule hatten unter sich gesammelt, um den Stoff kaufen zu können.« Sie schaute hoch. »Ist es böse, sich Gedanken darüber zu machen, wie etwas aussieht?«

»Natürlich nicht.«

»Aber die Gefühle der Menschen sind vermutlich wichtiger.«

Damit waren die Paisley-Vorhänge erledigt. Anna schnitt an einer Stelle, wo der Fehler am wenigsten sichtbar war, drei Meter von dem Ballen ab und nähte sich einen fließenden, wadenlangen Rock, der am Bund leicht eingehalten war. »Ach, Mrs. Eldred«, sagte Lucy. »Sie sind so eine gute Schneiderin. Wenn Sie Ihren Rock in Paris hätten machen lassen, hätte er nicht besser sitzen können. Aber der Stoff – eine Schande, so langweilig. Trotzdem, wir müssen annehmen, was der Herr uns gibt.«

Anna lächelte. Das Wetter klarte auf. Jeden Morgen wurden sie von der Sonne, die durch die zentimeterbreite Stelle drang, an der die Vorhänge offen waren, geweckt.

Ralph schrieb an James:

Wie soll man leben? Welcher Weg ist der richtige? Der Gedanke gewinnt Raum – und ich stelle fest, daß er nicht reizlos ist –, daß man leben sollte wie die Menschen, in deren Mitte man arbeitet, daß dies für einen Christen der einzige Weg ist. Warum sollte man mehr Geld und mehr Komfort haben als sie? Wie kann man ihnen irgend etwas bedeuten, wenn man sich fernhält?

Und trotzdem sehe ich, daß dieser Gedanke auch Folgen haben kann, die einen in seinen Möglichkeiten beschneiden.

Er dachte dabei an Koos und an dessen aus Maisbrei und Soße bestehendes Abendessen.

Ich bin nicht sicher, ob ich mutig genug bin, ihn in die Praxis zu überführen.

James schrieb:

Besitzt Du denn so viel, Ralph, daß die Leute Dich beneiden? Muß ich Dir sagen, daß Du siebentausend Meilen von zu Hause entfernt bist? (Du denkst vielleicht, wird mir gerade klar, daß das kein großes Opfer ist – aber laß mich Dir sagen, daß Du, wenn wir Dir schon nicht fehlen, uns jedenfalls fehlst, Deiner Schwester und mir, und daß wir sehr oft von Dir sprechen.) In einem Atemzug beklagst Du Dich bei mir über Dein Leben, über Deine Entbehrungen und Enttäuschungen – und im nächsten beklagst Du Dich über Deinen luxuriösen Lebensstandard!

Angenommen, Du schließt Dich den Menschen an, inmitten derer Du arbeitest, und ziehst in irgendeinen Anbau. Kannst Du Dir vorstellen, damit irgend jemandem etwas Gutes zu tun? Dir selbst geht es dann vielleicht besser, ein oder zwei Wochen lang, aber geht es um Deine Gefühle? Wenn dieses Leben unerträglich werden würde – und wie schnell geschähe das! –, könntest Du ihm entfliehen. Es wäre im besten Falle nur ein gutgemeintes Experiment gewesen. Die Menschen um Dich herum können nicht entfliehen; ihrer Strafe ist keine Frist gesetzt. Und darum, verstehst Du, ist jede Geste in Richtung auf die Gleichheit mit diesen Menschen für sie nur eine Beleidigung. Du bist frei zu gehen, und sie sind es nicht.

Du hast Deine Bildung. Du hast Deine weiße Haut, und dies in einem

Lande, wo sie alles bedeutet. Sogar die Reserven Deines wohlgenährten Körpers kennzeichnen Dich als anders. Wie kannst Du es wagen zu denken, Du könntest einer von ihnen werden? Dein Privileg kann nicht rückgängig gemacht werden.

Ralph legte den Brief seines Onkels in die Schublade. Wieder dachte er an Koos, der versuchte, sich die Haut abzuscheuern.

»Ich habe noch einmal mit Dearie gesprochen«, sagte Ralph zu dem Arzt. »Anna hat auch mit ihr geredet. Wir überlegen immer noch, ob wir den Kleinen nicht einfach irgendwann nehmen und zu Ihnen bringen sollten, doch das scheint Dearie gegenüber nicht fair zu sein. Oder vielleicht könnten Sie mal in die Mission kommen. Obwohl ich nicht weiß, wie wir ihn Dearie abnehmen sollen, damit Sie ihn untersuchen können. Sie trägt ihn die ganze Zeit über auf dem Rücken. Soviel ich sehen kann, wird er dort sterben.«

»Versprechen Sie ihr, daß ich eine Spritze gebe«, sagte Koos. »Das ist mein letztes Angebot.«

»Ihr oder dem Baby?«

»Beiden«, sagte Koos. »Lassen Sie uns – wie lautet der Ausdruck? – lassen Sie uns das Boot anschieben. Die Leute hier haben Spritzen sehr gern. Spritzen sind für sie die Hauptsache. Und ich gebe so viele, denn wenn sie keine von mir kriegen, gehen sie hin und lassen sich von weiß Gott wem weiß Gott was verpassen und bezahlen eine fette Summe dafür.«

»Das ist kein richtiges Medikament, oder?« Ralph war unbehaglich zumute. »Sie geben Ihren Patienten nur, was diese wollen.«

Koos tippte sich an die Stirn. »Hier oben, Ralphie – da wird die Schlacht geschlagen. Sie wissen ja, daß diese Leute kein Vertrauen zu mir haben. Die Mädchen wollen rauskriegen, ob sie schwanger sind, und deswegen gehen sie an dem Tag, an dem ihre Periode überfällig ist, zu einem Wahrsager, und der Wahrsager erzählt ihnen das, was sie hören wollen, ja oder nein, wie es gerade paßt. Wenn er sich irrt, gelingt es dem Mädchen irgendwie, das zu vergessen. Aber dann kommen sie zu mir, und ich sage, ich kann es dir heute nicht sagen, komm zwei Monate später noch einmal her. Dann schauen sie mich an wie – Mensch, ist der dämlich, dieser Bure.«

Ralph schaute kurz zu ihm auf. Koos wollte reden; es gab so vieles, das er tagtäglich in sich aufstaute, und er würde über alles reden, über alles, nur nicht über das, was ihn am tiefsten bekümmerte. »Ihr Mädchen, diese Dearie«, sagte er. »Sie müssen herausfinden, was sie glaubt, weshalb ihre Babys immerzu krank sind. Wissen Sie, in diesem Teil der Welt gibt es kein schlichtes, einfaches Pech: Wenn irgend etwas schiefgeht, braucht man jemanden, dem man die Schuld geben kann. Wer hat mir das angetan, fragt man. Wer hat mir diese Krankheit aufgeladen? Es könnten, verstehen Sie, die eigenen Vorfahren sein. Es könnte irgendein Feind sein, den Sie haben. Aber es ist nicht einfach Schicksal. Es ist nicht die Hand Gottes.«

»Ich nehme an, das ist auf eine Art tröstlich«, erwiderte Ralph.

»Wirklich?«

Sie dachten beide darüber nach, ob es tröstlich war oder nicht; in der Stille summten und schlugen Viehbremsen gegen das Fliegenfenster. Koos sagte: »Für mich klingt es so, als sollte Ihr Mädchen mal Luke Mbatha aufsuchen, meinen Apotheker. Kennen Sie Luke? Haben Sie Luke am Samstagabend gesehen, in diesem geckenhaften Anzug, mit dieser Spelunkenschönheit aus Johannesburg am Arm? Glauben Sie etwa, er hat das von dem gekauft, was ich ihm hier bezahle?«

»Was, den Anzug oder die Frau?«

Koos krümmte sich vor Lachen über seinen Scherz, er schlug sich mit der roten Hand an den Kopf. »Beides kostet Geld, Ralphie, Anzug und Möse. Nein, Luke betreibt einen schwunghaften Handel mit Katzenlebern und Eidechsenhäuten und Pythonfett. Sie sollten ihn mal in seinem Hinterhof sehen. Viele seiner Mixturen braucht man Gott sei Dank nicht zu schlucken, man bindet die Flasche nur an eine Schnur und hängt sie sich um den Hals. Könnte Ihrem Mädchen Dearie helfen. Er vertreibt seine Sachen auch per Post. Liebestränke. Vielleicht auch andere Tränke – Mordtränke –, aber ich frage ihn nicht danach. Letzte Woche ist ein Mann reingekommen und hat gesagt, er hätte Käfer in den Därmen. Ich habe ihn gleich nach hinten geschickt. Wenn er das glaubt, braucht er Luke, nicht mich.«

Ralph machte sich nicht mehr die Mühe, auf sein hohes Roß zu steigen und zu sagen, es seien keine Barbaren. Ihm war klar, daß Koos keine Urteile fällte. Er deutete nur an, daß es eine andere Betrachtungsweise der Welt gab, der man anhängen konnte, und er verachtete sie nicht vollkommen. »Trotzdem«, sagte Ralph, »muß man Luke wohl ein bißchen im Auge behalten. Aufpassen, daß er niemandem Schaden zufügt.«

»Er richtet weniger Schaden an als mancher andere. Haben Sie die Sachen gesehen, die die Schwarzen verwenden?« Koos nahm eine kleine Schachtel aus seiner Schreibtischschublade und schob sie zu Ralph hinüber. *Extrastarke hausgemachte Pillen*, las dieser. »Extrastark ist eine Untertreibung«, sagte Koos. »Wenn man Käfer hätte, würde man die damit regelrecht hinaussprengen. Und Würmer, ich sage Ihnen, Mann, die entwurmen sich jedesmal selber und bringen sich dabei um. Ich hab's gesehen – ich hab Leute gehabt, die kamen hier hereingekrochen und sind mir unter der Hand weggestorben. Garantiert wurmfrei, doch zu ihrem Pech hat ihre verdammte wurmfreie Leber den Geist aufgegeben – und man muß es mal gesehen haben, wie Leute mit dieser Geschwindigkeit sterben, Ralphie, denn wenn die Leber hin ist, lebt ein Mensch noch drei Tage weiter, und das einzige, was seine Schmerzen lindern kann, ist eine Kugel in den Kopf.« Koos wechselte die Sitzhaltung. »Ich lasse Luke also weitermachen. Es ist wie diese Kirchen, nicht? Sie würden sich wünschen, die Angestellten Ihrer Mission kämen in Ihre Kirche – doch Sie wissen, daß die zu aufregenderen Gottesdiensten gehen. Ich mache es so, daß ich jeden Monat oder so mal dort reingehe und mir Lukes Vorräte anschaue. Ich seh nur nach, daß nichts Menschliches dabei ist, das ist alles. Irgend etwas Menschliches, und – ich hab ihn vorgewarnt – ich geh zur Polizei.«

»Was meinen Sie damit, etwas Menschliches?«

»Leute verschwinden, wissen Sie? Wir sagen immer, die sind nach Johannesburg abgetaucht, aber manchmal sind sie noch viel weiter verschwunden. Es gibt einen solchen Handel, man kann es nicht leugnen. Mit Körpern, lebenden Menschen. Sie nehmen die Augen, die Zunge, alles, was sie in dem Augenblick als Medizin brauchen.

Für die Polizei ist es ein großes Problem festzustellen, wer schuldig ist – und natürlich sind sie auch der Ansicht, sie sollten sich damit gar nicht befassen, das sei ein Problem der Eingeborenen. Und es ist deshalb so schwierig, die Schuldigen festzunageln, weil da Banden dahinterstecken, Netzwerke, und wie soll man da denjenigen rauspikken, der verantwortlich ist – wen können sie als Mörder namhaft machen, wenn ein Mensch von verschiedenen Händen zerschnitten worden ist? Und wenn man Menschen in Stücke zerschneidet, sterben sie am Ende natürlich.« Koos schaute hoch und sah den Ausdruck in Ralphs Gesicht. »Na gut, glauben Sie mir nicht«, sagte er. »Ich denke auch nicht gern darüber nach. Wer möchte schon zugeben, daß so etwas geschieht?« Er ließ den Daumen in die Richtung schnellen, in der ungefähr Pretoria lag. »Es gibt *denen* Auftrieb.«

Als das neue Jahr kam, stiegen die Busfahrpreise, und der Busboykott begann. Ralph stand jeden Morgen um vier Uhr auf, lud mehr Menschen in das Auto der Mission ein, als eigentlich zugelassen waren, und steuerte das klagende Gefährt aus Elim hinaus und hügelabwärts in Richtung Pretoria. Die Leute, die die Genehmigung besaßen, in der Stadt zu arbeiten, mußten ihre Jobs behalten; jedes Taxi in Elim war gekapert, und trotzdem fuhren sie an schweigenden Kolonnen von Männern und Frauen vorüber, die in der rauchgrauen Dämmerung hügelabwärts marschierten. Die Scheinwerfer anderer, hügelaufwärts fahrender Autos krochen an ihnen vorbei; in den liberalen Vororten von Johannesburg hatten manche Mitgefühl, und es gab Männer und Frauen, die bereit waren, durch die Nacht zu fahren und den Menschen aus den Townships zu helfen. Ralphs Name wurde an Straßensperren notiert. Er mußte grobe Befragungen auf afrikaans über sich ergehen lassen. Seine mangelnde Sprachkenntnis versetzte die Polizisten in Wut. »Wir haben Ihre Nummer, Mensch«, sagten sie. »Sie sind sicher Kommunist, was?«

Ich möchte, dachte er, eine andere Form christlicher Nächstenliebe als die meines Vaters in die Praxis umsetzen: eine, in der ich keine Urteile über Menschen fälle. Ich fälle kein Urteil über Lucy Moyo oder über Koos oder (solange ich keine Beweise habe) über

Luke den Apotheker, der so dunkle Geschäfte betreibt; ich fälle kein Urteil über den Präsidenten oder über den Polizisten, der mich gerade verflucht hat. »Aber wenn du auch nicht urteilst«, sagte Anna, »so unterziehst du doch die Motive der Menschen einer strengen Prüfung. Ich bin nicht sicher, ob das immer etwas ganz anderes ist, als Urteile zu fällen.«

Sie kannte ihn inzwischen besser. Seine Freundlichkeit, die sie so persönlich genommen hatte, war von Grund auf unpersönlich, wie sie nun wußte.

An jenem Morgen an der Straßensperre nannte der Polizist Ralph einen *kaffirboetie*, Bruder des schwarzen Mannes oder guter Freund. »Das wäre ich zwar gern«, sagte Ralph. »Aber ich würde nicht behaupten, daß ich das bin.« Der Polizist spuckte auf die Straße. Nur seine Erziehung hielt ihn davon ab, Ralph ins Gesicht zu spucken.

Am Tag der Protestkundgebung, an dem Schlagstöcke zum Einsatz kamen, eröffnete Koos seine Krankenstation im Kindergarten. Er rollte seine schockierten und blutüberströmten Patienten in Laken gewickelt herein und sprach in fünf Sprachen, um den heißen süßen Tee zu verbieten und um Wasser, nur um Wasser, zu bitten; um Verbände – alles, um alle verwendbaren Lumpen, um jeden, der eine sichere Hand hatte und ihm beim Abtupfen und Reinigen der Wunden helfen konnte.

Ralph ließ ein eingestaubtes Büro in London in seinem Geist Revue passieren, ein Gebäude in luftiger Höhe in Clerkenwell, die Zentrale der Organisation, die ihn hierher geschickt hatte; und er dachte an die Kirchgänger in Norfolk, die den Kollektenteller herumgehen ließen; er hörte förmlich, wie sie zu ihm sagten: Sie haben nicht das Recht, Stiftungsgelder auf diese Weise ihrem Zweck zu entfremden, Eigentum der Mission zu mißbrauchen, den blauen Kittel eines Kindergartenengelchens auf den blutigen Mund einer Hure aus der Township zu pressen, der man mit einem Schlagstock ins Gesicht geschlagen hatte. Ausgerechnet die Köchin, Rosinah, hatte als einzige von den Missionsangestellten den Übergriff der Polizei miterlebt, Rosinah, die außerhalb ihrer diktatorischen Küchenverwaltung kein

Leben zu haben schien. Nun wiegte sie in apathischem Kummer ihren Körper hin und her, erzählte, wie friedlich es zugegangen sei, Baas, Kirchenlieder, die gesungen wurden, eine Rede, und dann hatten die Polizisten Jagd auf die jungen Frauen gemacht und ihnen auf die Brüste geschlagen, ja, das haben sie getan, sie wissen, wo junge Frauen schwach sind.

Ralph wußte, daß das auf der Stufenleiter der Grausamkeit wenig war. Es war zum Beispiel nicht Treblinka. Koos zeigte ihm, wie ein Hieb mit einer Nilpferdpeitsche, geführt von einer erfahrenen, entschlossenen Hand, aussehen konnte. Ralph erfuhr etwas über sich selbst: daß er angesichts des Bösen zitterte wie ein Invalide oder ein Achtzigjähriger.

Am nächsten Tag war er in der Lage, den Ablauf des Geschehens ein wenig genauer nachzuvollziehen. Es war, wie Rosinah es gesagt hatte, eine friedliche Zusammenkunft auf einem ungenutzten Stück Land gewesen, das er kannte, eine Meile von der Flower Street entfernt; doch wie es für Elim typisch war, gab es keine Kommunikation außer der im Untergrund; eine Meile entfernt wußte man nicht, was auf diesem brachliegenden Landstück geschah; es gab keinen Mechanismus, durch welchen er und Anna hätten gewarnt und gebeten werden können, sich zur Verfügung zu halten, falls es Opfer gäbe. Ziel der Versammlung war, eine Strategie für den Busboykott zu beschließen. In letzter Minute hatte die Polizei gefordert, daß sie abgesagt werden sollte. Ein paar Kinder hatten angefangen, Steine zu werfen, und die Polizei hatte zugeschlagen, bevor die Menge sich auflösen konnte. Ein Großteil derer, die verletzt worden waren, schienen nur Passanten zu sein. Sie waren benommen und weinten, aus ihren rasierten und genähten Köpfen sickerte immer noch Blut und Wundflüssigkeit; sie sagten, daß sie nichts gewußt hatten, nicht einmal gewußt hatten, daß dort überhaupt eine Versammlung stattfand.

Ralph ging über den Schauplatz der Katastrophe. Ein paar verstreute Schuhe waren bei dem Gedränge, den Schlagstöcken und Peitschen zu entkommen, zurückgelassen worden. Er sah eine Einkaufstasche aus Stroh, geschmückt mit einer schwellenden, rosafarbenen Strohrose; sie lag seitlich auf dem Boden, und ihr Inhalt stand nun im Regal von jemand anderem. Der Boden war gründlich abgesucht worden, sah er; er hielt das für eine seltsame Form des Plünderns. Schwer zu entscheiden, wer schlimmer war: die Polizisten, die getan hatten, was sie als ihre Pflicht ausgaben, oder die Aasgeier, die aus der Tasche des Hausmädchens den halben Laib Brot genommen hatten, die zwei Unzen grüne Kutteln, vielleicht die Seifenreste oder die alte Strickjacke, die eine Herrin verschenkt hatte, irgendeine idiotische Frau aus den weißen Häusern unten in den Jacarandahainen, die es gut gemeint hatte.

»Können Sie etwas tun, Mr. Eldred?« fragte Lucy Moyo. »Uns irgendwie helfen?«

»Ich kann es versuchen«, erwiderte Ralph.

Er ging zurück in sein Büro und suchte in seinen Papieren nach der Liste mit den Namen, Adressen und Telefonnummern aller ranghöheren Polizisten im Umkreis von einhundert Meilen, die er zusammengestellt hatte. Er nahm den Telefonhörer und begann die Liste abzuarbeiten. Die Anrufe dauerten in den meisten Fällen nicht lange; wenn die Polizisten seinen englischen Akzent hörten und erfuhren, daß er in Elim lebte, legten sie auf.

Er blieb fast die ganze Nacht auf und schrieb an Zeitungen. »Sie haben die Opfer doch gesehen«, sagte er zu Koos. »Sie wissen besser als jeder andere, was hier geschehen ist. Setzen Sie Ihren Namen mit mir unter die Briefe.«

Koos schüttelte den Kopf. »Besser nicht, Ralph. Ich muß an meine Patienten denken. Was würden sie ohne mich anfangen?« Er schüttelte den Kopf. »Vielleicht ginge es ihnen sogar besser.«

Nach dem Schlagstockeinsatz war die Lage völlig verändert. Sie wurden in Häuser von Elim eingeladen, in denen sie nie zuvor gewesen waren. Leute, die keine Kirchgänger waren, kamen ins Missionshaus. Der lokale Organisator des ANC rief sie an, und es kam ein Mann aus Sophiatown, ein schwarzer Journalist von der Zeitschrift *Drum*. Er saß weit zurückgelehnt auf einem der Küchenstühle mit den Metallfüßen, so daß seine Fußspitzen in die Luft zeigten. Es gab Dinge, die er zum Lachen fand.

Rosinahs Gehilfin brachte ihm Tee in einem Emaillebecher. Anna sagte in scharfem Ton: »Tassen und Untertassen bitte, Dearie.« Dearie brachte eine Tasse und setzte sie hart auf dem Tisch auf. Sie zog eine finstere Miene. Tassen waren für Weiße, Emaillebecher waren für Afrikaner; diese Herrin hatte andere Sitten eingeführt, was bewies, daß sie keine Ahnung hatte. Sie fand, dieser schwarze Mann sei größenwahnsinnig geworden, tue vornehm in seinem leichten blauen Anzug mit den scharfen Bügelfalten in der Hose. Das brachte nur Ärger, ihrer Meinung nach.

»Pretoria will immer weiter wachsen, wachsen, wachsen«, sagte der gutaussehende junge Mann und lehnte sich in seinem Stuhl zurück. »Die Nationalisten wollen diese Stadt räumen. Sie wollen die Leute woanders ansiedeln, auf irgendeinem Stück Buschland, wo sie sie abladen und vergessen können. An einem Platz ohne Wasser und ohne Straßen. So daß ihre Kinder wieder zu Wilden werden können.« Der junge Mann lachte, ein ironisches Lachen. Sein Blick war bereits entrückt, und man konnte sehen, daß er schon zu einem Stipendium im Ausland unterwegs war, in Moskau vielleicht, und wer wollte ihm das verübeln? »Ich kann Ihnen versichern, Mrs. Eldred«, sagte er, »ein Afrikaner kann kaum noch leben und atmen und auf der richtigen Seite des Gesetzes sein.« Er schaute Anna tief in die Augen, gab zu verstehen: erstens, daß er sie anziehend fand, und zweitens, daß es ihm nicht einfiele, sich ihretwegen Mühe zu machen.

Es war nach Mitternacht, als der gutaussehende junge Mann ging. Am Nachmittag des nächsten Tages saß ein weißer Polizist auf dem gleichen Stuhl, die Füße nun gerade auf den Boden stellend. »Mal was anderes, Mr. Eldred, daß ich zu Ihnen komme. Normalerweise kommen Sie zu uns.«

Der Sergeant hatte blondes Haar, war hager, kein kräftiger Mann. Doch er saß da wie ein richtiger Bure: mit gespreizten Beinen, als wolle er andeuten, daß er sich sein bulliges Gemächt nur so etwas erträglicher machen konnte. Ralph mißfiel er nicht von Anfang an, vielleicht weil er zu dem gleichen vertrauten sommersprossigen Typus gehörte wie Koos und zudem ängstlich war, nervös lächelte; seine Fingernägel waren bis aufs Fleisch abgebissen.

Der Sergeant hatte Tee nicht abgelehnt. Dearie gab ihm selbstverständlich eine Tasse und eine Untertasse. Er wolle Ralph nur wissen lassen, sagte er, während er sich Zucker nahm, daß der Polizei nicht unbekannt war, was für Besucher er gehabt hatte. »Sie sind hier fremd«, klagte der Polizist. »Sie sind neu in Südafrika. Sie sollten sich *nette* Freunde suchen.«

Ralph empfand flüchtig Mitleid für ihn. Er war nervös, ein Kettenraucher, jedesmal bot er Anna sein Päckchen an; ab und zu verzog er krampfartig das Gesicht, als habe er Schmerzen.

»Ich habe Ihren Namen nicht verstanden«, sagte Ralph, als der Sergeant sich den Mund abwischte und zum Gehen aufstand. »Warum nennen Sie mich nicht einfach Quintus«, antwortete der Mann. »Denn ich gehe davon aus, daß wir einander kennenlernen werden.«

»Ich finde, der hat Käfer in den Därmen«, sagte Ralph, nachdem Quintus gegangen war. »Der sollte zu Luke Mbatha gehen und sich Pythonfett geben lassen.«

Ralph berichtete Koos, je dümmer die weißen Polizisten seien, desto schlechter behandelten sie ihn – ausgenommen vielleicht dieser Quintus, der es auf seine Art gut meinte.

Koos fuhr sich mit den roten Händen durch das stoppelige, weißliche Haar, und Ralph, der unter anderem Anatomie studiert hatte, meinte, zwischen Speiche und Elle das Nachmittagslicht blitzen zu sehen. »Gehen Sie bald mal zum *Braai* zu ihm, Ralphie. Trinken Sie sein Bier, Mann, essen Sie sein verbranntes Fleisch.«

»Nein. Ich habe nicht das Gefühl, daß unsere Beziehung so sein wird.«

»Ach«, sagte Koos. »Sie werden schon bald lernen, diese Hundesöhne zu mögen. Mich mögen Sie doch auch, oder? Und ich bin einer von ihnen. Wir haben doch etwas Liebenswürdiges, Einfaches an uns, nicht? Etwas Trauriges? Wollen immer, daß man uns mag. Tja, eines kann man uns nicht absprechen, eine Art von – Gastfreundschaft. Wenn jemand zu Besuch kommt, macht man es ihm bequem; das ist etwas Afrikanisches, die Schwarzen haben es und wir auch. Bilden Sie sich etwa ein, Sie hätten, seitdem Sie in dieser Township sind, auch nur irgend etwas von dem begriffen, was hier vorgeht? Denn wenn Sie das dächten, Mann, wären Sie noch schwachsinniger, als ich dachte.«

Später, wieder ernster geworden, sagte Koos: »Sie müssen versuchen, diese Leute zu verstehen – mein Pack, meine ich. Die Briten haben ihre Frauen und Kinder in Konzentrationslager gesteckt. Die Zulus haben die Köpfe ihrer Kinder gegen die Räder ihrer Planwagen geschmettert. Sie haben ein langes Gedächtnis, diese Afrikaner. Sich zu erinnern ist ihre Spezialität.«

Ralph war verblüfft darüber, wie er »diese Leute« gesagt hatte. Genauso wie Lucy Moyo es sagte, wenn sie von ihren Freunden und Nachbarn erzählte.

»Ich hoffe nur«, erwiderte Ralph, »und es ist, wie ich weiß, eine ziemlich schwache Hoffnung, daß dieses Land unter dem Gewicht seiner lächerlichen bürokratischen Mühlen zum Stehen kommt. Man sieht ja kaum eine Lücke, durch die ein Mensch hindurchschlüpfen könnte.«

»Es gibt kein Hindurchschlüpfen«, sagte Koos. »Jeder beobachtet jeden. So ist das in diesem Land. In meiner Heimatstadt, bei meinen Leuten – Herrgott, Mann, Sie können sich das nicht vorstellen.«

»Doch, ich glaube schon«, sagte Ralph.

»Mein Vater glaubt, die Welt sei in sieben Tagen erschaffen worden. Steht in der Bibel, sagt er.« Koos lachte.

Im neuen Jahr begannen die frühmorgendlichen Razzien. Drei Tage lang wurden sie durchgeführt. Am ersten Tag drang die Polizei um fünf Uhr früh in die Township ein. Sie hatten gepanzerte Fahrzeuge, und sie kamen in großer Zahl. Sie riegelten das von ihnen ausgewählte Gebiet ab und gingen von Haus zu Haus und traten die Türen ein. Als die Leute am nächsten Tag zur Mission kamen, um davon zu berichten, erregte wie alles andere auch die Tatsache Unwillen, daß sie gerufen hätten, sie seien Polizisten und daß die Türen geöffnet werden müßten, doch daß sie den Familien keine Zeit gelassen hätten, ihnen zu gehorchen. »Als ob wir Tiere wären«, sagte eine Frau, »die nicht verstehen.«

Sie suchten, behaupteten die Polizisten nachdrücklich, nach Alkohol, nach Anzeichen für illegale Destillierapparate. Sie suchten auch nach Waffen; zur Zeit war das Gerücht in Umlauf – von dem Ralph wünschte, er hätte es nie gehört –, daß nachts Kampfgerät nach Elim geschleust und für tapferere Zeiten versteckt worden sei.

Nach dem Aufruhr – dem sogenannten Aufruhr – war die Atmosphäre unruhig und gespannt, und die an den Ecken stehenden Jungen schauten mürrisch und wissend drein. Ralph ließ Anna nicht mehr allein ausgehen. Wo man sie kannte, waren sie noch sicher. Doch wo man sie nicht kannte, war ein weißes Gesicht zu einer Provokation geworden.

In jenen Nächten der Razzien fand Ralph keinen Schlaf. Es wurde befürchtet, daß noch größere Unruhen ausbrechen könnten, daß sich – von der Polizeiaktion vorgewarnt – eine Menschenmenge zusammenrotten könnte, junge Männer, die sich um die Folgen nicht kümmerten, mit Stöcken und Flaschen, und, Gott weiß, vielleicht diesen geheimnisvollen Waffen; dann würde es zu einer Wiederholung des Schlagstockeinsatzes kommen oder, vielleicht noch schlimmer, geschossen werden. Ralph kam sich töricht vor, hilflos, unwichtig, während er auf dem Rücken lag und an die Decke starrte und ein orangefarbener Lichtschein durch die Lücke im Vorhang drang.

Es war notwendig geworden, diese Lampen überall auf dem Missionsgelände anzubringen. Eine Woche zuvor war in den Kindergarten eingebrochen worden. Geld und Essen, das die Diebe hätten mitnehmen können, war nicht da; sie hatten die kleinen Tische durch die Zimmer getreten, ein paar Bücher zerrissen, Annas Besenschrank-Büro durchwühlt und ein kleines Feuer darin angezündet. Dabei hätte natürlich das ganze Gebäude niederbrennen können, wenn nicht Pater Alfred von seinem Schlafzimmerfenster aus die Flammen gesehen hätte.

Am Sonntag dann, als die Angestellten der Mission ihren verschiedenen Obliegenheiten nachgingen, war ein Langfinger in Rosinahs Einzimmerhaus eingedrungen und hatte ihre Kleidung gestohlen, darunter auch einen Wollhut, der Dearie gehörte und den Rosinah dieser als Pfand für ein ihr abgepreßtes Darlehen abgenommen hatte. Die die Köchin würgenden Schluchzer standen in keinem Verhältnis zu dem Verlust. Sie hatten – er selber und Anna, Dearie, die Gärtner – eine volle Stunde auf sie eingeredet, sie solle aufhören zu weinen. Clara, die gebildete Wäscherin, stand schweigend an der Tür. Ihr Gesicht war völlig ausdruckslos. Sie sah aus wie eine Frau, die alles verloren hatte, und das schon viele Male.

Daher die Sicherheitslampen. Ihr Schlaf war seitdem gestört. Die Anspannung seiner Frau schien sich Ralph durch die durchhängenden Bettfedern mitzuteilen. Gegen Morgen döste er ein. Sätze gingen ihm durch den Kopf, jene Sätze, mit denen sie tagtäglich lebten. *Dreißig Schilling oder zehn Tage. Der Aufenthaltsort meines Mannes, Baas, ist unbekannt.*

Und im Morgengrauen des dritten Tages kam die Polizei in die Mission. Es war beinahe eine Erleichterung, sie an die Tür hämmern zu hören. Er und Anna waren augenblicklich aufgestanden; ihre Gesichter verhärmt in dem grauen Licht, jeder von ihnen sah, wie wachsam der andere geworden war. Ralph zog die Hose und das Hemd an, die er zusammengefaltet neben dem Bett liegengelassen hatte. Anna wickelte sich den Morgenmantel über das lange Nachthemd. Welchen Sinn hatte es, sich zu beeilen? Die Polizei würde die Tür sowieso eintreten.

Als sie es gerade tun wollten, hielten die Polizisten inne, so als habe ein Begriff von Höflichkeit hier, auf den Stufen der Mission, noch Gültigkeit. »Sie sind es«, sagte Ralph und öffnete die Tür; davor stand Quintus. Er hatte unbekannte Gesichter gefürchtet, ein Spezialkommando vielleicht. Ein halbes Dutzend Männer kam hereingeströmt. Quintus stellte seinen Kollegen, Sergeant van Zyl, vor. Sie hatten die Begrüßungsformeln noch nicht ganz hinter sich gebracht, als die Männer schon durch das Haus zu stampfen begannen, in die Schränke und unter das Bett schauten. »Natürlich, Sergeant«, sagte Ralph, »haben Sie sofort gemerkt, daß ich der Typ bin, der eine Brennerei betreibt. Ich und meine Frau, sind wir nicht Ihre typischen Kneipenbesitzer?«

Sergeant van Zyl sagte: »Wir haben Grund zu der Annahme, daß eine Person, die wir suchen, sich auf Ihrem Gelände befinden könnte.«

»Welche Person? Dr. Verwoerd? Micky Maus?«

Van Zyl schaute böse drein. Er war ein großer, schwerer Mann; die Daumen in den Gürtel gehängt, verlagerte er das Gewicht seines Bauches ein wenig. »Sie haben einen Brief an die *Pretoria News* geschrieben, Mr. Eldred. Tun Sie das nicht noch einmal.«

Ruhe bewahren, sagte Ralph sich selber. »Mein Brief sollte den Leuten nur berichten, was an dem Tag Ihres Schlagstockeinsatzes wirklich passiert ist. Ich schrieb, um Menschen einzuladen, hierherzukommen und sich Elim selber anzuschauen. Sich unsere Kirchen und unsere Schulen anzuschauen und sich zu fragen, ob wir tatsächlich die Brutstätte von Laster und Verbrechen sind, als die wir ihnen ständig präsentiert werden. Sich anzuschauen, was wir hier machen, und sich zu fragen, ob wir es verdienen, zerstört zu werden.«

»Wir wissen, was in Ihrem Brief stand«, sagte van Zyl zu ihm. »Wir haben ihn selber in der Zeitung gelesen. Ihr Ton gefällt dem Kommandanten nicht, Mr. Eldred.«

»Na, wenn es nur mein Ton ist«, erwiderte Ralph leichthin. »Der Inhalt bereitet ihm keine Sorgen?«

»Sie würden mehr von Verbrechen verstehen«, sagte van Zyl, »wenn Sie einige Zeit bei uns auf der Polizeistation verbringen würden.«

»Aber ich verbringe Zeit dort. Mehr ist doch beinahe nicht möglich. Es sei denn, ich würde bei Ihnen einziehen.«

»Ich nehme an, das ließe sich einrichten.«

Die Polizisten hatten die geheimnisvolle Person, wer immer das sein mochte, aufgegeben. Sie waren in Ralphs Büro, durchwühlten seine Papiere. Sergeant van Zyl machte es sich an seinem Schreibtisch bequem. Noch einmal ruckte er an seinem Gürtel, brachte seinen massigen Körper in eine bequeme Haltung, als sei sein Geschlecht etwas, das von ihm getrennt war, ein Haustier, das er sich hielt.

»Wenn ich wüßte, was Sie wollen«, sagte Ralph, »könnte ich Ihnen vielleicht weiterhelfen.«

»Helfen Sie sich selber weiter, Mann«, sagte van Zyl. »Behindern Sie uns nicht.«

Quintus versuchte, ihm heimlich Zeichen zu geben. Er sah krank aus. Ralph wollte ihm nicht in die Augen sehen. Sein Blick verhieß deutlich, seien Sie vorsichtig, denn van Zyl ist nicht Ihr Typ eines anständigen Polizisten. Und das sah man; es war nicht nötig, sich heimlich darüber zu verständigen. Wenn Quintus mulmig zumute war, sollte er den Dienst quittieren; er, Ralph, würde nichts tun, um einem Polizisten das Gewissen zu erleichtern.

Die Durchsuchung war nachlässig, hinterließ aber soviel Unordnung, wie nur angerichtet werden konnte. Sie hatten es allein um der Aufregung willen getan, dachte Ralph. Gleichwohl wußte er, daß Anna, die an die Wand gelehnt dastand, zitterte. Er hätte sich gern um sie gekümmert, sie in die Arme genommen, doch er wollte van Zyls Blick nicht ausweichen. Er wäre nicht derjenige, der zuerst wegschaute.

Quintus drängte sie brummend aus dem Büro hinaus. »Ich habe keine Ahnung, wie Sie da etwas finden.«

»Wir haben es immer geschafft«, sagte Anna. »Aber jetzt schaffen wir es wohl nicht mehr.«

Ihre Stimme klang kühl. Quintus schüttelte den Kopf. Er sagte etwas auf afrikaans zu seinem Kollegen. Genug ist genug, schien er zu sagen. Die Männer marschierten hinaus. Sie blieben allein zurück. Ihre Papiere waren im ganzen Missionshaus verstreut, als sei ein Sturm durch das Haus gefegt oder ein apokalyptischer Wind.

Am späten Nachmittag des gleichen Tages kehrte Quintus mit einem Lastwagen zurück. »Ich hab was für Sie«, sagte er lächelnd, als hätte er sie nicht schon früher am Tage gesehen.

Zwei junge Schwarze sprangen von dem Lastwagen herunter und wuchteten einen großen Aktenschrank, zerkratzt und von dunkelgrüner Farbe, auf die Veranda. »Genau das, was Sie brauchen, nicht?« sagte Quintus.

»Oh, Quintus, eine Spende«, sagte Anna. Sie lächelte, als sei sie tief gerührt.

Quintus kannte den Unterschied nicht zwischen gespielter und wirklicher Begeisterung. »Sie brauchen mir nicht zu danken, Mann«, sagte er bescheiden. »Ist bloß Altmetall. Wir haben ihn ausrangiert. Eine Schublade ist rausgerutscht und hat dem Brigadier den Zeh gebrochen, deshalb.« Er richtete seine Worte an Ralph. »Passen Sie also auf und seien Sie vorsichtig, wenn Sie sie rausziehen.«

»Eine Tasse Kaffee?« fragte Anna. Wie Ralph empfand sie insgeheim Mitleid mit dem Mann. Quintus ließ sich am Küchentisch nieder. Er sagte: »Ich weiß, Sie mögen es nicht, daß ich bei Ihnen vorbeikomme. Aber man hat uns gesagt, daß wir ein Auge auf Sie haben sollen. Schauen Sie, es gibt noch schlimmere Leute bei der Polizei.«

»Ich weiß. Wir haben ihn kennengelernt«, erwiderte Ralph.

Der Sergeant saß grübelnd über seiner Tasse. »Verdammt, Mann, glauben Sie, *mir* macht meine Arbeit Spaß? Ein Mann muß seinen Lebensunterhalt verdienen.«

»Ich werde es langsam leid, das zu hören«, sagte Anna. »Es wird doch noch andere Möglichkeiten geben, oder?«

Der Sergeant griff in die Tasche seiner Uniform, nahm seine Brieftasche heraus. Zu Ralphs tiefer Beschämung zog er einen Schnappschuß seiner Familie daraus hervor. »Meine Mädchen«, sagte er.

Ralph schaute ihn sich an. Drei Töchter. Zwölf, zehn und acht mochten sie sein. Der Größe nach aufgereiht, hatte eine Schwester die Arme um die Taille der anderen gelegt, blonde Köpfe lehnten sich zurück gegen die Schulter einer Frau, die zierlicher, unauffälliger war als sie, kaum größer als das älteste Mädchen. Einzelne Haare hatten sich aus ihren Zöpfen gelöst und standen wie Heiligenscheine um ihre Köpfe, während sie in die Sonne lächelten. Hitlers feuchte Träume, dachte er. Er reichte Anna die Fotografie. »Sehr hübsch«, sagte er. »Ihre Frau, Quintus, sieht aus wie ein wunderschönes Mädchen.«

»Wenn Sie selber mal Familie haben, werden Sie vieles verstehen, was Sie heute noch nicht verstehen«, versprach der Polizist. »Sie denken die ganze Zeit über an sie. Himmel, Sie machen sich *Sorgen.* In was für einer Welt werden sie aufwachsen? Werden sie Kaffer heiraten?«

»Wir verwenden dieses Wort hier nicht.«

»Ach, Wörter«, erwiderte der Sergeant. »Das ist es, was mich bei Leuten wie Ihnen so aufregt. Wörter.«

Er erklärte seinen Einwand nicht; er stand auf, sagte, er müsse gehen. »Wenn wir das nächste Mal kommen«, fügte er, auf den Aktenschrank zeigend, hinzu, »haben Sie alles für uns an einem Platz.« Er faßte sich vorsichtig an die Uniformbrust und zuckte zusammen. »Mrs. Eldred, darf ich Sie um einen Gefallen bitten? Haben Sie etwas gegen Sodbrennen?«

»Quintus möchte menschlich sein«, sagte Anna, als er gegangen war.

»Dann muß er sich eine andere Arbeit suchen.«

An jenem Abend kam Koos zur Hintertür. Nur für ein paar Minuten; essen wollte er nicht mit ihnen. Könne er im Grunde nicht, sagte er. Sein Kiefer war geschwollen. Er hatte zwei Zähne verloren. Die Polizei war auch bei ihm gewesen. Sie waren, alles kurz und klein schlagend, vorn durch sein Sprechzimmer hereingekommen, hatten die Fenster eingeschlagen – obwohl jeder wußte, daß er im Hinterzimmer schlief. Sie sagten, sie wollten Luke Mbatha sprechen, den Apotheker. Sie hatten in Lukes Schuppen das Unterste zuoberst gekehrt und Luke in einem Polizeiauto weggebracht.

Koos wollte, daß Ralph zur Polizeistation mitkäme, alles Geld mitnähme, was er bei sich hätte, und versuchen sollte, Luke auszulösen. »Gott weiß, daß er kein Unschuldslamm ist«, sagte Koos. »Aber Sie wissen ja, was Schwarzen in Gefängniszellen passiert.« Er selber habe, erklärte er, kein Geld. Die Sache sei dringend, sagte er und schaute weg. Sonst wäre er nicht gekommen. Möglicherweise hatten sie Luke Mbatha inzwischen schon nach Pretoria gebracht, und vielleicht würden sie ihn nie wiederfinden.

»Warum sind Sie nicht früher gekommen?« fragte Ralph.

»Weil ich nicht laufen kann, wenn ich bewußtlos bin«, erwiderte Koos. Seine hellen Augen waren blutunterlaufen, und seine Hände zitterten. Einer der Polizisten hatte ihm mit dem Pistolengriff ins Gesicht und dann vermutlich auf den Kopf geschlagen, denn er war im Haus eines seiner Patienten zu sich gekommen, auf einer Pritsche liegend und mit einer von Annas gestrickten Decken zugedeckt.

»Eine gute Decke«, sagte er. »Sehr warm. Danke, Anna.« Er wußte nicht mehr viel von dem, was geschehen war. Der Polizist, der ihn geschlagen hatte, hatte ihn einen weißen Kaffer genannt. Dieser Sergeant, sagte er – nicht van Zyl. Der dünne. Der andere. Quintus Brink.

Während der folgenden Tage wurde ihnen klar, daß es nicht mehr sicher war, Telefongespräche zu führen. Sie wußten zwar, daß nichts Aufrührerisches an ihren Gesprächen war, aber alles konnte verdreht werden und würde auch verdreht werden, und sie wußten auch, daß sie Mithörer in der Leitung hatten.

Van Zyl kam noch einmal vorbei – nur zu Besuch, sagte er –, und dieser verlief schlecht. Er betrachtete den Aktenschrank, als kenne er ihn von irgendwoher. »Irgendwen zu Besuch gehabt gestern abend?« fragte er.

»Nein.«

»Sie überraschen mich. Sind Sie sicher, daß Sie nach Anbruch der Dunkelheit keine Besucher hatten?«

»Ich bin ziemlich sicher.«

»Gab es Besucher in den Unterkünften Ihrer Bediensteten?«

»Da kann ich Ihnen nicht helfen. Doch ich bin sicher, daß sich niemand auf dem Gelände aufgehalten hat, der für Sie von Interesse sein könnte.«

»Luke Mbatha ist ihnen entwischt«, sagte Anna von der Tür her. Sie sprach in verächtlichem Ton. Van Zyl war gar nicht erfreut.

»Wo haben Sie denn diesen Unsinn aufgeschnappt?«

»Das ist kein Unsinn. Ich habe es auf der Straße gehört. Jeder weiß es. Wie hat er das geschafft, Sergeant? Hat er Sie verhext? Hat er den Brigadier verhext?«

Van Zyl stand von seinem Stuhl auf und schob drohend seinen dicken Wanst vor. »Sagen Sie Ihrer Frau, sie soll ihre Zunge im Zaum halten«, sagte er. »Oder sie wird meine Hand zu spüren kriegen.«

»Raus«, sagte Ralph. »*Voetsak*, Sergeant. Raus aus diesem Haus!«

Es ist das Wort, das man zu einem Hund sagt, und nur, wenn es ein Hund mit einem schlechten Charakter ist. Van Zyl jedoch würde nicht zögern, es zu verwenden – einem Menschen von niederer Rasse gegenüber; Ralph glaubte inzwischen daran, daß es niedere Rassen gab, nicht erkennbar an ihrer Kultur oder ihren Genen, sondern am Fehlen der Fähigkeit zum Mitgefühl. »*Voetsak*, Sergeant«, sagte er noch einmal und ging auf ihn zu, als wolle er ihn zur Vordertür hinausschieben, über die Veranda und die Stufen hinab in den Hof.

Sergeant van Zyl wußte, daß er nicht zuschlagen sollte; man hatte ihn vor seinem übermäßigen Eifer gewarnt. Er versuchte schwerfällig, mit einem Schritt zur Seite auszuweichen – so daß er sich, als Ralph ihn stieß, nicht auf geradem Kurs zur Tür befand. »Sie müssen ein stinkender Jude sein«, sagte der Polizist zu Ralph. »Meiner Meinung nach hatte Hitler recht.« Während Ralphs Fäuste gegen seinen Bauch trommelten, stolperte er mit raschen Schritten rückwärts. Sein rechter Arm fuhr aus, fegte die Papiere von Annas provisorischem Schreibtisch zu Boden. Er stieß mit den Waden gegen den Papierkorb, warf ihn um und trat, als er das Gleichgewicht wiederzuerlangen versuchte, hinein. Niemals würde Ralph vergessen, wie es sich angefühlt hatte, als seine Fäuste in das Fleisch des Sergeanten eingesunken waren. Es versetzte ihm einen Schock, wie leicht es war, diesen massigen Körper zu Fall zu bringen.

Das Spezialkommando kam am folgenden Morgen um drei Uhr und holte sie beide ab.

...5...

Anna hörte Ralph am Telefon sprechen: »... das verstehe ich doch«, sagte er, »Sie haben bei dem Ernteessen einhundertdreiundzwanzig Pfund an Spenden zusammenbekommen, und die gleiche Summe haben Sie der Seemannsmission gegeben, doch ich fürchte, Sie werden den Buchprüfer verwirren, wenn Sie die zwei Beträge nicht in getrennten Spalten ausweisen. Lassen Sie die Ausgaben des Pfarrers mal für einen Augenblick beiseite ...«

Anna fluchte leise vor sich hin, als sie sich seitlich durch die Zeitungsstapel schlängelte, die in der Diele aufgetürmt waren. Als Ralph aus seinem Büro kam, sagte sie: »Als ich ausgegangen bin, lagen hier noch nicht so viele Zeitungen rum. Die Leute liefern diese Bündel zu allen Tages- und Nachtstunden ab.«

»Nicht ganz«, erwiderte Ralph stirnrunzelnd.

»Kannst du sie nicht bitten, zu bestimmten Zeiten vorbeizukommen?«

»Das würde die Leute eher verprellen. Ich bin auf ihren guten Willen angewiesen. Warum läßt du nicht die Jungen die Zeitungen nach oben unters Dach tragen?«

»Was für einen Sinn hätte das? Wir müßten sie dann bloß wieder herunterholen. Und wenn man versucht, sie anzuheben, fallen die Bündel auseinander, und die verfluchten Dinger sind überall verstreut.«

»Stimmt«, sagte Ralph. »Niemand scheint zu wissen, wie man Zeitungsbündel verschnürt.«

»Vielleicht ist diese Kunst in Vergessenheit geraten«, sagte Anna, »so wie das breitwürfige Säen. Können wir sie nicht in den Fahrradschuppen bringen?«

»Nein, und auch in keinen anderen Schuppen. Da könnten sie feucht werden.«

Anna seufzte. Die Zeitungen sollten auf irgendeine Weise dem Fonds für die Restaurierung der Gemeindekirche nützen: aber ganz klar nur in trockenem Zustand, und nicht, wenn sie feucht waren.

»Ich muß gehen«, sagte Ralph.

»Aber Kit wird gleich da sein. Ich hatte gehofft –«

»Zu dem neuen Komitee. Für die Obdachlosen in Norwich.«

»Ich hätte kaum gedacht, daß es in Norwich Obdachlose gibt«, sagte Anna. »Es gibt doch genügend städtische Grundstücke.« Ralph verschwand wieder in sein Büro. Anna blieb mit ihrer schlechten Laune zurück. »Vielleicht«, murmelte sie, »könnten ja ein paar von ihnen herkommen und in unserem Dielenschrank wohnen.«

Ralph war für diesen Tag fast fertig mit seinen Briefen. Er war durch mehrere Anrufe von älteren Leuten aus einem Umkreis von zehn Meilen unterbrochen worden, die sich alle über ihr Essen auf Rädern beklagten; er hatte nichts mit diesem Dienst zu tun, fand es jedoch schwierig, sie davon zu überzeugen. Fahrbibliotheken hatten ihn ebenfalls viel Zeit gekostet. Er hatte eine Anfrage an die Stiftung erhalten, ob sie einen Gute-Nachricht-Wagen mitfinanzieren könnte, der durch die ländlichen Gebiete fahren und den ans Haus Gefesselten die neuesten christlichen Taschenbücher bringen sollte. »Wir haben Menschen angetroffen, die seit Jahren kein einziges Buch gelesen haben«, teilte ihm der Brief mit, »deren Leben jedoch durch begeisternde neue Geschichten darüber, was Gott überall auf der Welt tut, verwandelt worden ist.« Ralph ordnete dem Brief eine Aktennummer zu und kritzelte darauf: »Ich schlage vor, wir lehnen dies ab. Die ans Haus Gefesselten haben schon genug, womit sie sich abfinden müssen.« Er legte ihn in die Schachtel für die nächste Zusammenkunft des Stiftungskomitees.

Der Trust war nicht mehr reich, und man mußte wählerisch sein; die Not schien ständig zuzunehmen. Er hatte sich folgende Verfahrensweise angewöhnt: Er versuchte zu vermeiden, irgend etwas zu subventionieren, was zu doktrinär war, und das galt auch für Projekte unter Beteiligung gitarrespielender freiwilliger Helfer. Initiativen für die Jugend fanden sein Interesse, Anträge von Gruppen mit dem Wort ›Kids‹ im Titel lehnte er jedoch ab.

Die Obdachlosenunterkunft im East End hatte ihren Charakter inzwischen verändert. Irgendwann in den sechziger Jahren hatte sie aufgehört, ein St. Walstan-Heim zu sein, und war zu *Crucible House* geworden. In jenen weit zurückliegenden Tagen, als Ralph jedes Wochenende dort verbracht und die Wäsche für die Wäscherei ausgezeichnet hatte und mitten in der Woche zurückgekommen war, um sie bei der Ankunft wieder zu zählen, hatte die Aufgabe darin bestanden, alte Männer von der Straße aufzulesen, sie auszutrocknen und sie eine oder zwei Wochen später mit einem neuen Mantel und einem heißen Frühstück im Magen wieder ihren Weg gehen zu lassen. Oder einem alten Knastbruder, der die eine Gefängnisstrafe gerade abgesessen und die nächste bald antreten mußte, vorübergehend ein Bett, und jemandem, der durchgedreht war und im Speisesaal der Heilsarmee das Geschirr zerschlagen hatte, einen stillen Winkel anzubieten. Heute waren die Kunden hauptsächlich junge Leute. Einige von ihnen waren Ausreißer, die man an der Endstation einer Bahnlinie mit ein paar Pfund in der Tasche aufgegriffen hatte, die in den Spielsalons spielten, bis ihnen das Geld ausging, und dann auf der Straße schliefen. Einige von ihnen waren in staatlichen ›Fürsorgeeinrichtungen‹ gewesen – und das war ja nun die falscheste Bezeichnung, sagte Ralph immer, wenn man sah, in welchem Zustand sie waren.

Diese jungen Leute, Jungen und Mädchen, hatten etwas gemeinsam, einen bestimmten Ausdruck: schwer zu beschreiben, doch mit ein wenig Erfahrung leicht zu erkennen. Sie waren häufig ungesund dick, aufgeschwemmt von billigen Kohlehydraten, vom Salz der Kartoffelchips, die sie tütenweise aßen. Sprach man sie an, dann antworteten sie, falls überhaupt, nur langsam, den Blick auf irgend etwas in mittlerer Entfernung, über der Schulter des Fragenden, gerichtet. Große Flaschen rezeptpflichtiger Medikamente klirrten in ihrem jämmerlichen Gepäck, das oft nur aus Supermarkttüten bestand – obwohl sich Ralph ständig fragte, woher sie das Geld hatten, um im Supermarkt einzukaufen.

Die freiwilligen Helfer, die im Haus mitarbeiteten, hatten sich ebenfalls verändert. Richard, der derzeitige Leiter, war ein ernsthafter junger Mann mit einem Hochschulabschluß. Vor seiner Zeit, in den Tagen, als die alten Männer ein- und ausgingen, waren gepflegte junge Männer in Pullovern mit rundem Halsausschnitt und Mädchen mit gutem Akzent die freiwilligen Helfer gewesen, die mit der Klientel auf eine Art und Weise sprachen, als handelte es sich bei ihnen um widerspenstige Beagles oder Pointers. Aber nun war es schwierig, Mitarbeiter und Klientel auseinanderzuhalten. Sie hatten das Vornehme eingebüßt, diese modernen Freiwilligen: Kinder, die ein Jahr ausfüllten, bevor sie zur Universität gingen, angelockt von der Aussicht auf Taschengeld und volle Verpflegung mit einem eigenen Zimmer in London. Sie trugen Kleidung aus Wohlfahrtsläden. Sie lasen keine Bücher. Sie redeten wenig, ausgenommen miteinander.

Ralph lud sie manchmal nach Norfolk ein, damit sie eine Woche lang Landluft schnuppern konnten. Er brachte auch ihre Schützlinge mit, verfrachtete sie sorgfältig mit ihren Supermarkttaschen in sein Auto und chauffierte sie durch Essex und Suffolk zum warmen Heim einer Familie – obwohl ›warm‹ aufgrund des Zustands der Zentralheizung nur eine Redewendung war. Anna, so seine Überzeugung, sah gern neue Gesichter. Die Kinder waren an das gewöhnt, was sie Gäste nannten. Doch neuerdings schauten sie die Ankömmlinge an und stellten größere Bestürzung zur Schau, als sie empfanden. »Ist sie ein Trauriger Fall oder eine Gute Seele?«

Es gab Nächte, in denen Ralph bis zum Morgengrauen auf war und am Telefon mit einem selbstmordgefährdeten Jugendlichen in London sprach; es gab Nächte, in denen er ins Auto sprang und davonjagte – dies war ebenfalls ein relativer Begriff, wenn man den Zustand des Citroën in Betracht zog –, um sich mit irgendeiner Katastrophe zu befassen, der mit Richards Jargon nicht beizukommen war. Ralph hatte eine schlichtere Art, Dinge anzupacken, als Richard es sich vorstellen konnte. Er war ruhig und geduldig, er erwartete das Beste von den Menschen, er gab die Hoffnung nie auf. Dies spürten sie, und häufig beschlossen sie, von diesem unerschütterlichen Optimismus einfach zermürbt, zu leben und sich besser zu benehmen.

Manchmal wollten rüde Frager wissen, warum der Trust nicht sein ganzes Tätigkeitsfeld nach London verlegte, da die Not dort doch schreiend war. Dann berichtete Ralph ihnen von den bedrückenden, stummen Formen ländlichen Mangels: den gelangweilten Teenagern, die an einer Bushaltestelle herumlungerten und auf einen Bus warteten, der nie kam, den Rentnern in isolierten Cottages an überwachsenen Eisenbahngleisen, ohne Telefon und Heizung und Anschluß an die Kanalisation. Er erzählte so lange und eindringlich von der Stilllegung von Nebengleisen, daß der Fragesteller sich wünschte, er hätte nie den Mund aufgemacht.

Tatsache war – und er war der erste, der das zugab –, daß Ralph und die schwindenden finanziellen Mittel, über die er gebot, an zu vielen Stellen erwünscht waren. Er war innerlich zerrissen, gespalten. Die Ansprüche der Welt zerrten an seinem Gewissen, aber tat er genügend für seine eigene Familie? Manchmal spürte er eine sonderbare physikalische Kraft – kleine Hände, die an ihm zogen, unsichtbare Hände, die an seinen Kleidern zupften.

Also, für heute – brauchte er nur noch einen Brief zu schreiben: an den Kinderschutzbund der englischen Kirche. Dann nach Norwich zum Komitee – und danach würde er zurückjagen zum Abendessen, weil Kit nach Hause kam und Anna ein großes Essen kochte und Julian seine Freundin von der Farm in der Nähe des Meers mitbrachte.

Er klebte Briefmarken auf seine Briefe. Gähnte. Aber, ermahnte er sich selber, verachte die kleinen Dinge nicht; sie summieren sich. Eine winzige Abfolge von Handlungen, von kleinen Pflichten, sorgfältig wahrgenommen, kann letztlich Gutes in der Welt bewirken.

Das jedenfalls war die Theorie.

Mitten am Nachmittag holte Emma ihre Nichte Kit in Norwich vom Bahnhof ab. Kit kam mit ihrer Tasche über den Vorplatz gelaufen; ein Osterlüftchen fuhr ihr unter das Haar und wirbelte es ihr um den Kopf. Als sie ins Auto sprang, schüttelte sie es wie ein Löwe seine Mähne. Sie küßte ihre Tante, drückte sie fest an sich. Ihre Augen waren löwenartig: groß, goldfarben und wachsam. Wie hübsch sie geworden ist, dachte Emma: eine Herzensbrecherin. Sie dachte daran, wie Ralph in der Zeit seines Wehrdienstes auf Urlaub nach Hause gekommen war. Ralph war zu unzugänglich gewesen, um Herzen zu brechen.

»Du kannst bei mir Tee trinken«, sagte Emma. »Dann bringe ich dich nach Hause. Ach, mach dir keine Gedanken, ich hab im Laden einen Kuchen gekauft. Ich hab nicht selber Ehrgeiz entwickelt.«

Emma wohnte in einer hübschen Doppelhaushälfte, einem Cottage aus rotem Backstein in der High Street in Foulsham. Foulsham ist nach den Maßstäben des Rests von England keine Stadt: Es gibt nur wenige kleine Läden, ein Postamt, eine Kirche, ein Baptistenkirchlein und ein paar öffentliche Gebäude. Es hat ein Kriegerdenkmal und ein Gemeindeblatt, einen Dorfsaal, ein Sportplatzkomitee, eine Frauenschule und einen Frischfischladen auf Rädern. Hundert Meter von Emmas Haus entfernt war die Schule, in die Kit ging, als sie fünf war; fünfzig Meter weit entfernt war der Laden, in dem sie sich nach der Schule auf dem Heimweg ins Haus ihrer Tante Süßigkeiten kaufte.

Damals hatte Emma nachmittags nur selten Sprechstunde; sie holte diese Stunden zu anderen Zeiten nach, an den Abenden und Wochenenden, wenn ihre Partner fortwollten. Um vier Uhr nachmittags war sie dagewesen, um den Kindern die Tür aufzumachen, sie hereinzulassen, sich anzuhören, was sie an dem Tag erlebt hatten, ihnen Limonade und ein einfaches Rosinenbrötchen zu geben und sie anschließend nach Hause zu fahren. Oft ging Mr. Palmer, der Grundstücksmakler, gerade fort, wenn Kit ankam. Er war, das wußte sie, ein sehr guter Freund von Tante Emma; sie argwöhnte, daß er vor ihnen zu Besuch kam, um Brötchen mit Zuckerguß zu essen. Leckereien zu bekommen, die den Kindern verwehrt wurden. Manchmal war Mr. Palmer außergewöhnlich glücklich. Dann warf er sie in die Luft, ließ sie – kichernd und mit wehendem Haar – bis an die Decke fliegen, und danach gab er ihr eine Zweishillingmünze. Sie wurde ganz schön reich durch Mr. Palmer. Ihr kleiner Bruder Robin beklagte sich, als er in die Schule kam, daß er nicht genausoviel Geld bekäme. Mr. Palmer zerzauste ihm das Haar und gab ihm Sixpence. Na ja, sagte sie zu Robin, das kann man ja nicht wissen, vielleicht ist er plötzlich arm geworden. Das kommt bei Leuten vor. Steht in den Büchern.

Nun waren fünfzehn Jahre vergangen, und sie legte Make-up auf und ging mit Mr. Palmers Sohn Austern essen.

Emma, obwohl noch keine fünfzig, bezeichnete sich selbst inzwischen als »halb im Ruhestand«. Man möchte sich wegschleichen, sagte sie zu Ralph, nach einem Leben mit blassen schwangeren Frauen, schreienden kleinen Würmchen mit Masernflecken und alten Männern, die pfeifend einatmeten: »Frau Doktor, die alte Brust – ich hab's an den Bronchen.« Sie sprang als Urlaubs- und Wochenendvertretung ein, hielt sich mit medizinischer Literatur auf dem laufenden und übernahm gelegentlich Beratungen über Familienplanung. Letzteres hatte sie immer interessiert. Sie tauchte in entlegenen Cottages auf und sprach unverblümt. Sie war gerufen worden, um Gürtelrose oder Lumbago zu behandeln, und wenn sie fortging, ließ sie ihnen ein Gummistück da. Robin hatte sie einmal einem Schulfreund als »Meine Tante Emma, die so viel für die Entvölkerung von East Anglia getan hat« vorgestellt. Sie wurde damals von Schulen und Colleges im ganzen Land zu Vorträgen eingeladen. Schulleiter schätzten sie, weil sie sich klar ausdrückte, die jungen Leute aber nicht in Verlegenheit brachte. Denn schließlich war sie alt. Sie mußten nicht daran denken, daß sie es *machte*.

Emmas Haus war warm und gemütlich. »Mach es dir bequem«, sagte sie. Kit ließ sich auf einen Stuhl fallen. Wieviel Energie sie hatte – doch dann schien sie, genauso plötzlich, auf einmal völlig ausgelaugt zu sein.

»Ich bin in Walsingham gewesen«, sagte Emma. »Um für Felix zu beten. War das nicht seltsam von mir?«

»Bist du auch bei den Brunnen gewesen?«

»Nein, nur am Schrein.«

»Es gibt da einen Brunnen, den runden, weißt du – ich hab mal ein Mädchen gekannt, das fest daran geglaubt hat, daß sich ein heimlicher Wunsch, den man hat, innerhalb eines Jahres und eines Tages erfüllt, wenn man daraus trinkt.«

»Heimlicher Wunsch?« sagte Emma. »Da frag ich mich gleich, von dem nur die übrige Welt nichts weiß oder von dem man auch selber nichts weiß?«

Kit lächelte. »Das ist das Problem, nicht? Das ist wie – hat nicht mal jemand gesagt, es gibt keine unbeantworteten Gebete? Alle Gebete werden beantwortet, aber nicht immer so, daß man es merkt.«

Emma füllte die Teekanne und brachte Teller herein. Sie hatte es irgendwie geschafft, den gekauften Kuchen zu zerdrücken, als sie ihn aus der Verpackung nahm. Sie hatte sich in Fragen der Ernährung immer als Freidenkerin bezeichnet. Essen wurde Leuten, die sie besuchten, in unregelmäßigen Abständen, zu unorthodoxen Stunden und in sonderbaren Kombinationen vorgesetzt.

Möchte wissen, dachte Kit jetzt, wie vieles davon so war wegen Felix, von dem sie nie wußte, wann er auftauchen würde, und manchmal hat sie ihm vielleicht etwas zu essen gekocht, und er hat gesagt, nein, ich werde zu Hause erwartet, und dann hat sie es Stunden später selber gegessen ...

»Ist der Kuchen so schlecht?« wollte Emma wissen.

»Der Kuchen? Nein, der ist prima.« Kit hatte am Rand ihres Tellers einen Wall aus gelben Krümeln aufgeschichtet. »Emma, darf ich dich etwas fragen? Sag mir, daß ich mich um meine eigenen Angelegenheiten kümmern soll, wenn du willst. Es ist nur so, daß ich gerade versuche, mir ein Bild von der Vergangenheit zu machen. Ich habe an dich und an Felix gedacht. Ich hab mich gefragt, ob ihr je darüber gesprochen habt, daß er Ginny verlassen und zu dir ziehen soll.«

»Oh, gesprochen haben wir oft darüber. Das ist in solchen Beziehungen immer so.« Emma strich sich das Haar nach hinten. »Ich kannte ihn schon früher, weißt du, bevor er anfing, mit Ginny zu gehen. Wir haben viel zusammen gemacht, als wir sechzehn, siebzehn waren, und als ich dann fort war und meine Ausbildung gemacht habe, ist er nach London gekommen und hat mich besucht. Damals hätte ich vermutlich meine Chance gehabt. Aber ich hab ihm gesagt, er solle verschwinden. Er ging mir auf die Nerven. Vor allem seine Westen. Gelbe Westen. Es war also meine eigene Schuld, nicht?«

»Aber später ist er dir doch nicht mehr auf die Nerven gegangen, oder?«

»Nein, ich habe gelernt, ihn zu akzeptieren. Er hat nicht lockergelassen. Aber Felix hatte Kinder, vergiß das nicht.«

»Vielleicht hätte er keine haben müssen.«

»Oh, Ginny war nie jemand, die ihren Vorteil mir gegenüber ausgenützt hätte. Die Kinder waren geboren, bevor wir wieder zusammenkamen. Oder zumindest bevor wir wieder auf eine Weise zusammenkamen, die von Dauer sein konnte. Ja, natürlich, wir hätten damals heiraten sollen. Das sehe ich heute ein ... aber es war vorbei, es war vorbei. Er hätte Daniel und das kleine Mädchen nicht verlassen wollen.«

»Du hättest Kinder von ihm haben können. Mir hätte es gefallen, wenn du Kinder gehabt hättest, Emma. Dann hätte es noch mehr von uns gegeben.«

»Aber vielleicht keinen Daniel.«

»Ach, ich weiß nicht ... ich glaube, für Cousins würde ich Daniel hergeben. Sie wären ja auch nicht wie Cousins gewesen, sondern wie Brüder und Schwestern.«

»Man darf nicht unbescheiden sein, Kit«, sagte Emma. »Die Wahrheit ist, daß Felix Ginny nicht verlassen hätte, auch wenn es keine Kinder gegeben hätte. Ginny ist nicht die Art Frau, die Männer verlassen. Und was wir hatten, Felix und ich, war genug. Und was du hast, ist auch genug.«

»Vermutlich ja«, sagte Kit.

Ein Strahl von Würde schien durch Emma hindurch, von einem lange zurückliegenden Sonntagsschulennachmittag. Sie sagte es noch einmal, liebevoll: »Man darf nicht unbescheiden sein, Kit.«

Emma hatte versucht, Ralphs Kinder davon abzubringen, sie »Tante« zu nennen. Wie man genannt wird, so wird man auch, sagte sie; sie wollte nicht werden wie jemand aus einem Buch von P. G. Wodehouse. Sie hatte versucht, ihnen das Leben leichter zu machen, aber es war nicht einfach, Ralphs Kind zu sein.

Seine Ansprüche waren hoch, unterschieden sich aber von denen anderer Menschen. Als sie klein waren, hatten die Kinder mit ihren Freunden aus den städtischen Reihenhäusern gespielt, die sich einen halben Kilometer vom Roten Haus entfernt durch die Gasse hinter der Kirche aufwärts zogen. Ralphs Kinder hatten bessere Manieren, dachte Emma, aber die Kinder aus den städtischen Häusern waren besser gekleidet.

Es war ein Glück, daß die jungen Eldreds Schulkameraden hatten, denen es ähnlich ging, sonst hätten sie sich benachteiligt gefühlt. Kit zum Beispiel hatte eine Freundin, deren Vater keinen Fernsehapparat ins Haus lassen wollte. Robin kannte einen Jungen, dessen Mutter ihm nach selbst ausgedachten Mustern Hosen strickte. Norfolk bringt solche Menschen hervor: sie verkriechen sich vor dem Wind in den Häusern und entwickeln abstruse Vorstellungen.

Emma war einmal ein Notankerplatz für die Kinder gewesen; sie waren immer noch gerne bei ihr, auch wenn sie es nicht schaffte, ein Sandwich zu machen, ohne daß der Belag herausrutschte. Sie war sich darüber im klaren, welchen praktischen Wert sie für die Kinder hatte. Sie gab ihnen Geld für Herzenswünsche – für notwendige Kleidung und für unvorhergesehene Anlässe und für Extras, die Ralph ihnen verwehrte. Der arme Ralph, dachte sie. Er verlangte von ihnen allen, daß sie Musikstunden nahmen, aber sie waren weder musikalisch noch dankbar. Robin hatte im vergangenen Jahr einmal gesagt: »Angeblich soll Dad ja einen Draht zu jungen Leuten haben, aber es sind andere junge Leute, zu denen er den Draht hat. Wir sind's nicht.«

Emma und Kit tranken ihren Tee aus und fuhren die drei Meilen zum Roten Haus. Als das Auto zum Stehen kam, sagte Kit: »Liegt Dad Julian immer noch so in den Ohren, daß er ein Jahr für den Trust arbeiten soll?«

»Ich glaube, er hat es aufgegeben. Julian würde doch in London nicht zurechtkommen, oder? Er wäre in ein paar Tagen wieder da.« Emma beugte sich hinüber und küßte ihre Nichte. »Ich komm nicht mit rein. Wir gehen heute abend ins King's Arms, wir machen die Stadt unsicher.«

»Viel Spaß.« Kit steckte den Kopf durchs Autofenster. »Vielleicht mach ich es statt dessen. Ein Jahr ... das tut doch nicht weh. Oder?«

Emma war überrascht. »Ich dachte, du würdest weiterstudieren? Ich dachte, das sei alles arrangiert?«

Kit schüttelte den Kopf. Ihr Gesicht war ganz still, beinahe traurig. »Nichts ist arrangiert. Mir ging da was durch den Kopf – ich hab Dad nach Hause geschrieben – ich hab geschrieben, ich wär zwar nicht gern in London ... aber wenn es für die Stiftung wäre, wenn ich mich dort nützlich machen könnte, würde ich es sicher aushalten.« Sie schaute weg. »Ich weiß trotzdem nicht, was ich denken soll. Ich hab's verloren, nein ... nein, ich weiß gar nicht, was ich verloren hab.«

Deine Jungfräulichkeit? fragte sich Emma. Der Gedanke mußte ihr im Gesicht abzulesen gewesen sein. »Es ist nicht Daniel«, sagte Kit. »Wegen Daniel würde ich nicht hierbleiben. Obwohl, wenn ich eine Ausrede brauchte, wäre er sicher eine.«

Emma fuhr weg. Die Haustür wurde aufgerissen, und Julian kam heraus, tat so, als spähe er in die Büsche und rief: »Abendessen kommen, Kitty, Kitty, Kitty!«

Rebecca, hinter ihm, sagte: »Kate von Kate Hall.«

Ihr Bruder sah gut aus, dachte Kit sofort, er wirkte glücklich. Er richtete sich zu seiner eindrucksvollen Größe auf, schloß sie in die Arme und drückte sie an sich. Hinter ihm stand seine rothaarige Freundin, Sandra Glasse.

Kit fand Daniel Palmer mit dem Rest der Familie in der Küche. Alle schauten sie gespannt an, wollten feststellen, wie sehr sie sich freute, ihn zu sehen.

»Hallo«, sagte Kit. »Dich hab ich ja nicht erwartet, wo ist denn dein Auto?«

»Ich hab's abgedeckt.« Daniel wußte nicht, woran er bei Kit war, kannte sich bei ihren Stimmungen nicht aus, fragte sich, was die Familie über den Stand ihrer Beziehung denken mochte. »Willkommen zu Hause«, sagte er. Er nahm eine Strähne von Kits Haar und führte die Spitzen an seine Lippen.

»Er hat ein neues Auto, verstehst du«, sagte Julian. »Und da hat er Angst, daß es draufregnet.«

»Es ist mein Morgan«, sagte Daniel. Ein freudiges Staunen überzog sein Gesicht. Kit zog ihr Haar zurück und warf es in den Nacken, zwischen jene Strähnen, die von der Verliebtheit nicht besonders hervorgehoben worden waren. »Handmontiert«, sagte Daniel. »Ich hab vier Jahre darauf gewartet.«

»Meine Güte«, sagte Kit. Es war ihr ein Rätsel, wie Begierde so lange anhalten konnte.

Ralph sagte: »Ich hätte sicher Angst, damit zu fahren.«

Becky sagte: »Es tut so, als wäre es alt, ist es aber nicht.«

»Wo ist Robin?«

Ralph sagte: »Er spielt darin.«

Daniel führte die Autoschlüssel vor, hielt sie, als tröpfelten Diamanten von seinen Fingern. »Keine Sorge. Er kommt nicht weit.«

Sandra Glasse hatte gar nichts gesagt. Anscheinend wußte sie nicht, wovon die anderen sprachen. Sie war gerade angekommen, sah Kit; sie hatte eine Papiertüte in der Hand, die sie an ihre alte Strickjacke gedrückt hielt. »Ach, Mrs. Eldred«, sagte sie, »ich habe Ihnen ein paar Hühnereier mitgebracht.«

Daniel, der Sandra noch nicht kennengelernt hatte, drehte sich mit einem fragenden Lächeln zu ihr um. Ihm kam es vor, als sei sie von einem anderen Stern gefallen.

Sie hatten beschlossen, wie üblich in der Küche zu essen, denn die Abende waren kalt, und die Zentralheizung spielte mal wieder verrückt. Früher am Tage war Ralph Anna begegnet, die gerade einen Kohleneimer in den Heizungsraum schleppte. »Anna«, sagte er, »bei zwei Söhnen im Haus rechne ich doch nicht damit, dich damit zu sehen ...«

»Ich strenge mich freiwillig an«, sagte Anna. »Ich tu es, um mich aufzuwärmen.«

Als sie ihren Kampf mit dem Kessel beendet hatten, war ihnen beiden warm. »Das arme verzweifelte Ding«, sagte Ralph. »Wahrscheinlich wäre es ein Akt der Gnade, es herauszuschlagen und dorthin zu schicken, wo Heizkessel sterben. Trotzdem kann ich mir nicht vorstellen, wie wir zu Öl überwechseln. Nicht dieses Jahr. Außerdem, Öl, das ist so politisch, die Preise schießen in die Höhe, sie erpressen einen ja.«

»Daniel hat es mir erklärt«, sagte Anna, »wenn die Preise für einen Brennstoff hochgehen, dann gehen die Preise für die anderen bald danach auch hoch.«

»Aber der Einbau ...«, sagte Ralph. »Ehrlich gesagt, die Rechnungen im Augenblick ... schon allein die Telefonrechnung.«

»Ja«, sagte Anna. »Aber wenn jemand vorbeikommt und sagt, ›Kann ich mal bei euch telefonieren?‹, sagst du, ›Klar, nur zu‹, und wenn die Leute den Anruf dann bezahlen wollen, sagst du, ›Nein, davon will ich nichts hören‹. Erinnerst du dich noch an die eine Helferin – Abigail, so hieß sie doch? –, die, die gefragt hat, ob sie mal ihren Freund anrufen dürfte? Und wo sich dann herausgestellt hat, daß er für ein Jahr zum Lernen auf eine australische Schaffarm gegangen war?«

»Ein extremer Fall. Jedenfalls hat sie sich danach keine Sorgen mehr gemacht.«

»Die Leute sollten weniger kostspielige Gefühle haben«, sagte Anna. »Sie sollten sie haben, wenn die Tarife billig sind.« Dann sagte sie: »Übrigens, da wir schon mal für einen Augenblick allein sind, wie findest du denn neuerdings Daniel?«

Er sei ganz in Ordnung, war Ralphs Meinung. Er fühlte sich in Gegenwart von Felix' Sohn immer wohl. Daniel trug dieselben Sachen wie er selbst: Kordhosen, alte Tweedjacketts, Shetlandmuster und Lammwolle von September bis Mai. Erst kürzlich war ihm aufgefallen, daß Daniels Sachen sich, nicht wie seine eigenen, organisch entwickelten. Daniel fuhr nach London, um sie, wie es schien, für viel Geld einzukaufen. Sie sahen alt aus, weil sie so gemacht waren. Ralph trug seine Sachen, weil sie das waren, was im Kleiderschrank hing. Daniel trug sie aus einem anderen Grund – um jemand zu werden. Um ein Herr vom Lande zu werden, sagte Robin; es war eine Pose.

Robin kannte sich in derlei Dingen aus. Trotzdem war er begeistert von dem Zweisitzer, dem Morgan, konnte kaum zum Essen ins Haus geschleppt werden. Später ging Ralph ebenfalls hinaus und strich mit der Hand über die glänzende Karosserie und rühmte murmelnd die Vorzüge des Wagens. Daniel war wie ein Kind zu Weihnachten, ganz außer sich vor Freude; es wäre ungehobelt gewesen, das Auto nicht zu bewundern. Doch das Auto und was es bedeuten mochte, bereiteten ihm Unbehagen. Eine moderne Maschine schnurrte unter der Haube; wie Rebecca gesagt hatte, gab es vor, etwas zu sein, was es nicht war.

Das ist egal, dachte er, wenn Kits Wahl auf Daniel gefallen war, würde er nicht derjenige sein, der Einspruch dagegen erhob. Daniel würde sich um Kit kümmern. Auf seinem Bankkonto war nichts vorgetäuscht, und die Architekten vom Lande waren die Männer der Zukunft. Er konnte sich das Auto leisten, und er konnte sich Kit leisten. Er würde ein Haus für sie entwerfen, kein Zweifel, und er würde es auf einem erstklassigen Grundstück errichten, und Kit würde eine Putzfrau haben und heißes Wasser, wann immer sie welches wollte, und ...

Ein gräßlicher Kummer erfaßte Ralph wie ein Krampf; er stand mit Daniel und Robin im Seitengebäude, einen alten Regenmantel um die Schultern, Regen und blaue Abendluft wehten böig zur Tür herein, und Trauer packte ihn an der Luftröhre, rüttelte ihn durch wie einen Straßenräuber. Er drehte sich zur Seite; niemand brauchte sein Gesicht zu sehen.

Dies geschah ab und zu. In letzter Zeit häufiger. Und beim Versuch, sich von dem Gefühl abzuspalten, sich ihm zu entziehen, fragte er sich: Woher kommt das? Er ging zurück ins Haus. In der Küche wusch Sandra ab; Becky trocknete das Geschirr; Anna räumte die Reste in Behälter, um sie in den Kühlschrank zu stellen. Eine gewöhnliche Familie: 1980, und alles ist gut.

Es war nun ein Jahr her, daß Julian Sandra Glasse kennengelernt hatte.

Es war ein Sonntag im April; Julian konnte das Datum nicht verwechseln, denn die Pfadfinder von North Walsham hatten ihre St. George's Day-Parade abgehalten. Und was hatte er in North Walsham zu suchen? Er hatte es zu Hause nicht mehr ausgehalten. Dort waren ein paar besonders gräßliche Gäste, Traurige Fälle. Robin benutzte als Ausrede die eine oder andere Sportveranstaltung; er hatte immer ein Mittel, das ihm zur Flucht verhalf.

Seine Mutter, die in bezug auf die Gäste ein gutes Gespür hatte, hatte Julians Not gesehen. »Würdest du für mich nach North Walsham fahren? Ich habe ein Bündel Sachen für den Kirchenflohmarkt, es sind auch einige Sachen von deinem Vater dabei, die ich besonders gern nur noch einmal von hinten sehen will. Du brauchtest sie bloß bei der Adresse abzugeben, die ich dir sage – laß sie in der Garage, wenn niemand da ist –, dann könntest du am Nachmittag das Auto haben. Wie wäre das?«

Nichts los in North Walsham, nichts los in einem kleinen Marktflecken an einem Sonntagnachmittag. Nur die Pfadfinder marschierten mit ihrer Band durch die Straße, und eine Gruppe von Jungs mit Motorrädern lachte sie johlend aus. Er parkte das Auto, trug das Bündel zu einem Haus in der Nähe der Kirche, ging im launenhaften Sonnenschein die Straße entlang. Er blieb stehen und schaute aus keinem besonderen Grund in das Schaufenster der Drogerie Boots. Dort war ein Wirrwarr von Vitaminzusätzen und Glukosetabletten ausgestellt, dort stand eine Komm-hol-sie-dir-Pyramide aus Kodak-Filmen, und in verführerischer Anordnung lagen dort auch Wärmflaschen für jene Pessimisten, die sich schon vorsorglich für den bevorstehenden Sommer eindecken wollten.

Die Motorradjungen hatten sich um das Market Cross versammelt, die Maschinen waren ausgeschaltet, und in ihren Lederjacken drängten und schubsten sie sich um die ehrwürdige Kuppel herum. Julian hatte sich das Market Cross immer gern angesehen, doch er scheute davor zurück, sich den Jungen zu nähern. Er hatte keine Angst – oder wollte sich das nicht eingestehen; aber wie die Pfadfinder würde er sie nur reizen. Er war ordentlich gekleidet wie ein guter Schuljunge am Wochenende, trug ein loses cremefarbenes Baumwollhemd und ordentlich gebügelte Jeans – niemand konnte seine Mutter davon abhalten, Kleider zu bügeln. Sein Haar war von der Farbe, die spülwasserblond genannt wurde, es war zu blond und verdächtig glänzend und sauber. Er kannte seine Gesichtszüge, das unfertige

Gesicht, die großen klaren blauen Augen. Er wußte, was sie bedeuteten – provozierende Unschuld. Es schien keine Rolle zu spielen, daß er körperlich kräftiger war als die meisten Menschen. Kraft nützt nicht viel ohne die Erlaubnis, sie auch einzusetzen.

Die Jungen, die an den Säulen des Market Cross lehnten, trugen Lederjacken mit Ziernägeln und hatten die Haare stoppelkurz rasiert. Die Mädchen, die bei ihnen standen, hatten lange metallene Ohrringe und gekränkte Mienen. Sie lümmelten auf den Maschinen oder lehnten sich an die Jacken der Jungen, führten ein aus Kreischen und Gackern bestehendes Gespräch. Ein Mädchen zog den dünnen Rock hoch und warf ein Bein über eines der Motorräder; sie glitt über den Sattel und bewegte sich auf ihm, eine Kopulation nachahmend, hin und her.

Ein anderes Mädchen stand ein wenig abseits von der Gruppe. Sie war bei ihnen, schien jedoch gar nicht dazuzugehören. Sie hatte eine zottelige Mähne aus dickem, dunkelrotem Haar; Julian konnte kaum ihr Gesicht und ihre Gestalt erkennen, und es war ihr sonderbares Aussehen, das ihn ein zweites Mal hinschauen ließ. Sie trug ein schwarzweißes Tweedjackett, das mehrere Nummern zu groß und sehr abgetragen war, ein Kleidungsstück von der Sorte, die eine gesetzte ältere Frau in Norfolk »den alten Mantel, den ich zur Gartenarbeit anziehe« nennen würde. Ohne jeden modischen Anspruch, aber auch ohne antimodischen. Das Mädchen hatte geschnürte Schulschuhe an, ebenfalls nicht die Habe eines Rebellen. Jemand sprach sie an, und sie schüttelte heftig den roten Kopf und begann die Straße zu überqueren, trabte langsam, wie ein Tier, in Richtung Kirche.

Julian drehte sich um und steckte den Autoschlüssel in die Tasche. Er überquerte die Straße, folgte ihr auf das Gelände der Kirche. Sie stand neben dem beschädigten, eingestürzten Turm, dessen zerklüftete Spitze die Straße, das Market Cross, die Motorradjungen überragte. Als sie ihn sah, schien sie sich in ihrem großen steifen Jackett zu schütteln und trottete weiter, auf die gegenüberliegende Seite des Kirchhofs zu. Dort setzte sie sich auf eine Bank (aufgestellt vom Seniorenwohlfahrtskomitee) und wartete, bis er bei ihr angekommen war.

Zuerst wagte er beinahe nicht, sich neben sie zu setzen, damit sie nicht Angst bekäme und wieder davonliefe. Ihr animalischer Spürsinn schien sehr ausgeprägt zu sein, und er wünschte, er hätte etwas, das er ihr anbieten könne, ein Stück Zucker oder sogar ein Stück Brot, um ihr zu zeigen, daß er es gut meinte. Als ob sie seinen Gedanken gelesen hätte, griff sie in ihr Jackett und zog einen Apfel hervor, dann einen zweiten. Sie bot ihm einen an, hielt ihn auf Armlänge entfernt, ohne zu lächeln.

»Trägst du immer deinen Proviant mit dir rum?« fragte er.

»Ja, klar«, sagte sie.

Er warf den Kopf zurück in Richtung Marktplatz. »Kennst du diese Typen?«

»Nicht wirklich.«

»Ich dachte, du wärst mit ihnen da.«

»Ich habe sie heute vormittag kennengelernt. Hatte nichts anderes zu tun. Ich bin mit ihnen nach Cromer gefahren. Niemand hatte irgendwelches Geld. Wir sind hierher weitergefahren. Sie haben mich abgeholt.«

Er nahm den Apfel und setzte sich neben sie auf die Bank. Sie rieb mit der Frucht über den Ärmel ihrer Jacke und biß hinein. Sie kaute düster, nachdenklich, den Blick auf die Grabsteine und auf die alten Kirchenmauern gerichtet.

»Fährst du wieder mit ihnen zurück?«

»Nein.« Sie war zornig. »Sie sind hirnlos.«

»Wo wohnst du denn?«

»In den Burnhams. Kennst du dich hier aus?«

»Du bist ein ziemliches Stück von zu Hause entfernt.«

»Man kommt ganz schön weit, wenn man Motorrad fährt, das ist das eine bei Motorrädern. Trotzdem ist es mir egal. Ich sollte zurückfahren.« Sie warf das Apfelgehäuse zu Boden, regte sich aber nicht, kuschelte sich nur in ihre Jacke. Es begann sacht zu regnen. »Ich stell mich in der Kirche unter«, sagte sie.

Später kam es ihm so vor, als kenne Sandra alle Kirchen im County, die großen und die kleinen. Sie benutzte sie so, wie andere Leute Bushaltestellen und Warteräume benutzten. Er mußte schnell ausschreiten, um mit ihr Schritt zu halten, als sie auf das Vordach zusteuerte. »Wenn du deinen Apfel nicht ißt«, sagte sie, »will ich ihn wiederhaben, vielleicht brauch ich ihn später noch.«

Er sagte: »Ich könnte dich nach Hause bringen.«

»Hast du ein Auto?«

»Ja.«

»Für ein Auto bist du aber noch jung.«

»Es ist das Auto meiner Mutter. Es macht mir nichts aus, dich zu bringen. Anders kommst du nicht zurück, und jetzt regnet es sich ein.«

»In Ordnung«, sagte sie. Sie standen einen Augenblick lang in der Kirche und schauten dem fallenden Regen zu. »Kirchenasyl«, sagte sie unerwartet.

»Weißt du etwas über diese Kirche?« Julian schaute sie von der Seite an, schaute ihr ins Gesicht. So helle Augen. »Als sie sie bauten, war der Bauernaufstand. Hier in der Nähe fand eine Schlacht statt. Es war, glaube ich, die letzte Schlacht. Einige der Rebellen kamen hierher und baten um Kirchenasyl, aber die Kirche war noch nicht fertig, und deshalb zählte es nicht. Der Bischof von Norwich hat sie verfolgt und alle getötet.«

Das Mädchen schaute ihn blinzelnd an. »Davon hab ich noch nie was gehört«, sagte sie.

Er verachtete sich selbst für diese Halbwahrheiten. Warum hatte er das getan? Er lachte und sagte: »Haben sie dir das nicht in der Schule erzählt?« Er verachtete sich nur noch mehr. Was hatte ihn um Himmels willen geritten, vom Bauernaufstand zu schwätzen? Sie machte ihn nervös, das war es. Sie hatte ihm nicht ihren Namen gesagt. Ihre rötlichgoldenen Wimpern sanken auf ihre Wangen nieder.

»Daran kann ich mich gar nicht erinnern«, sagte sie. Aber dann, sehr freundlich: »Ich freue mich immer sehr, wenn ich was über alte Plätze erfahre, wenn du mir also irgendwas erzählen kannst, brauchst du keine Angst zu haben, daß es mir nicht gefallen würde.«

Es hatte den Anschein, als rechnete sie mit einer langen Bekanntschaft. Der Regen ließ ein wenig nach. Julian faßte ihr Jackett an dem unförmigen Ärmel und ging schnell mit ihr zum Auto. Die Motorradjungen hatten sich zerstreut. Er hatte nun die Verantwortung für sie.

Ein feiner Nieselregen fiel auf die Windschutzscheibe. Das Meer, rechts von ihnen, als sie fuhren, war hinter aufsteigendem Nebel verschwunden. Der Campingplatz von Sheringham zeichnete sich darin ab, und der Wind zupfte an den Blütenknospen der Kirschbäume in den Gärten der Bungalows. Die Bäume sahen aus, als habe man sie aus Versehen draußen stehengelassen oder aus einem milderen Land hierher transportiert.

Zwischen Cley und Weybourne ging das Heideland unmerklich in Sumpfgebiet über. Vogelbeobachter, die wie Hausierer mit den Gerätschaften ihres Berufs behängt waren, schritten auf das unsichtbare Meer zu. Schafe standen auf den Feldern; inmitten der dahintrottenden Gestalten sahen sie die Hälse ruhender Schwäne, fest und rein wie Marmor, verblüffend weiß in der dicken Luft. Am Straßenrand priesen Schilder – mit groben Kreidestrichen beschriftete Anschlagtafeln oder angemalte Bretter – FRISCHE MEERESFISCHE, SHRIMPS, HERZMUSCHELN, FRISCHE KRABBEN, FARCIERTE KREBSE, RÄUCHERHERINGE – an. Die Touristensaison begann.

Sie fuhren in, wie es schien, kameradschaftlichem Schweigen. In Blakeney – die Salzmarschen eine nebulöse Mischung aus Erde, Meer, Luft – drehte sich Sandra auf ihrem Sitz zur Seite. »Tut mir leid, wenn ich vorhin zornig war. Normalerweise bin ich nicht zornig.«

Was Julian aus dem Augenwinkel sah, war ein in sanften Linien gezeichnetes Gesicht, ein Gesicht von durchscheinender Blässe, und diese hellen Augen. Sie wirkte stark, beherrscht; sie hielt die weißen Hände auf dem Schoß, eine Hand ruhte vertrauensvoll in der anderen.

»Was haben die Motorradtypen denn zu dir gesagt, daß du sie einfach stehengelassen hast?«

Sandra dachte nach, sagte dann: »Sie haben meine Kleidung kritisiert.«

Einen Augenblick später lachten beide schallend, der Lärm füllte den engen Innenraum von Annas Auto. Ein landeinwärts blasender Windstoß ließ den Regen gegen das Glas trommeln.

»Ich geb ja zu ...«, sagte Julian. »Warum hast du das an?«

»Wir haben es gespendet bekommen«, erwiderte Sandra. »Ich kann mir keine Sachen leisten, wie sie sie haben. Es ist komisch, ich denke immer, wenn man ein bißchen Geld hat, kann man sich billige Sachen leisten, man kann sie wegwerfen, wenn sie auseinanderfallen. Aber wenn man arm ist, hat man seine Sachen ewig. Man bekommt Sachen geschenkt, bei denen die Königin stolz wäre, sie anzuziehen.«

»Wer hat sie euch denn gegeben?«

»Eine Kirche. Meine Mum hat ihre Beziehungen. Sie hat mal für die Frau eines Kirchenvorstehers geputzt. Man denkt also an uns, wenn die Kirchen Flohmärkte veranstalten.« Sie hielt inne. »Nur unsere Größe vergißt sie immer wieder.«

Sie lachten wieder. Die Scheibenwischer schabten; vor ihnen, in Richtung auf Wells, hatte der Horizont den perlfarbenen Schein von heitererem Wetter. »Ich würde behaupten, daß es mich überleben wird, dieses alte Jackett«, sagte Sandra. »Ich bin darin mal durch eine Hecke gerannt, und es hat nicht gezuckt.«

Als sie in Holkham angekommen waren, löste sich der Dunst auf. Aufblitzende Lichtstrahlen wurden von den zwergenhaften Fenstern der Flintsteincottages zurückgeworfen, kleinen Häuschen, die zur Küste hin verstreut waren; Flint funkelte wie Edelsteine in der Mauer einer Kirche mit einem runden Kirchturm. »Hier mußt du abbiegen«, sagte Sandra und lotste ihn auf das Meer zu. Sie bogen zwischen hohen Heckenreihen ab, ließen eine weite Landschaft mit Windmühlen und den roten Dächern entfernter Schuppen hinter sich. Die Straße wurde schmaler. »Ich wohne am Ende dieses Wegs«, sagte Sandra. »Willst du mit reinkommen? Du könntest eine Tasse Tee trinken.«

Das Auto holperte eine Böschung hinunter. »Meine Mutter nennt diesen Hügel einen ›Vorposten von Norfolk‹«, sagte Sandra. »Okay, halt hier an.«

Sie kamen vor einer Gruppe dicht aneinandergedrängter niedriger

Gebäude zum Stehen, die Türen wiesen landeinwärts, waren windabgewandt. Neben einer geschützten Mauer stand ein Birnbaum, Gänse schwammen auf einem Teich, ein Gemüsebeet war durch einen selbstgebauten Windschutz abgeteilt. Es gab ein paar verfallende Hühnerställe, ein altes, an einem Zaun lehnendes Wagenrad und an der Vordertür einen Schubkarren, in dem etwas in Plastik Eingewickeltes lag. Sie stiegen aus dem Auto aus. Eine Frau kam an die Tür. »Das ist meine Mutter«, sagte Sandra.

Mrs. Glasse schien größer als Sandra und nicht sehr alt zu sein. Sie trug geflickte Jeans und zwei formlose Pullover, der untere länger als der obere. Sie hatte ebenfalls rotes Haar, länger als das ihrer Tochter, das sie mit Nadeln hochgesteckt hatte. Julian sah, daß Strähnen über ihren Hals hinabgefallen waren, als sie sich umdrehte, um sie hereinzubitten. Zum ersten Mal fragte er sich, wie seine Mutter es schaffte, daß die dunklen wolkigen Formen ihres Haars, in Windungen und Kringeln arrangiert, erhalten blieben. Es mußte eine Kunst dabei geben.

Mrs. Glasse hatte draußen gearbeitet. Ihre schlammbespritzten Gummistiefel standen neben der Tür. Der Korridor war breit, voller wirbelnder Luft: Flickenteppiche auf dem Boden, eine Ansammlung dunkler Möbelstücke.

»Du bist keiner von diesen Motorradjungen«, sagte Mrs. Glasse. »Komm weiter, ich hab den Kessel auf dem Herd.«

Er folgte ihr in die Küche. Es war ein großer Raum, hell, rechteckig, der Boden gefliest. Zwei harte Stühle standen neben einem altmodischen Küchenherd, vor dem ein paar Sachen trockneten. Ein Geruch von brennendem Holz und feuchter Wolle lag in der Luft. Mrs. Glasse räumte die Sachen weg, und zog einen dritten Stuhl heran, indem sie ihn geschickt mit dem in einer Fischersocke steckenden Fuß bewegte. »Wo hast du ihn kennengelernt, Sandra?«

Keine Antwort erwartend, reichte sie ihm einen Becher Tee, in den der Zucker bereits eingerührt war. Julian fiel nichts ein, was er hätte sagen können. Mrs. Glasse machte keine Konversation und fragte auch nicht noch einmal, wo ihre Tochter gewesen war. Er saß da, mit dem Gesicht zum hinteren Teil des Hauses, und sah zu, wie das Licht schwächer wurde. Durch einen Durchgang mit gewölbter Decke hindurch und ein paar Stufen hinab konnte er einen Blick auf einen kleinen Milchkeller mit tiefen steinernen Ablagen und zurückgesetzten Fenstern erhaschen. Den Windzug spürend, sprang Mrs. Glasse auf und schloß die Tür. Er riß den Blick los. Er hatte in diesen Milchkeller gehen und mit der Hand über die eiskalten, ekklesiastischen Rundungen der Mauern streichen wollen.

Als er das Haus verließ und wegfuhr, fiel ihm ein Glashaus auf, die Scheiben zerbrochen, ein Tor aus den Angeln gerissen. Er hatte den Impuls, anzuhalten, zurückzugehen und seine Hilfe anzubieten. Doch dann dachte er, du kannst Menschen nicht bitten, sich auf dich zu verlassen, wenn du Ende des Sommers weggehst. Zwischen jetzt und Oktober könnte ich an diesem Platz nicht sonderlich viel ausrichten. Es würde mir nur das Herz brechen.

Danach sah Julian Sandra einige Wochen lang nicht. Doch als er im Juni an einem hellen windigen Tag vom Haus eines Freundes in Hunstanton zurückfuhr, sah er am Straßenrand zwei Frauen, die an einem auf Böcken stehenden Tisch Gemüse verkauften. Mit ihren weißen Gesichtern und den langen, flatternden Schals erkannte er sie sofort. Er hielt an und stieg aus dem Auto. »Oh, hallo, Julian«, sagte Mrs. Glasse. Sie hatte wie eine Marktfrau einen Geldbeutel um die Taille gebunden. Sandra zog sich den Wollhut tiefer in die Stirn und lächelte ihn schüchtern an.

»Wir haben bald Erdbeeren«, sagte Mrs. Glasse. »Da halten sie an.«

»Haben Sie viel Kundschaft?«

»Nur Gelegenheitskäufer«, sagte Mrs. Glasse. »Golfspieler auf dem Heimweg, die Gegend ist ja voller Golfplätze.« Der Wind riß ihr die Wörter aus dem Mund. »In der Hochsaison kriegen wir die Urlauber aus den Ferienwohnungen. Ich biete Gemüse an, geschält und geviertelt, schneide die Karotten in Scheiben, was immer, packe sie in Plastiktüten, und wenn sie sich nicht verkaufen, müssen wir sie essen. Ich biete auch Meerkohl an, nicht daß die Urlauber wüßten, was das ist. Wir backen Brot, wenn wir den Ofen in Gang kriegen und wenn wir Lust dazu haben. Ich hab aus einem Buch gelernt, wie man Brot in verschiedenen Formen machen kann. Ich kann Zöpfe, Weizengarben, prähistorische Ungeheuer, Frösche und Gürteltiere. Die Gürteltiere werden sehr bewundert – dabei ist das gar nichts Besonderes, man formt ein Monster, drückt es zusammen und backt auf der Oberfläche Punkte heraus.«

»Das muß schwere Arbeit sein«, sagte Julian.

»Arbeitsintensiv«, sagte Sandra. »Für mich.«

»Wir haben Vogelbeobachter hier, ich backe Brote für sie. Diese Typen gehen bis Brancaster und Burnham Thorpe, schauen sich die Gegend an, die Lord Nelson unsicher gemacht hat.«

»Als junger Mann«, sagte Sandra. »Hier ist sein Geburtsort.«

»Wir verkaufen Ziegenmilch, Enteneier. Sandra schiebt das alles mit dem Schubkarren hoch. Dieser Tisch ist trotzdem eine Plage. Wir müssen ihn zu zweit hochtragen.«

»Den Vorposten-Hügel hoch«, sagte Sandra. »Wir haben versucht, ihn mit dem Karren hochzuschieben, aber er ist uns gegen die Beine geschlagen.«

»Könnt ihr ihn denn nicht hier oben lassen?« fragte Julian. Er sah sich um. »An der Mauer?«

»Die Urlauber würden ihn stehlen«, sagte Mrs. Glasse. Sie schlug die Hände zusammen, um sie zu wärmen, trat von einem Bein auf das andere. »Der Sommer kommt«, bemerkte sie.

»Ich bin sicher, ich könnte da irgendwas machen«, sagte Julian. »Ich könnte hinter der Mauer einen Pfosten einschlagen, niemand würde ihn sehen, daran könnte man den Tisch festketten. Eine Kette um die Füße schlingen und ein Schloß dranmachen.«

»Daran haben wir noch nie gedacht, oder?« sagte Sandra zu ihrer Mutter. »Doch, in Wahrheit schon, aber wir haben zuviel zu tun, wir haben es noch nicht geschafft. Es muß aber trotzdem wetterfest sein. Der Tisch darf nicht verfaulen.«

»Vielleicht könnte Julian ein kleines Häuschen dafür bauen«, sagte Mrs. Glasse. »Kommt einem grausam vor, ihn im Freien stehenzulassen, angekettet wie etwas Gefährliches.«

Die beiden Frauen wechselten einen Blick. Sie lachten gerade so, daß es wohltat. Julian fühlte sich beinahe getröstet.

Am folgenden Tag fuhr Julian noch einmal zur Farm der Glasses. Die Frauen waren sehr beschäftigt: Mrs. Glasse saß am Ofen und strickte in furiosem Tempo, und Sandra kehrte, nachdem sie ihn hereingelassen hatte, zu ihrer Aufgabe zurück, Dutzende von Sisal-Fußmatten in schwarze Mülltüten aus Plastik zu stopfen.

»Für den Markt in Hunstanton«, sagte Mrs. Glasse. »Wir fahren morgen, wir haben einen Stand. Fußmatten gehen gut, weil die Leute in solchen Mengen von Schlamm wohnen. Und Korbgegenstände aller Art.«

»Woher kriegen Sie die Fußmatten?« fragte Julian.

»Ich kaufe sie billig von einem Dummkopf.«

»Korbsachen machen wir selber«, sagte Sandra. »Sie hat es mir beigebracht. Die machen wir im Winter, wenn das Wetter uns zwingt, im Haus zu bleiben.«

»Und wie kommen Sie nach Hunstanton?«

Mrs. Glasse verdrehte die Augen. »Der kann Fragen stellen«, sagte sie.

»Gefällt dir ihre Ausdrucksweise?« fragte Sandra. »Das macht sie für die Touristen.«

»Ich dachte nur, mit den vielen Sachen –«

»Wir haben ein Fahrzeug«, sagte Mrs. Glasse. »Gewissermaßen. Wir versuchen es nicht mehr als einmal pro Woche rauszuholen, wegen der Vorladungen.«

»Sie hat einen Strafzettel gekriegt, weil sie die Steuern nicht bezahlt hat«, sagte Sandra.

»Wir müssen das verdammte Ding verstecken«, sagte Mrs. Glasse. »Die Polizei kommt ab und zu her, sie schnüffeln rum, sie wollen sehen, was sie für uns tun können. Wir hatten mal einen Hund, Billy, um den haben sie sich nicht geschert, damals waren sie noch nicht so eifrig. Aber er ist gestorben.«

»Sie sollten sich wieder einen Hund zulegen«, sagte Julian, »wenn Sie damit sicherer sind. Ich könnte Ihnen sicher einen Hund besorgen.«

»Nein«, sagte Mrs. Glasse. Er saß ihr gegenüber, und er sah, daß sich ihre großen Augen mit Tränen füllten. Sie war mal hübsch, dachte er, könnte hübsch gewesen sein, muß hübsch gewesen sein. Als ärgere sie sich über sich selber, gab sie der schweren Strickarbeit einen Hieb und sah zu, wie sie von ihrem Schoß hinabglitt. »Billy wollte Fleisch«, sagte sie. »Er hat mir immer leid getan, man kann von einem Hund nicht erwarten, daß er von Karotten und Zwiebeln lebt.« Sie stand auf. »Die Fußmatten reichen«, sagte sie. »Die Korbsachen verpacken wir später, jetzt setzen wir uns mal hin und trinken eine Tasse Tee.«

Julian sagte: »Ich begleite Sie, wenn Sie auf den Markt gehen. Müssen Sie den Tisch auch mitnehmen? Ich helfe beim Auf- und Abladen.«

»Brauchst du nicht«, sagte Sandra. »Wir sind immer zurechtgekommen.«

»Ich kann alles machen, was ihr wollt«, sagte Julian. »Ich kann das Dach ausbessern, wenn ihr eine Leiter habt, bei euch fehlen ein paar Ziegel. Ich kann auch Zimmermannsarbeiten. Ich könnte neu tapezieren, wenn ihr wollt. Ich könnte eure Kartoffeln für euch ernten.«

Mrs. Glasse sagte: »Setz dich, Junge. Du brauchst überhaupt nichts zu tun.«

Julian setzte sich und trank seinen Tee. Er konnte sich an kein einziges Mal erinnern, daß er angehalten worden wäre, nichts zu tun – daß es ihm so nachdrücklich gesagt worden wäre.

In jenem Sommer, so schien es Ralph, wurde Sandra in seinem Haus zum Dauergast. Man begegnete ihr in der Küche, wo sie im Schaukelstuhl saß, die Hände verschränkt, die Beine unter den Stuhl gezogen, die Füße übereinandergelegt. Er unterhielt sich gern mit ihr, wenn er sie dort sitzen sah. Sie hatte trotz ihrer kuriosen Ausdrucksweise einen ganz eigenen Kopf, erzählte er Anna; ihr Verstand war von einer natürlichen Frische und Klarheit, die der Bildungsprozeß nicht hatte vernebeln können. Die Schule war ein Zwischenfall in Sandras Leben gewesen. Sie war abgegangen, sobald sie konnte. »Ich seh nicht ein, wozu das gut sein soll«, sagte sie zu Ralph. »Es war so ein langer Weg, ich hab Stunden gebraucht, bis ich dort war. Bis ich wieder zu Hause war, war es dunkel.«

Sandra kam nie mit leeren Händen. Sie brachte vielleicht einen Kopfsalat als bescheidenes Geschenk mit oder frisches Brot, und einmal, als sie nicht gebacken hatten, eine Dose Pfirsiche aus ihrem Vorratsschrank.

Anna war gerührt, dann verärgert. »Sandra«, sagte sie, »du mußt uns keine Geschenke mitbringen. Du kannst jeden Tag herkommen und hier essen und bleiben, solange du willst, niemand, der schon mal bei uns war, hat für sein Hiersein bezahlt.« Niemand hat es je angeboten, dachte sie.

Manchmal brachte Sandra einen Kuchen mit, doch sie backten Kuchen nur als letzte Reserve, wenn sie gar nichts anderes hatten, das sie auf dem Markt anbieten konnten. Sie bräuchten nur die Finger in die zähe Eiermasse und die rieselnden Korinthen zu tauchen, und schon fingen sie an zu schimpfen und zu fluchen; es hätte nicht viel gefehlt, sagte Sandra, und sie wären mit ihren Holzlöffeln aufeinander losgegangen. Mrs. Glasses Kuchen hatten etwas Trauriges und Flaches an sich, eine melancholische Fenland-Eigenart. Sandras Kuchen gingen auf, aber auf heftige, vulkanische Art, und rissen dann oben ein: Wie zwei Kuchen mit einander gegensätzlichen Mängeln bei gleicher (obschon unzuverlässiger) Temperatur aus demselben Ofen kommen konnten, sei, sagte Sandra, eines der Rätsel von East Anglia.

Aber trotz ihres Aussehens verkauften sich die Kuchen recht gut. Menschen kaufen gern die Früchte der Arbeit anderer; sie haben es gern, wenn sie die kleine Münze in dieselbe Hand legen können, die sich gemüht hat. Julian meinte, es seien nicht die Waren, welche die Kunden anlockten, sondern die großen grauen, hypnotisierenden Augen der Frauen.

In jenem Sommer verbrachte er Markttage in Hunstanton hinter dem Stand der Glasses; flatternde Zeltbahnen trennten ihn von den Nachbarständen, von schimmernder Acrylkleidung, karierten Arbeitshemden, Nylon-Schonbezügen für Autositze mit Leopardenmuster und Gummimatten, von billigen Spitzentischdecken, Küchengeräten in leuchtenden Plastikfarben, aufblasbarem Strandspielzeug. Er spürte, wie er zwei Zentimeter größer wurde, wie sein Haar sich stärker kräuselte, wie sein Gesicht in der Sonne braun wurde, eine

Stofftasche mit Kleingeld wie einen Patronengürtel um den Körper geschlungen. Als der Sommer zu Ende ging, nahm das Meer die Farbe von Schlamm an, und schon bald kam der Wind, der durch die Kleider schnitt bis auf die Knochen und die Einkäufer landeinwärts in die Teeläden und die Spielhallen wirbelte.

Ralph sagte zu ihm: »Schau, ich weiß, du bist alt genug, um das selbst zu entscheiden, aber engagiere dich nicht zu sehr, hörst du? Denk dran, daß du im Oktober an die Universität gehst. Du hast hart dafür gearbeitet, ich möchte nicht, daß du dich durch irgend etwas durcheinanderbringen läßt, daß etwas eintritt, was du bereust oder was dich zurückhält.«

Julian fuhr an den meisten Tagen zur Farm der Glasses hinüber. Er kümmerte sich um die Gemüsebeete, sägte Holz und flickte Zäune. Er dachte daran, das Gewächshaus neu zu verglasen, kam jedoch bis zum Herbst nicht dazu, und dann mußte er wegfahren.

Ralph machte sich Sorgen. Möglicherweise machte Anna sich ebenfalls Sorgen, doch er bat sie nicht, darüber zu sprechen. Er wußte noch, wie Julian als kleiner Junge in seiner ersten Schule gewesen war: unfähig, sich die Schuhe zuzuschnüren oder seinen Stundenplan auswendig zu lernen oder sich den Schlips zu knoten. Tränen waren darüber vergossen worden, über den Schlips. Julian hatte nichts dagegen, daß seine Mum oder sein Dad ihm den Schlips jeden Morgen anzogen, doch für die Turnstunden müßte er ihn ausziehen. Und dann bekäme er ihn nicht wieder dran, sagte er schluchzend. Und das war das Problem: Er würde ihn zu einem Knoten zusammenleiern müssen, den er sich selber ausgedacht hatte, er bekam den Knoten nicht hin, den die Gesellschaft verlangte; er würde an dem Schlips zerren, ihn übel zurichten und ihn wie ein Stück Schnur behandeln müssen. Dann, das sagte er heulend jeden Morgen, würden alle wissen, daß er ein Spastiker sei.

»Du bist kein Spastiker«, sagte Ralph. »Sagen sie das? Es ist sehr häßlich von ihnen, wenn sie dich so nennen.« Ralph dachte, wenn er tagtäglich das Stück Stoff um den Hals seines Sohnes legte, daß er ihn in einer Schlinge finge.

Dann nahm Kit eines tränenverschmierten Mittwochnachmittags die Sache in die Hand. Sie wandelte das verworrene Durcheinander, das Julian geschaffen hatte, in seine akzeptierte Form um, lockerte den Schlips dann einfach, holte ihn unter dem Kragen hervor und zog ihn Julian mitsamt dem Knoten über den Kopf. Sie hängte ihn an das Ende seines Bettes. »Da«, sagte sie. »Jetzt ziehst du ihn dir morgens einfach über den Kopf, siehst du.«

»O ja«, Julians Gesicht hellte sich auf. »Dann brauche ich bloß noch –«

»Zieh einfach den Knoten hoch«, sagte Kit. »Und zwar so.« Sie legte seine Finger um das kurze Ende des Schlipses. »Vorsichtig, jetzt – nicht zu eng. Genauso. Wunderbar. Jetzt warte mal ab. Bald werden es dir alle nachmachen.«

Noch Jahre später erinnerte sich Julian voll trauriger Dankbarkeit an Kits gute Idee. Bis jetzt, wo er schon erwachsen war, sagte er, habe ihm niemals wieder jemand etwas so Nützliches beigebracht. Ralph wünschte, er hätte daran gedacht.

Er hatte nicht gewußt, wie er Julian helfen konnte; gewöhnliche Geduld schien nicht zu genügen. Julian lernte nur langsam lesen, lernte die Uhr nur langsam; als er schreiben lernte, schien er ein fremdes Alphabet zu benutzen. Sogar als er die Formen der Buchstaben beherrschte, machte er nur langsame Fortschritte. Er hörte immer wieder auf, radierte aus, was er geschrieben hatte, und fing von neuem an. Seine Radiergummisammlung war etwas, worauf er stolz war. Robin petzte seiner Mutter, daß er jedem einzelnen einen Namen gegeben hatte: Maus und Katze und Mutter Bär. Julian schlief über seinen Lesebüchern ein, erschöpft von den Mühen des Versuchs, sie zu verstehen.

Sie ließen einen Augentest bei ihm durchführen, doch sein Sehvermögen war völlig einwandfrei. Anna dachte daran, wie er als kleines Kind gewesen war: der Blick immer vom Gesicht seiner Mutter unterwegs nach irgendwohin.

Julian hatte ein langes Gedächtnis, länger, als es möglich schien. Als er sechs war, sagte er eines Tages, wo ist denn die Katze hingegangen, Emma?

»Ich habe keine Katze«, erwiderte Emma.

»Aber du hattest eine, du hattest Freddie.«

Er beschrieb den alten getigerten Kater, groß und langsam wie ein Sofa in seinen Bewegungen, das Schlappohr, den Schwanz, der keine Spitze hatte. Emma war verwundert. Freddie war lange bevor Julian laufen oder sprechen konnte gestorben. Es war eine erstaunliche Gedächtnisleistung, wirklich außerordentlich. Emma berichtete Anna und Ralph davon. Anna sagte: »Er muß mal gehört haben, wie Freddie beschrieben worden ist. Ich bin sicher, wir haben oft über ihn gesprochen.«

Kit hörte zu. »Julian hat viele Erinnerungen«, sagte sie. »Ich auch. Wir können uns an die Zeit erinnern, bevor wir geboren wurden.«

»Sei nicht dumm«, sagte Anna. »Du weißt, niemand kann das.«

Sie nahmen Julian aus der Dorfschule, sagten, daß sie einen Platz in einer vorbereitenden Schule bekommen hatten, widerstanden der Skepsis der Direktorin. Sie behielten ihn ein Semester lang zu Hause, fühlten sich schuldig deswegen, und versuchten, ihn selbst zu unterrichten. Meistens spielte er mit Bauklötzen, baute Häuser und stürzte sie dann wieder um. Doch er begann, sich Bücher anzuschauen, nur der Bilder wegen. Seine Angst ließ nach. Unmerklich, sehr langsam und vorsichtig, begann er zu lesen.

Die Probleme waren nicht ausgestanden, zumindest waren seine neuen Lehrer nicht dieser Auffassung. Schwierig, an einem solchen Kind nicht herumzunörgeln, zu Hause und in der Schule. Julian war unpünktlich, verträumt, aus Bravheit höflich, innerlich jedoch unberührt. Seine Gespräche waren intelligent, aber elliptisch. Er tat selten etwas dann, wenn es von ihm verlangt wurde; er schien nicht einzusehen, wozu Pünktlichkeit gut war. Sogar als er die Teenagerjahre erreicht hatte, trug er nie eine Uhr. »Er ist ein Naturkind«, sagte Kit. »Er richtet sich nach der Sonne.«

Julian mißtraute Außenseiten, wie es schien. Wenn er ein Haus malte, begann er mit dem, was innen war. Töpfe und Pfannen waren das erste, Gegenstände in Schränken. Danach Betten und Stühle, und erst dann Wände und Türen und Fenster. Wenn er einen Baum zeichnete, zeichnete er nicht bloß den Stamm und die Äste, sondern auch die Wurzeln, die tief unter der Erde verliefen, außerhalb des normalen Sehfeldes.

Als er ein Teenager geworden war, hatte Julian sich an die Welt angepaßt, hatte gelernt, sich in ihr zu bewegen. Nur sporadisch aufmerksam, hatte er gerade so viele Prüfungen mit genau den Noten bestanden, wie er brauchte; und er hatte sie nur durch Beharrlichkeit abgelegt, bis sich die Aussicht abzeichnete, zur Universität zu gehen – falls es das wäre, was er wollte. Ralph versuchte, ein Interesse für Geologie in ihm zu wecken, meinte, der Aspekt des Hartnäckigen, der Betätigung im Freien könnte ein Anreiz sein. Doch Julian brachte das Fach mit den eingewickelten, beschrifteten Objekten in Verbindung, die Ralph immer noch in Schachteln auf dem Dachboden aufbewahrte. Vor ihnen schien er sich ganz besonders zu fürchten: ihre abgebrochenen Spuren, ihr Leben, tot und vorbei. Dann hatte Rebecca Alpträume über die Fossilien. »Du könntest sie doch fortschaffen, schenk sie einem Museum«, schlug Anna vor. »Du schaust sie dir doch sowieso nie an.«

Stimmt, dachte er. Das tu ich nie. An einem Wochenende ging er dort hinauf, verbrachte geraume Zeit damit, sie auszuwickeln, sie im Geiste zu katalogisieren. Da war die Teufelsklaue, ganz neu und entsetzlich und beeindruckend wie eh und je, die kalt in seiner Hand lag und nach Meer roch. Stamm: Mollusca. Klasse: Pelecypoda. Ordnung: Pterioida. Familie: Gryphaeidae. Gattung: *Gryphaea*. Spezies: *arcuata*. Ein Überbleibsel vom Leibhaftigen ... er kannte Leute, oder vielmehr sein Vater hatte Leute gekannt, welche ernsthaft behaupteten, Satan habe alle Fossilien in die Felsen eingepflanzt, um Gelehrte zu wissenschaftlichen Hypothesen zu verführen, die sie vom Wissen um Gott wegführten.

Er steckte sich die *arcuata* in die Tasche und verstaute sie, unten angekommen, in seiner Schreibtischschublade. Warum sie nicht in der Nähe behalten? Es war seine Trophäe, errungen in der Schlacht um die Vernunft.

Sobald er an der Universität angekommen war, schrieb Julian einen langen Brief an Sandra Glasse. Zwei Wochen später erhielt er eine

Postkarte, auf der dörfliche Landschaften, Wolken und Kirchtürme zu sehen waren. Er schrieb noch einmal und bat sie, ihn zu besuchen. Sie antwortete nicht. Er dachte, daß sie vielleicht das Geld für eine Bahnfahrkarte nicht hätte, aber würde sie antworten, wenn er ihr das Geld schickte? Vielleicht kamen seine Briefe nicht an: vielleicht hatte der Briefträger keine Lust, den Pfad hinab abzubiegen?

Er schrieb an seinen Vater: Würde es ihm etwas ausmachen, selber zur Farm hinüberzufahren und nachzuschauen, ob alles in Ordnung wäre? Sein Vater schrieb überrascht zurück, um mitzuteilen, daß natürlich alles in Ordnung sei; Sandra sei mehrmals bei ihnen gewesen, sei unerwartet aufgetaucht, per Anhalter gefahren, die Küstenstraße nach Fakenham, dann von Fakenham nach Bawdeswell, sei dann zu Fuß zum Haus gekommen. Es gefalle ihm nicht, daß sie per Anhalter fahre, er sei im Grunde sehr beunruhigt, doch sie wolle nicht auf ihn hören. Julian solle ihr zu diesem Thema schreiben. Was ihre Antworten anginge, da solle er nicht viel erwarten, sie habe gesagt, sie sei es nicht gewöhnt, Briefe zu schreiben.

Kurz vor Weihnachten schrieb Julian einen weiteren Brief, an den Leiter seines Fachbereichs. Dann packte er seine Taschen und bestieg den Zug nach Norwich, fuhr dann per Anhalter und ging, den Koffer abwechselnd in der einen und der anderen Hand tragend, die letzten wenigen Meilen von der Hauptstraße bis zum Roten Haus. Dort war er seitdem geblieben.

Wenn er nicht auf dem Markt war oder auf dem kleinen Landbesitz der Glasses arbeitete, lag er unter seinem neuen Auto, das heißt unter seinem alten Auto, unter dem, für dessen Kauf Emma ihm das Geld gegeben hatte. Er hielt es mit Geduld und Liebe in Gang, es brachte ihn an die Küste und zurück. Seine neuen Fertigkeiten waren unbestreitbar nützlich; Annas Auto war inzwischen eine kaum noch zusammenhaltende Anhäufung von Geklapper und Gequietsche, und der Citroën sorgte dafür, daß ölverschmierte junge Männer in Werkstätten zitterten und mit den Augen rollten und ihre Putzlappen zu Boden warfen.

Dann war da der Morris Traveller der Glasses, der von seiner Altersschwäche und Illegalität erlöst werden mußte. Julian erzählte

Ralph von dem Problem mit der Steuer und der Versicherung; Ralph drückte ihm sofort etwas Bargeld in die Hand, das für einen neuen Staubsauger und einige neue Schulsachen für Rebecca vorgesehen gewesen war. Julian versprach, den alten Hoover zu reparieren; er sei als technisches Kuriosum von Wert, sagte Ralph, in einem Jahr oder in zweien würden sie ihn nach London mitnehmen und an das Naturkundemuseum verscherbeln. Rebecca brauchte nicht wirklich neue Sachen – ihre alten würden ihr, alles in allem, noch passen. Bei Schuluniformen sei es oft erfrischend, wenn man ein bißchen anders aussah als die anderen.

Julian gab Mrs. Glasse das Geld. Es zurückzuzahlen käme nicht in Frage, sagte er, so sei es nicht gemeint. »Ich möchte nur einfach nicht daran denken müssen, daß Sie geschnappt werden«, sagte er, »oder daß die Polizei hier vorbeikommt, wenn ich nicht da bin.«

»Die kommen trotzdem, wenn sie wollen«, sagte Mrs. Glasse. »Du wärest überrascht, wie viele Übertretungen es gibt, die ein Mensch begehen kann, ohne einen Gedanken daran zu verschwenden. Du weißt, daß ich dein Geld nicht nehmen will. Aber ich sehe, daß du es geben willst.«

Obwohl es nun legal war, würde sie das Auto nur an den Markttagen rausholen, sagte sie. Da war noch das Problem mit dem Benzingeld. »Benzin kann man ja nicht stricken«, sagte sie. »Und sie geben es dir auch nicht im Tausch für etwas anderes.«

Er erzählte Sandra nichts von der Schuluniform seiner Schwester und auch nicht von dem Streit, den seine Eltern hatten, als die Geschichte herauskam. Er persönlich stimmte seinem Vater zu: es war Annas Schuld, sie war schuld daran mit ihrer Angewohnheit, Geld in Töpfen und Gläsern zu sammeln, die im ganzen Haus herumstanden, wie eine alte Frau in einem Cottage. Wenn andere Leute etwas dringender brauchten, dann war die Versuchung einfach zu groß.

Er erzählte es Sandra nicht, weil er wußte, sie würde den Streit lächerlich finden. Sie hielt seine Familie für reich; das hatte sie gesagt.

»Na hör mal«, hatte Julian geantwortet. »Wir sind zu viert, und keiner von uns hat jemals Geld verdient. Meine Mum ist zwar Lehrerin, aber sie war krank und konnte seit Jahren nicht arbeiten. Mein Dad arbeitet für eine karitative Stiftung, er bezieht kein dickes Gehalt, nur soviel, daß wir gerade flüssig bleiben.«

»Na, du sagst es doch«, hatte Sandra erwidert. »Gehalt. Flüssig. Natürlich sind wir meistens flüssig, weil wir nie etwas kaufen, wenn wir es verhindern können. Geld fließt in unsere Berechnungen gar nicht ein. Das habe ich in Geographie gelernt, es ist das einzige, woran ich mich erinnere. Wir betreiben eine Subsistenzwirtschaft.«

»Ich glaube, ihr seid stolz darauf, arm zu sein«, hatte Julian gesagt.

»Nein, wir sind nicht stolz. Wir denken gar nicht darüber nach. Wir machen einfach weiter.«

»Ihr könntet Unterstützung bekommen«, hatte Julian gesagt. »Andere Leute kriegen auch welche.«

»O ja, darüber wissen wir Bescheid. Meine Mum ist bei Ämtern gewesen und hat um Unterstützung gebeten. Manchmal bekommt man was, manchmal nicht. Das Problem ist nur, sie lassen dich stundenlang in Wartezimmern sitzen, wenn du draußen sein und versuchen könntest, was zu verdienen. Du steckst dich bei den anderen Leuten mit Husten und Erkältung an. Als meine Mum das letzte Mal da war, haben sie sie gefragt, ob sie einen Freund hätte. Sie sagte, lieber den ganzen Winter Rüben essen, als mit Bürokraten über Liebe reden.«

Im Vergleich zu Julians Haushalt, der ständig voll war von Gästen und ihren lautstarken Meinungsverschiedenheiten, waren die Ruhe und der Frieden bei den Glasses eine Erholung. Nur eines hatte sich verändert: als er für ein Semester fortgewesen war, hatte ihnen jemand einen Schwarzweiß-Fernseher geschenkt. Sie schauten sich alle Serien an und unterhielten sich mit Worten darüber, die ihn ein wenig überraschten, als seien die Figuren Menschen, die sie kannten. Sie erklärten ihm die Figuren, und er setzte sich mit ihnen hin und schaute zu, sagte, wie sie selber, laut voraus, welche Wendung die Geschichte nehmen würde. Das war für ihn etwas Neues. Zu Hause hatten sie zwar auch einen Fernsehapparat, doch der stand in dem kalten hinteren Wohnzimmer wie ein verarmter Verwandter, den man am besten nicht ermutigte.

Sie hatten auch eine große Leidenschaft für Geschichtenbücher entdeckt. Als Sandra einmal im Haus gewesen war, hatte Anna sie nach Dereham mitgenommen, wo sie ihr beim wöchentlichen Einkauf helfen sollte, und an einem Buchstand, an dem gebrauchte Bücher verkauft wurden, hatte Sandra ein Buch mit dem Titel *Middlemarch*, dessen hinterer Deckel abgerissen war und das 20 Pennies kostete, erstanden. Dieses Buch nannten sie »das Buch, das wir lesen«, und sprachen die ganze Zeit über mit dem gleichen freundlichen Interesse, der gleichen freundlichen Tadelsucht von Dorothea. »So ist es«, sagte Mrs. Glasse. »Wenn man jung ist, weiß man einfach noch nicht, was man im Leben will. Man hat alles durcheinandergebracht, bevor man es herausgefunden hat.«

»Die Würfel sind gefallen«, sagte Sandra.

Julian kannte sich bei ihnen nicht aus. Er war nur ein Geograph: das jedenfalls war sein Studienfach gewesen, bevor er fortgelaufen war. Leute aus anderen Fakultäten behaupteten, Geographie sei ein Fach, das von leicht beschränkten, unwesentlichen Studenten, die sich strotzender Gesundheit erfreuten, belegt würde. Das mochte stimmen: Von den wenigen Leuten aus seinem Jahrgang, mit denen er gelegentlich ein paar Worte gewechselt hatte, hatten drei oder vier gesagt, sie wollten Lehrer werden und Geographie und Sport unterrichten. Er konnte sich nicht vorstellen, daß er Kindern überhaupt etwas beibringen konnte – und am wenigsten noch, wie sie Fußbälle durch die Gegend kicken oder an Seilen schwingen sollten. Wenn er also gesund und dumm sein würde, konnte er das auch zu Hause sein.

So jedenfalls argumentierte er. Seine Mutter schien davon nicht überzeugt. Sein Vater stellte ihm keine Fragen, obwohl ihn dies seltsamerweise dazu brachte, seine Mutter mehr und seinen Vater weniger zu mögen. Er macht sich keine Gedanken über mich, sagte er zu Robin. Er schafft es nicht, eine Gute Seele aus mir zu machen, und von einem Traurigen Fall habe ich nicht genug an mir. Sorgen macht er sich nur über diese pickeligen Kinder mit den Tragetüten.

Noch nicht, du hast noch nicht genug von einem Traurigen Fall an dir, sagte Robin.

Eines Tages im Februar ging er mit Sandra oben in ihr großes Messingbett. Mrs. Glasse strickte unten weiter. Alle Bettücher waren beschmiert mit Sandras Blut.

»Er läßt sich treiben – das ist alles«, sagte Anna. »Wenn ich ihn frage, was er mit seinem Leben anfangen will, wechselt er das Thema.«

Ralph sagte: »So ist er immer gewesen. Und überhaupt – hat es einen Sinn zu wissen, was man mit seinem Leben anfangen will? Es gibt so vieles, das schiefgehen kann.«

Annas Stimme klang gepreßt: »Du läßt dich einfach mit der Flut treiben?«

»Denk doch daran, wie er war, als er klein war. Wir dachten, er würde nie lesen lernen, nie irgend etwas tun. Aber wir haben ihn geheilt, indem wir ihn einfach sein ließen. Diese wenigen Wochen des Friedens haben ihn geheilt. Wenn wir ihn in der Schule gelassen hätten, bei unwissenden Lehrern, die ihn angeschrien haben, hätte er nie etwas zustande gebracht. Und nun ist er sogar zur Universität gekommen –«

»Und hat seine Chance verstreichen lassen«, erwiderte Anna. »Und was wird mit ihm passieren, wenn er sich an Sandra hängt?«

»Er könnte es schlimmer treffen.«

»Mir ist schon klar«, erwiderte Anna, »daß Sandra einer deiner Wohltätigkeitsfälle ist.«

Ralph sagte sanft: »Ich hoffe, daß wir Gutes tun können. Nun, wo das Bedürfnis da ist.«

»Ist es nicht immer dagewesen?«

»Ich meine, in unserer eigenen Familie.«

»Wahrscheinlich bin ich nicht wohltätig«, sagte Anna.

Ralph antwortete nicht. Doch er dachte, ich werde mich nie daran beteiligen, meine eigenen Kinder zu schikanieren und zu tyrannisieren, wie mein Vater mich schikaniert und tyrannisiert hat.

Julian erklärte Sandra und Mrs. Glasse, was er zu Hause nicht gemeint hatte erklären zu können. Während er sprach, fiel ihm der Ort ein, an dem er gestrandet war, dieser Flecken in den Midlands, wo sich geizige Scheibchen Himmel zwischen Wohnblocks zeigten.

»Heimweh«, sagte Sandra. »Könntest du nicht mit der Zeit darüber hinwegkommen?«

Sie war nicht eitel; es schien ihr nicht in den Kopf zu gehen, daß er – jedenfalls zum Teil – auch ihretwegen nach Hause gekommen sein mochte.

»Du verstehst doch gar nichts davon, Sandra«, sagte Mrs. Glasse. »Du bist nie von zu Hause weggewesen. Das ist wie eine Krankheit, deswegen sagt man ja auch krank vor Heimweh. Die Leute machen sich das nicht klar. Machen sie dir Vorwürfe, deine Mum und dein Dad?«

»Ich könnte ihnen gar keinen so klaren Grund wie Heimweh nennen«, sagte Julian. »Sie denken, es sei Lustlosigkeit. Als sie nach Südafrika gingen, waren sie nicht mal so alt wie ich jetzt.«

»In Südafrika waren sie?« sagte Sandra. »Das hab ich nicht gewußt.«

»Manche Menschen sind einfach nicht dafür geschaffen wegzugehen.«

Ralph sagte zu Anna: »Du hast natürlich recht. Mit Julian. Ich entschuldige mich.« Sie betrachtete dieses Schauspiel: diesen plötzlichen Anfall von öffentlicher Demut. »Ich sollte wahrscheinlich mehr über die ganze Sache herausfinden«, sagte er. »Ich glaube, nach Ostern fahr ich mal rüber und besuche Mrs. Glasse.«

...6...

In der Woche nach Ostern wehten so heftige Stürme, daß man meinte, sie wollten die kleinen Bäume mit den Wurzeln ausreißen. Es gab nicht einen Augenblick, tagsüber oder in der Nacht, wo die Welt still war.

Mrs. Glasse hatte kein Telefon, deshalb konnte Ralph keinen Kontakt mit ihr aufnehmen, um eine Zeit für einen Besuch zu vereinbaren. »Soll ich mit dir rüberfahren?« sagte Anna.

»Nein. Das würde wie ein Überfall aussehen. Als kämen wir, um uns über sie zu beklagen.«

»Man fragt sich, was für eine Art Frau sie sein mag«, sagte Anna. »Sonderbares Leben, das sie da führen.«

Sein Auto bog in Wells auf die Küstenstraße ein. Der Himmel war fleckig, die Wolken bewegten sich schnell, jagten über ihm dahin, als er an den dunkelroten Mauern von Holkham Hall entlangfuhr, rissen dann und wann auf und enthüllten ein ozeanisches Blau. Das Meer war nicht gleich zu sehen, doch als die Straße eine Biegung machte, sah er an der gebrochenen Horizontlinie einen Streifen Grau, unbestimmbar, opak.

Es war zehn Uhr, als er den steinigen Abhang zum Haus der Glasses hinabratterte. Die Tür ging schon auf, noch bevor er den Motor abgestellt hatte. Mrs. Glasse stand wartend im Eingang.

Sein erster Gedanke war: Wie jung sie ist, sie kann nicht älter als fünfunddreißig, sechsunddreißig sein. Sie war blaß, hatte einen geraden Rücken, rotes Haar; das Haar von tieferem Rot als das ihrer Tochter, lang und schön. Der Wind riß an seinen Kleidern, als er aus dem Auto ausstieg, blähte sein Jackett wie einen Umhang. »So ein

Wetter!« sagte Mrs. Glasse. Sie lächelte ihn an. »Hallo, Julians Dad.«

Es war ein niedriges Haus, alt; seine Knochen protestierten, ächzten unter dem Angriff des Wetters. Ralph hörte seine verschiedenen Geräusche, während sie zögernd in der Tür stand; er dachte, dies ist ein Haus wie ein Schiff, alles in Bewegung, ein Schiff, das gegen den Sturm ankämpft. »Dort hinein, bitte, links«, sagte Mrs. Glasse. »Gehen Sie ins Wohnzimmer. Dort brennt ein Feuer, und der Kessel ist auch an.«

»Vielleicht haben Sie mich erwartet«, sagte er.

Er setzte sich ans Feuer, auf einen Windsor-Stuhl, und wartete, bis sie ihnen beiden Tee bringen würde. Der Wind ließ nach; es war, als ob ein lauter Flegel den Raum verlassen hätte. In der plötzlichen Stille hörte er die Kaminuhr ticken. Sie kehrte zurück. Reichte ihm einen Becher. »Ich habe keinen Zucker reingetan. Wollten Sie welchen? Nein, ich hab mir gedacht, daß Sie kein Zuckertyp sind.«

»Du meine Güte«, sagte er. »Was soll das denn bedeuten?«

Sie schob das Haar zurück. »Zucker tröstet«, sagte sie.

»Sie glauben, ich brauche keinen Trost?«

Mrs. Glasse antwortete nicht. Sie zog sich einen Stuhl vor das Feuer. Ralph stand halb von seinem Stuhl auf. »Danke, ich sitze hier bequem«, sagte sie.

»Diese Uhr da oben.« Ralph schüttelte den Kopf. »Wir hatten genauso eine zu Hause, als ich klein war. Es war die Uhr meines Vaters. Sein Stolz und seine Freude. Er erlaubte nicht, daß irgend jemand anders sie anfaßte.«

»Sie werden mir doch jetzt nicht erzählen«, erwiderte Mrs. Glasse trocken, »daß sie an dem Tag, an dem er starb, stehenblieb?«

»Nein, nicht ganz. Meine Mutter warf sie hinaus.«

»Das war extrem.«

»Für sie ja. Sie konnte das Geläut nicht ertragen.«

»Hat sie das jemals gesagt? Als er noch lebte, meine ich?«

»Ich kann es mir nicht vorstellen. Sie war eine zurückhaltende Frau. Zumindest hielt sie sich ihm gegenüber zurück.«

Sie hatte schöne Hände, Mrs. Glasse, die schwieligen Hände einer

Frau, die daran gewöhnt war, im Freien zu arbeiten, trotzdem aber weiß, mit langen Fingern. Es waren Hände, die Ringe schmücken konnten, und dieser eine schmückte sie: ein schlichter rotgoldener Ehering, ein alter Reif, der seit Generationen in der Familie vorhanden sein mochte. In die Haut um ihre Augen hatten sich die ersten feinen Linien eingezeichnet: so viele Jahre in den Wind schauen. All dies sah er in dem kräftigen Licht, das sich in das Zimmer ergoß, Morgenlicht, das über die cremeweißen Mauern glitt und ihnen die Farbe von Butter verlieh.

Er sagte: »Wir haben ein Problem mit Julian. Na ja, kein Problem.«

»Ein Problem, aber kein Problem«, erwiderte Mrs. Glasse.

»Wir dachten, Anna und ich – Anna, das ist meine Frau –, daß er vielleicht mit Ihnen gesprochen hat. Mit uns spricht er nicht.«

»Sehen Sie einen Grund dafür?«

»Es gibt keinen Grund, hoffe ich. Es ist einfach sein Wesen.«

»Ja dann«, sagte Mrs. Glasse ruhig. »Wenn es sein Wesen ist, was soll man da machen?«

Ralph beugte sich nach vorn, um ihre Aufmerksamkeit zu wecken. »Verstehen Sie, Julian ist nie sehr mitteilsam gewesen. Und er hat sich gern ein wenig treiben lassen – so könnte man es nennen. Trotzdem finden wir es richtig, daß er die Dinge für sich durcharbeitet, in dem ihm entsprechenden Tempo – diese Politik haben wir immer verfolgt.«

»Sandra ist genauso«, erwiderte Mrs. Glasse. »Widersetzt sich jeder Lenkung. Nicht daß ich es versuchte.«

»Ja ... und deshalb haben wir uns gefragt, Anna und ich, ob er irgend etwas über seine Pläne zu Ihnen gesagt hat.«

»Pläne«, wiederholte Mrs. Glasse, als sei das Wort neu für sie. »Er hat keine erwähnt. Er hat viel für mich getan, am ganzen Haus. Ich bitte ihn nicht darum, er tut es einfach. Sie können nicht behaupten, daß er nicht fleißig wäre. Er füllt seine Zeit aus.«

»Aber wohin führt das?« sagte Ralph. »Ich kann es nicht ändern, ich mache mir Sorgen.«

Es entstand eine Pause. Sie schauten ins Feuer; die Flammen waren nun so farblos wie Luft, die Sonne entzog ihnen die Farbe. Nur das Flackern fesselte noch ihren Blick. Blechern, schrill schlug die Uhr die Viertelstunde. Ralph schaute verwundert hoch. Das Geräusch schien in der Luft zu zittern. Sie lachte: »Sie können sie haben«, sagte sie, »wenn sie Ihnen so viel bedeutet.«

Er schüttelte den Kopf. »Das ist sehr freundlich. Doch nein – alles in allem bin ich wohl der gleichen Meinung wie meine Mutter.«

»Stammte er aus Norfolk, Ihr Vater?«

»O ja. Ursprünglich aus Swaffham – doch wir sind nach Norwich gezogen, als ich ein Kind war.«

»Ein Stadtkind«, sagte Mrs. Glasse. »Stellen Sie sich vor, ich bin nie viel umgezogen.«

»Hat dieses Haus Ihrer Familie gehört?«

»O nein.« Sie wirkte verblüfft. »Nichts dergleichen.«

»Es ist ein sehr nettes Haus. Sehr friedlich. Es überrascht mich nicht, daß Julian gern seine Zeit hier verbringt. Die Milchkammer, hat er gesagt –«

»Ja – wollen Sie sich ein bißchen umschauen?« Ralph protestierte höflich. Sie erhob sich, stellte ihren Becher auf den Kaminsims neben die Uhr. Sie führte ihn in die Küche, in der sie und Sandra, ihre Stühle zu beiden Seiten des Herdes aufgestellt, den größten Teil ihrer freien Zeit verbrachten; führte ihn von dort in die Milchkammer, in die Kühle, zu den schlichten Steinplatten. Die Kacheln waren gerissen, die sich drehende Welt war unter ihrer Glasur zum Stillstand gekommen: Kühe trotteten für immer über Quadrate aus blauem Gras, über Felder aus blauen Blüten. Sie drehte sich zu ihm um und lächelte: »Buttern ist das einzige, was wir nicht tun«, sagte sie, »aber ich hatte mal eine Kuh. Daisy hieß sie – war doch ein sehr origineller Name, nicht? Ich habe oben am Ende des Wegs Milch verkauft. Das ist gegen alle Regeln, also mußte ich damit aufhören.«

»Sie sind sehr unternehmungslustig«, sagte Ralph.

»Ich habe jetzt ein paar Ponys auf meinem oberen Feld, versorge sie für die Leute, die nur die Wochenenden hier verbringen. Wir wußten gar nichts über Pferde, als wir sie übernahmen. Aber wir dachten, so kompliziert wie Menschen können sie ja nicht sein.«

»Und hat das gestimmt?«

»Ja – Sandra hat ihre Talente.« Sie führte ihn wieder durch die Diele, die langsam ansteigende Treppe hinauf. Es gab vier Schlafzimmer, jedes davon quadratisch und hübsch, jedes mit den gleichen cremeweißen Wänden und den Möbeln aus dunklem Holz, Truhen und Kommoden, schwer und mit Klauenfüßen. »Alle diese Möbel haben meiner Großmutter gehört«, sagte sie. »Das ist Sandras Zimmer.«

»Es ist ein Zimmer wie in einem Bilderbuch«, sagte er. »Wissen Sie, was ich meine? Das Bett.«

»Ja, Sandra hat diese Quiltdecke selbst gemacht, es war die erste, die sie überhaupt gemacht hat. Ich hab's ihr beigebracht. Sie arbeitet sorgfältig, langsam zwar, aber trotzdem ganz ordentlich. Das Problem ist, die Leute wollen sie, aber sie wollen den Preis nicht bezahlen, und in einem Quilt steckt die Arbeit von Monaten. Die Leute sind auf billige Sachen aus, Sachen, die auf einer Maschine hergestellt werden. Sie erkennen den Unterschied nicht. Aber es gibt einen Unterschied, wenn man genau hinschaut.«

Unten setzte sie den Kessel noch einmal auf. Sie saßen in der Küche und warteten darauf. »Ich bin eine Frau, die viel Tee trinkt«, sagte sie wie zur Entschuldigung.

»Mir fällt gerade ein«, sagte Ralph, »es muß einiges wert sein, dieses Grundstück.«

»Darüber habe ich nie nachgedacht.«

»Die Preise schießen in die Höhe. Sie würden staunen. Wären Sie interessiert? Ich kenne eine gute Maklerfirma, ein alter Freund von mir, aber er ist inzwischen gestorben. Wenn Sie mir folgen können.«

»Natürlich«, sagte sie. »Er würde mir ein Angebot von jenseits des Grabes machen?« Sie wandte sich ihm zu: so helle Augen.

»Er hat einen Sohn – Daniel, er ist Architekt, ein netter Junge, er geht manchmal mit meiner Tochter Kit aus. Er würde vermutlich umsonst hierherkommen, Ihnen eine ungefähre Zahl nennen, er kennt den Markt so gut wie jeder andere. Es würde ihn interessieren, das Grundstück zu sehen.«

»Aber wo sollten wir dann wohnen?« sagte Mrs. Glasse.

»Ich dachte ... nun ja, ich möchte mich natürlich nicht einmischen, aber ich weiß, Geld ist ein Problem. Sie könnten sich ein Cottage kaufen, und Sie hätten eine ordentliche Stange Geld, die Sie anlegen könnten, das würde Ihnen ein Einkommen verschaffen.«

»Ich könnte leben wie eine Herzogin«, schlug Mrs. Glasse vor.

»Na ja, nicht ganz so.«

»Wenn ich ein Cottage hätte, müßte ich vermutlich meine Enten und Hühner abschaffen. Ich könnte keine Eier mehr verkaufen. Ganz zu schweigen vom Gemüse.«

»Sie könnten Arbeit finden. Das wäre sicherer für Sie.«

»Oh, wir finden manchmal Arbeit. In der Hochsaison. Hunstanton, Burnham Market. Wir könnten für ein oder zwei Wochen kellnern. Nicht daß wir gute Kellnerinnen wären. Wir sind nicht daran gewöhnt.«

Er war verblüfft von der langsamen und nachdenklichen Art, mit der sie sprach, als wäge sie jedes einzelne Wort ab. Verblüfft auch darüber, wie sie über ihre Tochter und sich sprach, so als gehörten sie zur gleichen Generation, als seien sie in allem einer Meinung und als fühle das, was die eine fühlte, die andere ebenso. Sie sagte: »Sandra und ich, wir scheuen uns nicht vor schwerer Arbeit, das kann niemand behaupten. Doch wir ziehen es vor, einander zu Hause Gesellschaft zu leisten.«

»Sie stehen sich sehr nahe.«

»Stehen Sie Ihren Kindern denn nicht nahe?«

»Ich weiß es nicht. Ich bilde mir gern ein, ja. Aber es gibt so viele andere Dinge, die ich zu tun habe.«

»Ich denke, daß Eltern sich um ihre Kinder kümmern sollten und daß Kinder sich um ihre Eltern kümmern sollten. Das ist die Hauptsache, das steht an erster Stelle.«

»Ich habe zuviel gesagt«, sagte er. »Ich hatte nicht die Absicht, mich einzumischen. Es tut mir leid.«

»Nein, ist schon in Ordnung. Sie können nichts dafür. Sie sind es gewöhnt, das Leben von Menschen in Ordnung zu bringen und ihnen Ratschläge zu erteilen.« Sie schaute hoch, sah ihm voll ins

Gesicht. »Gott weiß, niemand hat mir jemals einen Rat gegeben, es wäre vielleicht besser gewesen, wenn es wer getan hätte. Es ist nur so, Sandra und ich, wir kommen durch. Von der Hand in den Mund, ich weiß. Aber irgend etwas kann man immer tun. Manchmal sind wir putzen gegangen. Und ich weiß, wo die besten Brombeeren wachsen. In Brancaster – ich könnte Ihnen dieses Jahr welche pflücken. Wir pflücken sie körbeweise, wir backen Kuchen, Brombeer und Apfel, verwenden unsere eigenen Äpfel, verkaufen sie hier oben an der Straße.« Sie zuckte mit den Schultern. »Irgend etwas gibt es immer.«

»Ich bewundere Sie, Mrs. Glasse«, sagte Ralph. »Sie führen das Leben, an das Sie glauben.«

Sie schaute zu Boden, errötete. »Was soll das heißen, Ralph? Tun Sie das nicht?«

Die Osterferien gingen zu Ende. Kit fuhr für ihre letzten paar Wochen wieder nach London. Robin begann das Trimester an seiner Tagesschule in Norwich; frühmorgens war es noch so kühl: aufstehen in blauem Licht, um eine Meile weit bis zur Kreuzung zu laufen und auf den ersten Bus zu warten. Seine Mühen würden sich lohnen, meinten seine Eltern. Robin wollte einen Platz an einer medizinischen Hochschule und würde ihn bekommen. Und doch schien er sich nicht für humanitäre Anliegen zu interessieren. Er grenzte die Jahreszeiten durch den Wechsel seiner Sportausrüstung voneinander ab; nun, da der Frühling angebrochen war, warf er seinen Hockeyschläger auf den Speicher und packte seine Krickettasche. Die Wochenenden sahen ihn per Bus durch den ganzen County fahren und spielen. Sonntag abends kehrte er mit beflügelten Schritten oder in langsamem Trott zurück: traurige Geschichten über Bälle, die über das ganze Spielfeld gingen und am Off-Stab landeten oder ruhmreiche Sagas, die Farbe in seine Wangen brachten und ihn aussehen ließen wie seinen Vater, als dieser jung war: fünfundsechzig von den ersten zwanzig Spielen, sagte er, und dann haben wir Dampf gemacht, haben einen Ball gerollt und es kurz nach dem Tee mit fünf Toren Vorsprung zu Ende gebracht. »Weißt du, wovon Robin da redet?«

fragte Anna dann, regelmäßig eine schwache Genugtuung empfindend angesichts der Gesundheit und Schlichtheit des Kindes, seiner Ähnlichkeit mit dem anderen Jungen, den sie einmal gekannt hatte.

»Guter Gott, ich war ganz anders als Robin«, erwiderte Ralph. »Mein Vater hielt Kricket für hochkirchlich. Glaubst du, er wird je etwas arbeiten, wenn er fortgeht? Angenommen, er würde Herzchirurg werden und müßte eine Transplantation machen, und ein Ausscheidungsspiel wäre angesetzt?«

Emma jedoch sagte, aus Erfahrung sprechend: »Aus Robin wird mal ein guter Arzt werden. Er wird sich nur mit dem halben Kopf der Arbeit widmen. Das wird den Schaden begrenzen, den er anrichten kann.«

Und Rebecca? Sie fuhr am ersten Tag des Trimesters mit ihrem Fahrrad zu der zwei oder drei Meilen entfernten Schule: ein linkisches, schmollendes, hübsches junges Mädchen, welches jenes Stadium erreicht hatte, in dem sie sich für ihre Familie schämte. Ihre Verlegenheit sollte sich schon bald noch steigern.

Am Montagmorgen nach Beginn des Trimesters kam Julian mit den Autoschlüsseln in der Hand in die Küche. »Ich bring dich«, sagte er zu ihr. »Stell das Rad in den Schuppen.«

Rebecca ließ den Löffel in ihre Cornflakes fallen und verspritzte Milch auf den Tisch. »Auf einmal so nett«, sagte sie. »Und wie komme ich nach Hause, Sir?«

»Ich hol dich ab.«

»Mit deinem sogenannten Auto?«

»Ja.«

»Aber das will ich nicht.«

»Beks, im Leben geht es nicht nur um das, was man will.«

Rebecca setzte sich auf und warf ihm einen kessen Blick zu: »In deinem schon, wie's aussieht.«

Julian war nicht aus dem Konzept gebracht. »Beeil dich, iß dein Frühstück auf«, sagte er. »Debattier nicht.«

»Was werden meine Freunde sagen, wenn sie mich in dieser Kiste auftauchen sehen?« Sie riß die Augen auf und zeigte mit dem Finger, um zu demonstrieren, was ihre Freunde tun würden. »Die werden mich die ganze Woche aufziehen. Wie eine Aussätzige behandeln, mich nicht mehr – wie heißt das? Nicht achten, sondern – du weißt schon, was ich meine.«

»Ächten«, sagte Julian. »Komm endlich, Mädchen.«

Rebecca sah, daß er es ernst meinte; womit, das wußte sie nicht. Sie wandte sich klagend an ihre Mutter: »Mum, ich muß doch nicht mit ihm fahren, oder?«

Anna lud Handtücher aus einem Korb in ihre launische und in die Jahre gekommene Waschmaschine, die keine Schleuder hatte. »Laß dich doch von Julian bringen. Ist doch nett von ihm. Es ist ein häßlicher Morgen, sehr kalt.«

Schmollend zog Rebecca den Reißverschluß ihres Anoraks hoch, nahm ihre Brotdose und ging hinter ihm hinaus. »Wenn wir ankommen, kannst du vor der Ecke halten, außer Sichtweite ...«, sagte sie, als die Hintertür hinter ihnen zuschlug.

Als Julian zurückkam, war Ralph am Telefon und führte ein Ferngespräch nach London, entschärfte die neueste Krise im Heim. Die Bürotür stand weit offen, und Julian hörte Fetzen des Gesprächs. »Ich überlege gerade«, sagte Ralph, »daß sie von unserer Portokasse bei den derzeitigen Preisen nicht gerade viel kaufen kann, was wird sie also anstellen, um das übrige Geld aufzutreiben?« Ein eifriges Brabbeln drang durch die Leitung. In der Küche hüpfte und tanzte die Waschmaschine in einer quietschenden, rumpelnden Gavotte über die Steinfliesen.

Anna saß am Küchentisch. Sie schaute von der *Eastern Daily Press* hoch. »Was sollte das denn bedeuten, Julian?«

Julian begann sich eine Scheibe Brot abzuschneiden, um es zu toasten. »Ich hab schon darüber nachgedacht«, sagte er abrupt. »Dieses Mädchen aus Devon, Genette Tate – weißt du noch, es stand in der Zeitung?«

»Das Kind, das verschwunden ist?«

»Sie haben ihr Rad in einer Gasse gefunden. Sie war dreizehn. Ein Mann hat sie mitgenommen. Sie glauben, sie sei tot.«

Ralph kam herein. »Das wird wieder ein Tag«, sagte er. »Dieses

Mädchen, Melanie – erinnerst du dich, daß ich sie erwähnt habe? Die, die jede verbotene Substanz schluckt, die sie in die Finger kriegt, von ihren Pflegeeltern fortgelaufen, aus dem Kinderheim getürmt ist?«

»Was ist daran neu?« sagte Anna müde. »Tun sie das nicht alle?«

»Hat gerade letzte Woche ihre Strafe wegen Ladendiebstahl abgesessen. Nun ist sie durchgebrannt und hat unsere Portokasse mitgehen lassen. Nicht daß sie weit damit käme. Also hab ich mir überlegt ... könnten wir sie nicht für einen Teil des Sommers zu uns nehmen?«

»Das ist doch nicht ernstlich eine Frage, oder?« sagte Anna. »Das ist eine Anordnung.«

»Sie muß wirklich einmal, verstehst du, für eine Weile Teil einer Familie sein.«

»Und das ist normal?« Sie stützte den Kopf in die Hand und lächelte. »Ja, Ralph, natürlich können wir sie nehmen, wir müssen sie sogar nehmen, das arme kleine Ding.«

»Ich hab gehört, was du da gerade gesagt hast«, sagte Ralph zu Julian. Er legte seinem Sohn sacht die Hand auf den Kopf. »Woher kommt das denn?«

»Ich hab's dir doch gesagt. Na ja, ich hab's zu Mum gesagt. Das kleine Mädchen im West County. Ich denke immer wieder daran.«

»Aber das war in Devon. Meilenweit entfernt.«

»Benutz mal dein Vorstellungsvermögen«, sagte Julian. »Verbrechen erzeugen andere Verbrechen. Die Leute ahmen sie nach.«

»Rebecca fährt mit einer ganzen Gruppe zur Schule. Und zurück auch mit einer Gruppe. Du solltest mal mit dem Auto hinter ihnen herfahren, dann würdest du es sehen.«

»Ja, aber wenn sie von der Hauptstraße abbiegt, ist sie eine halbe Meile lang ganz allein, nicht? Das ist nicht fair, ist nicht richtig.« Er machte eine gereizte Kopfbewegung, rückte von seinem Vater ab. »Ich habe also einen Entschluß gefaßt. Wenn einer von euch sie fährt, immer an unregelmäßigen Tagen, ist das okay. Denn sonst mach ich es. Sie ist meine Schwester. Ich bin nicht bereit, es auf den Zufall ankommen zu lassen.«

Anna schaute hoch. »Und willst du sie ihr Leben lang begleiten, Julian? Dreizehnjährige sind ein Risiko, aber das sind auch Achtzehnjährige. Und Vierzigjährige. Man hört doch auch von mißhandelten Großmüttern, nicht?«

»Anna«, warf Ralph ein, »es gibt keinen Grund, sarkastisch zu sein. Das Problem ist nur, Julian, wenn jeder so dächte wie du, dann würde niemand mehr seine Kinder aus dem Haus gehen lassen.«

»Okay«, erwiderte Julian. »Ihr meint also, das wäre unvernünftig? Hört zu, ich will euch mal was sagen. Vor zehn Jahren ist in der Nähe von Fakenham ein Junge verschwunden, er war elf, er ist die Straße raufgegangen, um seinen Freund zu besuchen, und er ist nie zurückgekommen. Und im gleichen Jahr ist ein Mädchen mit dem Rad einen Weg in der Nähe von Cromer entlanggefahren – was meint ihr, ist das nahe genug an zu Hause? April hieß sie, und sie war genau in Rebeccas Alter. Sie wollte zum Haus ihrer Schwester in Roughton fahren. Ein Mann auf einem Traktor hat sie gesehen, vierhundert Meter von ihrem Haus entfernt, sechs Minuten nach zwei am Nachmittag. Viertel nach zwei haben drei Männer, die für das Zentrale Vermessungsamt Vermessungen durchgeführt haben, gesehen, wie sie mit dem Rad durch ein Feld fuhr. Man hat keine Spur von ihr gefunden. Sie war sechshundert Meter von zu Hause entfernt. Seitdem hat sie niemand mehr gesehen.«

Mit entschlossener Miene wartete er darauf, daß ihre Proteste begännen. Doch sein Vater sagte nur, kaum hörbar, den Blick auf den Tisch gerichtet: »Du hast dich gründlich mit diesen Fällen beschäftigt. Aus welchem Grund?«

»Ich kann's nicht besser erklären, als ich es schon erklärt hab.«

»Ich kann nicht behaupten, daß du im Unrecht wärst. Es ist eine gefährliche Welt, keine Frage.«

»Es würde jeden Morgen Streit geben«, sagte Anna. »Ich weiß nicht, was ich dir sagen soll, Julian.«

»Ich fahre jetzt rüber zu Sandra.« Er schaute vom Korridor zurück. Anna sammelte klappernd Teller ein.

»Hilf mir bitte, Ralph.« Ihre Stimme klang verletzt, brüchig. Ralph schob scharrend den Stuhl zurück. Er begann langsam, behutsam den Tisch abzuräumen, den Blick auf einen Teller gerichtet, dann auf eine Tasse, überallhin, nur nicht auf Annas Gesicht.

Zwei Tage später fuhr Ralph noch einmal zu Mrs. Glasse. Er war erschöpft, bekümmert; er fand es schwierig, mit Anna in einem Zimmer zu sein.

Rebecca jammerte und tobte: Ihr Privatleben werde zerstört, sagte sie. Julian erklärte ihr geduldig, daß er sie hinfahren würde, wohin sie wollte, er würde auch ihre Freunde abholen und sie alle sicher zu Hause abliefern. »Ich will dich nicht auf dem Hals haben«, erwiderte sie schnippisch; Anna schaute sie an, ohne etwas zu sagen, das Gesicht starr und angespannt. Regen trommelte gegen die Fenster, die Luft war dünn, grün, zitterte dem Sommer entgegen. Ich muß der Familie Luft zum Atmen lassen, das war die Entschuldigung, die Ralph vor sich selbst vorbrachte.

Und außerdem hatte er an Amy Glasse gedacht. Er dachte fortwährend an sie; sie hatte es fertiggebracht, sich in seinen Gedanken einzunisten, das spürte er, und er mußte sie wiedersehen, um sie wieder daraus zu vertreiben, sie in eine gewöhnliche Frau – naiv, beschränkt, heruntergekommen – zurückzuverwandeln. Er dachte daran, wie sie im Eingang zu ihrem Haus gestanden hatte, diese weißen, langfingrigen Hände, die hochgeflogen waren, um ihr Haar zurückzustreichen. Er dachte an den stumpfen Glanz ihres rotgoldenen Eherings und an die Wölbung ihres Mundes.

Es war ein schönerer Tag als bei seinem letzten Besuch: eine grüne Feuchte, eine frische Brise, die Verheißung eines schönen Nachmittags. Die Caravans der Urlauber begannen die Straßen in Beschlag zu nehmen, und hinter den geblümten Vorhängen, die verstohlen zurückgezogen wurden, erhaschte man Blicke auf die Besitzer und ihr auf Kleinformat reduziertes Leben. Schon bald würden sich auf der Küstenstraße Stoßstange an Stoßstange die Wagen aufreihen, jeder einzelne mit seiner Fracht aufsässiger Kinder, die plärrten, einander schubsten, sich über Hunger, Langeweile und Hitze beklagten.

Wieder erwartete Mrs. Glasse ihn an der Tür. »Ich hab das Auto gehört«, erklärte sie.

»Ja, es macht einen unverkennbaren Lärm.«

Er stand da und schaute in den Himmel. »Schöner Tag, um am Leben zu sein.«

»Ja. Wenn man die Alternative bedenkt.«

»Ich bin zufällig vorbeigekommen«, sagte er. »Ich dachte, es ist Zeit zum Mittagessen. Hab mich gefragt, ob ich Sie ausführen kann, Sie und Sandra.«

»Sandra ist nicht da. Sie ist nach Wells gefahren, ein paar Ferienwohnungen putzen, sie vorbereiten für die Besucher, die jetzt kommen.«

»Dann – Sie allein.«

Sie trat vom Eingang zurück. »Kommen Sie rein.« Sie schaute auf ihre Jeans hinunter. »Ich sollte wohl besser mal mit meiner guten Fee sprechen, nicht?«

»Sie brauchen sich nicht feinzumachen – ich dachte, einfach ein Essen in einem Pub oder so etwas.«

»Geben Sie mir fünf Minuten.«

Als sie zurückkam, trug sie andere Jeans, verblichen, aber sauber und gebügelt, und ein weißes, am Hals offenes Hemd. Sie hatte das Haar heruntergelassen und es gebürstet; es fiel ihr über die Schulter auf den Rücken. Das Sonnenlicht hatte es verflüssigt. Es hatte die Farbe des Creamsherrys, den die Freunde seines Vaters mit schlechter Hemmungslosigkeit jedes Weihnachten genippt hatten: »Für mich nur ein halbes Glas, Mr. Eldred.« Er faßte nach einer Strähne, ließ sie zwischen den Fingern hindurchgleiten; sie stand passiv da, wie ein freundliches Tier. »Es erinnert mich an etwas«, sagte er.

»An etwas Gutes?«

»An etwas Trauriges.«

Sie fuhren an der Küste entlang. Hinter Brancaster geriet das Meer in ihr Blickfeld, seine graue Linie wurde dicker. Sie hielten an einem kleinen Hotel an, das er kannte und dessen Fenster auf das Schilf und das Flachmoor hinausgingen. Sie waren die ersten Mittagsgäste. Ein

Mädchen brachte ihnen eine Speisekarte. »Was trinken Sie?« fragte er sie.

»Ich nehme Whisky«, beschloß Mrs. Glasse. Zwei Gläser wurden gebracht, von aufmerksamen Fingern nebeneinandergestellt. Ein kleines Holzfeuer brannte in einem Steinofen, seufzte über sein Leben; sein Herz brannte nur schwach, doch die Scheite an den Rändern verkohlten von Aschgrau zu Weiß, von Holz zu Staub. Papageientulpen standen auf einer Anrichte; ihre Stiele neigten sich über den Vasenrand, und die leuchtenden Blütenköpfe schienen von der Vase fortzufliegen, sich aufzuschwingen in die Luft.

»Heute gibt es Hummer«, sagte Ralph. »Mögen Sie den?«

»Danke, aber den könnte ich nicht anrühren«, erwiderte Mrs. Glasse. »Ich habe eine eingefleischte Abneigung gegen Tiere mit Schalen. Mein Mann war Krabbenfischer, er arbeitete vor Sheringham. Tja, das Leben muß seinen Reiz verloren haben. Ich habe ihn seit sechzehn Jahren nicht gesehen.«

»Dann war Sandra – wie alt, zwei?«

Sie nickte. »Aber er war nicht Sandras Vater.« Sie sah auf. »Sind Sie schockiert?«

»Ach Gott, Amy – um mich zu schockieren, brauchte es viel mehr als das. Ich führe kein abgeschirmtes Leben, wissen Sie.«

»Als Sandra mir von Ihnen erzählte, hab ich das anfangs gedacht. Ich sagte zu ihr, womit verdient denn Julians Vater den Lebensunterhalt? Sie sagte: ›Er geht herum und tut Gutes.‹ Ich dachte, Sie seien Geistlicher.«

»Das wäre ich vermutlich auch geworden, wenn sich die Dinge ein wenig anders entwickelt hätten. Meine Familie hätte das gern gesehen. Aber als ich jung war, dachte ich nicht daran, das zu tun, was sie von mir erwartete.«

»Aber Sie sind Missionar gewesen, nicht wahr? Das beweist nur, wie unwissend ich bin – bis Julian es mir erklärte, dachte ich, alle Missionare seien Geistliche.«

»O nein, da gibt es Ärzte, Lehrer, eben Leute, die insgesamt nützlich sein können. Wir gehen nicht herum und bekehren die Leute.«

»Sie sind schon bekehrt worden, nehme ich an.«

»Ja, größtenteils. Aber wir waren nicht wie die Missionare in Karikaturen. Wir hatten keine tragbare Orgel und riefen auch nicht ›Lobet den Herrn!‹.«

»Ich bin froh, daß ich es mir nicht bildlich vorstellen muß.« Ihr Lächeln erstarb. »Aber Julian hat mir erzählt, wissen Sie – daß man Sie ins Gefängnis gesteckt hat.«

Ralph nickte. »Es war nichts«, sagte er, das Zweitschlimmste, das ihm je widerfahren war, wegwischend.

»Julian ist sehr stolz auf Sie.«

»So? Darüber haben wir nie gesprochen.«

»Nein. Er sagte, Sie mögen das nicht.«

»Dieser ganze Teil unseres Lebens, wir ziehen es vor, ihn zu vergessen, Anna und ich. Es ist – wir haben die Tür davor zugeschlagen.«

»Hat man Sie sehr schlecht behandelt, als Sie im Gefängnis waren?«

»Nein. Ich sagte schon, es war nichts. Wenn es sehr schlimm gewesen wäre, wären wir nach Hause zurückgegangen, nachdem man uns freigelassen hatte, aber das sind wir nicht, verstehen Sie, wir sind nach Norden gegangen, nach Betschuanaland. Wir sind geblieben.«

»Das ist irgendwie rätselhaft. Für Julian. Er fragt sich, warum Sie nicht darüber sprechen wollen. Er bastelt sich Erklärungen zusammen, im Kopf.«

»Kit hat so eine Phase durchgemacht, Sie wissen ja, wie Kinder sind – sie wollte Helden aus uns machen. Sie konnte nicht verstehen, warum ich nicht zu Demonstrationen gegangen bin, mich der Anti-Apartheid angeschlossen habe, mich vor der Südafrikanischen Botschaft auf der Straße auf den Boden gesetzt habe.«

»Und warum haben Sie es nicht getan?«

»Weil es komplizierter ist, als sie es sich vorstellen, geistlose Leute, die mit ihren Transparenten herumstolzieren. Ich habe sie so satt, benutzen Südafrika, um sich ein gutes Gefühl zu verschaffen. Urteilen so verdammt moralisch über ein Land, das sie nie gesehen haben, über das Leben von Menschen, von denen sie absolut nichts wissen. Besonders wenn in ihrem Leben von Moral so wenig zu spüren ist.«

»Ich wollte Sie nicht verärgern.«

Ralph schüttelte den Kopf. »Tut mir leid, ich werde – tja, ich verliere die Geduld. Leuchtet mir ein, daß es den Kindern ein Rätsel ist.«

»Sie sind nicht offen zu ihnen gewesen, wie?«

»Nein.« Er griff nach seinem Glas, trank seinen Whisky aus und bestellte sich einen neuen.

Sie aßen ihre Mahlzeit aus Schinken und Huhn und gebackenen Kartoffeln, und er wechselte das Gesprächsthema, brachte es von der Vergangenheit auf die Gegenwart, von den Eltern auf die Kinder. Er war neugierig auf ihr Leben, doch er konnte nicht erwarten, daß sie etwas preisgab, nachdem er sich so hartnäckig geweigert hatte, etwas von sich preiszugeben. Sie bestellten sich Mousse au chocolat und Kaffee und noch einen Whisky, und dann sagte sie: »Ist wohl besser, mit dem Tag weiterzumachen.«

Er fuhr sie nach Hause. Als er sich anschickte, auf den Abhang zu ihrem Haus einzubiegen, schob ein Polizeiauto seine Schnauze auf die Straße. Die beiden Insassen, bewußt ausdruckslos, drehten sich um und schauten Mrs. Glasse an. Einer von ihnen sagte etwas zum anderen. Ralph wartete, bis sie herausgefahren waren. Das war einen Augenblick später geschehen, und sie fuhren weg.

»Gut, daß ich kein Gewehr habe«, sagte Amy, »denn vermutlich hätte ich die beiden inzwischen schon erschossen. Sie schnüffeln ständig hier herum. Sie haben sich Zeit gelassen, um Sie genau anzuschauen.«

»Ist das, weil Sie Probleme mit Ihrer Steuerplakette hatten?«

Sie schaute ihn von der Seite an. »Ralph, Sie haben mir das Geld gegeben. Danke.«

»Nein, ich – nein, vergessen Sie's, ich wollte Sie nicht daran erinnern oder so etwas.«

»Was es ist – es ist, weil wir auf die Märkte fahren, Sandra und ich.

Sie denken, wir betrieben Hehlerei. Mit gestohlenen Waren, meine ich.«

»Und tun Sie das?«

»Würde ich es Ihnen sagen, wenn es so wäre?«

»Ich würde es gern wissen wollen.«

»Um Ihres Sohnes willen«, erwiderte Amy, den Gedanken für ihn zu Ende bringend. »Das kann ich verstehen. Aber Sie können sich beruhigen. Meinen Sie, ich sei dumm? Ich weiß, daß sie mich beobachten. Meinen Sie, ich möchte, daß man Sandra vor ein Gericht zerrt?«

»Nein. Tut mir leid.«

»Ich könnte in kein Gefängnis gehen. Nicht wie Sie. Anna muß eine sehr tapfere Frau sein, denke ich mir. Ich würde mit dem Kopf gegen die Stäbe schlagen, bis sie mich entweder rausließen oder bis es mich umbrächte.«

»Wenn sie Sie belästigen, müssen Sie mir das sagen. Ich kann eine Beschwerde schreiben.«

»Und wo wären Sie, wenn die Beschwerde auf den Urheber zurückfällt?« Sie lächelte, um den Worten die Beleidigung zu nehmen. »Kommen Sie rein. Ich mach uns noch eine Tasse Kaffee.«

»Lieber nicht. Ich muß weiter.«

Wenn sie gesagt hätte, so kommen Sie doch, kommen Sie, es dauert nur fünf Minuten, hätte er eingewilligt. Er wollte überredet werden. Doch sie sagte: »Okay, ich weiß, Sie haben viel zu tun.« Sie öffnete die Wagentür. »Das hat mir gefallen, es war eine Abwechslung, ich habe es genossen. Mich führt niemand aus.« Sie beugte sich noch einmal ins Auto hinein, küßte ihn auf die Wange. »Danke, Ralph.«

Er sagte nichts. Fuhr weg.

Drei Wochen vergingen, während derer er manchmal zurückkam. Jedesmal vergewisserte er sich, daß sein Sohn anderswo unterwegs war.

Zehn Uhr, ein stürmischer Vormittag, Daniel Palmer an der Hintertür; er tauchte nicht gerne uneingeladen auf, doch an diesem Vormittag hatte er sich eine Ausrede ausgedacht. »Hallo, Kit. Du bist also für immer nach Hause gekommen.«

»Ich bin den Sommer über zu Hause«, sagte sie.

»Wie ist es bei den Abschlußprüfungen gegangen?«

Sie zuckte mit den Schultern. Er ging ihr nach in die Küche. »Ich und Jule haben gerade den Kessel aufgesetzt«, sagte Kit, nicht unfreundlich, aber so, daß Daniel begriff, seinetwegen würde man sich nicht extra bemühen.

»Wie geht's, Julian?« Julian nickte. Daniel begann seine Neuerwerbung abzulegen, einen Reitermantel: Es war ein umständliches Kleidungsstück mit vielen Klappen und Schnallen und Taschen an ungewöhnlichen Stellen. »Ich bin drüben in Wood Dalling gewesen, hab mir diese Scheune angeschaut«, sagte er, »kennt ihr die? Ob man sie umbauen kann. Man könnte vier Zimmer draus machen.«

»Wenn du mußt«, sagte Julian.

Kit schaute ihn an und zog die Augenbrauen hoch.

Julian sagte: »Sie bauen Fenster ein, wo keine Fenster hingehören, und Türen, wo keine Türen hingehören.«

»Was erwartest du denn von den Leuten?« sagte Kit. »Daß sie durch die großen Türen rein- und rausgehen, als wären sie Zugpferde? Und daß sie im Dunkeln wohnen?«

»Klar, daß du dich auf die Seite deines Freundes stellst«, erwiderte Julian.

»Er ist nicht mein Freund.«

»Hört mal«, sagte Daniel leichthin, »ich verstehe ja, worum es euch geht, aber die Alternative zu einem Umbau wäre die, die Scheune zusammenfallen zu lassen.«

»Das wäre wenigstens ehrlich.«

»Ich verstehe das nicht«, sagte Daniel, »diese Ehrfurcht vor dem Original. Denn es ist keins mehr, versteht ihr. Ich hab mich damit beschäftigt, seiner Geschichte. Die ganze Dachschräge wurde irgendwann Ende der achtziger Jahre des neunzehnten Jahrhunderts verändert. Vermutlich ist es von da ab zusammengefallen. In den letzten hundert Jahren ist diese Scheune sowieso nur noch zusammengeflickt worden.«

Julian dachte an diese zerfallende Scheune, an ihr Dach: von Flechten überwuchert, die Rückseite wie ein Hohlkreuz mit vielen Flecken und abgestuften Farben. »Für mich ist sie so in Ordnung«, sagte er, »ganz egal, wie es dazu gekommen ist. Solange ich sie kenne, sieht die Scheune schon so aus.«

»Vermutlich übertreiben wir es mit den Altertümern«, sagte Kit. »Schau dir zum Beispiel Daniels Mantel an.«

»Dann sorg dafür, daß du es anständig machst«, sagte Julian.

»Willst du dich der Bürgerwehr zur Verfügung stellen, Julian? Als Stallwächter?«

»Etwas in der Art.« Er wandte sich an Kit. »Ich fahre jetzt zu Sandra.«

»Wohin denn sonst?« sagte Kit.

Daniel sagte, als Julian gegangen war: »Dein Bruder kann mich nicht besonders leiden.«

»Ach, er kann dich schon leiden. Er findet zwar, daß man dir ansieht, daß du ein ungebildeter, geldgieriger Angeber bist, aber leiden kann er dich. Noch Kaffee? Ingwerplätzchen?« Aggressiv damit klappernd, hielt Kit ihm die Keksdose hin. »Na komm, nimm es dir nicht zu Herzen. Niemand von uns kann im Augenblick einen anderen leiden. Julian besteht darauf, Becky jeden Tag zur Schule zu fahren und sie auch abzuholen, weil er zu dem Schluß gekommen ist, daß sich Kidnapper in der Gegend rumtreiben.«

»Kidnapper? Wohl die Mafia oder so was?« Daniel lächelte. »Die sind wohl hinter Beckys Federmappe her, was?«

»Niemand kann ihn zur Vernunft bringen. Becky ist schon ganz außer sich deswegen. Sie sagt ›sogenanntes Auto‹ zu seinem Auto, und sie sagt, er soll sie doch gleich mit diesem Laufgurt zur Schule bringen, in den man Kleinkinder steckt. Dauernd liegt sie Mum und Dad in den Ohren, daß sie es ihm ausreden sollen, aber sie wollen nicht. Je mehr Becky in Rage gerät, desto stiller werden sie. Wir glauben, Robin und ich, daß sie einen Riesenstreit über irgendwas haben müssen, aber wir kriegen nicht raus, über was, weil sie sich nie streiten, nie.«

»Alle Ehepaare streiten sich. Bestimmt.«

»Das liest du in den Zeitschriften«, sagte Kit. »Aber meine Eltern sind die Ausnahme von der Regel. Mein Vater ist so verdammt heilig, daß dir ganz schlecht davon werden kann, doch das Problem ist, es ist wirklich, es ist alles wirklich. Meine Mutter hat mal schlechte Laune, aber das ist nach einer Minute wieder vorbei. Man sieht es richtig, weißt du, wie sie sich aufregt – und dann hat sie Hintergedanken, und dann ist sie auch eine Heilige.«

»Tja – und wie kommst du damit zurecht?« sagte Daniel.

»Genau. Das frage ich mich auch.«

»Bist du deswegen so deprimiert?«

»Bin ich das? Vermutlich ja.«

»Du hast noch keine Pläne gemacht? Wann du weggehst?«

»Nein.« Sie stellte ihren Kaffeebecher hin. »Ich werde wie Julian«, sagte sie. »*Mañana*. Kann mir keinen Ruck geben.«

»Mir würde es gefallen, wenn du hierbliebst«, sagte Daniel. »Aber das weißt du ja, Kit.«

Er wartete auf eine bärbeißige Erwiderung: Ich bin doch nicht hier, damit es dir gefällt. Statt dessen sagte sie: »Mal angenommen – na ja, ich hab um Bewerbungsformulare gebeten – mal angenommen, ich ginge nach Afrika?«

»Wie deine Eltern?«

»Ja, aber ich würde nicht für eine kirchliche Organisation gehen.«

»Zu viele Haken dabei?«

»Ja. Außerdem glaube ich an gar nichts.«

»Verstehe. Du tust nur so, ja?«

Sie strich sich das Haar zurück, ruhelos und bekümmert. »Es kommt einfach nicht dazu. Und ich möchte nicht gerne jemandem weh tun.«

»Du findest nicht, du solltest aufstehen und dich zählen lassen?«

»Was – für die Sache des Atheismus? Das ist keine große Sache, oder? Dann lieber Stallwächter sein. Das hat mehr Sinn.«

»Ja, ich verstehe. Aber du würdest als Freiwillige gehen, nicht?«

»Ich könnte es anbieten. Kann ja sein, sie wollen mich gar nicht. Ich glaube, die wollen nur qualifizierte Leute, Ingenieure und Brunnengräber und so weiter. Ich könnte vielleicht Englisch unterrichten.«

»Davon hast du noch nie etwas gesagt.«

»Nein.« Sie schaute ihn böse an. »Ich sage nicht jeden Gedanken laut, der mir durch den Kopf geht.«

»Hast du mit deinen Eltern gesprochen?«

»Außer mit dir hab ich mit niemandem gesprochen. Oh, und mit Robin, ich hab es Robin gegenüber erwähnt, doch der hat gerade vor dem Dielenschrankspiegel seine Vorwärtsverteidigung geübt, und ich glaube nicht, daß er mich gehört hat.«

Daniel lächelte, tippte sich mit dem Finger an den Kopf. »Ich glaube, Robin ist nicht ganz dicht.«

»Trotzdem kann man seine Gedanken bei ihm ausprobieren. Sie aussprechen. Spüren, wie es ist, wenn sie in der Luft liegen. Prüfen, ob sie zu unvernünftig klingen, bevor man sie dem Rest der menschlichen Rasse präsentiert.«

»Für mich hört es sich nicht unvernünftig an, obwohl ich natürlich ... vom rein egoistischen Standpunkt ... die Sache ist die, warum willst du denn gehen?«

»Weil ich davon träume«, sagte Kit. »Inzwischen fast jede Nacht. Tut mir leid, wenn das dämlich klingt. Aber es gibt wirklich keinen anderen Grund, den ich nennen könnte.«

Er runzelte die Stirn. »Gute oder schlechte Träume?«

»Weder noch. Sie haben Atmosphäre. Es geschieht nichts in ihnen. Kennst du diese Art Träume ?«

»Nicht wirklich«, log Daniel. »Ich erinnere mich selten an meine Träume.«

»Ach, die verdammten Männer!« sagte Kit. »Ich glaube, sie sind eine niedrige Lebensform. Sie existieren in einer ewigen Gegenwart, wie Hunde und Katzen.«

»Hör mal, ich glaube, ich muß weiter.« Daniel rutschte zur Kante seines Stuhls und begann an seinen Klappen und Schnallen zu nesteln.

»Klar«, sagte Kit. »Such nur ruhig weiter so auffällig nach deiner Cartier. Großer Gott, eine Frau fängt vielleicht gleich an, von ihren

Gefühlen zu sprechen. Herrje, da muß es spät sein! Lieber beeilen!«

Daniel lächelte, duckmäuserisch, verlegen. Machte an der Küchentür eine leichte Verbeugung: »Darf ich wieder einmal vorsprechen, Miss Katherine?«

Kit schüttelte das Haar, gab ein leises, knurrendes Geräusch von sich. Daniel ließ die Tür zuschnappen, als er ging. Kit setzte sich in ihrem Stuhl zurück, die Arme um ihren Körper geschlungen. Sie merkte, daß sie Tränen in den Augen hatte, und verstand nicht, warum.

Kit war jetzt schon seit vielen Tagen zu Hause. Es war das übliche Verfahren gewesen – Emma holte sie in Norwich am Bahnhof ab. Das Teetrinken bei Emma war eine Möglichkeit, sich behutsam wieder an die Familie heranzutasten. Doch Emma wirkte gedankenverloren und niedergeschlagen. »Was ist denn los?« fragte Kit. Felix fehlt ihr, dachte sie; sie muß einsam sein.

Als sie ins Rote Haus eintrat, traf die Atmosphäre sie wie ein Schlag. »Wie ein Schlag« war der falsche Ausdruck; sickerte in sie ein, das kam der Sache schon näher. Es war ein kalter Nebel des Entsetzens; ihr erster Eindruck war, daß irgend etwas geschah, langsam und dumpf, das die Menschen, die es betraf, nicht begriffen.

Es, was immer es sein mochte, zehrte ihre Kraft auf; sie war schrecklich müde. Als sie aus London weggefahren war, war sie noch gesund gewesen, nur verfolgt von jenem gewohnten Gefühl nachlassender Spannung, das der Abschluß von Prüfungen mit sich bringt. Wenn das vorbei ist, denkst du, wenn ich meine Prüfungen geschrieben habe, werde ich dies tun und werde ich jenes tun ... und dann tust du nichts. Du bist eine Muschelschale, die sich um überholte Mühen schließt. Du erwartest ein Gefühl von Befreiung, und trotzdem findest du dich in dem gleichen alten Körper, in den gleichen tristen Abläufen gefangen; du erwartest freudige Erregung, und spürst nur eine dir vertraut gewordene Lustlosigkeit, eine Niedergeschlagenheit, eine perverse Sehnsucht nach den Tagen, an denen du gelesen und dir Notizen gemacht hast und die ganze Nacht aufgeblieben bist.

Doch nun hatte sie dieses Stadium der Enttäuschung hinter sich gelassen. Eine neue Erschöpfung ließ sie bei jeder Anstrengung, geistiger oder körperlicher Art, zittern. Sie entdeckte die sonderbare, unbesungene, regressive Lust, noch bei Tageslicht zu Bett zu gehen. Sie verrückte ihr Bett, so daß es dem Fenster zugewandt war. Sie besorgte sich zwei zusätzliche Kissen und lehnte sich an ihnen an. Mit offenen Augen sah sie zu, wie der Himmel vorüberzog und die Vögel kreisten und herabstießen.

Anna brachte ihr Essen auf Tabletts: ein gekochtes Ei, eine sorgfältig geschälte und geteilte Orange, dünne Zimtbiskuits, noch warm aus dem Ofen. »Mach das nicht«, sagte Kit. »Mach dir nicht die Mühe. Wirklich.« Es war ein sonderbarer Trost für sie, über das Gefühl des Hungers hinauszugehen; sie war nie ein besonders dünnes Mädchen gewesen, daher wußte sie, daß sie nicht abmagern würde.

Aber es gefiel ihr, die Situation bis ins Extrem zu treiben. Sie malte sich aus, daß sie stürbe. Sie wäre alt, sehr matt, sehr schwach. Das Leben sickerte aus ihr heraus. Doch sie hätte *gelebt*. Sie bedauerte nichts, ihr Testament wäre gemacht, und nichts wäre unerledigt geblieben. Sie stürbe im Geruch der Heiligkeit. Und tatsächlich wurde sie immer müder, als habe sich die Ermüdung eines ganzen Lebens hinter ihren Lidern angestaut ... vielleicht, so dachte sie, habe ich Drüsenfieber, eine ausgefallene Krankheit, die zu meiner Lebenszeit paßt ...

Danach schlief sie, nur um aufzuwachen von den Geräuschen des Hauses unter ihr, wenn es für den Abend erwachte: dem Schrillen des Telefons, dem Kratzen und Schleifen, wenn die Autos der Familie quietschend nach Hause kamen, dem Zuschlagen von Türen und dem Klappern von Abendbrottellern, dem harten steinigen Kohleregen, der in den Herd niederrieselte, und Robins Füßen, die die Treppe hinauf in das nächste Stockwerk stapften; Julian, der ihm folgte, manchmal Sandra Glasses hohe klare Stimme aus der Küche: »Soll ich die Karotten schaben, Anna?«

Das Familienleben. Sandra war die erste gewesen, auf die ihr Blick gefallen war, als ihre Tante sie am Tor abgesetzt hatte. Das Mädchen stand mit einem Wäschekorb neben dem Haus. Als Kit aus dem Auto stieg, sah sie, wie Sandra sich reckte, um das weiße Nachthemd – keusch, mit kunstvollen Biesen –, das Daniel ihr vergangene Weihnachten geschenkt hatte, an der Wäscheleine anzuklammern. Sandras Wangen waren von der Anstrengung und vom Wind gerötet. Sie sah sehr hübsch aus. »Deine Mutter hat es mir geliehen«, sagte sie. »Ich bin über Nacht geblieben. Ich hoffe, du hast nichts dagegen. Ich werd es bügeln, und dann wird es genauso hübsch sein, wie du es zurückgelassen hast. Ich kann gut bügeln.«

Kits Augenbrauen hatten sich zusammengezogen. »Behalte es, wenn du willst«, sagte sie. »Ist sowieso nur ein Beispiel dafür, wie Daniel den Spieß umdreht.«

Sie schleppte ihre Taschen ins Haus und saß dann eine Stunde lang in der Küche, ließ Sandra abblitzen, die sich erbötig machte, nach ihr zu sehen, ihr ein paar Rühreier zu machen, ihr das Gepäck nach oben zu tragen; machte sich nicht einmal Tee, ging auch nicht zur Toilette und wusch sich den Schmutz der Metropole nicht vom Gesicht. Sie schien unfähig, irgend etwas zu tun, das die Kluft zwischen ihrem früheren Leben und dem Leben, das nun kommen sollte, überbrükken konnte.

Dann verstrichen die Tage; sie fühlte sich krank, ein unklares, namenloses Unwohlsein. Ein weißer Raum schien sich um sie herum aufzubauen, eine Leere. Sie spürte, daß sie diejenige sei, der es gelingen müßte, das Unbehagen im Haus, den plötzlichen Mangel an Fröhlichkeit, ihr Verebben zu diagnostizieren und zu behandeln.

Nach einiger Zeit führte ihr Vater, womit sie gerechnet hatte, die Gelegenheit zu einem Gespräch herbei. Er wollte mit ihr sprechen; sie hatte nichts zu sagen. Doch sie mußte sich bald entscheiden, ob sie nach London zurückgehen und für die Stiftung arbeiten wollte. In dem Heim wohnen, demokratisch mit allen Schichten der Bevölkerung auskommen, Ausdrücke wie »den Spieß umdrehen« vermeiden. Keine Urteile über Menschen fällen.

»Ich will dich nicht drängen«, sagte ihr Vater. »Wir haben Julian auch Spielraum gegeben – ich möchte nicht, daß du denkst, daß wir dich benachteiligen. Aber, verstehst du, ich habe eine ganze Liste mit

Bewerbungen von Leuten, die einen Job wollen, sie wollen die Erfahrung, bevor sie Sozialarbeiter-Kurse belegen –«

»Ja«, sagte Kit. »Ich bin egoistisch.« Sie fuhr sich mit den Fingern durch das lange Haar. Ihm fiel ein, daß Emma vor Jahren in Norwich das gleiche getan hatte. »Verstehst du, Dad, bis zu einem gewissen Punkt ist es leicht. Du gehst zur Schule. Du gehst zur Universität. Du machst dir keine Gedanken, nur die von einem Tag zum anderen. Du tust einfach das, was von dir erwartet wird. Dann verlangt jemand von dir, daß du eine Entscheidung treffen sollst, und dann merkst du, daß du ... langsam ... quietschend ... zum Stillstand kommst. So ist es jetzt bei mir.« Sie begann sich nun das Haar zu flechten, in lockeren Schlingen. »Ich bin eine Maschine, die zum Stehen gekommen ist.«

»Eine Lebenskrise«, sagte Ralph.

»Ja, ich hätte wissen müssen, daß es irgendein abgedroschenes Wort dafür gibt.«

»Es tut mir leid. Aber das ist es.«

»Hast du schon mal eine gehabt?«

»O ja, mehrere, würde ich sagen. Die erste, als ich siebzehn war oder so ...«

»Als du den Streit mit Granny und Grandad hattest.«

»Ja ... das weißt du ja alles. Noch monatelang hatte ich danach das Gefühl, als ginge ich in einem Nebel umher. Es war eine Art Depression, Erstickung – sehr hinderlich, weil die ganze Zeit über, in der ich keine Entscheidungen traf, andere sie für mich trafen. Aus dem Grund bin ich am Ende Lehrer geworden, wofür ich weiß Gott meinem Temperament nach nicht geeignet bin.«

»Nicht? Ich hatte gedacht, du bist ein guter Lehrer gewesen.«

»Nein ... Lehrer müssen über alle möglichen weitreichenden Gewißheiten verfügen.«

Sie schaute ihn mit ungläubiger Überheblichkeit an. »Und die hast du nicht?«

»Großer Gott, siehst du mich denn als Menschen, der sie hat?«

»Es ist der Eindruck, den du vermittelst. Ich meine, du scheinst beispielsweise an deine Arbeit zu glauben. Und an, na ja, Familienleben und Gott und an die Labour Party im großen und ganzen – an das ganze Programm, wirklich.«

»Das Programm.« Er dachte nach. »Ich will nicht leugnen, daß mein Vater an ein Programm glaubte. Aber ich wage zu hoffen, daß sein Programm doch beschränkter aussieht als meines?«

Sie lächelte. »Ja, der Lehre von der Weltschöpfung anzuhängen und Familienkräche über den Darwinismus zu haben ... ja, das sieht beschränkt aus. Viktorianisch.«

»So kam es mir auch vor. Schon damals. Aber in Norfolk sind wir immer hinter unserer Zeit zurück gewesen.«

»Du hättest dich gegen sie auflehnen sollen«, sagte sie.

»Nicht so einfach, Kit. Es gab Strafen, die sie verhängen konnten. Damals haben Leute andere Leute unter Druck gesetzt.«

Es war seine indirekte Art, ihr zu sagen, daß sie nichts zu befürchten hatte, jedenfalls nicht von ihm. »Du mußt dich ausruhen«, sagte er. »Und wenn du dich ausgeruht hast, nachdenken. Und dann wirst du wissen, was du mit deinem Leben anfangen willst.«

Sie brachte Afrika, die Idee, die sie hatte, nicht zur Sprache. Lieber nicht; sie fürchtete, an einen Urquell von Unglück zu rühren. Kürzlich hatte sie eines Nachts, als sie in den frühen Morgenstunden im Haus umherwanderte, Robin allein im kalten hinteren Wohnzimmer getroffen, in dem der Fernsehapparat flimmerte.

»Höhepunkte von den Ausscheidungsspielen«, hatte er erklärt. »Sind gerade zu Ende. Ich wollte eben ins Bett gehen. Willst du einen Kaffee?«

Sie nickte, setzte sich auf einen Stuhl, zupfte an seinem Polsterbezug, sagte: »Weißt du, in jeder anderen Familie würde man diesen Stuhl rausstellen, damit ihn die Müllabfuhr mitnimmt.«

»Ist mir nie aufgefallen«, sagte Robin.

»Du bist genau wie dein Vater. Hast du nie gesehen, wie schäbig wir sind? Wie arm?«

»Wir sind nicht arm.« Robin war empört. »Mrs. Glasse und Sandra, die sind arm. Beks hat über Sandra gelacht, weil die gesagt hat: ›Gefällt dir mein Rock, den hab ich in einem Wohltätigkeitsladen bekommen.‹«

»Beks ist eine Göre. Sie weiß gar nichts. Wenn man in dem Alter ist, bildet man sich ein, gefühlvoll zu sein – bei mir jedenfalls war's so, ich hab's nicht vergessen. Dabei ist man ungefähr so gefühlvoll wie ein Rausschmeißer in einem Nachtklub.«

»Was weißt du denn von Nachtklubs?«

»Soviel, wie ein Kind von zwei Heiligen wissen sollte.« Sie sah hoch. »Was ist jetzt mit dem Kaffee?«

Als Robin ihn brachte – modernen Kaffee, grau und lauwarm und ohne Zucker –, fragte sie ihn: »Aber weißt du, was ich meine? Mum rackert sich ab, um das Haus in Schuß zu halten, mit diesem Hochofen, der beschickt werden muß, mit dieser senilen Waschmaschine, die nicht mal eine eingebaute Schleuder hat, mit diesem altertümlichen Staubsauger. Alles, was Dad tut, ist ein Ungetüm von einer Flurgarderobe aus Yarmouth nach Hause zu bringen, und dann strahlt er uns an wie Jehova und meint, er habe seine Pflicht uns gegenüber erfüllt. Fragst du dich nie, warum wir andauernd gut sein sollen, warum wir ein so sensibles Gewissen haben müssen, warum wir jeden Sommer diese Gäste haben müssen?«

»Wir kriegen schon bald neue Gäste«, sagte Robin. »Morlocks, Yahoos, Schlampen und Nutten.«

»Warum können wir nicht normal und habgierig sein und uns um uns selber scheren?«

Robin schaute auf den leeren Fernsehbildschirm. »Haynes 184«, sagte er gedankenverloren. »Hat überall aufs Spielfeld hin abgeworfen. Viv Richards 145. Gott schütze England. Ich weiß nicht, Kit. Wenn du habgierig sein willst, warum heiratest du nicht Daniel?«

»Er hat mich nicht gefragt, und ich will auch nicht heiraten. Jedenfalls ist das kein Beruf. Was glaubst du, was das hier ist, die Epoche von W. G. Grace?«

»Ich wünschte, es wäre so.« Robin seufzte. »Also ... was willst du dann machen? Herumschleichen und allen auf die Nerven gehen?«

»Tu ich das?«

»Nein, aber zum Teufel – da ist Julian, der seine bäuerlichen Phantasien auslebt, und Becky mit dem Verstand einer Siebenjährigen, und niemand außer mir, der derzeit weiß, wo's langgeht.«

»Ja, klar«, sagte Kit. »Robin – Hansdampf in allen Gassen, was? Vorwärts mit den Hockeyschlägern. Vorwärts mit den Kricketschlägern. Warum gehst du nicht noch ins Schülerboxen, dann bekommst du auch einen gepolsterten Helm. Damit bist du dann ganz vor dem Leben geschützt.«

Sie saßen schweigend da, Robin zusammengesunken auf dem Sofa, Kit in den Stuhl gelümmelt, die Beine unter das bei einer Ladenkette erworbene Nachthemd hochgezogen, das ihr unter den Armen zu eng und weder kurz noch lang war. »All diese Fragen, Robin. Ich hab noch nie zuvor ein vernünftiges Gespräch mit dir geführt.«

»Tust du auch jetzt nicht.«

»Aber machst du dir nicht auch Gedanken?«

»Ja.«

»Zum Beispiel welche?«

»Zum Beispiel den, warum wir neuerdings so unglücklich sind. Kein klares Wort über Julian und seine Obsessionen aussprechen.«

»Du meinst, Dad würde sie ihm durch Lachen austreiben.«

»Er scheint nicht zum Lachen veranlagt zu sein.« Robin wandte den Kopf wieder dem Bildschirm zu. »West Indies 518.« Er schaute düster drein. »Nur Regen kann uns jetzt noch retten. Was war das noch mal, was du neulich gesagt hast, daß du nach Afrika gehen willst?«

»Ja. Es ist mir ernst.«

»Du willst tun, was sie getan haben, ist es das?«

»Vielleicht.«

»Warum, bewunderst du es?«

»Wie kann ich das? Ich habe doch keine Informationen, oder? Ich habe keine Basis, auf der ich bewundern oder nicht bewundern kann. Klar, ich weiß, daß sie ins Gefängnis gegangen sind – aber nicht mal Emma will viel sagen, und da fragt man sich, was wirklich passiert ist und ob sie ...«

»Gefoltert wurden«, sagte Robin.

Sie schaute ihren Bruder an. »Das habe ich nie aussprechen können.«

»Ist auch schwer auszusprechen. Ich habe es geübt.«

»Aber dann frage ich mich wieder, warum waren sie überhaupt dort? Es war nur eine Form von Kolonialismus. Das hab ich Dad mal vorgehalten, aber er hat gesagt, wir taten, was uns zu der Zeit richtig erschien. Und ich weiß, daß er gut ist, er ist praktisch, er hilft jetzt Leuten, und ich gehe davon aus, daß er ihnen auch damals geholfen hat. Aber wie kann ich von Nutzen sein?«

»Wenn du irgendwohin nach Afrika gehst«, sagte Robin, »wäre das nicht, um etwas für das Land zu tun, sondern es wäre, um etwas für dich selber zu tun.«

»Weißt du, was mich frustriert?« sagte sie. »Daß ich dort geboren bin – in Betschuanaland – Botswana, wie es jetzt heißt –, aber keine Erinnerungen daran habe.«

Wenn sie an Afrika dachte, dachte sie an einen sauberen Ort voller Licht und Luft, die Sonne so heiß, daß alles sterilisiert war, von ihrem grellem Gleißen reingescheuert wurde. Wenn sie die bedauernswürdigen Kinder auf den Plakaten über den Hunger sah, schadete das dem Bild, das sie im Innern trug. Sie wußte nicht, was sie denken sollte, wenn sie die Bilder von Südafrika sah: bedrückte Männer in Anzugjacketts und mit Wollhüten, die an Eisenbahngleisen entlangtrotteten, und Rauch, der in einen granitfarbenen Himmel aufstieg.

»An eines erinnere ich mich allerdings«, sagte sie. »Nein, eigentlich an zweierlei. Das erste, an das ich mich erinnere, ist das Gefühl von Hitze.«

»Sicher nichts Besonderes«, sagte Robin.

»Ja, das scheint auf der Hand zu liegen – aber glaubst du, daß in deinem Körper Erinnerungen sind, zu denen dein Denken keinen Zugang hat?« Sie dachte, die Hitze war wie in mich eingewebt; es war, als sei die Sonne in mein Fleisch eingeschmolzen. »Noch jetzt bin ich überrascht, wenn ich friere. Es kommt mir unnatürlich vor, es kommt mir nicht richtig vor.« Sie hielt inne, schaute zu ihm hoch, um zu sehen, ob er ihr zuhörte. »Und da ist noch etwas, eine kleine Sache – wir hatten eine Kinderfrau, ich hab Mum gefragt, und sie sagte, ihr Name sei Felicia gewesen. Sie hat mich immer auf dem Rücken getragen. Ich erinnere mich daran, wie ich die Wange zwischen ihre Schulterblätter drückte, wie sich das anfühlte, die Hitze ihrer Haut durch ihr Kleid hindurch. Ist das nicht komisch? Ich muß sehr klein gewesen sein. Und dann erinnere ich mich an Julian – da muß ich schon älter gewesen sein, und ich muß in meinem Bett gewesen sein oder irgendwo – ich erinnere mich an Julian auf ihrem Rücken, wie er genauso herumgetragen wurde, den Kopf zur Seite gedreht, und dicke Beine, die nach unten baumelten. Und ich wußte genau, was er spürte – dein Kopf schräg auf ihrem Rückgrat liegend, der Knochen an deiner ...«, sie zögerte, »deiner Schläfe, nehme ich an, obwohl ich diese Wörter nicht kannte, jeden einzelnen Knochen in ihrem Rückgrat zu spüren, Haut an heißer Haut, nur diese Schicht Baumwolle dazwischen.«

»Das ist verrückt«, sagte Robin.

»Ja.«

»Ich meine – weil Julian nicht in Afrika geboren wurde.«

»Aber sicher«, sagte Kit. »Ich habe ihn ja gesehen.«

»Nein. Kannst du nicht. Rechne mal zusammen. Zähl's an den Fingern ab. Julian wurde geboren, nachdem sie nach Hause gekommen waren.«

»Wer dann? An wen erinnere ich mich?«

Schweigen. Sie wälzten es in ihren Köpfen hin und her. Kit dachte, ich erinnere mich an Felicia: ihre Haut roch nach Zwiebeln und grober Seife. Robin sagte: »Vielleicht erinnerst du dich falsch. Du warst selbst noch ein Säugling. Vielleicht denkst du, daß du dich erinnerst, aber du hast es dir ausgedacht.«

Sie schüttelte den Kopf. »Nein, ich irre mich nicht. Könnte es ein Kind von Nachbarn gewesen sein? Das muß es gewesen sein. Aber von welchen Nachbarn? Ich hab sie gefragt, weißt du: Wie ist es dort gewesen? Sie haben immer gesagt, es war sehr abgelegen, da waren nur wir.«

»Sofern sie überhaupt was erzählt haben.« Robin gähnte, warf die Arme hoch; doch nun hatte sie seine Aufmerksamkeit geweckt, nun hörte er ihr zu, und dies war ein Akt, der besagte, ich möchte mich von den Gedanken in meinem Kopf ablenken. »Glaubst du nicht, daß es Felicias Kind gewesen sein muß?« fragte er. »Ihr eigener Säugling?«

»Nein«, sagte sie. »Nicht Felicias Kind, ein weißes Kind. Es war doch sicher Julian, oder?«

Wieder Schweigen. Dann stand Robin auf, ging in die Küche und machte ihnen Kaffee und brachte ihn zurück, kühl und ungemütlich, wie der erste Becher gewesen war, gab ihn Kit in die Hand. Kit sagte: »Erinnerst du dich an Joan? Die Frau, die sich in unserer Küche die Pulsadern aufgeschnitten hat?«

»Nein. Wann war das?«

»Du wirst sechs gewesen sein, vielleicht sieben.«

»Da, siehst du«, sagte Robin vorsichtig. »Ich müßte mich erinnern. Das Gedächtnis ist sonderbar, es arbeitet nicht, wie es sollte. Es ist unzuverlässig.«

»Ich glaube, sie haben es vor dir geheimgehalten«, erwiderte Kit. »Du wirst draußen spielen gewesen sein.«

»Was ist passiert?«

»Ich hab sie verbunden. Dann nahm sie ihre Sachen und ging. Ich habe mich oft gefragt, wo sie abgeblieben ist.«

»Dad wird es vermutlich wissen.«

»Ja.« Kit seufzte. »Wir plagen uns in seinem Schatten ab. Zumindest hab ich das zu Daniel gesagt. Oder irgendwas in der Art.«

Sie saßen da, bis es drei Uhr geworden war und sie steif waren vor Kälte, Kit in ihre Gedanken versunken und Robin in seine; dann regten sie sich ohne ein Wort, streckten sich, standen von ihren Plätzen auf. Oben an der Treppe sagte Kit: »Robin, und da ist noch eine andere rätselhafte Geschichte. Die Herzbeschwerden. Mums Herzbeschwerden, die sie angeblich hat. Ich hab mich immer gefragt, warum sie, wenn sie wirklich Herzprobleme hat, nie krank gewirkt hat. Aber meinst du, es könnten die anderen Herzbeschwerden sein? Bei denen die Leute sagen, ›ihr Herz ist gebrochen‹?«

Robin schauderte, aber nicht von der Kälte. »Aber bestimmt doch nicht so schlimm?«

»Nein.« Kits Gesicht war düster. »Aber in dieser Art.«

Robin küßte seine Schwester auf die Wange. Sie trennten sich ohne ein Wort, krochen in kalte Betten und schliefen sofort ein.

Nachmittag: am Strand von Brancaster hielt Ralph Amy Glasse die Hand hin, so als könne sie ohne seine Hilfe im Wind nicht stehen. »Ich bin oft mit Billy hiergewesen« sagte sie. »Mit Billy, meinem Hund.« Steine und Kiesel spritzten unter ihren Füßen zur Seite.

Es war inzwischen Hochsommer. Der Himmel war eine umgekehrte blaue Schüssel. In einiger Entfernung vom Meer, hinter den Dünen und dem Strandhafer, krochen einige Familien hinter Windschutzplanen aneinander. Haushunde zitterten neben ihnen, zurückgehalten durch die Gewohnheit zu gehorchen, bebend vor Leidenschaft für die Steine und die Luft und die Wellen. »Stell dir vor, als die Meere noch warm waren.« Ralph zog sie an sich. »Es gab tropische Riffs. Aber damals gab es noch keine Menschen, die sich an der Sonne freuen konnten.«

Am Strand von Cromer hat man die Knochen von Bisons, Geweihe von wilden Hirschen, Skelettreste von Wildpferden gefunden. Es gab Elefanten in East Runton, Bären in Overstrand; in West Runton haben wilde Eber gelebt. Denke daran, sagt er zu ihr, wenn du die Wohnmobile über die Hügel ziehen siehst, wenn dir von den Hotdog-Ständen vorn am Meer der Zwiebelgeruch in die Nase steigt.

»Als Junge habe ich etwas gefunden«, sagte er. Sie drückte sich eng an ihn, um seine Worte zu verstehen. »Ein Fossil. *Gryphaea.*«

»Was ist das?«

Er beschrieb den Bogen in ihrer Hand. Er erzählte ihr nicht, wie der Balaclava-Mann es genannt hatte, wollte nicht, daß der Teufel zwischen sie käme.

»Eine Muschel? Sehr alt?« Helle Augen schauten in seine. »Finden wir heute auch eine?«

»Es war nicht hier – es war in der Nähe von Whitby. Ich habe nie wieder eine ähnlich gute gefunden.«

»Das war Glück«, sagte sie.

Sie legte die Hand in seine. Er spürte, wie ihr lockerer Ehering eine Rille in seine Hand drückte. Sein Sohn hatte einen Drachen gebaut und an diesem Wochenende in der Nähe von Holt in der Heide fliegen lassen; der Drachen hieß: »Sandra Glasse.« Aber Sandra war ein Kind, und Kleinigkeiten amüsierten sie, doch man kann einer

Frau nicht Holz und Leinwand und die geringe Aussicht auf ein Aufsteigen über dem Wasser schenken. Amy war an dieser Küste zu Hause; ihre Edelsteine sind Jaspis, Moosachat, Sardonyx. Sie müßte Jett von gestreiften Klippen haben, um einen Trauerring für das Leben, wie es war, zu machen. Und Bernstein, im nächsten März; der wird ans Ufer gespült, er wartet auf die Glücklichen und ist vermengt mit Seetang, den die Frühlingsstürme mit nach oben wirbeln.

»Genug«, sagte sie. Sie umschlang ihren Körper mit den Armen, eine Parodie auf einen Sportler, der Schmerzen hat. »Ich bin weit genug gelaufen.« Er hielt sie aufrecht, faßte ihr Haar mit einer Hand und hielt es von ihrem Gesicht weg, schob es nach hinten in einen Knoten, der sich sofort wieder löste. Er umschloß ihre Arme mit seinen. Sie drehten sich um, und nun schlug der Wind ihnen entgegen. Es war ein warmer Wind, der ihre Haut mit Sand pfefferte. Durch zusammengekniffene Augen sahen sie, wie sich der Sand vor ihnen in Wirbeln drehte, wie Rauch. Manchmal mußten sie stehenbleiben und bedeckten ihre Gesichter. Der Sand wehte ihnen in den Mund, zwischen die Zähne. Es war, als bisse man auf Diamanten.

Er fuhr sie nach Hause. Sie hielten an einem Laden an und kauften Pfirsiche. Sie setzten sich zusammen in die Küche. Amy Glasse holte ein scharfes Messer aus dem Schrank und brachte es an den Tisch. Sie gab Ralph das Messer. Er nahm einen der Pfirsiche und schnitt hinein. Es war ein gelbfleischiger Pfirsich, seine Haut rauh wie die Zunge einer Katze, und seine Reife breitete sich vom Stein aus wie eine blutende Schürfwunde.

Noch später gingen sie nach oben und lagen in dem Doppelbett unter einer Quiltdecke, der zweiten, die Sandra gemacht hatte. Amy breitete ihre langen weißen Arme um ihn und umschloß seinen Körper mit dem ihren. Es war, als gäbe es einen Schlüssel, und sie habe ihn gefunden, einen Kode, und sie habe ihn entschlüsselt. Hinterher weinte sie für einen Augenblick, beinahe tonlos, den Kopf in das Kissen vergraben. Er wußte nicht, was er empfand: nicht Schuld, noch nicht. Liebe, gewiß: ja, die empfand er. Ihr Haar war über ihren

Schultern ausgebreitet wie ein Fächer aus Federn; ihr Rückgrat schien in ihr Fleisch eingesunken wie eine flache, in Wachs gekratzte Rinne.

An jenem Nachmittag war Kit im Haus ihrer Tante in Foulsham. Sie saßen zusammen in der Küche, eine Türhälfte offen, um den Sonnenschein hereinzulassen, die Ellbogen auf den Tisch gestützt, eine Kanne Tee, der abkühlte, zwischen ihnen. »Worum also bittest du mich?« sagte Emma. »Geht es um Daniel?«

»Um deinen Rat.«

»Kit. Hör schon auf. Du weißt doch, daß ich nie Ratschläge gebe.«

»Mach einmal eine Ausnahme.« Kit schaute auf die Tischplatte. Geistesabwesend kratzte sie darauf herum: zart, mit ihrem Fingernagel. »Emma, was ist dieses abscheuliche Ding? Es sieht aus wie der Rest einer zerquetschten gebackenen Bohne.«

»Kann gut sein.« Emma grinste. »Du weißt doch, daß es heißt, kein Unglück ist so groß, es hat sein Glück im Schoß. Das einzig Gute daran, daß ich Felix verloren hab, ist, daß ich nun nicht mehr jedesmal, wenn wir aus dem Bett fallen, ein köstliches kleines *dîner à deux* zaubern muß. Gebackene Bohnen machen sehr satt, laß dir das gesagt sein.« Das Licht in ihrem Gesicht verblaßte; Kit sah, wie ihre Augen verblaßten, von stechendem Blau zu Grau. »Trotzdem, eines bei Felix war, wie glücklich man ihn mit einem starken Drink machen konnte. Zwei große Gin mit einem Hauch Wermut, und fort war er, um in Blakeney mit Ginny *à deux* zu essen und immer noch ein bißchen Appetit zu haben. Weißt du, Kit, es wird aller möglicher Unsinn über Leute geschrieben, die Verhältnisse haben. Ihre Seelenqualen und so weiter. Aber wie soll ein Mann zwei Abendessen bewältigen? Das ist die Frage, mit der man sich einmal eingehender befassen sollte.«

Kits Hand lag auf dem Tisch: groß, weiß, tüchtig. Sie wollte sie auf die Hand ihrer Tante legen, aber Takt hielt sie zurück. Emma drückte ihre Fingerknöchel an die Augenhöhlen und drehte sie vorsichtig. »Tut mir leid, Schatz. Zu Daniel kann ich nur eines sagen, nämlich:

Frag dich selber, wie dir zumute sein wird, wenn er hingeht und jemanden wie Ginny heiratet.«

Kit hielt inne. »Okay. Ich werd drüber nachdenken.«

»Dann ist das nicht die Frage, um die es eigentlich geht, oder?«

Sie schüttelte den Kopf. »Es geht um zu Hause, weißt du. Und um mich, um mich selbst. Ich bitte dich um Information, Emma.«

Emma sah hoch. »Um Information oder um Wissen?«

»Ist das zweierlei?«

Emma gab keine Antwort.

. . . 7 . . .

Um Mitternacht hielt der Zug an. Anna richtete sich auf einem Ellbogen auf, ließ sich dann von der oberen Liege herab, suchte mit bloßen Zehen nach einem Halt für ihre Füße. Sie schwang sich auf den Boden, zog ihr Nachthemd herunter und steckte den Kopf aus dem Fenster. Ein Mann ging neben den Schienen entlang. Sie konnte ihn nicht sehen, doch sie hörte das Knirschen seiner Stiefel. Sie sah die Spitze seiner brennenden Zigarette, die mit jedem Schritt auf und nieder wippte.

Ralph sagte: »Wie spät ist es?« Er glitt von der unteren Liege herab, steckte seinerseits den Kopf hinaus. Eine mondlose Nacht. Nicht ein Lufthauch. Sinnlos zu fragen, warum haben wir angehalten, wann werden wir weiterfahren? Am besten, einfach abzuwarten. Sie hatten die Grenze überquert. Sie waren in Betschuanaland, fuhren in nördlicher Richtung durch die Nacht. Fuhren jetzt nicht, waren ins Stocken geraten. Sie waren schon in Mafeking mit Verspätung angekommen und auch in Lobatsi mit Verspätung. »Ich gebe Ihnen Liegeplätze«, hatte der Schaffner zu ihnen gesagt. »Sie können versuchen, zwei, drei Stunden zu schlafen. Sie werden vor dem Morgengrauen an Ihrer Station ankommen.« Er brachte zwei flache Kissen und zwei Eisenbahndecken und vier Laken, die so weiß und trocken waren wie Papier.

»Hier muß ein Dorf sein.« Ralph hatte den Schein eines Feuers ausgemacht, weit entfernt links von ihnen. Wenn Wind gewesen wäre, hätte der vielleicht Stimmen zu ihnen herübergetragen. Aus geringerer Entfernung drang das Weinen eines Kleinkinds, um das sich niemand kümmerte, von einer abgelegenen Hütte zu ihnen her: Anna hörte das durchdringende dünne Schreien.

Sie kletterte wieder ins Bett. Sie hatte die obere Liege gewählt, weil sie dachte, da oben, wo kein anderer Körper über ihrem gestapelt war, sei es luftiger. Es war nun Dezember, Mittsommer; der Sonnenaufgang brachte ein wenig Linderung von der Hitze, doch es war das beste, wenn man weiter in Bewegung blieb. Ralph reichte ihr die Wasserflasche hinauf. Das Wasser war lauwarm und abgestanden. Sie schloß die Augen und lagerte ihren Körper vorsichtig, so daß kein Teil einen anderen berührte. Doch die Liege war schmal; sie faltete die Hände über den Rippen, bis deren Hitze und Gewicht unerträglich wurden.

Die Nacht legte sich über sie wie eine schwarze Decke. Lucy Moyo hatte in Elim eine Tasche für sie gepackt und sie ihr am Gefängnistor gegeben; ihr Baumwollnachthemd war gestärkt und hatte nach Bügeleisen gerochen, nun aber war es ein durchnäßter Lappen. Die Laken, die der Schaffner ihr gegeben hatte, waren feucht unter ihren Hüften zusammengeknäult. Ihr Haar klebte ihr am Hals, sie legte die Arme wieder neben ihren Körper, schaute hinauf zur Decke des Abteils. Es war ein metallener Sargdeckel, ein Sarg in der Luft. Mit gefalteten Händen gab sie eine dekorative Leiche ab.

Sie stellte sich vor, wie ihre Stimme zu Boden schwebte. »Ich glaube, ich bin schwanger, Ralph.«

Was dann? Was, wenn sie es ausspräche? Was würden sie tun? Bei einem Halt in der Wüste aus dem Zug schleichen und beginnen, sich einen Rückweg in die Zivilisation zu bahnen? Wie würden sie das anfangen? Die Südafrikaner ließen sie vielleicht nicht wieder über die Grenze. Man hatte sie vor eine Entscheidung gestellt: mit dem Flugzeug nach Hause oder mit dem Zug nach Norden.

Sie malte sich aus, wie sie in den Winter in East Dereham umgeladen wurde, ihre Koffer polternd die Treppe im Haus ihrer Eltern hinauf, um auf dem Boden aufbewahrt zu werden; sie stellte sich vor, wie sie die blauen Hände aneinanderrieb, während sie versuchte, die Situation zu erklären. *Du bist im Gefängnis gewesen, Anna? Unsere Tochter, hinter Gittern?* Und sie hätten keinen Platz in der Welt, keine für sie vorgezeichnete Zukunft; sie würden sein wie Fische, die an Land gezogen worden waren und in diesem fremden Element nach Luft schnappten, zappelnd an den Haken unerfüllt gebliebener Erwartungen.

Nein, dachte sie. Mein Mund ist versiegelt.

Sie döste ein. Der Zug begann sich zu bewegen. Er trug sie weiter, in eine Welt aus Staub.

Der Sicherheitsdienst hatte sie vor der Dämmerung abgeholt. Sie hatten ihre Fahrzeuge außerhalb des Geländes geparkt, höflich, aber hartnäckig an der Vordertür des Missionshauses angeklopft, bis Ralph sie eingelassen hatte. »Würden Sie sich bitte anziehen, Mrs. Eldred? Und eine Tasche packen?«

Sie begannen eine weitere Durchsuchung. Sie leerten den Inhalt der Papierkörbe in Tüten, die sie mitnahmen, und notierten die Titel der Bücher auf ihren Regalen. Sie gingen die Ablage für Ausgänge durch und lasen die Adressen auf den Umschlägen, die zur Post sollten. »Wer, bitte, ist Dr. Eldred?«

»Meine Schwester«, sagte Ralph.

Der Brief wurde wieder hingelegt. Beschmiert von den Fingerspitzen eines Polizisten würde er die ganze Strecke bis Norwich reisen.

Als einer der Männer auf den Aktenschrank zuging, wechselten Ralph und Anna einen Blick. Ein ungeduldiges Rucken ... sie warteten darauf, daß die obere Lade aus den Schienen glitt und dem Polizisten die Zehen brach. Doch diese Beamten waren umsichtig, beinahe ehrfürchtig. »Wir geben Ihnen eine Quittung für alles, was wir mitnehmen«, erklärte einer. Die Lade blieb in ihrer Verankerung, ungefährlich. Die Polizisten verrichteten gelassen ihre Arbeit, als wollten sie das belastende Material weder beschädigen noch aufschrecken. Die Missionsangestellten – Rosinah, Dearie, Clara, die Wäscherin, Jakob und sein Gehilfe, der Junge – waren aus ihren Betten geholt worden und mußten sich vor der Hintertür in eine Reihe stellen. Ihre Unterkünfte wurden durchsucht. Mit der gleichen Gründlichkeit alles abtastender Finger? Ralph bezweifelte das. »Lassen Sie mich mit ihnen sprechen«, sagte er. »Nur um sie zu beruhigen.«

»Das wird nicht notwendig sein, Mr. Eldred«, sagte der verantwortliche Offizier. »Meine Männer werden für alle Beruhigung sorgen, die notwendig ist.«

»Mrs. Eldred?« Sie hatten eine Polizistin mitgebracht; sie berührte Anna am Arm. »Ich muß Sie begleiten, wenn Sie Ihre Sachen zusammensuchen.«

»Sachen?« sagte Anna.

»Für die Zeit, die Sie nicht zu Hause sein werden«, sagte die junge Frau.

»Was glauben Sie, wohin man mich bringt?«

»Sie müssen ...« Das Mädchen schaute zur Seite. Es hatte eine zarte, nordeuropäische Haut und errötete leicht; war noch nicht abgehärtet für diesen Beruf. »Ins Gefängnis, Mrs. Eldred.«

»Ins Gefängnis.« Anna nahm es auf. Die Gesprächspause ließ sie kühl klingen. »Ins Gefängnis für wie lange? Und warum? Mit welcher Anschuldigung?«

Die Polizistin warf einen Blick auf ihren Vorgesetzten. Sie kannte die Antwort nicht. Ein Ausdruck von Ungeduld überzog das Gesicht des Mannes. »Nehmen Sie sie einfach mit«, sagte er.

Im Schlafzimmer zog Anna ziellos und zerstreut Schubladen auf. Sie konnte das Zittern ihrer Hände nicht unterdrücken. Die Polizistin saß auf dem Bett. »Beeilen Sie sich jetzt«, sagte sie nicht unfreundlich. »Nehmen Sie Ihr Nachthemd mit. Seife und eine Zahnbürste. Und Ihre Monatsbinden, wenn Sie meinen, daß Sie welche brauchen.«

Als die Tasche gepackt war, stand die Frau auf und nahm sie Anna ab. Sie führte sie ins Wohnzimmer zurück. Die Doppeltür an der vorderen Veranda stand weit offen. Die beiden Polizisten waren gegangen und hatten Ralph mitgenommen.

Erst in diesem Augenblick begriff Anna, daß man sie und Ralph trennen würde. Sie rannte los. Die Polizistin sprang ihr mit einem Satz hinterher und faßte sie am Arm. Ein vor dem Haus auf den Stufen stehender Mann schlug Anna die Fliegentür der Veranda ins Gesicht. Sie hörte ein Auto wegfahren. Sie preßte die Finger an das Netz der Verandatür, als wolle sie sie hindurchschieben.

Es gab eine eiserne Bettstelle mit einer fleckigen Matratze; Spuren von Erbrochenem und Menstruationsblut. Sie mußte sich zwingen, sich darauf zu setzen, doch sie hielt es für ein gutes Zeichen, daß sie ihr keine Decken und Laken gegeben hatten. Vielleicht würden sie ihr ein paar Fragen stellen und sie freilassen, bevor der Tag zu Ende war. Die Dämmerung brach an, ihr erstes Morgengrauen in einem Gefängnis. Still und aufmerksam lauschte sie den morgendlichen Geräuschen, die Hände im Schoß, der Rücken leicht gerundet. Sie hatten ihr die Uhr weggenommen, doch sie schätzte, daß es gegen sieben Uhr sein mußte, als die Tür aufgeschlossen wurde. Eine Wärterin brachte ihr ein winziges Tablett und stellte es auf den verschließbaren Metallkasten neben dem Bett. Ohne ein Wort zu sprechen, ging sie wieder hinaus. Der Schlüssel drehte sich im Schloß. Anna hörte, wie die derben Schuhe knarrend davongingen.

Wieder allein gelassen, untersuchte sie das Tablett. Darauf stand eine Schüssel mit Mais-Porridge. Der Löffel schien von den Überresten anderer, längst vergangener Frühstücke verkrustet zu sein. Ihren Ekel überwindend, führte sie einen Löffel mit der Nahrung zum Mund, doch bevor sie sie schmeckte, überkam sie Brechreiz, und eine Welle von Übelkeit überflutete sie. Als diese verebbte, zitterte sie und fühlte sich benommen. Sie ließ den Löffel in den Brei fallen und stellte die Schüssel wieder auf das Tablett.

Auf dem Tablett stand auch ein Becher Kaffee; er war nicht mehr heiß, doch sie hielt ihn mit beiden Händen, um sich zu trösten. Sie trank einen kleinen Schluck; er schmeckte nach nichts. Das tröstliche Gefühl verschwand.

Das dritte Stück auf dem Tablett war ein kleines braunes Brot. Sie brach ein Stückchen ab und schob es sich in den Mund. Dort blieb es liegen wie ein Stein. Gestern abend in der Flower Street hatte sie darüber geklagt, daß es zu heiß sei, um etwas zu essen. Sie hatte frühzeitig aufstehen, noch vor Tagesanbruch ein Ei kochen wollen.

Einige Zeit – vielleicht eine Stunde – später kehrte die sprachlose Wärterin zurück. Sie brachte einen Wasserkrug mit einem Deckel und stand da und wartete darauf, daß Anna das Tablett beiseite schob. In der anderen Hand hielt sie einen Eimer. Sie stellte ihn neben das Bett. »Sind das die Sachen, die ich verwenden muß«, sagte Anna und schaute ohne jede Streitlust hoch; sie wollte nur erfahren, was die Regeln waren.

Die Wärterin zeigte auf das Tablett. »Sie wollen das nicht?« Ohne eine Antwort abzuwarten nahm sie es hoch.

»Kann ich meine Tasche haben?« sagte Anna. »Meine Uhr?«

Die Tür fiel ins Schloß. Der Schlüssel knirschte. Sie war wieder allein. Sie legte die Hände wieder in den Schoß. Sie betrachtete den Riß in der Wand der Zelle. Vom Fußboden verlief er in einer gewundenen Kurve bis zu einer Höhe von mehr als einem Meter. Dort schienen andere Risse von ihm abzuzweigen, die sich weit von ihrem Ursprung fortgeschlängelt hatten. Es sah aus wie das Delta eines breiten Flusses. Anna nahm das Taschentuch aus ihrer Tasche und tunkte eine Spitze in den Wasserkrug. Sie drückte das feuchte Leinen erst auf ein Augenlid, dann auf das andere. Weine nicht, weine nicht, sagte sie zu sich selber. Laß dies anstelle von Tränen sein.

Ab und zu wurde das Guckloch in der Tür aufgerissen. Sie hob das Gesicht in diese Richtung: Sie sollen sehen, daß ich nichts zu verbergen habe, dachte sie, nicht einmal eine verstohlene Miene. Sie fragte sich, ob sie stündlich kamen und sie anstarrten; sie begann zu zählen. Die Hitze in der Zelle und das, was sie vom Sonnenlicht sehen konnte, ließen sie vermuten, daß es Mittag sein mochte, als die Tür wieder geöffnet wurde.

Eine andere Wärterin. »*Komm.*«

»Wohin?«

»Fingerabdrücke.«

Sie führten sie durch den Korridor in einen nur mit einem Tisch und zwei Stühlen möblierten Raum. Eine zweite Wärterin packte ihre zurückzuckende Hand, streckte ihr die Finger und drückte sie auf das Kissen mit schwarzer Schmiere. Auf dem bereitliegenden Papier sah sie Schleifen, Kringel, Kleckse wie die Abdrücke von Affen. Es war schwer zu glauben, daß sie zu ihr gehörten.

Danach erlaubten sie ihr, sich die Hände zu waschen, doch sie brachte den Schleim unter den Fingernägeln nicht weg.

Als sie in den Korridor hinaustrat, kniete eine Afrikanerin in einem Gefängniskleid, eine Scheuerbürste in der Hand haltend, auf dem Boden; schaumiges Seifenwasser bildete um sie herum eine immer größer werdende Pfütze. Sie sang ein Kirchenlied, die Stimme kräftig, fest. Als sie Anna sah, hörte sie auf zu singen. Sie setzte sich auf die Fersen und ließ Anna vorüber. Anna schaute hinab in das Gesicht der Frau, dann über die Schulter zurück und sah, daß die Frau den Rücken wieder krümmte. Die Sohlen ihrer bloßen Füße waren grauweiß, hart wie Hufe. Das Kirchenlied klang ihr nach, als Annas Zellentür mit einem Ruck geöffnet wurde:

Wie sehr muß Gott uns lieben
und unsere arme Welt,
daß er Himmelsblau über uns breitet
und den Boden mit Blumen bestellt.

Als das Licht nachzulassen begann, warfen sie zwei Decken in Annas Zelle und brachten ihre Tasche herein. Sie hatte ihre Haarbürste und einen Kamm eingepackt, doch sie hatte keinen Spiegel. Sie konnte sich nicht vorstellen, warum es so wichtig sein sollte, daß sie ihr Gesicht anschauen konnte. Sie sagte zu der Wärterin: »Sie haben nicht zufällig einen Spiegel dabei, oder? Den ich für einen Augenblick ausleihen könnte?«

»Was glauben Sie denn, daß ich eine Schönheitskönigin bin?« sagte die Frau. Sie lachte über ihren Scherz. »Das ist gegen die Regeln. Sie könnten sich selbst verletzen, verstehen Sie? Versuchen Sie jetzt zu schlafen.«

Am frühen Nachmittag hatte es ein weiteres Blechtablett gegeben, diesmal mit einer Schüssel Suppe. Sie hatte ohne große Hoffnung darin herumgerührt, hatte Kohl und Wurzelgemüse und die vielleicht enthaltenen winzigen Fleischfasern zerdrückt. Dicke Fettklumpen schwammen auf der Oberfläche, und als sie den Löffel zum Mund führte, wiederholte sich die Reaktion vom vergangenen Morgen, und sie dachte, sie müsse sich erbrechen. Die letzte Mahlzeit des Tages war wiederum ein Becher mit dünnem Kaffee und ein Kanten Brot gewesen. Sie bedauerte nun, daß sie sich das Brot hatte wegnehmen lassen, bevor sie es gekostet hatte. Sie war so hungrig, daß ihr Magen sich in sich selbst zusammenzuziehen schien, sich zu einer Höhlung über ihrem Nabel einrollte. »Können Sie mir helfen?« sagte sie zu der Wärterin. »Ich konnte nicht früher essen, mir war übel. Kann ich etwas Brot haben?«

Die Frau zögerte. »Ich werd mal sehen«, sagte sie.

Sie ging hinaus, schlug die Tür zu, klapperte mit den Schlüsseln. Ein elektrisches Licht ging über ihrem Kopf an, überraschte Anna. Reglos wartete Anna unter seinem grellen Schein.

Sie kommt nicht zurück, dachte Anna. Doch nach einiger Zeit kam die Frau, hatte Brot und einen Klecks Margarine auf einem Teller.

»Ein Messer kann ich Ihnen nicht geben«, sagte sie. »Sie müssen sich behelfen, wie es am besten geht.«

Anna nahm den Teller. »Ich bin Ihnen dankbar.«

Dann nahm die Frau einen Apfel aus ihrer Tasche. »Sagen Sie es niemandem.« Sie legte ihn auf den Metallkasten.

Anna sagte: »Wissen Sie, was man mit mir vorhat? Können Sie mir sagen, wo mein Mann ist?«

»Nutzen Sie die Situation nicht aus«, erwiderte die Wärterin.

»Ich möchte einen Brief schreiben. Ich habe Dinge zu erledigen. Ich arbeite in einer Mission, verstehen Sie, in Elim, in der Flower Street, und es gibt Dinge, um die ich mich kümmern muß. Ich muß Anweisungen geben, sonst wird nichts erledigt.«

»Ich wage zu behaupten, sie sind auch zurechtgekommen, bevor Sie kamen«, sagte die Frau.

»Man sollte mich mit einem Anwalt sprechen lassen.«

»Das müssen Sie mit dem Colonel besprechen.«

»Wann kann ich ihn sehen?«

»Mit der Zeit.«

Das war der am wenigsten hoffnungsvolle Satz, den sie an jenem Tage gehört hatte. Als die Wärterin gegangen war, brach sie das kleine runde Brot auf und riß das Innere heraus, wischte damit über die Margarine und zwang es sich in den Mund. Sie hielt den Apfel lange in der Hand, bevor sie ihn aß, fuhr mit den Fingern über ihn, bewunderte seine Unschuld, seine Sauberkeit. Sie aß ihn mit mausekleinen Bissen und wickelte das Kerngehäuse sorgfältig in ihr Taschentuch, damit sie morgen früh wenigstens den Geschmack seines Saftes auf der Zunge spüren konnte. Sie verschob die Benutzung des Eimers solange sie konnte, doch schließlich mußte sie sich darüberhocken, der Metallrand kalt an ihren Schenkeln. Sie fühlte sich gedemütigt durch das Rinnsal von Urin, das die ganze Nacht ihr Gefährte sein und dasein würde, wenn sie am Morgen erwachte.

Am folgenden Tag führten sie Anna nicht zum Colonel, aber die Wärterin, die ihr den Apfel gegeben hatte, brachte ihr ein Kopfkissen, einen Kopfkissenbezug und zwei Laken. Also zumindest noch eine weitere Nacht, dachte Anna.

»Haben Sie heute Ihr Frühstück gegessen?« fragte die Frau.

»Nein, ich konnte nicht.«

»Sie sollten es versuchen.«

»Können Sie mir noch mal einen Apfel besorgen? Ich wäre Ihnen so dankbar.«

»Ja, ich wage zu behaupten, daß Sie das wären.«

»Glauben Sie, daß ich etwas zu lesen bekomme?«

»Das muß der Colonel entscheiden. Ich kann das nicht entscheiden.«

»Wäre es möglich, daß jemand zu mir nach Hause geht und mir Sachen zum Wechseln holt?«

Sie kannte die Antwort: Das entscheidet der Colonel. Aber so muß das Gefängnisleben wohl sein, dachte sie: eine endlose Aufeinanderfolge von Bitten, manche groß, manche klein, die immer wieder vorgetragen werden, bis eines Tages – allen Erwartungen zum Trotz – eine davon, groß oder klein, erfüllt wird. Können Sie es einrichten, daß ich meinem Mann eine Nachricht zukommen lassen kann? Kann ich eine Schüssel heißes Wasser haben, ich bekomme die Farbe von den Fingerabdrücken unter den Nägeln nicht heraus? Kann ich eine Zeitung haben, kann ich einen Spiegel haben? Können Sie mir versichern, daß Gott mich liebt und daß ich sein Kind bin?

Am nächsten Tag kam nach dem Mais-Porridge, aber noch vor der Suppe, eine andere Wärterin herein. »Würden Sie sich das Haar kämmen, Mrs. Eldred? Der Colonel erwartet Sie in seinem Büro.«

Sie sprang vom Bett hoch. »Wie mein Haar aussieht, ist egal.«

Die Frau trat zurück, um sie aus der Zelle zu lassen. Zu ihrer Überraschung waren zwei weitere Wärterinnen draußen postiert, und sie folgten ihr im Gleichschritt den Korridor entlang. Sie behandeln mich, als wäre ich gefährlich, dachte sie. Vielleicht bin ich das ja.

Der Colonel war ein Mann von Fünfzig, mit meliertem, bis über die Ohren ausrasiertem Haar. Der übliche Bauch spannte am Gürtel seiner Uniform, doch alles andere an ihm sah fest und durchtrainiert aus. Er bedeutete ihr, sich auf einen Stuhl zu setzen. Ein Deckenventilator quietschte über ihr; sie hob das Gesicht in seine Richtung. Rundherum wurde sie gewirbelt, die immergleiche abgestandene Luft.

»Ich muß mich dafür entschuldigen, Sie nicht früher geholt zu haben, Mrs. Eldred. Es gab einige Vorfälle im Männergefängnis, die meine Zeit beansprucht haben.«

»Was für Vorfälle?«

»Nichts, was Sie beunruhigen sollte.«

»Ist mein Mann dort, im Männergefängnis?«

»Sie werden schon bald von Mr. Eldred hören – ja, Sie werden ihn sogar bald sehen, wir wollen uns nur ein wenig mit Ihnen unterhalten.« Der Colonel setzte sich ihr gegenüber. »Sind Sie auf politischen Versammlungen gewesen, Mrs. Eldred?«

»Nein. Nie.«

»Sind Sie auf Protestkundgebungen gewesen? Beim Busboykott beispielsweise?«

»Ja.«

»Ist das denn nicht dasselbe?«

»Das hab ich damals nicht so gesehen.«

»Wir haben Fotografien, die Sie auf diesen Versammlungen zeigen. Wir wissen auch, daß Sie politische Versammlungen in Ihrem Haus abgehalten haben.«

»Niemals.«

»Sie haben Leute vom ANC bei sich zu Hause gehabt. Politische Agitatoren.«

»Es ist nicht illegal, Besuch zu haben.«

»Was also haben Sie getan, wenn Sie keine politische Versammlung abgehalten haben? Tee getrunken, Kuchen gegessen, ja? Vielleicht gemeinsam in der Bibel gelesen?«

Anna antwortete nicht.

»Wir haben die Namen aller, die Sie besucht haben.«

»Ja. Ich weiß, daß Sie überall Ihre Spione haben.«

»Das ist notwendig«, sagte der Colonel. »Glauben Sie mir, Mrs. Eldred. Wir müssen die Kontrolle behalten.«

Anna schob sich das Haar zurück, strich es mit der Hand glatt. Es fühlte sich strähnig und schmierig an; die Zelle war schon mitten am Vormittag ein Backofen, und man hatte ihr nicht genug Wasser gegeben, daß sie sich gründlich hätte waschen können. »Darf ich Ihnen eine Frage stellen, Colonel? Nur eine? Ich möchte nur wissen, ob irgend jemand von den Angestellten der Mission auf Ihrer Gehaltsliste steht. Hat uns irgend jemand denunziert?«

»Wenn Sie unschuldig wären, Mrs. Eldred, hätten Sie mir diese Frage nicht stellen müssen.«

»Oh, ich bin unschuldig, Colonel.« Sie spürte, wie ihr Gesicht Farbe bekam. Sie hatte keine Angst. Seitdem sie sie ins Gefängnis gebracht hatten, hatte sie jede Emotion durchlebt, nur Angst nicht. »Ich bin vollkommen unschuldig, und mein Mann ist es auch, und ich bin ziemlich sicher, daß die Missionsgesellschaft, die uns hierher geschickt hat, von dem Geschehenen unterrichtet wurde und daß sie in unserem Interesse bei Ihrer Regierung vorstellig werden wird.«

»Ich bin sicher, daß das so ist«, sagte der Colonel, »und ich bin auch sicher, daß man ihre Darstellung mit dem größten Respekt zur Kenntnis nehmen wird. Aber Sie müssen auch verstehen, Mrs. Eldred, daß unsere Regierung Anstoß nimmt an Menschen wie Ihnen, die hierher kommen und uns sagen wollen, wie wir unser Land regieren sollen, die hierher kommen unter dem Deckmantel der Missionsarbeit und die dann politisch werden und sich in Angelegenheiten einmischen, von denen Sie nichts verstehen.«

»Ich verstehe schon«, erwiderte Anna. »Aber Sie können nicht erwarten, daß diese Argumentation mir Eindruck macht. Ich habe alles mit eigenen Augen gesehen.«

»Bei allem Respekt, Mrs. Eldred, Sie haben gar nichts gesehen und Sie wissen gar nichts. Wenn Sie zwanzig, dreißig Jahre hiergewesen sind, dann können Sie das sagen.« Der Colonel schaute zur Decke hoch, als ruhte dort seine Selbstbeherrschung. Als er wieder sprach, geschah es mit tonloser Stimme, mit der vorherigen, nichtssagenden Höflichkeit. »Kann ich Ihnen eine Zigarette anbieten, Mrs. Eldred?«

»Nein, danke.«

»Gestatten Sie, daß ich rauche?«

»Tun Sie sich keinen Zwang an.«

»Haben Sie sich über etwas zu beklagen, Mrs. Eldred?«

Sie schaute ihn verwundert an. »Wenn ich anfinge, mich zu beklagen ...«

»Über Ihre Behandlung, meine ich.«

»Könnte ich nicht ab und zu an die frische Luft?«

»Ich fürchte, es gibt keinen geeigneten Platz, wo Sie Gymnastik machen können.«

»Ich höre andere Frauen draußen. Ich höre ihre Stimmen.« Und Lachen. Lieder.

»Das kommt vom Gefängnishof. Die Schwarzen gehen dorthin zum Waschen.«

»Ich gehe davon aus, daß ich nichts werde waschen müssen.«

»Es wird für Sie erledigt, Mrs. Eldred.«

»Ich hätte gern Kleider zum Wechseln von zu Hause und ein paar Bücher. Ist das möglich?«

»Ich werde jemanden schicken, der Ihnen Kleider holt.«

Erleichterung überkam sie; sie hatte bis zu diesem Zeitpunkt nicht darüber nachgedacht, doch nun kam ihr zum ersten Mal der Gedanke, daß man sie in ein Gefängniskleid stecken könnte. »Und die Bücher?«

»Sie können fürs erste eine Bibel haben. Wird das reichen?«

»Danke.«

Er neigte den Kopf nach vorn. »Sie haben gute Manieren, Mrs. Eldred. Ich würde es gern sehen, wenn Sie dabei bleiben könnten.«

»Ich hoffe, daß ich es kann, Colonel.« Ganz egal, was du auch sagst, dachte sie, ich habe das letzte Wort. »Könnte man mir das Licht anlassen, damit ich lesen kann? Ich konnte letzte Nacht nicht schlafen. Vor Mitternacht kann ich selten schlafen.«

Der Colonel zögerte. »Eine Stunde vielleicht. Bis neun Uhr.«

Sie hatte eine Information erhalten. Sie hatte das Gefühl eines kleinen Triumphes.

»Kann ich meine Uhr zurückhaben?«

»Ja, das ist möglich. Ich wußte nicht, daß man sie Ihnen weggenommen hat.«

»Und dieser Eimer, dieser sogenannte Hygieneeimer – es ist widerlich, als man mich durch den Korridor geführt hat, habe ich in einer Ecke Eimer stehen sehen, eine Sorte mit Deckeln. Kann ich einen davon haben?«

Der Colonel sah überrascht aus. Er schnellte von seinem Stuhl hoch und kanzelte die Wärterin in derbem Afrikaans ab. Die Wärterin zuckte mit den Schultern, erwiderte etwas, wurde dann kleinlaut. »Mrs. Eldred«, sagte er, sich ihr zuwendend, »wir müssen uns bei Ihnen entschuldigen. Ich habe keine Ahnung, wie das geschehen konnte. Man hat Ihnen einen Eimer für die Eingeborenen gegeben. Allen farbigen und weißen Gefangenen werden automatisch Eimer mit Deckel zugeteilt, das ist die Regel. Ihr Eimer wird unverzüglich ausgewechselt.«

Anna starrte ihn an. Der Colonel hatte schließlich doch das letzte Wort gehabt.

In jener Nacht begannen ihre Beine zu schmerzen, sie schlief unruhig, doch vor Tagesanbruch fiel sie in einen traumlosen Tiefschlaf. Als sie erwachte, zitterte sie, und die Kopfhaut tat ihr weh: ein großflächiger Kopfschmerz lag dahinter. Sie spürte, wie schwer es ihr fiel zu atmen, geschweige denn zu essen. Sie hatte sich in ihr Laken eingewickelt, doch das half nichts.

Um neun kamen sie sie holen.

»Wieder der Colonel?«

»Ach, Mrs. Eldred, er muß in Sie verliebt sein.«

Er schritt in seinem Büro auf und ab; blieb stehen, als er sie sah. »Guten Morgen, Mrs. Eldred, bitte setzen Sie sich.« Er schaute sie durchdringend an. »Ein Hungerstreik also?«

»Nein, kein Hungerstreik. Ich ziehe es nur vor, nicht zu essen.«

»Das Essen, das man Ihnen gibt, sagt Ihnen nicht zu?«

»Wie könnte es irgend jemandem zusagen? Das kann man nicht einmal Schweinen füttern.«

»Wenn wir Ihre Nahrung anreichern würden, würden Sie also essen?«

Anna antwortete nicht. Sie wollte ihm die Genugtuung nicht verschaffen, wollte sich die Versuchung nicht gestatten. Seit jenem ersten Mal hatte es keinen Apfel mehr gegeben. Die Haut auf ihrem Handrücken sah gräulich aus, als habe sich die Farbe ihres Blutes verändert.

»Also, Mrs. Eldred«, sagte der Colonel. »Was möchten Sie? Obst?«

Sie sprach nicht. Der Kopfschmerz war verschwunden, doch sein Gespenst war geblieben, und ihr Nacken war steif.

»Ich möchte nach Hause gehen«, sagte sie mit leiser Stimme. »Ich möchte meinen Mann sehen. Ich möchte wissen, warum Sie mich hier festhalten.«

»Wenn die Zeit dafür reif ist«, sagte der Colonel. »Sie müssen verstehen, daß wir Ihnen, ganz gleich, wie Sie sich entscheiden, die Gefängnisrationen zukommen lassen müssen. Das ist die Regel.«

Sie nickte, der Kopf neigte sich schmerzhaft vom Stamm ihren Nackens. Der Colonel schien zu der Auffassung gelangt zu sein, daß sie einen Hungerstreik durchführte, obwohl sie es verneint hatte. Gut, soll er das glauben. Soll es so sein. Die schwarze Frau, die den Korridor geschrubbt hatte, wer würde ihre Nahrung anreichern? Sie stellte sich ihren Körper vor: sah sich schwinden, sah sich abmagern, immer dünner werdend ... Zum ersten Mal erfaßte sie Furcht. Ich bin dafür nicht geschaffen, dachte sie. Emma dagegen ... Emma könnte es ertragen. Es ertragen? Für Emma wäre das Schmuck. Und doch war die Furcht beinahe eine Erleichterung für sie. Ich bin also ein Mensch, dachte sie. Wenn ich im Gefängnis gewesen wäre und hätte keine Angst gehabt, wie hätte ich dann den Rest meines Lebens leben können? Wie könnte ich mir den Luxus alltäglicher, gewöhnlicher Ängste erlauben, wenn ich jetzt keine Angst hätte? Sie sagte: »Colonel, haben Sie Mitleid, sagen Sie mir, was Sie mit meinem Mann gemacht haben. Ich will nur wissen, daß er in Sicherheit ist.«

»Wir könnten es einrichten, daß Sie ihn sehen können.«

»Wann? Heute?«

Der Colonel atmete hörbar aus. »Haben Sie Geduld, Mrs. Eldred.« Sie sah, daß es ihm schwerfiel, seine Verärgerung über sie zu unterdrücken. »Schauen Sie, Mrs. Eldred, es tut mir leid, wenn Sie meinen, daß man Sie schlecht behandelt hat, doch es ist so, daß wir an Gefangene wie Sie nicht gewöhnt sind. Diese Situation ist für mich völlig neu. Und für die Angestellten ist sie ebenfalls neu. Deswegen gab es den Fehler mit dem Eimer, und vielleicht – vielleicht haben wir auch andere Fehler gemacht. Niemand will Sie länger hierbehalten als nötig.«

»Aber warum halten Sie mich überhaupt fest? Sie haben mir kaum Fragen gestellt.«

»Niemand möchte Sie belästigen, Mrs. Eldred. Was Sie getan haben, haben Sie getan.«

»Stellen Sie meinem Mann Fragen?«

Der Colonel schüttelte den Kopf. »Nicht so, wie Sie meinen, Mrs. Eldred. Warum denken Sie so etwas? Niemand hat Ihnen weh getan, oder?«

»Nein.«

»Na also – und Ihrem Mann hat auch niemand weh getan.«

»Ich glaube Ihnen nicht.«

»Was kann ich da machen? Außer Ihnen zu versichern, daß Sie, abgesehen von allem anderen, auch zu Ihrem eigenen Schutz hier sind.«

»Schutz vor wem?«

Der Colonel zog eine überdrüssige Miene. »Vor Ihnen selber.«

»Sie haben noch keine Anschuldigung vorgebracht. Ich glaube auch nicht, daß Sie eine Anschuldigung vorbringen können. Warum lassen Sie mich dann nicht gehen?«

»Das wird nicht möglich sein, fürchte ich.«

»Warum nicht?«

Stell immer weiter Fragen, Fragen: einmal bekommst du vielleicht eine Antwort.

»Ich warte auf eine höhere Instanz, Mrs. Eldred.«

»Ach, Colonel? Warten Sie darauf, daß Gott zu Ihnen spricht?«

»Nein.« Er lächelte halb. »Ein Anruf aus Pretoria genügt mir.«

»Und wann erwarten Sie den?«

Er rückte in seinem Stuhl, drückte seine Zigarette im Aschenbecher aus. »Ich erwarte nichts mehr, Mrs. Eldred. Ich habe gelernt, geduldig zu sein. Darf ich Ihnen das auch anraten?«

Sie schaute in sein Gesicht. »Wir könnten zusammen alt werden, Colonel, Sie und ich.«

An jenem Abend brachten sie ihr, was sie bisher noch nie bekommen hatte, eine Schüssel mit heißem Wasser und ein sauberes, trockenes Handtuch. Bis zu diesem Tag hatte sie sich nur einmal täglich waschen dürfen. Sie brachten ihr Obst und einen Riegel Schokolade. »Nicht alles auf einmal, sonst werden Sie krank«, sagte die Wärterin. Ihr Gesicht ließ erkennen, daß sie diese Sonderbehandlung mißbilligte.

Anna wickelte die Schokolade aus und atmete ihren Duft ein, ihre tiefe, billige Süße: Zucker und Öl. Sie verachtete sich. Der Colonel hat mich durchschaut, dachte sie, er hat gewußt, daß ich schwach bin. Die Emulsion floß über ihre Zunge, in ihren Blutkreislauf. Ihr Herz raste. Sie setzte sich auf dem Bett zurück, zog die Füße an den Körper. Ich werde mich immer hassen, dachte sie, ich werde mir das nie verzeihen, ich werde in Zukunft dafür leiden. Sie fuhr sich mit der Zunge über die Zähne, wie eine Katze, die sich die Barthaare säubert: den letzten Geschmack aufnehmend. Maß sich den Puls, den Daumen in die zarte Haut am Handgelenk gedrückt. Sein Tempo beunruhigte sie. Aber ich lebe, dachte sie.

Dann dachte sie, aber vielleicht ist das nur ein Trick. Vielleicht werden sie morgen wieder den Porridge und den verkrusteten Löffel und den Eingeboreneneimer bringen. Und ich werde es nicht ertragen können.

Am nächsten Tag sagten sie ihr, daß sie Besuch habe. »Eine Kafferin«, sagte die Wärterin mit nach unten verzogenen Mundwinkeln. »Der Colonel hat es erlaubt.«

Lucy Moyo saß in dem Raum, in dem man ihre Fingerabdrücke genommen hatte. Ihre Handtasche ruhte auf ihren großen Knien. Sie trug eines von ihren Ensembles: ein pflaumenfarbenes Kleid und einen farblich abgestimmten rosafarbigen Hut in Form eines Blütenblatts. Ihr Taschentuch war gefaltet und klemmte unter dem Band ihrer Armbanduhr. Sie roch nach Maiglöckchen.

Anna flog ihr mit ausgestreckten Armen entgegen. Doch Lucy Moyo faßte sie bei den Schultern und hielt sie mit festem Griff von sich entfernt. »Reißen Sie sich zusammen, reißen Sie sich jetzt zusammen, Mrs. Eldred.« Ihre Stimme war zornig. »Lassen Sie nicht zu, daß diese Leute Sie weinen sehen.«

Tränen strömten Anna über das Gesicht. Für einen kurzen Augenblick loslassend, zog Lucy das Taschentuch unter dem Band ihrer Uhr hervor. Sie nahm Anna bei einer Schulter und begann ihr das Gesicht abzutupfen und abzuwischen, als wäre sie eins der Kinder aus dem Kindergarten, das in den Staub gefallen war. Annas Tränen rannen immer weiter, und Lucy wischte sie weiter ab und sprach die ganze Zeit über im gleichen Ton, barsch und fest und vernünftig, auf sie ein, als wüßte sie, daß Mitleid und Zärtlichkeit ihren Mut brechen würden.

»Mrs. Eldred, hören Sie mir zu. Alles ist geregelt, alle sind informiert worden. Wir haben nach London telegrafiert – Pater Alfred hat das gemacht, der Mann ist doch nicht so dumm, wie er manchmal aussieht. Der Hochkommissar schickt jemanden aus Kapstadt. Alle beten, Mrs. Eldred. Hören Sie mich?«

»Ja, ja, ich verstehe – Lucy, haben Sie meinen Mann gesehen? Gibt es etwas Neues?«

»Pater Alfred hat ihn gesehen. Es geht ihm gut, und er ist in guter

Verfassung und sagt, Sie sollen sich keine Sorgen machen. In der Mission geht es uns allen gut, wir sind alle guten Mutes, die monatliche Abrechnung ist gemacht, die Löhne sind gezahlt, Sie brauchen keine Angst zu haben, alles ist in Ordnung.«

»Fünf Minuten«, sagte die Wärterin. Ihr Gesicht war zu einer Maske des Mißfallens erstarrt. Sie streckte den Arm aus, zeigte auf die Uhr, als verstünde Lucy nicht.

Lucy schaute sie fest an. »Sind Sie ein Christenmensch?« fragte sie. Sie ließ Anna los. Anna taumelte gegen den Tisch, schlaff wie eine Flickenpuppe. Lucy öffnete ihre Handtasche. »Ein Buch, haben sie gesagt, nicht mehr. Ich habe Ihnen dieses hier mitgebracht. Ich weiß, daß Ihnen das Buch viel bedeutet, weil Sie es von zu Hause in England mitgebracht haben und weil Sie es, wie Sie mir einmal erzählt haben, von Ihrer Mutter geschenkt bekamen.« Lucy drückte Anna das Exemplar von *The Sun-Drenched Veld* in die Hand. Sie küßte Anna auf beide Wangen, schüttelte den Arm der Wärterin ab und segelte, die Tasche am Handgelenk, aus dem Raum. Sie ließ ihr Parfum zurück, es lag schwer in der Luft.

Zurück in ihrer Zelle, saß Anna mit dem Buch auf den Knien da. Sie hörte die Stimme ihrer Mutter: »Eines aus der Serie *Fenster-zur-Welt*, Anna.« Sie blätterte die Seiten durch. »Keine Frucht ist erfrischender als das goldene Fruchtfleisch der Papaya ... die Eingeborenen erweisen ihren Vorfahren oft ein ehrendes Angedenken ... Heutzutage blicken Straußenzüchter wehmütig auf jene Zeiten zurück, in denen die Mode ihre Waren noch schätzte.« Sie schloß das Buch und betrachtete die purpurblauen Berge auf dem Umschlag. Die Hügel des Himmels, dachte sie. Eine weitere Nacht nistete in den Winkeln des Raums.

Lucys Besuch schien Anna ein Zeichen dafür, daß ihre Freilassung vielleicht nicht mehr fern war. Mach dir keine Hoffnungen, sagte sie sich, doch sie schlief kaum.

Am Morgen machte sie keinen Versuch zu essen. Sie hatte einen Ekel gegen das lauwarme Wasser in dem Metallkrug entwickelt und mußte eine Willensanstrengung unternehmen – den Kopf zurückneigen, die Kehle öffnen –, wenn sie es in sich hineinschütten wollte. Sie war die ganze Zeit über durstig, zitterte und fror wieder, ihre Nerven waren angespannt.

Sie wollte Ruhe vor ihren eigenen Gedanken, von ihrem unaufhörlichen Kreisen. Ihr wurde klar, daß sie, seit sie im Gefängnis war, noch nicht einmal gebetet hatte. Der Gedanke, es zu tun, war ihr nicht gekommen. Am sechsten Morgen ihrer Inhaftierung schaute sie in ihr Herz und fand dort, wo der Glaube sein sollte, eine Leere.

Um zehn Uhr wurde die Zellentür aufgesperrt, und der Colonel trat herein. »Wie geht es Ihnen heute, Mrs. Eldred?«

»Ich möchte ein Bad nehmen«, sagte sie. »Ich möchte wissen, wie es meinem Mann geht. Ich möchte, daß Sie mich freilassen.«

Der Colonel hob die Hand: langsam, langsam. »Mrs. Eldred, Ihr Mann ist hier. Ich bin gekommen, um Sie in mein Büro zu begleiten, wo Sie sowohl Mr. Eldred als auch einen Vertreter des Hochkommissars vorfinden werden. Genügt Ihnen das für den Augenblick?«

Ralph erhob sich, als er sie sah, mit empörtem Gesichtsausdruck von seinem Stuhl. »Anna, gütiger Himmel, was ist denn passiert?«

Einen Augenblick lang dachte sie, sie würde ohnmächtig werden. Sie sah, daß Ralphs Gesicht geschwollen war und blaue Flecke hatte, seine Lippe war aufgeplatzt. Ihr Magen verkrampfte sich und drehte sich um, ein Anfall von körperlichem und moralischem Ekel ließ sie erzittern, und sie fühlte sich plötzlich wund, als habe man ihr die Haut abgezogen; ich ertrage es nicht, dachte sie. Sie liebte ihn, er war ihr Kind, und der Gedanke, daß er auch nur einen Augenblick des Schmerzes erlitten hatte durch diese Schweine, machte sie ganz benommen vor Wut ... Der Raum verschwamm und erzitterte, der Deckenventilator wirbelte die Luft umher, der Colonel legte die Hand unter ihren Ellbogen, und ein Fremder, der in einen Winkel des Raums gekeilt dasaß, sprang von seinem Stuhl auf und sagte: »Cooper aus Kapstadt.«

Sie spürte, daß sie saß. Sie packte Coopers feuchte, ausgestreckte Hand, anscheinend nicht wissend, wozu sie da war. »Sie ist ein dummes Mädchen«, sagte der Colonel. »Hat die Nahrung verweigert.«

»Und das haben Sie zugelassen?« sagte Ralph.

»Was hätten Sie vorgezogen, daß ich sie zwangsernähren lasse?«

»Es wäre besser, wenn Sie sich setzen würden, Mr. Eldred«, sagte Cooper aus Kapstadt, »damit wir unser Gespräch in gebührender und zivilisierter Form fortsetzen können.«

»Dafür befinden wir uns im falschen Land«, erwiderte Ralph.

Doch er setzte sich, ergriff Annas Hand und berührte ihre trockenen Lippen mit seinen.

»Kann ich beginnen?« sagte Cooper. Ein zu junger Mann, befangen, schwitzend in seinem Geschäftsanzug. Er räusperte sich. »Um ganz offen zu sein, dies entwickelt sich zu einem peinlichen Zwischenfall.«

Ralph sprang wieder von seinem Stuhl auf. »Peinlicher Zwischenfall? Wir werden mitten in der Nacht verschleppt und ohne Anschuldigung verhaftet, man bedroht mich mit Gewalt, meine Frau hungert, die Missionsangestellten werden terrorisiert, und Sie nennen das einen peinlichen Zwischenfall?«

»Mr. Eldred, Ihr Verhalten ist Ihrer Sache gar nicht dienlich«, sagte Cooper. »Natürlich sind Sie gekränkt, doch als Vertreter Ihrer Majestät habe ich die Aufgabe, Sie aus der unangenehmen Situation zu befreien, in die Sie sich selbst gebracht haben, und zwar so, daß die Beziehungen zwischen unseren Ländern dabei keinen Schaden nehmen.«

»Was meinen Sie damit?« Anna rutschte nach vorn auf die Kante ihres Stuhls. »Was meinen Sie damit, die Situation, in die wir uns selbst gebracht haben?«

»Bitte, Mrs. Eldred«, sagte der Colonel sanft. »Hören Sie dem Mann zu. Er hat eine weite Reise gemacht, um mit Ihnen zu sprechen.«

»Ich danke Ihnen, Colonel«, sagte Cooper. »Nun, die Situation ist, grob gesagt, die folgende: Sie können, wie ich es verstehe, beinahe unverzüglich freigelassen werden, doch es gibt bestimmte Auflagen, denen Sie folgen müssen.« Cooper nahm sein Taschentuch heraus und wischte sich die Stirn ab. Seine farblosen Augen wanderten von einer Seite zur anderen.

»Ich glaube, es ist leichter für Sie«, sagte der Colonel, »wenn ich Sie mit Ihren Landsleuten allein lasse.«

»Genaugenommen«, erwiderte Cooper, »sollte dies geschehen.«

Der Colonel lächelte fein. »Sie haben keine Angst vor Mr. Eldred?« Cooper reagierte nicht. »Wenn ich das Geräusch Ihres auf dem Boden aufschlagenden Kopfes höre, Cooper, komme ich Ihnen sofort zu Hilfe. Verlassen Sie sich darauf.«

Der Colonel ging hinaus und schloß die Tür. Einen Augenblick herrschte Schweigen. »Es wird am einfachsten sein, wenn Sie nachgeben«, sagte Cooper.

»Niemals«, antwortete Ralph. »Sollen sie mich rauswerfen, wenn sie das wollen. Ich werde nichts tun, was ihnen das Leben leichter macht.«

»Wir befinden uns in ständigem Kontakt zu Ihren Arbeitgebern in Clerkenwell. Ihrer Missionsgesellschaft.«

»Sie wissen also genau, was vorgefallen ist?«

»Jawohl, und sie sind weniger als erfreut. Über Sie, meine ich, Mr. Eldred. Man hat mir versichert, daß sie allem politischen Engagement abgeschworen hätten, in welcher Form auch immer.«

»Das ist leicht«, sagte Anna. »Von Clerkenwell aus.«

»Man hat einen Vorschlag gemacht ...«, der Mann zögerte. »Ich bin befugt, Ihnen einen Vorschlag zu unterbreiten –«

»Ja?«

»Mit dem sozusagen das Gesicht gewahrt werden könnte –«

»Wessen Gesicht?«

»– das aller Beteiligten ... wenn Sie freiwillig gehen würden, anstatt deportiert zu werden ...«

»Das haben wir schon hinter uns«, sagte Ralph.

»... ohne jedoch sozusagen das Feld Ihrer missionarischen Unternehmung ganz aufzugeben.«

»Sprechen Sie Englisch, Mr. Cooper?« fragte Anna.

Der Mann schluckte. »Verstehe ich Sie richtig, daß Sie derzeit nicht den Wunsch haben, ins Vereinigte Königreich zurückzukehren?«

»Nicht den Wunsch«, sagte Ralph. »Nicht die Absicht.«

»Mrs. Eldred?«

»Ich möchte nach Hause gehen, in die Flower Street«, sagte Anna. »Das möchte ich.«

»Sie wissen, daß das unmöglich ist.« Ein Beiklang von Mißbilligung mischte sich in die Stimme des Beamten. »Die südafrikanische Regierung will Sie auf ihrem Territorium nicht mehr haben. Doch ich bin angewiesen, Ihnen im Auftrag Ihrer Missionsgesellschaft den Vorschlag zu unterbreiten, daß Sie, möglicherweise vorübergehend, einen Posten in Betschuanaland, im Protektorat Betschuanaland, annehmen sollten.«

»Clerkenwell schlägt dies vor?«

»Ich bin nur der Mittelsmann.«

»Was meinen Sie mit vorübergehend?«

»Sie meinen vermutlich drei Monate«, sagte Anna. »Bis die Aufregung sich gelegt hat und die Zeitungen uns vergessen haben und sie uns heimlich nach England schaffen und uns dann rauswerfen können.«

»Oh, ich glaube kaum –«, begann Cooper.

»Halten Sie den Mund, Cooper«, sagte Ralph. »Niemand interessiert sich dafür, was Sie glauben.«

Ein Schweigen: Sie schienen in eine Sackgasse geraten zu sein. »Mein Mann meint«, sagte Anna, sich nach vorn beugend, »daß es besser wäre, wenn Sie uns einfach die Fakten mitteilen würden. Wo befindet sich dieser Posten, den sie anbieten?«

»Es ist ein Ort namens Mosadinyana. Abgelegen, wie ich verstanden habe.«

»Das leuchtet ein«, sagte Ralph. »Uns aus dem Weg schaffen.«

Anna legte ihm die Hand auf den Arm. »Hören wir ihn an.«

»Wie ich es verstanden habe«, sagte Cooper, »wurde das Paar, das die Missionsstation leitete, aus gesundheitlichen Gründen repatriiert. Es ist kein sonderlich großer Ort. Es gibt, wie ich höre, eine kleine Schule.« Er schaute Anna an. »Dort wird eine Lehrerin benötigt.«

»Und was würde ich tun?« sagte Ralph.

»Verwalten, Mr. Eldred. Sie würden die Station verwalten.«

»Ich habe noch nie von diesem Ort gehört«, sagte Anna.

»Ihre Gesellschaft hat ihn mir als Zehenhalt beschrieben«, sagte Cooper. »Ein Zehenhalt in der Wüste.« Er schien zufrieden mit diesem Ausdruck. »Es besteht die Möglichkeit, daß er sich in den folgenden Jahren zu etwas Größerem entwickelt.«

»Einem Halt für den ganzen Fuß«, sagte Ralph.

»Liegt er an der Bahnlinie?«

»Nicht direkt«, sagte Cooper.

»Was gibt es außer der Schule noch?«

»Vielleicht einen kleinen Kaufladen«, sagte Cooper stirnrunzelnd. »Ich könnte das in Erfahrung bringen.«

»Wenn ich dorthin ginge«, sagte Ralph, »bestünde dann die Möglichkeit, daß ich zu einem späteren Zeitpunkt nach Elim zurückkehren könnte? Was glauben Sie?«

Cooper gewährte ihnen ein dünnes Lächeln. »Erst wenn es einen Regierungswechsel gibt, Mr. Eldred.«

»Sie bringen uns in eine sehr schwierige Lage«, sagte Anna. »Sie verlangen von uns, daß wir landaufwärts umziehen, an einen Ort, von dem wir nichts wissen –«

»Man hat mich gebeten, Sie darin zu bestärken, dies als vorübergehend zu betrachten«, sagte Cooper. »Man hat mich gebeten, Ihnen zu versichern, daß Sie versetzt werden können, sollte sich der Posten als ungeeignet erweisen. Wirklich, Mrs. Eldred, Sie haben nichts zu befürchten. Die südafrikanische Regierung –«, er zögerte, »– das heißt, man hat mir bedeutet, daß die südafrikanische Regierung keine Einwände dagegen hat, wenn Sie durch ihr Territorium reisen, um diesen Posten anzutreten. Sollten Sie die Gelegenheit jedoch ausschlagen, hat man für Sie zwei Plätze für einen Flug nach London reserviert, der morgen geht.«

Ralph und Anna schauten einander an. »Morgen«, sagte Anna. »Das ist ja lächerlich. Wir können doch unmöglich auf der Basis einer solchen Mitteilung das Land verlassen. Wir müssen in der Flower Street alles ordnen, es würde mindestens einen Monat dauern, die Mission an jemand anderen zu übergeben.«

»Ich fürchte, Sie erfassen die Situation nicht ganz, Mrs. Eldred. Sie können nicht nach Elim zurückkehren; ich meinte, Ihnen das ausreichend dargelegt zu haben. Schließlich gibt es niemanden, der eine Garantie für Ihr Verhalten übernehmen könnte.«

»Sie erwecken den Eindruck, als seien wir Schulkinder«, sagte Ralph.

»Sie sind wenig mehr, Mr. Eldred.« Der Mann schloß die Augen.

Ralph nahm Annas Hand. »Wir müssen uns entscheiden.«

»Ja.«

»Anna, du siehst krank aus. Vielleicht wäre es das beste, nach Hause zu fahren.«

»Ich bin nicht krank.«

»Ich kann dich keiner Gefahr aussetzen. Ich liebe dich, Anna.« Cooper schaute gequält weg.

»Wenn wir jetzt nach Hause fahren, haben wir versagt.«

»O Gott«, sagte Ralph. »Ich wünschte, wir hätten nie den Fuß in dieses verdammte Land gesetzt. Ich wünschte, wir wären nach Dar gefahren.«

»Nein«, sagte Anna. »Ich hätte Elim nicht missen mögen, Ralph.« Es wird immer der Platz sein, an dem wir erwachsen geworden sind, dachte sie. Ich werde die Flower Street nie vergessen. Sie sah Cooper an. »In Ordnung, wir gehen.«

»Ich gratuliere Ihnen zu Ihrer tapferen Entscheidung.« Cooper streckte die Hand aus. Ralph ignorierte sie.

In den frühen Morgenstunden setzte sie der Zug an einem leeren Bahnsteig ab. Ihre beiden Taschen – ihre Koffer würde man für sie packen und sie ihnen später nachschicken – wurden ihnen vor die Füße gestellt; dann sammelte der Zug seine Kraft für die nächste Etappe und fuhr dampfend auf den Gleisen davon.

Die Finsternis war vollkommen. Sie hörten, bestürzend laut, sich nähernde Fußtritte. Ein Eisenbahnangestellter rief auf afrikaans einen knappen Gruß. Anna antwortete ihm. »Wir sind mit Verspätung angekommen. Niemand holt uns ab, wo können wir bleiben?«

Der Eisenbahnangestellte war ein wortkarger Mensch. »Er sagt, es gibt nur den Warteraum. Und der ist hier hinten. Und er sagt, alle wissen, daß der Zug Verspätung hatte. Alle sind betroffen.«

»Sie werden uns schon nicht im Stich lassen«, sagte Ralph. Die Fußtritte entfernten sich.

Der Warteraum hatte einen Zementfußboden und zwei Holzbänke. Er bot anscheinend nicht mehr Bequemlichkeit als der Bahnsteig, daher richteten sie sich auf der einzigen Bank draußen ein. Obwohl es Mittsommer war, war das Sternenlicht kalt. Sie lehnten sich aneinander, die Köpfe berührten sich. »Wir sind jetzt nirgendwo«, flüsterte Anna.

Ralph sagte: »Wir sind im Herzen Afrikas.«

»Ja. Nirgendwo.«

Sie legte sich auf die Bank, den Kopf auf seinen Knien, eine Strickjacke über sich gebreitet. Mit auf die Brust gesunkenem Kopf döste er ein.

Ralph erwachte davon, daß ihn jemand an der Schulter berührte. Der Strahl einer Taschenlampe schien ihm ins Gesicht. In dem Moment, in dem er aufschaute, wurde die Taschenlampe ausgeschaltet. Eine afrikanische Stimme, die Stimme eines Mannes, sagte: »Mr. Eldred, Sir. Kommen Sie, Baas, kommen Sie, Madam.«

Hände griffen nach ihren Taschen. Anna stand auf, steif vom Schlaf, desorientiert, durchgefroren. Hinter dem Bahnhofsgelände sahen sie die Lichter eines Lastwagens. »Ist das Ihrer?« fragte Ralph.

»Nein, Baas.« Schweigen. Wie kann ich sie dazu bringen, mich nicht mehr so zu nennen, dachte Ralph. Ich will dieses Wort nie wieder hören. Der Mann sagte: »Es ist der Lastwagen von mir und meinem Bruder und auch von seinem Bruder. Mrs. Pilane, die Schwester aus dem Krankenhaus, hat mich gebeten, Sie zur Mission zu bringen.«

»Danke«, sagte Ralph. »Der Zug hatte viel Verspätung. Wir dachten schon, es käme niemand.«

»Ich bin gekommen«, erwiderte der Mann ruhig.

Als sie auf den Lastwagen zugingen, sahen sie im Licht der Taschenlampe, wie ein halbes Dutzend in Decken gehüllte Gestalten vom Boden aufstand. Niemand sprach. Einer nach dem anderen kletterte das halbe Dutzend auf die Ladefläche des Wagens, einander Pakete und Säcke hinaufreichend. »Wer sind diese Leute?« sagte Ralph.

Der Mann erwiderte: »Das sind Reisende.«

Ralph schob Anna in das Fahrerhaus des Lastwagens und zwängte sich neben sie. »Arbeiten Sie für die Mission?« fragte Ralph.

»Nein. Dort ist nur Salome. Und da ist Enock.«

Der Mann äußerte sich nicht weiter darüber. Er gab seinen Namen, seinen Privatbesitz, nicht preis. Schweigend fuhren sie los. Der Lastwagen war primitiv, und Steine spritzten unter den Rädern zur Seite. Furchen rüttelten sie durch. Kleine Zweige schleiften die Seiten des Wagens mit einem metallischen Klick-klick. Manchmal peitschten Zweige an die Windschutzscheibe; das Glas schützte sie, doch instinktiv duckten sie sich. Anna lehnte sich an Ralph, den Kopf auf seine Schulter gelegt. Die metallene Hülle füllte sich mit ihrem ruhigen, stoßweisen Atmen.

Beinahe unmerklich begann der Himmel heller zu werden. Die Straße wurde weniger holprig. »Wir sind gleich da«, sagte der Fahrer. Das Dorf Mosadinyana nahm rings um sie Gestalt an: die Viehkrale aus geflochtenen Dornenhecken, die zottigen Strohdächer der Rondavels, die Mauern aus Erde, die jeden Hof umringten. Der Fahrer hielt an. Einen Augenblick herrschte Stille; Anna schaute sich die Wände an: ein Muster war in sie eingefügt, Streifen und Zickzacklinien, ockergelb und graubraun. Die Gruppe der Reisenden löste sich auf, die Laken noch fester um die Körper geschlungen; die Frauen trugen ihre Pakete auf dem Kopf.

Die Sonne war nun fast aufgegangen, doch das blasse Licht hätte Sonnenaufgang oder Sonnenuntergang sein können. Anna schaute hoch, über das Dorf hinweg. Niedrige braune Hügel traten in ihr Sichtfeld, eine endlose Hügelkette, wie eine Mondlandschaft. Rings um ein Bohrloch hatten Esel die Köpfe geneigt und rupften an dem mit Buschwerk bewachsenen Boden.

Ein paar Minuten später holperten sie zum Missionshaus hinauf. Der Fahrer stieg aus, um ihre Taschen herunterzuheben. »Sie können mir drei Shilling geben«, sagte er.

»Sehr gern«, sagte Ralph. »Ich bin Ihnen sehr dankbar.«

Das Geld wechselte die Hände. Das Missionshaus war ein niedriges Gebäude, dessen Wände im Halblicht weiß schimmerten. Auf einem Tisch auf der vorderen Veranda brannte eine Kerze. Während sie sie betrachteten, ging sie aus. Die Sonne brach über die Hügel herein, in vollem Harnisch geboren: eine große Scheibe aus gleißendem Gold.

Im Haus fanden sie von ihren Vorgängern, Mr. und Mrs. Instow, zurückgebliebene Möbelstücke vor: eingestaubte, durchgesessene Sessel, deren Polster durch langen Gebrauch zu einem unbestimmbaren, schimmernden Grau abgescheuert waren, ein paar zerkratzte Tische, einige Bücherregale, anstößig leer, ein einziges Bild an der Wand, das Hochlandrinder, einen Bach durchquerend, zeigte. Ihr Schlafzimmer war mit einem massigen Ankleidetisch mit einem flekkigen Spiegel und mit Kleiderschränken möbliert, deren Türen sich knarrend öffneten und ihr dunkles Inneres preisgaben, wenn jemand den Raum betrat. Der Geruch alter Mottenkugeln lag in der Luft.

Sofort begann ihr neuer Tagesablauf. Es gab neue Probleme, neue Dilemmas, menschliche und moralische. Zeit zum Nachdenken war nicht, keine Periode der Eingewöhnung. Ein Monat verging, ehe ein Brief aus Clerkenwell eintraf. Es war kein anklagender Brief, doch er klang beleidigt und unbestimmt. Er wünschte ihnen Erfolg auf ihrem neuen Posten. »Cooper hat gesagt, es wäre nur vorübergehend«, sagte Ralph. »Aber hier steht nichts davon, daß sie uns weiterversetzen. Trotzdem –« Sein Blick ruhte auf seiner Frau. Ihre Schwangerschaft war nun zu sehen, und um so deutlicher, da sie dünn war.

»Besser das Übel, das man schon kennt«, sagte Anna. »Der Gedanke, wieder die Taschen packen zu müssen – das wäre zuviel.« Sie kam zu ihm herüber und legte ihm die Hand auf den Kopf, strich ihm über das lockige Haar. »Es ist alles gut. Wir werden uns daran gewöhnen.« Und das wäre nicht schwierig, dachte sie. Es gab die üblichen Panikmomente: ein Skorpion in der Küche, ein Dorn unter einem Nagel. Ansonsten verliefen alle Tage gleich.

Enock, ein Mann, der keine Familie hatte, grub den Garten um und rechte ihn: er war ziellos, unbeständig, verschwand häufig. In der Küche stand Salome einer monotonen Speisewirtschaft vor: zähes Fleisch und Maisbrei, kleine bittere Orangen von ihren eigenen Bäumen. Jeden Tag nach dem Frühstück wusch sie die Sachen und polierte die roten Zementfußböden. Salome war formlos wie die meisten Frauen, die ihre Jugend hinter sich hatten. Sie trug einen lilafarbenen Overall, ein Geschenk von Mr. und Mrs. Instow, von denen sie selten sprach. Sie hatte ausgetretene Hauspantoffeln an und eine Wollmütze auf dem Kopf; jeden Morgen war sie um sechs in der Küche, beschickte den Küchenherd und setzte den Kessel auf.

Ein zweiter Monat verging, und ihre Erinnerungen verblaßten bereits. Ihre Zeit in der Flower Street kam ihnen vor wie eine Episode im Leben anderer Menschen. Was war aus Koos geworden, fragte sich Anna manchmal, hatte die Polizei ihn mitgenommen? Was war mit Dearie und Rosinah geschehen? Hatte es einen Spitzel gegeben? Wenn ja, wer war das? Ihr Denken schreckte vor diesem Thema zurück. Sogar die angenehmeren Erinnerungen wurden ihr vergällt. Sie konnte nicht an die Flower Street zurückdenken, ohne zu wissen, daß man sie verraten hatte.

Jeden Morgen stand Anna um acht in dem kleinen Klassenzimmer. Sie hatte eine unregelmäßige und wechselnde Anzahl von Schülern, darunter ein paar kleinere Kinder, die kaum einen Stift halten konnten, einige große, kräftige Mädchen, die strickend und schwatzend im hinteren Teil des Raumes saßen. Anna versuchte gar nicht erst, sie zum Aufhören zu bewegen; sie zweifelte nicht daran, daß sie, was immer sie stricken mochten, benötigten. Die Jungen blieben wochenlang weg, hüteten das Vieh. Monatelang in den ramponierten Schulbänken, danach monatelang auf Viehtrieb.

Ihr Ziel war nicht hoch: Sie sollten nur zählen können, addieren, substrahieren, um nicht betrogen zu werden, wenn sie mit kleinen Münzen in den Laden gingen. Sie sollten ihren Namen schreiben und in den für Kinder englischer Vorstädte bestimmten Fibeln lesen können; Kinder, die Rasen hatten, auf dem sie spielen konnten, und Erdbeermarmelade zum Tee. Hier gab es keinen Rasen, denn jeder

Halm der Vegetation mußte es mit Gott selber aufnehmen, wenn er überleben wollte. Es gab Mais-Porridge zum Tee, und zum Frühstück und zum Mittagessen ebenfalls. Und wenn sie einen Hund sahen, warfen die Schüler mit Steinen nach ihm.

Es waren uninteressierte, apathische Kinder; unmöglich, in Erfahrung zu bringen, ob sie das, was Anna ihnen beizubringen versuchte, aufnahmen oder nicht. Sie hatten, vermutete sie, häufig Hunger: nicht jenen stechenden Hunger, der den Geist anstachelt und die Hände zittern läßt, sondern einen chronischen Hunger, grollend und unstillbar. Zu diesem Zeitpunkt verhungerte niemand mehr, nicht in diesem Dorf und nicht im ganzen Land. An der Tagesordnung war vielmehr eine falsche Ernährung, die zu Lethargie führte, welche wiederum dazu führte, daß eine über das Minimum hinausgehende Anstrengung unmöglich war. Die burischen Farmer hatten das beste Land; sie düngten es mit ihrem Schweiß und rangen ihm Erträge ab. Die Wüste brachte Dornenbüsche und Gestrüpp und im Frühjahr, wenn der Regen gefallen war, einen plötzlichen, schockierenden Teppich aus sonderbaren Blumen hervor.

Jeden Tag um elf Uhr, die Sonne hoch am Himmel, schliefen ihre Schüler, nickten zusammengesackt in den Bänken ein. Die Stimme erstarb ihr im Hals. Um ein Uhr war die Schule aus. Die Kinder drängten sich um sie. »Auf Wiedersehen, und guten Weg«, sagte sie in dem verlegenen wenigen Swetsana, das sie sprach.

»Bleiben Sie gesund, Madam«, sagten die Schüler. Und umringten sie. Die heißen Körper an den Annas gedrückt. Hände, die sie tätschelten. Sie spürte, wie sie innerlich schrumpfte.

Warum? Ihre eigene Reaktion empörte sie. Die Männer aus dem Dorf waren ideenarm, schwunglos und dünn. Die Frauen waren große Fässer aus Fett, aufgedunsen durch Kohlehydrate. Sie trugen Kinder mit leeren Gesichtern umher, die sie sich fest auf den Rücken gebunden hatten. Zu viele Säuglinge starben. Die Klinikschwester, Mrs. Pilane, konnte Masern nicht heilen. Wenn die Frauen sprachen, schienen sie zu schreien und zu spotten. Ihre Stimmen waren harsch, monoton, irgendwie triumphierend. Gott helfe mir, dachte Anna, aber ich mag sie nicht, vielleicht habe ich Angst vor ihnen. Diese

Gefühle widersprachen allem, was sie von sich selber erwartete, all ihren Prinzipien und Denkgewohnheiten.

Nachrichten aus der äußeren Welt erreichten sie nur spärlich; Post kam zweimal in der Woche, und manchmal eine Zeitung. Betschuanaland, das undurchsichtige Protektorat, produzierte selbst Nachrichten. Seretse Khama, der junge Stammesführer, war mit seiner weißen Frau nach Hause zurückgekehrt; zehn Jahre zuvor, als Student der Londoner Bars, hatte er sich zum Zorn und zur Empörung seiner Verwandten und der südafrikanischen Regierung diese schlanke, damenhafte Blondine ausgesucht. DIE EHE, DIE AFRIKA ERSCHÜTTERT hatte der *Daily Mail* getitelt. Ein paar Wochen lang hatte die Welt den Blick auf das Protektorat gerichtet. Hinausgedrängt, von den Briten aus seinem eigenen Land ausgewiesen, war der Häuptling nun zum Geschrei der Stammesfrauen und zum Gewitter von Blitzlichtern zurückgekehrt. Ralph sagte: »Schon wieder in den Nachrichten, denk doch nur. James und Emma und unsere Eltern, die in Norwich über uns lesen. Es gibt einem das Gefühl, doch an einem wirklichen Ort zu leben.«

Sie hatten natürlich auch selbst in den Zeitungen gestanden. Emma hatte die Ausschnitte geschickt. Ihre Geschichte war einen oder zwei Tage lang verfolgt, dann jedoch fallengelassen worden, als man sie aus dem Gefängnis entlassen hatte. Die Zeitungen hatten Fotografien von ihrer Hochzeit verwendet; anscheinend hatte niemand andere Aufnahmen von ihnen finden können. In ihren seltsamen rituellen Gewändern starrten sie in die Linse, verblüfft und schüchtern; sie sahen aus wie Kinder, die Hochzeit spielten, um sich an einem Regentag die Zeit zu vertreiben.

Nachrichten erreichten sie auch aus Kapstadt. Der Erzbischof war tot. Nach Ralphs fester Überzeugung war es die Regierung, die ihn am Ende umgebracht hatte. Eine weitere Apartheidmaßnahme war vorgeschlagen worden, mit einer Klausel, die die Regierung ermächtigte, schwarze Afrikaner von Kirchen in weißen Gebieten auszuschließen, und dies brachte den alten Mann an den Punkt, von dem es nicht mehr weiterging.

Der Erzbischof hatte noch einen Brief entworfen: Wenn dies Gesetz wird, teilte sein Brief mit, werden die Kirche und ihre Geistlichen und ihre Menschen nicht imstande sein, es zu befolgen. Die Kampflinie war schließlich abgesteckt. Spätabends war die Sekretärin des Erzbischofs in sein Arbeitszimmer gekommen und hatte ihm die letzte Fassung seines Briefes gebracht, damit er sie unterzeichnen sollte. Der alte Mann hatte auf dem Teppich gelegen. Er war neben seinem Schreibtisch gestürzt, und sein Herz hatte ausgesetzt.

Als er diese Nachricht erhielt, fühlte Ralph sich noch einsamer.

Innerhalb von ein oder zwei Wochen nach ihrer Ankunft war klar, daß die Mission nicht zwei Menschen Arbeit bot. Und Mosadinyana würde niemals größer werden, wie Cooper vorgegeben hatte. Die Mission war ein Fossil, ein Relikt; ihre Zeit war vorüber, und das Zentrum der Bemühungen und Aktivitäten hatte sich an einen anderen Ort verlagert. Ralph stellte sich vor, wie ihr Leben und ihr berufliches Fortkommen in der staubigsten, niedrigsten Lade von Clerkenwell zu den Akten gelegt wurde.

Er war zornig. »Es ist so hirnverbrannt. Sie behandeln uns, als hätten wir ein schreckliches Verbrechen begangen, als seien wir entehrt. Die Wahrheit ist jedoch, daß es in England Menschen gibt, die nicht nur mit uns sympathisieren, sondern uns sogar Beifall spenden würden.«

»Wir sind keine Helden«, erwiderte Anna. »Im Grunde haben wir gar nichts gemacht. Wir sind ihnen nur in die Quere gekommen. Wir waren unbequem.«

»Das ist wenigstens etwas.«

Clerkenwell überwies ihr schmales Gehalt jeden Monat. Es gab nichts, wofür sie es hätten ausgeben können.

»Für eines müssen wir dankbar sein«, sagte Ralph. »Wenn das Kind geboren ist, übernehme ich das Unterrichten, und du brauchst gar nichts zu tun. Wir können uns eine Pflegerin aus dem Dorf nehmen, Salome wird jemanden für uns auftreiben. Wenn wir nachts gestört werden, kannst du dich dann tagsüber ein wenig ausruhen.«

Der Gedanke an das Baby machte ihn stolz, unruhig, unerklärlich traurig. Daß es hier zur Welt kam, in Mosadinyana, im Herzen Afrikas. Annas Körper war angeschwollen, doch ihr Gesicht war ausgezehrt, und ihre Arme waren dünn wie Stecken. In jenen wenigen Tagen im Gefängnis hatte sich das Fleisch einfach von ihren Knochen gelöst; ihre Knochen wirkten jetzt größer, und ihre weitgeöffneten Augen ließen sie traurig und zerbrechlich aussehen.

Wenn sie morgens oder abends aus ihrer Vordertür ins Freie traten, kreisten über ihnen die Zugvögel, verkündeten spottend und pfeifend, in kreischendem Sturzflug ihre einzige, unveränderliche Botschaft: die einzigen Worte, die die Natur ihnen verliehen hatte. Sie waren anhängliche Gefährten, wie jemand, den man bei einer Reise aufgabelt, jemand, der behauptet, das Terrain besser zu kennen, der einen dazu zu überreden versucht, von der geplanten Route abzuweichen.

Ralph fuhr Anna ins Krankenhaus der lutheranischen Mission, über Straßen, die die Knochen und Eingeweide durchrüttelten. Der Arzt war ein älterer Holländer, von der Sonne ausgemergelt und verblichen; er begrüßte sie mit freundlicher Anteilnahme. Alles würde gutgehen, versicherte er ihr und strich mit der Hand über den Hügel ihres Bauches. Es bestehe kein Anlaß zu überlegen, ob sie die Eisenbahnstrecke hinabreisen sollte, wenn ihre Zeit gekommen wäre; er hatte einhundert Babys zur Welt gebracht, und er hatte genügend Erfahrung, falls irgend etwas, was Gott verhüten mögen, schiefgehen sollte. Er sähe, sagte er, daß sie eine gefühlvolle junge Frau sei, kräftiger, als sie aussähe, und nach dem Ereignis würde sie nur die einfachsten Hygienevorschriften beachten müssen, die Maßnahmen, die der gesunde Menschenverstand riet und die jede Mutter ergreifen würde. »Denken Sie daran, was Ihr Baby haben wird«, sagte er. »Gottes gesegnete Sonne, beinahe jeden Tag im Jahr. Stille Nächte unter den Sternen und dem Mond.«

Anna sah bei diesem lyrischen Ausbruch auf, erhob sich halb von der Untersuchungscouch. Hatte er getrunken? Er legte ihr die Hand auf die Stirn, drückte sie behutsam wieder nach unten. »Mrs. Eldred«, sagte er, »ich habe von Ihren Schwierigkeiten in der Republik gehört. Sie und Ihr Mann, Sie sind junge Leute und verdienen alles Glück, das Ihnen zuteil werden wird. Es wird mir ein Vergnügen und eine Ehre sein, Ihnen Ihr erstes Kind sicher in die Arme zu legen.«

Jeden Abend saßen sie im Licht von Lampen und Kerzen über ihre Swetsana-Grammatiken gebeugt. Draußen raschelte und knackte die Dunkelheit; drinnen war der Flügelschlag einer Motte das einzige Geräusch. Und doch waren sie nicht allein; da draußen war eine Siedlung, lichtlos, unsichtbar, unregelmäßiges nächtliches Atmen ihr einziges Lebenszeichen. In der ersten Woche war ein ganzer Zug von in Decken gehüllten Männern und Frauen an ihre Tür gekommen und hatte nach Arbeit gefragt. Anna war völlig aufgelöst. Sie wußte nicht, wie man sie abweisen konnte, und es schien, als nähme der Zug kein Ende. Ralph und Anna hatten nur wenig Fortschritt mit der Sprache gemacht; wenn sie zu sprechen versuchten, grinsten die Leute sie an. »Sie können jeden annehmen, den Sie als Hilfe brauchen«, hatte Anna zu Salome gesagt. »Aber nicht Leute, die wir nicht brauchen, nicht Leute, die nur herumsitzen und nichts tun. Weil es nicht fair ist, die einen auszuwählen und die anderen nicht, den einen Lohn zu zahlen und den anderen nicht. Aber, Salome, hören Sie mir zu, wenn jemand hungrig ist, schicken Sie ihn nicht weg, auf keinen Fall.«

Schickte sie sie weg? Anna fürchtete, ja – aus einer Laune heraus und gemäß den starren Regeln ihres eigenen Urteils. Sie mußten anerkennen, daß Salomes Beurteilung vielleicht vernünftiger war als die ihre. Sie war ihre Vermittlerin, ihre Stütze. Ihr Englisch war hybrid, rutschte manchmal ins Afrikaans hinüber. Einmal sprach sie unvergeßliche Sätze, die Hände gefaltet, die blicklosen Augen auf etwas hinter dem Fenster, in dem staubigen Hof gerichtet: sprach rhythmisch und flüssig, voller Vertrauen, daß man sie verstehen würde. »In den Tagen unserer Großmütter, Madam, gab es viele Frauen, die sich die Aufgabe des Wassertragens und des Hirsemahlens und des Hausfegens teilten. Nun gibt es nur noch eine Frau. Sie muß den ganzen Tag in der heißen Sonne arbeiten, bis sie umfällt.«

»Eine Übertreibung«, sagte Anna, »aber sie sprach natürlich von den Vorteilen der Polygamie, verstehst du.«

»Was wirst du dir als nächstes ausdenken?« erwiderte Ralph.

»Ich denke, wir haben diese Menschen ihrer Eigenart beraubt«, sagte Anna. »Alles, was alt ist, wird verurteilt, alles, was von ihnen selbst kommt. Alles, was neu ist und importiert wird, wird ihnen als besser hingestellt.«

»Seife und Zivilisation«, sagte Ralph. »Das war die Idee. Ach ja, und Gott.«

»Ja, und Gott«, sagte Anna. »Ich frage mich allmählich, was das Christentum Frauen anzubieten hat. Neben einer Reihe von Beschimpfungen, heißt das.«

Auf dem Gelände der Mission gab es Unterkünfte für drei Angestellte. Zwei dieser weißgetünchten Räume waren bereits in Beschlag genommen, einer von Salome, der andere vom Gärtner Enock. Doch die Leute, die Anna nicht beschäftigen konnte, gingen nicht fort. Die andere Hütte wurde schon bald von einer großen, aus einer Mutter und ihren Kindern bestehenden Familie belegt, über deren Herkunft niemand etwas wußte. Andere Familien kampierten in der Umgebung, bauten sich Verschläge, die noch hinfälliger waren als die Schuppen in den Außenbezirken von Elim. Sie lungerten, wie es schien, voller Erwartung herum; man konnte nicht behaupten, hoffnungsvoll, denn etwas so Lebendiges wie Hoffnung war im Ausdruck dieser Gäste nicht zu erkennen. So nannte Ralph sie: unsere Gäste. Ihre Gesichter strahlten vielmehr eine ehrfurchteinflößende Geduld aus, eine Zuversicht: die Zuversicht, daß sich eines Tages die Glückseligkeiten einstellen und die Sanftmütigen und die im Geiste Armen in ihr Königreich eintreten würden. Oder wenigstens eine Arbeitsstelle fänden. Eines Tages würde Anna aufwachen und feststellen, daß sie ganz andere Bedürfnisse hätte, daß sie so viele Bedienstete benötigte wie Blenheim oder der Buckingham-Palast bei einer Gartenparty.

Anna schrieb mit behutsamen Worten über ihren Zustand nach Hause. Die Antwort ihrer Mutter traf zwei Monate später ein. »Letzte Woche hat die ganze Gemeinde an dich gedacht. Alle schließen dich in ihre Gebete und Gedanken ein. Die Menschen um dich herum sind, obwohl primitiv, gewiß sehr freundlich.«

Die kühlere Witterung brachte Erleichterung. Sie atmete nun leichter, oberhalb der Rippenbogen. Nur eines hatte ihr Übelkeit bereitet, und seine Zeit war kurz gewesen: der Guavenbaum, üppig tragend, verströmte einen Geruch, als sei Eau de Cologne auf verwesendem Fleisch verspritzt worden.

Anna sagte: »Ralph, in der Generation meiner Großmutter ...« Ihre Stimme erstarb. Sie hatte keinen so biblischen Ton anschlagen wollen; sie mußte ihn bei Salome aufgeschnappt haben. Sie fing noch einmal an. »In unserer Familie hat es vor Jahren ... Zwillinge gegeben.« Sie wartete. Er sah auf. Sie wich der Bestürzung in seinem Gesicht aus. »Der Doktor kann es natürlich nicht mit Sicherheit sagen, er sagt aber, daß man die Möglichkeit nicht ausschließen sollte. Er meint, es wird alles gutgehen.«

»Meinen ist nicht genug«, sagte Ralph. Er stützte den Kopf in die Hände. »O Gott, wären wir doch jetzt in Elim ... Wenn du nach Johannesburg oder Pretoria fahren könntest, würde es keine Probleme geben, alle Hilfsmittel stünden uns dort zur Verfügung. Wir sollten nach Süden fahren, Anna. Ganz bestimmt würden sie uns das doch nicht verweigern? Es ist doch unser erstes Kind, dir ist nicht wohl gewesen ... Bestimmt würden sie doch eine Geste machen, eine menschliche Geste?«

»Nein, das würden sie nicht«, sagte Anna. »Wenn wir in Johannesburg oder Pretoria auftauchen würden, würden sie uns wieder ins Gefängnis stecken.«

»Mich vielleicht – aber doch nicht dich?«

»Warum denn nicht? Sie haben mich doch auch vorher ins Gefängnis gesteckt.« Anna schüttelte den Kopf. »Vergiß es, Ralph. Ich möchte den Fuß nicht auf diese Erde setzen. Ich will diese Art Mitgefühl nicht.«

Drei Wochen vor der Geburt fuhr sie dann doch nach Süden, aber nur nach Lobatsi, einer kleinen Stadt an der Eisenbahnlinie. Sie hatte sich im Athlone-Krankenhaus angemeldet; wenn irgend etwas schiefgehen sollte, hätten sie und die Babys bessere Möglichkeiten als oben im Landesinnern. Sie glaubte an die Zwillinge, sie waren kein Thema für Vermutungen mehr; sie bildete sich ein, daß sie die beiden neuen Herzen unter dem ihren schlagen hörte. Während sie darauf wartete, daß sich ihre Vermutung als richtig erwies, verbrachte sie ihre Tage damit, am Fenster des Hotels von Lobatsi zu sitzen und zuzuschauen, wie die Einwohner in die indischen Läden strömten, Eimer wollten und Säcke voll Zucker und Baumwolle und Bier. Männer, die beim Metzger gewesen waren, schleppten sich die staubige Straße entlang und trugen klebrige Pakete, aus denen graue Eingeweide baumelten. Frauen saßen auf den Hotelstufen und verkauften gestrickte Mützen; wenn der Abend anbrach, saßen ihre Töchter dort und verkauften ihre Körper, stießen einander mit den Ellbogen und kreischten, während sie auf Kundschaft warteten, eine Zigarette von Hand zu Hand wandern ließen, einen Plastikkamm, einen mit Glassteinen besetzten Spiegel.

Das Wetter war kühl, blau und still, die Morgen waren beißend vor Frost. Man sah nur wenige weiße Gesichter auf der Straße. Jeden Tag lauschte sie dem Ruf des Zuges, der von den Gleisen hinter dem Eukalyptusbaum herüberschallte: Sie sah die Prozession, die zur Bahnstation zog, Frauen, die Säcke mit Zwiebeln schleppten und mit Kisten und Taschen beladen waren, Jungen mit Orangen, die rannten, um sie an die Reisenden zu verkaufen. Wenn der Zug einfuhr, stürmten ihn die Passagiere, klammerten sich schaukelnd an seinen Seiten fest, als sei er ein Stier, der zu Boden gerungen werden müßte. Manchmal kam es ihr so vor, als sei das ganze Land in Bewegung; sie jedoch wurde stiller, schwerer, ergab sich immer tiefer in das Sonderbare und den Schmerz, die vor ihr lagen.

Im tiefen Winter und vor Tagesanbruch kamen ihre Babys zur Welt. Ihr holländischer Arzt hatte bei ihr sein wollen, doch er hatte sich verspätet, war aus irgendeinem Grund verhindert – eine gebrochene Achse oder eine plötzlich ausgebrochene kleine Epidemie –, und sie hatte das Gefühl, als sei ihr aller Schutz entzogen worden. Sie hörte seltsame Stimmen in den Korridoren und das Stöhnen anderer Frauen in den Wehen; und dieses Geräusch schien einmal von links, ein anderes Mal von rechts und ein drittes Mal aus dem Krankenhausgarten unter ihrem Fenster und einmal vielleicht sogar aus ihrer eigenen Kehle zu ihr zu dringen. Als ihre Tochter geboren war, streckte sie dem Kind die Arme entgegen, doch als ihr Sohn geboren wurde, war sie zu einem Gegenstand geworden, bleiern vor Müdigkeit, ihre Arme gehorchten ihr nicht mehr. Sie hörte ihn schreien und drehte mühevoll, sehr langsam den Kopf, um ihn in den Händen einer Krankenschwester zu sehen, sein Körper aufgespießt von einem frühen Lichtstrahl. Ralph stand neben ihrem Bett und hielt ihre Hand, als sei sie ein Stein. Einen Mädchennamen hatten sie bereits gewählt, Katherine. »Den Jungen nach deinem Vater«, flüsterte Anna. »Denn das wird heilen ... denn das wird heilen ...«

Denn das wird alle Wunden heilen. Plötzlich ging sie von ihm, wurde in den Schlaf geschleudert wie ein Kletterer, der von einer Felswand stürzt.

Der Arzt faßte Ralph am Arm und führte ihn aus dem Zimmer. Sein Herz fühlte sich sehr klein an, sehr schwer, ein Kieselstein in seiner Brust, zusammengezogen vor Entsetzen und Furcht beim Anblick der blutverschmierten Wesen, die der Körper seiner Frau hervorgebracht hatte. Später am gleichen Tag ging er, nachdem er ein paar Stunden geschlafen hatte, die Babys noch einmal besuchen. Er sah, daß es keinen Grund gab, ängstlich zu sein. Die Zwillinge waren klein, aber gesund. Sie hatten lockiges schwarzes Haar und Augen von schwarzem Grau; fest, aber schmelzend, wie die Augen von Hündchen.

Die Monate, die hierauf folgten, waren Monate einer einschläfernden Stille, in die dann und wann die kleinen Notfälle der Kinderkrankheiten und der Übellaunigkeit und die Wechselfälle des Lebens in der Wüste einbrachen; und diese Monate kamen Ralph und Anna, wenn sie auf ihre Zeit im Protektorat zurückblickten, wie Jahre vor. Es waren Jahre, in denen die Luft so trocken war, daß sie die Lungen zu versengen schien, Jahre der Dornen und des Gestrüpps, eines feinen Staubes, der alle Oberflächen bedeckt. Das Farbenspektrum des Landes war schmal: rosenrot über ziegelrot über löwenfarbig zu

Stein. Im Sommer, unter dem sich öffnenden Auge der Sonne, schien die Landschaft flacher zu sein, zweidimensional, als sei es bereits hoher Mittag. Moskitos wimmerten in der Dunkelheit, stießen unentdeckt auf die Venen geschwollener Knöchel nieder, und Zecken bissen und saugten sich fest und schwollen an vor Blut, aufgequollen wie blaugraue Erbsen. Eines Morgens, als er den heißen Nebel des anbrechenden Tages einatmete, sah Ralph auf dem ganzen Gelände Paviane, die den Feigenbaum plünderten und sich die wurmigen Früchte mit gemurmelter Bewunderung in den Mund steckten. Totenstill beobachtete er sie von der hinteren Veranda aus: Es war, als schaue er sich den Traum eines anderen oder die Wiederaufführung eines Mythos an. Es verwirrte ihn, er konnte nicht sagen, welcher Mythos es war.

Im Sommer war der Himmel violett, trübe; wenn Stürme kamen, scheuchten die niederstürzenden Wassermassen Gartenschlangen aus ihrer Hitzetrance auf. Grüne Mambas, südafrikanische Baumschlangen, Speikobras; nach den Regenfällen brodelte die Erde wie ein lebendiger Teppich. Sechs Beine, acht Beine, keine Beine: alles war in Bewegung.

Salome fand eine Frau namens Felicia, die die Kinderfrau der Kleinen werden sollte. Felicia brauchte ein eigenes Zuhause; die Mutter und die Kinder, die die dritte Hütte für Angestellte belegt hatten, zogen aus, und Felicia zog ein. Sie brauchte ein Bett im Zimmer der Zwillinge, und sie brauchte ihre Privatsphäre, einen Platz für ihre Besitztümer, und ich, dachte Anna, möchte manchmal in meinem Haus allein sein. Die vertriebene Familie baute sich einen Verschlag. Sie schienen die Situation hinzunehmen. Trotzdem warteten sie Woche um Woche darauf, von Anna in Dienst genommen zu werden.

Felicia war eine große, sich gerade haltende Frau mit einem glatten Gesicht und schmalen, beinahe hamitischen Zügen. Sie sei dreiundzwanzig Jahre alt, sagte sie, sei selber ein Missionskind, habe zwei Kinder, die bei ihrer Großmutter in Kanye seien, einem anderen Teil des Landes. Es war Matthew, den sie am liebsten auf dem Rücken trug, aber – als wolle sie sie entschädigen – band sie Katherine ein Armband aus kleinen blauen Perlen um das Handgelenk. Als die

Babys noch klein waren, wedelte sie die Viehbremsen von ihren Gesichtern fort und tröstete das eine, während Anna das andere stillte; als sie größer wurden, brachte sie ihnen bei, sich aufzusetzen und in die Hände zu klatschen und ein Lied zu singen. Sie war gewissenhaft und reinlich, fleißig und höflich, sprach jedoch nur, wenn sie angesprochen wurde, und auch dann nur wenig. Ihre Gedanken behielt sie für sich.

Im Winter lagen die Stacheln von Stachelschweinen auf den Wegen, und die Nächte waren scharf wie die Schneide eines Messers. Die wasserlosen Monate lockten Tiere bis an die Ränder der Siedlungen, und einmal mehr schlichen die Paviane in der Dämmerung heran, beobachteten die auf dem Gelände lebenden Familien, warteten auf eine Gelegenheit, wo der Porridge-Topf unbeaufsichtigt war. Einmal, früh am Morgen und aus einiger Entfernung, sah Anna einen Leoparden, ein Fleck umwölkter Dunkelheit bedeckte seine Brust. Die Dunkelheit war frisches Blut, vermutete sie; sie stellte sich vor, wie es in der Sonne trocknen würde und das getüpfelte Fell steife Spitzen bekäme.

Anna sprach inzwischen in einem bunten Gemisch aus Englisch, Swetswana und Afrikaans – in jeder Sprache, die ihren Zweck erfüllte. Sie liebte ihre Kinder mit einer Mischung aus unmäßiger Furcht und Verlangen; Furcht vor Insekten und Schlangen, Verlangen nach ihrem Wesen, Verlangen danach, daß ihre aneinander gefesselten Zwillingsseelen befreit werden mochten. Sie stellte den Bruder neben die Schwester, sah zu, wie die beiden herumkrabbelten, die Glieder voneinander lösten; sie wünschte sich für sie, daß sie wüchsen und sprächen, sich trennten, sich als Personen zu erkennen gäben. Als Einzelkind beneidete Anna sie und fand sie sonderbar. Wenn sie betete, was fast nie geschah, betete sie nur für Ralph: Gott erhalte ihm seine Unschuld und schütze ihn vor deren Folgen. Sie spürte, daß sie gefährlich war, seine Bestürzung angesichts des Bösen im Menschen; sie meinte, daß diese sie verwundbar machte. Man hatte ihr als Kind eingeschärft, daß man mit Gott keinen Handel abschließen konnte, doch sie hatte nie verstanden, warum nicht; ganz bestimmt hatte doch Gott, wenn er einmal ein Mensch gewesen war, sich ein menschliches Verlangen nach Vorteilen bewahrt? Wo einfache Stärke vonnöten ist, forderte sie, laß Ralph sie aufbieten; wenn es jedoch zu Komplikationen kommt, laß mich ihnen begegnen. Allein in ihrem Klassenzimmer und in ihrem Haus, unter dem Wendekreis des Steinbocks, sah sie den Weg ihres Lebens verworren, verstopft, dornig, wie einer der Pfade, die mitten durch den Busch geschlagen waren und sich irgendwo in der Wüste verloren.

Später natürlich wunderte sie sich über sich selber: Wieso hatte sie nicht gesehen, was vor ihr lag? Schienen doch schon in den ersten Tagen – vor dem Ereignis, das ihnen die Einsicht vermittelte – alle Schwierigkeiten, alle denkbaren Schwierigkeiten mit der düsteren, schwer faßbaren Gestalt Enocks verknüpft, mit dem Mann, der eigentlich für den Garten verantwortlich war.

Enock war wie sie ein Flüchtling aus dem Süden. So jedenfalls hatten sie es verstanden; gefragt, woher er käme, hatte Enock mit einer vagen Kopfbewegung in Richtung Grenze gesagt: »Von der Seite.« Ralph hatte versucht, mit ihm zu sprechen: Schauen Sie, ganz gleich, was Sie dort gemacht haben, was dort geschehen ist, es spielt keine Rolle, das war dort, und hier ist ein anderes Land. Ralph argwöhnte, daß Enock im Gefängnis gesessen hatte, und zwar eher wegen eines geringfügigen kriminellen Delikts als wegen eines Verstoßes gegen die Rassengesetze; obwohl sie schon dafür sorgen, sagte er, daß man zwischen einer kriminellen Tat und einer Protesthandlung nicht unterscheiden kann. Und Gott weiß, sagte er, ob wir uns darüber ein Urteil anmaßen sollten, wenn ein Mann wie Enock habe betrügen oder stehlen müssen. Wer kann sagen, was ich an seiner Stelle, an der Stelle eines Schwarzen im heutigen Südafrika, getan hätte.

Doch dann kam Ralph von einer weiteren, sich zäh dahinschleppenden, ermüdenden Viertelstunde mit Enock zurück und sagte: Also, wir kommen einfach nicht weiter. Für ihn bin ich nur ein weißer Mann.

Anna nickte. »Und ist er für dich nicht auch nur ein schwarzer Mann?«

»Ich bemühe mich, nicht so zu denken.«

»Wie willst du das vermeiden? Irgend etwas mußt du aus ihm machen. Ein Opfer. Oder einen Helden. Das eine oder das andere.«

»Ja. Vielleicht hast du recht.«

»Aber das ist er nicht. Er ist einfach ein Mensch.« Sie dachte nach. »Und ich glaube, als Mensch ist er eine Zeitverschwendung.«

Ralph schüttelte den Kopf; davon wollte er nichts hören. »Wir können nicht wissen, wie sein Leben gewesen ist. Aber wie kann man es herauskriegen? Du redest mit ihm, und er geht einfach weg.«

»Aber er versteht dich doch. Er versteht, was du sagst.«

»Ja, das ist nicht sein Problem. Er erinnert mich manchmal an Clara – weißt du noch, wie die einen abwimmeln konnte? Ich hab mich manchmal gefragt, ob ihr irgend etwas so Schreckliches passiert war, daß sie sich einfach nicht dazu überwinden konnte, darüber zu sprechen – es war, als sei sie taub. Und mit Enock ist es genauso. Na ja«, sagte Ralph. »Wenn ich meine, daß ich ihm helfen kann, muß ich geduldig sein und darf nicht aufgeben.«

Enock war ungefähr dreißig Jahre alt, ein gutaussehender und beherrschter Mann mit den gleichen schmalen Zügen wie Felicia, einem ebenmäßigen, gelassenen Gesicht. Er trug zerrissene Khakishorts und das von jemandem abgelegte Jackett eines europäischen Anzugs. Ralph fragte sich, wem es ursprünglich gehört haben mochte – wer hätte sich so etwas gekauft? Das Jackett war hellbraun; es war ihm unter den Armen zu eng und hatte vom Tragen Glanzstellen. Manchmal, wenn er seinen Aufgaben nachging, zog er es aus und hängte es über einen Zweig. Eines Tages riß das Hündchen die Jacke herunter und zerrte daran herum; Anna zog sie ihm in einem vom vorherigen nicht allzuweit entfernten Zustand aus der Schnauze, doch sie spürte, dies war für den Gärtner eine Kränkung mehr, die er in seiner Seele rot anstreichen würde.

Dieser Hund; *dein* Hund, sagte sie zu Ralph, wenn er Bücher anfraß und Decken nach draußen in den Staub zerrte. Ralph hatte das Hündchen von einer Fahrt nach Palapye, einer Siedlung an der Bahnlinie, mitgebracht; er war vom Lastwagen gestiegen, von der Sonne benommen, durstig, müde, staubbedeckt, und hatte ihr ein rätselhaftes Fellbündel in die Hand gedrückt, ein undefinierbares Tier wie ein kleiner Bär mit Knopfaugen und einem dichten, zitronenfarbenen Fell. »Was um alles in der Welt ist das?« hatte sie bestürzt gefragt, und Ralph hatte beruhigend geantwortet, nur ein Hund. Die McPhersons haben ihn mir geschenkt; sie haben gesagt, genau das brauchen Sie, einen Hund auf dem Grundstück.

»Was für ein seltsamer Gedanke«, hatte Anna erwidert. »Finden sie nicht, daß zwei Babys genügen?«

»Babys bellen nicht«, hatte Ralph geantwortet. »Das soll er nämlich sein, ein Wachhund, kein Haustier.«

»Ich nehme an, er kann beides sein.«

»Als ich Kind war, durfte ich nie einen Hund haben.«

»Ich auch nicht«, sagte Anna. »Ich hatte einmal einen Goldfisch, aber der ist gestorben. Na ja. Ich hab immer gedacht, mein Vater würde Kunden aus dem Laden in mein Zimmer führen und ihnen sagen, daraus könnte man zwei Filets machen.«

»Also«, sagte Ralph, »da hast du's. Die Zwillinge werden einen Hund haben, und wir hatten keinen.«

»Was für ein Hund ist das überhaupt, was für eine Rasse?«

»Die McPhersons behaupten, seine Mutter wäre ein reinrassiger Wolfshund, und sie haben – Anna, gib mir noch ein Glas Wasser – sie haben sie mir auch gezeigt, und der Hund sah echt aus – doch dann haben sie gesagt, sein Vater sei ein gelber Labrador, auch mit einem guten Stammbaum. Aber das kann ich nicht glauben. Ich denke, seine Mutter ist außerhalb des Geländes herumgestrolcht und hat genommen, was gerade da war.«

So nannten sie den Hund dann auch: Strolch. Herumstrolchen, das nehmen, was gerade kommt, wie es Jugend tut, wenn sie gerade eine Periode großer Schönheit durchlebt. Seine Knopfaugen wurden groß und leuchtend, und sein zitronengelbes Fell nahm die Farbe von Karamel an. Sein Temperament war sanftmütig, und wenn die Zwillinge widerspenstig und unzufrieden waren, nahm Anna ihn hoch und küßte die samtige, weiche Stelle zwischen seinen Ohren. Sogar Salome und Felicia, die nicht einsahen, wozu Hunde gut sein sollten, nahmen sich manchmal Zeit und sprachen mit ihm und streichelten ihn behutsam.

Im Alter von acht Monaten wurde Strolch häßlich. Sein Kopf war riesig, seine Schnauze grob, seine Ohren zeigten in verschiedene Richtungen; er entwickelte ein abruptes, stoßweises Bellen, wie ein alter Colonel, der plötzlich in den Schreibdienst versetzt wird. Beinahe ausgewachsen, strich er nun über das Gelände der Mission, gewann Freunde und erregte Anstoß. »Das ist ein schrecklicher, englischer Zug«, sagte Ralph, »Menschen zu verachten, die sich vor Hunden fürchten.«

»Enock fürchtet sich nicht«, sagte Anna. »Er tut nur so.«

»Ich hätte gern eine gute Meinung über Enock«, sagte Ralph, »und das habe ich mir sogar zum Grundsatz gemacht, aber es muß gesagt werden, daß er ein verdammtes Ärgernis geworden ist.«

Es war Salome, die sich als erste beklagte. »Er hat mich bestohlen«, sagte sie. »Meinen Strohhut.«

»Glauben Sie?« fragte Anna. »Was sollte Enock denn mit Ihrem Strohhut anfangen?«

»Ihn verkaufen«, sagte Salome. Und was sollte der Ihrer Meinung nach wert sein, hätte Anna beinahe sarkastisch gefragt. Sie beherrschte sich gerade noch. Diese Menschen rechnen mit Pennies und nicht mit Shillingen, also stimmt es vielleicht, vielleicht hat Enock ihren Hut verkauft.

Sie sagte zu Ralph: »Salome beklagt sich ständig über Enock, und jetzt behauptet sie, er sei in ihren Kleiderschrank eingebrochen.«

»Dann muß ich mit ihm sprechen. Eine verärgerte Salome können wir nicht brauchen. Glaubst du, daß sie die Wahrheit sagt?«

Anna runzelte die Stirn. »Schwer zu sagen. Sie ist im Augenblick bei Kleidern ziemlich heikel. Sie meint, sie sollte Kleider geschenkt bekommen, abgelegte Sachen. Doch das bringt mich in Schwierigkeiten, denn ich habe keine abgelegten Sachen, das hat niemand. Ich könnte ihr ein Kleid nähen, das wäre kein Problem, aber das wäre nicht dasselbe, denn es sind *meine* Sachen, die sie will.«

»Ihr würde doch aber nichts von dir passen«, sagte Ralph. »Selbst wenn du deine Sachen abtragen würdest, was ja nicht vorkommt.«

»Ich habe Felicia einen Rock gegeben – den einen, den ich in Elim genäht habe, von dem Ballen, den Mr. Ahmed mir geschenkt hatte. Den graugrünen Paisley-Rock, erinnerst du dich?«

»Ja«, log Ralph.

»Ich war sehr zufrieden mit dem Rock, er war das Schönste, das ich mir je selber genäht hatte. Jetzt bin ich aber zwei Zentimeter zu dick dafür, und da dachte ich, ich gebe ihn Felicia, sie ist so apart und hübsch.« Anna lächelte. »Er gefällt ihr nicht besonders. Sie findet ihn trist. Trotzdem sehe ich sie gern damit. Er fällt so schön.«

»Demnach ist Salome eifersüchtig?«

»Mehr als das. Eifersüchtig und gekränkt.«

»Vielleicht hat Mrs. Instow ihr immer Kleider gegeben. Von den besten Pariser Firmen.«

Sie lachten. Tief hinten in einer Schublade hatten sie ein Foto der Instows gefunden, die Art verblassenden Schnappschuß, von dem die Leute sagen, »den hab ich mit meiner alten Box Brownie aufgenommen«. Ein kleines, verhuschtes, geschlechtsloses Pärchen waren sie, verkniffen lächelnd und dabei falsche Zähne zeigend. Wo mochten sie jetzt sein? Das Pensionierungsprogramm der Missionsgesellschaft war nicht üppig. Ein Wohn- und Schlafzimmer und eine Küchenecke, dachte Ralph, an einem Ort wie Lemington Spa. Gott bewahre uns davor. Manchmal wanderten seine Gedanken nun hin zu dem, was er tun würde, wenn sie Mosadinyana verließen. Sein Vater wurde in drei Jahren siebzig, und in den Briefen seiner Mutter klang an, daß die Arbeit für die Stiftung zuviel für ihn wurde. Der Trust hatte sich ein beträchtliches Stück über sein ursprüngliches lokales Betätigungsfeld hinaus entwickelt, und Onkel James, der sich noch immer mit den Londoner Obdachlosen abplagte, näherte sich dem, was normalerweise als Pensionsalter bezeichnet wurde. Ich sollte mich dazu durchringen, ihre Aufgaben zu übernehmen, dachte Ralph, sollte nach Hause fahren, ein Haus für uns finden und den nächsten Lebensabschnitt beginnen. Ich bin ihnen jetzt gewachsen, meinem Vater und meiner Mutter, denn ich habe Dinge getan und gesehen, von denen sie nicht einmal geträumt haben. Und ich habe nun eigene Kinder.

Anna schien nicht geneigt, über die Zukunft nachzudenken. Sie hatte so viele kleine Alltagsbeschäftigungen. Eine Art Küchenkrieg war ausgebrochen. Jemand hatte einen ganzen Sack Zucker, gerade aus dem Laden hereingetragen, genommen; es mußte Salome gewesen sein, dachte Anna, denn Zucker war eine ihrer Vergünstigungen; sie hielt es für selbstverständlich, daß niemand sie daran hinderte, ihn gleich pfundweise unter ihrer Schürze versteckt fortzutragen. »Aber einen ganzen Sack, Salome«, sagte Anna und legte ihre enttäuschte Miene auf. »Und ich gehe zur Speisekammer, und dort ist keiner – kein bißchen –, nicht einmal ein Löffel für Felicias Tee.«

Salome erwiderte nichts, nur ein mürrischer Ausdruck zog über ihr Gesicht. Später am gleichen Tag begann sie mit ihren üblichen Klagen über Enock. »Er macht seine Arbeit nicht anständig. Ist immer beim Biertrinken, wenn er sagt, er geht zu einer Beerdigung.«

Biertrinken, murmelte Anna vor sich hin; jawohl, es wird viel Bier getrunken, Bier, das Sie, Madam, mit meinem Zucker gebraut haben. Am gleichen Tag kam Salome noch einmal zurück und startete einen neuen Angriff: »Mein ganzes Gemüse, das ich gepflanzt habe, geht ein oder ist schon eingegangen.«

Anna dachte nach. Ganz unrecht hatte sie damit nicht. Was ihr selber an Enock mißfiel, war seine Einstellung zu den armen Pflänzchen, die in der Erde zu wachsen versuchten. Es kam ihr so vor, als habe er seinen Beruf speziell mit der Absicht gewählt, zerstören zu können. Wenn etwas wuchs, schnitt er es zurück. Man konnte es vielleicht beschneiden nennen, dachte sie, doch er schnitt gern soweit zurück, daß man das Blut der Pflanzen sah; sie empfand Mitleid mit den verkümmerten, gestutzten Pflanzen und dachte daran, wie ihre Mutter, als sie ein kleines Mädchen gewesen war, ihr im Namen von Hygiene die Nägel bis aufs rohe Fleisch zurückgeschnitten hatte; fünf Jahre alt, sah sie, wie ihre kleinen Finger, wund und stumpf und rot, die Seiten ihres ersten Lesebuchs umblätterten. Immer wieder hatte ihre Mutter das getan, und Enock tat es ebenfalls, und man konnte nichts dagegen einwenden, denn in ihren Augen taten sie etwas, wozu sie moralisch verpflichtet waren. Was gedieh, wässerte Enock nicht mehr. Er tötete mit seinen scharfen Klingen, und er tötete durch Vernachlässigung.

»Ralph wird es übernehmen, sich um das Gemüse zu kümmern«, sagte Anna. »Und ich werde auch danach sehen, wenn die Kleinen größer sind.«

Salome sah bestürzt aus. »Nein, Madam«, sagte sie. Und verwies zum ersten Mal auf einen Präzedenzfall: Mr. und Mrs. Instow hätten so etwas nie getan.

Ralph sagte: »Sie haben etwas gegen Enock, weil er ein Außenseiter ist.«

»Er ist kein Außenseiter«, entgegnete Anna. »Er hat jede Menge Freunde.«

»Wo denn?«

»Ich weiß es nicht. Irgendwo. An der Eisenbahnlinie. Er schleicht sich ständig weg, das weißt du doch. Salome sagt, wir sollten seinen Job jemandem von den Gästen geben.«

»Gib ihm noch eine Chance«, sagte Ralph. »Bitte, Anna, ja? Es muß irgendeine Geschichte geben, die er uns nicht erzählt. Es muß einen Grund dafür geben, daß er ist, wie er ist.«

Mußte es? Anna hatte das Gefühl, daß ein Streit in der Luft lag.

Der nächste Vorfall, der sich ereignete, war, daß die meisten von Ralphs Sachen verschwanden. Ralph war für den Tag nach Palapye gefahren, und sie mußte im Klassenzimmer gewesen sein, als es geschah; der Unterricht war vorüber, doch sie malte noch eine farbige Tabelle, die sie an die Wand hängen wollte, eine farbige Tabelle mit der Neuner-Multiplikation. Die Kleinen waren zum Mittagsschlaf hingelegt worden, und Felicia hielt bei ihnen ihre Siesta. Anna beendete ihre Arbeit, räumte die Schere und den Kleistertopf auf, machte die Tür des Klassenzimmers hinter sich zu, schloß seine Hitze in ihm ein; schlenderte ins Haus, wusch sich die Hände und das Gesicht und ging in ihr Schlafzimmer in der Hoffnung, sich eine Stunde lang ausruhen zu können. Die Schranktür stand wie üblich offen, doch das kampfergetränkte Innere war nichts als eine Zone der Dunkelheit.

Enocks Verschwinden konnte kein bloßer Zufall sein. Einzelne Kleidungsstücke waren schon früher verschwunden; Ralphs Garderobe war nicht so umfangreich, daß sie die Verluste nicht bemerkt hätte. Es hätte ihr nicht soviel ausgemacht, wenn Enock selbst von dem Diebstahl oder dem Verkauf profitiert hätte. Doch er trug immer noch das enge hellbraune Jackett, das schweißfleckig war, die gleichen zerrissenen Hemden und zerfallenden Schuhe.

»Diesmal ist er zu weit gegangen«, sagte sie. Was sie beunruhigte, war der Gedanke daran, wie Enock im Haus ihre wenigen Besitztümer befingert hatte. Sie malte sich aus, wie sie ihn zur Rede stellen würde, und sah schon die Arroganz seiner Miene, seine Überlegenheit; in ihrem Hinterkopf hörte sie Ralph sagen, vielleicht ist er ja zu dieser Miene berechtigt, vielleicht ist er uns wirklich überlegen, doch das glaubte sie nicht, sie dachte vielmehr, Enock sei einer jener Menschen, wie man sie überall in der Welt und in allen Kulturen antrifft, einer jener Menschen, die Ablehnung und Unbehagen auslösen, die für die größten Bemühungen anderer Menschen nur Verachtung übrig haben und dafür sorgen, daß jene unruhig und unglücklich und von Selbstzweifeln erfüllt sind.

»Laß es gut sein«, sagte Ralph. »Wir haben keine Beweise, daß er es war. Wo war übrigens Strolch?«

»Unter einem Busch, schlafend. Außerdem kennt er Enock. Ich hätte ihm beibringen müssen, Enock zu melden.«

»Es hätte einer der Gäste gewesen sein können. Jeder hätte hereinkommen können.«

»Sei nicht einfältig«, sagte sie. »Es ist Enock, er hat seine Vertriebswege, alle berichten mir davon. Er stiehlt Dinge und verfrachtet sie in den Zug, und seine Kumpane laden sie in Francistown ab.«

Ralph sah elend aus. »Wir müssen wohl anfangen, die Türen abzuschließen.«

Anna dachte an Elim: an den großen Schlüsselbund, den Lucy Moyo ihr an ihrem ersten Tag in der Flower Street in die Hand gedrückt hatte.

»Ja, das müssen wir«, sagte sie. »Und ich muß auch anfangen, die Speisekammer abzuschließen und Sachen nur herauszugeben, wenn ich danach gefragt werde. Verdammt, Ralph, wollen wir uns sehenden Auges ausrauben lassen?«

»So schlimm ist es nicht«, sagte Ralph. »Meine Sachen waren nicht so gut.«

Dann, zwei Tage später, kam Felicia weinend mit der Mitteilung, daß ihr Rock verschwunden sei, ihr bester Rock, der, den Madam ihr geschenkt hatte. Sie sah gefährlich aus; sie wollte es an die große Glocke hängen.

Anna dachte: Oh, die unverfrorene Frechheit des Mannes! Sie hatte getan, was Ralph ihr aufgetragen hatte, hatte nichts gesagt, doch nun würde sie sich nicht mit Ralph beraten, sie würde Enock noch an diesem Nachmittag entlassen, und dann wäre der Fall für sie erledigt. Ihre Geduld war am Ende. Felicia war ein gutes Mädchen gewesen, sie ging sorgfältig mit den Babys um, es lag nicht in ihrer beider Interesse, wenn sie verärgert war.

Sie rief Enock von der hinteren Veranda. Er kam in seinem Eckenstehergang auf sie zugeschlendert. Salome stand neben ihr, aufgebläht vor Rechtschaffenheit.

Anna sah hinaus über ihren verdorrten, verwüsteten Garten. »Enock, was ist mit Felicias Rock passiert?«

Enocks Lippe kräuselte sich. »Fragen Sie diese Frau«, sagte er, kaum wahrnehmbar mit dem Blick auf Salome deutend.

»Du Schelm!« sagte Salome zornig. »Gott wird dich strafen.«

»Sei nicht dumm«, sagte Anna. »Salome stiehlt nicht.«

»Zucker«, schlug Enock vor.

Anna räumte es ein. »Vielleicht.« Ihr Blick wanderte seitwärts zu Salome. »Es geht mir nicht um Zucker oder um das, was sich noch in Grenzen hält. Aber du bist derjenige, der die Kleider stiehlt und sie verkauft, Enock. Es ist eine schlimme Sache, meinen Mann zu bestehlen, schlimm genug, aber noch schlimmer ist, einen Rock von Felicia zu stehlen, die noch ärmer ist als du.«

»Ich habe diesen Rock nicht gesehen«, sagte Enock.

»Unsinn«, sagte Anna. »Das ist Unsinn, und du weißt es.«

Und in diesen Satz legte sie Verachtung hinein; was sie sagen wollte war, Enock, ich hasse dich nicht, ich verachte dich nur, du bist mir im Weg, und ich will dich entfernen und jemand besseren einstellen.

Der Mann schaute sie direkt an, schaute ihr ins Gesicht. Ihre Blicke trafen sich. Sie versuchte, ihn mit Blicken niederzuringen, und war entschlossen, es zu schaffen. Der Augenblick zog sich in die

Länge. Eine Stimme in ihr sagte, es ist lächerlich, daß du dich auf ein Gefecht der Willenskräfte einläßt – du, die du alles hast, du, die du gebildet bist, einen Mann und Zwillinge hast, du, die du Gottes Liebe hast –, und zwar mit diesem armen Vagabunden, diesem Gärtner, diesem Mann ohne Zuhause. Eine fernere innere Stimme sagte, es ist an sich lächerlich, dieses Gefecht der Blicke, vielleicht ist das eine Konvention, die wir in Europa haben, aber wieso kennt er sie? Vielleicht kennen sie alle Menschen, vielleicht sogar die Tiere? Und vielleicht, dachte Anna, ist dies einer jener Kämpfe, die auszutragen ich gerüstet bin?

So erwies es sich. Enock, dessen Mund sich um Worte bewegte, die er nicht aussprach, senkte den Blick, drehte sich um, den Kopf gesenkt, und ging mit eingezogenen Schultern zu seiner Unterkunft.

Ein Schweigen folgte. Anna schaute auf ihre staubigen Sandalen hinunter, als seien ihre Augen erschöpft von der Anstrengung. Salome sprach, sie ließ sich Zeit, und in ihrer Stimme lag eine unangenehme Schadenfreude. »Ach, Mrs. Eldred, ach, Madam. Sie wissen doch, daß Sie so etwas nicht sagen dürfen, Sie dürfen nicht zu einem Menschen sagen, du bist Unsinn.«

»Was?« sagte Anna. Sie schaute wieder hoch. »Das hab ich nicht gesagt. Ich hab nicht gesagt, er ist Unsinn. Ich sagte, seine Ausreden sind Unsinn.«

»Das ist dasselbe«, erwiderte Salome selbstgefällig.

Anna spürte, wie sich innerlich ein Zweifel regte. Es gab, das wußte sie, diese verbotenen Wendungen in jeder Sprache, Wendungen, die an sich harmlos schienen, jedoch eine tödliche Beleidigung enthielten. Unsicher fragte sie: »Ich habe etwas Schlechtes gesagt?«

Salome nickte. »Enock wird nun weggehen«, sagte sie.

»Gut«, erwiderte Anna. »Das ist es, was ich will. Ich möchte ihn nicht entlassen, verstehst du. Wenn er jedoch geht, weil ich die Wahrheit gesagt habe, bin ich wohl kaum dafür verantwortlich. Wir können nun einen neuen Gärtner einstellen. Einer von den Leuten, die in den Hütten wohnen, mag kommen.« Sie hörte ihre seltsamen, gestelzten Worte, ohne jedoch auf sie zu achten. So redete sie in diesen Tagen.

Jener Vormittag würde ihr immer im Gedächtnis bleiben. Es war viele Monate nach dem letzten Regen. Auf den Hügeln brannten Buschfeuer, die das Dorf und die nahe gelegenen Siedlungen umringten. Sie schwelten, flammten zuweilen auf; nachts konnte man sehen, wie sie langsam weiterwanderten, wie eine Krankheit durch das Blut.

Es war genauso, wie Salome vorhergesagt hatte: Bei Anbruch der Nacht war Enock verschwunden. Sein Zimmer war leer, und von ihm war nichts zurückgeblieben als die unverkennbare Fußspur, die sich durch den Staub zog. Anna fand sie am folgenden Morgen auf den Zementstufen an der hinteren Veranda, vor der Küche. Vielleicht war er gekommen, weil er es wiedergutmachen wollte, weil er sich verteidigen wollte? Falls ja, dann hatte er es sich anders überlegt und war in den Busch verschwunden. Am Nachmittag hatten sie einen anderen Gärtner aus dem Kreis der Gäste eingestellt, und der weißgetünchte Raum war belegt. Enock hatte die Vorhänge mitgenommen, und Anna setzte sich an die Nähmaschine und nähte ein neues Paar.

Sie dachte während der Arbeit angestrengt nach: so viele Unannehmlichkeiten wegen so wenig. Sie war sich nicht schlüssig darüber, ob sie sich nicht doch zu einer noch so kleinen Ungerechtigkeit hatte hinreißen lassen, obwohl sie in derlei Dingen dazu neigte, praktisch zu sein, brüsk über das Gezänk anderer Menschen hinwegzugehen, wie Lehrer es tun. Denn nichts wurde je beigebracht oder gelernt, wenn man die Stunde alle zwei Minuten unterbrach, um eine Untersuchungskommission einzusetzen: *Madam, Madam, Moses nimmt mir meinen Stift weg, Tebogo sitzt auf meinem Stuhl, Effat haut mich und nennt mich eine Katze*. Es kam ihr so vor, als sei dies ein Fall von der Art, wie sie in Klassenzimmern vorkommen. Vielleicht hatte Salome aus reiner Boshaftigkeit den Rock genommen. Möglich war es. Und Salome selbst hatte seit dem letzten Monat oder schon länger behauptet, sie habe den Gärtner gesehen, wie er am frühen Morgen aus Felicias Zimmer gekommen sei. Würde Enock seine Geliebte bestehlen?

Ja, sehr wahrscheinlich, erwiderte Ralph, als sie es ihm berichtete.

Er schien plötzlich müde geworden zu sein. Oder jedenfalls dieser Situation überdrüssig. »Du hast richtig gehandelt«, sagte er. »Wir hätten Enock längst entlassen sollen. Jedenfalls brauchen wir uns darüber jetzt keine grauen Haare mehr wachsen zu lassen. Nicht daß dir überhaupt schon welche gewachsen wären«, sagte er zu seinem Sohn. Er hob Matthew über seinen Kopf. »Bis rauf zum Dach«, sagte er. »Bis rauf zum Dach und bis rauf zum Mond. Was für ein großer starker Junge! Aber wann wirst du Haare kriegen wie deine Schwester?«

Kit schaute aus ihrem Bettchen zu, einen Finger im Mund, die Miene zweifelnd. »Bis rauf zum Mond. Bis rauf zum Mond, Kind! Und wieder zurück.«

Am nächsten Tag sagte Salome: »Heut abend Stürme, Madam. Das Wetter zieht auf.«

Es war nun August und nicht warm; Wolken fegten über die Hügel. »Gut«, sagte Anna. »Wir brauchen den Regen.«

Laß es einen guten Sturm sein, dachte sie, einen, der die Wassertanks füllt. Daß es morgen kalt und feucht sein wird, macht mir nichts aus, auch daß morgen die Schlangen da sein werden, solange wir genug Wasser haben, um durch den Winter zu kommen.

Am frühen Nachmittag, die Schule war gerade vorüber, kam Strolch aus dem Garten herein – sich mühsam dahinschleppend, der arme Hund, als seien seine Beine aus Blei. Das war für ihn ganz ungewöhnlich; normalerweise tollte und sprang er herum. »Was ist denn, Strolch?« Er kam auf Anna zugetorkelt, taumelte gegen ihre Beine. »Was hast du, Kleiner?« Sein großer butterfarbener Kopf sackte nach unten, drückte ihr ans Schienbein. Dann verzerrte sich plötzlich sein Körper. Er schien in einem heftigen Krampf oder Anfall am ganzen Körper zu zittern, dann wölbten sich seine Rippen, und er begann sich zu erbrechen.

Anna sah ihm zu, trat in ihrer Bestürzung zurück, rief Ralph von draußen herein, er solle sich das anschauen; aber Ralph war nicht im Haus. Strolchs Körper schien zu schrumpfen, als hätten sich seine Knochen bei der Anstrengung zusammengezogen. Dabei mußte er sich gar nicht anstrengen, denn eine stinkende Flüssigkeit floß aus ihm heraus, als sei in seinem Innern ein Hahn aufgedreht worden. Gelbgrün und zähflüssig sammelte sich die Flüssigkeit um seine Pfoten, rann über den Teppich, breitete sich im Zimmer aus. Der Gestank nahm zu, er traf Anna wie eine Faust. Sie spürte ebenfalls einen Brechreiz; nie zuvor hatte sie jemals so etwas gerochen, eine höllische Mischung aus verfaulenden Pflanzen und verbranntem Gummi, ein Gestank aus panischem Entsetzen und Morbidität und gegen sich selbst aufbegehrendes Fleisch. Immer länger dauerte es, ein unaufhörliches Fließen. Sie hatten von Krebsarten gehört, von Geschwüren, die so faul waren, daß selbst die christlichsten Schwestern die Krankenzimmer nur mit Masken betreten konnten. Was war das, was sie nun einatmete? Sie wollte sich umdrehen und rennen, die Stufen der vorderen Veranda hinunterjagen, hinaus an die Luft. Doch Mitleid mit dem armen Geschöpf erfaßte sie, ließ sie nicht vom Fleck weichen. Sie sah, wie die Rippen des Hundes sich aufbäumten, sah, wie seine Augen in den Schädel zurücksanken; die Hand vor den Mund geschlagen, sah sie sein vernichtetes Kauern, seine gekrümmten Gelenke. Strolch fiel, wälzte sich steif auf die Seite, aber noch immer trat die abscheuliche Flüssigkeit stoßweise aus, ohne Ende. Wie war es möglich, daß sein Körper überhaupt so viel enthielt? Sie stöhnte seinen Namen: Ach, Strolch, mein Hündchen, was ist mit dir geschehen? Sie hockte sich neben ihn und legte die Hände auf seinen Körper. Sein Fell war naß, und von seiner Flanke schienen ihr tausend Pulse entgegenzuspringen.

Doch als sie ihn berührte, hörte das Fließen auf. Die widerwärtige Pfütze wurde nicht größer. Mit einer letzten, alle seine Kräfte verzehrenden Anstrengung hob der Hund seinen Körper vom Boden hoch, wie ein Tier, das bei einem Experiment galvanisiert wurde. Er fiel zurück, plumpste schwer auf die Bodenbretter. Er atmete tief ein, schaudernd, wie vielleicht ein menschliches Wesen. Sein ganzer Körper vibrierte, und seine Lefzen zogen sich von den Zähnen zurück. Er schloß die Augen.

Aber Strolch war nicht tot. Als sie die Hand auf seinen Kopf legte, bewegte sich sein Schwanz, einmal. Er schlug auf den Boden auf, spritzte ihr den ekelhaften Ausfluß auf den Rock. Sie sah auf, sah Ralph in der Tür, der auf sie herunterstarrte. »Vergiftet?« flüsterte er.

Sie sprachen nicht mehr. Sie hatten Angst zu sprechen. Sie hoben den Hund auf und trugen ihn auf die Veranda neben ihrem Schlafzimmer; sie wuschen den Schmutz von seinem Fell ab, wickelten ihn in Decken ein und träufelten Wasser auf seine trockene Schnauze in der Hoffnung, er würde es ablecken. Anna saß bei ihm, während Ralph den verdorbenen Teppich ins Freie zerrte und eimerweise Wasser und Desinfektionsmittel auf den Boden schüttete und den Schaum und Schleim ausfegte.

Als er fertig war und zu Anna zurückkehrte, leckte Strolch Wasser von ihren Fingern. Er hatte die Augen noch immer geschlossen, und die Augäpfel tanzten und zuckten unter seinen Lidern. »Ich glaube, er hat sich selbst gerettet«, sagte Ralph. »Gott weiß, was es war, aber wenn es in seinem Organismus war, hätte eine Stunde länger ihn getötet.«

Strolch ist ein großer Hund, dachte Anna. Das Gift für einen Hund hätte ein Kind getötet, hätte zwei Kleinkinder getötet. Eine schreckliche Woge der Furcht überschwemmte sie; danach war ihr übel, sie war schwach, stützte sich auf den Fenstersims. »Was kann das gewesen sein?« Ihre Stimme zitterte. »Was kann er gefressen haben?«

»Etwas, das für ihn zurückgelassen wurde«, sagte Ralph. »Ein Köder.« Er ließ den Kopf sinken. »Es tut mir leid, Anna, ich glaube, das war Enocks letzte gehässige Tat. Er konnte Strolch nie leiden, und er wußte, daß wir ihn liebten. Ich habe gesehen, wie er die Lippen aufwarf, wenn er mich mit dem Hund sprechen hörte. Du hattest ganz recht bei dem Mann, ich hätte auf dich hören sollen, du warst vollkommen im Recht, und ich war vollkommen im Unrecht.« Er hielt ihr die Hand hin. Sie nahm sie. »Jedenfalls ist er gescheitert.« Er bückte sich, tätschelte dem Tier die Flanke. Er sah aus, als sei er rehabilitiert, als habe das Gute gesiegt. Als habe es sich durchgesetzt. Als würde es sich immer durchsetzen.

Den Rest des Tages sah Anna in Abständen nach Strolch, zuerst alle zehn Minuten, danach alle halbe Stunden, danach stündlich; sie hielt ängstlich Nachtwache, wie sie es in den ersten Monaten bei den Zwillingen getan hatte. Sie hätte ihn an einen bequemeren Platz gebracht, aber Strolch war ein im Freien lebender Hund und verstand nichts von Teppichen und Möbeln; auf der Veranda zu liegen war das Äußerste, das er ertragen konnte. Bei Anbruch der Dämmerung hatte er sich von der Seite auf eine Position gehievt, die ihm mehr Bewegungsfreiheit bot, und seine sonderbaren schief angesetzten Ohren hatten begonnen, sich im Rhythmus der Geräusche im Haushalt und auf dem Glände zu bewegen. Doch er wachte nur halbherzig, und wenn er zu bellen versuchte, schien er sich erst zu überlegen, wie man das machte; das Geräusch war gedämpft, und hinterher sah er verwirrt und erschöpft aus. »Mach dir nichts draus, Strolch«, sagte Anna und rubbelte ihm den Kopf. »Du hast heute abend frei.«

»Er wird doch jetzt wieder gesund, oder?« sagte Ralph. »Ich hätte sicher geweint, wenn wir Strolch verloren hätten. Ich liebe ihn; er hat so einen einfachen, gierigen Charakter.«

»Er ist wie die Zwillinge«, sagte Anna. »Sie sind ganz genauso.«

Er nahm Anna in die Arme, drückte ihren Kopf an seine Schulter, spürte, wie sie von den Anstrengungen des Tages zitterte. Er streichelte ihren Rücken, murmelte bedeutungslose, beruhigende Worte, Kosenamen; doch er war durchbohrt von Selbstzweifel, innerlich davon erschüttert. Die Sache mit dem Gärtner hatte ihm zu schaffen gemacht, hatte ihn ziemlich beunruhigt. Anna würde sagen, ja, natürlich gibt es Ungerechtigkeit, gibt es Fehleinschätzungen; sie gleichen sich am Ende aus. Doch er glaubte das nicht. Dies sagte er seiner Frau nicht, doch er nahm ein wenig Anstoß an ihrer Einstellung; sie ist fatalistisch, dachte er, sie entläßt uns aus unserer Verantwortung, die wir anständig wahrnehmen sollten. Wir sollten unser Bestes tun, fand er, immer unser Bestes – unser Gewissen prüfen, unsere Fähigkeiten prüfen und dann, wann immer wir es können, gegen ungerechte Verhältnisse vorgehen.

Enock war ein Gauner, ein kleiner Krimineller, vielleicht gerade des einen Verbrechens beschuldigt, das er nicht begangen hatte; alle

Akte von Ungerechtigkeit werden in den Augen des Opfers vergrößert. Der Irrtum ist vielleicht nicht wiedergutzumachen, dachte Ralph; wir haben, was ihn betrifft, eine Entscheidung gefällt, vielleicht die falsche, aber was können wir nun tun? Die Situation konnte nicht stillstehen. Wir mußten uns entscheiden.

Manchmal lag er wach und lauschte den Geräuschen des Busches, grübelte über die größeren Gedanken nach, die vom Alltag auf Distanz gehalten werden. Ich hätte dies tun können oder jenes ... Jede Handlung enthält in sich ihren Gegensatz. Jede Handlung enthält in sich den Schatten der Alternative, für die man sich nicht entschieden hat, enthält in sich die Samenkörner unendlicher Vielfalt. Jede Entscheidung, einmal getroffen, zieht Eventualitäten, Alternativen nach sich; jede Entscheidung erzeugt ihr eigenes Universum. Wenn er im Verlauf seines Lebens nur etwas anders gemacht hätte, eine Winzigkeit, wäre er vielleicht nicht, wo er nun war: seine zerbrechliche Frau in seinen Armen, seine Zwillinge auf den Knien ihrer dunklen Kinderfrau, sein genesender Hund, dessen Rippen wogten vor schierem Entzücken über sein Überleben, zu seinen Füßen. Alles im Universum zerfällt zu Chaos und Ödnis; das weiß er, ein so unbedarfter Wissenschaftler ist er nicht. Doch er glaubt, daß seine Entscheidungen die richtigen gewesen sind, daß dies der Platz ist, an dem er sein will, und dies glaubt er einfach, wie er an die Geschichten in der Bibel glaubte, als er ein Kind war. Wenn seine Entscheidungen zu diesem hier geführt haben, ihn zu diesem Augenblick gebracht haben, sind sie ihrem Wesen nach richtig; und nach jenen anderen Welten, den alternativen Welten, wird er ihnen nicht nachgehen. Und gewiß, sagt er, ist mein Wille letztendlich doch frei? Die Welt ist nicht so, wie Anna behauptet. Es gibt keine Vorsehung, die garantiert oder dafür sorgt, daß das Endresultat ausgeglichen ist. Wenn wir nicht bloße Tiere oder Kinder sein wollen, müssen wir uns immer entscheiden – und uns dafür entscheiden, Gutes zu tun. Wenn wir uns für das Böse entscheiden, kollidieren wir mit dem Prinzip des Verfalls, werden wir zu bloßen Werkzeugen des Chaos, werden wir zum Spielball der Gesetze eines Universums, das rückwärts zur Auflösung hin tendiert, jenes Universums, über das der Teufel gebietet. Wenn wir uns für das

Gute entscheiden, zeigen wir, daß wir einen freien Willen haben, daß wir von Gott geschaffene Wesen sind, die gegen alle solche Gesetze aufstehen.

Deshalb werde ich gut sein, dachte Ralph. Das ist alles, was ich zu tun habe.

In jener Nacht, gegen neun Uhr, brach der Sturm los. Ralph und Anna hatten im Zimmer der Zwillinge ein Feuer angezündet und hatten sie, warm und schläfrig, in Felicias Obhut zurückgelassen. Die Zwillinge wachten nachts nun nicht mehr so oft auf, und Anna war glücklich, sie versorgen zu können, wenn sie es taten; die Kinderfrau war also gewöhnlich in ihrer eigenen Unterkunft. Doch der Regen war schwer, anhaltend, kalt wie gefrorenes Metall, und er fiel wie Metallgerten. In der Hocke vor dem Feuer sitzend, rieb Felicia sich die Schienbeine und deutete an, daß sie bleiben würde, und Annas eigenes Bett mit den beiden dicken Kissen und der gehäkelten Decke war einladender als der stürmende Wind draußen.

Die Welt war voller Lärm, und man mußte die Stimme dagegen erheben; der metallische Regen trommelte aufs Dach, und der Wind stöhnte. Anna stand am Fenster und sah, wie Wetterleuchten den Garten erhellte, den Feigenbaum, jenen verstümmelten Feigenbaum, der Teil von Enocks Hinterlassenschaft war. Es erleuchtete den in Kurven verlaufenden Grenzzaun des Missionsgeländes, die Schuppen ihrer Gäste – spendete ihnen ein Licht, wie sie es nie zuvor gekannt hatten, denn in diesen Schuppen lebten Menschen, die sich keine Kerzen leisten konnten. Ihre Bewohner wären von braunem Wasser und von Schlamm überspült, ihre Dächer vielleicht abgedeckt, ihre Kochstellen erloschen, ihre Pappkoffer verbeult und ihre Bündel und Decken und Sonntagskleider nun triefnaß. Morgen, dachte sie, werden wir alles in Angriff nehmen. Heute abend kann man nichts tun, man kann nichts tun, solange dieser Regen noch fällt. Sie schauderte. Ralph reichte ihr ein halbvolles Glas Kap-Brandy. Sie stand, ihn in kleinen Schucken trinkend, weiter am Fenster; die Paraffinlampe hinter ihr tropfte und flackerte. Der einfache Branntwein wärmte sie. »Hol Strolch«, sagte sie zu Ralph. »Trag ihn herein. Wir könnten ihn ans Feuer legen, es würde ihm guttun; ich weiß zwar, daß er nicht gern im Haus ist, aber vielleicht ist er gern am Feuer. Außerdem ist diese Veranda im Nu überspült, wenn der Wind umschlägt.«

Ralph ging hinaus, eine Taschenlampe in der Hand, und durch den Durchgang zum hinteren Teil des Hauses. Kein Nachlassen, der Wind heulte immer noch, der Regen peitschte rhythmisch gegen Dach und Mauer und Fenster. Ralph hörte, wie der Hund den Kopf hob und wimmerte. Er schnalzte mit der Zunge. »Komm, Strolch.«

Strolch versuchte, auf die Beine zu kommen, seine Pfoten kratzten auf dem polierten Boden. Doch die Anstrengung ging über seine Kraft; er sackte wieder zu Boden und lag jämmerlich auf der Seite. Ralph stellte die Taschenlampe ab, hockte sich neben ihn, hievte ihn sich auf die Arme; mit steif von sich gestreckten Beinen knurrte Strolch, halb unwillig und halb erleichtert.

Es war dunkel im Hauptflur des Hauses, und Ralph orientierte sich, indem er mit der Schulter an der Wand entlangstreifte; er war unterwegs ins Wohnzimmer, unterwegs zu Anna, die mit ihrem Brandy am Feuer stand. Nun strampelte Strolch mit den Beinen, als wolle er selber laufen – deshalb stellte Ralph ihn vor der Küche sanft auf die Pfoten. Heftig mit dem Schwanz wedelnd, kroch der Hund unter den Küchentisch. »Komm zum Feuer«, sagte Ralph zu ihm. »Komm mit mir, Strolch.«

Von draußen hinter der Hintertür hörte Ralph einen kleinen Tumult, ein Kratzen, einen Schrei. Es war die Stimme einer Frau, sehr klein: *»Baas, lassen Sie uns herein.«* Er dachte, das sind unsere Gäste, die armen Menschen in den Schuppen; sie fürchten sich entsetzlich, ihre Häuser werden fortgespült, sie suchen Schutz. Ein Gedanke zuckte ihm durch den Kopf: Dein Hund ist heute vergiftet worden, es gibt einen Mann, der einen Groll gegen dich hegt, du bist nicht ganz in Sicherheit. Dann hörte er wieder die Stimme, klein und flehend: Baas, wir werden fortgespült, wir fürchten uns, lassen Sie uns hinein.

Und so, ohne einen weiteren Gedanken, traf er seine Entscheidung; er drehte den Schlüssel um, trat zurück und zog den starren

Bolzen. Als er die breite, schwere Hintertür aufmachte, spürte er, wie sie zurückgestoßen wurde, ihm ins Gesicht geschlagen wurde, und in diesem Augenblick überraschte es ihn nicht, daß Enock dort stand, mit sanfter, neugieriger, gelassener Miene. Enock griff in sein Jackett. So ruhig, wie ein Mann seine Brieftasche herausnimmt – so ruhig wie ein Mann, der in einem Lebensmittelgeschäft bezahlen will –, zog Enock aus seiner Jacke ein kleines Beil hervor.

Mit einem Hieb schlug Ralph es ihm aus der Hand. Er hatte Zeit nachzudenken, und er dachte sofort an seine überlegene Körperkraft; so viele Jahre mit Vollmilch, mit magerem Rindfleisch, mit muskelbildendem Protein, und unter seiner Hand dieser armselige Verbrecher, dessen Stoffjackett in seiner Hand zerfiel, am Saum aufriß. Enock taumelte an der Wand entlang, die Hände vor das Gesicht geschlagen.

Ralph schmetterte dem Mann die Faust ans Kinn. Er spürte den inneren Widerstand von Zähnen und Knochen, spürte Schmerz in seiner eigenen Hand; und als er auf den Mann zuging, um ihn zu erwürgen, spürte er den elastischen Widerstand seiner Sehnen, seiner Muskelstränge und jungen Knochen. Er hatte nicht bloß das Jackett abgerissen, sondern auch das wohlbekannte schweißgetränkte Hemd, und er preßte klammes, haarloses Fleisch gegen die Wand, hämmerte mit der Faust auf die Stelle ein, unter der das Herz des Mannes saß, als könne dies es zum Anhalten bringen, fügte diesen Rhythmus, wumm, wumm, zum Trommeln des Regens hinzu. Er wollte nichts als Tod, nichts als Enock ermatten und taumeln, zusammensinken, nach Atem ringen und fallen spüren, dann würden seine Füße den Rest erledigen; und in einem Auflodern der Gedanken, in einem blutigen Traum sah er bereits, wie sein stiefelbewehrter Fuß den zarten Schädel eintrat, sah Knochen splittern, ausgeschlagene Zähne, stumpfes Aufschlagen und Zurückprallen, stumpfes Aufschlagen und Zurückprallen wie bei einer Maschine, bis die Kreatur tot war.

Dies sah er vor seinem inneren Auge, doch gleichzeitig nahm er auch Bewegung im Garten hinter sich wahr. Er hörte, wie der Hund sich regte, auf die Beine zu kommen versuchte, zurücksank. Danach einen dumpfen Schlag, sehr fest, zwischen seine Schulterblätter. Er glaubte, er sei mit einem großen, stumpfen Gegenstand, vielleicht einem Zaunpfosten, geschlagen worden. Vor seinem inneren Auge erschien das Bild einer Verletzung, einer riesigen blauen Stelle wie einer schwarzen Sonne. Er drehte sich um zu dieser Präsenz hinter sich, bewegte sich langsamer als zuvor, drückte die Hand auf ein über ihm aufragendes Gesicht und schob es fort. Es war das Gesicht eines Fremden, und obwohl er später immer wieder darüber nachdachte, vermochte er es nicht zu identifizieren. Er fragte sich später auch, wie lange er gebraucht hatte, um zu merken, daß er blutete. Der dumpfe Schlag war ein Messerschnitt, ein Stich zwischen seine Rippen, und als sein Blut zu fließen begann, stürzte er gegen die Küchenwand.

Die nächsten Augenblicke waren verloren, würden immer verloren sein. Er hatte ein undeutliches Bewußtsein von seinem Herzen, einem Organ, an das er zuvor noch keinen Gedanken verwendet hatte. Unbeachtet, ungepriesen schlägt und schlägt das Herz, doch nun stockt es.

Passiv, seltsam müde legte er sich nieder. Er wartete darauf zu sterben. Laß mich sterben, sagte sein Geist, so schlimm ist Sterben nicht. Es macht zuviel Ärger, am Leben zu bleiben. Jetzt ist mir warm. Dieses leichte Ausströmen von Blut ist wünschenswert; fließ weiter, und weiter. Jetzt ist mir warm, und bald bin ich in Sicherheit.

Als der Fremde das Zimmer betrat, in dem sie, ihr Glas in der Hand, am Feuer stand, schrie Anna nicht, denn sie merkte, daß sie keine Stimme hatte; sie kannte den Wesenskern der Furcht, der wie eine Art Orgasmus ist, und sie war stumm und weiß und still, als sie der Geldforderung des Mannes zuhörte, als sie die Schlüssel aus der obersten Schublade der Anrichte nahm, die Geldkassette der Mission aufschloß und ihm gab, was darin war. Ohne einen Blick darauf zu werfen, stopfte sich der Mann mit der freien Hand die Geldscheine in die Tasche. Er ließ ein paar Münzen fallen; um die schien er sich nicht zu scheren, dabei waren diese Münzen ja auch Geld, viel Geld. Sie sah sie fortrollen, unter die Möbel. Der Mann hielt den Blick auf ihr

Gesicht gerichtet. Sind sie also, dachte sie, hergekommen um uns zu töten?

Sie sah eine abgerissene Gestalt in den Raum schleichen. »Enock!« sagte sie. Der fremde Mann trat auf sie zu, packte sie am Arm. Doch die Wut verlieh ihr soviel Kraft, daß sie ihren Arm seinem Griff entwinden konnte – um die Flasche Brandy in die Hand zu nehmen, aus der Ralph ihr ein Glas eingeschenkt hatte, um sie gegen die Anrichte zu schmettern, dieses gräßliche Möbel, das die Instows so gemocht hatten. Laß sie sie gegen mich richten, laß sie sie mir aus der Hand reißen, laß sie mich blenden, doch laß mich sie zuerst blenden.

Einen Augenblick später war sie allein. Die Männer waren gegangen. Alkoholdämpfe breiteten sich im Zimmer aus. Zerbrochenes Glas lag zu ihren Füßen. Der Flaschenhals klebte an ihrer Hand, als sei er mit dem Knochen verschweißt. Sie war allein, der Sturm peitschte noch immer gegen das Haus; in ihr war eine kleine gefährliche Stille, wie ein Eissplitter in ihrem Herzen.

Sie muß sich von der Stelle rühren und herausfinden, welche schrecklichen Dinge geschehen waren; die zerschlagene Flasche in einer Hand, die Lampe mit der anderen hochgehalten. Sie muß von dem Zimmer in die Küche gehen, ihren Mann sehen, zusammengesunken in der betäubenden Umarmung des Todes; sie muß von der Küche in den Raum gehen, in dem ihre Kinder schlafen gelegt worden sind. In diesem Raum wird sie ihren tödlichen Schlag erhalten: den Schlag, von dem keine Narben auf ihrer Haut zurückbleiben, der sie jedoch schälen und skalpieren wird, der das Fleisch der Freude vom Knochen der Trauer ablösen wird. Laß sie aus diesem Raum gehen, und sie wird gepfählt sein, um langsam zu leiden, um als Frau von achtzig noch genauso zu leiden, wie sie jetzt leiden wird – ein kleines, blasses englisches Mädchen mit schwarzem Haar, trippelnde Schritte durch einen schwarzen Korridor, in einen verlassenen, leeren Raum laufend.

Der Morgen dämmerte spät. Felicia war gegangen und hatte alles aus ihrer Hütte mitgenommen, ihre ganze Habe; sie hatte gepackt und sich davongemacht, umsichtig und vorausberechnet. Blut klebte in der Küche an den Wänden und weniger auffälliges Blut, dunkel und schlüpfrig, auf dem roten Zementfußboden. Ralph, weiß wie ein Verband, lag umwickelt von anderen Verbänden. Das Licht war zersplittert, gestreut, voller Wasser; das Gras bewegte sich, der Busch bewegte sich, die Erde schien zu beben und zu wanken.

Anna ging schwankend zwischen Salome und einem Engländer, der ein Beamter zu sein schien, vielleicht eine Art Polizist. Es wird alles getan werden, sagte man ihr, denn, Mrs. Eldred, dies ist beispiellos, in der Geschichte dieses Landes haben wir noch nie die Entführung eines weißen Kindes, zweier weißer Säuglinge, und dazu vom Gelände ihrer Familie und nachts, gehabt – nein, Mrs. Eldred, so etwas hat es noch nicht gegeben.

Sie dachte, weil dies beispiellos ist, möchten sie glauben, daß es nicht wahr sein kann. Sie möchten, daß ich sage, daß ich, als ich feststellte, daß ich allein bin, feststellte, daß diese zerschmetterte Flasche an meine Hand geschweißt ist, als ich hinausging, meinen Mann halbtot auf dem Boden liegen sah, im Licht meiner Lampe das Blut an den Wänden sah, dann weiterging in das Zimmer meiner Kinder, sah, daß ihre Kinderfrau verschwunden war, die offenen Türen sah, alle Türen des Hauses offen sah, sah, wie Wind und Regen hereinflogen – die Betten meiner Kinder leer sah ... doch nein: nein, hier habe ich mich getäuscht, denn dies ist beispiellos, davon hat man noch nie gehört, solche ungeheuerlichen Gedanken kann man nicht hegen. Ich habe mich getäuscht, als ich dachte, meine Zwillinge seien verschwunden, mein Sohn Matthew, meine Tochter Kit. Sie waren die ganze Zeit über in Sicherheit, lieber Polizist. Das Lebensblut meines Mannes mußte von den Wänden abgewaschen werden, und ich bin die Frau, die das tat; doch nein: was meine beiden kleinen Zwillinge angeht, da habe ich mich getäuscht. Ich muß mich getäuscht haben. Denn sonst können Sie es nicht ertragen, die beamtliche Last ist zu groß. Denn wenn sie wirklich vermißt sind, müssen Sie sie nun auffinden, in dem gebrochenen Licht des Tages nach dem Sturm, das Land überspült, der Schlamm schlüpfrig, die Furten überflutet ... Anna riß sich von ihnen los, von den sie stützenden, sie zurückhaltenden Händen, und ging in den Gärten allein, roter Schlamm klebte an ihren bloßen Beinen, die Arme um die Brust geschlungen, ging und ging, während Lebewesen von ihren Füßen davonsprangen.

Es war neun Uhr an jenem Morgen, als Anna ihre Tochter fand. Die Menschen auf der Veranda sahen, wie Anna auf sie zutaumelte und auf den Armen trug, was sie für die Leiche eines kleinen Kindes hielten. Sie sahen sie durch ein zitterndes silbernes Licht hindurch auf sie zukommen, wie eine Frau, die durch Glasscheiben hindurchbricht, wie eine Frau, die durch Spiegel schreitet. Ein Kind auf den Armen, aber nur eines: aufgelesen aus dem von Schlangen wimmelnden Graben, aufgelesen aus schlammbraunem Wasser, blutverkrustet, starr, eiskalt. Wieder streckten Hände sich aus – um die verwaiste Frau, den winzigen Kadaver in den Kreis der Menschheit zu ziehen.

»Oh, Mrs. Eldred«, stöhnte Salome. »Daß Gott in all seiner Güte Ihnen diesen Kummer schickt.«

Doch dann begann das Kind den Mund aufzutun, nicht zu schreien, sondern einen sirrenden, krampfartigen, saugenden Laut zu formen, immer lauter mit jedem Atemzug, als sei der kleine Brustkasten eine sich dehnende Feder.

...8...

Nach einem Monat schrieb Ralph an seinen Onkel James:

Es gibt nichts Neues. Wenn es in zwei Wochen immer noch nichts Neues gibt, sollen wir nach England zurückkehren. Schließlich, so sagen sie, können sie die Suche auch ohne uns fortsetzen – und sie werden sie fortsetzen, und zwar gründlich, zumindest darauf vertraue ich, wenn auch auf nichts anderes. Trotzdem fürchte ich den Gedanken, von hier wegzugehen, denn an dem Tag, an dem wir weggehen, gestehen wir uns ein, daß es keine Hoffnung gibt.

Mir geht es viel besser als bei meinem letzten Brief. Ich hätte »Glück« gehabt, sagte der Arzt. Ich fürchte, ich habe ihm ins Gesicht gelacht. Anna und ich, wir sind jetzt nicht mehr gern in verschiedenen Zimmern, und wir lassen Kit nie aus den Augen. Der gleiche Arzt, der zu mir sagte, ich hätte Glück gehabt, sagte auch, dies sei eine Schockreaktion gewesen und sie würde sich verlieren, doch wir müßten damit rechnen, an uns selber bestimmte merkwürdige Verhaltensweisen festzustellen, bei jedem Geräusch aufzuspringen, Alpträume zu haben und so weiter. Ich habe keine Alpträume, weil ich nicht schlafen kann.

Ich habe nun das Gefühl, in einer fremden Welt zu leben. Ich weiß, das ist eine der Redewendungen, nach denen der Verstand greift, wenn er müde wird, aber mir fällt kein anderer Ausdruck dafür ein. Um genauer zu sein, ich habe das Gefühl, daß ich schwebe, daß ich wie jemand bin, der hängt, daß mir der Boden unter den Füßen weggezogen oder mein Halt mit einem Tritt fortgenommen worden ist. Diese Frau, Felicia, die Kinderfrau der Kleinen, wie konnte sie das tun? Ohne Zweifel war das geplant. In meinem früheren Brief habe ich Dir sicher geschrieben, daß Felicia ihre Sachen gepackt hatte – alles war aus ihrem Zimmer verschwunden. Die beiden Männer waren mit einem Lastwagen gekommen – die Polizei fand die Reifenspuren. Und Felicia blieb in dieser Nacht im Haus, wohingegen sie sonst schon seit einigen Monaten immer in ihr eigenes Zimmer zurückging, sobald die Zwillinge ins Bett gebracht waren. Ich dachte, es sei der Sturm, weswegen sie am Feuer bleiben wollte – doch sie blieb zu einem anderen Zweck. Wenn ich die Männer nicht hereingelassen hätte, hätte sie sie hereingelassen. Das könnte mir vielleicht ein gewisser Trost sein. Ist es aber nicht. Es gibt keinen Trost. Ich bin derjenige, der ihnen die Tür aufgemacht hat. Sie sagten, sie wollten sich unterstellen. Ich beschloß, eine gute Tat zu tun, und durch sie ist mein Leben entzweigerissen und zerstört worden.

James, kannst Du bitte meiner Mutter und meinem Vater und Emma erklären, was unserer Meinung nach geschehen ist – ich meine, kannst Du ihnen erklären, daß es wenig wahrscheinlich ist, daß Matthew wegen Lösegeld entführt wurde? Ich kann das in einem Brief nicht schreiben. Außerdem würden die Leute in England nicht glauben, daß derartige Verbrechen geschehen. Ich hätte es selbst nicht geglaubt, aber als wir noch in Elim waren, erzählte mir unser Arzt, Koos, eines Tages einmal von Medizinmorden. Als ich die Polizei fragte, warum irgend jemand meinen Sohn entführen sollte – und sie mir das gleiche sagten –, wußte ich, ich hätte ihnen glauben sollen. Sie wissen nicht, wie viele Kinder in einem Jahr gestohlen und an die Zauberdoktoren verkauft werden. Manchmal wandern Kinder, ältere Kinder, in den Busch. Das Verschwinden wird nicht gemeldet, weil es niemanden gibt, dem man es melden könnte. Diese Kinder kehren nie zurück. Vielleicht werden sie von Tieren getötet, oder sie verhungern. Das ist natürlich möglich.

Anna glaubt, daß Matthew noch am Leben sein könnte, und diese Möglichkeit fürchtet sie am meisten. Sie sagt: »Wenn er tot ist, muß er jetzt nicht leiden.« Aber sie ist nicht sicher. Es gibt nicht einen Augenblick, in dem wir uns über irgend etwas sicher sein können.

Es gibt natürlich Hoffnung, die Möglichkeit, daß die Polizei diese Leute einsperren wird. Denn immerhin können wir Felicia und Enock ja identifizieren, obwohl ich nicht beschwören könnte, den Mann wiederzuerkennen, der mich niedergestochen hat. Wenn sie gefaßt würden, würden sie uns vielleicht sagen, was mit Matthew geschehen ist, doch ich habe allen Grund, daran zu zweifeln. Wenn solche Fälle vor Gericht kommen, sagt niemand aus. Sie haben zu große Angst vor den Zauberdoktoren, sagt man mir. Wenn man sie faßt, werden sie vermutlich gehängt. Das bedeutet mir nichts, so oder so. Ich empfinde nichts dabei. Ich möchte nur, daß sie reden – damit ich erfahren kann, damit wir erfahren können, ob unser kleiner Sohn tot ist, so daß wir um ihn trauern können. Es ist schwer zu trauern, wenn es keinen Körper gibt, den man begraben kann. Ich denke daran – ich versuche es mir vorzustellen –, wie viele Menschen das in der Geschichte der Welt schon gesagt haben. Doch die meisten davon haben noch Hoffnung gehabt, vermute ich, wohingegen wir begreifen müssen, daß es vermutlich nie ein Begräbnis geben wird. In solchen Fällen findet die Polizei niemals ein identifizierbares Opfer. Ein Mann sagte zu mir: »Manchmal finden wir Spuren.« Ich fragte ihn, was er mit Spuren meint, und er sagte: »Substanzen, in Flaschen und Gläsern.«

Warum ist Kit verschont geblieben? Sie wollten den Jungen, das ist klar. Sie hätten auch sie nehmen und töten können, aber vielleicht war damit für sie kein Geld zu verdienen. Für mich ist das ein seltsamer Gnadenakt, ein Baby bei wütendem Sturm in einen Graben zu legen. Sie hätte in diesem Graben ertrinken oder hätte vor Kälte sterben können, ehe wir sie fanden, oder hätte von einem wilden Tier zerfleischt werden können. Mir kommt es so vor, daß sie für das Leben und ihr Bruder für den Tod ausgewählt wurden. Darüber werde ich zeit meines Lebens nachdenken müssen. Und ich glaube nicht, daß es mit den verstreichenden Jahren leichter zu verstehen sein wird. Verstehst Du es?

Kit ist ein kräftiges Kind. Sie weint nun viel – um ihren verlorenen Bruder, vermuten wir –, aber sie ist zu klein, als daß wir ihr irgend etwas erklären könnten. Das ist, auf eine Art, ein Segen – Du siehst, daß ich mit aller Kraft nach Segnungen Ausschau halte, James. Sie wird sich nicht daran erinnern, was geschehen ist. Wir haben vor, es ihr niemals zu sagen. Denn womit, in Gottes Namen, sollten wir überhaupt anfangen? Ich möchte, daß Du ihnen das einschärfst, dies meiner Mutter und meinem Vater und Emma ganz genau einschärfst, daß Kit, wenn sie größer wird, davor geschützt werden muß, von dieser entsetzlichen Sache zu erfahren. Wenn sie davon erfährt, vergiftet es ihr Leben.

Ich wünschte, wir wären nie aus England weggegangen. Ich glaube nicht, daß irgend etwas Gutes, was wir hier getan haben, auch nur einen hundertsten Teil dessen aufwiegen kann, was wir gelitten haben und woran wir leiden werden, solange wir leben. Es erscheint mir unmöglich, daß wir jemals ein Leben führen werden wie andere Menschen oder daß irgend etwas Gewöhnliches und Normales und Sicheres jemals wieder für uns erreichbar sein wird.

Gib mir nicht den Rat zu beten, denn ich finde Gebete in diesem Fall nicht angemessen. Ich frage mich, was für ein Wesen das ist, zu dem ich gebetet habe. Vorher habe ich die Welt angeschaut und keinen zwingenden Beweis für die Güte Gottes gesehen, aber ich habe mich dafür entschieden, daran zu glauben, weil ich dachte, es sei konstruktiver, dies zu tun. Ich dachte, nicht daran zu glauben sei ein Votum für das Chaos. Ich dachte, es gäbe in der Welt zumindest eine Ordnung – eine Art Fortschritt, eine Bedeutung, eine Gesetzmäßigkeit. Aber wo ist diese Gesetzmäßigkeit jetzt? Wir haben versucht, uns selbst die Schuld zu geben, aber wir sind nicht recht überzeugend dabei. Wenn ich mich früher mit diesem Mann, Enock, befaßt hätte, wenn Anna ihn nicht beleidigt hätte ... wenn ich nicht die Tür aufgemacht hätte. Ich nehme hin, daß ich Entscheidungen getroffen habe und daß es die falschen waren, aber dann denke ich auch wieder, daß unser Leben durch einen bösen Zufall zerstört worden ist. Ich sehe keine Gesetzmäßigkeit, keinen Sinn, keinen Grund dafür, daß dies geschehen mußte.

In seinem Büro in dem Heim im East End drehte James den Brief um. Auf die Rückseite schrieb er: »Wenn es Zufall ist, kann es dann böse sein? Wenn es böse ist, kann es dann Zufall sein?«

Hinter der dünnen Trennwand hörte er, wie die zerbrochenen und schäbigen Männer, die sich in seiner Obhut befanden, ihren abendlichen Beschäftigungen nachgingen. Er hörte das Rucken und Scharren von Möbeln, das Klappern von Löffeln gegen Zinnbecher. Er hörte den wiederholten wilden Schrei eines seiner häufigen Klienten, eines Stadtstreichers mit einer präsenilen Dementia: »Tommy hat das nicht getan. Tommy hat das nicht getan. Tommy hat das ... noch nie getan.«

Tommy hat das nicht getan, dachte James. Nein, nein, er schiebt die Schuld von sich, schiebt sie einem andern zu. Und Enock hat es auch nicht getan? Gott war es. Ralph jedenfalls wird so denken. Wie ist es möglich – wenn Gott uns geschaffen hat, wenn Gott uns so gemacht hat, wie wir sind, wenn er allmächtig ist, allwissend –, daß er nicht den Arm ausgestreckt hat? In Ralphs Vorstellung wirkt Gott nun durch Enock, so wie Gott einst durch Hitler wirkte. Er wird denken, Gott war es, der ihm das Messer in den Rücken stach und sein Kind nahm und es in Stücke schnitt, sein Kind lebendigen Leibes sezierte.

Eine Woge aus Galle und Speichel stieg James in den Mund. Er kämpfte dagegen an, erbrechen zu müssen. Er sprang von seinem Stuhl hoch, packte die Lehnen. Laß keinen herein; er kann ihnen nicht gegenübertreten, kann keinem Menschen in die Augen sehen. Tiere sind besser als wir, dachte er; sie tun, was sie müssen. Machen einen Satz, reißen, saugen das Blut; es ist Teil ihrer Natur, Gott hat sie so geschaffen und ihnen keine Wahl gelassen.

Schwerfällig ging er durch das Zimmer zu dem kleinen Fenster, das gegen Diebe vergittert war. Er schaute in einen East End-Abend hinaus: Altpapier wehte durch die herbstlichen Rinnsteine, und Kohlblätter vom Straßenmarkt, weiße Adern glänzten im Dunkeln. Früh einsetzende Dunkelheit: Monate mit Regen und Nebel, mit Schneematsch und Tau standen bevor. Gott mußte seinen Geschöpfen gestatten, Böses zu tun; das war die Strafe dafür, daß er ihnen Entscheidungsfreiheit gegeben hatte. Tiere können sich nicht entscheiden; dadurch unterscheiden sie sich von uns. Wenn wir uns nicht dafür entscheiden könnten, Böses zu tun, wären wir keine Menschen. Das werde ich ihm sagen, dachte er, werde es seiner armen Frau sagen. Ich werde nicht sagen, was ich oft gedacht habe: daß Tieren, die sich nicht entscheiden können und daher keine Verbrechen begehen, der Himmel vielleicht sicher ist, daß wir jedoch, die wir Gott nachäffen, vielleicht für immer in Kälte und Dunkelheit ausgeschlossen bleiben.

Hinter der Bürotür wurde das Trommeln und Klappern lauter. Er hörte Flüche. Bestimmt würde dort gleich ein Streit ausbrechen; vielleicht war einer der alten Männer über ein Messer gestolpert oder hatte eines herausgezogen. James wandte sich vom Fenster ab, erblickte sich selbst im Viereck eines staubbedeckten Spiegels, der an der gegenüberliegenden Wand hing, sah einen mageren und ausgedörrten alten Mann, ausgelaugt durch Demut, leergesaugt durch die dauernde Anstrengung zu glauben. Einen Augenblick lang sprach er laut, als wären Ralph und Anna bei ihm im Zimmer. »Anna, es gibt nichts, es gibt nichts Schlimmeres, es gibt nichts Lästigeres ... es gibt nichts so entsetzlich Schweres ... wie die Aufgabe, ein Mensch zu sein ...« Seine Stimme erstarb in seiner Kehle. Ich sollte diesen Spiegel abnehmen, dachte er. Das habe ich schon oft tun wollen, Glas ist gefährlich an einem Platz wie diesem.

Als Ralph und Anna nach England zurückgekehrt waren, machten sie sich sofort daran, ein Haus zu suchen. Praktische Überlegungen waren nicht überflüssig geworden, Entscheidungen mußten getroffen werden. Anna hatte nur kurz und widerwillig über ihr vermißtes Kind gesprochen. Was für einen Sinn hatte Reden, fragte sie. Niemand konnte ihre Gefühle teilen. Niemand konnte Zugang zu ihnen finden.

»Anna, tu dir nicht selbst noch mehr weh«, sagte James. »Menschen haben etwas an sich – wenn sie verletzt worden sind, verletzen sie sich selber noch einmal, sie reißen die Wunde noch mehr auf. Werde nicht bitter. Das ist alles, was ich verlange.«

»Das ist ziemlich viel verlangt«, sagte Ralph.

»Als nächstes, James«, sagte Anna, »wirst du von mir verlangen, daß ich verzeihe.« Eine Art forcierte Munterkeit war in ihre Stimme gekommen, das war nun ihr üblicher Tonfall.

»Nein, das hätte ich nicht verlangt. Noch nicht.«

»Gut«, sagte Anna. »Dem Versuch bin ich nämlich nicht gewachsen.«

»Wenn du einsehen könntest«, sagte James, »daß es ein paar Dinge gibt, die Gott nicht kontrolliert oder kontrollieren will, dann könntest du Gott um Trost bitten ... aber das ist sehr schwierig, Anna.«

»Es ist unmöglich«, erwiderte sie. »Ich habe Gott um Trost gebeten, als ich in Elim jeden Abend nach Hause kam und diese geschlagenen Menschen sah, die auf der Veranda auf mich warteten – aber Gott hat sehr stillgehalten, James. Gott tat nichts. Es war an mir, etwas zu tun, doch ich handelte innerhalb gewisser Zwänge – ich versuchte, gut zu sein, verstehst du, ich spürte, wie die Liebe Gottes mir in die Gelenke einschnitt wie ein Paar Handschellen. Was also bot ich diesen Menschen an? Verbände und Platitüden. Angenommen, meine Erziehung wäre anders gewesen? Dann wäre ich vielleicht mit einem Revolver in der Tasche in den Zug nach Kapstadt eingestiegen, hätte ich Dr. Verwoerd vielleicht erschossen – dann hätte ich vielleicht etwas Gutes in der Welt ausgerichtet. Und dann, James, als der Mann in meinem Zimmer war, der mein Kind töten wollte, als ich eine zerbrochene Flasche in der Hand hatte, mal angenommen, ich wäre ihm mit den scharfen Kanten über die Augen gefahren? Angenommen, ich hätte seine Augen in Fetzen geschnitten, angenommen, ich hätte seine Adern aufgeschlitzt und ihn verbluten lassen? Dann hätte ich etwas Gutes in der Welt ausgerichtet.«

»Anna –«, sagte er.

Sie sah die Furcht in seinem Gesicht. »Keine Sorge«, sagte sie. »Laß du mich in Ruhe, James, und ich lasse dich in Ruhe. Komm du nicht zu mir mit deiner Theologie, und ich werde Ralph nicht daran hindern, seine Arbeit zu tun. Es war doch geplant, daß er die Stiftung übernehmen sollte, ja? Es gibt also keinen Grund, diesen Plan zu ändern. Was ich denke, in mir, spielt keine Rolle. Niemand kann sich vorstellen oder gar wissen, was ich denke, in mir. Aber ich verspreche dir, daß ich nicht in der Kirche aufstehen und herausbrüllen werde, daß das alles Lug und Betrug ist. Wir sind doch Berufschristen, Ralph und ich, nicht wahr? Damit verdienen wir unseren Lebensunterhalt. Warum sollten wir arm sein, wo doch jeder Heuchler reich ist?«

Niemand hatte sie weinen sehen, nicht ein einziges Mal; von Anfang an nicht. Emma hatte es gleich gewußt, als sie sie am Flughafen abholte. »Anna ist zu zornig, um zu weinen. Sie ist beinahe zu zornig, um zu atmen.«

Sie fanden ziemlich leicht ein Haus. Emmas Freund Felix fuhr sie durch die ländlichen Straßen fern vom Getriebe von Norwich, das ihnen nach ihrer Zeit in der Wildnis wie eine ausgediente Metropole erschien. Felix hielt das Auto unter einem Baum neben einem weitläufigen, schlechtproportionierten roten Backsteinhaus an: »Man muß etwas daran machen«, sagte er. »Aber du kannst dein Büro und deine Familie darin unterbringen.«

Er schaute über die Schulter zurück zu Anna, die auf dem Rücksitz saß. Es hatte keinen Zweck, darum herumzureden. Anna erwartete wieder ein Kind. Alle sagten, das sei das beste, was passieren konnte.

Sie gingen hinein. »Das Wohnzimmer«, sagte Felix.

Sie traten in das Licht der langen Fenster. Anna sah, wie sie buchstäblich mit Schlamm bespritzt waren; Ralph fielen die lamellierten

Fensterläden aus altem Kiefernholz auf. Er bewunderte die breite Treppe, die hohen Decken; sie atmete die Luft des Hauses ein, das seltsame Gemisch aus Schimmel und dem festsitzenden Rauch lange erloschener Feuer. »Wir müssen es haben«, sagte er. Anna schüttelte den Kopf. Doch dann spürte sie – oder meinte zu spüren –, wie das Kind sich in ihr regte. Sie nahm seine Ansprüche wahr. Sie dachte daran, noch mehr Kinder zu haben, viele Kinder, um die schmerzliche Leere der Trauer zu füllen.

Drei Monate vor Julians Geburt zogen sie in das Haus ein; zwei Monate nach seiner Geburt starb Ralphs Vater. Es war ein Schock, denn er hatte kerngesund ausgesehen, doch die Nachrichten, die ihn im vorausgegangenen Jahr erreicht hatten, die in Ralphs erstem unverständlichen und besorgniserregenden Brief übermittelten Nachrichten, hatten ihm einen schweren Schlag versetzt. Die ganze Sache verwirrte und verstörte ihn; er war es gewöhnt, das Leben im Griff zu haben, doch nun gab es ein Problem ohne eine Lösung, den Diebstahl eines Kindes, das er nicht gesehen hatte, in einem Land, das er sich nicht vorstellen konnte. Als sein Sohn nach Hause kam, schien es, als könne er nicht mit ihm sprechen, ja kaum im gleichen Zimmer mit ihm sein. James sagte: »Für manche Menschen ist großer Kummer etwas Unanständiges. Sie können ihn nicht mitansehen. Sie geben den Trauernden die Schuld.«

Matthew wurde, mehr denn je, von plötzlichen Gefühlsausbrüchen übermannt, von Anfällen der Entrüstung über den Zustand der Welt. Der Anblick von Julian – seinem zweiten Enkelsohn – weckte in ihm den Wunsch nach seinem ersten, machte ihn wütend vor Unglauben und Abscheu. »Warum bist du gegangen?« sagte er eines Tages zu Ralph. »Du hättest nicht zu gehen brauchen. Die Missionen müssen zwar besetzt werden, aber du hättest nicht gehen müssen, du hättest nicht gehen sollen, es gab jede Menge erfahrenere Leute, die hätten gehen können. Du hast es bestimmt aus Stolz getan – aus Stolz und Überheblichkeit, weil du es besser wußtest als andere. Das ist schon immer dein Fehler gewesen, Junge.«

Ralph erwiderte: »Du willst wissen, warum ich nach Afrika gegangen bin? Ich sag's dir. Ich bin gegangen, um von dir fortzukommen.«

Am Tag nach dem Streit erlitt Matthew einen Schlaganfall. Ralph sprach nie wieder mit ihm – oder vielmehr, er sprach, doch der alte Mann gab kein Zeichen, ob er ihn hörte oder verstand, obwohl Ralph irgendwie glaubte, daß es es tat. Ralph flüsterte ihm zu: Verzeih mir, für das, womit ich dich wissentlich verletzte, und für das, womit ich dich verletzte, ohne es zu wissen.

Am Sterbebett seines Vaters spürte er, daß er nun begann, erwachsen zu werden. Er sagte, schließlich war mein Vater zu der Zeit, als er mich so schlecht behandelte, noch nicht einmal so alt wie ich jetzt. Er lernte die Welt erst noch kennen, er spürte die Verantwortung schwer auf den Schultern. Es ist schwer, ein Vater zu sein; bestimmt hat er es nicht in böser Absicht getan, bestimmt hat er das Beste getan, was er konnte. »Bitte verzeih mir, denn ich verzeihe dir auch«, flüsterte er. Sein Vater starb drei Tage später, die Begnadigung nicht gewährt.

Wie nun fertig werden mit gewöhnlicher Trauer, gewöhnlicher Schuld? Alle Emotionen scheinen im Gefolge der einen großen Katastrophe abgeschwächt. »Nichts kann dich schlimmer treffen«, sagte Ralphs Mutter. »Nichts kann dich schlimmer treffen, als du bereits getroffen worden bist. Ich erwarte nicht, daß du um ihn weinst, Ralphie. Wir wollen ihn einfach begraben.«

Danach zog Dorcas bei ihnen ein, eine pantoffelstille Präsenz in der zugigen Diele ihres neuen Hauses.

Es ist nicht leicht, aus Afrika zurückzukehren, selbst wenn die Umstände günstig sind und die Rückkehr geplant ist. Aufwallungen von Feindseligkeiten gegen die Kakerlaken und die Ameisen ebben nur allmählich ab. Ein Fleck an der Wand verwandelt sich in eine kriechende Zecke, und ständig müht man sich und ist auf der Hut – es ist schwer, im launenhaften englischen Sonnenschein, in der Hitze zu sitzen, die nichts Bedrohliches hat, in der nur harmlose Insekten einem über die bloßen Arme streichen. Es dauerte länger als ein Jahr, bis Anna sich dazu durchringen konnte, einen Teller oder eine Tasse auf dem Tisch stehenzulassen; wenn sie benutzt worden waren, räumte sie sie sofort ab und spülte sie, um den vorrückenden Läufern kriechender Gier einen Strich durch die Rechnung zu machen. »Arme Anna«, sagten die Leute. »Immer auf dem Sprung. Sie wird sich noch kaputtmachen, das Mädchen.« Die Worte, mit denen man über sie sprach, die abgedroschene Freundlichkeit, hatten einen eigenen Stachel. In ihrem Leben hatte sich eine Tragödie ereignet, und niemand hier hatte Worte dafür. Im Winter drückte das Gewicht ihrer Kleider sie nieder, Wolle und Schuhleder scheuerten und drückten und engten sie ein.

Und wie sieht England selber aus? Nach dem weißen Licht, der Sonne, die die Farben ausbleicht und das Sehfeld zerstört, werden hier die gedeckten, exklusiven Farbtöne der Alten Meister geboten, Siena, gebranntes Umbra, Indigo; dichtstehende Koniferen in beschatteten Reihen, hellbraunes Aufblitzen abgeschälter Borke, Röte auf dem Stamm der Weißbirke bei Sonnenuntergang; Atemhauch in der rauhen Luft und Eulen, die mitten in der Nacht schreien. Ein nächster Frühling wird kommen, ein Sommer: Grün auf Grün geschichtet, die moosbedeckte Mauer, der geflochtene Zaun, und dösende Pferde unter einer Ulme, die Flanken von Fliegen umsurrt, die Hälse gesenkt, von George Stubbs träumend.

Also, wo sollten sie anfangen? Wie sollten sie ihr langsames Zurückkriechen aus der Wüste abstimmen? Was sollten sie sagen? Was konnten sie den Leuten erzählen? Wer hatte ein Anrecht auf die ganze Geschichte, und wen konnte man mit der halben Wahrheit auf Distanz halten?

Annas Eltern kannten die Tatsachen – das heißt, kannten die Wahrscheinlichkeiten –, doch sie entschieden sich dafür, nicht darüber zu sprechen. Sie gaben vor, die Gefühle ihrer Tochter zu schonen, doch in Wirklichkeit schonten sie ihre eigenen. Nichts in ihrem Leben hatte sie auf eine Katastrophe vorbereitet. Sie schätzten das Gewohnte; *Ereignisse* waren zweifelhafte Angelegenheiten und oft von schlechtem Geschmack. Es war eine Form des Protzens, wenn einem Dinge zustießen. »Natürlich, es ist schrecklich, eine entsetzliche Sache, grauenhaft«, sagte Mrs. Martin, »aber obwohl ich das natürlich nicht laut sage, mache ich ihn dafür verantwortlich, daß er sie überhaupt dorthin gebracht hat. Er hätte einen netten Posten bei seinem Vater haben können, es wäre nicht nötig gewesen, über den halben Globus zu reisen.«

Die Martins hatten einen Großteil ihres Lebens damit verbracht, die Trommel für den christlichen Glauben zu rühren, hatten Flohmärkte und Blumenausstellungen organisiert, damit die dunklen Rassen Nutzen aus der Gesellschaft lebhafter junger Engländer ziehen konnten, die mit den Psalmen und (unter anderen Büchern) dem Buch Hiob vertraut waren. Doch sie hatten nicht damit gerechnet, einen dieser jungen Engländer in ihrem Wohnzimmer neben dem Laden sitzen zu haben, starr und sprachlos vor Elend. Sie hatten nicht damit gerechnet, daß das Buch Hiob irgendeine praktische Bedeutung hatte.

Und Freunde der Familien – was sollte man ihnen sagen? Sie schreckten vor den Details zurück – und Ralph schreckte noch weiter zurück als Anna. Er dachte, wenn wir ihnen erzählen, was unserer Meinung nach geschehen ist, werden wir ihre schmutzigen Vorurteile bestätigen, wird es so aussehen, als verleumdeten wir ein ganzes Volk: Wilde, werden sie sagen.

Es war möglich zu sagen: »Wir haben unseren Sohn verloren.« Damit war alles abgedeckt. Nur wenige Menschen fragten weiter. Vielmehr scheuten sie zurück, als könnte der Hinterbliebene vor ihren Augen zusammenbrechen, zu Boden sinken und schreien. Es war überraschend, wie unbestimmt Menschen waren, sogar jene Menschen, die behaupteten, jeden Sonntag für sie gebetet zu haben. Ich dachte, die jungen Eldreds hätten zwei Kinder gehabt, sagten die Leute, hab ich nicht irgendwo gehört, daß sie Zwillinge hätten? Unbehagen zeigte sich auf ihren Gesichtern; war da irgendeine Geschichte, ein Unfall vielleicht, oder war es nur so, daß das Kind einem tropischen Fieber erlegen war? Ralph hatte aufdringliche Fragen befürchtet, doch statt dessen traf er auf eine Gleichgültigkeit, die er als Beleidigung empfand. Er machte die Entdeckung, vertraut all jenen, die ins Exil gehen und dann zurückkehren, daß er und Anna nicht mehr als wirkliche Menschen betrachtet wurden, nachdem sie ins Ausland gegangen waren. Aus den Augen, aus dem Sinn. Niemand, nicht einmal der großzügigste Spender bei Anfragen der Mission, wollte etwas von Afrika hören.

In den ersten Jahren nach ihrer Rückkehr wurden weite Zusammenhänge von ihrer Familie, ihren engen Freunden gemieden. Sie waren umgeben von Feldern, die brachlagen, von Feldern des Schweigens. Langsam, vorsichtig, auf Zehenspitzen kehrte die Normalität zurück; die Familie zensierte sich nicht mehr selbst, darüber wachend, daß Afrika in Gesprächen nicht erwähnt wurde. Nach einer Weile zuckten sie nicht mehr zusammen, wenn das Foto eines vermißten Kindes in den Zeitungen erschien. Zuletzt schrumpfte die Dimension der Tragödie; es gab ein kleines stacheldrahtumzäuntes Gebiet, in das sich niemand hineinwagte, in dem das Geheimnis ausgelagert und weggesperrt war. War es, so begrenzt, weniger machtvoll? Nein, es war noch machtvoller, fühlte Ralph. Er träumte davon, Blut wegzuschrubben, sein eigenes Blut von einem Zementfußboden wegzuschrubben, doch der Fleck kam immer wieder, wie das Blut in Blaubarts Zimmer. Da begriff er, was das Märchen bedeutet; Blut läßt sich nie abwaschen. Keine böse Tat verschwindet. Das Böse ist Energie und bleibt für immer erhalten; nur die Form verändert sich.

Im Verlaufe der nächsten paar Jahre sorgte Ralph dafür, daß er immer viel zu tun hatte, begrub die Vergangenheit unter dem Gewicht täglicher Aufgaben. Anna sah, wie er sich veränderte, eine Art oberflächliche und unangestrengte Jovialität kultivierte – unter der, wie sie sich vorstellte, seine wirklichen Gedanken weiterschwelten, schuldig und siedend und betrogen. Im täglichen Leben wurde er ein anspruchsvoller, fordernder Mann, der sie nur in kurzen Augenblikken an die Sanftheit jener frühen Jahre erinnerte; sie mußte seine Söhne anschauen, als diese größer wurden, um den Mann zu sehen, der Ralph einmal gewesen war. Sie hatte sehr früh, als sie noch in Elim lebten, begriffen, daß seine Freundlichkeit etwas Distanziertes an sich hatte, daß seine Sorge um Menschen eingeübt und gewollt war; nun wurde sie zu einer mit ganzer Kraft verfolgten Tugend, kämpferisch.

Während der siebziger Jahre entwickelte sich der Trust zu einer der finanziell besser ausgestatteten kleinen Wohltätigkeitsorganisationen und gewann ein Mitglied der Königlichen Familie als Schirmherrn. Ralph hatte für den jungen Mann nur Verachtung übrig, doch er würde sich mit jedermann abfinden, wenn das seinen Zielen förderlich war. Er muß überall Fortschritte sehen, er muß Verbesserungen sehen. Den ganzen Tag über muß Betriebsamkeit oder ihre Vortäuschung herrschen: Briefe in alle Richtungen, Telefongespräche, Überlandfahrten und Fahrten rauf und runter nach London; es mußte Werbung geben und gutes Zureden, Pressekampagnen und Reisen zur Geldbeschaffung. Er übernahm die Verantwortung für die politische Linie und für die Außendarstellung des Trusts, engagierte die Dienste eines freiberuflichen Public Relations-Experten; er baute die Obdachlosenunterkunft um, paßte ihre Ziele und Methoden den neuen Erfordernissen an. Er gab dem *Guardian* ein Interview und eins der *New Society* und wurde manchmal in Fernsehstudios eingeladen, um an müßigen Streitgesprächen mit denjenigen teilzunehmen, die zu Drogen, Wohnungspolitik und Bildung anderer Auffassung waren. Im Stiftungshaus war er zur Überwachung der kleinsten Details verfügbar, der Versorgung mit Büroklammern und Kopfkissenbezügen; er verbrachte viel Zeit damit, bei den mißmutigen, schwerfälligen, unsympathischen Kindern zu sitzen, die sich in seiner Obhut befanden. In Norfolk erlangte er ebenfalls Berühmtheit als einer jener Männer, die man anrief, wenn man etwas erledigt haben wollte; zuweilen erzürnte die Neuheit seiner Ideen die *Eastern Daily Press*. Die Kraft seines Willens, so schien er zu denken, konnte die Welt in einen besseren Zustand überführen. Innerlich, dachte Anna, muß er wissen, daß dies alles eine Illusion war. Vergeblich.

Nach ihrer Rückkehr aus Betschuanaland kämpfte sie ungefähr ein Jahr lang darum, daß ihr die Vergangenheit, jedes Detail davon, nicht entglitt. Sie hatte sich davor gefürchtet, irgend etwas zu vergessen; zu vergessen kam ihr vor wie Verrat an ihrem Kind, das vielleicht – es war möglich – noch lebte. Im Geiste rekapitulierte sie immer wieder die Ereignisse ihres Lebens in Mosadinyana: von ihrer Ankunft auf dem Bahnsteig unter den Sternen bis zu ihrer letztendlichen Abreise, die Taschen von mitfühlenden Fremden für sie gepackt. Doch obwohl der Schmerz frisch blieb, veralteten und verblaßten spezifische

Erinnerungen; sie zogen sich von ihr zurück, die kleinen Vorfälle dieses und jenes Tages. Diese eine Nacht blieb ihr unauslöschlich im Gedächtnis haften – der über ihrem Kopf grollende Donner, das Hämmern des Regens auf das Dach. Ralphs Blut, das ihre Hände bis zu den Gelenken bedeckte. Doch nach zwei Jahren, nach dreien, entfiel ihr ihre innere Erzählung, verlor den Zusammenhang. Was als Erinnerungen blieb, war eine Reihe von Bildern, manche festumrissen und scharf, manche nicht mehr als Flecken von Licht und Klang, mit sich kreuzenden Linien schraffiert.

An dem Tag, an dem Julian geboren wurde, hatte Anna kein Interesse daran, gegen den Schmerz aufzubegehren oder sich gut zu benehmen oder den Vorgang für diejenigen, die sie betreuten, angenehm zu machen. Als eine Medizinerfaust ihr eine Maske aufs Gesicht drückte, saugte sie das Vergessen mit tiefen Zügen ein, und sie wollte sich nicht erlauben, zurückzukehren. Sie wollte das Gas und nicht die Luft; das Vergessen erfüllte sie, es war, wonach sie sich sehnte. Als Julian ihr zum ersten Mal in den Arm gelegt wurde – ein hübsches, sauberes, rosiges kleines Baby, gehalten von den gefühlvollen Händen von Säuglingsschwestern, abgerubbelt und gesäubert, bevor sie ihn ihr gaben –, spürte sie ein bestimmtes Zucken, ein Zurückweichen von ihm; sie haßte es, dieses zerbrechliche, in einen Schal eingewickelte bißchen Leben mit der Bürde irgendeiner Erwartung zu belasten. Sie sah die dichten Falten seiner wimpernlosen Augen, seinen Mund wie einen Schwamm, in eine Form fließend, dann eine andere, die ungelenken, gesprenkelten Finger, die sich durch das spinnwebartige Gestrick des Schals bohrten; sie versuchte so zu tun, als hätte sie keinen anderen Sohn, als sähe sie zum ersten Mal einen Sohn. Julian hatte feine Locken und sanfte Augen; er lag in den Armen seines Vaters und vertraute ihm. Er erinnerte sie nicht allzu aufdringlich an ihr aufgewecktes, kleines, dunkles Kind, sein zerbrechlicher Schädel noch durchscheinend, als sie ihn verlor, die Pulse an den Schläfen deutlich sichtbar unter jener flatternden Babyhaut.

Ralphs Mutter Dorcas war ihr in jenen frühen Jahren eine Freundin; eine alte Frau, die den Mund hielt, wenig mitteilsam war, aber immer da, immer aufmerksam, auf die man sich immer verlassen konnte. Anfangs schreckte Anna vor ihrer Schwägerin zurück, einer herrischen jungen praktischen Ärztin, die jeden zweiten Samstag voller Spezialkenntnisse, Weltgewandtheit, Vitalität aus Norwich herübergefahren kam. Sie schreckte im Grunde vor der Welt zurück; es gab Tage, an denen sie nicht aus dem Haus ging, nicht gehen konnte, wenn ein Wort von einem Fremden sie zum Erröten und zum Zittern brachte, wenn sie es nicht ertragen konnte, den Kopf zu heben und einem anderen Menschen in die Augen zu schauen.

Manchmal wachte sie auf und hatte die rechte Hand zusammengepreßt, zur Faust geballt, als hielte sie immer noch den Hals der Flasche, die sie an der Anrichte der Instows zerschlagen hatte. Ein und ein halbes Jahr lang behielt sie Julians Kinderbett in ihrem Zimmer, und erst als Robin geboren wurde und sie etwas Zerbrechlicheres hatte, um das sie sich kümmern mußte, hörte sie auf, mehrmals in der Nacht aufzustehen und auf seinen Atem zu lauschen. Als Kit in die Schule kam, war sie kaum vom Schultor wegzubewegen.

Natürlich fiel den Leuten ihr Benehmen auf. Sie sagten, Anna, du bist ausgebildete Lehrerin, du hast deine Schwiegermutter, die für dich auf die Kinder aufpassen kann, warum fängst du nicht wieder an zu arbeiten? Du brauchst eine Beschäftigung, es würde dich von dir selbst ablenken. Sie wunderten sich, warum man Anna so selten außerhalb ihres Hauses sah, warum sie sich nicht, wie ihre Mutter es ausdrückte, »aktiv an der karitativen Arbeit beteiligte«.

Nach einem oder zwei solchen Jahren – den quälenden, taktlosen Hinweisen auf die Bedürfnisse anderer Menschen – nahm Ralphs Schwester Emma sie beiseite und sprach mit ihr, gerade noch rechtzeitig, daß es ihr das Leben rettete. Sie rettete es mit kleinen, gewöhnlichen Worten, die an sich banal waren, aber sehr wichtig, wenn man starb.

»Anna«, sagte sie, »du kommst mir nicht gesund vor, du kommst mir vor, als bekämst du keine Luft. Soll ich dir mal die Brust abhören? Natürlich würde ich niemanden aus meiner eigenen Familie behandeln – aber ich könnte es dir wenigstens sagen, wenn irgend etwas eindeutig nicht in Ordnung wäre.«

»Es ist nichts«, sagte Anna, »es ist die kalte Witterung, weißt du, sie nimmt mir den Atem – und außerdem war es bei mir immer so.«

»Ach, ja?« sagte Emma interessiert.

»O ja ... in mir selber bin ich ziemlich robust, ich konnte nur nie viel rennen. Schon als ich klein war. Hast du mich denn noch nicht gesehen, wenn ich eine Treppe hinauflaufe?«

»Nein, was machst du da?«

»Mein Herz hämmert.« Sie runzelte die Stirn. »So ist es bei mir immer gewesen. Ich hab's dir ja gesagt. Als wir nach Afrika gingen, war es leichter. Dort gab es keine Treppen.«

»Hab ich mir nie klargemacht«, sagte Emma. »Was für eine Idiotin ich bin.«

Nach Untersuchungen konnte Emma Ralph sagen, daß Anna einen kleinen Fehler an einer Herzklappe hatte, nichts, was eine Operation erfordert hätte, nichts, was sie umbringen würde, nichts, was ihr je Schlimmeres verursachen würde als die kleine Unpäßlichkeit, an der sie schon ihr ganzes Leben gelitten hatte und die zu erwähnen ihr nie eingefallen war. »Das ist ziemlich weit verbreitet«, sagte Emma in dem Bemühen, die richtige Balance zwischen Beruhigung und Beunruhigung zu finden. »Aber du mußt dafür sorgen, Ralph, daß sie Ruhe hat. Mit dem Haus und mit den Kindern hat sie genug zu tun, du darfst nicht zulassen, daß irgend jemand sie anstachelt und sie dazu zu überreden versucht, das Getue anderer Leute zu unterstützen oder diese verdammten Blumenfestivals zu veranstalten und alte Schwatztanten zu besuchen, die gesünder sind als sie selber. Du mußt sie beschützen, verstehst du. Wenn jemand möchte, daß sie irgend etwas übernimmt, kannst du dich in deinem Stuhl zurücklehnen, die Stirn in Falten ziehen und sagen, also, meine Frau, wußten Sie nicht, daß sie nicht ganz gesund ist?«

Nicht ganz gesund. Ralph fragte sich, ob es Angst war, die Annas Atmung behinderte, Angst, die ihr in der Kehle steckte.

»Es ist schwierig«, sagte Emma, »Ursachen und Wirkungen aufzudröseln. Ganz bestimmt hat Anna Panikanfälle. Ich hab sie gesehen, ich hab gesehen, wie das geht. Daß sie welche hat, überrascht mich gar nicht, wenn man bedenkt, was sie durchgemacht hat. Nach einer großen Aufregung im Leben bildet man sich vielleicht ein, man käme zurecht, mit dem Verstand – man meint vielleicht, man habe das Leben im Griff. Schön – der Verstand hat bestimmte Strategien. Doch der Körper benötigt andere. Er hat ein eigenes Gedächtnis.«

»Aber dieser Fehler mit dem Herzen, die Klappe – das hat nichts mit Panikanfällen zu tun, das ist etwas Eigenständiges, sagst du?«

Emma zögerte. »Ja, es ist etwas Eigenständiges – etwas und nichts. Aber, Ralph, die Leute sind sehr ignorant und grausam, und sie würden seelisches Leiden als Erklärung dafür, irgend etwas nicht zu tun, nicht akzeptieren. Sie würden sagen: ›Reiß dich zusammen.‹ Ich fürchte, ich könnte es nicht ertragen, wenn das irgend jemand zu Anna sagen würde – und der Tag ist nicht fern, an dem sie es sagen werden. Aber – vertrau mir, ich weiß, wie die Menschen sind – Herzbeschwerden werden sie akzeptieren. Herzbeschwerden sind sehr respektabel, ja wirklich, sehr respektabel.«

Ralph sagte: »Manchmal verspüre ich auch Panik. Und ein ...«, er legte die Hand auf die Kehle, »irgend etwas hier, eine Schwere, die geht einfach nicht weg. Trotzdem ... mache ich weiter.«

»Das ist das, was Männer tun«, sagte Emma. »Weitermachen. Häufig auf Kosten der Menschen um sie herum, findest du nicht?« Sie schreien auf die Nachrichten im Fernsehen ein, dachte sie, und nennen Politiker Dummköpfe – das verschafft ihnen Erleichterung. Sie verlieren die Beherrschung und schlagen Menschen und werden dafür bewundert. Sie sitzen in Komitees oder setzen Gesetze durch. Was falsch in ihnen ist, projizieren sie auf die Außenwelt, sie finden jemanden da draußen, dem sie die Schuld zuschieben können. Aber Frauen – Frauen wenden sich nach innen. »Männer treffen Entscheidungen«, sagte sie, »und Frauen werden krank.«

»Das scheint mir eine grobe Vereinfachung.«

»Ja, natürlich«, sagte Emma. »Aber du kannst deiner Frau damit helfen, nicht? Warum willst du genaueste Beweisführung? Ich hab dir doch etwas an die Hand gegeben, Ralph – reicht das nicht?«

»Danke, Emma«, sagte er. »Du hast ihr vielleicht das Leben gerettet.«

»Ach, sterben würde sie nicht daran –«, setzte Emma an, doch dann hielt sie inne, denn sie erkannte das Ausmaß seiner Furcht. Die undurchdringliche, zarte Anna mit den trockenen Augen: hatte sie schon fast auf des Messers Schneide gestanden? »Oh, Ralph«, sagte seine Schwester. »Ich habe es nicht gewußt. Sonst hätte ich mir schon früher etwas einfallen lassen. Will sie denn nicht *leben*, für die Kinder, die sie hat?«

»Das eine Kind, das wir nicht haben, beherrscht unser Leben«, erwiderte Ralph. »Das, was uns fehlt, bestimmt alles, was wir tun. Manchmal lächelt sie ja, aber ist es dir schon mal aufgefallen, daß sie nie lacht? Sie ist innerlich verkrüppelt. Sie hat keine Freude.«

»Freude«, sagte Emma. Sie lächelte ihr schiefes Lächeln. »Ein Wort, das für Weihnachtslieder aufgehoben gehört, findest du nicht, Ralph? Erwarte keine Freude. Überleben, das ist alles – zu überleben sollte das Ziel sein.«

Es war ein wenig überraschend, als Anna Eldred – nach Kit, Julian und Robin – zum vierten Male schwanger wurde. Die Leute sagten: Anna, ich dachte, du hättest aufgehört; drei sind heutzutage genug, und ich habe gehört, du hättest Herzbeschwerden. Ja, ich habe Herzbeschwerden, erwiderte Anna. Ja, jetzt habe ich aufgehört. Die Welt hatte sich, als Rebecca geboren wurde, weitergedreht. Es gab Menschen, die nicht wußten, was ihnen in Betschuanaland geschehen war, und Menschen, die es gewußt hatten, denen es aber gelungen war, es zu vergessen. Dann kam eine Zeit, in der sie nicht mehr jede Minute an ihr gestohlenes Kind dachte.

Doch der Schmerz lauerte im Dickicht des Alltagslebens, in müßigen Stunden, bereit, wieder über sie herzufallen, sie herabzuziehen, sie herunterzuziehen wie eine ertränkte Frau, eine in einen Sack eingenähte Frau.

Eines Tages war Dorcas in der Küche gestürzt und hatte sich das Handgelenk gebrochen. Sie brachten sie ins Krankenhaus, in die Unfallstation, aber es war Freitag abend, und sie mußten warten, und das Warten und der Schmerz und die anderen Patienten erschreckten Dorcas mehr, als sie ertragen konnte. Dort waren junge Männer mit blutenden Kopfverletzungen, das Blut sickerte und schoß aus ihnen heraus, als sei es billig wie Wasser; dort war eine Frau, die man nach einem Autounfall hereingebracht hatte und die, in einen Rollstuhl verfrachtet, auf Behandlung wartete. Ein Augenlid war zerschnitten, war geschwollen und näßte, und in den zwanzig Minuten, die sie auf die Behandlung warten mußte, hörte sie nicht auf zu schluchzen und nach ihrem Mann zu fragen.

Nach geraumer Zeit wurde Dorcas weggeführt, in einen durch Vorhänge abgeteilten Behandlungsraum gebracht, man drehte und drückte an ihrem Arm herum; sie wurde durch kalte Korridore zum Röntgen gefahren. Das Krankenhaus bot ihr ein Bett an. »Nein«, sagte Anna, »dieses Haus hat ihr Angst gemacht, ich bringe sie nach Hause.« Der Arzt wirkte erleichtert. »Rufen Sie morgen Ihren Hausarzt an«, sagte er.

»Packen Sie sie warm ein«, riet der Hausarzt, »lassen Sie sie im Bett, halten Sie Aufregungen von ihr fern.« Als Emma am späten Nachmittag kam, war sie entsetzt über die Niedergeschlagenheit der alten Frau; sie schien Schmerzen zu haben, fand keine Ruhe, wollte nicht essen. »Weißt du, was ich denke«? sagte Emma. »Ich glaube, sie hat genug.«

Als sich eine Lungenentzündung einstellte, sorgte ihr Hausarzt dafür, daß Dorcas wieder ins Krankenhaus gehen konnte. Doch weil sie unruhig war und noch immer nicht essen wollte, schickte das Krankenhaus sie nach Hause. Danach bestand sie darauf, daß Ralph bei ihr blieb; mit ihrer guten Hand hielt sie seine Hand fest und begann mit ihm zu sprechen, mit einer entschlossenen Schnelligkeit von ihrer Kindheit, ihrer Verlobungszeit, ihrer Ehe, ihrem Mann zu erzählen. Es war, als bringe sie auf dem, was sie als ihr Totenbett betrachtete, eine neue Version ihres Lebens zur Welt.

»Du dachtest, er hätte nicht an die Wissenschaft geglaubt, was, Ralph?« Ihr Gesicht sah auf den Kissen sehr klein aus. »Aber meine Seele hat er systematisch zerbrochen. Ich war nicht immer der Teppich, auf dem er herumgetrampelt ist, ich war nicht so geboren. Nein, ich hatte ein Leben, als ich ein junges Mädchen war – meine Familie war nicht so streng. Ich bin oft tanzen gegangen.«

»Mum, wein doch nicht«, sagte Ralph.

»Laß sie«, warf Emma ein. »Weinen schadet nicht. Es nimmt ihr vielleicht den Druck von der Brust.«

»Dieser Palmer-Sohn, der junge Felix – dein Freund, Emma – ich habe seinen Vater gekannt. Er war ein guter Tänzer, ganz leichtfüßig. Und ein Gentleman. Er hat mich zu Ingwerlimonade eingeladen.«

Emma saß auf dem Bett. Sie nahm die Hand ihrer Mutter hoch und rieb sie zwischen ihren eigenen Händen. »War er lieb zu dir, Mum?«

»O ja.« Dorcas lächelte schmerzerfüllt. Sie schien für einen Augenblick zu schlafen. Doch dann erzählte sie beinahe ohne zu stocken da weiter, wo sie gerade aufgehört hatte. »Dann war es aber so, daß euer Vater auftauchte und ich dachte, er wäre doch männlicher, wirklich. Sein Vater war Laienprediger«, sagte sie, als ob sie das nicht gewußt hätten, »und er hatte eine schöne Stimme.«

»Ah ja«, sagte Emma. »Und da hast du Mr. Palmer aufgegeben?«

»Ja«, sagte Dorcas, »hab ich, ich hab ihn aufgegeben, ich hab ihm gesagt, er sollte sich anderweitig umschauen. Er war immer schick angezogen, wißt ihr, soviel kann ich über ihn sagen – und, ach, er konnte einen zum Lachen bringen! Trotzdem ist das ja nicht das Leben, nicht wahr ... lachen, das ist nicht das Leben. Er hat eine Wasserstoffblondine aus Cromer geheiratet, ging in die Baubranche, brachte es dort zu was, wie ich immer gehört habe, daher hat der kleine Felix seine Allüren. Euer Vater war ein ernsthafter Mann. Wir sind nie tanzen gegangen.«

»Mum, du bist müde«, sagte Ralph. »Warum schläfst du jetzt nicht ein bißchen?«

»Versuch nicht, sie zum Schweigen zu bringen, oder ich werde dir das nie verzeihen«, sagte Emma leise. »Sie ist meine Mutter, und –«, sie drehte sich zu ihm herum und flüsterte – »ich mußte so alt werden, wie ich jetzt bin, um sie etwas Interessantes sagen zu hören. Versuch du also nicht, sie jetzt zum Schweigen zu bringen.«

Dorcas sah hoch. »Verstehst du, Ralph, ich mußte ihm immer alles recht machen. Ich war ein gutes Mädchen und bin zur Kirche gegangen, aber sechs Monate nach meiner Heirat hab ich aufgehört, Gott zu fürchten, und statt dessen angefangen, deinen Vater zu fürchten. Und das meine ich genau so, weißt du. Ich sage das nicht als Blasphemie. Er kam mir immer vor wie ein Mensch aus einem anderen Zeitalter. Abraham. Ein Patriarch. Er war nicht fair zu dir, Ralph, und das Schlimmste dabei, weißt du – er brachte mich dazu, dabei mitzumachen. Oh, damals hast du mich gehaßt. An jenem Abend, als ich zu dir ins Zimmer kam und sagte, du müßtest dich ihm fügen, Ralph, oder mitansehen, daß deine Schwester dafür büßen muß.« Sie schloß die Augen. »Er wußte, daß du deine Schwester liebst.«

Emma sagte: »Wovon redet sie?«

»Ach, nichts«, sagte Ralph.

»Worum geht es? Red schon, Ralph. Wenn du es mir nicht sagst, sagt sie's mir.«

Ralph warf Dorcas einen Blick zu; sie schien zu schlafen, doch er hatte das Gefühl, als hörte sie immer noch zu. Er griff nach dem Arm seiner Schwester. »Emma, komm mit, komm, laß uns ein bißchen rausgehen, laß uns spazierengehen oder laß uns einen Tee machen, irgend etwas tun, gehen und beieinandersitzen ... das ist so alter Boden, ich hätte nicht gedacht, daß ich den noch einmal betreten muß.«

Emma wirkte perplex. »Aber Ralph, warum hast du mir das denn nicht gesagt? All die Jahre sind vergangen, Ereignisse, die keinen rechten Sinn ergaben oder nur zum Teil einen Sinn ergeben haben ... Ich hab schon damals zu dir gesagt, warum läßt du dich von ihm schikanieren?«

»Ja, hast du.«

»Wie hast du das ertragen?«

»Es gab keine Alternative.«

»Ich dachte, du hättest kein Rückgrat. Keinen Mumm.« Emma sah sehr jung aus, als hätten sich ganze Schichten abgeschält. »Er hätte es getan, das weißt du – er hätte mich zu Hause eingesperrt, um dich zu bestrafen. Bei den meisten Vätern wäre das nur ein Sturm im Wasserglas gewesen, aber bei ihm – nein, er meinte jedes Wort so, wie er es sagte.« Sie schüttelte den Kopf. »Stell dir das mal vor – es wäre eine bessere Rache gewesen als alles, was er dir direkt hätte antun können. Wenn du auf deinem Lebensweg bestanden hättest, hätte ich meinen nicht weitergehen können. Und stell dir den Widerhaken von Schuld vor, den er dir damit ins Fleisch gesenkt hätte.«

»Ja.« Ihm fiel ein Dorn ein, der sich einmal in Mosadinyana im Wurzelballen seines Mittelfingers eingenistet und ihm den Arm bis zum Ellbogen gefühllos gemacht hatte; ein heimtückischer Dorn wie eine mittelalterliche Waffe, von Menschen ersonnen, um das Schlimmste anzurichten. »Aber sie, Mum – ist auch keine Heilige. Sie hat mit ihm gemeinsame Sache gemacht.«

»Sie war eingeschüchtert, Ralph.«

»Kann man Angst nicht überwinden?«

»Du verlangst zuviel von den Menschen«, erwiderte Emma.

Sie schwiegen eine Zeitlang. Dann fragte Ralph: »Wird sie leben?«

Seine Schwester antwortete mit professioneller Exaktheit: »Sie wird übermorgen sterben.«

Schade, daß sie nicht mit gleicher Exaktheit angeben kann, wann bei dem vermißten Kind das Leben nach dem Tode endet. War man hart, so bestand die Möglichkeit, dieses verlorene Kind nicht als unschuldige, sondern als böse Halb-Anwesenheit, als Verderber, als Vertilger von Hoffnung zu betrachten. Katherine wird größer; sie forschen in ihrem Gesicht nach Hinweisen darauf, was ihr Bruder gewesen wäre. Als kleine Kinder waren sie sich nicht sonderlich ähnlich. Von daher also kein Trost, aber auch kein weiteres Leiden. Es sei denn, du kannst nicht anders, als den Verlauf eines Schattenleben abzustecken ... er wäre sechs Jahre alt, er wäre sieben Jahre alt, er wäre siebzehn. Er hat alles, was uns fehlt, er ist alles, was wir nicht sind; wir haben unsere rohen Triebe, aber er ist das Gegenteil von Fleisch. Irgendwo in Afrika verfault das kleine Herz, die Vogelknochen zerbröseln oder – im Gegenteil – die Spuren vertrocknen in dem Glas, ihr Kind wird zu einem Buschgespenst, Pulver im Wind.

Norfolk, 1980: Mittsommer. Radfahrer mit wehenden Röcken und glänzenden Satteltaschen beherrschen die Straße. Frauen in grellen Druckkleidern, die Strickjacken über dem Arm, gehen auf meerseitigen Straßen hügelabwärts, mit breiten Schritten wie Stelzvögel. Väter sitzen in Autos, haben sich auf den ländlichen Straßen verfahren; zornige Großstadtgesichter hinter Glas, und Frauen, die unter Tränen die Straßenkarten hinwerfen, die sich nicht falten lassen wollen.

Mohnblumen stehen an den Seitenstreifen – unanständige Spritzer, als walle Blut unter der Landschaft auf. In jedem einzelnen Gemüsegarten im ganzen County schweben Kohlweißlinge über dem Kohl. Die Hecken, die geblieben sind, sind hoch aufragende Wälle, Wälle aus dunklem Grün; Limonadenflaschen klemmen darin, aus vorüberfahrenden Wagen hinausgeworfen. Kleine Tiere sind in den Asphalt der A 149 gequetscht, so vollkommen tot, daß sie aussehen wie Tiere in Cartoons, die jeden Augenblick wieder in ihre alte Gestalt zurückspringen werden.

Sandra und Amy Glasse verkaufen Meerkohl, Blumenkohl, Lauch, Bohnen und neue Kartoffeln. Sie verkaufen große Fleischtomaten, denn Julian hat im vergangenen Winter ihr Gewächshaus neu verglast. Ralph ist inzwischen in Mrs. Glasse verliebt und besucht sie einmal, zweimal, wenn er es einrichten kann, dreimal die Woche. Das Einrichten ist schwierig und geht gegen seine Natur, aber wann wäre seine Natur schon mal das gewesen, was sie hätte sein sollen?

Sommergäste kamen in Ralphs Haus, Kinder aus dem Heim. Ralphs eigene Kinder behandelten sie mit der gewöhnlichen distanzierten Toleranz. Kit hatte noch keine Entscheidungen über ihre Zukunft getroffen; sie wanderte im Haus umher und zankte sich mit Daniel, der sich jeden zweiten Tag zufällig in der Gegend aufhielt.

Die Gäste legten die übliche Bestürzung an den Tag. Sie waren in Städten großgeworden und hatten ein Gutteil ihres Lebens damit verbracht, auf der Straße herumzustehen. Hier gab es keine Straße, die das Herumstehen gelohnt hätte, nur ein Sträßchen, seine tiefen Seitenstreifen im Würgegriff von Disteln und Farn, Wiesenkerbel und Wald-Weidenröschen. Sie gingen nicht viel ins Freie, weil sie nicht gern zu Fuß irgendwohin gingen oder mit dem Rad fuhren. Manchmal ließen sie sich von Autos nach Reepham, der nächstgelegenen Marktstadt, mitnehmen. Sie stolzierten über den Marktplatz, lehnten sich danach an die Geländer vor der Alten Brauerei und machten hoffnungslose Gesichter, starrten in das Schaufenster des Metzgers, um zu sehen, ob bei den Lammkoteletts irgend etwas Aufregendes los war, schoben und boxten sich in das Postamt, in dem Schreibwaren und Zeitungen und Postkarten von Norwich verkauft wurden, stahlen dort Papierdeckchen und spiralförmig marmorierte Bleistifte mit Radiergummis am hinteren Ende. Dann beschädigten sie ein paar hängende Papierkörbe und ließen sich wieder von Autos zurück zum Haus mitnehmen.

»Wenn das so weitergeht«, sagte Kit zu Robin, »werden die Leute in Reepham anfangen, sich zu beschweren. Sie werden eine Unterschriftensammlung machen.«

»Sie werden sich eher zu einem Mob zusammenrotten.« Robin taumelte schwankend durch die Küche, zupfte sich die Stirnlocke weiter ins Gesicht und tat, als sei er der Diener eines Vampirs. »Mylord, die Dörfler rücken an, mit Knüppeln bewaffnet.«

»Nein, im Ernst«, sagte Kit. »Die Gäste kommen mir dieses Jahr schlimmer vor als je zuvor.«

»Du bist diejenige, die sich verändert. Du wirst alt und gemein.«

»Wo ist eigentlich Julian? Er hilft uns überhaupt nicht. Ist immer drüben bei Sandra, man könnte meinen, er hätte beschlossen, bei uns auszuziehen. Und wenn er mal hier ist, sagt er kein Wort.«

»Tja, er ist halt verrückt geworden, nicht?« sagte Robin. »Wahnsinnig. Ich dachte, darüber wären wir uns schon einig gewesen. Ich frag mich nur, wie er ein Auge auf Becky haben will, wo doch jetzt Schulferien sind? Er kann nicht da drüben sein und Sandra vögeln und hier auf seine kleine Schwester aufpassen, nicht beides zur gleichen Zeit.«

»Nein«, sagte Kit. »Denk nur, wie zerrissen er sein muß.«

»Schon sehr komisch, unsere Familie.«

»Das hab ich gesagt. Vor ein paar Wochen. Du schienst nicht dieser Ansicht zu sein. Du schienst zu meinen, sie sei normal.«

»Ich habe meine Meinung geändert.«

»Das gute Recht eines Mannes.«

»Aber Kit – begreifst du das? Sieh nicht fern, es vergiftet dir das Hirn. Treib dich nicht mit naseweisen Kindern rum, die Geld haben, du könntest dir diese schreckliche Krankheit Materialismus einfangen. Und was wird uns statt dessen zur Unterhaltung und Gesellschaft geboten? Kinderprostituierte aus Brixton. Heroinsüchtige. Diebe.«

»Sie denken vermutlich, wir seien dagegen immun«, sagte Kit. »Und so gut erzogen, daß die uns nicht beeinflussen und uns auch keinen Schaden zufügen.«

»So jedenfalls die Theorie«, sagte Robin.

»Aber sie funktioniert doch, oder? Ich seh nicht, daß du herumballerst oder deinen Körper verkaufst.«

»Stimmt«, sagte Robin zurückhaltend. »Aber Kit, wird es nicht Zeit, daß du das Weite suchst? Wenn ich erst mal Medizin studiere, siehst du mich im Sommer nicht mehr hier rumhängen. Nicht, wenn die Sommer so sind wie dieser. Dieses ganze Rumgeschnauze und Geknurre und das Rumschleichen.«

»Ja.« Kit drehte sich weg. Seit ihrem mitternächtlichen Gespräch mit Robin hatte sie viel nachgedacht, und ihre Gedanken bereiteten ihr Unwohlsein. Sie wollte es nicht riskieren, sie zu offenbaren. »Na, egal«, sagte sie, das Thema wechselnd. »Egal. Die Gäste werden bald weg sein. Alle, außer dieser Melanie.«

»Ach, ja, Melanie – wann kommt die denn?«

»Morgen, glaub ich.«

»Kit«, sagte Ralph, als die Familie sich zum Essen setzte, »hast du Nagellackentferner?«

»Warum, Dad, willst du dich bißchen schicker aufpolieren?«

»Himmel!« sagte Robin. »Dad ist Transvestit. Er führt ein Doppelleben.«

»Keine Panik«, sagte Kit. »Es gibt bestimmt eine Selbsthilfegruppe, in die wir gehen können.«

»Ja«, sagte Robin. »frag Dad. Er weiß, in welche.«

»Um Himmels willen«, sagte Anna. »Hört eurem Vater zu und tut nicht gleich immer so schlau.«

»Aha«, sagte Kit. »Der Gedanke, daß er ein Doppelleben führt, gefällt Mum nicht.«

»Mir geht es«, sagte Ralph, »um Melanie. Vielleicht inhaliert sie das Zeug.«

»Dad, schau.« Kit hielt die Hände hoch. »Ich bin in der Kunst der Maniküre unbewandert.«

»Oh, gut«, erwiderte ihr Vater.

»Nicht besonders aufmerksam, was?« Robin stützte das Kinn auf die Hand und schaute seinen Vater an.

»Nein, bin ich nicht«, sagte Ralph. »Einer meiner Fehler.«

»Menschen sind für dich bloß Probleme«, sagte Kit. »Probleme auf zwei Beinen. Deswegen merkst du nichts.«

»Nun, ich – vielleicht hast du recht, aber auf meinem Arbeitsgebiet – wenn man es sich recht überlegt – treffe ich nicht auf Menschen ohne Probleme.«

»Darum geht es nicht«, sagte Kit. »Mir geht es darum, daß du – wie ist noch mal ihr Name – Melanie nicht siehst, du siehst ›notorische Ausreißerin, Mehrfachabhängigkeit‹ – wie immer der Jargon im Augenblick lautet.«

»Wirklich? Also, ich gebe mich geschlagen, in karitativen Angelegenheiten bist du mir über. Das Problem ist nur, das, was ich mache, ist in seiner Art so zwiespältig, so riskant – in das Leben von Kindern einzudringen und zu versuchen, sie wieder in Ordnung zu bringen –, daß ich immer froh bin, wenn ich mal ein Verhaltensmuster identifizieren kann. Es gibt nämlich solche Muster, versteht ihr?«

»Jeder ist einzigartig«, sagte Kit. »Ganz bestimmt.«

»So habe ich auch gedacht. Doch dann sehe ich, wie sie – meine Klienten – sich genauso benehmen oder reagieren wie andere, die vor ihnen gegangen sind – oder, sagen wir es anders, die Bandbreite möglicher Reaktionen, die sie zeigen, ist schmal.«

»Haben sie keinen freien Willen?«

Ralph sah seine Tochter prüfend an, als wolle er sich über den Ernst ihres Einwands klarwerden. »Ich dachte immer, das sei die einzige Frage«, sagte er. »Ich dachte immer, natürlich haben sie einen freien Willen. Doch dann, nach ein paar Jahren, sah ich, daß diese Muster sich wiederholen, so als seien die Leute in sie hineingeboren. Ich lese die ganze Zeit über Fallbeispiele, und manchmal, sogar oft, verwechsle ich die Geschichte eines Klienten mit der eines anderen. Die Leute nehmen vielleicht Drogen oder trinken oder was immer – sie sind, wie sie sind, oft nämlich so, wie ihre Eltern sind –, sie schlagen ihre Kinder oder vernachlässigen sie, sie wandern ins Gefängnis, kommen wieder raus, wandern wieder hinein, und du hast das Gefühl, daß du das nächste Blatt in der Akte schon schreiben könntest, daß du weißt, wie ihre Zukunft aussehen wird und die ihrer Kinder auch. Und bei neun von zehn Malen hättest du recht. Es deprimiert mich, wie selten Menschen das Unerwartete tun. Sie schlagen einen bestimmten Weg ein und weichen dann nicht davon ab.«

»Meiner Meinung nach«, sagte Robin, »ist vieles davon einfach Dummheit. Ich weiß, die Leute können nichts dafür, wenn sie doof sind, aber wenn sie so doof sind, daß sie ihr Leben nicht richtig in den Griff kriegen, sehe ich nicht ein, daß es eine Rolle spielen soll, ob sie einen freien Willen haben oder nicht. Das ist bloß Theorie. In der Praxis haben sie gar keine Wahl.«

Unter dem Tisch trat Rebecca ihrem Bruder ans Schienbein. »Ich hab dich schon vor einer halben Stunde gebeten, mir mal den Mais rüberzugeben.«

»Halt den Mund, Becky«, sagte Kit. »Aber Robin, man kann ziemlich klug sein und trotzdem keine Wahl haben. In der Liebe zum Beispiel.«

Anna lehnte sich in ihrem Stuhl zurück, legte die Gabel hin. »In der Liebe?« sagte sie.

»Tut mir leid«, sagte Kit. »Ich weiß, das ist jetzt ein Widerspruch zu dem, was ich selber vorhin gesagt habe, aber ich verstehe, was du meinst, Dad. Liebe, wißt ihr, ist etwas Chemisches. Wenn Leute sagen, sie seien verliebt, ist es bloß eine Abfolge von chemischen Reaktionen, da sind alle diese Substanzen, die in deinem Hirn rumschwirren, und Hormone, die dich besessen machen –«

»Sehr wissenschaftlich«, warf Robin ein.

»– und genau deswegen hören sie sich alle diese schmalzigen Lieder an und schreiben Gedichte und fühlen sich eins mit dem Universum, obwohl sich jeder einbildet, niemand auf der Welt hätte je das gefühlt, was er fühlt. Sie durchlaufen alle den gleichen Prozeß. Wir sind darauf programmiert.«

»Du könntest recht haben, Kit«, sagte Ralph. »Bist du verliebt?«

»Nein. Wenn ich es wäre, würde ich sicher nicht so respektlos darüber reden.«

»Du wärst wie alle anderen auch«, sagte Robin. »Du würdest denken, du seist einzigartig.«

Kit machte Kaffee. Wie aufs Stichwort kam Daniel vorn zur Tür herein. »Wie geht es dir, junger Mann?« sagte Ralph. Er war zu dem Schluß gekommen, Daniel zu mögen, weil er sich entwickelt zu haben schien: in dem saloppen Optimisten, der er nun war, in den neuen steifen Tweedjacketts meinte man Daniels Großvater vor sich zu sehen, den Mann, der sich so schick anzog, der so gewandt auf dem Tanzboden und so freigiebig mit Ingwerlimonade war.

»Ich bin gekommen, um mich bei Julian zu bedanken«, sagte Daniel. »Schade, daß er nicht da ist. Frieden ist viel besser als Krieg, nicht? Oh«, er schaute sich um, »wißt ihr nicht, was ich vorhatte?«

»Scheunenumbauten?« sagte Ralph fragend. »Das ist doch gewöhnlich der Zankapfel, oder?«

»Jetzt nicht mehr. Kennt ihr Julians Freundin? Ich bin drüben auf ihrer Farm gewesen. Mrs. Glasse hat da dieses Nebengebäude, das Julian abreißen will, weil es sowieso einfällt. Mrs. Glasse hat ein großes Geheimnis darum gemacht und hatte Einwände, sie sagte: ›Da bewahr ich immer Eimer drin auf.‹ Jedenfalls, als ich mir's angesehen hatte und wieder reinging und ihr sagte, was ich für die Dachziegel bezahlen würde, die sehr schön sind, absolut wunderbar – da sagte sie, schnell, Sandra, gehen wir alle miteinander und lehnen wir uns gegen das Scheißding, meinetwegen kann es nicht schnell genug runterkommen. Ich sagte: ›Und was wird mit den Eimern?‹, und sie sagte: ›Für die find ich schon einen anderen Platz. Oder ich bring sie in Pflegestellen unter. Ralph kennt sich da aus. Er besorgt ihnen einen Sozialarbeiter, wenn ich ihn darum bitte.‹«

»Ach«, sagte Kit, »da seid ihr wohl jetzt die besten Freunde, du und Jule?«

»Er sagt zwar immer noch, ich sei ein Vandale, aber ich glaube, er ist froh, daß er einen Weg gefunden hat, wie der Schaden in Grenzen gehalten werden kann. Übrigens«, sagte er zu Anna, »haben Sie Sandras Mutter mal kennengelernt? Sie würde Sie interessieren.«

»In welcher Hinsicht?«

»Sie ist nicht, was ich erwartet hatte – eine ziemlich gescheite Frau, glaube ich, sehr klug, sehr, was ist das richtige Wort, drollig – nur eben absolut zufrieden damit, auf ihrem Fleckchen zu bleiben. Kein größerer Ehrgeiz, nicht den geringsten.«

»Du meinst, sie ist wie ich?« sagte Anna.

»O nein – das habe ich nicht gemeint.«

»Du brauchst nicht rot zu werden. Klingt, als wäre sie eine bewundernswerte Frau.«

»Sie ist so jung«, sagte Daniel. »Sie, Ralph, kennen Sie natürlich. Ich war erstaunt – sie ist so attraktiv – ich meine, bei Sandra gibt es nicht viel zu sehen – erwähnt das bloß Jule gegenüber nicht –, aber Mrs. Glasse ist, auf ihre Art, ziemlich verblüffend.«

»Hast du das auch zu ihr gesagt?« sagte Anna.

»Gott, nein«, sagte Daniel. »Zu Mrs. Glasse? Das würde ich nie wagen.«

»Ich sehe nicht ein, warum nicht. Nach dem, was ich höre, führt sie ein einsames Leben. Komplimente kriegt sie vielleicht nicht oft zu hören.«

Ein leicht verächtlicher Ton lag in Annas Stimme. Ralphs Pulsschlag erhöhte sich, als er ihn hörte. Daniel schaute verstohlen zu Kit hinüber, um zu sehen, ob er sie eifersüchtig gemacht hatte. Doch Kit lächelte nur ihr gelassenes Lächeln.

Für August war es ein kühler Abend. Daniels Pullover hatte einen Hauch von Kaschmir, ein bestimmtes Burlington Arcade-Flair an sich. Ralph trug einen Pullover im Armeestil, mit Ellbogen aus Stoff und Schulterklappen, den Rebecca ihm letzte Weihnachten geschenkt hatte. Ralph mißfiel er, weil er schäbig war, militärisch wirkte und bereits dünne Stellen hatte, aber Becky hatte dafür gespart und fand ihn toll, darum trug er ihn ihr zuliebe. Daniel schien ihn zu beäugen – nicht aus Habsucht, dachte Ralph. »Wie läuft dein Auto, Daniel?« fragte er. Er riß das Gespräch herum, als liefe er einem ausbrechenden Pferd nach, versuchte die Zügel in die Hand zu kriegen und es von Amy Glasse wegzulenken.

Um zehn Uhr – Daniel war unterwegs nach Hause, Kit wusch ab – ging er hinaus, um nach dem Heizkessel zu sehen. Diese Bestie bewohnte ein warmes kleines Zimmer für sich allein – im tiefsten Winter war es ein beliebter Familientreffpunkt. Die Luft war trocken, kalkgesättigt, knöchern. Er würde den Kessel den Sommer über ausgehen lassen, wenn er nicht auch das Warmwasser für die Familie bereitete. Als die Kinder klein waren, war es ihnen ganz natürlich vorgekommen, einen nach dem anderen in das gleiche Badewasser zu tunken; als sie älter wurden, hatte er von ihnen erwartet, daß sie sparsam mit Wasser umgingen. Vor vielen Jahren hatte Kit einmal in den Osterferien eine Freundin mitgebracht. »Du kannst zuerst baden«, hatte Kit zu ihr gesagt, »aber laß mir dein Wasser drin.« Ihre Freundin hatte sie entgeistert angesehen. Hier ist es ja wie im Mittelalter, hatte sie geklagt. Und ihre Eltern angerufen, um am nächsten Tag abgeholt zu werden.

Alle diese Gedanken gingen Ralph durch den Kopf – und drängten gewisse andere Gedanken zurück –, als er die Kohlenschütte rachsüchtig über die Kohle hob, spürte, wie die Kohle hineinrasselte, spürte, wie Staub aufstieg und seine Manschetten einstäubte. Er richtete sich auf, und Julian stand in der Tür, an den Türrahmen gelehnt.

»Was glaubst du, was du da tust?« sagte Julian.

»Mich um den Kessel kümmern«, sagte Ralph.

»Sei nicht komisch. Es ist nämlich nicht komisch«, sagte Julian. »Ich komme gerade von Sandra. Bis jetzt habe ich dich ja noch gedeckt, aber warum sollte ich das noch weiter tun? Warum? Du bist dabei, mir und Sandra alles zu verderben, und das ist erst der Anfang von dem Schaden, den du anrichtest.«

Ralph sagte: »Das ist wohl weder der geeignete Ort noch die geeignete Zeit, oder?«

Julian beugte sich nach vorn und packte ein Stück vom Pullover seines Vaters, irgendwo an der Schulterklappe, mit der Faust. Er wechselte den Griff, schien nicht genau zu wissen, ob er seinen Vater gepackt hatte oder nicht. »Hör mal gut zu, was zum Teufel tust du?« sagte er.

Ralph sagte: »Laß mir doch ein bißchen Luft, Julian. Was ich da tue? Ich weiß es nicht.«

Melanie, ihr Gast aus London, kam am folgenden Tag an. Die Kinder blieben immer in der Nähe, um einen Neuankömmling zu sehen, doch von diesem waren sie enttäuscht. Sie trug gewöhnliche Jeans, schwarze Schnürstiefel mit gewölbten Kappen und ein T-Shirt mit Leopardenmusterdruck, das ein Loch hatte. »Sehr konventionell«, sagte Kit. »Beinahe Sloane Square.«

»Langweilig«, pflichtete Rebecca ihr bei.

Melanie besaß eine Reisetasche aus Nylon, doch die schien leer zu sein. »Was ist mit ihren Sachen passiert?« fragte Anna.

»Sie hat sie verbrannt«, sagte Ralph kurz angebunden. Es war klar, daß er nicht vorhatte, sich weiter darüber auszubreiten.

Anna seufzte. »Dann müssen wir sie ja einkleiden. Das wird ein Kampf werden.«

Sie brachte Melanie nach oben, um ihr ihr Zimmer zu zeigen. »Hast du irgendwelche Tabletten, Kind?« fragte Anna. »Irgend etwas, das du nicht haben solltest? Nadeln?«

Melanie schüttelte den stoppeligen orangefarbenen Kopf. Anna spürte, daß sie log, scheute sich aber vor einer Leibesvisitation. Das Mädchen ließ sich auf das Bett fallen und starrte die Wand an. Sie war gegen ihren Willen hier und wollte dies auch deutlich zu verstehen geben. Anna schaute aus dem Fenster, über die Felder. Felder, Felder in jeder Himmelsrichtung, alle übervoll mit Fallstricken für die städtische Jugend. Melanie – die früher oder später von überall, wo sie je gelebt hatte, ausgerissen war – mußte sich vorkommen wie in einem sibirischen Arbeitslager. Ringsum Dauerfrostboden; Suchscheinwerfer und Stacheldraht. Als habe sie Annas Gedanken erraten, fragte das Mädchen: »Gibt es hier Bullen?«

»Auf den Feldern? Nein, in der Regel nicht. Diese Art Landwirtschaft gibt es hier nicht. Die Felder werden angebaut.«

»Was, verdammtes Gras?« sagte das Mädchen.

»Ach, Kleines«, sagte Anna. »Beschimpfe doch nicht mich. Das macht dich auch nicht glücklicher.«

»Doch, macht es«, sagte Melanie traurig.

Anna ging nach unten und überprüfte, ob alles, was Melanie schnüffeln oder schlucken konnte, weggeschlossen war. Es gibt nicht viele Frauen, dachte Anna, die ihren Herdreiniger mit einem Vorhängeschloß sichern müssen. Sie hatten versucht, jede Substanz, die zum Mißbrauch geeignet war, aus dem Haus fortzuschaffen, aber man konnte nie sicher sein; ein Junge, der im vergangenen Jahr bei ihnen gewesen war, hatte ein Faible für Wildledersprays und hatte die Küchenschränke und die Schubladen ihrer Frisierkommode durchwühlt in der Hoffnung, daß dort vielleicht welches liegen könnte. Immer wieder neigten diese Kinder zu dem, was als »Selbstmordgesten« bezeichnet wurde – Bleichmittel zu trinken, zum Beispiel. Einige ihrer Experimente waren so absonderlich, daß man erst später, wenn sie aus dem Krankenhaus entlassen waren, von ihnen erfahren konnte, ob sie Euphorie oder Vergessen gesucht hatten – einen vorübergehenden Ausweg oder einen endgültigen.

»Ralph«, sagte Anna, »ich fürchte, Melanie ist ein trauriger Fall, ein sehr trauriger sogar. Du wirst mich doch heute nachmittag nicht mit ihr allein lassen, oder?«

»Ich muß weg«, erwiderte Ralph. »Für drei Stunden.«

»Kannst du das nicht absagen? Ich glaube nicht, daß ich die Verantwortung übernehmen kann.«

Ralph zögerte. »Ich werde erwartet«, sagte er. Wie leicht es ist zu lügen, dachte er. »Robin hat die Fahrräder weggeschlossen. Sie wird nicht weglaufen, glaube ich. Es gibt nichts, wohin sie weglaufen könnte. Sie wirkt benommen, nicht? Das ist komisch, denn am Bahnhof in Norwich, als der Helfer sie mir übergeben hat, war sie noch in Ordnung. Aber sobald wir aus der Stadt rauskamen, wirkte sie auf einmal starr. Am Ende hat sie die Augen zugemacht und wollte nicht einmal aus dem Fenster schauen.«

»Mich beunruhigt nicht, daß sie weglaufen könnte«, sagte Anna. »Mich beunruhigt, was sie tun könnte, wenn sie bleibt.«

»Wir haben schon Schlimmeres als Melanie gehabt.«

»Ich weiß – aber Ralph, hör mal, wir machen das nun schon seit Jahren, haben diese armen Dinger im Sommer hier, und ich frage mich allmählich, ob das ihnen gegenüber fair ist – sie hassen es so sehr. Und wir hassen es auch.«

»Das haben wir doch schon ausdiskutiert«, sagte Ralph. »Und ich glaube wirklich, daß es etwas Gutes bewirkt. Sie bekommen gutes Essen, sie kriegen wenigstens bißchen frische Luft, sie sehen etwas anderes als das, was sie ihr ganzes Leben lang gesehen haben – und es sind Leute da, die bereit sind, Zeit mit ihnen zu verbringen, sich hinzusetzen und ihnen zuzuhören, wenn sie reden wollen.«

»Wollen wir also hoffen, daß Melanie nicht diesen Nachmittag reden will. Weil du fort bist und irgendeine Besprechung hast, die wahrscheinlich bis zum Abend dauern wird.«

»Nein. Ich bin um fünf wieder da. Ich verspreche es.« Er ging bereits auf die Hintertür zu. Ich muß Amy sehen, dachte er. *Ich muß.* Es ekelte ihn vor den Lügen, die er erzählte, bei dem Gedanken an die Aufgaben, die er vernachlässigte; ihm war so übel, daß er beinahe umgekehrt wäre. *Aber ich habe versprochen, Amy zu sehen, ich muß.* Er fuhr davon, sich in dem tröstlichen Glauben wiegend, daß er unter einem Zwang handelte.

Anna ärgerte sich über sich selbst; sie hatte sich nicht in eine Diskussion über die Gästephilosophie hineinziehen lassen, sondern eigentlich eine Telefonnummer von ihm haben wollen, damit sie ihn, falls es mit Melanie eine Krise geben würde, aus seiner Besprechung holen konnte. Sie ging in sein Büro. Sein Terminkalender lag am üblichen Platz: obere rechte Schublade. Aus seinem Zinnrahmen schaute Matthew Eldred, die Hand an der Uhrkette, sie stirnrunzelnd an; Onkel James in seiner Tropenkleidung blinzelte in die Sonne. Und Ralph stand ebenfalls hier: Ralph auf der Veranda in der Flower Street, eine Hand in der Hosentasche, an der Wand lehnend. Es war die einzige Fotografie, auf der sie etwas von ihrem Leben in Afrika zeigten. Sie stand hier, weil Rebecca einige Jahre zuvor gebettelt hatte, sie wolle Fotos sehen; sie hatte sich in dieses vernarrt und sagte immer: »Oh, Dad, warst du nicht hübsch, du bist kein bißchen so, wie du heute bist.« Ralph hatte beschlossen, daß dieses Foto auf seinem Büroschrank stehen sollte, um ihm seine derzeitigen Unzulänglichkeiten vor Augen zu führen. Es war eine Fotografie, die Assoziationen abwehrte; er erinnerte sich nicht daran, wann sie aufgenommen worden war. Er sah einen lächelnden, unbekümmerten jungen Mann, einen Müßiggänger mit lockigem Haar; einen breitschultrigen Jungen, frei und unbeschwert – wenn auch nur für den Augenblick.

Anna nahm den Terminkalender heraus, fand die Woche, die Seite, den Tag.

»9 Uhr: Besprechung mit Rotem Kreuz über den Heim-aus-dem-Krankenhaus-Plan. NICHT VERGESSEN: den Bischof anrufen.

11 Uhr: Melanie Burgess vom Bahnhof abholen.«

Danach nichts. Er hatte sich also den Nachmittag freigehalten, und irgend etwas war in letzter Minute dazwischengekommen. Warum hatte er das nicht gesagt? Anna legte den Terminkalender wieder in die Lade. Sie dachte nicht weiter darüber nach.

Ralph verließ Amys Haus um halb fünf. Als er oben an der Wegkreuzung angekommen war, sah er ein Polizeiauto, das offensichtlich auf ihn wartete. Er schaltete den Motor ab und wartete seinerseits. Er erkannte den Beamten wieder, der zuerst ausstieg; es war einer der Männer, die er schon früher an der gleichen Stelle gesehen hatte, einer derjenigen, die, wie Amy gesagt hatte, ständig das Haus beobachteten.

Ralph kurbelte die Scheibe herunter. »Was wollen Sie?«

»Dürfte ich Ihren Namen erfahren, Sir?«

»Eldred, Ralph Eldred.«

»Und Ihre Anschrift?«

Er gab sie.

»Ist das Ihr Wagen?«

»Ja. Leider.«

»Können Sie mir die Zulassungsnummer nennen?«

Er nannte sie.

»Haben Sie Ihren Führerschein bei sich?«

Er zog ihn aus der Tasche. Der Polizist schaute ihn an, reichte ihn zurück; sauber, nicht ein Strafpunkt, da war nichts zu machen. »Wir haben Sie hier schon früher gesehen.«

»Ja. Ich habe Sie auch gesehen.«

»Einen Besuch in der Farm da unten gemacht?«

»Ja.«

»Einen Grund für den Besuch, haben Sie den auch?«

»Nein«, sagte Ralph. »Ich fahre nur aufs Geratewohl durch Norfolk und suche Farmhäuser auf, wenn mir danach zumute ist.« Er stieß die Tür auf und stieg aus. »Was wollen Sie? Einen Blick in den Kofferraum werfen, ist es das?« Er ging um das Auto herum und schloß ihn auf. »Okay. Hier bitte. Machen Sie schon.«

Der Beamte wußte nicht, was er eigentlich wollte, doch er hantierte im Kofferraum des Citroën herum, fand ein Paar Gummistiefel, einen Wagenheber, einen Werkzeugkasten, ein Bündel alter Zeitungen. »In Ordnung? Sehr sinnvoll ist das doch nicht, oder? Wenn Sie glauben, daß ich die Leute da unten mit gestohlenen Waren beliefere, warum haben Sie das Auto dann nicht durchsucht, bevor ich hinunterfuhr?«

»Könnte ja sein, daß wir uns jetzt bißchen in der Farm umsehen«, sagte der andere Polizist, der sich an das Polizeiauto lehnte.

»Sie schikanieren Mrs. Glasse«, sagte Ralph. »Sie wissen ganz genau, daß ihr Marktverkauf legal und korrekt ist, doch Ihnen gefällt die Vorstellung, zwei Frauen zu quälen, die Sie nicht ebenso quälen können. Aber ich kann es, und ich werde es auch, denn ich weiß, wie man vorgehen muß, wenn man eine Beschwerde gegen die Polizei einleiten will, und ich weiß, wann ich die machen muß, und ich weiß auch, woher ich gute Beweise kriege.«

»Schon viel mit dem Gesetz zu tun gehabt, was?«

»Gott ist mein Zeuge«, sagte Ralph, »daß ich nicht weiß, wie ihr Kerle eure Vorderzähne behaltet. Seid ihr fertig mit mir?«

»O ja, Sir. Wir haben Ihren Namen und Ihre Anschrift.«

»Sie meinen, o nein, Sir?« Ralph stieg wieder ins Auto ein, schlug die Tür zu und sprach durch das Fenster. »Gut, wir werden uns also wiedersehen, ja?«

»Freuen Sie sich schon darauf«, sagte einer der Polizisten.

Im Roten Haus erschien Melanie am folgenden Morgen nicht zum Frühstück. »Laßt sie«, sagte Ralph. »Laßt sie ein bißchen zur Ruhe kommen.« Er saß am Frühstückstisch und versuchte, seine jüngere Tochter davon zu überzeugen, daß ein wenig Sensibilität not täte. »Sei nett zu Melanie«, sagte er.

»Warum denn?« fragte Rebecca.

Ralph schaute sie verzweifelt an. »Weil man damit vielleicht etwas erreicht. Und mit dem Gegenteil nicht.«

»Melanie«, sagte Rebecca, »ist schmutzig und fies.«

»Vielleicht«, sagte Ralph. »Kann sein. Aber wie soll sie denn besser werden, wenn die Leute nicht nett zu ihr sind? Und wenn du so anfängst, mußt du dich fragen, ob irgend etwas davon ihre Schuld ist. Melanie hat das, was wir eine Persönlichkeitsstörung nennen.«

»Ach, hör schon auf«, sagte Robin. »Die kann sie gar nicht haben. Sie hat nämlich keine Persönlichkeit. Sie sitzt einfach nur mit halboffenem Mund rum und starrt auf ihre Stiefel.«

»Wenn das stimmte«, sagte Ralph, »gäbe es kein Problem. Aber ich fürchte, so ist sie nicht. Komm schon, Robin, von deiner Schwester erwarte ich ja nicht viel, aber du solltest in deinem Alter doch ein bißchen Verstand haben. Melanie ist kaum vierundzwanzig Stunden unter diesem Dach, du kannst gar nichts über sie wissen. Zieh sie nicht auf, und provoziere sie auch nicht, sie kann gewalttätig werden.«

»Ach, Gewalt lassen wir uns nicht gefallen«, sagte Kit. »Robin bringt sie mit einem Schulterwurf auf den Boden zurück.«

»Du verstehst nicht«, sagte Ralph sanft. »Sie würde die Gewalt gegen sich selbst richten.« Er schwieg einen Augenblick. »Wenn sie herunterkommt, dann schau mal genau auf ihre Arme, die Innenseite ihrer Arme. Dann wirst du sehen, daß sie da alte Narben hat.«

»Sie hat sich geschnitten«, sagte Anna. »Mit einer Rasierklinge? Oder hat sie etwas anderes verwendet?«

»Dir ist es aufgefallen, nicht?«

»Natürlich ist es mir aufgefallen«, erwiderte Anna verärgert. »Glaubst du denn, ich wäre so unaufmerksam wie die Kinder?«

»Es tut mir leid«, sagte Ralph.

»Das sollte es auch. Du bist gestern nachmittag weggefahren und hast mich mit ihr allein gelassen, und du hast mich vor Sachen gewarnt, die sie schnüffeln oder inhalieren könnte, aber du hast mich nicht vor Messern und Scheren gewarnt. Als ich ihre Arme sah, mußte ich mich wegschleichen und dann durchs ganze Haus rennen und alles Scharfe verstecken.«

»Du hast recht«, sagte Ralph, »ich hätte dich warnen sollen, aber es ist schon lange her, daß sie sich geschnitten hat, sie scheint heute andere Methoden zur Streßreduzierung zu haben. Sie ist in der Schule herumgeschubst worden, da hat es angefangen, sie hat die Schule geschwänzt, und dann kam sie in eine Clique von älteren Mädchen, die sie zu Ladendiebstählen mitgenommen haben.«

»Die übliche Geschichte«, sagte Robin.

»Stimmt«, erwiderte Ralph. »Aber mit einer pikanten Abweichung. Sie wurde in staatliche Fürsorge genommen, und drei Monate später durfte sie wieder nach Hause. Ihre Eltern hatten ihren Plattenspieler und ihre Platten verkauft, und sie hatten die Spielsachen weggegeben, die sie hatte, als sie klein war, und all ihre Sachen. Und alles, was sie nicht verkaufen oder weggeben konnten, hatten sie einfach in den Müll geworfen. Vielleicht hatten die Sozialarbeiter ihre Arbeit nicht ordentlich gemacht oder vielleicht hatte die Familie auch nicht richtig zugehört, vielleicht hatten sie nicht verstanden, was man ihnen gesagt hatte, denn es war ziemlich offensichtlich, daß sie nicht damit gerechnet hatten, sie wiederzusehen.«

Die Kinder waren still. »Was hat sie dann gemacht?« fragte Robin am Ende, sein Ton nun respektvoll.

»In der Nähe des Wohnblocks, in dem die Familie wohnte, war eine Mülldeponie – einige ihrer Kleider hat sie dort gefunden. In einem schwarzen Müllsack, hat sie mir erzählt. Sie ist eine Zeitlang herumgelaufen und hat versucht herauszukriegen, an wen sie ihre Sachen verkauft hatten, und hat an den Türen der Leute angeklopft und versucht, sie zu überreden, sie ihr zurückzugeben, aber da sie natürlich für Bares weggegangen waren, meinten die Leute, sie hätten einen Eigentumsanspruch, wie Anwälte das ausdrücken würden. Was danach passiert ist, weiß ich nicht, da ist eine Lücke, sie will es niemandem sagen. Ungefähr zehn Tage später tauchte sie in London auf. Sie hatte keinen Penny bei sich, als ich sie in unser Heim brachte. Aber sie hatte den Müllsack.« Er seufzte. »Wir haben ihr ein paar Sachen gekauft, aber die wollte sie nicht anziehen. Sie wollte die alten, vermute ich. Sie ist durch die Hintertür raus und hat sie verbrannt.«

Kit hörte auf zu essen. »Das kommt mir schrecklich vor«, sagte sie. »Daß ein Kind seinen Eltern so wenig wert sein kann.«

»Was erwartest du denn?« Anna schob ihren Teller fort. »Wir leben in einer Welt, in der jeden Tag Kinder abgetrieben werden.«

»Still«, fiel ihr Ralph ins Wort. Er wollte nicht, daß Rebecca anfing, Fragen zu stellen. Oder daß überhaupt irgend jemand anfing, Fragen zu stellen. Er hatte Julian seit ihrer Konfrontation zwei Abende zuvor nicht gesehen. Sein Sohn war wieder an die Küste gefahren und noch nicht zurückgekommen. Er, Ralph, wollte Amy Glasse so dringend sehen, daß es wie ein körperlicher Schmerz war. Er wollte nicht zum Farmhaus fahren und wieder mit Julian zusammentreffen, doch was konnte er tun? Ich werde reden müssen, dachte er, es Anna sagen – oder dies abbrechen – es jetzt abbrechen, weil es bereits zu ernst ist – wie konnte es nicht ernst sein? In all den Jahren habe ich nie nach anderen Frauen geschaut, nicht mal an eine gedacht, in dieser Richtung war mein Leben versperrt, eine andere Frau kam in meinen Berechnungen nicht vor.

Wenn doch Julian bloß nach Hause käme, dachte er. Dann könnte ich eine Ausrede erfinden, ins Auto steigen, fahren.

Er sah hoch. Melanie stand im Flur zur Küche und schaute sie an. »Komm rein, Kind«, sagte Anna. »Es ist noch viel zu essen übrig. Hol dir einen Stuhl.«

Melanie schreckte zurück, als sei sie eingeladen worden, sich mit Angehörigen eines wilden Stammes niederzulassen und Schafsaugen zu verspeisen. Sie betrachtete sie noch einen Augenblick lang, in einer Haltung, als wolle sie fliehen; danach stapften ihre schweren Stiefel wieder die Treppe hinauf, und die Tür ihres Zimmers schlug zu.

Sommerhitze hatte sich angestaut. Weißer Himmel und die Sonne als Schmierfleck. Kein Wind. Himmel und Erde stießen ununterscheidbar in einem strohfarbenen Dunst aneinander, und die Umrisse der Bäume waren verschwommen. Durch diese dicke Sommersuppe gingen Julian und Sandra gemeinsam über den Fußweg, kreuzten landeinwärts. Donnergrollen lag in der Luft.

»Du kannst kommen und bei uns wohnen, wenn du willst«, sagte Sandra. »Meine Mum wäre froh, dich bei uns zu haben. Und außerdem – du müßtest zwar Ralph sehen, aber nicht nach Hause gehen und Anna gegenübertreten.«

»Mein Vater«, sagte Julian, »glaubt allen Ernstes, daß du nicht wüßtest, was vor sich geht.«

»Da täuscht er sich. Als erstes fiel mir auf, daß er immer da war, wenn er dachte, ich wäre weg.« Sandra hob die Hände und schob sich sittsam die Haare hinter die Ohren. »Er sieht mich nicht, deswegen denkt er, ich sehe ihn auch nicht. Aber ich sehe ihn – du kennst ja meine Art, querfeldein nach Hause zu gehen.«

»Durch die Hecken und Gräben.«

»Wenn es sein muß.« Sandra blieb stehen und sah ihn direkt an. »Ich hab dir das eingebrockt, Jule. Wenn ich nicht zu dir nach Hause gekommen wäre, wäre das nie passiert.«

»Aber du bist«, sagte Julian. »Du bist gekommen. Welchen Sinn hat es also, so zu reden?«

»Ich weiß es nicht. Es hat keinen Sinn. Aber es ist doch ein interessanter Punkt, nicht? Wenn du an dem Tag, an dem ich mit den Motorradleuten rausgefahren bin, nicht nach North Walsham gekommen wärest. Oder wenn es zuvor geregnet hätte, nur fünf Minuten zuvor, dann hättest du mich nie gesehen. Du hättest deinen Mantelkragen hochgeschlagen und wärst zu deinem Auto zurückgegangen, und ich hätte mich in der Kirche untergestellt. Und dein Dad wäre zu Hause bei deiner Mum, und alle wären glücklich.«

»Nein, nicht glücklich«, sagte Julian. »So würde ich uns nicht bezeichnen.«

Sie gingen auf Burnham Market zu. Doch bevor sie das Dorf erreichten, sagte Sandra: »Komm mit in die Kirche hier.«

»Warum? Es regnet doch gar nicht.«

»Nein, aber da steht was drin, was ich mir anschaue. Ich möchte es dir zeigen.«

Ein Eisentor auf einem grasbewachsenen Erdwall, ein runder Turm; ihre kaum sichtbaren Schatten gingen vor ihnen über das abgemähte Gras. Im Innern ein unebener Fußboden, cremefarbige Steine; Stille, nur das ferne Brummen einer Landmaschine. Licht strömte durch Fenster aus einfachem Glas herein. »Die alten Fenster sind im Krieg eingedrückt worden«, sagte Sandra. »Hat mir meine Großmutter erzählt.«

»Ich wußte nicht, daß du eine Großmutter hattest.«

»Ich hab sie Großmutter genannt. Sie wohnte in Docking.«

»Und wer war sie wirklich?«

Sandra zuckte mit den Schultern. »Meine Mutter spricht nie über ihr Leben. Ich weiß nicht, wer mein Dad war, also ist es auch nicht sehr wahrscheinlich, daß ich viel über meine Großmutter weiß, oder?«

Die Kühle des Fußbodens drang durch die geflochtenen Sohlen seiner dünnen Schuhe. Er schaute sich um. Ein rechteckiges, schweres altes Taufbecken, von der Art, in das man vermutlich auch ihn hineingetaucht hatte; er konnte mühelos auf eine genauere Betrachtung verzichten. Doch hier war etwas, das Aufmerksamkeit verdiente; er sah eine Weinglas-Kanzel, kostbar und zerbrechlich. »Ist es das?« fragte er Sandra.

Er stand vor der Kanzel. Ich sollte sie nicht anfassen; wenn jeder sie anfaßte, würde sie sich auflösen. Er gestattete sich eine Ausnahme; mit der Fingerspitze strich er über die Umrisse von Kirchenvätern mit ihren Mitras und Kardinalshüten, über die Federkiele, die Schriftrollen beschrieben; tiefes Grün und Purpurrot war so zerkratzt und blätterte ab, daß das darunterliegende Holz durchschien und die Gesichter halb aus Farbkrümeln, halb aus den Fasern des

Holzes zusammengesetzt waren. Auf den Wänden entdeckte er den Bogen eines Heiligenscheins, eine farbige Linie, so blaß wie Gedanken; er hätte sie nicht gesehen, wenn Sandra sie nicht für ihn mit dem Finger nachgezeichnet hätte.

Dann berührte sie ihn am Arm. »Schau mal, Julian. Komm hierher. Das hier wollte ich dir zeigen.«

Sie führte ihn von der Kanzel in das südliche Seitenschiff, drehte ihn, so daß er mit dem Rücken zum Altar stand. Sie zeigte auf die Flaggen zu ihren Füßen und auf einen Stein, grauschwarz, fleckig, eingerissen; trotzdem war jeder Buchstabe deutlich eingemeißelt und klar. »Das hier«, sagte sie.

Im Gedenken an Mrs. Theaophilia
Thurlow, Tochter des
Verehrten Mr. Thos Thurlow
Rektor der Worthams in
Suffolk, Nachfahre der
Thurlows von Burnham ulpe
Aus diesem Leben geschieden am 18ten
Juni 1723 im Alter von 24 Jahren.
Und an Frances Hibgame ihre Nichte
Tochter von John und Catherine
Hibgame of Burnham Norton,
die am 19ten Dezember 1736 im Alter von
10 Jahren, 5 Monaten, 2 Wochen und 1 Tag starb.

Einen Augenblick standen sie dort, ohne zu sprechen. Dann berührte Sandra ihn am Arm. »Es wird behauptet, daß die Leute zu der Zeit ihre Kinder nicht geliebt hätten, aber das kann nicht wahr sein, Julian, oder?«

»Nein.« Er ließ den Kopf sinken. »Natürlich müssen sie sie geliebt haben. Denn sie haben jeden Tag gezählt.«

Wieder Schweigen. Sandra sagte: »Hör mal, diese Sache mit Becky – du mußt damit aufhören. Es ist grausam, verstehst du. Es ist grausam gegenüber deiner Mutter und deinem Vater.«

»Grausam *ihnen* gegenüber?«

Ungewolltes Wissen lag in ihr wie ein Stein. »Hör einfach damit auf«, sagte sie. »Laß sie erwachsen werden, nicht? Du redest davon, daß sie unglücklich sind, aber siehst du es denn nicht? Was du machst, ist, als würdest du mit einem Messer auf sie einstechen.«

»Warum? Du meinst, weil ich sage, sie können nicht auf sie aufpassen?«

»Ja, nur aus diesem Grund.«

»Ich habe Angst um sie«, sagte Julian. »Es passieren so schlimme Dinge.«

»Ich weiß. Ich weiß, daß du Angst hast. Aber laß es nun gut sein, versprichst du mir das?«

Sie gingen durch das Seitenschiff zum hinteren Teil der Kirche, und wieder gingen ihre Schatten ihnen voraus, überlagerten sich und verschmolzen, ihre Glieder wie die von riesigen Tieren, absonderliche Formen, aber weich, sehr weich, widergespiegelte Schattierungen, durch Glas erblickte Schatten. Die Maschine in der Ferne hatte den Motor abgestellt; das Donnergrollen in der Luft hatte den Gesang der Vögel, das Summen der Insekten ausgelöscht. Ihre Hände berührten sich, als sie hinaustraten unter das Vordach – nur ihre Handrücken streiften einander. Sandra wagte nicht, Julian ins Gesicht zu schauen; er schaute sie nicht an. In der Ferne, gewiß nur in ihrer Phantasie, der ruhige Puls des Meeres.

. . . 9 . . .

Julian rief aus einer Telefonzelle in einem Pub an der Küstenstraße zu Hause an. »Mum, ist bei euch alles in Ordnung?«

»Wo steckst du?«

»Im Schiff«, sagte er, sie verwirrend.

»Wann können wir damit rechnen, dich wieder einmal zu Gesicht zu kriegen?«

Pause. »In einem Tag oder zweien.«

»Robin denkt offenbar, du wärst für immer ausgezogen.«

»Er hat keinen Grund, das anzunehmen.«

»Julian, gibt es da drüben irgendwelche Probleme?«

Noch eine Pause. »Wir müssen irgendwann mal reden. Aber noch nicht ... noch nicht gleich. Erst wenn ich weiß, was hier los ist. Aber hör mal, mach dir keine Sorgen. Es ist nur so, daß ich im Moment nicht nach Hause kommen kann.«

»Julian«, erwiderte Anna, »wenn du mich beruhigen willst, dann hör jetzt auf, so zu reden. Du erreichst nämlich nur, daß du mich aufs äußerste alarmierst.«

»Mum, sag Dad nicht, daß ich angerufen habe, okay?«

»Warum denn um Himmels willen nicht?«

»Ich wollte nur wissen, ob es dir gutgeht.«

»Julian ...«

Keine Antwort. Die Leitung war stumm. Ich fahre rüber, dachte sie, sehe nach, was das alles zu bedeuten hat. Ihr fiel ein, daß sie nicht wußte, wo genau Mrs. Glasse eigentlich wohnte. Trotzdem, sie konnte es finden, es überstieg ihre Fähigkeiten nicht ... aber da, dachte sie dann, ist ja noch Melanie, und es wird allmählich Zeit, ein paar Sachen für sie aufzutreiben, ich sollte mit ihr einkaufen fahren;

und selbst wenn ich das noch einen Tag verschiebe, kann ich Kit nicht mit ihr allein zu Hause lassen, während ich Julian hinterherfahre, das ist nicht fair. Was macht es schon, wenn er für ein paar Tage nicht nach Hause kommt? Es ist nicht seine Art, Geheimnisse zu haben, aber vielleicht hat es etwas mit Sandras Mutter zu tun, Familienangelegenheiten, Dinge, über die er nicht sprechen will. Doch bestimmt nicht wieder Ärger mit der Polizei? Noch ein Gedanke ging ihr durch den Kopf, der jeder Frau durch den Kopf geht, deren erwachsener Sohn sich von zu Hause gelöst hat: konnte Sandra schwanger sein? Vielleicht bin ich melodramatisch. Ich frage mich ... ob Ralph nicht Zeit hätte, mal rüberzufahren? Sie schaute auf die Uhr. Ich erwische ihn bei Mrs. Gartree, dachte sie.

Mrs. Gartree war eine alte Frau, sehr schwerhörig und zerstreut. Sie war mit Ralphs Eltern befreundet und in ihren besten Tagen eine große Kirchgängerin gewesen, und Ralph hatte es sich zur Aufgabe gemacht, sie einmal im Monat aufzusuchen. Mrs. Gartree diskutierte mit ihrer durchdringenden Bellstimme gern über Kirchenpolitik und füllte gewissenhaft Formulare für obskure staatliche Unterstützungen aus, auf die sie, wie jemand ihr gesagt hatte, Anspruch hätte. Sie habe ein Vermögen auf der Bank, sagte Ralph, doch er half ihr trotzdem bei den Formularen; ihr waren in ihrem Leben nur noch wenige Vergnügungen geblieben, sagte er, nur dieses eine und die Vorbereitungen für ihr Begräbnis.

Mrs. Gartrees Stimme, entrüstet, sehr laut. »Das Telefon hat mich angeschnarrt. Wer sind Sie? Was wollen Sie?«

»Ich bin's, Anna. ANNA. ANNA ELDRED. Ralphs Frau.«

»Oh, ja.« Mrs. Gartree klang besänftigt.

»Ist er da?«

Mrs. Gartree fiel wieder in ihre Zerstreutheit zurück. »Oh, ich glaube nicht.«

»Ist er schon fort?«

»Was?«

»Habe ich ihn verfehlt? Ist er schon dagewesen und jetzt wieder fort?«

»Ob er mir fehlt? O ja, sicher«, sagte Mrs. Gartree neckisch.

»Aber er war letzte Woche hier. Meine ich. Wie immer im Monat.«

»Aber heute?« Ich hätte es besser wissen müssen, als das hier anzufangen, dachte Anna. »Heute – er hat gesagt, er würde mal wieder bei Ihnen läuten.«

»Nein«, sagte Mrs. Gartree. »Sie haben mich angeläutet. Mit Ralph hab ich nicht gesprochen. Nein, schon viele Monde nicht.«

Anna verdrehte die Augen. »Okay, Mrs. Gartree. Entschuldigen Sie, daß ich Sie gestört habe.«

»Macht gar nichts, ich bin nur schwerhörig«, sagte Mrs. Gartree.

»Auf Wiederhören«, sagte Anna.

»Tüdelü«, sagte Mrs. Gartree.

Anna ging in Ralphs Büro und fand seinen Terminkalender. Er fängt wirklich an, sich in rätselhaften Bahnen zu bewegen, dachte sie. Am Nachmittag, um 2 Uhr, sollte er in Norwich an einer weiteren Besprechung über den Heim-aus-dem-Krankenhaus-Plan teilnehmen. Die Stiftung finanzierte ein Projekt zur Schaffung eines Netzwerks von Pflegern für Alte und chronisch Kranke; aus dem Krankenhaus in abgelegene Cottages oder nach Hause in Dörfer entlassen, in denen es keinen Laden und keine Apotheke gab, brauchten sie einen reibungslos funktionierenden Betreuungsdienst, wenn sie frei von Angst, von Kälte und der Gefahr zu stürzen weiterleben sollten.

Sie blätterte Ralphs Adreßbuch durch; ah, da war ja die Nummer von Norwich. »Pat? Hier ist Anna. Ralphs Frau.«

»O ja. Wie geht es Ihnen, Mrs. Eldred?«

»Hören Sie, wenn Ralph zu der Besprechung kommt, würden Sie ihn dann bitten, zu Hause anzurufen. Ich möchte kurz mit ihm sprechen.«

Ein Schweigen entstand. »Einen Augenblick bitte.« Eine Pause. Dann: »Mrs. Eldred? Ich glaube, hier muß etwas durcheinandergeraten sein. Wir haben heute keine Besprechung.«

»Sind Sie sicher?«

»Nein – ja, ich meine – ich hab gerade in meinem Terminkalender nachgeschaut.«

»Tut mir leid«, sagte Anna. »Ich muß die Tage verwechselt haben.«

»Macht nichts.« Die Frau klang erleichtert. »Für einen Moment hab ich gedacht, ich hätte einen schrecklichen Fehler gemacht. Es wäre mir sehr unangenehm, wenn mir bei einer Besprechung mit Mr. Eldred ein Fehler unterlaufen würde, er hat immer so viel zu tun.«

»Ja, nicht wahr?« sagte Anna. Sie legten den Hörer auf. Na schön, dachte sie. Doch ihr gefiel nicht, was sie dachte. Auf Mrs. Gartree als Zeugin konnte verzichtet werden, doch es war sonderbar, daß Pat Appleyard ihn nicht erwartete. Es war zwischen ihnen vereinbart, daß er immer seinen Terminkalender für sie daließ und ihn jeden Abend auf den neuesten Stand brachte, falls es im Heim einen Notfall gäbe, falls sie ihn sprechen mußte; und er hatte immer an diesem Terminkalender festgehalten, er war bekannt für seine Zuverlässigkeit und Pünktlichkeit und dafür, die schärfste Kritik für diejenigen aufzusparen, die es nicht waren.

Ich bin nicht ganz die reine Unschuld, dachte Anna. Ich hab zu meiner Zeit auch den einen oder anderen Roman gelesen. Ein Mann, der sich rar macht – wenn er kein Trinker oder Krimineller ist –, bedeutet eine andere Frau; und trotzdem hat es etwas von einer Farce an sich, wenn ein Mann, der sich rar macht, seine Schleichwege so schlecht tarnt oder gar nicht erst versucht, sie überhaupt zu tarnen. Aber sollte Ralph es sich angewöhnt haben zu lügen, so würde er das sicher nicht sonderlich geschickt anstellen. Zumindest anfangs nicht. Denn soweit sie wußte, hatte er darin keine Übung.

Anna setzte sich auf den harten Stuhl an Ralphs Schreibtisch. Ihre Gedanken bewegten sich langsam, vorsichtig. Gelegenheiten? Hatte er reichlich. Im Verlaufe eines Jahres traf er mit Hunderten von Menschen zusammen, mit Klienten, Sozialarbeitern, Journalisten. Regelmäßige Termine, um ihn in Bann zu schlagen? Hatte er keine; jede Woche war anders, und der Terminkalender war das einzige, das ihm Beschränkungen auferlegte.

Anna versuchte zu lächeln – als befinde sich jemand im Zimmer, der ihr Bemühen sehen könnte. Du benimmst dich lächerlich, dachte sie. Ja, er trifft mit Frauen zusammen, aber das schon seit Jahren; er trifft mit Frauen zusammen, aber wenn er an einer davon interessiert wäre, welche sollte das sein? Keine Antwort drängte sich auf. Ich hätte doch gedacht, obwohl man Menschen ja nicht kennen kann, ich hätte doch gedacht, daß ich Ralph kenne.

Ihr war sehr kalt, und sie ging nach oben, um sich eine Strickjacke zu holen.

Der Tag mußte weitergehen, obwohl die Strickjacke sie irgendwie nicht wärmte. Sie sagte zu Kit: »Hast du heute nachmittag irgend etwas Besonderes vor?« Dumme Frage; wann hatte Kit in diesem Sommer schon irgend etwas Besonderes vor? Sie saß herum, sie schlief, sie machte sich ab und zu nützlich. »Wenn nicht, würdest du dann mit Melanie und mir mitkommen, ein paar Kleider kaufen? Ich dachte, weißt du, du bist ihr altersmäßig näher –«

»Klar«, sagte Kit. »Wir haben vieles gemeinsam.«

»Was meinst du, wo finden wir am ehesten was?«

»Hängt davon ab, was sie will. Wenn sie wieder ein T-Shirt mit Leoparden-Druck will, könnten wir es bei Woolworth in Dereham probieren.«

»Solche Snobs, meine Kinder.«

»Okay«, sagte Kit mürrisch. »Ich komme mit. Was braucht sie denn?«

»Sie braucht irgendeinen Mantel. Und ein Paar Schuhe, die sie im Haus anziehen kann.«

»Um uns das Stiefelpoltern zu ersparen.«

»Auch einen Pullover, für den Fall, daß es kalt wird.« Sie zog die Strickjacke fester um ihren Körper. »Und vielleicht noch ein Paar Jeans und einige Hemden oder T-Shirts. Und ganz sicher Unterwäsche – ich hab nicht nachgeschaut, das bringe ich nicht über mich.«

»Sie trägt keine«, sagte Kit.

»Wer sagt das?«

»Robin.« Kit seufzte ironisch. »Er ist in dem Alter, wo ihm so was auffällt. Tja, dann ... sollten wir nach Norwich fahren und uns nach seiner Besprechung mit Dad treffen. Wir könnten ihn dazu überreden, daß er uns ausführt, zu Tee und Rosinenbrötchen, damit Melanie sieht, daß wir uns wie eine Bilderbuchfamilie aufführen. Wir könnten Anchovistoast essen und einander abgöttisch lieben.«

»Nein«, sagte Anna. »Nicht Norwich. Ich sag dir, was wir machen – laß uns ans Meer fahren. Frische Luft schnappen. Wir fahren nach Cromer. Das könnte ihr Spaß machen.«

»Sie wird unbedingt Zuckerwatte haben und auf einem Esel reiten wollen, denk ich mir«, sagte Kit. »Ehrlich, du hast seltsame Vorstellungen davon, was für jemanden wie Melanie eine besondere Freude ist.«

»Du weißt, was dein Vater gesagt hat. Versucht, nett zu sein.«

Anna ging nach oben. Sie stand einen Augenblick vor der geschlossenen Tür, sammelte sich. Dann klopfte sie an. Keine Antwort. Leise drehte sie den Knauf. »Melanie?«

Die Vorhänge waren zugezogen, und das Zimmer war dunkel und eng und schmuddelig; niemand hatte bis zu diesem Zeitpunkt gesehen, daß Melanie sich mal gewaschen hätte. Sie hatte ihre Matratze auf den Fußboden gezerrt und die Laken und Decken und Kissen in der Mitte zu einem Knäuel aufgehäuft. Zuerst dachte Anna, das Bett sei leer und Melanie sei geflüchtet; doch dann regte sich in der Mitte des Knäuels etwas, und das Mädchen steckte den Kopf heraus. »Schläfst du lieber auf dem Fußboden?« fragte Anna.

Melanie stand aus dem Durcheinander auf. Laken fielen von ihrem Körper herab. Sie hatte ein pinkfarbiges T-Shirt an, das Becky gehörte. Es war ihr so eng unter den Armen, daß es einschnitt, und es war hochgerutscht, so daß man das zarte Gerüst ihrer Rippen sah. »Wo hast du das her?« wollte Anna wissen. Sie fragte sich, ob es auf der Wäscheleine gehangen hatte, meinte aber, nein. »Du sollst nicht in Beckys Zimmer gehen, ohne ihr das zu sagen. Es würde ihr nicht gefallen.«

»Es würde ihr nicht gefallen«, spottete das Mädchen, Annas Tonfall nachäffend.

»Du kannst dir gern alles borgen. Alles, was du möchtest. Aber du solltest vorher fragen.«

»Warum?«

Weil, dachte Anna. Weil … aus tausend Gründen. Weil es das ist, was zivilisierte Menschen tun. Sie hörte den sachlichen Anthropologenton der Frage: warum? Kein Urteil ausdrückend, nur: warum?

»Außerdem bist du ein kräftiges Mädchen, Melanie. Beckys Sachen passen dir gar nicht. Möchtest du, daß Kit dir etwas leiht?«

»Borgen. Leihen«, sagte das Mädchen. »Eingebildete Ziegen.«

»Ich hab mir überlegt, daß wir rausfahren sollten.« Anna versuchte, einen leichten Ton anzuschlagen. »Ans Meer fahren.«

»Kinderkram«, entgegnete Melanie.

»Ja, ich meine aber eine Einkaufsfahrt. Sachen für dich kaufen.«

»Ich hatte Sachen.«

»Ja, aber die hast du verbrannt.«

»Vorher. Meine eigenen Sachen.«

»Das weiß ich. Pul dir nicht so an den Fingern rum.« Melanies Fingerkuppen waren wund, die Haut schälte sich ab, die Nagelbetten waren entzündet. Sie zupfte ständig daran herum, sie quälte jede einzelne Fingerkuppe mit den anderen Fingern und mit der Zunge; es war eine Gewohnheit, die sie in ihrer Amphetamin-Phase angenommen hatte, es war etwas, was diese Kinder taten. Und es schmerzte: Anna wußte noch – die Erinnerung wie eine Nadel unter der Haut –, wie ihre eigenen Nägel gewesen waren, die Nägel bis zum Fleisch gekürzt. Und dann schoß ihr das Bild von Enock durch den Kopf, der mit einer Sense auf dem Gelände stand, verwüstete Natur zu seinen Füßen: die ausgerissene Blume, die ihn in den wenigen Stunden, bevor die Sonne sie verdorrte, nur geärgert hätte.

»Was ist los mit Ihnen?« sagte das Mädchen. Anna sah auf und begegnete ihrem Blick. Was sie sah, schockierte sie: beinahe Anzeichen von Menschlichkeit.

»Es ist nichts«, sagte sie.

Doch das Mädchen ließ nicht locker, ihr Ton war kalt: »Haben Sie an etwas gedacht, an das Sie nicht hätten denken sollen?«

»Ja.«

»An was denn?«

»Kann ich nicht sagen.«

»Kann ich nicht sagen.« Wieder das Nachahmen, grausam und seltsam genau. »Etwas Schlimmes, was?«

»Ja ... wenn du so willst.«

»Wie schlimm?« Das Gesicht des Mädchens war entschlossen: einmal stellte sie eine richtige Frage. Sie benötigte Indizien für Ungeheuerlichkeiten, dachte Anna, zumindest für Fehlbarkeit. Und wie auch nicht? Sie mußte vergleichen und nebeneinanderstellen können, wenn sie ihren eigenen Platz in der Stufenleiter der Dinge finden sollte. »Wie jemanden zu töten?« fragte Melanie.

»Ja.«

»Haben Sie schon einmal jemanden umgebracht?«

»Was für eine Frage! Dann wäre ich im Gefängnis.«

»Sind Sie schon einmal im Gefängnis gewesen?«

»Ja.« Die Antwort überraschte Anna. »Bin ich.«

»Weil Sie etwas geklaut haben?«

»Nein. Nicht das.«

»Das hätten Sie auch nicht gemußt, was? Sie haben alles.«

»Das denkst du vielleicht.«

»Sie haben ein Haus«, sagte Melanie.

»Ja, das stimmt.«

»Ich habe kein Haus. Ich bin in Heimen gewesen.«

Annas Gesicht wurde weicher. »Ja ... die sollte man nicht so nennen, nicht wahr? Heime. Hör mal, Melanie, deine Mum und dein Dad ... wie lange ist es her, als du sie zum letzten Mal gesehen hast?«

Bei dieser Frage trübte sich Melanies Blick, doch hinter dem Ausdruck auf ihrem Gesicht, das wie verriegelt und verrammelt wirkte, spürte Anna eine kleine Bewegung der Gedanken, das Dämmern einer unsteten Sehnsucht nach Beteiligung, sah die Gedanken irrlichternd um die Monate und Jahre kreisen. Vielleicht versuchte sie, sich in einer ihr fremden Chronologie zurechtzufinden, den Daten von gerichtlichen Vorladungen und Befragungen durch Sozialbehörden. »Die hab ich vergessen«, sagte Melanie.

»Nein. Das kannst du nicht.«

»Doch, kann ich. Hab ich.«

»Na, dann ... was ist nun mit dem Ausflug, den wir machen wollen?« Anna lächelte mit professioneller Heiterkeit. Sie hatte von Ralph gelernt, auf diese Weise zu sprechen, bei jedem Vorschlag Zustimmung vorauszusetzen, immer das Positive festzustellen, niemals die Möglichkeit eines Nein als Antwort in Betracht zu ziehen.

»Wir? Einen Ausflug?« Melanies Augen waren wie zwei große graue Kieselsteine; sie kippte auf den Fersen zurück, als könne Anna versuchen, sie mit Gewalt an die frische Luft zu schleppen.

»Ja. Warum nicht?«

»Mir gefällt's hier.«

»So? Das ist ja schon etwas.«

Melanie sah, daß sie einen Zentimeter Boden verloren hatte. »Und diese Sachen, mir gefallen die hier, ich brauche keine anderen Sachen.«

»Ich bin sicher, du weißt, warum das ziemlich unvernünftig ist«, sagte Anna. »Du bist doch nicht unintelligent.« Ralphs Ton war weniger unmißverständlich; sie war kühl, am Ende ihrer Geduld. »Du weißt ganz genau, daß du nicht den Rest deines Lebens mit einem T-Shirt am Leib verbringen kannst, das einem zwei oder drei Jahre jüngeren Kind gehört. Die Frage ist also nur, wann du neue Sachen bekommst, nicht ob überhaupt.«

Sie schätzten einander ab: ebenbürtig. Anna zog mit in Betracht, daß Melanie sie schlagen könnte; das wäre nicht das erste Mal bei einem Gast. Sie wägte die Wahrscheinlichkeit ab: die blassen, dünnen Arme unter den engen Ärmeln, Arme mit einem Besatz aus Schnittnarben, die aufgerissenen Hände, der rechte Mittelfinger mit dem billigen herzförmigen Ring. Sie wußte, daß sie einige Zentimeter zurücktreten sollte, außerhalb von Melanies Reichweite. Die Arme des Mädchens hingen neben dem Körper, und Anna – die gesehen hatte, wie Männer kämpften – stellte sich vor, daß Melanie mit ausgestrecktem Arm die Faust hochreißen und ihren Kiefer treffen konnte. Aber ich werde nicht zurückweichen, dachte sie. Ich werde nicht nachgeben. »Sagen Sie mir, was Sie dachten«, flüsterte Melanie.

»Was meinst du damit, was ich dachte?«

»Vorhin. Als Sie daran dachten, jemanden umzubringen.«

»Was tust du, wenn ich es dir sage?«

»Ich komm mit Ihnen mit. Sachen kaufen.«

»Nein, du hältst dein Versprechen nicht ein.«

»Doch. Ich komm mit. Aber sagen Sie's mir.«

»In Ordnung.« Sie schauten einander fest in die Augen. Anna dachte, ich sage dir etwas, wovon du nichts weißt. »Ich hatte früher noch ein anderes Kind«, sagte sie. »Einen Jungen. Er war klein. Er wurde aus meinem Haus entführt und ermordet.«

Das Mädchen nickte. Ihr Blick wanderte fort. Blieb auf den Boden, auf das Knäuel des zerknüllten Bettzeugs geheftet. »Das war schlimm«, flüsterte sie.

Und dies – die Armut ihrer Reaktion, die lächerliche Armseligkeit ihres Vokabulars – ließ Anna weitersprechen. »Schlimm. Ja. Extrem schlimm. Du fragst, woran ich gedacht habe – ich sag's dir, Melanie, warum nicht? Ich habe an den Mann gedacht, der es getan hat. Daran, wie ich ihn töten würde, wenn ich ihn kriegte.«

Melanie schaute sie an. »Und wie würden Sie's machen?«

»Ich weiß es nicht. Ich denke darüber nach, aber ich kann mich nicht entscheiden. Es gibt so viele Möglichkeiten, weißt du.«

Das Mädchen ließ den Kopf wieder sinken, und zum ersten Mal sah Anna ihn als zerbrechliches, lebendiges Ding; halb zerstört, geschunden, aber eine Blüte auf dem dünnen Stiel ihres Halses. Ihre Haut war weiß und zart, ihr Haar, kein Zweifel, hatte einen ganz eigenen Ton, und nur Teile ihres Körpers waren von Schnitten gezeichnet. Sie kann noch gerettet werden, dachte Anna, im Kleinen womöglich. Doch ich hätte nicht sagen sollen, was ich gesagt habe, ich hätte eine Lüge erfinden sollen; ich hätte versuchen sollen, sie zurückzuholen, aber nicht mit dieser Methode.

Sie ging zur Tür. »Du hast etwas versprochen«, sagte sie. Sie hielt die Tür auf. »Komm jetzt, Melanie, du hast einen Handel vorgeschlagen, und du hast mehr bekommen, als du gefordert hast. Du hast versprochen, daß du mitkommst und ein paar Sachen kaufst.«

Melanie nickte. Wieder war ihr Gesicht völlig ausdruckslos: keine Reaktion auf das, was ihr erzählt worden war. Sie wird denken, es sei ein Traum, dachte Anna; sie lebt von einem Augenblick zum nächsten, ihre Erinnerungen werden ständig ausgelöscht. Hinter ihr gingen die schweren Stiefel die Treppe hinunter. In dem grellen Sonnenlicht, das durch das Küchenfenster schien, fiel ihr das fleckige, bläuliche Gesicht des Mädchens auf, und sie hob die Hand und faßte sie ans Kinn. »Schläfst du nicht, Melanie?«

»Nein. Durch den Husten wache ich immer wieder auf.«

»Hör auf mit dem Klebstoff, und dein Husten wird weggehen«, sagte Anna schroff.

Anna verfiel in Schweigen, als sie fuhr; Melanie schwieg sowieso. Als sie in Cromer ankamen, hob sie die Füße in den großen schwarzen Stiefeln hoch und schloß die Arme um die Knie, zog sich auf der hinteren Sitzbank zu einem Knoten zusammen. Sie wollte das Sonnenlicht auf der kalten Nordsee nicht sehen, wollte die Glocken der Eiskremwagen und das Schreien der Möwen nicht hören. Kit sah die Körper der Vögel schweben und gleiten, gespiegelt in den hohen Fenstern der alten Hotels an der Meerseite, sah sie an den Ecktürmen und Mansardenfenstern und Giebeln der roten Backsteinhäuser vorübergleiten, landeinwärts kreisen, um inmitten der Kiefern hinabzustoßen und zu schreien. Von den Möwen bleibt im Ohr und im Auge ein Nachbild, und die Wogen klingen wie stoßweises Atmen; Ausflügler stapfen über Mastodonknochen, und in Cafés mit Plastiktischen werden Schollen gebraten.

Melanie schloß fest die Augen; sie wollte nicht aus dem Auto aussteigen. Anna hatte keine Kraft mehr, ihr gut zuzureden.

»Du weißt, daß du Sachen brauchst«, sagte sie kläglich.

»Ich habe Sachen«, erwiderte Melanie. »Hab ich Ihnen gesagt.«

Kit sagte: »Du hast nur das, was du am Leibe trägst, und ein Teil davon ist noch geklaut. Komm jetzt, du dumme Ziege! Was du anhast, muß gewaschen werden, und wenn schon nicht deinetwegen, dann unseretwegen.«

»Warum?«

»Weil wir dich«, sagte Kit sanft, »wenn du noch mehr zu riechen anfängst, rauswerfen und in einem der Fahrradschuppen wohnen lassen.«

Überraschenderweise schien das eine Wirkung auf Melanie auszuüben. Sie streckte ihren Körper wie eine steife, sich öffnende Faust und kletterte aus dem Auto. Kit, die sie vor der Meerbrise gewarnt hatte, hatte vorsorglich eine ihrer Jacken mitgebracht. Sie wollte sie dem Kind um die Schultern legen. Melanie schnauzte: »Pfoten weg, du *Mörder*schwein!«

»Noch nicht ganz«, sagte Kit. »Noch nicht ganz, aber reize mich nicht, Schätzchen, ich bin größer als du, und wenn ich dir eine reinhaue, wirst du es merken.«

Anna schauderte. Sie hatte nun an Kit übergeben, hatte die Kontrolle verloren: sie war entsetzt bei dem Gedanken daran, was sie Melanie erzählt hatte, an die Leichtigkeit, mit der es diesem bleichen, kaum wortgewandten Mund entschlüpfen konnte.

Kit packte Melanie am Arm. Was für eine fabelhafte Wärterin sie abgeben würde, dachte Anna, sehr stark und sehr sicher, mit dieser in das zarte Fleisch über dem Ellbogengelenk einsinkenden Hand. Sie spürte, daß auf ihrem eigenen Fleisch wieder blaue Flecken aufblühen konnten. Sie fragte sich: Ist da etwas, das ich Kit verzeihen muß? Habe ich ihr verziehen, daß sie lebt?

Sie machten sich in Richtung Stadt auf den Weg. Kit ließ ihre Gefangene frei und schritt unverwandt lächelnd aus. Melanie schlurfte mißmutig und zornig neben ihnen her, die Arme wie grüne Zweige vom Wind gepeitscht. Anna hatte schon eine Bewegung nach der Jacke gemacht, für den Fall, daß Melanie ihre Meinung ändern würde, doch Kit hatte, beinahe unmerklich, den Kopf geschüttelt, und Anna hatte sie auf dem Vordersitz des Wagens liegenlassen.

Eine Stunde später war es ihnen gelungen, Melanie schlecht und recht auszustaffieren. Sie mußten sich bei den Leuten in den Geschäften für ihre Grobheiten entschuldigen und wurden mit mitfühlendem Lächeln bedacht. »Sie glauben, Melanie sei meine entwicklungsgestörte kleine Schwester«, flüsterte Kit.

Wenigstens war Melanie bereit, ihre Pakete selbst zu tragen. Es wurde dunkler, Nieselregen lag im Wind; nun, wo die Ausflügler blaugefroren waren und sich die Hände rieben, lehnten sich die einheimischen Frauen mit ihren Flickenmusterjacken und Wollschals in den Wind. Anna schlug sich den Kragen hoch und schaute auf Melanies weiße Arme. Norfolk kann einem auf eine Weise, wie das London nie schafft, beibringen, Vorsorge zu treffen.

»Sieh mal!« Kit legte ihr die Hand auf die Schulter. »Mum, sieh dir diese Waschmaschine an!« Sie hielt sie vor dem Schaufenster für Elektrogeräte fest. »Sechzehn Programme! Stell dir das mal vor!«

Anna sagte: »Ja ... aber weißt du, wo unsere mit der separaten Schleuder noch so gut läuft –«

»Gut läuft?« Kit war außer sich. Sie warf einen Blick zurück über die Schulter, um Melanie zu fragen – ihre Beziehung war in der letzten halben Stunde aufgeblüht –, ob sie je von einer Waschmaschine mit separater Schleuder gehört hätte, bei der man die triefnassen Hemden mit einer Zange und mit Gummihandschuhen aus der Maschine zerrte ... aber Melanie war nicht da. Kit drehte sich blitzschnell herum. Ihr langes Haar wehte im Wind. »Lauf«, sagte sie. »Vor dreißig Sekunden hab ich sie noch gesehen, wie weit kann sie da gekommen sein?«

Mit offenen Mündern schauten sie die Straße hinauf und hinab. Keine Spur, kein Anzeichen. »In einem Laden«, sagte Kit. »Schnell.«

Sie steckten die Köpfe in die angrenzenden Geschäfte, brabbelten Fragen, Entschuldigungen: »Haben Sie ein Mädchen gesehen, kurzes rötliches Haar, Jeans, pinkfarbenes T-Shirt?« Pingpongartig zurückgegebene Fragen: Was? Ihre Tochter ist das? Wie alt ist sie denn? Eine Frau stand mit vorgestreckter Hand hinter einem Ladentisch, im Begriff, Norfolker Butterkekse in eine Papiertüte fallen zu lassen. Leere Gesichter. »Tut mir leid«, sagte die Frau.

»Wir verschwenden unsere Zeit. Wo könnte sie hingegangen sein?«

»Irgendwohin«, sagte Kit. »Sie kennt sich hier nicht aus, sie ist irgendwohin gegangen.«

Sie schauten einander an. »Ich will nicht klingen wie ein dummer Film«, sagte Kit, »aber warum gehst du nicht hier entlang, und ich geh dort entlang? Und wenn du sie siehst, pack sie, zögere nicht, halt sie bloß fest, okay?«

»Wo treffe ich dich?«

»Hier«, sagte Kit. »Bei der Waschmaschine. Such zehn Minuten, dann komm zurück. Ich bin in fünfzehn, zwanzig wieder da. Wenn wir sie bis dahin nicht gefunden haben, können wir's auch aufgeben, dann ist sie nämlich vermutlich in einen Bus eingestiegen und irgendwohin gefahren. Hat sie Geld?«

»Einen Fünfer«, sagte Anna.

»Ach richtig, einen Fünfer.« Kit stapfte die Straße entlang, ihr Kopf drehte sich von einer Seite zur anderen. Anna sah ihr einen Augenblick lang nach und stöckelte dann unbeholfen, mit den hohen Absätzen unsicher auf den Pflastersteinen, in die andere Richtung davon. Sie hatte nicht gedacht, daß es dazu kommen würde, sonst hätte sie sich entsprechend angezogen.

Ein paar Minuten, und ihre Kräfte waren erschöpft. Sie lehnte sich gegen eine Mauer. Ich kann nicht rennen, dachte sie, konnte ich nie. Trotzdem hatte sie getan, was ihr Herz zuließ, mit wogenden Rippen und schmerzender Brust, den Kopf von einer Seite zur anderen drehend in der Hoffnung, einen Blick auf Melanies orangefarbenes Haar zu erhaschen. Wenn sie versucht, per Anhalter stadtauswärts zu fahren, wird sie doch bestimmt keiner mitnehmen? Sie ist zu absonderlich; sie sieht verstört aus. Es sei denn, jemand hat Mitleid mit ihr. Denn das gibt es natürlich. Menschen tun die erstaunlichsten Dinge: Gefangene fliehen, und Leute nehmen sie per Anhalter mit, und jeder Ausreißer kommt irgendwie zu Geld und einem Obdach.

Fünfzehn Minuten später, bekümmert, die Lippen beinahe blau, stand sie wieder bei Kit vor dem Waschmaschinengeschäft. Kit legte ihrer Mutter die Hände auf die Schultern, dann unter die Ellbogen, um sie zu stützen. »Bist du in Ordnung? Ich hab doch nicht gesagt, bring dich um.«

»Es geht schon«, sagte Anna. »Es geht mir gut.« Sie entzog sich und verschränkte die Arme über dem Zwerchfell, eine dünne Hand legte sich schützend über das Handgelenk der anderen.

»Sie ist uns entwischt. Ich hab an Bushaltestellen gefragt, ganz melodramatisch. Sollen wir zur Polizei gehen?«

»Nein. Sie hat nichts Unrechtes getan.«

»Könnte sie aber noch. Oder es könnte ihr etwas zustoßen.«

Anna richtete sich auf. Ihr Atem kehrte zurück. »Niemand ist verpflichtet, seine Ferien mit uns zu verbringen«, sagte sie scharf.

»Nein, aber –«

»Kit, wenn wir die Polizei einschalten, bringen wir sie damit mit ziemlicher Sicherheit in Schwierigkeiten. Und was würde dein Vater sagen? Sie würde uns nie wieder vertrauen. Wir sollten ihr – ich weiß nicht – wir sollten einfach noch eine Viertelstunde hier stehenbleiben. Vielleicht kommt sie ja zurück.«

»Sie würde doch gar nicht zurückfinden.« Kit rieb die Hände aneinander, um sie zu wärmen. »Okay, aber wir sollten jemandem Bescheid sagen – du hast nicht zufällig Dads Nummer in Norwich?«

»Nein.«

»Wir können die Auskunft anrufen. Ihn nach Hause holen. Hör zu, du bleibst hier stehen. Da drüben ist eine Telefonzelle – Rotes Kreuz, nicht? Wie ist der Name des Menschen, mit dem er sich trifft?«

»Keine Ahnung.«

»Ist auch egal. Ich sag ihnen, sie sollen ihm einschärfen, daß er umkehren und nach Hause kommen soll.«

»Nein, Kit.« Anna zog ihre Tochter am Arm. Sie dachte, wenn meine Tochter Pat Appleyard anruft und nach ihm fragt, wäre das schon das zweite Mal an einem Tag, und sie würde dann wissen, daß irgend etwas nicht stimmte, sie würde Fragen stellen, Gerüchte ausstreuen... »Kit, er ist nicht in Norwich.«

»Wo ist er dann?«

»Ich weiß es nicht.«

»Aber er hat gesagt, er würde nach Norwich fahren! Heute morgen!« Kit warf das Haar nach hinten, winkte dann verzweifelt ab. »Robin hat noch gesagt, bring mir den *Wisden Cricket Monthly* mit, und Dad hat gesagt, in Ordnung, aber wenn ich keinen sehe, bist du dann auch mit was anderem zufrieden, und Robin hat gesagt, nein. Rebecca wollte auch was mitgebracht haben. Er fragte, was denn, und sie sagte, eine Überraschung. Dad sagte, okay, und Robin sagte, du verwöhnte Göre.«

Anna entwand sich sanft dem Griff ihrer Tochter und lehnte sich gegen das Tafelglasfenster des Waschmaschinengeschäfts. Sie legte die Hand über den Mund, und ein kleines, bitteres Blöken kam aus ihr heraus: Lachen?

Kit versuchte, ihrer Mutter die Hand vom Mund wegzuziehen, es mit Klauen wegzureißen, als sei Anna ein kleines Kind, das etwas gegessen hatte, was es nicht sollte: Erde oder Schmutz oder einen Stein. Es hörte nicht auf, das kleine Geräusch: das Auf und Nieder der engen Rippen, das Ausatmen wie ein Stöhnen, der eingesaugte Atem, als sei die Luft Gift. Annas Rippen wölbten sich zu einem vor Entsetzen geweiteten Bogen, und für einen Augenblick war sie völlig erstarrt, gelähmt, hatte die Augen geschlossen. Dann stieß sie den Atem aus – mit mehr als einem Keuchen, mit einem gedämpften Schrei, der aus ihrem Magen aufstieg. Sie saugte die Luft ein, die rauhe salzige Norfolker Luft. »Ich wußte, ich würde alles verlieren«, sagte sie. »Ich wußte, eines Tages würde ich alles verlieren.«

Am späten Nachmittag läutete es an der Tür. Anna ließ Kit aufmachen. Sie sah, daß Kit ihre Jeans gegen einen hübschen Rock ausgetauscht und sich das Haar zurückgebunden hatte, als habe sie einen plötzlichen Übergang in Erwachsenenangelegenheiten vorausgeahnt.

Anna saß in Ralphs Arbeitszimmer in dem alten Drehstuhl aus Holz, den er an seinem Schreibtisch stehen hatte. Er stammte aus Emmas Praxis, dieser Stuhl: Ralph geschenkt, als er zu schäbig geworden war, als daß er noch Patienten hätte präsentiert werden können. In besseren Zeiten hatten sie gescherzt, wer darauf sitze, verspüre unweigerlich den Drang, sich plötzlich herumzuschwingen und zu sagen: »Das ist ja ein ganz böser Husten.«

Doch nun waren schlechtere Zeiten. Anna war erschöpft von der Anstrengung einander jagender Vorstellungen. Ich kann keinen klaren Gedanken über Ralph fassen, dachte sie, und der Kopf tut mir weh; Kit wird mir niemals wieder vertrauen, wird niemals wieder darauf vertrauen, daß ich nicht auf der Straße zusammenbreche und zu schreien anfange. Und das Mädchen Melanie ist verschwunden, und irgendwie wird man mich dafür verantwortlich machen; darum komme ich auch mit Schreien nicht herum. Bei jedem kleinen Atemzug, den sie machte, schaukelte nun der Stuhl sacht unter ihr. Jede Bewegung rief sein schwerfälliges, zerbrochenes, vertrautes Klagen hervor.

Kit kam herein; zwei Polizisten folgten ihr. Sie sah ernst aus, bleich, sehr korrekt. »Sie haben Melanie gefunden. Sie hat es bis Norwich geschafft. Sie ist im Krankenhaus, fürchte ich.«

Anna stand auf. »Was ist passiert?«

»Mrs. Eldred?« fragte einer der Polizisten.

»Ja. Was ist mit ihr passiert?«

»Sie hat uns Ihren Namen genannt«, sagte der Polizist. »Mr. Eldreds Namen, sollte ich besser sagen.«

»Um Himmels willen, beantworten Sie meine Frage.«

»Sie hat irgend etwas genommen, vielleicht etwas geschluckt, so ist es uns gesagt worden. Haben Sie eine Ahnung, was das gewesen sein könnte?«

»Ich hab's ihm erzählt«, sagte Kit. »Ich hab schon erklärt, wie sie weggelaufen ist.« Sie wandte sich an den Polizisten. »Da ging es ihr noch gut. Das hab ich Ihnen schon gesagt.«

»Wie geht es ihr?«

»Sie ist wohlauf.«

»Wohlauf?« Anna starrte den Mann an. »Wie kann das sein?«

Der andere Polizist sprach. »Das Krankenhaus hat uns nicht erlaubt, sie zu befragen. Sie ist benommen, verstehen Sie.«

»Ist sie in Gefahr?«

»Das können wir nicht sagen.«

»Nach unseren Informationen«, sagte der erste Mann, »fungiert Mr. Eldred *in loco parentis.*«

Anna nickte. Der andere Polizist sagte: »Mr. Eldred ist noch nicht von der Arbeit nach Hause gekommen?«

»Er arbeitet nicht. Das heißt, er arbeitet nicht außer Haus.«

Die Männer sahen verwirrt aus. »Ist er behindert?« fragte einer.

»Mein Mann ist im Vorstand einer karitativen Stiftung. Er arbeitet zu Hause.«

»Deswegen haben wir Melanie hier«, sagte Kit. »Ich hab schon versucht, das zu erklären.«

»Wäre es in Ordnung, wenn wir uns hier bißchen umsehen würden, Mrs. Eldred? In Ihrem Haus?«

»Nein, ich fürchte, das kann ich nicht gestatten.«

»Sie möchten sich Melanies Zimmer anschauen«, sagte Kit. »Ob da irgend etwas ist, das sie genommen haben könnte, ein Röhrchen mit Pillen oder so was.«

»Ja«, sagte Anna. »Ich weiß, was sie wollen.«

»Das läßt sich bestimmt machen«, sagte Kit unsicher zu den Männern.

Sie behandelt mich schon, dachte Anna, als sei ich unzurechnungsfähig, nicht imstande, für mich selbst zu sprechen. Damit mußte ich wohl rechnen. »Gehen Sie und holen Sie sich einen korrekten Durchsuchungsbefehl«, sagte sie. »Die Papiere. Dann kommen Sie wieder. Und dann können Sie durchsuchen.«

Sofort veränderte sich die Atmosphäre; die Männer veränderten sich, ihre natürliche Abwehrhaltung und ihre Begriffsstutzigkeit wichen einer höhnischen Feindseligkeit. »Warum wollen Sie Schwierigkeiten machen?« sagte der erste Mann.

»Ich will keine Schwierigkeiten machen. Ich will nur, daß die Dinge korrekt erledigt werden.«

»Wenn das junge Mädchen stirbt«, sagte der zweite, »ist das Ihre Schuld.«

»Ich dachte, es stehe außer Frage, daß sie sterben könnte. Ich dachte, sie sei wohlauf.«

»Mum –«, sagte Kit. Sie sah schockiert aus; sie denkt, ich sei eine ganz neue Frau, dachte Anna. »Mum, schau. Es ist doch nur, um Melanie zu helfen.«

»Es gibt Prinzipien«, sagte Anna zu ihrer Tochter. »Es gibt ein korrektes Vorgehen. Wenn man davon erst einmal abweicht, macht man sich angreifbar.«

»Hier ist nicht Südafrika«, sagte Kit.

»Noch nicht«, fauchte Anna.

Ihre Tochter war still. Ein Polizist sagte: »Also, Madam, vielleicht wäre es besser, wenn wir mit Ihrem Mann sprechen würden. Um welche Zeit erwarten Sie ihn?«

»Zu keiner bestimmten Zeit.«

»Hat er keine regelmäßigen Arbeitsstunden?«

»Durchaus nicht.«

Kit sagte: »Normalerweise wissen wir, wo wir ihn erreichen können, aber heute scheint etwas mit seinem Terminkalender durcheinandergeraten zu sein.«

»Ach ja?«

»Wir wissen also nicht, wo wir ihn erwischen können, verstehen Sie.«

»Das ist Pech«, sagte der andere Mann. »Dann müssen wir das per Funk durchgeben. Sagen, daß er nicht auffindbar ist.«

»Ich kann doch ins Krankenhaus mitkommen«, sagte Anna.

»Ja, Madam, aber Sie sind nicht diejenige, die *in loco parentis* ist, oder? Wir haben also ein Problem.«

Nichts in ihrer Sprache, dachte Anna, bedeutet das, was gesagt wird. Es ist ein besonderer Dialekt, aufgeladen mit Andeutungen. Einer der Männer schaute ihr über die Schulter. Er schien die Wand anzustarren. Sie drehte sich um, um zu sehen, wohin er blickte. »Dieses Bild da«, sagte der Polizist. »Das Foto. Das ist nicht Mr. Eldred, oder doch?«

»Ja.« Sie nahm die Fotografie in die Hand, abwehrend, verblüfft: Ralph auf der Veranda in der Flower Street. »Wenn Sie etwa daran denken, ein Fahndungsfoto herauszugeben, wird Ihnen das hier, fürchte ich, nicht viel nützen. Es ist zwanzig Jahre alt, dieses Bild – noch älter.«

»So? Keine schlechte Ähnlichkeit, nein, ganz und gar nicht.« Er drehte sich zu seinem Kollegen um. »Brancaster Way? Unten am Weg? Der Marktverkäufer?« Er drehte sich wieder zu Anna um. »Wir hatten schon ein paarmal mit Mr. Eldred zu tun. Wir haben ihn auf einem kleinen Besitz kommen und gehen gesehen, gleich neben dieser scharfen Kurve an der Straße, ehe man nach Burnham Deepdale kommt. Es würde mich nicht überraschen, wenn wir ihn dort finden würden, Madam.«

Jedesmal, wenn er dies aussprach – »Madam« –, war es wie ein Tritt oder ein Schlag mit der Faust. So war es auch beabsichtigt: Er beobachtete ihr Gesicht, wartete darauf, daß sie zusammenzuckte. »Kennen *Sie* eine Frau an dieser Seitenstraße, die mit Marktverkäufen zu tun hat?«

»Eine Mrs. Glasse?« Annas Gesicht wirkte versteinert. Sie nickte. »Fahren Sie jetzt dorthin?«

»Könnte einen Versuch wert sein.«

»Kit«, sagte Anna, »wenn Rebecca von ihrer Freundin nach Hause kommt, kümmerst du dich darum, daß sie etwas ißt? Fahr dann mit ihr rüber nach Foulsham und bitte Emma, euch beide über Nacht bei sich zu behalten.«

»Wozu denn?«

»Weil ich sie nicht hier haben will. Okay?«

»Kann ich dein Auto nehmen?«

»Nein. Ich brauche es.« Sie drehte sich zu den Männern um. »Ich fahre Ihnen nach.«

»Daran können wir Sie nicht hindern, Madam.«

Anna sagte zu Kit: »Ihr könntet doch mit den Rädern rüberfahren, nicht? Nehmt aber Zahnbürsten mit.«

»Ich laß Becky bei Emma und komme wieder.«

»Nein. Bleib bei deiner Schwester. Kit, hör mal, tu diese eine Sache für mich, bitte.«

Anna war empfindlich, aufgeregt; Kit kannte den Tonfall, er war nicht neu. Aber sie sah, wie angespannt Annas Nerven waren – zum Zerreißen. »Was soll ich Emma sagen?«

»Ich weiß es nicht. Muß ich an alles denken? Bist du nicht alt genug, um mir zu helfen?«

»Nein«, sagte Kit. »Eigentlich nicht.«

Anna nahm die neben der Fotografie liegenden Autoschlüssel. Sie hat damit gerechnet, dachte Kit, damit gerechnet, daß sie raus muß, hat die Tasche gepackt und zur Hand.

Anna fuhr dem Polizeiwagen nach. Sie hätten sie an dieser oder an jener Kreuzung abhängen können, doch sie zogen es vor, sich Zeit und Anna mithalten zu lassen.

Es war nun Abend. Der Himmel war gestreift, einander überlappende Farbschichten, die von prächtigem Purpur bis zum blassen Rot reichten. Amy Glasse erwachte und setzte sich im Bett auf, streckte die Arme, ließ die Finger wellenartig durch das flüssige Licht gleiten wie ein Konzertpianist, der sich auf seinen Auftritt vorbereitet. Ralph drehte sich um und griff nach ihr, als sie aus dem Bett schlüpfte; er folgte der Hitzespur ihres Körpers über das Laken. Er legte den leeren Arm auf die Stelle, von der sie sich gerade erhoben hatte.

Von unten drang ein monotones Dröhnen, ein kraftvolles Hämmern wie die Kopulation der Riesen im Mythos.

»Ach Gott«, sagte Amy. »Jetzt fängt das wieder an.«

Ralph erwachte und sah ihre Gestalt am Fenster. Ihr langer Rükken, weiß in der Abenddämmerung. »Liebling, komm wieder ins Bett.« Schläfrig streckte er die Hand nach ihr aus, sah nicht ein, warum sein Frieden gestört werden sollte.

»Tut mir leid«, sagte Amy. »Ich weiß auch nicht, soll ich runtergehen oder soll ich so tun, als wäre ich nicht da? Ralph, du bist nicht zufällig wach, oder?« Sie sah sich um, griff nach dem T-Shirt, das sie ausgezogen hatte, und wischte sich damit zwischen den Beinen ab. Sie sah sich im Zimmer nach etwas anderem um, das sie anziehen konnte, und zog dann mit einem kleinen Lachen das T-Shirt über den Kopf. Sie griff nach ihrem Rock. »Was soll ich machen? Wenn ich jetzt nicht runtergehe, kommen sie bloß später noch mal wieder.«

»Wer?« Er hatte sich jetzt auf das Geräusch einer Faust auf Holz eingestellt. »Wer ist das?«

»Purvis und sein Kompagnon«, sagte sie. »Die Polizei, mein Herz. Manchmal wünschte ich, wir würden in der Stadt wohnen, dann kriegte man wenigstens eine Auswahl von diesen Scheißkerlen zu sehen. Nicht immer dasselbe alte Duo.«

Er schlug die Decken zurück. »Ralph«, sagte sie, »geh nicht runter. Nein, hör mir zu.« Sie stand am Fenster, der Vorhang teilte sich ein klein wenig. »Da stehen zwei Autos. Zieh dich an, aber bleib hier oben und sei still. Wenn sie heraufkommen, sag nichts – leg dich nicht mit ihnen an.«

Den Rock zuknöpfend, huschte sie aus dem Zimmer. Niemand brachte es fertig, sich niederzukauern und zu verstecken und diesem zerstörerischem Wumm-wumm der Fäuste zu lauschen; Amy konnte es nicht, und er konnte es ebenfalls nicht. In Panik geratend, begann er seine Sachen anzuziehen. Er mußte vor ihr dort sein, befürchtete Gewalt. Schon einmal hatte er sich ausgemalt, Purvis zu schlagen. Einmal, vor langer Zeit ... seine Hand, geballt, um das Hemd in die Hose zu stecken und den Gürtel zu schließen, spürte, wie sie in das Fleisch des Bauches einsank, einen Ganoven in die Lächerlichkeit und, mit einem Fuß in einem Papierkorb, bis zur Verandatür trieb. Der Körper hat seine eigenen Erinnerungen, Muskeln und Knochen folgen ihrer eigenen, geisterhaften Fährte.

Er zog seine Schuhe an, richtete sich auf, knöpfte sich nebenher das Hemd zu, rannte die Treppe hinunter, Amy nach. Die Vordertür stand offen: Er trat in einen Septemberabend hinaus, auf eine Konfrontation zu, die Luft golden rosa; der vergangene Sommer eine Erinnerung, das Blühen der Strandnelken, der Geruch von Touristenreifen auf engen, glühend heißen Straßen. Purvis sagte: »Mr. Eldred, nicht wahr?«

»Ja, richtig«, sagte er, »Ja; was ist passiert, wie geht es ihr?«

Annas Auto kam hinter dem Polizeiwagen angefahren. Ratternd blieb es stehen. Einen Augenblick später stieg Anna aus. Sie bewegte sich nicht vom Wagen weg, hielt sich die Tür des Fahrzeugs vor wie ein Schild, doch sie nahm sich Zeit, den Blick auf allem ruhen zu lassen. Sie hob einen Fuß, stellte ein Bein zurück, stützte sich damit auf den rostigen Türrahmen des Autos. Die Blicke der Polizisten glitten wie Schlangen über Amy Glasse hinweg, über ihren selbstgenähten Baumwollrock und ihre Brüste, die sich unter dem fleckigen weißen Stoff abzeichneten. »Verschwinde von hier, Purvis«, sagte sie. »Du warst erst letzte Woche da und hast alles durchgeschnüffelt, was zum Teufel willst du jetzt schon wieder?«

Ralph streckte die Hand vor, faßte Amy am Handgelenk. »Beruhige dich. Es ist nichts. Sie wollen mich, nicht dich.«

Amys Blick wanderte: von Purvis zu Ralph und zu Anna, die in dem schwächer werdenden Licht noch immer wie eine Statue dastand. Ich hab nicht auf die Zeit geachtet, dachte Ralph, ich hätte längst zu Hause sein sollen. Wortlos stieg Anna ins Auto und fuhr davon.

Nachdem die Polizisten ihre Mitteilung gemacht hatten und ihrerseits weggefahren waren – die Blicke waren über den Hof und die Nebengebäude gewandert –, sagte Ralph zu Amy: »Ich muß sofort gehen. Das verstehst du doch, nicht wahr? Ich muß nach Norwich fahren und das klären.«

»Natürlich mußt du gehen.« Ihr Lächeln war schief, trostlos. »Und danach mußt du deiner Frau gegenübertreten.«

»Ja. Aber erst später.«

»Dann sehe ich dich also nicht?«

Er antwortete nicht. »Wir haben es im Fernsehen gesehen«, sagte sie. »Sandra und ich. Männer gehen immer zu ihren Frauen zurück.«

»Ich komm morgen zu dir.« Er fühlte sich unsicher, schwach, wußte nicht, ob er log oder nicht. »Das heißt, falls ich nicht im Krankenhaus bin. Ich muß mit allen möglichen Leuten reden – mit Sozialarbeitern und mit ihren Eltern, falls sie wirklich krank ist, und mit meinen eigenen Leuten, mit dem Stiftungskomitee, denn wenn jetzt irgendein rechtliches Problem entstanden ist, möchte ich, daß sie das wissen. Ich werde den ganzen Tag am Telefon sein.«

»Anna, sie ist sehr schön«, sagte Amy. »Das hat Sandra mir nicht gesagt. Ich hatte keine Ahnung. Ich dachte, sie wäre ein Hausmütterchen in einem bedruckten Kittelkleid.«

»Ich kann jetzt nicht darüber reden. Ich habe keine Zeit. Ich komme wieder, sobald ich kann.«

»Ich rechne nicht damit«, sagte Amy. Ihre Stimme klang leicht und hell. Sie kämpfte mit den Tränen. Ralph spürte in seinem Innern eine große heranrollende Masse des Ekels und der Kälte, der Beklemmung und des Selbsthasses.

Bei einer Telefonzelle in den Außenbezirken von Fakenham hielt er und rief bei sich zu Hause an. Nach seiner Berechnung mußte Anna gerade angekommen sein; wenn sie ins Haus ging, dachte er, wäre es am besten, wäre es die beste Zeit, um sie zu erreichen.

Er ließ das Telefon lange klingeln. Er schaute noch einmal auf die Uhr. Sie müßte jetzt zu Hause sein. Wohin sollte sie schon gehen, wenn nicht zum Roten Haus?

Als er den Hörer gerade auflegen wollte, hörte er, wie abgenommen wurde. »Anna? Anna, bist du da?« Schweigen. »Bitte sprich mit mir.« Schweigen. »Ich fahre nach Norwich«, sagte er. »Ich muß. Ins Krankenhaus. Ich rufe von dort wieder an. Anna, bitte...«

Sie hatte aufgelegt. Er stieg wieder ins Auto und fuhr davon.

Ich hätte schon gesprochen, dachte sie, ich hätte gesprochen, nur daß mir überhaupt nichts eingefallen ist, nicht ein einziges Wort, das ich hätte sagen können. Sie ging in die Küche und machte sich einen Instantkaffee. Sie trank ihn an der Spüle stehend. Danach wusch sie ihre Tasse ab. Eine lange Nacht lag vor ihr, und sie würde allein sein. Robin nahm an einem Spiel der Schulmannschaft teil, er würde nicht zurückkommen, sondern in King's Lynn übernachten. Julian, nahm sie an, war auf der Farm; und ihre Töchter hatte sie fortgeschickt. Sie trocknete sich die Hände ab, faltete das Handtuch zusammen, legte es über eine Stuhllehne.

Es liegt in der Natur des Betrugs, dachte sie, daß er nicht nur die Gegenwart verändert, sondern mit seinen schmutzigen Händen auch zurückgreift und die Vergangenheit verändert.

Sie konnte nicht still sitzen. Sie wanderte durch die Zimmer und kehrte dann in die Küche zurück und machte sich noch mal Kaffee. Sie saß am Tisch und versuchte, ihr stoßweises Atmen zu bändigen. Sie stand auf und ging wieder zur Spüle. An der Küchenuhr sah sie, daß erst eine halbe Stunde vergangen war, seit sie bei dem Gespräch mit Ralph den Hörer aufgelegt hatte. So bringst du die Zeit nicht rum, dachte sie, die Tasse abwaschen und noch mal abwaschen.

Es war dunkel geworden. Der Herbst würde sich einen Tag wie diesen aussuchen, um seine Anwesenheit anzukündigen: auf leisen Sohlen die Räume auskühlen. Ralph hatte den Heizkessel am Morgen angezündet, doch sie hatte vergessen, sich darum zu kümmern. Nun wäre eine große Rettungsaktion notwendig. Sie spürte, daß sie die Kraft dazu nicht aufbrachte. Sie nahm eine Decke aus dem Wäschetrockenschrank und ging, die Decke im afrikanischen Stil um sich geschlungen, nach unten. Sie ging ins Wohnzimmer. Schaltete das Licht nicht ein. Suchte sich einen Sessel. Sie wickelte die Decke um sich und zog sie sich bis fast über den Kopf. Sie war nun eingewickelt wie ein Verunglückter im Rettungswagen.

Es hatte schon früher Zeiten gegeben, wo sie gedacht hatte, sie könnten nicht überleben. Es hatte Zeiten gegeben, wo sie sich gewünscht hatte, ihren Mann und ihre Kinder, ihre ganze Biographie, auszulöschen. In zwanzig Jahren hatte es nicht einen Tag gegeben, an dem sie nicht an ihr verlorenes Kind gedacht hätte. Manchmal hatten sie im Fernsehen – sie schauten sich oft gemeinsam die Zehn-Uhr-Nachrichten an – die Eltern vermißter Kinder gesehen, zitternd, blökend, mit schlaff herabhängenden Köpfen, das aussprechend, was ein Appell genannt wurde, mit dem das Herz irgendeines Killers erweicht werden sollte. Ein solcher Appell hatte ihr nicht offengestanden. Sie hatten die Leiche zurückgelassen, in einem anderen Land. Ihr Verdikt war endgültig. Wenn man zusammen gelitten hatte, wie sie und Ralph es hatten, kann man das, was zwischen einem liegt, nicht mehr romantische Liebe nennen. Man kann nicht mit den normalen Begriffen, die die Menschen verwenden, von Ehe sprechen: eine glückliche Ehe, eine angespannte Ehe. Man ist nicht Partner, sondern Überlebender einer Katastrophe. Man schaut einander an und erinnert sich daran, jeden Tag. Wie kann man da zusammen leben?

Aber wie kann man es nicht?

Sie fuhr mit den Fingern an der Satineinfassung der Decke entlang und saß, abgesehen von diesem Befingern, völlig reglos. Als es ziemlich dunkel in dem Raum geworden war, streckte sie einen Arm aus ihrer Hülle und schaltete eine Lampe ein, die neben ihr auf einem runden Tisch stand. Diese Lampe hatte einen weißen Stoffschirm, auf den Sandra Glasse ein Streumuster aus Gänseblümchen, violett und dunkelblau, das Blüteninnere schwarz wie bei Mohn, gestickt hatte. Phantasieblumen, Buketts aus einer anderen Welt. Ralph sagte, daß jede Handlung ihr Gegenteil in sich enthielt. Daß nichts unverrückbar feststand, nichts in der Schöpfung; daß die Zellen ständig Entscheidungen trafen. Wenn man das Band des Universums zurückspulen und es noch einmal abspielen könnte, würden wir möglicherweise feststellen, daß wir andere wären: sechsbeinige, vernunftbegabte Wesen, die auf dem Meeresgrund kriechen und wie Vögel sprechen, in Liedern. Doch nein, dachte sie, vielleicht ist das nicht das, was Ralph sagt. Vielleicht habe ich es falsch verstanden; er hatte zu den Kindern gesprochen, und ich hab nicht richtig zugehört, wie das bei mir oft der Fall ist. Habe ich mir nicht oft genug ein Universum vorgestellt, in dem andere Entscheidungen getroffen worden sind? Dem Mädchen, Felicia, hatten wir gekündigt. Irgendein Instinkt hatte mich gewarnt, so daß ich meinen Sohn in jener Nacht in den Armen hielt. Oder Ralph, der kein Mitleid mit den Wanderern im Sturm hatte, die Riegel verschlossen, den Schlüssel im Schloß gedreht ließ. Sie schauderte. Jener Nacht fühlte sie sich nun näher, als sie sich dem Licht und der Luft dieses Morgens fühlte: dem Meereswind und den Küstenschauern, dem aufsässigen Mädchen auf dem Rücksitz des Autos und ihrer Tochter Kit mit dem über sie hinwegfließenden Haar, als sie, nach Melanie rufend, durch die Straßen rannte.

Im Nebenzimmer läutete das Telefon. Sie rührte sich nicht. Vielleicht war es Emma, die wissen wollte, was los war. Oder Ralph, der aus dem Krankenhaus anrief. Sie hatte ihm immer noch nichts zu sagen, welchen Sinn hätte es also gehabt, abzunehmen? Sie zog die Hand in die Sicherheit ihrer Decke zurück. Eine Stunde verging. Das Telefon läutete wieder. Draußen regnete es, und nun war es im Haus sehr kalt. Anna dachte an gar nichts. Ihre Gedanken schienen zum Stillstand gekommen zu sein, als transportierten gefrorene und eng gewordene Leitungsrohre kein Blut mehr zu Herz und Hirn.

Sehr spät – es mußte gegen Mitternacht gewesen sein – hörte sie die Türglocke. Sie saß da und horchte: Jemand drückte den Finger darauf, unablässig. Ralph hatte einen Schlüssel, die Kinder ebenfalls. Emma? Sie zog die Decke fester um sich. Sie wollte Ralphs Schwester nicht sehen. Emma hatte einen Schlüssel für Notfälle, aber wer sollte wissen, was sie für einen Notfall hielt? Die Person klopfte nun, trommelte gegen die Tür.

Wieder die Polizei? Das war möglich. Sie konnte den Lärm nicht überhören. Sie schälte sich aus der Decke. Ihre Beine fühlten sich steif an. Sie tastete nach dem Lichtschalter in der Diele. »Ich komme«, rief sie. »Brechen Sie die Tür nicht ein.« Ihre Stimme klang sonderbar, unsicher. Sie öffnete die Tür.

»Anna? Kit hat mich von ihrer Tante aus angerufen.«

Er war der letzte Mensch, den sie erwartet hätte. »Daniel, komm rein, bleib nicht da draußen stehen.« Regen wehte mit ihm herein. »Was hat Kit dir erzählt?«

»Von dem jungen Mädchen, das bei Ihnen war. Und daß die Polizei gekommen ist. Daß Sie ihnen nachgefahren sind, um Ralph zu suchen. Sie haben ihn gefunden, nehme ich an.«

»Kit wußte es also.«

»Hatte eine Ahnung.«

»Ich wette, eine schlaue. Und Julian wußte es natürlich, und Robin vermutlich auch. Und nun du. Schon bald der ganze County.«

»Nein, Anna, so ist es nicht.«

Sie begann sich das Haar hochzustecken. »Ich hab Ralph ausgelacht, weil er jahrelang keine Ahnung von Emma und deinem Vater hatte. Jetzt bin ich diejenige, über die man lacht, wie?«

»Glauben Sie mir, ich habe nichts gewußt«, sagte Daniel. »Nicht bis heute. Als Kit anrief, hatte ich Mühe, sie zu begreifen. Ralph, ich meine ... es scheint unmöglich.« Er schaute auf seine Schuhe hinunter. Wie jung er ist, dachte Anna. Ein Kind.

»Und Kit hat dich gebeten, herzukommen, ja?«

»Sie möchte selber heimkommen, aber sie hat Ihnen versprochen, dort zu bleiben und auf Becky aufzupassen. Becky stellt alle möglichen Fragen, aber Emma kommt damit klar.«

Fragen, die für ihr Lebensalter angemessen sind, dachte Anna. Unter uns, wir werden ein paar angemessene Antworten parat haben müssen. »Ja, ich habe Kit versprechen lassen, daß sie in Foulsham bleibt ... verstehst du, ich kann niemandem gegenübertreten.« Sie sah hoch zu ihm. »Ich muß mich vorbereiten, Daniel. Ich muß mir überlegen, was ich sagen werde.«

»Ich finde, Sie sollten nicht allein hier bleiben. Haben Sie ... ich meine, Ralph, hat er sich gemeldet?«

»Das Telefon hat geläutet. Ich habe nicht abgenommen.«

»Er ist vermutlich noch im Krankenhaus. Kit möchte gern wissen, wie es dem Mädchen geht.«

»Das ist mir egal«, sagte Anna.

»Wirklich?«

»Ja. Ich hab genug von alledem.«

»Ja, ich verstehe. Aber Sie tun sich selber unrecht.«

»Oh, ich bin nicht gut, Daniel. Ich bin keine gute Frau. Keineswegs.«

Daniel zögerte. »Es ... Ihre Maßstäbe für Gutsein, Anna – ich glaube, an die reichen die meisten von uns nicht heran.«

»Oh, meine Maßstäbe, ja. Aber inwieweit mein Leben ihnen gerecht wird, ist eine andere Frage.«

Daniel wurde schroff. »Haben Sie etwas gegessen? Nein, natürlich nicht. Das Haus kommt mir ziemlich kalt vor. Ich sollte versuchen, Ralph ausfindig zu machen. Die Telefonnummer des Krankenhauses, haben Sie die? Sie könnten ihn finden und ihn an ein Telefon holen. Sie müssen nicht mit ihm sprechen, ich tue das. Nur um zu sehen, wie die Lage ist, was seine momentanen Absichten sind.«

»Mach dir nicht die Mühe.« Sie wandte sich ab. »Und was das Kind angeht – ich habe es dir schon gesagt, ich will es nicht wissen. Jahr um Jahr hat er mir diese entsetzlichen Kinder aufgenötigt, gräßliche, hoffnungslose Kinder –« Sie hielt inne. »Er wird schon nach Hause kommen. Am Ende.« Sie lehnte sich an Daniel. Er legte den Arm um sie. Sie fing an zu weinen. »Ich kann ihm nicht gegenübertreten. Ich schäme mich. Es ist, als hätte ich etwas falsch gemacht. Ich bin nicht imstande, ihm in die Augen zu sehen.«

»Dann brauchen Sie auch nicht hier zu bleiben. Ich fahre Sie rüber nach Blakeney, wenn Sie wollen.«

»Zu Ginny? Nein, es ist schon spät ... und außerdem ...«

»Sie würde Ihnen keine Fragen stellen, wissen Sie.«

»Daniel, wie kommst du dazu, das zu denken?«

»Ich bin Optimist«, sagte er. Sein Gesicht sah grimmig aus, als sei er über Nacht gealtert. »Dann kommen Sie eben mit in meine Wohnung. Nehmen Sie nur das mit, was Sie für den Moment brauchen. Ich habe ein Bett frei. Ich mache es Ihnen bequem.«

»Ja, bring mich in deine Wohnung. Ich möchte fort sein, ehe Ralph hier ankommt. Ich muß.« Sie ging langsam durch die Diele nach hinten. »In fünf Minuten bin ich fertig.«

Während sie ihre Zahnbürste, ihr Nachthemd, Sachen zum Wechseln einpackte, fiel ihr die Polizistin ein, die sich in Elim über sie gebeugt hatte: ihr sagend, was sie brauchen würde. Jetzt sollte eine Polizistin bei ihr sein; ziellos, entkräftet kramten ihre Hände in ihren Habseligkeiten. Unten hörte sie Daniel, der am Telefon sprach: »Nein, Kit, ich finde nicht, daß sie zu euch kommen sollte, sie muß sich überlegen, was sie Becky sagen kann, sie ist dem nicht gewachsen ... Du und Emma, haltet für den Augenblick durch, ja? ... Es ist sehr spät, wir sind alle müde, morgen sieht alles schon ... Ja, nach Blakeney, warum denn nicht? Wenn sie immer noch meint, sich von Ralph fernhalten zu müssen.«

Sie treffen hinter meinem Rücken Regelungen für mich, dachte sie. Als wäre ich eine Kranke oder Verwundete. Was ich natürlich bin. Sie hatte eine Vorstellung von sich und Ralph: Zwei kranke oder verwundete Tiere, die aneinandergekettet waren, ihre Last tragend, manchmal im Kreis gehend.

Im Auto fing sie an zu weinen. Die Straßen waren dunkel, es tropfte von den Bäumen, Pfützen glänzten im Scheinwerferlicht; die halbstündige Fahrt schien ein Leben lang zu dauern. Holt war verlassen: ein paar Ladenfronten schwach erleuchtet, die Pubtüren verriegelt. Daniel parkte sein Auto, ging herum, um ihr herauszuhelfen. Sie brauchte die Hilfe; gegen seine Schulter gelehnt, auf seinen Arm gestützt. »Es klart auf«, sagte er, zum Himmel hinaufschauend.

»Ja.« Sie rieb sich fest über das Gesicht. Versuchte zu lächeln.

Daniel schloß seine Tür auf und übergoß die nächtliche Welt mit einem breiten, weißen, harten Licht. Sie stieg die steile Treppe hinauf, sah durch eine Glastür die phantomhaften Umrisse von Zeichenbrettern. »Ganz nach oben«, sagte Daniel.

»Du bist sehr nett zu mir.«

»Nicht der Rede wert, Anna.«

Die Treppe öffnete sich in einen großen und luftigen Raum, der nur sparsam möbliert war: die Wände aus freigelegtem Flintstein, die

Balken sichtbar, der Boden kahl und gewachst, seine große Fläche nur unterteilt durch zwei dunkle Fransenteppiche mit geometrischem Muster in gedämpften Farben. Fliegende Teppiche, dachte sie. Nirgendwo Nippes, nur diese matten schwarzen Geräte, die junge Männer haben; keine Fenster, sondern Oberlichter, die das Wetter und die Nacht hereinließen. Anna stand da und schaute. »Kit hat mir nie davon erzählt.«

»Eine Möglichkeit, draußen zu sein, wenn man drin ist. Kit kommt selten hierher.«

»Stimmt. Ich weiß.«

»Gefällt es Ihnen?«

»Sehr.« Ein Leben ohne Kompliziertheiten, dachte sie. »Kannst du es warm halten?«

»Das ist nicht leicht. Aber man kann nicht alles haben. Möchten Sie sich vielleicht das Gesicht waschen?« Sie nickte. Sie setzte sich aufs Sofa, und er brachte ihr eine Schüssel mit Wasser, ein wenig Watte und ein kleines cremefarbenes Handtuch. Er setzte sich neben sie, als müsse sie bewacht werden. »Lauwarmes Wasser ist am besten«, riet er. »Wenn man Eis nimmt, schwellen die Augen nur noch mehr an.«

»Es tut mir leid, Daniel«, sagte sie.

»Nichts muß Ihnen leid tun. Es ist besser, bei Freunden zu weinen. Schauen Sie, Anna – alles das, mit Ralph, ist lächerlich. Eine Verirrung.«

»Das meinst du?«

»Ich weiß es. Eben eins der Dinge, die in Ehen passieren.«

»Den Ehen von Leuten mittleren Alters, meinst du.«

»Schauen Sie, am Tage ist alles leichter zu ertragen.« Er wagte ein Lächeln, nahm ihr eins der vollgesaugten Wattebällchen von der Fingerspitze. »Morgen früh können Sie Ihre Entscheidung treffen. Dann hat der Gemüseladen offen, und Sie können Gurkenscheiben für die Augen kriegen. Oder Teebeutel, wenn Sie die wollen. Ich habe Earl Grey, Assam und Darjeeling.«

»Meine Güte! Du weißt aber gut über den Kummer von Frauen Bescheid.«

»Meine Mutter, verstehen Sie.«

»Seit dein Vater tot ist?«

»Hauptsächlich vorher. Jahre zuvor – immerzu, wirklich. Wir waren allein zu Hause, und sie hat eimerweise geweint. Pferdetrögeweise. Ozeanweise. Ich bin also«, sagte er mit einer sanften Trostlosigkeit, »geübt im Trösten.«

Sie sah hoch. »Du meinst ... das, es war, wenn dein Vater bei Emma war?«

»Wo denn sonst?«

»Sie wirkte immer – ich weiß auch nicht – so selbstbeherrscht.«

»Ja. Natürlich haben die Teebeutel geholfen. Die Gurkenscheiben. Und die Tatsache, daß sie einen ganz schönen Hang zur Frivolität hat, meine Mutter, eine Art Dummheit als Firnis. Deshalb merkte man es nicht – warum sollte es jemand merken? Emma hat meiner Mutter das Herz gebrochen.«

Sie nahm seine Hand. Nach einer Weile sagte er: »Brandy, das kommt als nächstes. Können Sie Brandy trinken? Er wärmt Ihnen das Herz, Anna.«

Er gab ihr ein Glas. Er wärmte sie tatsächlich, drang hindurch zu Gefühlen, zu Ebenen des Verstehens, von deren Existenz sie nichts gewußt hatte. »Es wäre nett, sich zu betrinken. Ich glaube, das habe ich noch nie getan. Trotzdem sehe ich das Reizvolle daran.«

»Die Flasche steht neben Ihrem Ellbogen.«

»Man kennt ... man kennt die Geschichte anderer Menschen überhaupt nicht.«

»Nein, natürlich nicht. Nicht die Hälfte von dem, was vorgeht.«

»Ich finde, ich bin dumm gewesen.«

»Man hat Sie getäuscht. Die Leute täuschen einen doch, nicht wahr, sie neigen instinktiv dazu, das Durcheinander zu vertuschen. So ist es uns beigebracht worden zu leben. Ich habe immer gedacht, oder vielmehr liegt mir viel daran, daß die Geschichte sich nicht wiederholt. Ich habe mir vorgenommen, ich will kein bedauernswertes Mädchen heiraten, das ich am Ende dann für Kit verlasse.«

Anna versuchte ihm zu antworten, doch der Versuch ging beinahe über ihre Kraft. »Ich bin erschöpft«, sagte sie platt.

»Das sind die Gefühle. Die kosten Kraft. Aus dem Grund, wage ich zu behaupten, versuchen wir, ohne sie durchzukommen.«

Er half ihr aufzustehen. Ihre Beine waren wie Gelee. Er brachte sie in das Gästezimmer. »Das Bett ist gemacht. Wollen Sie etwas?«

»Es ist gut so.«

Er berührte sie an der Wange. »Sie sollten wissen, Anna, daß Kit nach Afrika geht. Sie hat, sagt sie, heute morgen einen Brief bekommen. Irgendein Freiwilligenprojekt hat sie genommen. Sie möchte den Ort sehen, an dem sie geboren ist.«

Anna schauderte.

»Ich weiß«, sagte er. »Emma hat mich eingeweiht.«

Sie sah hoch. »Eingeweiht. Und Kit? Hat Emma sie auch eingeweiht?«

»Das ist mehr, als ich sagen kann. Unter den jetzigen Umständen wäre es sehr unrecht von mir, Mutmaßungen darüber anzustellen, was andere Leute wissen oder nicht wissen.« Er machte eine Pause. »Ich glaube, Anna – sollte mich jemand fragen –, daß Sie eine sehr tapfere Frau sind.«

Sie schüttelte den Kopf. »Mein Herz hat mich im Stich gelassen, Daniel. Ich mußte vor mir selbst errettet werden. Und meine Freundlichkeit hat mich im Stich gelassen, manches Mal. Ich habe Gedanken gehegt – die könnte ich dir nicht erzählen, Gedanken, für die es keine gewöhnlichen Worte gibt. Nur diese Sache – mit Ralph –, das verdiene ich nicht. Ich weiß, ich verdiene es nicht.«

Er ließ sie allein, damit sie ihr Nachthemd anziehen konnte. Sie versprach, daß sie ihn holen würde, wenn sie nicht schlafen könnte. Wir können uns gemeinsam das Morgengrauen ansehen, sagte er. Sie ließ sich in das schmale Bett sinken. Er hatte zwei Wärmflaschen hineingelegt, eine für ihre Füße und eine andere, die sie in die Arme nehmen konnte, die ihr, klatschend und plätschend gegen ihre Brust wogend, die Rippen erhitzte. Das Rote Haus ist leer, dachte sie; zum ersten Mal seit Jahren. Und seit dem Gefängnis hatte sie nicht mehr in einem so kleinen Bett geschlafen.

Über ihr befand sich ein zweites Oberlicht, sein Glas umfing die Nacht. Ach, Daniel, hauchte sie, vielleicht sehe ich Sterne. Sie fürchtete, laut gesprochen zu haben; doch darüber war sie bereits hinaus, war zu müde, um überhaupt eine Stimme zu haben. Ihr Herz hämmerte, lag dann jedoch still: ein gehorsames Geschöpf. Sie drehte sich auf den Rücken. Die Decken waren schwer; sie schob sie ein wenig zurück, um sich die Brust von dem schweren Gewicht ihres Elends zu befreien. Die Luft klarte auf, es stimmte, trotzdem sah sie durch einen Schleier aus Wasser hinauf. Sie sah zwei Sterne, dann noch mehr. Sehr blasse, alte Sterne: schwächer gewordenes Licht.

Kit weckte sie. Sie brachte ein Tablett mit einem Glas Orangensaft und einer Kanne Kaffee.

»Daniel hat mir Gurkenscheiben versprochen«, sagte Anna.

»Die brauchst du auch. Du siehst schrecklich aus.«

»Was erwartest du denn?«

»Es ist zehn Uhr. Was möchtest du machen?«

Anna setzte sich im Bett auf. »Welche Möglichkeiten habe ich denn?«

»Du könntest nach Hause gehen. Ich habe Verständnis, wenn du das nicht willst. Daniel mußte gehen und einen Klienten treffen, er hatte eine Verabredung, die er nicht absagen konnte. Du kannst hierbleiben, du bist willkommen, sagt er. Du kannst zu Emma gehen. Sie macht sich große Sorgen um dich.«

»Anscheinend bin ich heimatlos.«

»Ganz und gar nicht«, sagte Kit. Sie dachte, alle anderen, die sind heimatlos, warten, was passieren wird.

»Robin kommt nach Hause, weißt du? Vielleicht um fünf oder um sechs. Er wird nicht wissen, was los ist.«

»Ich kann ihn abfangen. Mach dir darum keine Gedanken.« Kit war anscheinend ungeduldig. »Denk über dich selber nach. Was willst du machen?«

»Was ich machen will? Bei den herrlichen Aussichten, die mich erwarten?«

»Dad hat angerufen. Gestern abend. Hat gesagt, er hätte dich angerufen, aber du hättest nicht abgenommen. Er war sehr durcheinander, sehr beunruhigt.«

»Dafür ist es ein bißchen spät.«

»Melanie kommt wieder in Ordnung, sie sind ziemlich sicher, aber sie behalten sie ein paar Tage da, weil sie immer noch nicht sagen wollte, was sie genommen hat. Dad hat die Nacht im Krankenhaus verbracht.«

»Im Krankenhaus, so? Daraus kann ihm jedenfalls niemand einen Vorwurf machen.«

Kit errötete. Sie sah streng aus. »Wie kannst du nur.«

»Was?«

»Diese schlechten kleinen sarkastischen Witze machen.«

»Das weiß ich auch nicht. Kennst du zufällig das heutige Programm deines Vaters?«

»Er hat eine Menge Anrufe zu erledigen.«

»Dann wird er in seinem Büro sein wollen. Zu Hause.«

Kit setzte sich aufs Bett. Das Tablett schwankte; sie streckte die Hand aus, um es festzuhalten. Der Kaffee wurde in der Kanne kalt. »Du findest, wir haben dich im Stich gelassen, nicht?« fragte sie. »Indem wir es dir nicht gesagt haben.«

Anna antwortete nicht. Kit sagte: »Wir hätten es dir gesagt. Aber es war zu schwierig. Wir wußten einfach die richtigen Worte nicht.«

»Ja, ich verstehe.« Anna klang traurig, distanziert, resigniert. »Trotzdem erklärt das einiges. Den Sommer, den wir hatten.«

Einiges, dachte Kit, aber nicht diesen Ausbruch einer sonderbaren Furcht. Wer weiß schon, woher eine Krise kommt? Die Welt sollte vorhersehbarer sein. »Komm, ich schenke dir Kaffee ein«, sagte sie.

»Davon würde mir schlecht werden«, sagte Anna. »Wie kannst du von mir verlangen, daß ich essen und trinken soll?«

»Schau, du mußt um ihn kämpfen.«

»Was? Wie ein Hund um einen Knochen?«

»Nein, aber du mußt deutlich machen – deutlich machen, daß –«, Kit strich sich mit der Hand das Haar zurück.

»Ach, Kit«, sagte Anna. »Rede nicht über Dinge, die du nicht verstehst.«

»Was wirst du machen?«

»Ginny besuchen«, sagte sie unerwartet.

Ginnys Haus war ein niedriger, ausgedehnter Gebäudekomplex – ehemalige Bootshäuser, kein Zweifel – am Blakeney Quay. Er war von einer ortsansässigen Firma für Ginny und Felix errichtet worden, und die Anbauten und Erweiterungen waren unter Beachtung des regional Typischen gestaltet worden, doch sein verblüffendstes Merkmal war ein großes Aussichtsfenster aus starrendem, nacktem Tafelglas, das über die Bucht hinaus auf das unsichtbare Meer ging.

Dieses Fenster war eine der Großtaten in Ginnys Leben. Manche Frauen sterben und hinterlassen nur ihre Kinder als Denkmal, von Ginny jedoch würde, wie bei einer gesalbten Heiligen, ein Fenster bleiben. Es versinnbildlichte eine moralische Entscheidung, eine mutige Tat. Manch einer würde angesichts dieses Fensters erschauern, obwohl man sie insgeheim um das Panorama beneidete. Bedenken, ob dies noch guter Geschmack war, würden sie einschüchtern, sogar Bedenken, ob dies nicht vulgär sei. Ginny sagte einfach: »Warum denn in Blakeney wohnen, wenn man die Aussicht nicht hat?«

Mitten am Vormittag: Ginny begann große Drinks auszuschenken. Wenn ihre Hände nicht beschäftigt waren, kein Glas und keine Zigarette hielten, rieb sie sie nervös aneinander, so daß ihre Ringe aneinanderstießen und klickten: ihr Verlobungsring mit dem großen Solitär, ihr breiter gelber Ehering, die mit Saphir- und Rubinsplittern besetzten »Memoire-Ringe«, die Felix ihr in gleichmäßigen Abständen im Verlaufe der Jahre geschenkt hatte. Sie war nie ohne diese Ringe; vielleicht, dachte Anna, benutzte sie sie manchmal, um einen Narben hinterlassenden Hieb auszuteilen. Felix jedoch hatte man nie mit Narben gesehen. Sie erinnerte sich an sein hübsches, nichtssagendes, trügerisches Gesicht.

»Ich habe«, sagte Anna, »von Frauen gehört, die heimkamen und einen Zettel auf dem Tisch vorfanden. Bis dahin hatten sie nicht die leiseste Ahnung.«

»Hattest du eine Ahnung?«

Anna strich sich das Haar zurück. Ginny dachte, sie scheint hier diejenige zu sein, die das Heft in der Hand hat.

»Wie ich es sehe«, sagte Ginny, »stehen dir drei Wege offen. Wenn du dich entscheidest, welchen du einschlagen wirst, mußt du bedenken, daß diese Affäre, die er da hat, sehr wahrscheinlich nicht von Dauer sein wird.« Anna zog eine Augenbraue hoch. »Oh, du kennst ja meine Situation«, sagte Ginny. »Bei mir war es anders. Felix und Emma, das waren alte Flammen.«

»Du mußt nicht darüber reden.«

»Warum wärst du sonst hier?« Ginny zündete sich eine neue Zigarette an. »Wirklich, Anna, es macht mir nichts aus. Ich weiß, daß du hier bist, weil – na ja, was hat Daniel dir denn erzählt?«

»Er hat mir eine Version deines Lebens geschildert, die anders war als die, die ich kannte. Es tut mir leid. Ich mische mich in dein Privatleben ein.«

»Scheiß drauf«, sagte Ginny. »Es ist eine Erleichterung, darüber zu reden. Noch Gin?«

»Warum nicht? Ralph ist nicht da, um mich zu sehen.«

»Er hat dich veranlaßt, nichts mehr zu trinken?«

»Nicht ganz. Es war mehr das Gewicht der Tradition. Unsere Familien. Und sein Onkel, der Heilige James, der totale Abstinenzler. Der miterlebt hatte, wie ansonsten tüchtige Missionare in die Tropen gingen und binnen eines Jahrzehnts regelrecht in Alkohol eingelegt waren.«

»Ja, ich erinnere mich an James – was ist denn mit ihm passiert?«

»Er ist wieder ins Ausland gegangen. Zurück nach Afrika. Ein Jahr oder zwei, weißt du, nachdem wir nach Hause gekommen waren.«

»Aber da war er doch schon alt! Oder nicht?«

»Ja.«

»Und dann?«

»Er ist gestorben.«

»Natürlich. Ja...« Ginny atmete Rauch aus. »Siehst du, mit Ralph bist du all diese Jahre verheiratet gewesen, und nun bist du in der Lage, neu zu verhandeln. Ich sage, sie wird nicht von Dauer sein, weil das nicht so ist – bei diesen Affären zwischen Männern von fünfzig und jungen Mädchen.«

»Das ist sie ja wohl kaum.«

Ginny sah sie fest an. »Vergleichsweise.«

»O ja – vergleichsweise.«

»Verstehst du, so etwas läuft nach einem Muster ab. Diese Männer von fünfzig – die verfallen nie Frauen ihres Alters, wie man sieht. Es ist immer jemand, der ihnen das Gefühl gibt, jung zu sein.«

»Wie tröstlich, Teil eines Musters zu sein«, sagte Anna. »Das wollte ich schon immer.« In dem Augenblick fiel ihr ein, daß Ginny den Verlauf ihres Lebens nicht kannte, nicht in Einzelheiten; daß sie es, wenn sie es je gewußt hatte, vergessen hätte. »Aber Mrs. Glasse«, sagte sie. »Ich habe keine Ahnung, worin ihre Anziehung bestehen könnte. Und daher habe ich auch keine Ahnung, wie ich dagegen ankämpfen kann.« Sie nahm ihr Glas in die Hand. »Also, Ginny, du hast gesagt, mir stünden drei Wege offen.«

»Ja. Wenn man im Auge behält, daß es nicht von Dauer sein wird, kannst du mit ihm verhandeln. Du kannst ihn bitten, mit dir zu leben, und ihm erlauben, sie zu sehen, wann er will. Das kann die Qualen verlängern – so war es für mich. Oder du kannst ihm erlauben, für eine Weile bei ihr zu bleiben, und es aussitzen – dein Haus und deine Finanzen in Ordnung halten und dich auf eine Rückkehr zur Normalität an dem Tag vorbereiten, an dem er zurückkommen will.« Ginny drückte ihre Zigarette aus. »Oder du kannst ihm natürlich den Laufpaß geben.«

Anna schüttelte den Kopf. »Ich bin nicht geduldig, Ginny. Ich könnte es nicht aussitzen. Was macht man, während man es aussitzt?«

Ginny griff nach einer neuen Zigarette, zündete sie an. »Das«, sagte sie. Sie schnipste mit einem Fingernagel gegen ihr Glas. »Und das. Zur Abwechslung machst du dir klar, daß du Glück gehabt hast. Denkst an Leute, die weniger Glück hatten als du selber. Krüppel.« Sie lächelte. »Frauen, die in Waschsalons arbeiten.«

. . . 10 . . .

Das Mädchen war von der Straße aufgelesen worden. Sie war schläfrig und verwirrt, ihre Sprache undeutlich, ihre Augen unkoordiniert. Sie blutete am Mund. Sie hatte nicht einen Penny bei sich.

Sie erinnerte sich daran, daß sie mit der Faust nach einer sich über sie beugenden Frau geschlagen hatte; es war ein Gesicht, das sie nicht kannte, und das genügte, um sie zu provozieren. Danach die schaukelnde Bewegung eines Fahrzeugs, ein Intervall von nichts, und ein Ansturm von Licht und Luft, der sie traf wie ein Schlag – wie ein Tauchbad in kaltem Wasser –, als sie sie vom Krankenwagen in die Notaufnahme brachten. Sie beugte den Arm und legte ihn sich über die Augen, um sich vor dieser Helle und Kälte zu schützen; eine Krankenschwester sah die Narben innen an ihrem Arm. »Was ist das?« sagte sie. »Dummes Mädchen!«

So sprachen sie mit ihr. Als wäre sie zwei Jahre alt, aber gleichzeitig ein Stück Dreck von der Straße, etwas, das ihnen an den Schuhen klebte. Sie rüttelten sie, wollten sie wach halten, zum Reden bringen. Sie versuchten, ihr die Augen offenzuhalten. Das quälte sie, und sie wußte nicht, warum sie das wollten. Sie wollte einfach auf die harte Krankenhausliege sinken, mit ihr verschmelzen, wollte sich überlassen, der schützenden Dunkelheit überlassen, wollte sich das Laken des Todes über den Kopf ziehen. »Was war es?« schrien sie. »Sag uns, was du genommen hast. Du dummes Mädchen! Niemand kann dir helfen, wenn du dir nicht selber hilfst.«

Ihre Stimmen waren sehr laut und hart, die Ränder ihrer Wörter zitterten und verwischten, doch sie hörte auch das Flüstern, Krankenschwestern, die hinter den Schirmen redeten. »Mit Selbstmördern hätte ich keine Geduld.«

Ihr Kopf rollte hin und her. Um sich ein wenig Ruhe zu erkaufen, gab sie ihnen die Adresse – oder eine Vorstellung von der Adresse –, zuerst nur imstande, ein zwischen Feldern stehendes Haus anzugeben, mit vielen Treppen und Leuten, vielen Hütten und Schuppen und kleinen darum verstreuten Gebäuden, so daß sie sagten: »Eine Art Camp, könnte das sein?«, und für eine Weile gewährte ihr das einen Aufschub. Eine uniformierte Polizistin erschien am Ende des Bettes. Als sie sie sah, versuchte sie herauszusteigen. »Dein Tropf!« schrie eine Krankenschwester auf, und eine zweite Krankenschwester und die Polizistin drückten sie wieder auf das Bett und hielten sie fest, während sie den Ständer und die Röhre, die sie ihr in den Arm gesteckt hatten, in Ordnung brachten.

»Warum erlaubst du uns nicht, dir zu helfen?« sagte die Krankenschwester. »Nur deinen Namen, Kleine.« Aber es lag keine Liebe in den Worten, nichts Zärtliches.

»Wo sind meine Sachen?« sagte sie.

»Warum? Die willst du doch gar nicht. Du gehst doch nicht weg, oder?«

»Das T-Shirt ist nicht meins«, sagte sie. »Das pinkfarbene Oberteil, es gehört mir nicht. Sie hatten kein Recht, es zu nehmen.«

Sie hatte sagen wollen, daß sie unrecht getan hatten, ein doppeltes Unrecht, ihr etwas wegzunehmen, was ihr nicht einmal gehörte.

Doch der Gedanke riß auseinander, verlor die Verbindung zum nächsten, und ihre Wörter traten durch Spuckebläschen hindurch aus, die sie am Mundwinkel spürte, aber nicht wegwischen konnte, weil sie zu schwach war. Eine der Krankenschwestern wischte ihr mit einer überfallartigen, groben Bewegung den Mund ab, als wüßte sie nicht, daß ihre Lippen Teil eines lebendigen Wesens sind. Plötzlich wurde sie von Erinnerungen überschwemmt: so ist es, wenn man ein Baby ist. Du bist eine Ansammlung von Teilen, nicht ein Mensch, nur ein Haufen von Knochen in Fleisch, deine Hände greifen, und dein Mund saugt und steht offen, du bist eine Ansammlung von Schwierigkeiten, von Pisse und Sabber und Scheiße.

Ihr Mund spannte sich auf nach Luft. Ihr war schlecht; sie übergab sich und übergab sich und übergab sich. Zuerst auf das Laken, das sie ihr unter den Beinen herauszogen, dann in eine Metallschüssel, die sie selbst hielt, so fest, daß der Rand ihr in die Finger schnitt. Die Krankenschwestern standen daneben und hießen sie gut, die schreckliche, beißende Flüssigkeit, die herausströmte, das fleckige Wasser und die gelbe Galle.

Hinterher lag sie eine Zeitlang steif auf dem Rücken, die Arme um ihren Körper geschlungen. Vielleicht schlief sie. Dann ging die Tür auf, wovon sie wach wurde, und Mr. Eldred kam herein. Er stand am Ende ihres Bettes, ohne zu sprechen, schaute sie nur an. Sie schaute ihn für einen Augenblick ebenfalls an und drehte dann den Kopf zur Seite. Dort war ein Riß im Gips der Wand. Sie betrachtete ihn genau. Schließlich sagte er etwas. »Ach, Melanie. Was denn noch?«

Manchmal wachte sie auf, und der Mann war da. Manchmal schlief sie. Manchmal wachte sie auf, und er war nicht da. Sie rief nach einer Krankenschwester – ihre Stimme überraschte sie, als sie wie eine flatternde Taube mit gebrochenen Flügeln aus ihr herauskam – und fragte sie, wohin er gegangen sei, und eine Krankenschwester sagte: »Er hat mehr zu tun, als sich nur um dich zu kümmern, Miss.«

Sie hob die Hand, die eine, die nicht am Tropf hing, und rieb sich mit dem Handgelenk die Stirn. Sie schaute auf ihre Füße hinunter, die wie tote weiße Stöcke dalagen; ihr Körper war heiß und klamm, deshalb trat sie die Decken fort, doch dann, mit zusammengepreßten Lippen, zogen die Schwestern sie wieder über sie. »Hören Sie, ich möchte mit Ihnen sprechen«, rief sie einer Krankenschwester zu, aber als sie zu reden anfing, begann sie zu weinen, ein schreiendes Weinen, das sie noch nie getan hatte und das ihr im Hals weh tat und bei dem sie sich die Nase schneuzen mußte und bei dem ihr der Atem im Hals steckenblieb, als habe sie ihn verschluckt wie einen Knochen. »Also bitte«, sagte die Schwester. »Glaubst du, du bist die einzige Patientin, um die wir uns kümmern müssen? Nimm doch ein wenig Rücksicht auf andere – bitte!«

Was sie unbedingt sagen mußte, war, wo sie das T-Shirt herhatte; daß sie es aus einem Korb im Badezimmer genommen hatte, in den, wie irgendwer gesagt hatte, die schmutzigen Sachen kamen, doch das war ihr egal, alle ihre Sachen waren weder sauber noch schmutzig, sondern eben das, was sie anhatte, und sie dachte, die Sachen in dem Korb wären dasselbe, eben Sachen. Als die Polizistin zurückkam, versuchte sie es ihr zu erklären. »Nicht aus ihrem Zimmer«, sagte sie. »Da bin ich nie reingegangen.«

Die Frau runzelte die Stirn. »Tut mir leid, Kleines, ich habe keine Ahnung, wovon du redest. Was für ein T-Shirt ist es denn?«

»In einem Laden gestohlen«, flüsterte eine Krankenschwester.

»Hör zu, fang einfach nicht wieder davon an«, sagte die Polizistin. »Man wird es einfach vergessen, wenn du nicht mehr drüber redest.«

Hinter den Vorhängen sagte die Krankenschwester: »Als ob das das einzige wäre, worum sie sich Sorgen machen müßte.«

»Sie hatte eine Tasche mit Kleidungsstücken bei sich«, erklärte die Polizistin. »Neuen. Das wird es sein. Ein paar Stunden vor ihrem Zusammenbruch hat jemand sie gesehen, als sie die verkauft hat.«

»Tja, wo wird sie die denn herhaben, fragt man sich. Und hat denn niemand was dagegen unternommen?«

»Auf der Straße sieht man alles mögliche«, sagte die Polizistin. »Das erste, was man bei dem Job lernt, ist, keine Hilfe von Passanten zu erwarten.«

Zeit verstrich; sie erriet nicht, wieviel. Die Nächte waren hell und voller Geschäftigkeit, voller quietschender Räder in den Korridoren und voll vom Knarren der Schuhe, wenn Krankenschwestern rannten. Die Tage waren voneinander nicht zu unterscheiden. Sie wußte nicht, welcher Wochentag war, nicht, daß sie das je gewußt hätte. Sie legten sie in einen Nebenraum und sagten: »Ich würde sagen, Sie sind privilegiert, Miss.« Sie hörte Diagnosen, Teildiagnosen über ihren Zustand. Konnte oder wollte nicht essen. Konnte oder wollte sich nicht erinnern. Ihre Stimmen waren hart und hell, wie Messer.

Sie hörte Schwestern tuscheln, über eine Abtreibung reden, eines, das geatmet hatte. Ihr eigener Atem wurde schmerzhaft eng, als versuche sie, die Aufmerksamkeit nicht auf sich zu lenken, als versuche sie, keinen Raum einzunehmen. Im Krankenhaus gab es Schleusen und Verbrennungsöfen. Sie lag im Halbtag, in der Halbnacht der Krankenstation, überlegte, wann und wie sie fortlaufen würde.

Ralph fuhr nach Blakeney. Ginny ließ ihn, nervös plappernd, herein und bot ihm einen Drink an. »Ich glaube nicht«, sagte er. »Ich möchte gern mit Anna allein sprechen, ich nehme an, du hast nichts dagegen.«

Ginny winkte ihn in ihr Wohnzimmer. Der Schock des riesigen Fensters: Der graue Tag flutete herein, seine monochromen Farben in Schichten übereinander, der graubraune Schlamm der Bucht und das Zucken der Möwenflügel.

Anna saß mit dem Rücken zum Licht. Sie trug ein graues Kleid, das ihm auffiel, denn es war nicht ihres; es war zu kurz, zu eng, und schon als er hereinkam, nestelte sie am Halsausschnitt, versuchte ihn von ihrer weißen Kehle wegzuziehen. Ihn erblickend, ließ sie die Hand auf den Oberschenkel sinken. »Ich erkenne dich kaum wieder«, sagte er.

»Das haben wir gemeinsam.« Ihm wurde klar, daß sie geweint hatte. Ihre Stimme klang rauh, belegt, neben ihrem Ellbogen stand ein Glas mit sich auflösendem Eis.

Zuerst sagte sie nichts. Der Augenblick zog sich in die Länge. Ihr Blick ruhte auf seinem Gesicht. Dann sagte sie alles auf einmal, in einem Schwall.

»Ralph, ich möchte, daß du weißt, daß ich nichts haben will. Das Haus, alles, du kannst es haben. Zuerst – gestern nacht – dachte ich nicht so. Ich dachte, diese Frau, ganz egal, welches hinterwäldlerische Beerenpflückerleben sie führt, ich will nicht, daß sie ihre Lage auf meine Kosten verbessert. Aber nun wird mir klar –«

»Anna, du bist erschöpft«, sagte er.

»Ja. Aber jetzt denke ich, welchen Sinn hat es, welchen Sinn hat es, daran festzuhalten?«

»Du gibst mich auf, Anna?«

»Welche Wahl habe ich denn?«

»Jede Wahl.«

»Jede Wahl? Ich glaube nicht, daß du mich ertragen wirst, während ich sie mir durch den Kopf gehen lasse.«

»Das ist keine Frage des Ertragens. Du hast jede Wahl. Vertrau mir.«

»Du hast kein Recht, das zu verlangen, Ralph. Von allem, was du verlangen könntest, hast du auf Vertrauen das wenigste Anrecht.«

Er nickte. »Das sehe ich ein. Ich habe wohl gemeint, vertrau mir um der Vergangenheit, nicht um der Gegenwart willen.«

»Ich werde für eine kleine Weile nach Hause zurückgehen müssen. Für ein paar Wochen. Um herauszufinden, wohin ich danach gehe und welche Schule für Rebecca die günstigste sein wird. Was ich also will – ich will diese Übereinkunft mit dir treffen –«

»Anna, das meine ich nicht.« Ralph war von panischem Schrecken erfaßt. »Du kannst dich nicht einfach so – neu erfinden, das tun Menschen nicht. Ich dachte, wir sollten uns hinsetzen und miteinander reden –«

»Das haben wir schon zuviel getan«, sagte Anna. »So viel Gerede, und das ist dabei herausgekommen.« Wieder fuhr ihre Hand an die Kehle und wollte den Halsausschnitt von Ginnys Kleid von ihrer Haut wegziehen. »Ich möchte diese Übereinkunft treffen. Daß du nach Hause kommst und deine Sachen holst, und zwar sofort. Ich finde, du solltest deine Angelegenheiten ordnen und ausziehen. Ich möchte kein erbärmliches Hin und Her mit Koffern.«

»Das ist die Entscheidung, die du getroffen hast?«

»Das ist die erste Entscheidung, die ich getroffen habe.«

Ralph sah weg. »Ich wünschte, du würdest wieder deine eigenen Sachen anziehen.«

»Ich habe keine mitgebracht.«

»Warum bist du hierhergekommen?«

»Ginny ist eine Freundin.«

»Ginny ist bösartig.«

»Ach – weil sie mir einen Drink und ein Kleid zum Anziehen gegeben hat?«

»Das ist kindisch. Eine kindische Unterhaltung.«

»Stimmt. Du benimmst dich natürlich wie ein erwachsener Mann.«

»Du darfst nicht denken«, sagte Ralph, »du darfst nicht denken, daß das eine dumme Liebelei war.«

»Ach, nein? Ich verstehe, ja, ich verstehe. Deine Gefühle waren beteiligt, nicht? Deine armseligen kleinen Gefühle.« Jener erste Ansturm von Kraft war aus Annas Stimme gewichen; sie war nun sehr leise, tonlos. »Dann laß mich dir gratulieren. Du hast die Liebe deines Lebens gefunden, ja? Na, dann geh auch zu ihr. Und zwar schnell!«

»Ich möchte nicht gehen. Ich möchte, daß du mir verzeihst, wenn du kannst. Dich darum zu bitten, deshalb bin ich hergekommen, aber du hast mir ja keine Gelegenheit gegeben.«

Sie schüttelte den Kopf. »Ginny hat sie mit mir durchgesprochen, die Optionen einer Frau. Einer Frau im mittleren Alter, deren Mann sich zu etwas Saftigerem davonmacht. Aber ich habe nicht das Gefühl, daß ich diese Optionen wahrnehmen kann, ich finde, daß ich nicht in dem Haus herumsitzen werde, wartend und hoffend. Das habe ich schon früher getan, und ich habe es satt.«

Ralph sprang von seinem Sessel auf. Er wollte durch das Zimmer zu ihr gehen, wagte es aber nicht. »Ich bitte dich nicht darum zu warten. Oder zu hoffen. Oder irgendwas. Sprich einfach mit mir, laß es uns durchsprechen. Ich wollte meine Gefühle erklären –«

»Was veranlaßt dich zu denken, ich wollte sie erklärt haben?«

»Weil es üblich ist. In einer Ehe. Über Gefühle zu sprechen.«

»O ja. Vielleicht. *In* einer Ehe.«

»Hör mir zu«, sagte Ralph. »Dadurch, daß wir herumstreiten und du mich hinausekelst, ist gar nichts gewonnen. Ich wollte dir erzählen, was passiert ist. Ich wollte aufrichtig zu dir sein – und wenn du mir heute nicht verzeihen kannst, was ich gut verstehe, wollte ich mit der Hoffnung fortgehen, daß du mir doch verzeihen könntest, mit der Zeit.«

»Ich bin nicht gut im Verzeihen.« Sie schaute auf ihre Fingernägel. »Weißt du das nicht? Es ist auch nicht anders, wenn das Verzeihen auf später verschoben werden soll. Ich kann es nicht. Die Jahre vergehen, und sie ändern nichts daran. Ich weiß das, verstehst du. Denn ich bin schon einmal betrogen worden.«

»Dann ist es sinnlos«, sagte er. »Wenn du darauf beharrst, dies als eine Art Fortsetzung oder Erweiterung dessen zu sehen, was uns vor zwanzig Jahren widerfahren ist.«

»Mein ganzes Leben ist eine Fortsetzung dessen gewesen.« Sie hob die Augen. »Ich weiß, du hast damit abgeschlossen. Du bist imstande zu sagen, laß uns nicht hassen, wir sind vernünftige Menschen. Auch wenn das, was geschehen ist, nicht vernünftig war. Auch wenn es barbarisch und niederträchtig war.« Sie fuhr sich wieder mit der Hand an die Kehle. Sie hatten Felicia gehängt.

»Du warst nicht die einzige, die betrogen worden ist«, sagte er. »Ich bin auch betrogen worden.«

»Nicht so sehr. Schließlich hast du ihnen die Tür aufgemacht.«

»Ja. Ist es menschlich gehandelt, mir das jetzt ins Gesicht zu sagen?«

»Es gibt keine Grenze dessen, was Menschen tun. Wir wissen das doch. Es gibt keine Tiefe, bis zu der Menschen nicht herabsinken. Und ich habe nie behauptet, mehr als ein Mensch zu sein. Obwohl du es gern gesehen hättest, wenn ich das gewesen wäre.«

Er sah aus, als hätte es ihm den Atem verschlagen. Setzte sich auf einen von Ginnys Dralon-Fransensesseln, auf die Kante. Wischte sich mit der Hand das Gesicht ab.

Als es Abend wurde, zogen Anna und Ginny ihre Mäntel an und machten sich zu einem Spaziergang am Kai auf den Weg. Das Wasser war glatt, reglos. Die kleinen Boote lagen darauf wie Spielsachen auf einem Regal aus Stahl.

»Wie geht es dir jetzt?« fragte Anna. »Wenn du an Felix denkst.«

»Du meinst, wo er tot ist?«

Sie ist wirklich ein bißchen dumm, dachte Anna. »Ja, das meine ich.«

»Na ja, man erreicht ein Stadium, wo man nicht mehr jeden Tag daran denkt«, sagte Ginny. »Zumindest hat man mir das gesagt. Erreicht hab ich es noch nicht.«

Anna sah den massigen Rumpf des Hotels von Blakeney, ein Schiff aus Flint, das an der Quaiseite schaukelte und seine Lichter vorzeigte. Sie hörte das abendliche Klagen der Rinder von den Salzmarschen und das konkurrierende Kichern der Schafe. Sie sagte: »Ich verstehe diese Sache mit dem Verzeihen nicht, Ginny. Du hörst von diesen Leuten in Irland. Ihre Männer sind erschossen worden, ihre Kinder sind in Stücke gerissen worden. Und dann stellen sie da eine Frau vor die Kameras, und die sagt, oh, ich verzeihe den Terroristen. Warum denn ihnen verzeihen. Ich tu's nicht.«

»Ich dachte, du bist religiös«, sagte Ginny, ihr Ton vorsichtig, distanziert.

»Ich bin wohl kaum eine Christin. Nie gewesen.«

Irgendwo in Ginnys Gedächtnis ging eine Tür auf, nur einen Spalt breit; war da nicht, vor langer Zeit, irgendeine Geschichte mit einem toten Kind?

»Warum gehen wir nicht auf einen Drink in das Hotel?« sagte sie.

»Einen Drink zur Abwechslung!« sagte Anna. »Ja, warum nicht?«

Sie setzten sich für eine halbe Stunde in die Bar und tranken Gin inmitten von Pseudo-Seeleuten. Abendlicht auf Blazerknöpfen; frühe Speisegäste kamen zu Schellfisch und Wild hereingetrippelt. »Ich könnte fragen, ob sie einen Tisch frei haben«, sagte Ginny.

Anna schüttelte den Kopf. »Das wäre Verschwendung. Ich könnte nichts essen. Und ich hasse es, Essen zu verschwenden.«

»Dann mach ich uns ein Ei, soll ich? Ein schönes Rührei, oder würdest du lieber ein gekochtes wollen?«

»Ganz egal«, sagte Anna. Witwenessen, dachte sie, Nahrung für einsame Frauen, für ihren schwachen kleinen Appetit. Wen kümmert es, wenn sie vom Fleisch fallen, wenn das Licht in ihren Augen erlischt?

Ginny sagte: »Sei vorsichtig, Anna. Du bist fünfzig.«

»Was soll das heißen, ich bin fünfzig?«

»Das soll heißen, du könntest alles verlieren, wenn du nicht anfängst zu kämpfen.«

Anna saß da und aß Erdnüsse aus einer Glasschale, schaute hinaus auf das Wattenmeer. »Morgen muß ich ins Rote Haus zurück«, sagte sie. »Mich allem stellen.«

Foulsham: »Unsere Eltern sind beide von zu Hause fortgelaufen«, sagte Rebecca. »Ich muß kommen und bei dir wohnen, Emma.«

»Deine Mutter hat angerufen, Schatz. Sie kommt morgen früh zurück. Sie möchte, daß du dir keine Sorgen machst, sie sagt, sie weiß, daß du ein erwachsenes, vernünftiges Mädchen bist – und schon bald werden sie alles erklären.« Irgendwie, fügte Emma unhörbar hinzu.

»Bis dahin muß Kit eine Mutter für mich sein. Und Robin mein Vater.«

»Das ist eine sehr nette Art, die Sache zu betrachten«, sagte Emma bewundernd. »Aber es ist wirklich nur für eine Nacht, weißt du. Und du kannst bei mir bleiben, wenn du magst.«

»Wenn Leute weglaufen, gehen sie nie für lange, nicht?« Rebeccas Gesicht war hell, eifrig, spitz vor Furcht. »Das Mädchen, das bei uns war, Melanie. Sie ist dauernd weggelaufen, hat Dad gesagt. Aber die Leute haben sie gefunden. Die Polizei.«

Sie ist zu unreif für ihr Alter, dachte Emma; sie haben sie in dieser Unreife gehalten, ihre Brüder und ihre tüchtige Schwester, trotz all der Gäste, die sie haben, trotz allem, was unter diesem Dach geschehen ist, diesen Kümmernissen jeden Sommer. »Wenn jemand erwachsen ist, ist es nicht dasselbe«, sagte sie. »Dann müssen die Leute selbst entscheiden, wo sie wohnen wollen, verstehst du. Und manchmal passiert es ...« Emma schloß fest die Augen. Was muß ich ihr sagen? Sie fühlte sich unbehaglich. Vielleicht ist es verfrüht, irgend etwas zu sagen, vielleicht legt sich der Sturm irgendwie. Sie dachte an Annas Stimme am Telefon: unerbittlich, hart an der Grenze zu Tränen. Sie sind seit fünfundzwanzig Jahren verheiratet, dachte Emma; kann das in einer Nacht auseinanderbrechen?

Aber was weiß ich von der Ehe?

Rebecca sagte: »Wenn Dad nach Hause kommt, frag ich ihn, ob wir nicht einen Esel kriegen können, der bei uns im Garten wohnt. Er wird sagen, nein, ganz bestimmt nicht, aber ich werd ihm überallhin nachlaufen und ›Esel, Esel, Esel‹ sagen, bis er müde wird und sagt, na gut, wenn es sein muß.«

»Setzt du so normalerweise deinen Willen durch?«

»Man muß fragen«, erwiderte Rebecca. »Wer nicht fragt, der

kriegt auch nichts. Wußtest du, daß Julian nach Hause gekommen ist?«

»Nein. Wann denn?«

»Er kam wie ein Einbrecher mitten in der Nacht. Vor zwei Nächten, oder vor dreien, ich weiß nicht mehr. Er ist raufgeklettert – es gibt eine Methode, wie Jungen reinkommen, weißt du, wie Diebe.«

»Das hab ich nicht gewußt.«

»Ach, das haben die immer so gemacht. Kit sagt, um anzugeben; sie könnten genausogut zur Tür reinkommen.«

»Deine Mum und dein Dad haben Julian also gar nicht gesehen?«

»Nein. Er ist in Kits Zimmer geblieben. Robin ist runtergekommen. Sie haben ein sehr ernstes Gespräch gehabt.«

»Und wo bist du gewesen?«

»Ich hab mit spitzen Ohren auf der Treppe gesessen.«

»Und was hast du gehört?«

»Ich weiß es nicht.« Sie warf den Kopf zur Seite und begann zu weinen. »Ich hab es nicht verstanden«, sagte sie. »Ich hab geträumt, daß ich ganz allein im Haus war.«

Emma sagte: »Das war kein Traum, Becky, nicht? Du meinst, davor fürchtest du dich.«

»Ja. Denn was ist, wenn sie alle gehen, was, wenn alle weglaufen? Jule ist schon gegangen. Und Kit hat gesagt, sie würde nach Afrika gehen.«

Emma zog das Kind an sich. »Becky, leg die Arme um mich. Halt mich ganz fest. Ich bin hier, nicht wahr? Fühle ich mich nicht ganz stabil an? Fühle ich mich an, als würde ich weglaufen? Niemand wird dich in dem Haus allein lassen.«

Mehr konnte sie nicht sagen. Sie war hin und her gerissen zwischen Liebe für das Kind, Zorn auf Ralph und Bestürzung darüber, was über die beiden gekommen war. Anfang Sommer, dachte sie, hätte ich mir so etwas nicht in meinen wildesten Träumen vorstellen können, aber das ist vielleicht das Problem: Meine Träume sind nie wild genug gewesen. Ich begreife nicht, was die Menschen antreibt, wer begreift das schon? Ich begreife den Prozeß nicht, durch den unser

Leben sich aufgelöst hat. Warum dieses Jahr und nicht die anderen Jahre? Wohl weil sie erwachsen werden und weil es einen Wendepunkt gegeben haben mußte; Ralph lernte diese Frau kennen, sprach gewiß über bestimmte Dinge mit ihr, und danach muß sich alles verändern. Wenn ein Geheimnis zwanzig Jahre lang gehütet wurde, hat sich die Realität auf eigentümliche Weise darum herum aufgebaut: Sie ist ein Panzer, sie ist ein sicheres Haus. Wenn die Mauern niedergerissen worden sind und das Geheimnis ausgeplaudert worden ist, und sei es nur einem Menschen gegenüber, dann hat es keinen Zweck, die Mauern nach dem gleichen Plan wieder aufbauen zu wollen – es sind Mauern, die nichts umschließen. Das Leben muß sich verändern, wird es auch, es geht nicht anders.

Sie fragte sich, ob sie an die Küste fahren und diese Frau, Mrs. Glasse, aufsuchen sollte. Sie bitten sollte. Man würde sie natürlich auslachen.

»Diese Szene sollte uns erspart bleiben«, sagte Amy Glasse.

»Ja.« Die üblichen Worte purzelten aus Ralphs Mund, Zeilen, bei denen sie hätte schwören können, sie habe sie bereits im Fernsehen gehört. Ich finde wirklich, um der Kinder willen ... Aber ja, die halbstündige Serie, dachte sie.

Sie sagte: »Du siehst müde aus, Liebster.«

»Ja. Es kommt mir so vor, als wäre ich die ganze Zeit auf der Straße, würde ständig zwischen den verschiedensten Orten hin und her fahren.« Er hatte den größten Teil der Nacht – den weitaus größten Teil – an Melanies Bett verbracht, während sie, aufwachend und wieder einschlafend, Fetzen der um sie herum geführten Gespräche aufschnappte, sich herauspickte und vermengte, was ihr gefiel. Niemand hatte die Stunden dazwischen ausgefüllt, und deshalb würden sie sie so lange im Krankenhaus behalten, bis sie ausschließen konnten, daß sie durch das, was sie genommen haben mochte, später keinen Leberschaden davontragen würde. Höchstwahrscheinlich hatte sie, wenn man in Betracht zog, daß ihr nur begrenzte Mittel zur Verfügung standen, ein sich rasch verflüchtigendes Lösungsmittel inhaliert, genug, daß sie beinahe bewußtlos war, als man sie einlieferte;

doch er war über ihre Geschichte unterrichtet, über die Vielfalt und die Arten und die jeweilige Dosierung der verschiedenen Mittel, die sie benutzt hatte, um zu entfliehen, und sein wichtigstes Anliegen war, daß man ihr bruchstückhaftes und zusammenhangloses Sprechen, die augenscheinliche Wirrheit ihrer Gedanken als mögliche Folge des Drogenmißbrauchs und nicht als Wahnsinn ansähe. Er hatte dies schon früher miterlebt: ein Konsument starker Amphetamine, der in Erregung geriet, Stimmen hörte, halluzinierte – und danach eine Zelle, danach ein Gefängnisarzt, danach die flüssige Keule, und danach die gerichtliche Untersuchung der Todesursache.

Langsam holte er seine Gedanken zurück von jenem traurigen Nachmittag im Gerichtssaal zu diesem Tag und diesem Ort. »Zum einen«, sagte er, »habe ich das Gefühl, ich würde dir nichts bieten können. Ich würde vermutlich meine Arbeit verlieren, verstehst du. Ich müßte dem Stiftungskomitee meinen Rücktritt anbieten. Und sie wären gezwungen, ihn anzunehmen.«

»Es sind also Heuchler?« sagte sie.

»Die Menschen sind nicht aufgeklärt, weißt du, man denkt, sie gingen mit der Zeit, aber dem ist nicht so. Vermutlich suchen sie deshalb immer nach dem Stock, mit dem sie dich schlagen können ... da ist die Presse, und wenn das in die Zeitungen kommt ... verstehst du, alles wird dadurch kompliziert, daß Sandra die Freundin meines Sohnes ist, und sie würden die ganze Geschichte so verdrehen – glaube mir, ich weiß über die Zeitungen Bescheid –, daß sie eine Ähnlichkeit mit Inzest hat.«

»Sandra ist die Geliebte deines Sohnes«, warf sie ein. »Stellen wir das richtig.«

»Ja, das weiß ich. Ich kann es mir nicht leisten, dem Trust zu schaden, denn wenn es einen Skandal gibt, wirkt sich das auf unsere Geldbeschaffung aus, und wenn wir weniger Geld zur Verfügung haben, bedeutet dies, daß wir Leute enttäuschen und abweisen müssen.«

»Bist du mit Anna verheiratet oder mit dem Trust?«

»Ich weiß nicht, was du meinst, Amy.«

Er wußte natürlich, was sie meinte, aber er versuchte Zeit zu schinden, Zeit zum Nachdenken: bestimmt, dachte er, kann mir doch niemand vorwerfen, einer von denen zu sein, die die Menschheit im allgemeinen, aber keinen Menschen im besonderen lieben? Vielleicht neige ich in diese Richtung, ganz sicher sogar, aber ich versuche, meinen Fehler zu korrigieren: ich liebe Amy, die leicht zu lieben ist, und ich liebe meine Kinder und Sandra Glasse, und ich liebe Anna, was ein anderer Fall ist und ein härterer. Welcher Mensch könnte schwerer zu lieben sein als Melanie, und selbst da bemühe ich mich; ich habe mir die Liebe zur Aufgabe gemacht, zur Wissenschaft. Er dachte, ich kann nicht zulassen, daß sie das Kind in eine Nervenklinik einliefern, denn Melanie ist eindeutig, widerstrebend, voller Schadenfreude bei Verstand: dumm vielleicht, selbstzerstörerisch, doch im Besitze ihrer Geisteskräfte, wenn sie nicht unter der Einwirkung zweifelhafter, auf der Straße gekaufter Tabletten, von Reinigungsmitteln oder Feuerzeuggas steht. Wenn man bei ihr eine Schizophrenie diagnostiziert oder sie als psychopathisch etikettiert, ist das ihr Ende, dann können sie sie auch gleich jetzt begraben. Aber ich kann sie nicht aus dem Krankenhaus nehmen, ich kann sie nicht wieder ins Rote Haus bringen, nun, wo Anna nicht da ist, und wenn ich anbiete, sie wieder nach London zu bringen und sie bei Richard und den Angestellten ablade, läuft sie schon nach Stunden wieder fort, und wir können sie nicht hinter Schloß und Riegel setzen, dazu sind wir nicht befugt.

Er schaute hoch. Aus der Küche drang Backgeruch; die Notwendigkeit eines Einkommens bestand unverändert fort, und keine Krise konnte Amy veranlassen, ihren Tagesplan zu ändern. Sie sagte: »Ich finde, wenn du mich verläßt, mußt du mir einen richtigen Grund nennen.« Ihre Stimme zitterte. Sie legte sich die Hände auf den Nakken, fuhr sich mit gespreizten Fingern aufwärts durchs Haar und ließ es fallen. »Du bist dieses Frühjahr gekommen, und ich war einsam. Ich bin schon seit vielen Jahren ganz allein. Seit Andrew Glasse aus diesem Haus rausmarschiert ist, als Sandra zwei Jahre alt war, habe ich keinen Mann über diese Schwelle gelassen, wenn ich es verhindern konnte. Du bist gekommen, und du warst freundlich, du warst sehr freundlich zu mir, Ralph.«

Er nickte. »Ich sehe ein, daß ich dazu kein Recht hatte. Nicht auf diese Weise.«

»Deshalb mußt du mir jetzt einen Grund nennen. Komm mir nicht mit einer so dummen Begründung wie, daß es in *News of the World* stehen wird. Sag mir, daß du deine Frau liebst. Nenne mir einen Grund, der sinnvoll ist. Sag mir, daß du deine Frau und deine Kinder liebst und daß du sie beschützen mußt.«

»Anna sagt, sie wird mir nie verzeihen. Sie will, daß ich aus dem Haus ausziehe.«

»Es ist nur natürlich, daß sie das sagt.«

»Doch sie sagt auch, sobald es sich einrichten läßt, zieht sie aus. Dann kann ich zurückkehren, sagt sie. Die Kinder – ich weiß nicht.«

Ich werde sie sowieso verlieren, dachte er. Es kommt nicht darauf an, wer wo wohnt oder welches Sorgerecht beansprucht und zugesprochen bekommt; ich werde sie verlieren. Ich habe ihnen beigebracht, zu unterscheiden, zu wissen, was recht und was unrecht ist, und sich für das zu entscheiden, was recht ist. Nun werden sie die Lehre zu schätzen wissen, den Lehrer jedoch nicht. Weil das, was ich getan habe, so offenkundig, so klar, so augenfällig unrecht ist. Und nicht nur unrecht, sondern dumm. »Du fragst mich, ob ich Anna liebe«, sagte er. »Das ist nicht die richtige Frage. Es ist mehr als das. Als wir uns kennenlernten, waren wir Kinder. Wir schlossen einen Pakt gegen die Welt. Und was uns dann aneinander band –«

»Ja. Du brauchst die Geschichte nicht zu wiederholen, nicht noch einmal.« Ihr Gesicht war gelassen, dachte er: bleich, erhellt von Mitleid. »Einmal erzählt genügt für ein ganzes Leben. Bilde dir nicht ein, daß ich das vergessen werde.« Sie stand hinter seinem Stuhl. »Ralph, hör mir zu. Schau dir irgendein Leben an – von innen, ich meine, vom Standpunkt desjenigen, der es führt. Was ist dieses Leben, wenn nicht Niederlagen? Es besteht nur aus Rückschlägen, einem nach dem anderen, ist es nicht so? Jeder erinnert sich an die Dinge, die er falsch gemacht hat. Aber was ist mit den Tausenden und Abertausenden von Dingen, die er richtig gemacht hat? Du hast ein Kind verloren. Und du denkst jeden Tag daran. Aber denk an die Kinder, die du nicht verloren hast.«

»Das hat mir bis jetzt noch niemand gesagt.«

Sie ging weg und stand vor dem Kamin, legte die Hände flach auf den Sims, zu beiden Seiten der blöde dahintickenden Uhr. »Sag mir nur eins. Als du sagtest, daß du mich liebst, war das eine Lüge?« Die wachsende Leere ihres Profils schien zu bedeuten, daß sie auf jede Antwort vorbereitet war.

»Nein«, sagte er. »Nein, war es nicht.«

Sie atmete aus. »Diese Welt ist eine Hölle, Ralph. Eine Hölle, nicht wahr?« Sie kam auf ihn zu. Ihre Augen waren nie so hell und klar gewesen. »Nimm deinen Mantel, Liebster. Es ist Zeit, daß du gehst.«

»Sandra und Julian – wo sind die, weißt du es?«

Sie lächelte. »Als ich sie das letzte Mal sah, saßen sie wie kleine Lümmel in einer Hecke und aßen Brombeeren.«

»Sie müssen nach Hause kommen. Zu dir, oder zu uns.«

»Sandra hat den Schlüssel zu einer Wohnung in Wells. Es ist eine der Stellen, wo sie putzt. Der Hausbesitzer überläßt sie ihnen billig bis zur nächsten Saison.«

»Ich sehe nicht, wie sie sich das leisten können. Selbst wenn es billig ist.«

»Ach, der Herr wird's schon geben.« Sie lächelte verkrampft. Für einen Augenblick erinnerte sie ihn an Anna. »Tut er natürlich nicht. Ich paß schon auf, daß sie durch den Winter kommen.«

Sie drehte sich weg, wandte ihm die Schulter zu. Bevor sie sich umgedreht hatte, hatte er ihr den bevorstehenden Winter im Gesicht abgelesen. Als er ging, rief sie: »Ralph! Bist du sicher, daß du diese alte Uhr nicht haben willst?«

»Keinen Platz zum Hinstellen«, sagte er. Ich bin heimatlos, dachte er; ich hätte mein Haus auf dem Rücken tragen sollen. »Auf bald, Amy.«

Noch eine Nacht Regen, und danach schönes windiges Wetter. Auf den Straßen standen große Pfützen, zerschnitten von Sonnenlicht. Die Sonne entlockte der Landschaft jedes Fünkchen Farbe, belebte die Bäume mit Grün, machte den Fahrer des ersten Busses benommen; sogar in totem Holz, sogar in Zaunpfosten erzitterte grünes Innenleben.

Um zehn Uhr kehrte Anna ins Rote Haus zurück. Sie steckte den Schlüssel ins Schloß, dachte, ob es je eine Zeit geben wird, in der ich das nicht tue?

Sie dachte daran, wie sie versucht hatte, das Grundstück zu verkaufen, erst ein paar Jahre zuvor. Es war ein Haus ohne Mitte, hatte sie immer empfunden, kein Zimmer, von dem aus man über andere Zimmer gebieten konnte. Geräusche wanderten auf eigenwilligen Wegen durchs Haus: Von einer der Dachkammern hörte man das Telefon unten ganz deutlich, doch von nähergelegenen Zimmern überhaupt nicht. Das Haus hatte seine eigenen Leitungssysteme, Blicköffnungen. Manchmal war einer der Freunde der Kinder über Nacht geblieben, ohne daß sie es gemerkt hatte. Sie hatte es sich nicht zur Gewohnheit gemacht, die Zimmer zu durchsuchen, in Schränken und auf Treppenabsätzen nach Flüchtlingen oder blinden Passagieren zu forschen; das Haus hatte sein Privatleben, ob ihr das recht war oder nicht. Vormittags rief ein Vater oder eine Mutter an, zornig oder verzweifelt. Sie sagte dann: »Sie können Ihr Kind nicht abholen. Für Bett und Frühstück berechne ich nichts.« Und legte danach, nicht weiter auf das Gebrabbel in der Leitung achtend, den Hörer auf. Sie hatte ihr Leben nicht auf eine Weise geführt, die Mitgefühl erweckte. Dafür hatte sie gesorgt.

Schon hatte das Haus – während ihrer kurzen Abwesenheit – einen vernachlässigten Zug angenommen. An dem großen Garderobenschrank hing eine Spinnwebe, und nur ein klein wenig von der Mitte entfernt hockte eine kleine braune Spinne, die Beine züchtig eingeschlagen. Schmutzige Teller und Tassen stapelten sich in der Spüle. Der Heizkessel war erloschen. »Kit, konntest du das nicht erledigen?« sagte sie verärgert.

»Ist das alles, was dich beschäftigt? Hausarbeit?«

Rebecca war tränenfeucht, Robin konsterniert, Julian abwesend, Kit feindselig. Sie hatte gehört – zweifellos durch Daniel –, daß Ralph in Blakeney gewesen war und versucht hatte, die Dinge wieder ins Lot zu bringen. Kit stützte sich mit einer Hand an die Küchenwand, ihr

Blick war bissig und feurig. »Was kann ein Mensch denn tun?« fragte sie. »Außer sagen, daß er im Unrecht war und versuchen, es in Ordnung zu bringen?«

Anna schaute sie an. »Du verstehst gar nichts, Kit.«

»Ich behaupte nicht, weltgewandt zu sein. Ich spreche von einem allgemeingültigen Prinzip.«

Ralph und seine Tochter, dachte sie: ihre entsetzliche moralische Kraft, ihr Hang zu großen Worten. Sie hatte sich ihr ganzes Leben lang mit dem Besonderen, dem Kleinen beschäftigt, mit dem sauberen Umnähen eines Saumes, dem korrekten Verlauf eines Satzes. Sie hatte geglaubt, daß das Leben auf diese Weise gelenkt wurde: durch Einzelheiten. Sie hatte als Kind gelernt, dachte sie, daß Einzelheiten das waren, was man Gott anbot; man konnte nicht, auf größere Weise, hoffen, ihn zufriedenzustellen.

»Ach, Kit.« Sie setzte sich auf einen Küchenstuhl. »Machst du mir was? Ein bißchen Kaffee, mit heißer Milch drin?«

Der Kampfesfunke erlosch in Kits Augen. Sanftmütig, sicher, flink bewegte sich ihre Tochter vom Tisch zum Kühlschrank, vom Kühlschrank zum Herd. »Warum soll man verzeihen?« sagte Anna.

Ohne sie anzuschauen, sagte Kit: »Weil es einen umbringt, wenn man es nicht tut.«

Anna nickte. Sie wußte, daß so etwas möglich war. Sie wurde bereits leichter, skelettartiger; ihre Füße schienen kaum noch den Boden zu berühren. Sie hatte das kleine Ei, das Witwenmahl, nicht essen können. An diesem Vormittag war eine sie benommen machende Leichtigkeit in ihrer Mitte, eine leere Stelle unter ihrem Herzen.

»Ich habe immer gedacht«, sagte sie, »daß vor dem Verzeihen die Rückgabe kommen muß.«

Kit nahm die Kasserolle vom Herd. Sie goß die Milch vorsichtig in eine Tasse. »Was verlangst du also von ihm?«

»Es geht nicht bloß um ihn. Verstehst du, Kit, ich habe nie jemandem verziehen. Ich bin darin nicht geübt. Ich weiß nicht, wie man das macht.«

Sie preßte sich die Hand vor den Mund, als ob das Geheimnis

herausschwappen könnte. (Ist dir schlecht? sagte Kit. Nein, nein, sagte sie.) Den ganzen Sommer hatte sie sein Drängen gespürt, das eigenständig zum Licht strebte. Aber vielleicht gibt es keine Worte dafür, vielleicht kann es sich nur durch Symbole, durch Schatten ausdrücken. Und so ist das Leben immer gewesen: mehr, als von ihm sichtbar ist. In der Sicherheit ist schon Gefahr. In den Tränen der schrecklich einschneidende Rand des Komischen. In Augenblicken der Freundlichkeit und des Lachens die Faust des Mörders an der Tür.

Und Jahr um Jahr, dachte Anna, habe ich diesen Raum bewohnt. Ich habe an diesem Tisch gesessen und Einkaufslisten zusammengestellt und Briefe geschrieben, meine Tageszeitung gelesen, eine Schicht unterhalb der Schwelle des Bewußtseins immer auf der Hut vor Anzeichen des Zerfalls: dem Seufzen von Rohren und dem Tröpfeln von der Dachrinne, dem Quietschen defekter alter Haushaltsgeräte, dem Hüsteln des Heizkessels und dem Knarren der alten Dielenbretter. Kohlestaub und Mäusedreck und Gemüseschalen, Gasrechnungen und Schulzeugnisse: bitteres Unrecht und gewissenhaft wahrgenommene bittere Pflicht. Jahr um Jahr habe ich in dem Haus gesessen, die Fenster verriegelt gegen den Wind, und auf jemanden gewartet. Der nicht nach Hause kommt: der nun nie mehr nach Hause kommt.

Ralph fuhr zum Roten Haus zurück, um seine Sachen abzuholen. Er würde wahrscheinlich bei Emma bleiben. Anna hatte zwar gesagt, sie wolle das Haus nicht haben, aber wenn sie darüber nachgedacht hatte, würde sie es natürlich doch wollen, und er wäre verpflichtet, sie und die Kinder zu unterstützen. Wenn er an die möglichen Konsequenzen ihrer Trennung dachte – an Miete für sich und Zahlungen für sie, an die Teilung der Bankkonten und die relative Armut, in der sie beide leben müßten –, setzte sein Denken aus und schlug eine andere Richtung ein, wandte sich seiner moralischen Unzulänglichkeit zu. Das fiel ihm leichter; er war an Abstraktionen gewöhnt. Vielleicht geht das den meisten Menschen so, dachte er. Wir ertragen Schuld, Scham – mit den praktischen Auswirkungen dieser Gefühle konfrontiert, ziehen wir jedoch einen Anwalt zu Rate. Kein Wunder, daß Rechtsanwälte nie arbeitslos sind.

Er ging hinauf ins Schlafzimmer und packte ein paar Sachen. Anna hatte gesagt, sie wolle kein erbärmliches Hin und Her – das war der Ausdruck, den sie verwendet hatte –, aber natürlich kann man ein Leben nicht in zwei Koffer zwängen. Er versuchte es und gab auf und setzte sich auf die Kante ihres Betts, das Gesicht in den Händen.

Er hoffte, Anna würde hereinkommen. Sie kam natürlich nicht. Was würde sie sehen? Nichts, was ihre Stimmung heben konnte. Du stürzt deine Familie einmal ins Unglück ... Jahre vergehen ... du stürzt sie ein zweites Mal ins Unglück. Großartig, dachte er, wie er vorangekommen war, in der einzigen möglichen Richtung.

Vielleicht sollte ich meine Kleider hierlassen und nur meine Papiere mitnehmen. Den Schreibtisch werde ich ausräumen müssen ... Er nahm Anna wahr, die irgendwo im Haus herumging. Wo er gerade war, war sie nicht; sie umkreisten einander und gingen sich aus dem Weg.

In seinem Büro setzte er sich auf seinen hölzernen Drehstuhl. Er schaute seine Fotografie an, die Aufnahme, die auf der Veranda in der Flower Street gemacht worden war. Er klappte den Rahmen zusammen, legte ihn mit der Bildseite nach unten. Dies wäre das letzte, das Anna würde haben wollen; er hätte es nie hervorholen sollen, es hatte die Kinder nur dazu gebracht, Fragen zu stellen. Blicklos schauten seine Mutter und sein Vater auf ihn herunter; sepiabraune Augen. Wie das Gesicht seines Vaters im Alter gröber geworden war: das Fleisch schwellend, die Züge scheinbar schrumpfend. Würde es bei ihm ebenso sein? Es war natürlich möglich, daß sein Vater, als dieses Bild gemacht wurde, nicht älter gewesen war als er heute. Und ganz gewiß, dachte er, gehe ich seinen Weg: fünf Zentimeter mehr in der Taille, die Lesebrille, jene Hemden, die am Kragen zu eng sind und im Schrank ganz nach hinten gelegt werden. Ich bin nicht in Form für ein neues Leben. Aber, was soll's. Wie es aussieht, muß ich ein neues anfangen.

Wird Anna nur zusehen, wenn ich gehe, fragte er sich. Oder wartet sie darauf, daß ich irgendeine Geste mache, ein Zeichen gebe – aber wie soll ich wissen, welches von beiden? Sie hatte gesagt, sie wolle, daß er gehe, und er mußte ihr gestatten zu meinen, was sie sagte, das mußte er ihr zugestehen.

Alles ist dahin, dachte er: nur der Stolz bleibt.

Aber wie entsetzlich, vielleicht das Schlimmste auf der Welt: bei seinem Wort genommen werden.

Seine Hand kroch in die erste Schublade seines Schreibtisches. Schloß sich um Stein: Gryphaea. Er hielt ihn sich an die Wange und danach vor den Mund. Ein Kinderleben; Salz und Kälte. Er schmeckte es: Stamm: Mollusca. Klasse: Pelecypoda. Ordnung: Pterioida. Ein solches Vertrauen hatte er als Kind in die Ordnung der Welt gehabt. Familie: Gryphaeidae. Gattung: *Gryphaea.* Spezies: *arcuata.* Die Vergangenheit verändert sich natürlich nicht; sie liegt hinter dir, versteinert, unveränderlich. Was sich verändert, ist die Art und Weise, wie du sie siehst. Wahrnehmung ist alles. Sie macht aus Schurken Helden und aus Opfern Kollaborateure. Er hielt den Gegenstand zwischen den Fingern hoch, nahm mit den Augen Maß und warf ihn quer durchs Zimmer in den Papierkorb.

Anna war in der Küche. Ich werde etwas Nützliches tun, dachte sie. Sie ließ das heiße Wasser laufen und wusch die Krümel aus einem Spültuch. Sie wrang es mit den Händen aus, schlug es aus, schüttelte es, strich es glatt und hängte es zum Trocknen auf, sorgfältig die Ecken in Form ziehend, als es über dem Ablauf hing.

Tja ... das war doch ein klein wenig nützlich, nicht? Sie dachte an den Abend, an dem Ralph sie verlassen hatte: wie sie wieder und wieder ihre Tasse gespült hatte. Ein Satz aus einem alten Brief fiel ihr ein, aus einem Brief, den James geschrieben hatte: Notsituationen gibt es immer, von Gott gesandte oder andere. Wie sonderbar das Gedächtnis doch ist und, alles in allem, nicht unser Verbündeter. Sie sah nicht, daß dieser Satz auf ihre gegenwärtige Situation anwendbar wäre.

Im anderen Zimmer traf Ralph gewiß seine Vorbereitungen.

Sie umringte den Küchentisch, berührte die Lehnen der Stühle. Sie hatte ihren Rechtsanwalt aufgesucht; das sollte sie Ralph wohl besser wissen lassen, da ein Familienanwalt nicht für beide Parteien tätig werden kann, wenn diese Parteien nicht mehr länger eine Familie sein werden.

Sie setzte sich an den Tisch, denn sie fühlte sich krank.

Wird er gehen?

Er wird doch sicher nicht gehen?

Aber was wird ihn aufhalten?

Sie hatte das Gefühl, ihn auf die Probe, ihm eine Prüfungsaufgabe gestellt zu haben; aber er war sich dessen nicht bewußt, und daher konnte er nicht hoffen, sie zu bestehen.

Ralph hob seine Taschen auf. Er ging hinaus in die Diele. »Anna? Ich gehe jetzt.«

Einen Augenblick später kam sie. Sie wickelte sich die Strickjacke fest um die Brust. Er sah die Geste: ältlich, ein Mittel der Verteidigung. »Also dann«, sagte sie.

»Du kannst mich bei Emma anrufen.«

»Ja, natürlich.«

»Wenn du mich willst.«

»Ich sollte dir sagen, Ralph, daß ich in Norwich gewesen bin und Mr. Phillips aufgesucht habe. Er ist ebenfalls der Meinung, daß manches dafür spricht, rät mir, im Haus zu bleiben, aber ich habe ihm gesagt, daß ich das nicht will. Du wirst dir einen anderen Anwalt suchen müssen – das tut mir leid, aber natürlich kann Mr. Phillips nicht uns beide vertreten. Ich habe vor, in Norwich für mich und für Becky eine Wohnung zu suchen. Dann kannst du wieder hierherkommen. Kit und Julian und Robin, sie haben nichts dagegen. Sie werden hier bei dir bleiben, nehme ich an. Die Art von mütterlicher Zuwendung, die ich ihnen gegeben habe ... die werden sie wohl kaum vermissen.«

Er schaute sie einen Augenblick lang nachdenklich an, stellte seine Koffer ab. Sie dachte, er hat seine Koffer hingestellt, sicher wird er doch jetzt nicht gehen? Er sagte: »Du kostest es richtig aus, nicht?«

»Ja, natürlich. Etwas auszukosten ist meine Art.«

»Ich meine, du kostest die Vorstellung des Gescheitertseins aus...«

»Gescheitertsein? Wie könnte ich gescheitert sein?« Sie lächelte strahlend. »Ich meine, habe ich nicht die alte Waschmaschine in Gang gehalten? Bin ich nicht mit dem Heizkessel fertig geworden, all die Jahre? Und der Dielenschrank ... o ja, mit dem Dielenschrank bin ich zu Rande gekommen. Du kannst alles sagen, aber behaupte nicht, das Rote Haus hätte mich besiegt.«

Er ballte die Faust in der Tasche, starr jene Stelle umgreifend, an der er die *Gryphaea* erwartet hatte. Dann nahm er die Hände aus der Tasche und hob seine Koffer hoch.

Sie öffnete ihm hilfsbereit die Vordertür. Seiner Koffer wegen aus dem Gleichgewicht gekommen, trat er zurück, um sie auf die Wange zu küssen. Er sah, daß sie weinte. »Du willst nicht, daß dies hier geschieht«, sagte er.

»Gesteh mir wenigstens zu, daß ich weiß, was ich will.«

Die Tür des Roten Hauses war eine alte und schwere Tür. Als sie offen war, drang der kalte Morgen ein: eine große, windige Präsenz, die die Diele erfüllte. Auf der Schwelle zögerte er, zog einen Fuß nach, zog die Zeit in die Länge.

Anna berührte ihn am Arm. »Ralph...«

Er schaute weg, wollte nicht, daß irgendein Ausdruck auf seinem Gesicht Einfluß auf den Ausdruck auf ihrem ausübte. Er schaute hoch, in den Garten – wenn es denn Garten genannt werden durfte, über den Schlamm und den Rasen, der von Fahrrädern und den Hunden der Nachbarn, mit denen die Kinder spielten, zerfurcht war, über den Teich, in dem einmal Fische waren, und über die rostige Schaukel mit ihren durchgeweichten Seilen und über Julians Gemüsebeet und die Wildnis der Hundeausläufe und die Nebengebäude dahinter. Etwas bewegte sich – hundshoch – von einem der verfallenden Schuppen auf sie zu. Anna sagte: »Was ist das? Was um Himmels willen ist das?«

Ein lebendiges Wesen geriet in einiger Entfernung in ihr Blickfeld. Es kam langsam über den rauhen Boden auf sie zugekrochen. Es war ein menschliches Wesen, sein Gesicht eine Maske der Verzweiflung, sein Körper von einem flatternden Gewand halb bedeckt, seine Hände und Knie und Füße blutend; sein seltsamer Kopf hatte die Farbe der Sonne. Es kam weiter auf sie zu; sie sahen die sich hebenden und senkenden Rippen, die kleinen durchscheinenden Gesichtszüge, die schmutzstarrende Haut.

»Ich muß diese Koffer irgendwo abstellen«, sagte Ralph. Der einzige Gedanke, den er im Augenblick fassen konnte, war der, daß sie ihm die Arme ausrenkten; er wußte nicht, wohin er sie stellen sollte: vor das Haus oder hinein. Er fragte sich, wer von ihnen beiden zuerst auf dieses Strandgut, diesen Findling zugehen würde, er oder Anna; fragte sich dies jedoch träge, ohne jenen kämpferischen Geist des Gutseinwollens, der sein Leben beseelt hatte. Ganz gleich, wer, es spielte keine Rolle ... er stellte das Gepäck ab, an keinen besonderen Platz, mitten auf die Schwelle. »Wir müssen sie hineinbringen«, sagte er zu Anna. »Oder sie wird sterben.«

»Ja.« Annas Gesicht war offen, erstaunt. Sie traten gemeinsam aus dem Roten Haus hinaus, stolperten über das rauhe Gras. Als sie vor dem Kind angekommen waren, versuchte es nicht mehr weiterzukriechen. Es sank in sich selbst zurück, den Kopf zwischen die Schulterblätter gezogen wie ein sterbendes Tier. Doch dann, als sie die Hände nach ihr ausstreckten, begann Melanie zu atmen – schmerzhaft, langsam, tief, die Luft einsaugend –, als sei Atmen etwas, das sie gerade lernte, als hätte sie einen Kurs in Atmen belegt und beigebracht bekommen, wie man es richtig macht.

Im November des gleichen Jahres fuhr Emma noch einmal nach Walsingham. Es war der Jahreszeit entsprechend kalt, das Licht kämpfte gegen eine hartnäckige Wolkenbank an. Auf der Straße sah sie den Mops und seine Herrin; nach diesen Monaten waren beide ein wenig grauer und fülliger, die Füße und Pfoten gingen zaghaft über das Kopfsteinpflaster.

Als sie den fahnengeschmückten Weg zur Anglikanischen Kirche hinaufging, versuchte Emma ihren gewohnten Eindruck umzumodeln – daß sie in ein außergewöhnlich gestaltetes Rathaus einträte. Ein armseliges Ding, aber unser, dachte sie, als sie die Bögen und

Säulen aus Ziegel, das Becken für heiliges Wasser wahrnahm. Heiliges Wasser, das geht zu weit – und es war wirklich nicht nötig, daß sie noch weiter ging, nicht nötig, daß sie überhaupt ins Innere eintrat.

Für alle, deren Namen in diesem Buch verzeichnet sind, wird an diesem Schrein gebetet. Sie stand in dem Vorraum, blätterte die Seiten des großen Buches um. Zurück, ganz zurück bis zu – wann? Welchem Datum? Wann war Felix gestorben? Ihr Blick flog über die Spalten. Die Seiten waren feucht, klebten aneinander und gaben nur eine Ballung von Monaten auf einmal frei, eine gewaltige Anhäufung von Gebeten. Geduld war vonnöten; sie fing an, die Ecken umzuschlagen, suchte nach Daten, nach Fingerzeigen. Und da, hier endlich war sie: ihre eigene Handschrift.

RALPH ELDRED
ANNA ELDRED
KATHERINE ELDRED

Danach die ausgelassene Zeile, dann:

JULIAN ELDRED
ROBERT ELDRED
REBECCA ELDRED

Warum habe ich mir eingebildet, Gott würde uns an unseren wirklichen Namen erkennen, an unseren formellen, nie verwendeten Namen, und nicht an den Namen, mit denen wir gerufen werden? Ja: das ist ein Rätsel. Sie griff in ihre Tasche und suchte ihren Füllhalter. Ihr Füllhalter war ein Geschenk von Felix. Er war ein seriöser und kostspieliger Gegenstand, aus Gold.

Verflucht; nicht da. Ihre Finger tasteten, fuhren über das abgewetzte Seidenfutter. Vielleicht hatte ihn sich ein Kind ausgeborgt. Sie versenkte die Hand in die Manteltasche und zog einen abgegriffenen, auslaufenden Kugelschreiber hervor, sein Plastikröhrchen gerissen, seine Tinte eingetrocknet. Sie schüttelte ihn und versuchte zur Probe eine Zickzacklinie an der Ecke einer Seite. Sie schüttelte den Kugelschreiber noch einmal, tunkte ihn auf. Wenn man in dem Buch drüberkritzeln, Zusätze machen könnte ... Doch es kam ihr ungehörig vor, die Seiten zu verderben. Bete für Felix, sagte sie zu sich selbst. Bete für Ginny. Bete für mich.

Sie begann zu schreiben. Ihr Stift fuhr über die leere Zeile. Die Spitze drückte sich auf dem Papier ab, doch nichts erschien: nur eine weiße Spur. Sie schüttelte den Kugelschreiber noch einmal, schlug ihn heftig auf dem Holztisch auf. Zuletzt begann die Tinte, wie ein flacher Schnitt, auszubluten. Mit Mühe, der Stift setzte aus, kleckste – schrieb sie die fehlende Zeile.

MATTHEW ELDRED

Das wäre also erledigt, dachte sie. Sie fuhr mit dem Finger auf der Seite nach unten. Die Gebete sind erhört; in gewisser Weise. Sie zögerte, die Hand in der Luft, und legte dann den defekten Stift neben das Buch. Man konnte nicht wissen, welcher verzweifelte Mensch kommen würde, ohne jedes Schreibgerät.

Sie trat aus dem Vorraum hinaus. Schnee lag in der Luft. Den verspricht sie oft und hält das Versprechen dann nicht; wir sind nicht weit vom Meer entfernt. Emma steckte die Hände in die Manteltaschen und begann den Hügel hinauf zum Parkplatz zu gehen. Die Wolke war dünner geworden, und während sie ging, zeigte sich die Sonne, verschwommen und weißlichgelb wie eine Lampe hinter einem Schleier.